WYSPA NIEOPISANA

Paullina Simons

WYSPA NIEOPISANA

Z angielskiego przełożyła
Katarzyna Malita

Tytuł oryginału
INEXPRESSIBLE ISLAND

Wydawca
Urszula Ruzik-Kulińska

Redaktor prowadzący
Beata Kołodziejska

Redakcja
Joanna Popiołek

Korekta
Marzenna Kłos

Originally published in the English language by HarperCollins Publisher Ltd.
under the title
Inexpressible Island

Wydawnictwo Świat Książki
02-103 Warszawa, ul. Hankiewicza 2

Warszawa 2020

Księgarnia internetowa: swiatksiazki.pl

Skład i łamanie
Akces, Warszawa

Druk i oprawa
Abedik SA

Dystrybucja
Dressler Dublin Sp. z o.o.
05-850 Ożarów Mazowiecki
ul. Poznańska 91
e-mail: dystrybucja@dressler.com.pl
tel. + 48 22 733 50 31/32
www.dressler.com.pl

ISBN 978-83-813-9308-9
Nr 90090786

Dla moich czworga dzieci
„L'amor che move il sole e l'altre stelle" *

* „Miłość, co wprawia w ruch słońce i gwiazdy", Dante, *Boska komedia*, przeł. Julian Korsak (wszystkie przypisy pochodzą od tłumaczki).

Czy kara Boża nie jest jednocześnie darem?

J.R.R. Tolkien

Prolog

Ich dwóch

Cofamy się w czasie.

– Opowiem ci historię o jeźdźcu i księdzu – powiedział Ashton do Juliana. – Jeździec założył się o swojego jedynego konia, że ksiądz nie będzie w stanie odmówić Modlitwy Pańskiej, nie tracąc przy tym wątku. Duchowny ochoczo przyjął zakład i zaczął bezgłośnie wypowiadać znane słowa. W połowie przerwał i zapytał: „Dorzucisz też siodło?".

– To nie jest historia o jeźdźcu i księdzu – zaprotestował Julian. – Tylko o tym, jak stracić konia.

– Ashtonie, czemu nie jesz moich *kjøttkaker*? – zapytała matka Juliana.

– Nie lubi ich, mamo – odparł Julian. – Przyznał się, gdy byłaś w kuchni. Nie przepada za twoją norweską kuchnią.

– Julianie!

– Proszę nie zwracać na niego uwagi – powiedział do niej Ashton. – Uwielbiam pani klopsiki. Wie pani, że Julian chce tylko panią zdenerwować.

– Możesz mnie uznać za zdenerwowaną. Czemu to robisz, synu?

– Co, mamo? Żartuję?

– Wie pani – zaczął Ashton z ustami pełnymi *kjøttkater* – parę dni temu pani syn wyznał, że jestem dla niego jak brat, którego nigdy nie miał.

– Julianie! – krzyknęła jego matka i pięciu braci.

– Jules, pamiętaj, żeby się rozejrzeć w dwie strony, gdy pójdziesz się walić – poradził mu jego brat Harlan.

– Zabawne, miałem powiedzieć to samo Ashtonowi – rzucił Julian. Ashton nie mógł przestać się śmiać.

Matka Juliana zrobiła ulubiony deser Ashtona: *lefse* – ziemniaczane podpłomyki posypane cukrem i cynamonem.

– Ashtonie, czy Julian opowiadał ci o tym, jak mając trzynaście lat, zbił z tropu mistyka? – zapytała Joanne Cruz. – Jedz, jedz, a ja będę opowiadać. Naszą parafię wizytował szanowany zakonnik, augustianin, z wielkim teologicznym dorobkiem. Wygłosił wykład, a potem poprosił o zadawanie pytań. Twój chudy przyjaciel, jeszcze przed mutacją, podszedł do mikrofonu i wychrypiał: „Przepraszam, czemu Jezus płakał, gdy dowiedział się o śmierci Łazarza, skoro był świadomy, że za kilka minut wskrzesi go z martwych?". Zakonnik zamyślił się i odparł: „Nie znam odpowiedzi na to pytanie".

Ashton otarł cukier i cynamon z ust i uśmiechnął się z wyższością. Jego jasna grzywa zdecydowanie prosiła się o strzyżenie, radosne niebieskie oczy błyszczały.

– Nawet ja znam odpowiedź, choć nie jestem mędrcem, a już na pewno nie zakonnikiem. Bóg w Jezusie może wiedział, ale człowiek w nim płakał, bo Jezus był jednym i drugim: w pełni człowiekiem i w pełni Bogiem. A opłakiwanie zmarłych jest bardzo ludzkie. Następnym razem, Jules, zapytaj mnie. Mam odpowiedź na wszystko.

Skok do przodu.

– Jeśli obudzisz się pierwszy, nie wychodź beze mnie jak wczoraj – powiedział Ashton. Biwakowali od paru dni. – Obiecujesz, że się nie ruszysz?

– Nie wiem, o co ten krzyk. To biwak, a nie wyprawa do jaskini.

Skok do przodu.

– Boże święty, Jules, co się stało? Wszędzie cię szukaliśmy. Wszędzie, tylko nie tutaj. Nie masz pojęcia, co nam zrobiłeś.

– Julianie, powiedz coś!

– Nic ci nie będzie. Nic ci nie będzie. Pomóżcie mu. Pomóżcie!

– Czemu to zrobiłeś? Mówiłem ci, żebyś nigdzie nie łaził, czemu nigdy nie słuchasz? Czemu poszedłeś beze mnie?

Przepraszam, Ashtonie, chciał powiedzieć Julian, ale nie mógł wydusić ani słowa. Nie wiem, co się stało.

Skok do przodu.

– Mój kumpel Jules był kiedyś bokserem – powiedział Ashton do Riley i Gwen tamtego wieczoru, gdy się poznali. Obaj byli gładko ogoleni i pachnący, ubrani w dżinsy i marynarki Hugo Bossa. – Powinnyście być pod wrażeniem, moje panie. – Dziewczęta promieniały. – Na ringu był niemalże niepokonany. Wymierzał przeciwnikom ciosy, które mogłyby powalić górę. Tak, był rewelacyjnym bokserem, ale pełnym wad człowiekiem. A teraz jest odwrotnie. Masz szczęście, Gwen, i chodzi mi o szczęście w dosłownym tego słowa znaczeniu. Auć, Jules. Czemu mnie bijesz?

– Szczęściara Gwen – rzuciła po chwili Riley, odwracając się z uśmiechem do Ashtona.

Gwen kokieteryjnie przysunęła się do Juliana.

– Rzeczywiście, czuję, że mam szczęście.

Skok do przodu.

– Znacie jakieś dowcipy o bokserach? – zapytała Riley. Usadowili się wygodnie, zamówili drinki i przekąski. To była ich pierwsza podwójna randka.

Julian znał.

– Słyszeliście, co Manny Pacquaio chciał wyryć na nagrobku Floyda Mayweathera? „Możecie przestać odliczać. Nie wstanę".

Dziewczęta wybuchnęły śmiechem. Ashton też, choć słyszał już ten dowcip.

Skok do przodu.

– Riley, nie staraj się tak bardzo – powiedział Ashton. – Kobiety nie muszą podobać się mężczyznom także dlatego, że są zabawne. I tak już im się podobają. Wiesz, co mam na myśli?

– Idź do diabła – rzuciła Riley. – Jestem zabawna.

– Nie, nie, najdroższa. To nie jest obelga. Odnosisz mylne wrażenie, że mężczyźni chcą, żeby ich kobiety były zabawne.

– Nie, nie, najdroższy. To ty odnosisz mylne wrażenie, że kobiety nie chcą, by ich mężczyźni byli zabawni.

Julian skinął głową z aprobatą.

– To było zabawne, Riles.

– Dzięki, Jules. Ashtonie, powinieneś się postarać i bardziej przypominać Juliana. Bo w przeciwieństwie do ciebie, on jest zabawny.

– Wal się, Jules.

– Co takiego zrobiłem? – Po chwili dodał: – Wiesz, Ash, jeśli potrafisz doprowadzić dziewczynę do śmiechu, takiego prawdziwego, głośnego, z odrzuconą głową, to może otworzy się przed tobą bardziej i będziesz ją mógł doprowadzić do innych rzeczy.

– Wal się, Jules! – A po chwili: – Dobra, postaram się być zabawniejszy – rzekł Ashton. – Spróbujmy zrobić to jak Julian.

– Powiedział biskup do barmanki – odparł Julian.

Aby okazać się zabawniejszy, Ashton opowiedział dowcip.

– Joe Gideon zwraca się do masażystki: „Przepraszam pani, ile liczy pani za genitalia?", a ta odpowiada: „Tyle samo co za Żydów, panie Gideon".

Cała czwórka wybuchnęła gromkim śmiechem, odrzucając głowy do tyłu. Wszyscy uwielbiali L.A. i film *Cały ten zgiełk.*

Skok do przodu.

– Przeprowadzam się do Londynu. To pomoże mojemu kochanemu staruszkowi, a wiesz, jak jesteśmy sobie bliscy. Żarty na bok, zawsze chciałem zamieszkać w Notting Hill. Zapisałem to na liście życzeń. Jasne, że zatrzymam Skrzynię Skarbów. Czemu miałbym ją zamykać? To moje życie.

Skok do przodu.

– Sprzedaję Skrzynię Skarbów. Nie bądź taki przybity, to tylko sklep. Otworzę inny, jeśli znów gdzieś osiądę na stałe. Teraz mam ochotę podróżować, oglądać świat. Wchodzisz w to, Jules? Gdzie byliśmy poza Londynem? No właśnie, nigdzie. Chcesz jechać do Francji? Mamy czas. Zaszalejemy jak dwaj wolni faceci w Paryżu, poczujemy, że żyjemy. – Ashton uśmiechnął się od ucha do ucha, zanucił pod nosem, zabębnił palcami w blat. – Bo jesteś moim bardzo dobrym przyjacielem.

Skok do przodu.

– Ona cię zniszczy – oświadczył Ashton, gdy pewnej nocy wracali do domu, mocno zalani. – Mówiłem, że cię rozwali, ale ty nie słuchałeś. Nigdy mnie nie słuchasz, bo wydaje ci się, że wiesz wszystko i tylko ty masz przeczucia.

– Na pewno chodzi ci o mnie?

– Odwróciła się do ciebie z płonącymi oczami – ciągnął Ashton – jakbyś był jej przeciwnikiem na ringu, i powiedziała: Dzisiaj cię powalę. I jak dotąd nie zrobiłeś nic, by powstrzymać ją przed spełnieniem tej obietnicy.

– Czemu tu w ogóle jestem?

– Przypominasz mojego ojca. Obaj stale pytacie, czemu tu jesteście – odparł Ashton. – Nie lepiej zapytać, czemu cokolwiek tu jest? Nie dlaczego ty zawracasz sobie głowę egzystencją, lecz dlaczego cokolwiek w ogóle zawraca sobie nią głowę.

– Dlatego. Sztuka życia na tym świecie – odparł Julian, nawiązując do Marka Aureliusza – uczy nas, że człowiek może być przygotowany na wszystko, co go spotka i że nic nie może go powalić.

– Niektóre rzeczy mogą – odparł Ashton. – Wycofaj się, Julianie. Przyznaj się do porażki. Zapomnij, że ją kochałeś. Ja musiałem to zrobić. – Zwiesił głowę. – Zapomnieć, że je kochałem.

– Jedźmy do Paryża, Ash.

– Dobra, ale najpierw pojedź ze mną na ślub do Yorku.

– Nie mogę. – Miał wiele do zrobienia, by przygotować się na równonoc.

Czy to koniec? Czy te okropne wspomnienia to życie Juliana przesuwające mu się przed oczami?

Doszedł do wniosku, że nie.

Nie jego życie.

Ich przyjaźń była początkiem wszystkiego.

Jak Ashton mógł być tym, którego porwała burza.

Uciekaj, mój jedyny przyjacielu.

Cofnij taśmę, cofnij.

Część pierwsza

LONDYŃSKA DUMA

Przez pola, miasta, przez morza brzeg,
Pochód przechodził szybki jak bieg,
Niszczył, tratował wszystko tam,
Aż do Londynu dotarł bram.

Maska anarchii, Percy Bysshe Shelley

1

Anonim

– Każdy może zatrzymać życie człowieka – Devi zacytował Senekę, przekonany pewnie, że niesie pocieszenie – ale nikt nie może zatrzymać jego śmierci: otwiera się na nią tysiąc drzwi.

Nie mów do mnie. Nie patrz na mnie. Daj mi spokój.

Błagał ją, błagał, żeby tego nie robiła, a jednak Shae go zostawiła.

– Wydostań się ze swojej rzeki samotności – usłyszał głos Deviego. – Wiemy, że się smucisz. Ale nie jesteś sam. Ava i ja jesteśmy z tobą. Oddzieliłeś się od swojego serca, zgoda, ale nie myśl, jak niewiele dla niej zrobiłeś. Pomyśl lepiej, ile ona zrobiła dla ciebie. Jej miłość ocaliła ci życie. Tamten człowiek zabiłby cię i sprofanował twoje ciało. A potem zabiłby i sprofanował ją. Chciała dać ci szansę, ostrzegła cię, a potem rzuciła się za burtę. Ocaliła cię, poświęcając siebie. Choć byłeś niegodny i niewiele wart. Przyjmij od niej ten dar i żyj.

– Ja byłem niegodny? Słyszałeś moją opowieść?

– Oczywiście – odparł Devi. – Nie powinieneś nigdy tam iść. Nigdzie nie powinieneś się wybierać w stanie, w jakim byłeś, w jakim nadal jesteś. Trzeba było poczekać do następnego roku albo jeszcze do kolejnego. Lub w ogóle się nie wybierać. Nie mogłeś się jej przydać. Nie byłeś w stanie jej pomóc. Fakt, że to ona wbrew tobie ci pomogła, świadczy o tym, co czuje do ciebie jej dusza, nawet kiedy najmniej na to zasługujesz.

– Ja najmniej zasługuję.

– Przestań powtarzać wszystko, co mówię, tym swoim tonem.
– Czemu wciąż do mnie mówisz? Idź sobie.

„Obiecałeś matce, że obojętne, dokąd pójdę, ruszysz za mną. Mówiłeś poważnie?

Nie obiecałem tego twojej matce. Obiecałem tobie".

Shae próbowała zabrać go ze sobą. Skoczyła, lecz jemu jak zawsze zabrakło czasu. Nawet, by umrzeć.

Ava siedziała przerażona. Nic nie poprawiło jej samopoczucia: ani historia rozgorączkowanej matki, ani pełna poświęcenia odwaga Maorysa, który pozostał u boku Shae do końca.

– To dzięki związkowi z tamtą kobietą i moim dzieckiem Kiritopa mógł okryć się chwałą – powiedziała.

Julian stracił trzy palce u prawej ręki. Prawie cztery. Po wielu operacjach lekarzom udało się uratować wskazujący. Trzymał się teraz dzięki stalowym śrubom. Jak palec robota. Pożegnał się z małym, serdeczny i środkowy były obcięte poniżej drugiego knykcia. To cena za życie, powiedział Devi. Julian chciał mu pokazać środkowy palec, ale został mu tylko kikut.

Zapłakana Ava siedziała w kącie.

– Zupełnie jakbym kolejny raz przeżywała ten pierwszy – powiedziała.

Ciało Juliana było w rozsypce. Wykwity po porażeniu prądem. Osłabione serce. Podczas walki z Tamą stracił nie tylko palce, lecz odniósł wiele innych obrażeń: miał złamany nos, pękniętą kość jarzmową, wstrząśnienie mózgu, wybity bark, złamaną kość promieniową po blokowaniu tego przeklętego *mere*, zerwane ścięgna w kolanie, pękniętą kość strzałkową, pęknięcia kości dłoni i stóp. Był posiniaczony praktycznie od czoła po golenie.

Jego ciało powoli dochodziło do siebie.

Ale były rzeczy, które uleczyć się nie mogły.

„Mówisz do niej, bądź moją boginią, i rozsuwasz jej nogi. Obarczyłeś ją wielkim ciężarem – siebie też. Ona musi być tym, czym nie jest. Ty musisz być tym, czym nie jesteś. Ona nie jest boginią.

Boginie nie umierają".

Julian żył w środku ciszy, w środku ciszy oceanu z jej ciałem w ramionach.

– Czy moje cierpienie ma jakiś cel, rozpacz kiedyś się skończy?

Devi wstał i zaprzeczył.

– Co znajdę na końcu mojej historii? – zapytał Julian innego dnia, innego milczącego popołudnia. – Uznanie dla moich wysiłków, listę niepowodzeń i wad?

Devi wstał i potwierdził.

Julian szukał siły w sobie. Razem z Avą przypominali katatoników: ona siedziała w jego szpitalnej sali przy oknie, on w łóżku, prawie się nie poruszali, próbując czerpać siłę z milczenia. On wpatrywał się w to miejsce dłoni, gdzie kiedyś znajdowały się palce.

„Twój strach, że ona przestanie istnieć – że zniknie, rozpłynie w powietrzu – stracił rację bytu. Alleluja. Nie zniknęła.

To ty znikasz".

*

Dni me jak powiew, pomyślał Julian, gdy wrócił w końcu do mieszkania po sześciu tygodniach spędzonych w szpitalu i kolejnych sześciu poświęconych na rekonwalescencję w Hampstead Heath. Gdyby go nie wyrzucili, zostałby tam dłużej. Do końca życia.

Zamiast tego wrócił do domu.

„Ponownie oko me szczęścia nie zazna, bo on nie wróci, by mieszkać we własnym domostwie. Nie zobaczą go strony rodzinne"*. Julian stał przy kominku w pustym mieszkaniu w Notting Hill. Ava i Devi stali obok niego ze spuszczonymi głowami. Nigdy go nie opuścili. Pojechali z nim do Yorku po ciało Ashtona, trwali u jego boku na pogrzebie, byli z nim teraz. Do końca swoich dni Julian będzie się skarżył na gorycz w duszy. Wolał śmierć przez utonięcie niż to życie. Bóg nie zabrał moich nieprawości. Nadal leżę w ziemi. „Spojrzysz, a mnie już nie będzie".

Bo nie ma jego.

Bo nie ma jej.

Devi próbował poprawić nastrój, jak tylko on potrafił. Przygotował jedzenie, przyniósł Julianowi tygrysią wodę. Usiedli razem z Avą,

* Odwołanie do Księgi Hioba 7,7. (Wszystkie cytaty biblijne za: Biblia Tysiąclecia, Poznań–Warszawa 1980).

przełamali się chlebem, wypili sake i jedli sajgonki z gotowaną dwukrotnie wieprzowiną maczane w ostrym sosie sojowym; popijali *ga-tan*, wietnamską zupę z kurczaka. A potem Devi zaczynał swoje opowieści.

– Mojego syna też wychowałem na katolika. Ale kiedy dorósł, nie został w nim żaden ślad jakichkolwiek nauk. Resztka wiary zamieniła się w pustkę.

– To nie dotyczy tylko twojego syna – odparł Julian. – Ja też przeżyłem podobnie większość dorosłego życia. Odebrałem religijne wychowanie, które w college'u próbowałem odrzucić. Rodzina mojego ojca była głośno i żarliwie katolicka, za to matka była cichą norweską luteranką. Choć niemal nieustannie szukałem odpowiedzi na nierozwiązywalne zagadki życia, było mi bliżej do niej niż do moich krewnych *Dia de los Muertos*. Chodziłem do świeckiej szkoły z dzieciakami, które podzielały moje odczucia. Każdą wzmiankę o kościele kwitowano przewróceniem oczu. Rozmawialiśmy o grach wideo, futbolu, boksie, muzyce, dziewczynach. Bóg pojawiał się w naszych ustach tylko wtedy, gdy używaliśmy jego imienia nadaremno. A potem poznałem Ashtona. Nie chodził do kościoła, ale miał wiarę.

Devi skinął głową.

– Podobnie jak mój syn – powiedział. – Typowy chłopak dorastający w Londynie, który nie słuchał ojca. Chciał zostać fotografem. Uważałem, że to niepoważne. On z kolei uważał, że jestem beznadziejnie staroświecki. Wprawiałem go w zakłopotanie. Gdy zmarła jego matka, rzucił się w wir imprez.

Julian skinął głową. To przypominało Ashtona, z tym wyjątkiem, że jego ojciec porzucił rodzinę, rozpoczął nowe życie w Anglii i nie wrócił po syna, nawet gdy umarła jego matka. Przed UCLA Ashton zaliczył kilka rodzin zastępczych.

– Teraz, podobnie jak wtedy, trudno po życiu i czynach ocenić człowieka, czy jest osobą wierzącą – ciągnął Devi. – Nauki i myśl religijna oderwały się od codzienności. Człowiek może przeżyć jeden tydzień, drugi, potem całe życie, nie spotykając Boga w relacjach z sobą samym lub innymi ludźmi.

– Może kiedy powstaje nowe życie? – wtrąciła Ava.

– Pomimo okrzyków „O mój Boże", często nawet nie wtedy – odparł Devi. – Człowiek zwykle styka się z wiarą lub jej brakiem na końcu życia.

Julian zwiesił głowę.

– Można począć dziecko bez Boga – ciągnął Devi – można je urodzić, wziąć ślub, przeżyć każdą niedzielę, każdy Wielki Piątek, każdy dzień bez Boga, ale trudno bez Boga stawić czoło śmierci, zwłaszcza żyjącym. Nie wiemy, co robią zmarli, kiedy zamykają się drzwi i pochłania ich ciemność lub ogarnia światłość. Ale wiemy, co robimy my, żyjący, dźwigając ciężar pogrzebu i nabożeństwa żałobnego. To dla nas bardzo trudne chwile. Człowiek umiera cicho w szpitalu. Czasami w obecności rodziny, czasem nie. Często bez księdza, bo ten ktoś nigdy nie był w kościele, przynajmniej nie z własnej woli. Po zakończeniu procedur medycznych zabierają ciało. Przedsiębiorca pogrzebowy zawozi je do miejsca, do którego większość ludzi rzadko wchodzi. Ciało leży tam przez kilka godzin, dni lub tygodni, dopóki rodzina nie podejmie decyzji, czy je pochować, czy skremować. Kremacja jest teraz najbardziej popularna, bo ciało może obrócić się w proch bez teologicznych fanfar. Znałem kiedyś człowieka, który zaplanował szczegółowo własny pogrzeb. Zmarł samotnie w Dover. Kiedy kilka dni później przyjechali jego synowie, jego ciało zostało już skremowane.

– Skąd wiesz?

– Pojechałem do Dover i siedziałem przy nim, zanim umarł – odparł Devi. – Jego synowie mnie nie znali. Wręczono im kartonowe pudełko z prochami ojca i drugie z jego ostatnimi rzeczami. Znajdowały się tam okulary kupione w drogerii. Jednorazowa komórka. Zegarek Timex, który nosił od lat siedemdziesiątych. Trzydziestoletni portfel, w którym znaleźli banknot dziesięciofuntowy, legitymację ubezpieczenia zdrowotnego, kartę kredytową, prawo jazdy z kończącą się ważnością i wycięty ze starej gazety artykuł o orłach. To wszystko. Synowie zatrzymali prochy, a wychodząc, wyrzucili drugie pudełko do śmieci. Nie było pogrzebu, nabożeństwa, stypy. Może poszli do pubu na drinka, nie wiem. Nie padły nawet świeckie słowa, by przypomnieć, dlaczego żył, ile znaczył, kto go kochał. Nie było nic.

– Czemu mi to mówisz? – zapytał Julian.

– Bo tak się umiera bez Boga. Anonimowo. Ale nie tak żył Ashton. I nie tak umarł.

Julian się rozpłakał.

2

To nie musiało tak być

Powoli z mieszkania zaczęły znikać ślady człowieka, który odszedł. Jego ubrania nie wisiały w pustych szafach, zapach otwartej wody kolońskiej nie unosił się nad komodą, szczoteczka do zębów i maszynka do golenia nie leżały w jego nieużywanej łazience, a przeterminowana woda kokosowa, kupiona przez delikatną i udręczoną Riley, nie stała już w lodówce.

Rzeczy, które Ashton pozostawił:

Konta i polisy ubezpieczeniowe odziedziczone przez Juliana.

Plakat z Bobem Marleyem, który Julian próbował dać Zakiyyah, lecz nie chciała go przyjąć.

Zdjęcie Ashtona i Juliana zrobione wysoko w górach Sierra Madre, gdy mieli po dziewiętnaście lat, z plecakami, w czapkach z daszkiem, objęci, uśmiechali się do obiektywu.

Powiedzenie wypisane z boku lodówki. Gdyby nie zdecydowany charakter pisma Ashtona, Julian mógłby zapomnieć, kto je napisał. Był to cytat z Dona Marquisa: „Przez wszystkie moje dni moje serce biegło za czymś, czego nie potrafię nazwać”.

*

Julian nadal spacerował po Londynie, szukając kawiarni ze złotymi markizami.

Kiedy czuł się zmęczony, przysiadał na ławce, czasami koło kościoła przy Cripplegate. Siedział bez ruchu, spoglądając nad kanałem na zachowany fragment kruszącego się Muru Londyńskiego. Liczył, że bezruch w końcu przywróci mu siły. Ale jeszcze tak się nie stało. Nie robił się też przystojniejszy. Starzał się, siwiał, chudł, wymachiwał bezradnie rękami, zaciskając i rozkładając okaleczoną dłoń, szurał stopami, czując ból w kościach. Jaskinia Q'an Doh, niegdyś miejsce nadziei i zbawienia, stała się jedynie organami ze stalaktytów pozbawionymi kościoła, które wygrywały swoją ostatnią pieśń żałobną, niosącą nie rozgrzeszenie, lecz zapomnienie.

*

Nie miał żadnych wiadomości od Riley.

Kilka razy próbował się z nią skontaktować, lecz nadal blokowała jego numer. Ścieżka pośrednia – przez rodziców czy Gwen – też była zamknięta i Riley pozostawała celowo i całkowicie niedostępna w pustynnych piaskach Snowflake w stanie Arizona, gdzie pracowała albo się ukrywała, co w sumie na jedno wychodziło.

Jak ona się miewa, pytał jej rodziców.

Niezbyt dobrze, odpowiadali. A jak myślisz?

Nikt nie pytał, jak on się miewa, nawet Gwen.

I bardzo dobrze.

Julian nie miał wiadomości od Riley, ale za to miał je w nadmiarze od Zakiyyah.

Dzwoniła z reguły w jakimś nieodpowiednim momencie podczas długich londyńskich poranków, gdy w L.A. był środek nocy. Wiedział, że to ona, po żałosnym jazgocie dzwonka.

Godzinami siedział przy kuchennej wyspie z łokciami opartymi na blacie, z zamkniętymi oczami, telefonem przyciśniętym do ucha i starał się nie słuchać nieznośnego lamentu zrozpaczonej kobiety – teraz zamężnej z kimś innym – modulowanej mieszaniny wściekłości i żalu, przerywanej co parę minut przez rozpaczliwy, ochrypły refren. „To nie musiało tak być".

Zakiyyah nie oczekiwała od Juliana, że będzie się odzywał. Wymagała tylko, by przyciskał telefon do ucha.

„To nie musiało tak być!".

„To nie musiało tak być…”.

Po kilku miesiącach przestała dzwonić.

Gdy jej milczenie zaczęło dudnić mu w uszach, postanowił sam się do niej odezwać.

Telefon odebrał nowy mąż.

– To nie jest dobry pomysł, żebyś dalej z nią rozmawiał – powiedział. – Zwłaszcza w środku nocy, kiedy powinna spać lub robić inne rzeczy. Przez to tylko gorzej się czuje. Staramy się o dziecko, a to niszczy wszystkie nasze plany.

– Nie musi tak być – odparł Julian, próbując słabo argumentować, przekonywać.

– Może – rzucił mąż, zanim przerwał połączenie. – Ale tak jest.

Julian więcej do niej nie dzwonił. Siedział w tej samej pozycji, nawet bez telefonu przy uchu. Ze zwieszoną głową. Zamkniętymi oczami.

To nie musiało tak być.

Linia miłości.

Linia nienawiści.

To nie musiało tak być.

Linia smutku.

Linia wściekłości.

To nie musiało tak być.

Zakiyyah wspominała dawne dni.

Lata.

Radość.

Kłótnie.

Życie.

To nie musiało tak być.

Opowiadała o L.A. z nim u boku.

O barach, wyprawach, przejażdżkach kolejką Space Mountain.

Mówiła o Londynie, gdzie było wspaniale.

Ale nie było, Z, chciał powiedzieć Julian. Nie było. Wszystko już zaczęło się sypać, ja nie mogłem tego dostrzec, a ty nie chciałaś.

To nie musiało tak być.

Szlochała za przyszłością, która była tak blisko, a jednak nigdy nie nadeszła.

Czasami okrzyk.

Czasem szept.

Czasami ledwo ją słyszał.

To nie musiało tak być.

– Z... Z... proszę, wszystko będzie dobrze.

Ale teraz, gdy przestała dzwonić, słyszał ją nieustannie niczym jęk syreny w głowie.

Nigdy nie pokocham innego mężczyzny tak, jak kochałam jego, powiedziała.

Nigdy więcej nie rozmawiał już z Zakiyyah.

I nigdy nie skontaktował się z Riley.

To nie musiało tak być.

*

Codziennie rano, gdy Julian się budził, było mu zimno. A kiedy wyglądał przez okno, padał deszcz.

Nigdy nie wychodził bez parasola.

W weekendy, jeśli w ogóle ruszał się z domu, wkładał wodoodporne buty.

Udawał, że chodzi do pracy. Wstawał rano, wkładał garnitur, szedł do stacji Notting Hill Gate i przez cały dzień jeździł Circle Line. Przesiadał się gdzieś na inny pociąg, wysiadał na stacji, na której jeszcze nigdy nie był, spacerował po okolicy, wpatrując się w kawiarnie, czasem jadł lunch w pubie, czytał i wracał do domu.

Nie było mowy, by wrócił do Nextela, gdy nadal siedział tam Nigel. To było niemożliwe. Julian wiedział, że nigdy nie mógłby stanąć z nim twarzą w twarz, co dla Nigela było błogosławieństwem. W sierpniu dowiedział się jednak, że Nigel zmarł w wyniku ostrego zatrucia alkoholem. Chciał komuś podziękować, ale nie wiedział komu.

Po śmierci Nigela wrócił do pracy.

Został do października. Tylko dlatego, że podobały mu się reakcje cywilizowanych ludzi na jego tajemnicze okaleczenie.

– Mówiłeś, że jak to się stało?

– Walczyłem na śmierć i życie z maoryskim wojownikiem.

A oni spoglądali dobrotliwie na jego wolno poruszające się ciało i mówili:

– Jasne, jasne. Ale zwyciężyłeś?

– Oczywiście. Inaczej nie stałbym tu i nie opowiadał o walce.

– Jasne. Malcolm, chodź tutaj. Jules, powiedz mu, co przed chwilą mówiłeś mnie.

– Walczyłem na śmierć i życie z maoryskim wojownikiem.

– Maoryskim! Roger, chodź tutaj, musisz koniecznie posłuchać.

Julianowi podobało się to, że z niego szydzą. Przypominało mu dawne czasy. Ale wkrótce i to spowszedniało.

Kiedy wziął wypłatę i zrezygnował, spędził zimę w sali bokserskiej. Tam nikt się z niego nie nabijał. Tamtych ludzi nic nie szokowało.

– Maoryskim wojownikiem? Cholera, to fantastyczne! Omar, chodź tutaj, musisz tego koniecznie posłuchać. Nasz Jules walczył z Maorysem.

– Naprawdę? Tak straciłeś pół dłoni? Nie do wiary. Ale z nim było gorzej, prawda? Bo inaczej nie stałbyś tutaj i nie opowiadał. Martwi nie opowiadają historii. Rafa, chodź tutaj i spójrz na dłoń Juliana. Walczył z pieprzonym maoryskim wojownikiem.

– Kurwa, niemożliwe!

Julian chodził do Nextela w eleganckich skórzanych butach. Były przemoczone i zniszczone, bo kałuże przy stacji metra w pobliżu Fitzroy House nigdy nie wysychały. Zupełnie jakby chodził w przemoczonych butach po antarktycznym lodzie, siedział w łódce, popijał whisky z Edgarem Evansem i rozmawiał o igloo na jałowej ziemi. Buty w Anglii nigdy nie wysychały, przemoczone w pobliżu supermarketu Sainsbury's, gdzie Julian wciąż odruchowo kupował mleko, choć wiedział, że go nigdy nie zużyje, bo nie jadał płatków. Jadał je Ashton.

Ava, która wprowadziła się do pokoju Ashtona, nie komentowała nabiałowych zakupów Juliana. Po prostu wyrzucała mleko, gdy mijał termin ważności.

Czasami, gdy pogoda w Londynie była paskudna i wył wiatr, Julian przypominał sobie coś, o czym nie chciał pamiętać, i zginał się wpół. To całkiem nieźle opisywało jego życie. Zawsze próbował uniknąć pamiętania czegoś, czego pamiętać nie chciał.

Pewnego dnia w Invercargill, gdy wiatr też wył w zamarzającym powietrzu, Shae zapytała, czemu zawsze jesteś taki, a on odparł, czemu ty zawsze jesteś taka. Kłócili się, jakby żyli ze sobą od lat i nie dbali już o właściwe zachowanie, nie uśmiechali się i nie prawili sobie komplementów, nie opowiadali sobie żarcików i nie zadawali uroczych pytań. Nie było flirtowania ani zalotów. Nie było pytań. Bo wiedzieli już wszystko, co trzeba było wiedzieć, i to stało się źródłem rozpaczy. Ona wiedziała, że umrze, a on wiedział, że nie jest w stanie temu zapobiec.

Pewnego dnia, jeszcze wcześniej, potężny podmuch londyńskiego wiatru złamał jemu i Ashtonowi parasole. Na pół. Śmiali się z tego do łez. Wspominali czasy, gdy mieszkali w miejscu, gdzie nigdy nie padało, gdzie razem z milionami innych ludzi stali w korku na autostradzie lub drodze 405 i przeklinali swoje życie, bo byli przekonani, że jest im wyjątkowo ciężko. Słońce świeci bezustannie, wszędzie muszą jeździć samochodem: żeby napić się z przyjaciółmi, opowiadać dowcipy swoim dziewczynom, kupić książki w Book Soup.

A teraz Julian szedł ze zwieszoną głową, bez parasola, smagany deszczem, czekał piętnaście minut na metro, bo Circle Line jeździła tak rzadko. Teraz wiódł inne życie, w którym codziennie przy Notting Hill Gate ośmioletnia dziewczynka oferowała mu czerwone róże i mówiła: Dla ukochanej, proszę pana? Żeby zrobić jej przyjemność?

Julian codziennie jedną kupował.

Podłogę w mieszkaniu zaścielało trzysta uschniętych róż.

*

Ava wyrzucała go z domu.

– Przejdź się na spacer – mówiła. – Poszukaj złotej markizy. Mam mnóstwo roboty. Zakładam ogródek warzywny na tyłach, żebyś w przyszłym roku miał swoje własne pomidory.

– W przyszłym roku? – Patrzyli na siebie bez słowa. Co mogli powiedzieć? – Nie lubię pomidorów.

– Nie pytałam cię o zdanie.

Wieczorami przesiadywała z nim do późna. Julian czasami stawał się rozmowny i opowiadał jej rzeczy, które była w stanie znieść. Najczęściej historie o matkach i córkach. Opowiedział o Aurorze i lady Mary w Clerkenwell, o Agacie i Miri w kolonii, o Aubrey i Mirabelle w Kent. Nie wspomniał o Mallory w burdelu. Anna, matka, nie żyła, dziewczyna mordowała ludzi, płonęła w ogniu, skazując swoją duszę na potępienie.

Nie opowiadał też o Shae i Agnes, bo to jeszcze nie była historia.

Ani martwa natura jak misa owoców.

Ava chciała wiedzieć, jak wyglądała każda dziewczyna, jak brzmiał jej głos. Dopytywała się, czy tańczyła, śpiewała, opowiadała dowcipy. Prosiła Juliana, by odtwarzał najlepsze momenty córki na scenie. Kupiła teksty sztuk, zaznaczyła kwestie Mii i prosiła, by je dla niej recytował, lecz na stojąco, tak jak jej córka.

Nigdy nie pytała o jej śmierć.

– Nie wiem, jak możesz to robić – szepnęła pewnego wieczoru. – Jak możesz to robić raz po raz.

– Nie dlatego tam wracam – odparł. – Wracam, by patrzeć, jak żyje.

Ava oświadczyła, że coś mu umyka. Dlatego mu się nie udaje, nie dostrzega jakiegoś ważnego szczegółu, nie zwraca uwagi na jakąś ważną część egzystencji Mii.

– Gdybyś tylko mogła mi wskazać, co to może być – odparł.

– Była taką grzeczną dziewczynką. Razem z tatą byli najszczęśliwsi, gdy prowadzili nasz teatrzyk Sideshows na Coney Island. To dziecko było urodzonym klaunem; stepowała, śpiewała, opowiadała dowcipy, żonglowała; nigdy nie opuszczała jego boku. – Ava uśmiechnęła się do wspomnień. – Na koniec każdego występu wychodziła przed kurtynę i dziękowała widzom za przybycie, rozkładała ręce, kłaniała się nisko i mówiła: „Sprawcie, by to było prawdziwe, by trwało, by było piękne". – Ava otarła twarz. – We trójkę wiedliśmy bardzo szczęśliwe życie. Do czasu gdy Jack umarł na atak serca. Ale wcześniej przez dwanaście lat żyliśmy w raju.

Taka jest śmierć, pomyślał Julian. Niszczy, kurwa, wszystko.

*

Ava całymi godzinami rozmawiała przez Skype'a ze swoimi przyjaciółkami na Brooklynie. Dzięki temu mogła być blisko Juliana, gdyby czegoś potrzebował, a jednocześnie nie traciła kontaktu z dawnym życiem. Julian zwykle zakładał słuchawki, by nie słyszeć szczegółów jej prywatnych rozmów, lecz pewnego popołudnia, gdy tego nie zrobił, usłyszał coś, co mu się nie spodobało. Odłożył książkę i wyszedł do holu. Z ust Avy spływały chaotyczne słowa. Intonacja była normalna, lecz znaczenie nie miało sensu. Julian usłyszał czyjś głos wołający: Pomóżcie jej, pomóżcie! Ava, co się z tobą dzieje?

Wpadł do sypialni. Ava siedziała tyłem do niego, przechylona na bok. Powtarzała tylko jedno słowo.

– Raz – mówiła. – Raz raz raz raz raz raz raz.

– Avo, co się dzieje? – zapytał Julian, odwrócił jej krzesło do siebie i zajrzał w rozbiegane oczy. – Co ty mówisz? Możesz usiąść? Przytrzymaj się mnie, wezwę lekarza.

– Jeszcze tylko raz – powiedziała, chwytając go za ramię, gdy chwiała się na boki. – Raz.

3

Jeden raz

Ava doznała udaru. Jego wynikiem był paraliż i utrata mowy. Trzymano ją w szpitalu do czasu, gdy lekarze doszli do wniosku, że już nic więcej nie mogą dla niej zrobić. Albo wyzdrowieje sama, albo wcale.

– Ma prawie osiemdziesiąt lat – oznajmił dyżurny geniusz.

I co, kurwa, z tego, chciał powiedzieć Julian. Znał kiedyś łowcę skarbów, który w wieku osiemdziesięciu lat przemierzał tysiące kilometrów londyńskich kanałów, szukając zaginionego ojca. Znał kiedyś człowieka, który w wieku osiemdziesięciu lat kierował statkiem wielorybniczym podczas antarktycznych burz lodowych i oprawiał foki.

Postanowili z Devim przenieść Avę do ośrodka w Hampstead Heath: znajomego, czystego, z miłymi pielęgniarkami.

– Na dodatek nie jest daleko i będziemy mogli ją odwiedzać – dodał Devi.

Tak, odparł Julian, przyglądając mu się. Co Ava miała na myśli, mówiąc raz? Czy były to okrzyki chorej kobiety? Julian w ogóle nie zwróciłby na to uwagi, gdyby nie fakt, że było to jedyne wyraźne słowo, jakie padło z jej ust, gdy wszystkie inne się zatarły.

*

– Jak mam tam wrócić jeszcze dwa razy? – zapytał Julian Deviego w czarnej taksówce, gdy wracali z Hampstead Heath. – Nie chcę marudzić, ale chodzi mi o aspekt czysto fizyczny. Kości mam tak słabe, jakby miały zaraz się połamać.

– To czemu stale boksujesz, skoro jesteś taki kruchy?

Julian wzruszył ramionami.

– I do tego jestem kaleką. – Podniósł prawą rękę, jakby Devi mógł nie wiedzieć, co ma na myśli. – Nieważne, czego ja chcę, nie wiem, czy moje ciało przetrzyma jeszcze dwie wyprawy.

– To dobrze – odparł Devi. – Bo możesz wrócić tylko raz.

Julian przestał użalać się nad sobą.

– Chcesz powiedzieć dwa.

– Raz.

– Myślisz, że nie potrafię liczyć do siedmiu?

– Chyba nie.

Julian wpatrywał się w tył głowy taksówkarza, zastanawiając się, czy powinien zasunąć oddzielającą ich szybkę. Zdecydował się mówić dalej.

– Powiedziałeś: siedem razy. Nie wyobraziłem sobie tego. – Julian był niemal pewny, że Devi tylko się z nim drażni. – A byłem pięć. Tysiąc sześćset trzeci, tysiąc sześćset sześćdziesiąty szósty, tysiąc siedemset siedemdziesiąty piąty, tysiąc osiemset pięćdziesiąty czwarty, tysiąc dziewięćset jedenasty. To pięć. Następny będzie szósty. Podejrzewam, że jeśli znów mi się nie uda, będzie siódmy. To jeszcze dwa. Jeden z nas nie potrafi liczyć.

– Czyli ty.

– O czym ty mówisz?

Devi dał znak taksówkarzowi, by zatrzymał się przy Marble Arch. Zapłacili i wysiedli, a kiedy przeszli kawałek Bayswater Road, kucharz zaczął mówić.

– Jej siódme i ostatnie wcielenie to córka Avy, Mia. W L.A. Z tobą.

Julian czekał na więcej.

– Z tobą, Julianie.

– Nie rozumiem.

– A kto tu kuśtyka obok mnie? Nie Julian?

– I co z tego?

– Dokąd się wybierasz?

– Chcesz powiedzieć, że to więcej się nie wydarzy?

– Nie to mam na myśli. To może się wydarzyć. Chcę tylko powiedzieć, że nie możesz tam być, kiedy tak się stanie.

– Czemu?

– Bo już tutaj jesteś.

Julian zatrzymał się.

– Chodź ze mną – rzucił z westchnieniem Devi, ciągnąc go za rękę. – Wejdźmy do parku, pospacerujmy wśród fontann we Włoskich Ogrodach. Dzień jest taki ładny. Nie pada pierwszy raz od tygodni.

Drobny Azjata trzymał Juliana pod rękę, gdy spacerowali w oślepiającym słońcu pod koniec lutego, osłaniając dłońmi oczy przed światłem odbijającym się od powierzchni wód Serpentine. A może to Julian trzymał Deviego? Co zrobił nie tak, w którym miejscu tak bardzo zboczył ze ścieżki? Nie odzywali się, dopóki nie znaleźli odosobnionej ławki pod drzewem w pobliżu kaczek na Long Water.

Przesuwając w palcach koraliki, szaman Hmongów przyglądał się ludziom i kaczętom pływającym za matkami.

– W twoim podejściu kryje się błąd – powiedział. – Widzę, że jesteś wstrząśnięty, ale nie musisz tam wracać nawet jeden raz. Jesteś stosunkowo młody. Masz teraz trochę pieniędzy. Możesz podróżować. Są na świecie inne miejsca niż Londyn czy Invercargill. Możesz prowadzić salę bokserską. Widzę, jak inni cię słuchają, odbywają z tobą sparingi, nawet z tą twoją okaleczoną ręką. Lubią cię i szanują. Masz dar. Mógłbyś wykorzystać swoje umiejętności, by pod twoim kierunkiem ludzie, którzy potrzebują pomocy, stawali się lepszymi bokserami, i codziennie robić to, co ma dla ciebie największe znaczenie. To wielki dar – móc być każdego dnia blisko tego, co się kocha. Możesz to robić tutaj albo w L.A. Twoja matka na pewno wolałaby mieć cię z powrotem. Może kogoś poznasz. Cierpiący tak długo samotnik to gratka dla wielu kobiet. Masz przed sobą jeszcze tyle możliwości. Powrót to tylko jedna z nich.

Julian siedział bez ruchu.

– Kiedy poznałeś ją pierwszy raz – ciągnął Devi – myślałeś, że macie przed sobą wieczność. Gdy wróciłeś po nią pierwszy raz, też tak myślałeś. Drugi raz, w Silver Cross, bałeś się i nie wiedziałeś czego. Za trzecim razem wiedziałeś, że nieszczęście się zbliża, ale nie wiedziałeś, kiedy nadejdzie. Za czwartym razem, z Mirabelle, wiedziałeś dokładnie kiedy. A ostatni raz, po raz pierwszy, sama Shae wiedziała, co nadciąga. I co z tego wynikło? Nie mam pojęcia, co was czeka. Co jeszcze możesz jej pokazać i co ona może pokazać tobie? Być może jak żyć pośród śmierci, czego wszyscy musimy się nauczyć. Ale... – Devi złożył dłonie. – Jeśli zdecydujesz się wrócić, zrobisz to ostatni raz.

Kaczki na Long Water trzepotały skrzydłami, pryskały wodą. Gdzieś zapłakało dziecko. Przeszły dwie kobiety mocno przytulone do siebie. Mężczyzna i kobieta przysiedli na ławce i zgodnie lizali jednego loda w rożku.

– Powiedziałeś siedem.

– Słyszałeś choć jedno słowo, które powiedziałem?! – wykrzyknął Devi. – Czemu stale wszystko powtarzasz? Miałeś siedem razy.

– Pierwszy się nie liczy.

– Czemu?

– Bo to było moje życie. Żyłem nim.

– Może i było twoje, ale było też jej ostatnim. To się liczy, prawda?

– Nie. – Julianowi zdrętwiały nogi, kikuty palców u ręki pulsowały.

– Za każdym razem, gdy przekraczałeś południk i cofałeś się w czasie, wchodziłeś do jej życia, nie swojego.

– I co z tego?

– Nie możesz wejść do życia, w którym istniejesz.

– Czemu nie?

Devi starał się zachować cierpliwość.

– Jak możesz egzystować w czasie, w którym już istniejesz? – Wymawiał wyraźnie każde słowo. – W tym unikatowym, jedynym fragmencie czasoprzestrzeni ona istnieje w twoim czasie. Ty nie istniejesz w jej.

– Co za różnica?

Devi westchnął.

– A co zrobisz, gdy to stare okaleczone ciało natknie się gdzieś w Los Angeles na młodszą, sprawną, jurną wersję, która będzie z nią rozmawiać w Book Soup?

– To problem tamtego faceta.

– W jednej chwili stanie się twoim problemem. Mówię, że nie może do tego dojść. Nie możesz istnieć w dwóch wersjach – powiedział Devi. – To rozumiesz, prawda? Jedno ciało, jedna dusza. Nie dwa ciała, jedna dusza. Nie dwie dusze, jedno ciało. Nie dwie dusze, dwa ciała. Jedno ciało. Jedna dusza.

Julian nie ruszał się.

– Co zrobię z tym innym mną?

– Nie ma innego ciebie! – wykrzyknął Devi. – Jesteś tylko jeden. Tutaj, gdzie jest twoja dusza, na ławce przy Serpentine. Nie można podzielić twojej duszy. Nie jesteś… co jest teraz takie popularne?… nie jesteś horkruksem. Nie jesteś klonem, ciałem bez duszy. Nie możesz współzawodniczyć ze swoim materialnym ja w materialnym świecie, nie możesz współistnieć ze sobą w Los Angeles. Jak możesz do tego podchodzić tak lekko? To niezaprzeczalna prawda. Tylko jeden ty możesz jej dotykać.

W końcu Julian zrozumiał.

Nie był na to przygotowany. Zupełnie jakby odcięto mu kolejny palec.

*

W połowie marca, w środku nocy, Julian walił pięścią w drzwi Quatrang.

– To musi się skończyć – powiedział rozespany Devi w czarnym jedwabnym szlafroku, wpuszczając Juliana do środka. – Mam swoje życie. Muszę funkcjonować w ciągu dnia. Nie jestem nocnym stworzeniem jak ty.

– Co mam robić, Devi? Bo sam już nie wiem. Pomóż mi.

– Chcesz, żebym ci dał coś, co pomoże ci zasnąć?

– Chcesz powiedzieć, że nie wiesz, jak pomóc mi ją ocalić, zmienić jej los?

– To właśnie chcę powiedzieć – odparł cicho Devi. – Nie wiem, jak pomóc ci odmienić jej los.

– Ale siedem razy to za mało!

– Siedem razy to za mało – powtórzył tępo Devi. – Patrz, co wyprawiasz. Przez ciebie zaczynam powtarzać, zaraziłeś mnie swoją chorobą. Jeden raz więcej to dla ciebie za mało. Sześć podróży w czasie to za mało. Siedem tygodni to za mało. A gdybyś miał siedemdziesiąt razy siedem, co byś powiedział? Czy to też by nie wystarczyło? A gdybyś miał siedemdziesiąt tysięcy siedem?

– Też by nie wystarczyło – szepnął Julian.

– Siedem dni, by zmienić twoje życie i jej – powiedział Devi. – Siedem dni na stworzenie świata. Siedem słów na krzyżu. Siedem razy, by pracować nad duszą, żeby w końcu stanąć przed Bogiem jako najlepsza wersja siebie. Nie bądź egoistą, Julianie. Pomyśl o niej. Wolałbyś, żeby jej nieśmiertelna dusza wirowała i męczyła się przez całą wieczność? Raz po raz próbowała i nie dawała rady? – Devi pokręcił głową. – Teraz to brzmi jak cierpienie dla samego cierpienia. Spójrz na siebie, kości masz coraz słabsze. Obracasz się w proch na moich oczach. Twoje ciało nie przetrzyma kolejnego razu. Dawno minęły dni, kiedy przysięgałeś mi, że nigdy tam nie wrócisz, a ja udawałem, że ci wierzę. Naprawdę wyszedłeś z siebie, by odpowiedzieć na pytanie, na które akurat ja nie potrzebuję odpowiedzi: Jak żyje człowiek, gdy musi żyć bez czegoś, bez czego nie może żyć? Kiepsko, ot co. Więc idź po raz ostatni. I zrób, co możesz.

– Co na przykład?

– Aby mieć coś, czego nigdy nie miałeś – powiedział Devi – musisz zrobić coś, czego nigdy nie robiłeś.

To tyle, panie i panowie!

Sprawcie, by to było prawdziwe.

By trwało.

By było piękne.

4

Bądźmy poważni na serio, Julianie

Rzeka się kończy. Prowizoryczny ponton osiada na błotnistym dnie. Julian wyłącza lampkę czołówkę, by poszukać źródła światła, ale nic nie widzi i nie ma się na co wspiąć. Otrzepuje się z kurzu, włącza lampkę i idzie dalej wyschniętym łożyskiem rzeki. To z pewnością lepsze niż błąkanie się po lodzie.

Po długim czasie zaokrąglone ściany tunelu stają się gładsze, bardziej szare, a kamienie pod jego stopami znikają. Uderza kostką o coś, co wygląda na żelazo. Nachyla się. To jest żelazo. Pojedyncza szyna. Gdyby była to trzecia szyna, prądowa, znalazłby się w prawdziwych tarapatach. Ciekawe, czemu nie ma w niej napięcia. Idzie bez końca. Szukając światła, raz jeszcze wyłącza lampkę. Wreszcie w ciemnym tunelu przed sobą dostrzega słaby żółty błysk i w oddali słyszy głosy.

Tunel wychodzi na stację. Julian podciąga się na peron w przypominającej jaskinię przestrzeni, pogrążonej w niemal całkowitej ciemności z wyjątkiem końca przeciwległego zakrętu. Rozpoznaje tę stację. Był tutaj chyba z tysiąc razy. Na wypadek, gdyby pojawiły się jakieś wątpliwości, czerwone kółko z niebieską linią na ścianie informuje go, gdzie jest.

To Bank.

Stacja metra Bank w londyńskim City. Julian trafił na peron Central Line z jego charakterystycznym ostrym zakrętem (stację zbudowano wokół skarbca Bank of England). Niemal słyszy przenikliwy zgrzyt kół, gdy pociąg skręca. Dziś jednak pociągi nie jeżdżą, bo linia jest nieczynna.

Tuż za zakrętem Julian dostrzega grupkę obdartych ludzi skupionych na peronie niedaleko wyjścia do korytarza prowadzącego do ruchomych schodów na ulicę. Skuleni razem siedzą wśród kilku płonących lamp. Z korytarza dobiega pojedynczy głos, modulowany, jakby wygłaszał przemówienie. Od czasu do czasu ludzie na ziemi wybuchają śmiechem.

Wygląda to tak, jakby wykorzystywali metro jako schron przeciwlotniczy. Co tłumaczy, dlaczego w szynie nie ma prądu. Odłączono go, bo ludzie śpią w metrze.

Julian gratuluje sam sobie. Tym razem bezbłędnie domyślił się, dokąd trafi.

To Londyn podczas drugiej wojny światowej.

Aby dopasować się do czasów, Julian kupił garnitur Armaniego z kamizelką, dwa rozmiary za duży. W latach czterdziestych nikt nie nosi dopasowanych garniturów. Na nogach ma wodoszczelne glany, a na głowie kaszkiet, jaki lubił nosić nawet król Jerzy. Nie obciął włosów, wiją się zaczesane do tyłu, i ogolił się, choć po czasie spędzonym w jaskini czuje pod dłonią szorstki zarost.

Wychodzi do korytarza między peronami i staje z tyłu, próbując uchwycić głos odbijający się od zaokrąglonych ścian wyłożonych płytkami.

Na peronie niektórzy już leżą przykryci kocami, jakby zamierzali tu nocować, lecz w słabo oświetlonym korytarzu ludzie siedzą po turecku obok swoich toreb, worków, płaszczy i poduszek. Słuchają głosu, który dobiega z przodu. Oświetlona blaskiem lampy naftowej obok zatrzymanych ruchomych schodów dziewczyna stoi na prowizorycznej scenie – szerokich drzwiach wyrwanych z zawiasów i opartych na dwóch kozłach. Długie pasma jej czarnych włosów wysypują się spod niebieskiej chustki. Wygląda na wysoką, potężną, bo stoi na scenie. Ma na sobie zniszczone ubranie, jak reszta, spódnicę z wystrzępionym brzegiem, dziurawy sweter i popękane buty. Ale beżowa wełna sugestywnie opina jej piersi, jej szyja jest biała, skóra przejrzysta, a wielkie oczy płoną, gdy gestykuluje, by podkreślić wypowiadane słowa. Jej twarz rozświetla szeroki uśmiech.

Julian już czuje się lepiej. Shae nigdy się nie uśmiechała. Ani na początku, a już z pewnością nie na końcu.

Młoda kobieta recytuje zabawną historyjkę o romantycznej miłości. Julian po paru chwilach rozpoznaje w niej parafrazę *Kobiety bez znaczenia* Oscara Wilde'a. Udaje jej się lekko rozbawić publiczność.

– Och, idealny mężczyzna! – krzyczy radośnie. – Opowiem wam o nim! Idealny mężczyzna powinien przemawiać do nas jak do bogiń. Nie powinien zaspokajać naszych poważnych żądań, ale uprzedzać każdą naszą najmniejszą zachciankę, powinien pielęgnować i rozdmuchiwać nasze kaprysy, ale zakazać nam pełnienia wszelkich misji i posłannictw. Powinien zawsze więcej mówić, niż ma na myśli, i więcej mieć na myśli, niż mówi. Przede wszystkim nie powinien gonić za innymi kobietami, bo to zdradza brak smaku. O cokolwiek byśmy go pytały, jego odpowiedź powinna dotyczyć zawsze nas*. To, panie i panowie, jest właśnie mężczyzna idealny!

Zza tłumu zebranego u stóp dziewczyny Julian podnosi głos, wychodzi naprzód i zaczyna mówić.

– Cecily? – woła do niej, rozpoczynając parafrazę *Bądźmy poważni na serio*. – To ty? Dwukółka czeka, moja droga. Jesteś gotowa, by w końcu ze mną wyjechać?**

Dziewczyna niemal bez wahania spogląda w ciemność, osłaniając dłonią zmrużone oczy.

– Algernon, to ty? Nareszcie. Chodź szybko! Planujesz zostać do przyszłego tygodnia? Mam nadzieję, choć moja matka bardzo by się gniewała, gdyby to wyszło na jaw. Nie spodobało jej się, gdy niedawno tak gwałtownie mnie porzuciłeś.

Julian robi kilka kroków przez zaciekawiony tłum.

– Ja cię porzuciłem? Chciałaś powiedzieć, że ty mnie. Co mi tam twoja matka, Cecily. Nie dbam o nikogo na całym świecie oprócz ciebie. Kocham cię. Będziesz moją żoną, prawda?

Dziewczyna parska śmiechem jak dzwon kościelny.

---

* Według: Oscar Wilde, *Kobieta bez znaczenia,* przeł. Janina Pudełek, w: *Cztery komedie*, PIW, Warszawa 1961.

** Według: Oscar Wilde, *Bądźmy poważni na serio*, przeł. Cecylia Wojewoda, w: *Cztery komedie*, dz. cyt.

– Algernon, ty niemądry chłopaku! Teraz chcesz się ze mną ożenić? Nie pamiętasz, że byliśmy już zaręczeni, a potem z tobą zerwałam?

Kolejne dwa kroki.

– Ale jak to się stało, Cecily?

– Cóż by to było za narzeczeństwo, gdybyśmy choć raz nie zerwali ze sobą. Ale wybaczam ci, Algernonie.

Julian przecina betonową podłogę, na której ludzie siedzą, śmieją się i biją brawo, i wskakuje na rozchwianą prowizoryczną scenę.

Przez chwilę oboje stoją w milczeniu. Wydaje się, jakby zapomnieli swoich kwestii. Julian zrywa kaszkiet z głowy i przyciska go do piersi.

My, tonący, wypływamy, szukając powietrza.

Pada przed nią na kolana, by ukryć wyczerpanie, by pokazać jej coś innego.

– Jesteś prawdziwym aniołem, Cecily – mówi, podnosząc wzrok na jej zdumioną twarz.

Dziewczyna obrzuca spojrzeniem jego garnitur, włosy tak bardzo różniące się od włosów innych mężczyzn, kaszkiet przyciśnięty do piersi, czarny zarost poprzetykany srebrnymi nitkami.

– Och, Algernonie, widzę, że zapomniałeś się ogolić.

– Kto by się golił w takich czasach? – odpowiada Julian, a tłum mruczy: Tak jest. – Teraz nikt się nie goli. Dzięki temu wiadomo, jak bardzo wstrząśnięci są mieszkający w Londynie mężczyźni.

– Tak jest – odpowiada tłum z przekonaniem.

Młoda kobieta wpatruje się w jego udręczone oczy bez dna. Przez jej twarz przebiega cień ożywienia. Uśmiecha się nieśmiało.

– Może i jesteś nieogolony, ale czy nie jesteś trochę zbyt dobrze ubrany?

– Masz rację. Może i jestem czasem nadmiernie wystrojony, ale za to zawsze jestem nadmiernie niedouczony.

Ludzie wybuchają śmiechem. Julian mówi dalej.

– Josephine, czy wiesz, że widzimy się ostatni raz? Potem będę musiał cię opuścić. Nie zostanę do końca twojego przedstawienia. Dwukółka już czeka, moja droga. Rozstanie jest takie bolesne.

Zdezorientowana dziewczyna szepce bezgłośnie: „Josephine?".

– Zgadzam się z tobą, Algernonie – odpowiada. – To zawsze bardzo bolesne rozstawać się z ludźmi, których znało się dość krótko. Można znieść spokojnie nieobecność starych przyjaciół, ale nawet krótkie rozstanie z kimś, kogo się dopiero poznało, jest prawie nie do zniesienia.

Julian wciąż klęczy i patrzy na nią. Ona się rumieni, jest zmieszana. On nie. Prawie się nie rusza. Przebiega wzrokiem po jej twarzy, ciele. Jasna skóra i ciemne włosy. Oczy jak u łani, różowe usta, długa szyja, bujne piersi. Jest piękna. Taka jak zawsze. Choć brudna i zaniedbana żyje pod ziemią, jej wewnętrzne ja wciąż pozostaje lśniącym miastem na wzgórzu.

Julian chciał dostać zakończenie jak z bajki. Zamiast tego padł na kolana. Wpatruje się w nią otwarcie i bez wstydu, jakby już ją znał. Patrzy na nią oczami, które już ją widziały.

– Zanim odejdę, droga Cecily – mówi łamiącym się głosem, a szare oczy wypełniają mu się łzami – mam nadzieję, że się nie obrazisz, gdy przy tych wszystkich dobrych ludziach zupełnie szczerze i bez ogródek powiem ci, że wydajesz mi się ucieleśnieniem wszelkiej doskonałości.

Publiczność nagradza go głośnym aplauzem.

Ona przełyka ślinę, zaczyna się jąkać.

– Twoja szczerość przynosi ci wielki zaszczyt, Algernonie.

– Od chwili, kiedy ujrzałem twoją cudowną i niezrównaną twarz – ciągnie Julian – przed laty, w innym życiu, ośmieliłem się pokochać cię… dziko, namiętnie, z najwyższym oddaniem, beznadziejnie.

Ludzie na peronie dają głośny wyraz swojemu zachwytowi. Głos Juliana ledwo słychać wśród pogwizdywań i braw. Jego Cecily zamiera.

– Mhm… Nie mów, że mnie kochasz beznadziejnie, Algernonie – mówi ochrypłym głosem. – Nie ma sensu mówić „beznadziejnie", prawda?

– To idealne słowo. – Julian rzuca kaszkiet pod nogi i wstaje.

– Mój drogi romantyczny chłopcze…

Julian robi krok do przodu. Zanim ona kończy zdanie, bierze ją w ramiona i całuje długo i namiętnie. Ustami, które już ją całowały. Ich uścisk daleki jest od nieśmiałości.

Tłum szaleje. Ona w zdumieniu unosi ręce do jego łokci. Jej miękkie ciepłe usta oddają pocałunek.

– Och jej – mówi.

– Głośniej! Głośniej! – domaga się tłum.

– Nie istnieje dla mnie żadna inna dziewczyna – mówi Julian. – Nigdy nie istniała.

A ona odpowiada:

– Erneście, ukochany, wiem.

– Głośniej! – krzyczy tłum.

– Najdroższy – zaczyna ona, bez tchu, lecz głośniej – proszę, powiedz mi, że masz na imię Ernest. Zawsze miałam takie dziewczęce marzenie, żeby poślubić jakiegoś Ernesta. W tym imieniu jest coś, co budzi absolutne zaufanie.

– Cecily, chcesz powiedzieć, że nie mogłabyś mnie kochać, gdybym miał inne imię? – Czułym gestem obejmuje jej głowę w chustce, dotyka pasm włosów, przyciska ją do siebie.

– Jakie?

– Julian.

– Chcesz powiedzieć „Algernon"?

– To znaczy, że nie mogłabyś mnie kochać, gdybym miał na imię Julian?

Ona wciąż stoi przytulona do niego, lecz nogi odmawiają jej posłuszeństwa. Rozchyla wargi. Oddycha płytko.

– Mogłabym cię poważać – mówi. – Mogłabym podziwiać twój charakter, ale obawiam się, że nie mogłabym ci oddać całego serca…

– Tym się zajmiemy, dobrze? – Ujmuje jej twarz w dłonie i pochyla głowę. Znów się całują. Długo, namiętnie.

Ona chwieje się, ale w końcu znajduje siłę, by go odepchnąć. Nie da się rozmawiać nad rykiem tłumu. Julian i dziewczyna dali umęczonym mieszkańcom miasta coś lepszego niż sztuka, coś lepszego niż komedia. Dali im życie pod postacią sztuki, życie prawdziwe i ważne, ulotną zabawę kwitnącą w lochach pod zaciemnionym miastem.

– Hej, może na tym skończycie – woła wysoki niezadowolony chłopak, przepychając się przez tłum. – To znaczy, złaźcie z tych drzwi. Dwoje ludzi nie powinno na nich stać. To niebezpieczne. Wszystko w porządku, gołąbeczko?

Julian wciąż obejmuje gołąbeczkę w talii. Ona wyrywa się, odrywa Juliana od swojego swetra.

– Wszystko w porządku, Finch – mówi. – To jest…

Julian się nie rusza. Ona zna jego imię. Nie pomoże jej.

– Julian? – mówi ona niepewnie.

– Tak. Julian.

Julian i Finch nie wymieniają uścisku dłoni. Julian chowa prawą rękę za plecami, by ukryć brak palców. Zanim zdąży zapytać gołąbeczkę, jak naprawdę ma na imię albo co ją łączy z tym tyczkowatym ponurym facetem, Finch pyta go, skąd się wziął. Być może chodzi mu o dzisiejszy wieczór, ale Julian odpowiada „z Walii!" z taką pewnością, z jaką powiedziałby „Simi Valley".

– Wielkie nieba! – wykrzykuje dziewczyna. – Finch, jeszcze jeden Walijczyk! Zamurowało mnie. Finch pochodzi z małego miasteczka o nazwie Bangor. A ty, Julianie?

Oczywiście, Finch musi pochodzić z tego cholernego Bangor. Jedynym znanym Julianowi miastem, poza Bangor i Cardiff, które jest za duże i łatwo można wpaść na kłamstwie, jest Rhossili, skąd pochodził Edgar Evans. Mówi więc: Rhossili.

Tak się jednak składa, że cała rodzina Fincha pochodzi z Rhossili. Z jakiegoś powodu to sprawia dziewczynie ogromną przyjemność, choć Julian i Finch nie odczuwają najmniejszej.

– Nie byłem tam od lat – wyjaśnia Julian.

– Tak myślę – odpowiada Finch – bo nie masz wcale walijskiego akcentu. – Choć Finch zbliża się do trzydziestki, wygląda, jakby się golił tylko sporadycznie. Krótkie włosy rozdziela staranny przedziałek, a lekko skośne brązowe oczy spoglądają intensywnie i wrogo.

– Tak, straciłem akcent…

– Szczerze, mówisz jak Amerykanin.

– Nie mam pojęcia, o co ci chodzi. Czy Amerykanie przybyli do Londynu?

– Maria i ja pobieramy się – rzuca Finch. – W Boże Narodzenie.

Ileż informacji zdobył Julian dzięki jednemu krótkiemu zdaniu. Wszystkie zdania powinny być tak krótkie i pełne treści. Ona ma na imię Maria. Wychodzi za mąż. Za wkurzonego chudzielca o imieniu Finch. W Boże Narodzenie.

– No, Finch – zaczyna Maria. – Nie wybiegajmy tak daleko w przyszłość. To jeszcze dwa miesiące. Od świąt dzieli nas wojna. No i wciąż czekam na obiecany pierścionek.

– Mówiłem ci, że go zdobędę, gołąbeczko. A teraz chodź – rzuca Finch, wyciągając rękę. – Nie stój z nim na tych drzwiach. Spójrz, chwieją się. Spadniesz. Pamiętasz zeszły tydzień? O mało co nie zrobiłaś sobie krzywdy.

Dziewczyna przyjmuje pomoc, zeskakuje i odwraca się do Juliana.

– Chcesz poznać naszych przyjaciół?

– Z radością.

Poirytowany Finch szarpie ją za rękę.

– No co? – rzuca ona. – Nie możemy być niegrzeczni.

– Czemu nie? Nie znamy go!

Starsza kobieta chwyta Juliana za łokieć.

– Młody człowieku, byłeś rewelacyjny – mówi, ściskając go z aprobatą. – Poruszyłeś nas do głębi. Mówiłyśmy z przyjaciółkami, że nie czułyśmy takiego dreszczu od czasu Wielkiej Wojny, gdy same byłyśmy młodymi dziewczynami. Gdzie się nauczyłeś tak grać?

– A kto mówi, że grałem? – odpowiada Julian. Finch i Maria odwracają się gwałtownie, by spojrzeć na niego w ciemnym tunelu.

– Nie podoba mi się ten człowiek. – Julian słyszy słowa Fincha, gdy idą dalej peronem. – Nic a nic mi się nie podoba. Mam ochotę mu przyłożyć.

– Finch, uspokój się. To tylko zabawa. On się z ciebie nabija. Chcesz, żeby jeszcze bardziej ci docinał? To zachowuj się tak dalej.

– Całowanie ciebie w taki sposób to była zabawa? Za kogo on się uważa?

– To była gra, Finch.

– Sama słyszałaś, że zaprzeczył. A ja nie wiem, czy Oscar Wilde wymagał aż tak namiętnej… gry.

– Nie wiesz wielu rzeczy.

– Mam ochotę mu przyłożyć. Czemu się śmiejesz, gołąbeczko?

– Nie śmiałam się. Kiwałam głową.

– Mógłbym mu przyłożyć. Myślisz, że nie? W zeszłym roku grałem boksera w *Życiu Jacka Dempseya.* Pamiętasz? Znam ciosy. A co on może? Jest kaleką jak Wild.

– Tak, Wild będzie nim zachwycony.

5

Wild

Do głównego korytarza między dwoma peronami metra przylega rzadko używane mniejsze przejście. Tam Julian staje twarzą w twarz z grupą bezdomnych, którzy znaleźli tu mieszkanie. Jakiś tuzin osób, kobiet i mężczyzn, młodych i starych, w garniturach i łachmanach, siedzi na stołkach i ławkach albo leży na kilku piętrowych pryczach ustawionych pod ścianami. Chuda kobieta po dwudziestce siedzi w fotelu przy drewnianym stole i układa puzzle. Na pryczach wisi cztery czy pięć lamp naftowych; jest tam też półka z książkami, sznur do suszenia bielizny, wieszak na płaszcze, na podłodze leżą buty, torby i pakunki, o ścianę stoi oparte owalne lustro, szaliki i czapki ozdabiają poręcze łóżek, a znużone twarze przyglądają się Julianowi z ciekawością.

– Kim ty, do cholery, jesteś, stary? – pyta z uśmiechem blondyn, podchodząc do Juliana. – Nasz Finch o mało co nie dostał ataku serca przez to twoje całowanie. Dobra robota! – Mężczyzna jest tuż po trzydziestce, przystojny, lecz bez prawej ręki. Sweter zwisa luźno nad łokciem. Podaje na przywitanie lewą dłoń, którą Julian z wdzięcznością ściska swoją lewą.

– Jestem Wild* – przedstawia się mężczyzna. Julian nie jest pewny, czy to imię, czy przydomek. Mężczyzna nie rozwija tematu. Mimo

---

* *Wild* (ang.) – dziki.

braku ręki jest silny i sprawny pod każdym względem. – Skąd znasz Folgate?

– To tak się nazywa?

– Wild, zostaw go w spokoju – mówi Maria. – Przestań go przesłuchiwać. Niech pozna resztę gangu, zanim rozlegnie się syrena.

– Syrena? – pyta Julian. Wolałby jej nie słyszeć. Wolałby, żeby to był rok 1942 albo 1943, po strasznym początku i przed strasznym końcem, gdzieś w ponurym środku. Proszę, bez syren.

– Dobra, Folgate – odpowiada Wild – ale to ja go przedstawię, nie ty. Jesteś potwornie rozwlekła, jakby nie toczyła się wojna. Słuchajcie, wszyscy! – krzyczy. – Mamy nowego członka…

– Nie mamy! – protestuje Finch.

– Julianie, to gang. Gangu, to Julian. – Zadowolony z siebie Wild odwraca się do Marii. – Tak to się robi.

Dziewczyna przewraca oczami i dźga go w pierś.

– Idź sobie – mówi. Widać, że świetnie go zna, nie boi się i nie jest w nim zakochana mimo jego bezwstydnej męskiej urody. – Julianie, chodź tutaj i poznaj Duncana. – Duncan to wielki facet, ma ponad metr dziewięćdziesiąt wzrostu, chrapliwy głos i usposobienie baranka. Maria wyjaśnia, że jest głuchy na jedno ucho i nie może służyć w wojsku, ale jak wielu ich przyjaciół zaciągnął się na ochotnika do Home Guard, Gwardii Krajowej, której zadaniem jest robić wszystko, by pomóc miastu przetrwać nocne naloty. Za dnia Duncan pracuje w dokach w Wapping.

– Gwardia Krajowa? – pyta Julian Marię. – Ty chyba do niej nie wstąpiłaś? – Wydawało mu się, że przyjmują do niej tylko mężczyzn. Zanim dziewczyna zdąży odpowiedzieć, Duncan i Wild odciągają go na bok.

– Folgate, zanim ty skończysz przedstawiać tego człowieka, będzie już po wojnie. Przestań się upajać brzmieniem własnego głosu.

– Zostaw go, Wild – odpowiada Maria. – Pozwól mi…

– Nie jesteśmy na scenie – przerywa jej Wild. – Juliana guzik obchodzi głuchota Duncana. Pokazałem ci, jak to się robi. Raz jeszcze patrz i ucz się. Julianie, to Nick Moore. Nick, Julian. Nick, powiedz coś.

– Odwal się – rzuca Nick, patykowaty albinos rozciągnięty na dolnej pryczy. Pali i nie wstaje.

– To wszystko, co musisz wiedzieć o Nicku – wyjaśnia Wild. – Zna tylko dwa słowa. Zgadza się, Nick?

– Odwal się.

Maria dodaje, że Nick pracował w fabryce ciężarówek Forda i amunicji w Dagenham, która prawie doszczętnie spłonęła. Teraz pracuje więc w dokach w Wapping z Duncanem.

– Julianie, chcesz iść z nami, kiedy stąd wyjdziemy? – pyta Wild.

– Zdecydowanie nie! – rzuca Finch, który kręci się w pobliżu.

– Jasne – odpowiada Julian. – A dokąd się wybieracie?

– Finch, wiesz doskonale, że po stracie Lestera przyda nam się dodatkowa para rąk. – Wild macha kikutem ręki. – Jesteśmy oddziałem ratunkowym, Julianie. Nazywamy siebie Strażą Ten Bells. Słyszałeś kiedyś o Ten Bells?

– Tym pubie w Bethnal Green? – Julian zna go. Znajduje się niedaleko knajpki Deviego.

– Tak! Swój człowiek. Kiedy nie wiadomo już która bomba spadła na nawę poprzeczną katedry Świętego Pawła i wszystkie witraże uległy zniszczeniu, w kościele zorganizowano grupę ochotników nazwaną Strażą Świętego Pawła, której jedynym zadaniem było gasić bomby zapalające. My jesteśmy grupą ochotników, której zadaniem jest gasić bomby spadające niedaleko Ten Bells.

Julian parska śmiechem.

– W czasie wojny często zapomina się o ratowaniu pubów.

– Z ust mi wyjąłeś te słowa! – Wild przygląda się Julianowi z pełnym aprobaty uśmiechem.

– Czy właśnie stamtąd wszyscy pochodzicie? Z Bethnal Green? – Julian bardzo tego nie chce. Bethnal Green spłonie podczas wojny. – Ma ktoś gazetę? – Jaki to rok? Jaki dzień?

Wild sięga do jednej z prycz, wyciąga „Evening Standard" i rzuca go Julianowi, zwracając się jednocześnie do Marii.

Ale Julian już nie słucha. Gazeta wypada mu z rąk.

Jest ósmy listopada 1940 roku.

Przygarbia się. Nie mógł trafić w gorszy czas, w gorszy miesiąc, gorszy rok. Nie jest w stanie nawet podnieść wzroku. Obliczenia, jakich dokonuje w głowie, są brutalne. Prawie żałuje, że nie znajduje się w Invercargill, gdzie niczego nie liczył.

– Wszystko w porządku, Julianie? – pyta Maria z troską.

Czterdziesty dziewiąty dzień przypada w Boxing Day, drugi dzień świąt Bożego Narodzenia.

Spogląda mu w twarz.

To nie może się tak skończyć. Po prostu nie może.

Julian zbiera się w sobie, oddycha głęboko, podnosi głowę i uśmiecha się.

– Nic mi nie jest – mówi.

– Chcesz poznać resztę?

– Jasne.

W tej ludzkiej zbieraninie jest zaskakująco dużo mężczyzn, zważywszy że wszyscy mężczyźni poniżej czterdziestego drugiego roku życia podlegali poborowi. Julian myśli z przygnębieniem, że w wieku trzydziestu dziewięciu lat też mógłby podlegać takiemu obowiązkowi, a potem przypomina sobie o brakujących palcach i niedowidzącym oku. Nie ma też dokumentów i nie jest brytyjskim poddanym. Nieważne. Niepokój i logika rzadko idą w parze.

Duncan z zapałem przejmuje obowiązki gospodarza. Mówi, że chce przedstawić Juliana dziewczętom.

– Sam świetnie poznałeś się z Marią, co wszyscy możemy poświadczyć, ale mamy tu inne piękności, które w przeciwieństwie do niej są wolne. Proszę, to urocze Sheila i Kate. Rodzone siostry i pielęgniarki. Są jak siostry miłosierdzia – dodaje z szelmowskim uśmiechem – i od miesięcy proszę, by mi go trochę okazały.

Z dolnej pryczy zrywa się szczupły, łysy, uśmiechnięty mężczyzna po sześćdziesiątce.

– Duncan! – krzyczy, na co Duncan przewraca oczami.

– Przepraszam, Phil – mówi z zakłopotaniem i dodaje ciszej do Juliana: – To doktor Phil Cozens. Niestety jest ich ojcem. – Wzdycha. – Obok niego siedzi Lucinda, ich mama. Kiedy będziesz z nią rozmawiał, nie wspominaj o wojnie.

Julian uśmiecha się znacząco. Czy to nie jest kwestia z *Hotelu Zacisze*? Ale Duncan nie żartuje. Lucinda, korpulentna, siwowłosa kobieta, siedzi na dolnej pryczy, robi na drutach, by zająć czymś ręce, i rozmawia z Philem o podróży wiosną na wieś. Jeśli teraz zarezerwują miejsca, mówi, dostaną sporą zniżkę.

Julian nie ma czasu, by pokręcić głową na myśl o planowaniu wakacji na nadchodzącą wiosnę, gdy śpi się pod ziemią w Londynie w 1940 roku, bo staje przed „seksowną Shoną", która zasiada za kierownicą Mobilnej Jednostki Medycznej, i Liz Hope. „Jest dziewicą", szepcze Duncan i ciągnie Juliana dalej, mijając niemą kobietę, która pracowicie układa puzzle.

– Kto to jest?

– Frankie, która liczy kości. Nie zwracaj na nią uwagi. Nie lubi ludzi.

– Liczy kości?

– Mówiłem, żebyś nie zwracał na nią uwagi!

Peter Roberts, czyli „Robbie", siedzi z nosem w książce *Francuski w dwa miesiące*. Jest sześćdziesięcioletnim dziennikarzem z Fleet Street. Oficjalny i sztywny wstaje, by uścisnąć Julianowi dłoń. Jest gładko ogolony i ubrany elegancko w garnitur i ma muszkę, którą poprawia wstając, choć jest idealnie prosta. Po przywitaniu z Julianem siada na pryczy i ponownie otwiera książkę. Jego zachowanie jest bez zarzutu.

– Robbie, pozwól, że ją poprawię, znów się przekrzywiła – mówi Wild, ciągnąc za jeden koniec muszki.

– Kiedy przestaniesz się w to bawić, Wild? – pyta Robbie, spokojnie poprawiając muszkę.

Duncan wyjaśnia Julianowi, że rodzina Robbiego mieszka w Sussex, co nie jest najlepszym rozwiązaniem, bo ostatnio południe Anglii stało się „aleją bomb".

– A gdzie jest bezpiecznie? – rzuca Julian w powietrze, oglądając się za siebie, by dojrzeć przyjazną twarz Marii.

– Tutaj, stary – mówi Wild. – Nie ma jak w domu.

Julian rozgląda się po korytarzu sprawiającym wrażenie na wpół zamieszkanego, przebiega wzrokiem po książkach, płaszczach, lampach. Wszystko razem przypomina akademik.

– Mieszkacie tutaj?

– Ładnie, prawda? – Wild staje obok niego i uśmiecha się od ucha do ucha. – Tuż przy schodach ewakuacyjnych, więc mamy prywatne wejście. Mamy też dyżurnego lekarza, Phila, pielęgniarki, które tak się składa, są jego córkami, chemiczną toaletę na końcu peronu i nawet własnego strażnika. Zgoda, nie jest zbyt sympatyczny, ale kiedy rzucimy mu pięciopensówkę, pilnuje rzeczy pod naszą nieobecność.

Julian odchrząkuje.

– Nie, nie, rób wszystko, tylko żebyś nie kaszlał – ostrzega go Maria, stając z drugiej strony i wskazując Phila Cozensa. – Nawet gdybyś się dusił. Nawet gdybyś był chory. Zwłaszcza gdybyś był chory. Phil założy, że to gruźlica, i poczciwy stary Javert cię wyrzuci.

– Może to jest gruźlica – rzuca Finch, materializując się obok Marii. – Poza tym on nie lubi, gdy się go nazywa Javertem.

– Niech go nazywa, jak chce – wtrąca Peter Roberts z nosem w podręczniku francuskiego.

– Racja, Robbie! – zgadza się Wild i w tej chwili rozlega się syrena.

Julianowi zamiera serce. Z wyjątkiem zajętej robótką Lucindy wszyscy nieruchomieją i nasłuchują, choć nikt nie wygląda na tak zdruzgotanego jak Julian.

– Może to tylko ostrzeżenie? – pyta.

– To zawsze oznacza nalot – wyjaśnia Wild. – Raz czy dwa razy za dnia jakiś niewielki i dwa razy w nocy naprawdę straszny. Nie zawracają już sobie głowy ostrzeganiem nas przed pojedynczymi bombami. W zeszłym tygodniu mieliśmy pierwszy spokojny dzień od września. Szkopy nie latały. Nigdy wcześniej nie byliśmy tak wdzięczni za paskudną angielską pogodę. Prawda, Folgate?

Ekipa zabiera się do działania. Nawet Frankie porzuca układankę, bierze płaszcz i staje u boku Phila. Licząca kości idzie z lekarzem? Zachowuje kamienną powagę jak przedsiębiorca pogrzebowy. Duncan chwyta laski i kije do krykieta ułożone w kącie obok parasoli. W niecałe dwie minuty ośmioro z nich jest gotowych do wyjścia. Peter Roberts, Lucinda i Liz zostają. Podobnie jak Nick i Kate.

– Jutro mam podwójną zmianę w dokach – wyjaśnia Nick.

– A ja w szpitalu Royal London – dodaje Kate.

Liz milczy.

– Julianie, idziesz? – pyta Maria.

– Oczywiście. – Czemu to ona nie może zostać. Czemu nie może być Liz.

Poirytowany Finch zwraca się do Juliana.

– Masz dokumenty? Nie możesz bez nich wyjść na zewnątrz.

– Straciłem.

– No to nie możesz iść.

– A kto to będzie sprawdzał, Finch? Ty? – pyta Wild, popychając Juliana w stronę schodów. Finch podbiega, by stanąć przed nimi.

– A kartki żywnościowe? Masz?

– Je też straciłem – odpowiada spokojnie Julian, choć Finch osacza go w wąskim przejściu. – Są mi potrzebne? Będziemy jeść?

– No to ci przygadał, Finch – stwierdza Wild.

– Nie zmieści się do jeepa. – Finch nie daje za wygraną.

– Zmieści się. Przywiążemy Dunca na dachu.

– Tylko spróbuj – rzuca groźnie Duncan, górując nad Wildem.

– A gdzie masz maskę przeciwgazową? – dopytuje się Finch. Jest małostkowy, niegrzeczny i wcale się tym nie przejmuje – Bo bez niej nie możesz wyjść na zewnątrz. Takie jest prawo.

– Odpuść, arcybiskupie! – mówi Wild. – Jules oddał swoją umierającemu dziecku. Dlatego jej nie ma. Zgadza się, Jules? – Potem dodaje z uśmiechem: – Mogę mówić do ciebie Jules?

– Jasne. – Julian przygląda się szczerej twarzy Wilda.

Wild wyjmuje maskę z kieszeni trencza.

– Weź moją. Załatwimy ci inną. Idź jutro do rady miasta i powiedz, że swoją zgubiłeś.

– Rada nie wyda mu maski bez dokumentów – mówi Finch. – Ty też nie możesz wyjść bez maski, Wild. To wbrew prawu.

– Cholera jasna, zamknij się, Finch! – wrzeszczy Wild. – Folgate, dlaczego akurat on? Będzie ci lepiej z Nickiem. Nigdy się nie odzywa.

– Odwal się – rzuca Nick.

– Albo ze starym Robbiem.

– Jestem żonaty, dziękuję bardzo – wyjaśnia Peter Roberts, podnosząc wzrok znad podręcznika. – Od trzydziestu pięciu lat.

– My też – odpowiada Lucinda znad robótki. – Jesteśmy trzydzieści pięć lat po ślubie. Ale mój Phil zdecydowanie chce zrobić ze mnie wdowę, bo stale jeździ ambulansem, ryzykując nie tylko swoje życie, ale i życie naszych córek. Dokąd się znów wybierasz, Phil? Wychodziłeś wczoraj. Ty też, Sheilo.

– Jestem lekarzem, Luce.

– A ja pielęgniarką, mamo.

– Mają mnóstwo innych lekarzy i pielęgniarek.

– Nie.

– Powiedziałam moim dzieciom, pokój, wojna, obojętne, zostajemy razem – mówi Lucinda do Juliana. – Nikt nie zostanie ewakuowany.

– I jesteśmy razem, mamo – odpowiada Sheila. – Razem jeździmy ambulansem. Mamo, Kate, chcecie jechać z nami? Żebyśmy mogli być razem?

– Nie bądź bezczelna. Ktoś musi zostać z twoją siostrą.

Syrena nie przestaje wyć.

– Mia – próbuje ją przekrzyczeć Julian – nie masz przypadkiem dla mnie jakiegoś płaszcza? – Czemu zawsze musi pożyczać płaszcz?

W przejściu zapada cisza. Słychać tylko jęk syreny.

– Czemu mnie tak nazwałeś? – pyta dziewczyna. – Tylko moja matka mówi do mnie Mia.

– Ma na imię Ma-ri-a – prostuje Finch.

– Potrafisz wypowiedzieć imię swojej dziewczyny? – rzuca Wild. – Świetna robota! – Podaje Julianowi jeden ze swoich płaszczy. – Weź mój. Idziemy.

– Nie mam nic przeciwko temu, żebyś mnie tak nazywał – mówi cicho Mia do Juliana na schodach. – Chciałam tylko wiedzieć, dlaczego to zrobiłeś.

– Znałem kiedyś dziewczynę taką jak ty – wyjaśnia Julian. – Miała na imię Mia.

Mia uśmiecha się.

– Była do mnie podobna?

– Wyglądała dokładnie jak ty.

Gdy wchodzą na schody, nie odpowiada na jej pytające spojrzenie.

6

Muszkieterzy

Na ulicy jest zimno i ciemno. Julian zapina płaszcz. Idą po omacku Princes Street wzdłuż granitowej ściany Bank of England ciągnącej się między dwiema przecznicami. Jeep oddziału ratunkowego i Mobilna Jednostka Medyczna stoją zaparkowane za bankiem przy Lothbury. Julian nie ma pojęcia, jak w ogóle można znaleźć Lothbury. Nie widzi swojej dłoni tuż przed twarzą. W zaciemnionym mieście pogaszono uliczne latarnie, a okna zasłaniają rolety. Nocne niebo jest zachmurzone. Finch wsiada za kierownicę jeepa, Duncan sadowi się obok niego, Julian, Mia i Wild siedzą ściśnięci z tyłu. Phil, Sheila, Shona i Frankie jadą oddzielnie MJM.

Julian obstawiał miejsca i czas, do których może trafić, i poczytał trochę o bitwie o Anglię, o bombach i ruinach. Nie czytał jednak o tym, że pod nocnym niebem nieustający alarm bombowy doprowadza do szału. Odbija się echem od murów i przypomina wycie miliona wilków. Julian nie ma pojęcia, czemu wszyscy nie zatkają sobie uszu i nie zaczną wrzeszczeć. Jego towarzysze wydają się o wiele spokojniejsi od niego, nawet dziewczyna.

Zwłaszcza dziewczyna.

– Dokąd dziś zmierzamy, gołąbeczko? – pyta ją Finch.

Mia nachyla się nad kolanami Juliana, wysuwa głowę przez okno i nasłuchuje warkotu silników samolotów wroga. Julian wciąga powietrze i zamyka oczy. „Czy ktokolwiek z nas wie, dokąd zmierzamy, C.J.?".

– Jedźmy do Stepney – mówi, moszcząc się z powrotem między Julianem i Wildem. – Coś zawsze spada niedaleko doków. – Spogląda na Juliana, który stara się przybrać obojętny wyraz twarzy. – Stepney, Wapping, Bethnal Green, Shadwell. Cały East End jest w kiepskim stanie. A ty skąd przybywasz, Julianie?

– Z East Endu – odpowiada. – Tam mieszkałem na początku – poprawia się, wiedząc, że nie będzie w stanie udać obojętności w obliczu nadchodzącego zniszczenia. – Długo mnie nie było. Czy Finch włączy światła? – Na razie jedzie bez nich.

Mia kręci głową.

– Nie może. To zabronione.

– Chce jechać aż do Stepney w ciemności?

– To jeden z wielu talentów Fincha – wyjaśnia Mia.

– Chcesz powiedzieć: jedyny.

– Zamknij się, Wild.

– Finch zna miasto jak ślepiec – mówi Mia.

– I jeździ jak ślepiec – dodaje Wild, gdy jeep podskakuje na dziurze.

– Ty nie należysz do oddziału ratunkowego? – pyta Julian Mię. Powstrzymuje się, by nie dodać, że kobietom nie wolno wstępować do Home Guard. Dla ich własnego bezpieczeństwa.

– Należę – odpowiada dziewczyna. – Tak jakby. Wstąpiłam do Ochotniczej Służby Kobiet.

– To co robisz? – Zostaje w jeepie? Trzyma silnik na chodzie?

– Cokolwiek. Wszystko. Zależy od potrzeb. Dzisiaj na przykład możesz z Dunkiem i Wildem ochraniać teren, dopóki nie przyjedzie policja.

Finch prycha.

– A co będzie mógł robić? Włóż rękawicę na tę swoją łapę, stary. Będzie wyglądała groźniej.

– Będzie udawał groźnego – odpowiada Mia. – Jest bardzo dobrym aktorem. – Szturcha go lekko. – Spodobałeś im się dzisiaj. Mną są już trochę znudzeni. Może zagramy dla nich coś jeszcze, jeśli uda nam się ujść z życiem.

Jeśli uda nam się ujść z życiem? Rzuciła to tak beztrosko. Dobrze, że jest ciemno i nie widzi wyrazu jego twarzy.

Ponieważ ulice są puste, Finchowi udaje się w niecałe siedem minut przejechać od Bank of England do Commercial Street, gdzie zatrzymuje się przy krawężniku i wrzuca luz. Choć jest zimno, opuszczają szyby. Nad ich głowami rozlega się warkot setki samolotów wroga.

Julian dopiero po kilku chwilach uświadamia sobie, że oddział czeka, by sprawdzić, gdzie spadną bomby. A jeśli spadną na Commercial Street?, chce zapytać. Na jeepa, w którym czekają? Przenikliwe wycie syren nie ustaje. Niebo rozjaśnia błysk, po którym rozlega się grzmot. Nagle nocne powietrze nie jest już takie czarne. W krótkich wybuchach światła Julian widzi spokojną, skupioną twarz Mii.

Błysk.

Grzmot.

Przeszywające wycie wilka.

Niczym fajerwerki na stanowym festynie, raz dwa trzy, tuzin wybuchów naraz, wciąż w pewnej odległości w dole rzeki. Odgłos długich grzmotów i ostrych wybuchów zbliża się i staje się głośniejszy. Bomby gwiżdżą i eksplodują. To jeden z najbardziej denerwujących dźwięków, jakie Julian słyszał w życiu. Nie może się powstrzymać. Odwraca się lekko i opiera o Mię. Chce ją zakryć swoim ciałem. Czemu ktoś chciałby wychodzić w ten straszliwy zamęt? To jakby wyjść w huragan piątej kategorii.

Po błysku następuje natychmiastowy grzmot nad budynkami oddalonymi o kilka przecznic. W powietrze wylatują cegły, widać płomienie, dym.

Rozlega się krzyk.

– Teraz ruszamy – mówi Mia.

Finch wrzuca bieg i pędzi jeepem za róg, w jedną z wąskich bocznych uliczek.

Pomiędzy rzędami szeregowców na ulicę spadły dwie bomby. W powietrzu unosi się duszący pył, a w dziurach ziejących w domach z wybitymi oknami i wyrwanymi drzwiami widać płomienie. Ulicę zaścielają cegły, drewno i szkło. Dobiegają ich jakieś okrzyki, ale zważywszy na sytuację, jest ich niewiele. Kiedy wysiadają z samochodu, Julian słyszy, jak ktoś mówi dość spokojnie: „Cholera jasna”.

Na ulicy stoją trzy kobiety pokryte czarnym popiołem. Płaczą. Jedna z nich trzyma małe dziecko. Wild natychmiast podchodzi do niej i każe się odsunąć od domu. Kobieta odmawia. W jej kuchni wybuchł pożar, mówi, a ona dopiero co odnowiła szafki, „zeszłej wiosny!". Nigdzie nie widać straży pożarnej. Julian czuje, że odnowiona kuchnia kobiety nie zajmuje wysokiego miejsca na liście strażaków. Trzeba gasić cztery inne domy na tej ulicy, a na następnej ogień już szaleje. Z powodu ognia robi się jasno. Noc stała się dniem. To wypaczenie tego, co dobre na świecie.

Z tyłu jeepa Wild wyciąga jedno z wiader wypełnionych piaskiem i wbiega do domu kobiety przez dziurę ziejącą w ścianie. Zmierza do kuchni.

– Co on wyprawia? – pyta Julian Duncana, patrząc, jak Wild sypie piasek na szafki kuchenne. – Sam, z jedną ręką? Czemu mu nie pomożesz?

– Sam mu pomóż – odpowiada Duncan. – Wild był kiedyś strażakiem. Kto jeszcze jest na tyle szalony, żeby wbiegać do płonącego budynku? Nie martw się o niego. Ma ognioodporny płaszcz. Wie, co robi.

Mobilna Jednostka Medyczna z Shoną za kierownicą i siedzącym obok Philem Cozensem podjeżdża do Fincha patrolującego ulicę, by oszacować szkody. Finch daje lekarzowi znak, że teren jest czysty – w tym momencie nie ma rannych wymagających natychmiastowej pomocy. Julianowi nie wydaje się to możliwe.

– Duncanie, pędź! – woła Mia, machając w dół ulicy. Stojący obok Juliana Duncan ani drgnie. – Jesteś potrzebny tam, nie tutaj – mówi, przechodząc przez gruz na ulicy, by się do nich zbliżyć. – Wild sobie poradzi. – Julian opiera się instynktowi, który nakazuje podać jej rękę. – Julianie, pójdziesz, proszę, z Duncanem? Trzeba ochronić przed złodziejami cenne rzeczy ze zbombardowanych domów. – Musiała dostrzec wyraz twarzy Juliana, bo dodaje: – Wojna budzi w niektórych ludziach najgorsze instynkty. Choć na szczęście w niewielu. Ale jeśli się zjawiają, to zaraz po bombardowaniu. Spieszą się, by dotrzeć na miejsce przed policją.

– Złodzieje lubią biżuterię – wyjaśnia Duncan – ale wolą unikać bezpośredniego zagrożenia.

Mia kiwa głową.

– Jakoś zawsze udaje im się znaleźć ulicę z najmniejszymi zniszczeniami.

Julian rozgląda się po ulicy.

– To nie są poważne zniszczenia?

Mia chichocze.

– Podobno jesteś z East Endu? To nic takiego. Nie buchają płomienie, nie ma ciężko rannych. Idźcie. Weźcie kije do krykieta.

– Nie potrzebuję kija – odpowiada Julian.

– Ja wezmę – rzuca Duncan do Mii. – Ale on nie jest mi potrzebny. Dam sobie radę. Co będzie robił?

– Chwileczkę, a ty dokąd się wybierasz? – Julian chwyta Mię za ramię. – Nie odchodź – mówi, wciąż ją trzymając. – Tu nie jest bezpiecznie. – Samoloty odleciały dalej na zachód. Ale na ulicy wciąż latają kawałki gruzu, spadają belki. Syreny alarmowe nie przestają wyć.

– Myślisz, że siedzę w samochodzie zajęta robótką jak Lucinda? – pyta dziewczyna. Nie wyrywa się jednak.

– Brzmi rozsądnie.

– Rozsądnie, ale nie pomaga. Spójrz na tę biedną kobietę. – Mia wskazuje pokrytą pyłem kobietę, która stoi i jęczy. – Pomogę jej wydostać rzeczy, zanim dom zawali jej się na głowę.

– Nie powinnaś tego robić – rzuca Julian żarliwie.

Mia chichocze, jakby był taki zabawny, i odbiega. Julian siłą powstrzymuje się, by nie pobiec za nią.

Duncan uśmiecha się z rozbawieniem.

– Co?

– Nic. Zostań tutaj. Pilnuj Wilda. Powinien niedługo skończyć. – Obaj kręcą głowami, gdy Wild jedną ręką gasi resztki pożaru, wykorzystując do tego koce i kawałek tektury. – Odbiło mu – mówi Duncan z szorstką czułością. – Jakby matka miała podgrzewać mleko dla niemowlęcia w tej kuchni. Co z tego, czy jej dom spłonie teraz, czy zostanie zniszczony za tydzień? Nie da się go odbudować. Szafki kuchenne! Odbiło mu, mówię ci. Zostań z nim, dobra? – Odchodzi.

– Jeśli będziesz potrzebował pomocy, zawołaj! – krzyczy za nim Julian. Duncan odwraca się, spogląda na okaleczoną dłoń Juliana i mówi, tak, na pewno.

Minutę później przy boku Juliana staje Wild, cuchnący spalenizną i dymem.

– Jak ci poszło?

– Kiepsko. Nie da się uratować tej kuchni.

– Wiedziałeś o tym, wchodząc tam, prawda?

– Tak. Ale trzeba robić wszystko, co się da. Czego tu pilnujesz?

– Robię wszystko, co się da.

– Duncan zostawił cię samego? Dupek.

– Nie samego. Z tobą. Razem obronimy ten dom.

– Nie – rzuca Wild. – Nie nadaję się do walki. Już nie. Znam swoje ograniczenia.

– Nie znasz.

– Czasem ci dranie przynoszą ze sobą kije i cegły. Potrzebujemy Duncana. Duncan!

Julian protestuje.

– Nie potrzebujemy go, poza tym jest zajęty. Stój tylko po mojej prawej, dobra? I wyglądaj na twardziela.

– Z tym nie mam problemu – mówi Wild, przesuwając się na prawą stronę Juliana. – Ale zwykle tylko Duncan potrafi się zająć złodziejami.

– Dzisiaj zajmiemy się nimi razem, ty i ja.

Sceptycznie, lecz bez strachu Wild wskazuje dłoń Juliana.

– Chcesz moją rękawicę, żeby to zakryć? Tak się składa, że mam jedną na zbyciu. – Uśmiecha się szeroko.

Julian kręci głową.

– Chcę, żeby ten, kto tu podejdzie, zobaczył moją dłoń. To działa jak znieczulenie. Napełnia przeciwnika fałszywym poczuciem pewności. Moje brakujące palce przynoszą szczęście. – Uśmiecha się.

– Dobra, powiedzmy, że są znieczuleni. Co potem?

– Potem razem rozwiązujemy problemy. Będziemy kreatywni.

– Nie mogę używać kija.

– A widzisz u mnie kij? – pyta Julian. – Ale mógłbyś mieć nóż. – Przypomina sobie nóż Edgara Evansa, który ostatecznie ocalił mu życie, choć wcześniej niemal mu je odebrał.

– Jestem praworęczny. Nie potrafię używać noża lewą ręką.

– Potrafisz. Ja też byłem praworęczny. Kiedyś.

Wild przygląda się okaleczonej dłoni i jej właścicielowi.

– Chcesz mi pokazać jak?

– Nie w ciągu najbliższych pięciu minut. Masz przynajmniej młotek?

– Dla ciebie?

– Nie. Dla siebie.

Wild kręci głową z niedowierzaniem.

– Co, nie potrafisz nawet przywalić młotkiem lewą ręką? Przed chwilą przez piętnaście minut waliłeś w bezużyteczną szafkę!

Na razie Julian i Wild stoją na kupie cegieł i drewna bez noża, kija czy młotka. Syreny wyją. W co wpakowała się ta dziewczyna Juliana? Nie wie, że to koniec?

– W Stepney jest gorzej – stwierdza Wild. – W pobliżu rzeki są tylko ruiny. Tak teraz trzeba patrzeć na wszystko: gdzieś jakiemuś biednemu dupkowi jest jeszcze gorzej. Na przykład: zgoda, straciłem rękę, ale dobry Bóg postanowił mnie ocalić.

– Jak ją straciłeś?

– Nie chcę o tym gadać.

Julian spogląda na wykrzywioną nagle twarz Wilda, na jego ciało, które walczy, by nie zgiąć się wpół, i odwraca wzrok.

Łagodny blask z pobliskich pożarów oświetla ulicę. Julian w tej poświacie szuka wzrokiem Mii. Dostrzega ją kilka domów dalej, gdzie pociesza starszą kobietę, która już przestała szlochać. Uspokaja spojrzenie i wbija w nią wzrok. Kiedy mruga, dostrzega, że Wild mu się przygląda.

– Kim ty jesteś? – pyta. – Zupełnie jakbyś znał Folgate z innego życia.

– Na to wygląda. – Szturcha nowego przyjaciela. – Uważaj – mówi cicho. – Na mojej dziesiątej.

Z lewej strony ukradkiem zbliża się trzech młodych mężczyzn, kierując się w stronę domu, przed którym stoją Wild z Julianem.

– Widzisz, gdybyś nie ugasił pożaru w tej cholernej kuchni, przeszliby nam tuż przed nosem – rzuca Julian cicho do Wilda i głośniej do trójki: – Zabierajcie się stąd. Nie macie tu nic do roboty.

– A wy macie? – pyta jeden z nich.

Wild pokazuje im odznakę Home Guard.

– Odsuń się, kaleko – mówi groźnie wyglądający facet i podchodzi do nich. – Ty też, staruszku – rzuca do Juliana. – Nie chcesz, żebyśmy zrobili ci krzywdę.

– To ty nie chcesz, żebyśmy zrobili ci krzywdę – odpowiada Julian.

– Nieźle, Jules – szepcze Wild.

– Dzięki.

Chłopcy wybuchają śmiechem. Szydzą z Juliana.

– A co nam zrobisz, pacniesz nas? Pogrozisz palcem?

– Nie może nawet zrobić znaku V!

Julian wykonuje szybki obrót i kopie gadającego chłopaka prosto w pierś. Chłopak pada plecami na ziemię. Uderza głową w cegły.

– Rusz się, Wild – rzuca Julian, a do atakujących: – No, dalej. Mówiłem wam, nie chcecie, żebym zrobił wam krzywdę.

Dwaj młodzi mężczyźni grożą Julianowi i podchodzą do jego prawej strony, założywszy, że jest słabsza. Jeden z nich macha kijem. Julian chwyta kij w zagięcie prawego łokcia i uderza chłopaka w bok szyi krawędzią lewej dłoni. Chłopak chwieje się, traci równowagę, a Julian jest teraz uzbrojony. Uderza chłopaka w przedramię i jeszcze mocniej w bark, zadając mu pomniejsze, lecz osłabiające ciosy. Odwraca się do ostatniego napastnika.

– Widziałeś, jak łagodnie uderzyłem twojego przyjaciela w ramię jego własnym kijem? – pyta. – Mogłem rozwalić mu twarz. I zabić go. Ale noc jest jeszcze młoda. To co chcesz teraz zrobić? Uciekać? Czy walczyć?

Chłopak najwyraźniej niczego się nie nauczył. Bierze zamach. Julian blokuje cios i kopie go w kolano. Chłopak z wyciem pada na ziemię. Całe zajście nie trwało więcej niż dwadzieścia sekund.

Wild nie posiada się z radości.

– Finch, Dunk! – krzyczy. – Chodźcie tutaj. Nie mogę w to, kurwa, uwierzyć! Widzieliście?

– Padł na ziemię z takim pięknym głuchym łoskotem – mówi Julian z lekkim uśmiechem.

Finch i Duncan przybiegają. Finch nie jest zachwycony.

– Trzeba było tak ostro? – mówi kwaśno. – Gliniarze zaraz tu będą.

– To będą mieli mniej do roboty – stwierdza Julian.

– Nie słuchaj ani jednego słowa Fincha – rzuca Duncan. – To było niesamowite.

– Miałeś szczęście i tyle – stwierdza Finch. – Zaskoczyłeś ich.

– Masz rację – zgadza się Julian. – Inaczej nie miałbym szans. – Puszcza oko do Wilda.

Wild obejmuje go ramieniem.

– Jules, przeszedłeś chrzest bojowy. Teraz jesteś już oficjalnie członkiem Straży Ten Bells. Finch, załatw mu odznakę Home Guard.

– Nie mogę mu nic załatwić bez dokumentów.

– To załatw mu też dokumenty albo pobiję cię jego kijem – oświadcza radośnie Duncan.

Finch wskazuje jęczących mężczyzn.

– A co mam z nimi zrobić? – pyta Juliana.

– Daj mi sznur, Duncan – odpowiada Julian. – Może nadejść ich więcej, a nie chcę sobie zawracać głowy tymi trzema.

– Nasz sznur nie służy do wiązania przestępców – mówi Finch – lecz do ratowania. Gdyby ludzie gdzieś utknęli i trzeba ich wyciągnąć.

– Dzięki, Finch. Wiem, co to znaczy do ratowania. I nie potrzebuję go dużo. Ale na pewno jest mi potrzebny nóż.

Duncan przynosi mu zwój sznura i nóż.

– Nikt tutaj nie potrafi zawiązać węzła – wyjaśnia Finch. – Nie wiem więc, co ci przyjdzie z tego sznura.

W pół minuty Julian krępuje kostki i przeguby mężczyzn węzłem kajdankowym. Finch przygląda się temu ponuro, a Duncan i Wild wiwatują.

– Wreszcie znaleźliśmy trzeciego muszkietera, Dunk! – woła Wild.

– Na to wygląda.

– To czym ja byłem? – pyta Finch.

– Nie jesteś muszkieterem. Bardziej Richelieu – wyjaśnia Wild.

Finch nie zwraca uwagi na szyderstwo.

– Chyba za mocno zacisnąłeś – zwraca się do Juliana. – Odetniesz im krążenie.

– To ich nauczy, żeby nie okradać domów – mówi Julian i kopie jednego z nich w żebra. – Dranie.

Kiedy na ulicy pojawia się Mia, Wild i Duncan przywołują ją i przerywając sobie nawzajem, opowiadają jej, co zaszło. Ona słucha, mrugając z aprobatą.

– Naprawdę to zrobił?

Zniesmaczony Finch odchodzi.

– Folgate, Julian nauczy mnie, jak używać noża i młotka – mówi Wild. – I wiązać węzeł kajdankowy.

– Odpuść trochę – odpowiada Julian. – Nie jestem magikiem. Nie da się wiązać węzłów jedną ręką.

– Kto tak mówi?

– No dobra, chłopaki – rzuca Mia. – Duncan, jesteś mi potrzebny. Tamta kobieta próbuje wyciągnąć z domu skrzynię wielkości kredensu. Jest dla niej za ciężka. Dla mnie też. Próbowałam, ale nie dam rady.

– Ja ci pomogę, Mia – oferuje się Julian natychmiast, podając kij Wildowi.

– No proszę – odpowiada Wild. – Jules ci pomoże, Mia.

– Zamknij się, Wild – rzuca dziewczyna.

– Tak jest – zgadza się Julian. – Zamknij się.

– Folgate, na pewno nie chcesz, żeby Finch pomógł ci przesunąć ciężkie meble? – pyta Wild, który nie chce się zamknąć.

– Powiedziałam, zamknij się! Oczywiście najpierw prosiłam Fincha, ale jest zajęty. Nie słuchaj go, Julianie, chodź ze mną.

Zostawiają szydzących chłopaków i przedzierają się przez gruzowisko na ulicy, idąc w stronę domu starszej kobiety.

– Są niemożliwi – mówi Mia. – Nie zwracaj na nich uwagi. Tylko żartują.

– Wiem – odpowiada Julian, niewyobrażalnie zadowolony, że stał się obiektem żartów. – I nie mam nic przeciwko temu.

– Potrafisz się bić? – pyta Mia.

– Miałem szczęście.

– Jasne – mówi, obrzucając go rozbawionym spojrzeniem. – Chyba my mieliśmy szczęście, że nas znalazłeś. Nie potrafię ci powiedzieć, jak bardzo potrzebowaliśmy kogoś takiego. Teraz gdy Lester odszedł, do walki ze złodziejami mamy tylko Duncana. Nick czasami przychodzi, ale nie lubi się bić. Wild lubi, ale nie może. Trudno znaleźć kogoś, kto lubi i może.

– Kto mówi, że lubię?

– Nie wiem. – Mruży oczy. – Wyglądasz na takiego.

Julian odpowiada jej spojrzeniem, oddycha głęboko.

– Cieszę się, że mogę pomóc. Kim jest Lester?

– Jednym z nas. Zginął w zeszłym tygodniu. W wybuchu.

Już w środku Mia unosi lampę naftową, by oświetlić drogę, i razem z Julianem odnajdują na wpół otwartą skrzynię w częściowo zniszczonym pomieszczeniu. Kobieta stoi na ulicy i wykrzykuje polecenia drżącym, lecz pełnym wdzięczności głosem. Obok skrzyni leżą naszyjniki, albumy z fotografiami, podarty i zakurzony ślubny welon, sukienka do chrztu.

– Dzięki, że mi pomagasz – mówi Mia, gdy zbierają cenne przedmioty. – Te drobiazgi mają dla niej ogromną wartość.

– To nie są drobiazgi. Są niezastąpione.

– Chyba tak. Często odnalezienie tych rzeczy jest dla tych biedaków najważniejsze. Nie dom, ale obrączki.

Zanim Julian zdąży odpowiedzieć, rozlega się syrena odwołująca alarm. Przeraźliwy, przeszywający dźwięk trwa całą minutę. Julian nie potrafi wyrazić, jak wielką odczuwa ulgę, gdy wreszcie zapada błoga cisza.

– Mia, nie robisz tego co noc, prawda? – pyta, gdy ciągną skrzynię przez gruz. Proszę, powiedz mi, że nie robisz tego co noc.

– Próbujemy. Ale nie zawsze się udaje. – Chichocze. – Czasami Nick, Wild i Dunk są tak pijani, że nie mogą się ruszyć, gdy zawyje syrena. Finch strasznie ich za to beszta. On nigdy nie pozwala sobie na zbyt wiele.

– W niczym?

Z jakiegoś powodu to pytanie przyprawia Mię o rumieniec. Postanawia je zignorować.

– A w tygodniu, kiedy Dunk miał wstrząśnienie mózgu, też nie poszłam. Nie było bezpiecznie. – Wzrusza ramionami, spokojnie przyjmując do wiadomości pewne niedogodności związane z byciem kobietą podczas wojny. – Złodzieje noszą wielkie drewniane pałki. Dobrze, że miasto zarekwirowało cały złom, także łyżki do opon. Inaczej wymachiwaliby żelastwem, a nie drewnem i wszyscy bylibyśmy w dużo gorszym stanie.

Kiedy wyciągają skrzynię na ulicę i zostawiają siedzącą na niej kobietę, Julian obrzuca Mię uważnym spojrzeniem.

– Wszystko w porządku? – Zatrzymuje ją. Kciukiem ściera strużkę krwi z jej czoła.

– Dziś było spokojnie. – Uśmiecha się. – Nie zawsze jest tak łatwo.

– To było łatwe? – Trzy zniszczone domy, utracone kosztowności, rodziny pozbawione dachu nad głową, złodzieje. Widząc zdumienie na jej twarzy, kaszle. – Oczywiście, bywa gorzej, ale to nie było łatwe.

Mia opowiada mu, że kiedyś Duncan musiał sam walczyć z sześcioma napastnikami.

– Mogę zaświadczyć, że to na pewno nie było łatwe – potwierdza Julian.

Mówi mu, że czasami miny opadają na spadochronach i kiedy człowiek się do nich zbliża, wybuchają i rozrywają go na kawałki. To się przydarzyło Lesterowi.

– Widziałeś je? – Kiedy Julian kręci głową, mówi dalej. – Czasem spadają bomby zapalające, wszystko staje w ogniu i nikt nie może się wydostać. – Widziałeś coś takiego?

Julian kiwa głową. To akurat widział, wszystko stoi w płomieniach i nie można się wydostać.

– Ludzie grzęzną pod gruzami i rozbitym szkłem.

– Tak. Dzieci, te nieliczne, które zostały, są uwięzione w domach z mamami, babciami i ciotkami. Starsi mężczyźni i inne dzieci nie mogą pomóc. Siedzą więc w pobliżu i patrzą, jak najbliżsi umierają pod gruzami, których nikt nie potrafi ruszyć, albo w ogniu, którego nikt nie może opanować.

– Boisz się ognia, Mia? – pyta Julian, patrząc na nią badawczo.

– Nie mogę powiedzieć, że się boję – odpowiada niezrażona jego spojrzeniem. – Ale nie przepadam za nim.

Chce ją zapytać, za czym przepada, ale rezygnuje. A jeśli powie, że za Finchem?

– Dziś trochę pomogliśmy – mówi Mia. – Ale czasami nie jesteśmy w stanie. Jesteś na to gotowy? Zrobić wszystko, co w twojej mocy i mimo to nie móc uratować kobiety uwięzionej pod gruzami?

– Nie.

Nigdy nie będzie na to gotowy.

7

Folgate

Mia przynosi mu kubek gorącej herbaty z ciężarówki z napojami. Musi wyglądać, jakby go potrzebował.

– Skąd tak naprawdę jesteś? – pyta, spoglądając na niego spokojnie, lecz pytająco. – Wybacz, że to mówię, ale wyglądasz, jakby to było twoje pierwsze bombardowanie.

– Nie, nie pierwsze – odpowiada szybko. – Ale mówiłem ci, jakiś czas mnie nie było. Wróciłem dopiero niedawno.

– Przyzwyczaisz się. Jak my wszyscy. Musieliśmy. Niezłą porę sobie wybrałeś na powrót. Czemu nie zostałeś tam, gdzie byłeś? W Walii? – pyta, oszczędzając mu odpowiedzi. – Założę się, że tam jest bezpieczniej.

– To prawda, tutaj istnieją tajemnicze zagrożenia. Ale to nasza ostatnia walka.

– Nasza to znaczy Londynu, prawda? Nie… – Przesuwa palcem od siebie do niego i uśmiecha się, jakby to był żart. A on zmusza się, by odpowiedzieć uśmiechem, jakby też żartował.

Pozostają na miejscu niemal do świtu. W końcu zjawia się straż pożarna, policja i służby ratunkowe, które usuwają rzeczy ze zniszczonych domów. W ogromnej ciężarówce nadjeżdża funkcjonariusz do spraw wypadków. Finch blisko z nim współpracuje, bez drobiazgowego oszacowania strat przez Fincha praca funkcjonariusza byłaby o wiele cięższa. Finch jest niezmordowany. Kilka godzin po odwołaniu alarmu wciąż rozmawia z ludźmi i zapisuje informacje. Czasem nawet wypowiada słowa pociechy, choć robi to niezgrabnie. Opisuje znalezione rzeczy, wciąga na listę zaginione. Kataloguje wszystko. Przypomina mniej genialną i mniej sympatyczną wersję George'a Airy'ego.

– Finch robi to co noc? – pyta Julian Mię, a w jego głosie słychać niechętny szacunek.

– Co noc i co dzień. To jego praca na pełny etat. Dostaje wynagrodzenie od rady Bethnal Green. Za dnia też spadają bomby. Tego też nie wiedziałeś, choć jesteś z East Endu? Kiedy tu dotarłeś, wczoraj?

– Bardzo zabawne. – Popijając herbatę, która wystygła zdecydowanie zbyt szybko, Julian krztusi się, udając, że jej pytanie jest retorycznym żartem. Naloty za dnia? A myślał, że Wild przesadza.

Po chaosie bombardowania, w zorganizowanej, spokojnej reakcji na szaleństwo Julian czuje się jeszcze gorzej. Jest przyzwyczajony do ciosu za cios, uderzenia za uderzenie, kopnięcia za kopnięcie. Nie przywykł do podkładek do pisania i cichych rozmów po zniszczeniach na wielką skalę, nie przywykł do bladych, szczupłych, serdecznych kobiet obojętnie przetrząsających gruzy w imieniu obcych ludzi w poszukiwaniu utraconych lalek i pereł.

W błękitno lodowatym blasku przedświtu wszystko wygląda jeszcze bardzie nierealnie.

Podwładni funkcjonariusza do spraw wypadków całymi godzinami ładują na ciężarówki odnalezione i opisane przedmioty, by odwieźć je do przechowalni. Mia, Julian, Finch i Duncan wciąż wynoszą rzeczy na ulicę, jedną po drugiej: cenne zabawki, wóz strażacki, rodzinną Biblię. Mia radzi poszkodowanym rodzinom, żeby trzymały przy sobie najcenniejsze przedmioty, by nie znikły im z oczu. Pokazuje im twarz pełną niezachwianego optymizmu i dobroci. Wszystko będzie dobrze, powtarza. Wasze rzeczy się odnajdą. Rada zapewni wam nowe mieszkanie. W schroniskach jest ciepło i nie brakuje jedzenia. Nie martwcie się. Głowa do góry. Nie wpadajcie w panikę.

Jakże jest niepodobna do przerażonej i zdesperowanej kobiety, którą Julian znalazł w Invercargill. Mia żyje pośród śmierci, a jednak nie zniszczyła jej świadomość własnego odejścia. Biedna Shae, myśli Julian, schylając głowę jakby w modlitwie.

„Julianie, jesteś głupcem.

W piekle nie ma miejsca na litość".

W przeszłości starał się za bardzo wybiegać w przyszłość i teraz ponosi za to karę, bo nie jest w stanie przewidzieć, co przyniesie kolejny dzień.

To kara czy nagroda?

„Może i nie mamy nadziei, Mia. Ale się nie załamiemy".

– Za kogo się modlisz? – pyta Mia, podchodząc do niego. Jemu też pokazuje twarz pełną niezachwianego optymizmu i dobroci.

Wyraz jego twarzy musiał ją speszyć, bo odwraca wzrok.

– Chcesz usiąść, dać stopom chwilę odpocząć? Wyglądasz na wyczerpanego. Nic im nie będzie, przywykli do tego – mówi, gdy widzi, że szuka wzrokiem Duncana i Wilda. – Usiądźmy.

Przysiadają na gruzach. Teraz, gdy ugaszono pożary i nie ma żadnego źródła ciepła, breja na ulicach zamienia się w lód. Julian chce ją objąć ramieniem. Wygląda, że jest jej bardzo zimno. Ocenia, w jakiej odległości od nich znajduje się Finch, czy może ich zobaczyć. Stoi dość daleko i nie zwraca na nich uwagi, ale Julian postanawia nie zrażać go jeszcze bardziej, choć marzy o tym, by Mię objąć i przytulić.

– Może wszyscy powinniśmy się schować w przechowalni – mówi – a błyskotki zostawić na zewnątrz.

– Co, jesteś zmęczony życiem? – pyta żartem.

– Nie jestem niezmęczony – odpowiada, pragnąc zasnąć w tej właśnie chwili, na kupie gruzu, obok niej. Ma za sobą rzekę, wyschnięte łożyska, tunele, płomienie, nie spał od kilku tygodni czy dni. – Na co czekamy?

– Na Fincha. Minie jeszcze co najmniej godzina, zanim skończy. Odwozi nas z powrotem.

Julianowi głowa opada na piersi. Czując na sobie jej spojrzenie, otrząsa się, by nie zasnąć.

– Nie masz dokąd pójść – mówi Mia. To nie jest pytanie.

– Nie mam dokąd pójść.

– To wracaj z nami. Jest dość miejsca. Im nas więcej, tym weselej. Wróć z nami.

Julian chce, żeby to ona poszła z nim. Chodź ze mną, Mia. Odejdź ze mną. Z dala od tego szaleństwa.

Ale dokąd ma z nim pójść? Do szpitala w Scutari, do diabelskiego ognia, na dno oceanu?

– Jesteś pewna? – pyta. – Stacja Bank jest pełna. A twój chłopak mnie nie lubi.

– Dziwisz mu się? – Mia uśmiecha się, samokrytycznie, ale żartobliwie. – Nie martw się, zaprzyjaźniłeś się z Wildem. Poradzisz sobie. On kocha dziewczyny, ale zwykle nie pała sympatią do chłopców, tak jak zapałał do ciebie.

– Nie ma dla mnie miejsca.

– Jest. W nocy będziesz z nami, a za dnia możesz spać na pryczy Robbiego. Wychodzi do pracy o siódmej.

– A gdzie ty śpisz?

– A kto chce wiedzieć? – Uśmiecha się. – Żartuję. Widziałeś gdzie. Jedna z górnych pryczy jest moja. Wszystkie dziewczęta śpią na górze.

Wymieniają spojrzenia.

– Dla bezpieczeństwa? – pyta Julian.

Mia kiwa głową.

– Na naszej stacji nie mieliśmy żadnych problemów z napaściami i tak dalej, odpukać w niemalowane, jak mawia mama, ale w innych miejscach pojawiły się problemy i zawsze lepiej zadbać o bezpieczeństwo.

Zawsze lepiej zadbać o bezpieczeństwo, mówi delikatna dziewczyna, której życie było zagrożone i zdmuchiwane jak świece przez wieki, a teraz siedzi na kupie gruzów powstałej po wybuchu, gdzie przyjechała z własnej, nieprzymuszonej woli.

– Nie masz domu w Londynie? – pyta Julian. – Rodziny?

– Miałam jedno i drugie. Dom zbombardowano, rodzina wyjechała. Oczywiście, mogłam iść do porządnego schroniska przy Old City Road, ale jest przepełnione i nie chcę stać cały dzień w kolejce na ulicy z kocem pod pachą i czekać na wolne miejsce. Próbowaliśmy tego z Finchem we wrześniu. Po jednym dniu powiedzieliśmy: koniec. – Mia wyjmuje papierosa, częstuje Juliana. Początkowo Julian odmawia, potem przyjmuje. Czemu nie? Zapalają. Na zapalniczce widnieje napis: „Smutne dziewczyny dużo palą".

– Nie wyglądasz na smutną – mówi Julian, zaciągając się. Kaszle, znów się zaciąga.

Mia zgadza się.

– Nie jestem smutna. Ale dziewczyna, która umarła, była. To jej zapalniczka.

– Czemu była smutna?

– Bo umarła.

Podoba mu się poczucie koleżeństwa, gdy pali ze swoją ukochaną na ruinach podczas wojny. Podczas tej wojny. Jak na razie, nie jest to najgorsza rzecz, jaka ich spotkała.

– Żadne z was nie ma domu?

– Robbie ma. W Sussex. Liz ma dom w Birmingham. Ale tamte okolice mocno bombardują. Phil Cozens ma dom, ale nie śpi tam, bo płacą mu, by dyżurował na Bank. Tam nie jest tak źle, naprawdę. Zobaczysz. Odpicowali wiele schronów w metrze. Bank przypomina niezły hotel. Mamy nawet kącik z przekąskami. – Uśmiecha się smutno, spoglądając tęsknie na ulicę w poszukiwaniu mobilnego bufetu, który dawno odjechał.

– Pracujesz? – pyta Julian. – A może to jest też twoja praca za dnia?

Mia ma za dnia inne zajęcie. Pracuje w fabryce mebli Lebus przy Tottenham Court Road. Śpi rano do dziesiątej albo jedenastej, a potem wychodzi. Jej szef nie ma nic przeciwko temu, bo wie, czym zajmuje się w nocy.

– A ty pracujesz? – pyta, spoglądając na ukryty pod płaszczem Wilda elegancki garnitur, teraz mocno zakurzony.

– Pracowałem. Miałem restaurację przy Great Eastern Road. Już jej nie ma. Zniknęła razem z moim mieszkaniem na piętrze.

– Restaurację? Strasznie jestem głodna. Jakie jedzenie podawałeś? Paszteciki z mięsem? Zapiekanki?

– Rosół wołowy z makaronem. Kalmary z czosnkiem. Krewetki.

– Opowiedz mi o tych potrawach. Z najdrobniejszymi szczegółami.

Kiedy Finch dostrzega, że siedzą blisko siebie na kupie gruzów, wygląda na zdenerwowanego, nawet z oddali, nawet w pierwszym brzasku dnia. Ale Julian się orientuje, jak ma się zachować po reakcji Mii. Nie odsuwa się od niego. Więc on też się nie rusza. Julian nie jest strażnikiem jej związku z Finchem. Jeśli przekroczy granicę, ona na pewno da mu znać. Nie sądzi jednak, by cokolwiek przekraczał. Przypomina sobie, jak go pocałowała, kiedy udawali, że są Cecily i Algernonem. Jakby od dawna pragnęła, by ktoś pocałował ją naprawdę.

Gdy tak czekają, aż Finch skończy, Mia opowiada mu historie na dobranoc, a on niemal zasypia ukołysany jej boleśnie znajomym, lekko zachrypniętym głosem. Zna większość gangu Ten Bells od czasów szkoły podstawowej. Razem z Shoną i Finchem dorastali przy Folgate Street na tyłach Spitafields Market, a we wrześniu razem zostali bezdomni. Przez pierwsze tygodnie snuli się po ulicach jak żebracy, a potem znaleźli korytarz na stacji Bank.

Shona, kierująca Mobilną Jednostką Medyczną, to twarda sztuka w przeciwieństwie do Liz Hope.

– Liz jest mięciutka. Jak biszkopt.

Liz zaczęła obiecującą karierę naukową w British Museum, lecz teraz, gdy muzeum zamknięto bezterminowo na czas wojny, straciła pracę i nie może się pozbierać. Czasami zgłasza się na ochotnika do kierowania kościelną ciężarówką i rozwozi przekąski i napoje ludziom pozbawionym domów, ale głównie czuje, że nie robi dość.

– Nic nie może na to poradzić – mówi Mia. – Ludzie nie zmienią się tylko dlatego, że spadają bomby. A Liz strasznie boi się bomb. Wyjście w ciemność podczas nalotu w jej przypadku jest wykluczone.

Liz wydaje się najrozsądniejsza z całej ekipy.

– Czemu nie możesz być taka jak ona? – pyta Julian.

– Cnotliwa i nieśmiała? – Mia jest brudna, a jednak lśni. Uśmiecha się. Za każdym razem, gdy się uśmiecha, Finchowi udaje się to dostrzec, nieważne, gdzie się akurat znajduje. Może dlatego, że jej uśmiech rozjaśnia wszystko jak fajerwerki.

– Bezpieczna i ukryta pod ziemią – wyjaśnia Julian. – Ale jeśli chcesz być też cnotliwa i nieśmiała, proszę bardzo.

– Chcesz, żebym chowała się przed życiem w piwnicy?

– Nie przed życiem. Przed śmiercią.

– Przed nią nie można się ukryć. Jakiś miesiąc temu bomba spadła blisko wejścia na stację Bank. Zabiła dwadzieścia osób i wyrwała w ziemi dziurę tak wielką, że trzeba było położyć prowizoryczny most. Jednak Bank of England nie ucierpiał.

– Może powinniśmy się ukryć w banku. – Julian mówi „my", ale ma na myśli „ty".

Liz lubi być częścią ekipy, wyjaśnia Mia, lecz z powodu porażającej nieśmiałości ciężko jest się jej odnaleźć w grupie. A ostatnimi czasy żyją wyłącznie w grupie. Nie ma mowy o żadnej prywatności.

– To jak sobie radzicie z Finchem? – pyta Julian, patrząc na swoje dłonie, nie na nią. – W grupie? – dodaje ostrożnie.

Zapada długa chwila milczenia.

– Czekamy na właściwy moment, ot co – odpowiada Mia. Znów zaczyna opowiadać o Liz, prześlizgując się po jego pytaniu krótkim: „A mamy inne wyjście?", jakby czytała mu w myślach.

„Kto ma czas, by siedzieć spokojnie, ociągać się?

Ty nie".

W zeszłym tygodniu Robbie zaczął zabierać Liz ze sobą do pracy na Fleet Street. Teraz robi korektę jego artykułów dla „Evening Standard". Nigdy nie miała chłopaka, ale od lat kocha się szaleńczo w Wildzie, a po jego wypadku zeszłego lata kocha go jeszcze bardziej, bo stał się mniej idealny i bardziej osiągalny, a przez to bardziej idealny.

Wild naprawdę nazywa się Fred Wilder.

– Śmieszne, prawda? Wild to Freddie. Od urodzenia buntuje się przeciwko swojemu imieniu hydraulika. Jakby tego było mało, rodzice dali jego młodszemu bratu na imię Louis. Jeden brat jest więc hydraulikiem, drugi francuskim królem. To idealnie podsumowuje życie Wilda.

– Gdzie jest Louis?

Mia kręci głową, rozglądając się, jakby chciała sprawdzić, czy w pobliżu nie ma Wilda.

– Nie rozmawiamy o Louisie.

– Okej. To opowiedz mi o sobie.

– O mnie?

– Opowiadałaś o Liz, o Shonie, o Wildzie. A jaka jest twoja historia?

– Mówiłam ci.

– Ta poza wojną.

– Czy istnieje coś poza wojną? Prawie zapomniałam. – Przed wojną chciała występować na scenie West Endu, ale to też trzeba było zawiesić, jak wszystko. – Dwa bombardowania i mój ukochany Palace Theatre przy Cambridge Circus zabito deskami! – mówi zagniewana. –

Jakby podczas wojny ludzie nie potrzebowali rozrywki. Moim zdaniem potrzebują jej jeszcze bardziej.

Julian zgadza się z nią.

– Znasz ten teatr?

– Tak. Dawno, dawno temu pewien mężczyzna tak bardzo kochał swoją żonę, że zbudował dla niej teatr, żeby mogła oglądać operę, kiedy tylko zechce.

– Tak! – wykrzykuje Mia, patrząc na niego zdumiona. – Skąd to wiesz? Nikt poza mną o tym nie słyszał.

– Ja słyszałem.

Ożywiona i rozrzewniona Mia opowiada mu o swojej pracy w fabryce mebli, ze szczególnym poruszeniem opisując to, co zaczęli budować w ramach wysiłku wojennego.

– Malujemy na czerwono atrapy piętrowych autobusów. Nie ma w nich silników, skrzyń biegów, nic.

– Jak samoloty kultu cargo w Melanezji – rzuca w zamyśleniu Julian.

– Co takiego?

– Nieważne. Mów dalej. Czemu to robicie?

– Malujemy na nich przednie szyby, koła, nawet numery i ustawiamy na przedmieściach, gdzie łatwo je wypatrzyć. Niemcy bombardują potem nasze przynęty, a my w mieście możemy się zajmować własnymi sprawami.

– Aha. To jak budowanie dekoracji do filmu. Tylko w prawdziwym życiu.

– No właśnie! Atrapy autobusów w prawdziwym życiu.

Siedzą dalej razem na szczycie zburzonej ściany, skuleni, opierając stopy o ramy okien. Od stóp do głów są obsypani pyłem, który pokrywa im nawet twarze i wdziera się do ust. Mia zawiązuje mocniej chustkę pod wełnianą czapką i chucha w dłonie w rękawiczkach.

Jej matka jest w Blackpool z ciotką Wilmą, trzema kuzynkami i ich siedmiorgiem dzieci. Ciotkę Wilmę trudno uznać za typową spokojną Brytyjkę. Kiedy we wrześniu bomby zaczęły spadać codziennie, wpadła w histerię. Jej krzyki przeraziły wnuki, kuzynów Mii w drugiej linii.

– I nie myśl, że moja matka nie przypomina przy każdej okazji, że jej siostra została babcią już siedmiokrotnie, a ona ani razu. – Wilma spakowała więc najbliższych i wyjechała do Blackpool, skąd pochodzi jej rodzina.

– Czemu nie pojechałaś z nimi? – Czemu, czemu nie pojechałaś z nimi?

– Moje życie jest tutaj. – Otula się mocniej płaszczem. – Mam wokół przyjaciół, więc się nie przejmuję. Przyznaję, że kiedy pierwszy raz zobaczyłam nad głową samoloty Luftwaffe, a nigdzie nie było widać spitfire'ów ani hurricane'ów, pomyślałam, że oglądam własną zagładę. – Spogląda na niego. – Mniej więcej jak ty dzisiaj.

Julian nie odzywa się. Patrzy jej w oczy.

– Jakbym oglądał czyją zagładę? – pyta cicho.

Mia prycha i mówi dalej.

– Pierwsza bomba, która spadła na nasz dom, zerwała dach.

– Pierwsza?

– O, tak. Strażacy wyciągnęli mamę spod stołu w jadalni. Stół przetrwał, mamie nic się nie stało. Krzyczała do mnie: Mia, mówiłam ci, że to dobry stół! – Uśmiecha się na to wspomnienie. – Rada stwierdziła, że nic nie mogą dla nas zrobić, powinniśmy się uważać za szczęściarzy, bo przynajmniej mamy dach nad głową. Pokazałam niebo i zapytałam, gdzie mają oczy. Jaki dach? Facet z rady wściekł się i sobie poszedł. – Parska śmiechem. – Kiedy nas zbombardowano, przez dwa dni dostawaliśmy darmowe jedzenie i napoje. Początkowo mama mówiła, że to miłe i że powinni nas bombardować częściej. Dowożono nam posiłki i mogliśmy się kąpać w mobilnych łaźniach, nazywam je pralniami dla ludzi, mogliśmy też robić pranie w mobilnej pralni zaparkowanej przecznicę od nas przy Commercial Street. W domu bez dachu było zimno, ale to był jeszcze wrzesień, więc dało się wytrzymać. Poza tym byliśmy razem. Ciotka Wilma mieszkała obok ze swoimi dziećmi i wnukami i mamie bardzo się to podobało. Prawdę mówiąc, mnie też. Jestem bardzo blisko z Karą, najmłodszą córką Wilmy. Urodziłyśmy się w tym samym roku. Jest jak moja bliźniaczka. I jest bardzo zabawna.

– Zabawniejsza od ciebie?

– Czy można być zabawniejszą ode mnie? – Uśmiecha się. – Ale potem bomba spadła na dom Wilmy i całe drewno i szkło wylądowało w naszym salonie, potem padało przez cały tydzień i nie było już wesoło. Mama zgodziła się, że być może czas wyjechać, na co moja ciotka zapytała: Być może? Kiedy wyjechały, przez kilka dni mieszkałam sama w domu, ale potem spadła kolejna bomba zapalająca i, no wiesz. – Zrywa się i wyciąga do niego rękę. – Chcesz zobaczyć, co zostało z mojego domu? Chodź. Mamy jeszcze kilka minut, zanim Finch skończy. To tuż za rogiem.

Biegną na Commercial Street.

– Bomby zerwały wszystkie liście z drzew – mówi Julian. – Dlatego wygląda, jakby była zima.

– Głuptasie, wygląda jak zima, bo jest zima.

Folgate Street jest krótka i wąska, biegnie między dwiema szerszymi: Bishopsgate i Commercial.

Niewiele zostało z Folgate. Z kilkunastu domów większość to ruiny z wyjątkiem czterech narożnych. Widać w nich wyrwane dziury i została tylko część dachu, ale ludzie wciąż tam mieszkają. Nadal dostarczane tam są gazety i mleko w blaszanych bańkach.

W środku Folgate zrównany z ziemią dom Mii to wypalone drewno i pył.

– Mama powiedziała, że wróci, kiedy tylko urządzi ciotkę i kuzynów – wyjaśnia Mia. – Ale wysłałam jej telegram, żeby się nie trudziła. Gdzie się podzieje? Nie może mieszkać ze mną na Bank. Przyznaję, jestem trochę zazdrosna o Lucindę i jej rodzinę. Fakt, Lucinda jest stuknięta, ale Sheila i Kate przynajmniej mają mamę. Było miło, gdy byłyśmy razem z mamą i mogłyśmy robić pranie w mobilnej pralni. Dziewczyna, która jeździła tym samochodem, umarła. Miała w płucach pełno pyłu. Ta zapalniczka należała do niej. – Gdy powoli wracają, Mia zapala kolejnego papierosa. – Kiedy mój dom się zawalił, odeszłam. Mama mnie tego nauczyła. Powiedziała, patrz przed siebie, nigdy się nie oglądaj, inaczej będziesz dźwigać na sobie ciężar tego domu do końca życia.

Gdyby tylko Julian mógł skorzystać z tej rady.

– A historia Wilda? Opowiedz mi szybko, zanim wrócimy.

– Dobra, ale nie wolno ci zdradzić, że ci to mówiłam. Stracił rękę, gdy próbował ratować brata. W lipcu podczas jednego z pierwszych nalotów spadła bomba i Louis został uwięziony w płonącym domu. Wild chciał go wyciągnąć. Louis powtarzał mu, żeby uciekał, ale Wild nie chciał go zostawić. Potem przesunęła się ściana i Wild też utknął. Nie mógł się wydostać. Patrzył, jak jego brat umiera, a dookoła płonął ich dom. Ledwo sam ocalał. Strażacy musieli odciąć mu rękę, żeby go uratować. Ich rodzice stali na ulicy, gdy dwaj synowie byli uwięzieni w środku.

Julian zwiesza głowę.

– Wild bardzo to przeżył. I nadal się nie otrząsnął. Od zawsze chciał być strażakiem, a teraz nie ma brata, ręki i nigdy nie zostanie strażakiem. Możesz to sobie wyobrazić?

– Tak – odpowiada Julian.

8

Opowieści o miłości i nienawiści

Julian nie musi korzystać z pryczy Robbiego, bo Wild oddaje mu swoją. Śpi jak zabity przez cały dzień, a po przebudzeniu dowiaduje się, że przespał dwa alarmy. Wieczorem ekipa Ten Bells zbiera się w niszy. Zjedli i wypili gdzie indziej, ale Wild jakoś domyśla się, że Julian umiera z głodu, i dzieli się z nim chlebem i pozostałą zawartością małej butelki taniej whiskey. Gang jest w dobrym humorze, z wyjątkiem Fincha, który wygląda, jakby nie mógł uwierzyć, że Julian jeszcze z nimi jest.

– Czemu oddajesz mu swoje jedzenie? – pyta Wilda.

– Dzielę się z nim jedzeniem, bo tak postąpiłby Jezus – odpowiada Wild z udawaną powagą. – Komu służysz?

– Nie o to mi chodzi i dobrze o tym wiesz. Najwyraźniej przyda mu się jałmużna. Chodzi mi o to, gdzie są jego kartki żywnościowe.

– A co, jadłby jak król, gdyby je miał? – pyta Wild. – Hej, posiadacze królewskich racji żywnościowych, kto ma ochotę na mięso wieloryba? Podajemy tu pyszne mięso z wieloryba! I patrzcie, co jeszcze mogę wam dać na kartki. Kawałek masła, świeżo ubitego. – Wild obejmuje Juliana ramieniem. – Kiedy znajdziesz swoje kartki, dostaniesz kawałek masła na tydzień. Ale to ty zadecydujesz, jak je zjesz. Podczas wojny masz wolną wolę, nigdy o tym nie zapominaj. Możesz zjeść kawałek masła od razu albo podzielić go na siedem dni jak Finch.

– „Ktoś mi stale podkrada masło" – śpiewa Mia, puszczając szelmowsko oko. – „Nie chcą zostawić mojego masła w spokoju"*.

– No już, gołąbeczko, nie żartuj tak – mówi Finch. – To nie uchodzi.

– Kto nie chce zostawić twojego masła w spokoju, Folgate? – pyta Wild, też mrugając szelmowsko. Nie puszcza Juliana. – Może je podpiszesz?

– Widzisz, o co mi chodzi? – mówi Finch do Mii.

– To tylko zabawa – odpowiada dziewczyna.

– To tylko zabawa – powtarza Wild.

– Niech ktoś wytłumaczy Finchowi, co to takiego zabawa – rzuca Duncan.

– Czy nabijanie się ze mnie może być zabawne? – pyta Finch.

– Na tak wiele sposobów, że nie dam rady ich policzyć – wyjaśnia Wild.

Julian ostrożnie poklepuje Wilda po plecach, dwa razy, licząc, że nikt tego nie zauważy, nawet Wild.

Kobiety i mężczyźni zbierają się wokół Juliana, by go powitać.

– Nie martw się, tutaj, na Bank, jest miło – mówi głośno Shona, kierowca, z mocnym gardłowym akcentem. Jest szczupła, ma małe oczy, a włosy zakrywa chustką. – Ale byłoby jeszcze lepiej, gdybyśmy mieli miejsce, by trzymać kurczęta i świnie. Wtedy naprawdę mielibyśmy coś. Ileż bym dała za trochę dodatkowego bekonu i kurczaka.

– Nie wolno trzymać kurcząt i świń w metrze – mówi Finch.

Shona nie zwraca na niego uwagi i nadal mówi do Juliana.

– W Hyde Parku mają chlewik, obok miejsca, gdzie na noc parkują autobusy.

– No właśnie. W parku. Nie w metrze – nie ustępuje Finch.

– Ale Shona, kochanie – wtrąca się Duncan drżącym głosem – gdybyśmy mieli miejsce na twoje świnie i kurczęta, Wild zaraz by je zabił, ugotował na miękko i zjadł, zanim zdążyłabyś zapytać, gdzie jest moja świnka.

– Dunk ma rację – potwierdza Wild. – Zrobiłbym dokładnie coś takiego.

---

* Fragment popularnej podczas wojny piosenki *Please Leave My Butter Alone*, nawiązującej dowcipnie do racjonowania żywności.

– Nie można hodować kurcząt w metrze – powtarza uparcie Finch w ciemnym korytarzu, gdzie pod wyrwą w uszkodzonym chodniku ludzie stworzyli dla siebie dom.

W tunelach jest zimno. Aby zrewanżować się za gościnność, Julian pokazuje nowym przyjaciołom, jak rozpalić szwedzkie ognisko. Na pustym peronie Central Line małą siekierą (nie czekanem) robi sześć nacięć w jednym z grubych polan, jakby kroił tort, do wysokości kilku centymetrów nad ziemią. Wlewa do środka polana dwie łyżeczki nafty i wrzuca za nimi zapałkę. Polano płonie ponad dwie godziny. Ogrzewają przy nim dłonie i twarze, gotują nad nim wodę, parzą herbatę, a potem sadowią się dookoła, jakby byli na biwaku.

Wild z radością zaczyna zwracać się do Juliana per Szwedzie.

– Szwedzie, gdzie się tego nauczyłeś?

A potem:

– Szwedzie, co jeszcze potrafisz? Na przykład coś, co mogłoby się przydać Folgate?

– Zamknij się, Wild!

– Zamknij się, Wild! – woła Finch, a potem ciszej zwraca się do Mii: – Mówi tak dlatego, że śpiewałaś tę piosenkę o podkradaniu masła.

– Uwierz mi, Finch, to nie przez tę piosenkę – wyjaśnia Wild i odwraca się do Juliana. – Szwedzie, gdzie nauczyłeś się walczyć lewą ręką?

Młodzi ludzie siedzą na peronie wokół płonącego polana i popijają herbatę i whiskey. Wszystkie oczy są zwrócone na Juliana. Mia siedzi obok Fincha. Ona też utkwiła wzrok w Julianie.

– Ty też się możesz tego nauczyć, Wild – odpowiada Julian. – Pokaż im swoją okaleczoną prawą rękę, a kiedy będą się przechwalać, jak cię urządzą, powal ich lewą. Nie musisz nawet zaciskać dłoni w pięść. Choć możesz.

– Ty nie zacisnąłeś.

– Długo uczyłem się walczyć lewą ręką. I mówiąc szczerze, wczoraj wieczorem to nie była prawdziwa walka.

– To co? – pyta Duncan. – Ci trzej padli na ziemię, zanim się zorientowali, co ich uderzyło.

– No właśnie.

Widząc uśmiech Mii, Finch wskazuje brakujące palce Juliana.

– Jedna z prawdziwych walk nie poszła zbyt dobrze, co?

Julian wzrusza ramionami.

– Jak mawiają, Finch, martwi nie opowiadają historii. A ja wciąż tu jestem. Odczytaj to, jak chcesz.

– Opowiedz nam, Szwedzie! – woła Wild. – Koniecznie. Uwielbiamy dobre opowieści. Nie ma nic lepszego w piwnicy podczas wojny niż picie paskudnej irlandzkiej whiskey i słuchanie poruszającej historii o awanturze. Od opowieści o walce lepsza jest tylko prawdziwa walka.

Wszyscy go popierają okrzykami, nawet dziewczęta.

– Podejrzewam, że prosiłbym o zbyt wiele – dodaje ze smutkiem Wild. – Opowiedz nam więc, co się wydarzyło.

Julian wzrusza ramionami.

– Wdałem się w nią z facetem.

– Jakim facetem?

– Który chciał się bić. Chwycił mój nóż, który upadł na ziemię. Wyrwałem dłoń w ostatniej chwili, bo inaczej rozciąłby mi nadgarstek i wykrwawiłbym się na śmierć. Ten nóż był jak pieprzona gilotyna, panie wybaczą.

Julianie! Uważaj! Niepewną ręką sięga po kubek z whiskey, który Wild trzyma w dłoni.

– Może trzeba było nie zostawiać noża na ziemi – mówi Finch.

– Masz rację. Zdecydowanie.

– To straszna historia. – Ku zdumieniu wszystkich te słowa padają z ust Petera Robertsa. Nie sądzili, że słucha. Siedział jakieś dwa metry od nich przy stole, na swoim zwykłym miejscu obok Frankie układającej puzzle.

– Młody człowieku – mówi surowym tonem Roberts, jakby karcił Juliana – nie wiesz, że ludzka zdolność do kontemplowania życia, odczuwania, opowiadania historii jest święta? Bierze się z nieśmiertelnej duszy. Żadne zwierzę nie siedzi przy ogniu i nie opowiada historii. Robią to tylko ludzie. A ty nie opowiedziałeś nam historii. Podsumowałeś jedynie kilka odległych wydarzeń bez pasji czy uprzedzeń. Nie było w tym nic prawdziwego i dlatego niczego nie poczuliśmy. Wielka szkoda.

Wild uśmiecha się od ucha do ucha i szturcha Juliana.

– To coś nowego, Szwedzie. Twoje kiepskie umiejętności w opowiadaniu historii poruszyły milczącego dotąd Robbiego. Dziennikarz w muszce twierdzi, że stać cię na więcej. Co ty na to?

Julian wypija duży łyk whiskey. Finch narzeka, że wypija za dużo wspólnego alkoholu. Julian obiecuje mu, że zdobędzie więcej. Ale na razie jest wystarczająco pijany, żeby opowiedzieć im porządną historię. Ma ich wiele. Którą chcieliby usłyszeć najpierw? Zna jedną o egzekucji w Tyburn. I o morderstwie w burdelu. Ma też taką o walce na śmierć i życie na morzu.

Młodzi patrzą na Petera Robertsa w poszukiwaniu wskazówek. Stateczny mężczyzna zastanawia się. Odłożył nawet podręcznik francuskiego!

– Robbie – mówi Mia – może chciałbyś tu podejść i usiąść z nami przy ogniu? Duncan, pomóż mu przenieść krzesło.

– Ani mi się waż. – Peter Roberts wstaje i chwyta krzesło. – Mam tylko sześćdziesiąt lat, Mario, nie rób ze mnie inwalidy. Kiedy sama tyle skończysz, zrozumiesz.

– Szwedzie, czemu się wzdrygnąłeś, gdy Robbie to powiedział? – pyta Wild.

– Dlaczego zawsze mu się przyglądasz? – rzuca Finch. – Kogo obchodzi, czy się wzdrygnął? Kogo obchodzi, czy zrobił cokolwiek – mruczy poirytowany.

– Finch, cii – ucisza go Mia. – Robbie, chodź. Chłopaki, zróbcie miejsce.

Peter Roberts ustawia swoje krzesło w kręgu wśród młodych.

– Ponieważ dzień jutrzejszy może nie nadejść – mówi filozoficznie – Julian może równie dobrze zacząć od walki na morzu.

Młode kobiety narzekają i proszą o coś delikatniejszego, wszystkie z wyjątkiem twardej sztuki Shony, która nie lubi delikatnych rzeczy, i Frankie, która nie porzuca układanki i nie wyraża swojego zdania.

Chłopcy zakrzykują dziewczęta.

– Nikt nie chce słuchać łagodnej historii, moje panie – mówi Wild.

– Nie martw się, Wild – odpowiada Julian. – Nawet moje łagodne historie kończą się śmiercią.

– Czy w twoich historiach pojawia się jakaś miłość? – pyta cicho Liz, nachylając się. Gang zgodnie wciąga powietrze. Liz przemówiła!

Otworzyła usta i odezwała się do obcego człowieka w towarzystwie. Pokrzykują radośnie. Wznoszą toast za Juliana, który przekonał Liz, by się odezwała, i Petera Robertsa, by odłożył podręcznik francuskiego.

– Gdybyśmy tylko oderwali Frankie od puzzli, to byłoby coś – mówi Kate, oglądając się na stół. Frankie mruga oczami, ale nie odpowiada.

Julian uśmiecha się do Liz.

– Historia bez miłości byłaby byle jaka – stwierdza. – Każda dobra historia opowiada o miłości.

Teraz naprawdę chcą ją usłyszeć.

– Nawet opowieść o śmierci na morzu? – pyta Liz. Romantyczne drżenie ożywia jej zwyczajną piegowatą twarz i czyni ją piękną.

– Zwłaszcza ta. Bo opowiada o najprawdziwszej miłości z możliwych. Miłości, która po prostu jest i nie prosi o nic w zamian. Łatwo opowiedzieć historię pełną erotycznych odniesień o pięknych ludziach kochających się w słonecznym klimacie.

– Nie miałabym nic przeciwko takiej historii – mówi Mia i brzmi to jak słowa kogoś, kto rzadko jakąkolwiek słyszał.

Julian nie ma odwagi na nią spojrzeć w obawie, że się zdradzi. Nadal zwraca się do Liz.

– Ale spróbuj opowiedzieć niedoskonałą historię o brzydkich, nieszczęśliwych ludziach, którzy kochają innych brzydkich, nieszczęśliwych ludzi, i sprawdź, co z tego wyjdzie.

Gdy szwedzkie ognisko płonie na środku kręgu, a whiskey i nikotyna palą im gardła, Julian zaczyna opowiadać nowym przyjaciołom o zamarzniętej jaskini. Skrępowany smutkiem wyruszył w niebezpieczną podróż, by odnaleźć sekret wiecznego życia. Długo szedł wzdłuż rzeki, aż drogę zablokowała mu pionowa ściana lodu, wysoka na dziesiątki metrów i gładka jak rzeźba. Nie było sposobu, by się na nią wspiąć ani ją rozbić. Nie było wejścia ani wyjścia. Położył się na lodzie i zasnął, a kiedy się obudził, góry już nie było. Stopiła się, tworząc rzekę i zamarzła ponownie. Pozostał po niej tylko kopczyk z okrągłym otworem jak lodowa aureola.

– Nazywa się to księżycowa brama – wyjaśnia Julian. – Przeszedłem przez nią i wędrowałem dalej. Dopiero potem dowiedziałem się, że nigdy nie znajdę życia, którego szukam.

– Czego szukałeś, podróżując na kraniec ziemi, Szwedzie? – Śmieje się Wild. – Jakiejś dziewczyny, prawda?

Mia, Mia, moje serce, moja najdroższa, jesteś jedyną.

– Jak nazwałeś skałę? – pyta Wild, gdy Julian nie odpowiada.

– Góra Przerażenia – odpowiada Julian.

– Ja pieprzę!

– Odwal się – rzuca Nick.

Finch prycha.

Mia zrywa się z miejsca.

– Zaczekaj! Nie mów dalej, Julianie.

– Co za wspaniała sugestia, gołąbeczko – mówi Finch.

– Twoja historia jest zbyt dobra, by marnować ją na takich popaprańców jak my.

– Wielkie dzięki, Folgate – rzuca Wild.

– Ja akurat chciałbym posłuchać jej do końca – mówi spokojnym barytonem Peter Roberts. – Ten człowiek wreszcie się zabrał do opowiadania prawdziwej historii. Zaczął od początku i dobrze sobie radził dalej, dopóki mu nie przerwałaś.

– To nie był początek, Robbie – wyjaśnia Julian. – Zdecydowanie nie.

– Usłyszysz ją do końca, obiecuję ci, Robbie – mówi Mia. – Chodź za mną. I weź krzesło.

Mia prowadzi Juliana i resztę do korytarza ze schodami ruchomymi, gdzie na obu peronach zebrała się na noc setka londyńczyków.

– Ci biedacy marzą o odrobinie rozrywki – mówi. – Widziałeś, jak byli rozentuzjazmowani wczoraj wieczorem. Co ty na to? Dajmy im historię. Trochę dramatu, trochę komedii, walkę. Podniesiesz ich na duchu, czas będzie płynął szybciej. Co może być lepszego? Żałuję, że nie mamy więcej alkoholu. Bardzo by im się przydał łyk whiskey.

– Zdobędę ją – obiecuje Julian. – Kiedy tylko będę mógł.

– Na pewno. – Mia uśmiecha się, jakby słyszała mnóstwo obietnic, których ludzie nie dotrzymali. – Zrobimy to w stylu wywiadu, dobra? Będę ci zadawać pytania, a udzielając odpowiedzi, opowiesz im, co się wydarzyło.

– Dzięki, że mi wytłumaczyłaś, co to takiego wywiad.

Mia chichocze.

– Bardzo proszę. – Wskakuje na prowizoryczną scenę. – Panie i panowie, przybliżcie się – krzyczy, machając do londyńczyków. – Zbierzcie się tutaj. Dzisiaj wieczorem, dla waszej rozrywki, zaprezentujemy nową serię opowieści. Noszą tytuł… Jaki, Julianie?

– „Opowieści o miłości i nienawiści".

– „Opowieści o miłości i nienawiści"! – wykrzykuje. – Dziś zaczniemy od pierwszej z… – Spogląda na Juliana. – Ile ich jest?

– Pierwsza z pięciu.

– Dziś zaczniemy od pierwszej z pięciu zatytułowanej „Śmiertelna walka na morzu" albo tajemnicza opowieść o tym, jak Julian prawie stracił rękę. Nazywam się Maria Delacourt. Proszę, powitajcie na scenie mojego partnera z *Bądźmy poważni na serio*, Juliana Cruza.

Rozlegają się słabe brawa.

– Dziękuję, panie i panowie, za ten ogłuszający aplauz – ciągnie niezrażona Mia. – Możecie być pewni, że kiedy wysłuchacie tej historii, zerwiecie się z miejsc. – Nachyla się do Juliana. – Obiecuję za dużo?

– Chyba za mało.

– Czemu nie pokażecie nam prawdziwej walki? – pyta jakiś mężczyzna z tyłu.

– Tak – zgadza się inny. – To dopiero byłaby cholerna rozrywka.

– To nie byłoby sprawiedliwe, żebym walczyła z panem Cruzem – wyjaśnia Mia. – Nie miałby szans. – Puszcza oko do Juliana. – Może zaczniemy od historii, a potem zobaczymy. Nadstawcie uszu, poświęćcie Julianowi całą uwagę. Nie będziecie rozczarowani.

I nie są.

Słuchają jak urzeczeni, sapiąc z przerażeniem na myśl o wielkiej przewadze niebezpiecznych mężczyzn na środku oceanu, sapiąc jeszcze głośniej z powodu szokującej zdrady dziewczyny. Nawet Mia traci opanowanie.

– Naprawdę to zrobiła? – pyta, otwierając szeroko oczy.

– Naprawdę – odpowiada Julian, przyglądając się jej twarzy.

– Jak mogła? Myślałam, że cię kochała.

– Kochała. Ale nie chciała umierać.

– Julianie, czemu wpatrujesz się we mnie, jakbym znała odpowiedzi na własne pytania? – szepcze. – Wybaczyłeś jej?

– Jak myślisz?

– Myślę, że tak, głupcze.

Julian kończy opowieść o swojej walkirii, wybierającej poległych, na śmierci Tamy, bo prawdziwy koniec byłby zbyt okrutny w tych okolicznościach i dla tych ludzi. Pewnie zbyt okrutny w każdych okolicznościach. Wcześniejsze zakończenie wydaje się niemal szczęśliwe. Masza z Cherry Lane zaginęła, a potem się odnalazła, o czym zawsze marzyła.

Tłum nagradza ich gromkimi brawami. Wild krzyczy jak szalony. Nawet Peter Roberts bije brawo, z rumieńcami i wyrazem zadowolenia na twarzy. Jedynie Finch zachowuje spokój.

– Dobra robota! Zdecydowanie chce się, żeby na końcu wpadli w ekstazę – mówi Mia do Juliana, chwytając go za rękę i unosząc ją razem ze swoją. Kłaniają się. – Dzięki temu wiesz, że dobrze się spisałeś.

– Zgadzam się, zawsze dobrze jest skończyć ekstazą – odpowiada Julian, ściskając jej palce. Zarumieniona, nie odpowiada mu spojrzeniem.

– Walka! Walka! – krzyczy tłum. – Pokażcie nam prawdziwą walkę! Bokserską! W waszej grupie musi być jakiś pacan, który będzie z tobą walczył. No już! Dajcie nam coś!

– Tego nie zrobimy – zwraca się Mia do publiczności. – Ale jeśli jutro nadal tu będziemy, z Bożą pomocą, i wy wrócicie, może będziemy mieli dla was trochę whiskey… i opowiemy wam kolejną historię. Która, Julianie? Morderstwo w burdelu?

– Ta jest dobra.

– Okej. Czy w historii o burdelu są jakieś szczegóły poza morderstwem z zimną krwią?

– Jeden czy dwa – odpowiada Julian, a Mia znów się rumieni. Uśmiechają się.

– Co powiesz na walkę z gorącą krwią tu i teraz, Szwedzie?! – krzyczy Wild z boku prowizorycznej sceny. – Finch właśnie mi powiedział, że będzie się z tobą bił.

– Jasne – potwierdza Finch. – Skopię mu tyłek. Nie będzie wiedział, co go uderzyło.

– Finch aż się pali do walki z tobą! – wrzeszczy Wild. – Co ty na to?

– Walka! Walka!

Rozlega się wycie syren. Przez tłum przebiega jęk rozczarowania. W dobrą część życia wdarła się zła.

9

Cripplegate

– Czy katedra Świętego Pawła jest nadal otwarta?

Julian i Mia idą szybkim krokiem przez Whitechapel. Wcześniej tego ranka pojechali z Shoną do Royal London Hospital, by uzupełnić zapas bandaży i środków odkażających. Julian niesie ciężką płócienną torbę, gdy wracają do jeepa na Commercial Street, gdzie Finch na pewno gotuje się ze złości.

– Oczywiście. A co, chcesz się ukryć w środku?

– Tak – odpowiada Julian. – W Bank of England, w katedrze Świętego Pawła. W Stock Exchange. Wewnątrz Monument. – W środku budowli, które się nie zawalą. Nie legną w gruzach. Bogowie miasta okryli Bank of England i katedrę Świętego Pawła niewidzialną tarczą, jakby mistyczne smoki Londynu zazdrośnie strzegły jego największych skarbów.

– Nigdy nie widziałem takiego Londynu – stwierdza Julian. – Bez ludzi.

Mia kiwa głową.

– Przypomina miasto duchów. Ale uwierz mi, ludzie nadal tu są.

– Tak – odpowiada, nie patrząc na nią. – Tylko są duchami.

Deszcz zamarza. Lodowe kropelki spadają z nieba na Juliana i Mię jak seria z karabinu. Julian obrzuca spojrzeniem rozpadające się buty dziewczyny.

– Wiedziałaś – zaczyna – że jeśli w deszczu nie będziesz szła wolno, ale biegła, to nie zmokniesz aż tak bardzo?

– Żartujesz sobie ze mnie.

– Mówię poważnie. Jeśli pobiegniemy, nie zmokniemy tak bardzo jak wtedy, gdybyśmy podziwiali widoki. Chcesz spróbować? Daj rękę.

Pędzą Whitechapel do skrzyżowania z Commercial Street i chowają się pod arkadą przy stacji metra Aldgate East, żeby złapać oddech i na chwilę skryć się przed gradem.

– No nie wiem, Szwedzie. – Śmieje się Mia. – Jestem cała mokra.

– Byłaś mokra już na początku, więc się nie liczy. Spróbuj, kiedy będziesz sucha. Pobiegnij przez deszcz. Nie zmokniesz.

– Skoro tak twierdzisz. – Mia nadal jest w świetnym humorze.

Idą dalej Commercial Street, on w kaszkiecie, ona w zimowej czapce, i zwalniają, gdy uświadamiają sobie, że są już prawie przy jeepie zaparkowanym na zwykłym miejscu w pobliżu pubu Ten Bells.

– Gdzie najlepiej mogę kupić różne rzeczy? – pyta Julian. – Nie na kartki.

– Na czarnym rynku? Kosztują fortunę.

– Nie o to pytam. Pytam, dokąd mam pójść.

– Najlepiej wprost z ciężarówki – wyjaśnia Mia. – Nie w centrum miasta ani tam, gdzie trzeba się grzecznie zachowywać. – Wskazuje na posterunek policji przy Commercial. Napis na drzwiach głosi: BĄDŹCIE GRZECZNI. NADAL DZIAŁAMY.

Mia sugeruje, by spróbował na północ od Cripplegate.

– Ale powinnam cię ostrzec. Jeśli nie byłeś tam ostatnio, czeka cię wstrząs. Jeśli jednak uda ci się przejść przez bramę, na tyłach Smithfield Market sprzedają mnóstwo rzeczy z ciężarówek. Ale miej się na baczności, bo Finch tego nie lubi.

– Czego? Whisky, bekonu, wełnianych koców?

– Tego wszystkiego – zawiesza głos. – Uważaj, bo zbłąkane bomby spadają zawsze, nawet za dnia. Stale się o tym zapomina. Spadają bez ostrzeżenia. Szukasz czegoś szczególnego?

– Obiecałem Finchowi dobrą szkocką whisky, więc muszę ją znaleźć.

– Tym go nie przekonasz.

– Uwierz mi, nie przekona go nic, co zrobię – odpowiada Julian. Mia przygryza wargę. – Co jeszcze powinienem zdobyć? Co sprawi przyjemność twoim przyjaciołom?

– Plasterki bekonu. Jajka. Wszystko, co nie jest na kartki.

– A ty? Chciałabyś coś?

Jest zmieszana.

– Nie miałabym nic przeciwko temu, żeby włożyć kostium i zaśpiewać piosenkę. Wszystkie dziewczęta marzą o nylonowych pończochach, nawet harda stara Shona, nawet Kate, która udaje, że jest twarda, ale robi to tylko dlatego, że nie chce, by ludzie pomyśleli, że jest miękka, i ją wykorzystywali.

– A jest miękka?

– Nie.

– A ty? – Julian zawiesza głos. Mia się rumieni. – Chodzi mi o to… Też marzysz o nylonowych pończochach?

Zamiast odpowiedzi wskazuje na jej grube czarne pończochy.

– Nie powiedziałabym nie. Oszczędzamy pieniądze, by pójść kiedyś potańczyć. I do kina. W Empire grają *Przeminęło z wiatrem*. Liczą za bilet fortunę, bo pół szylinga, i sala zawsze jest pełna, w końcu grają tylko raz dziennie, ale na pewno pójdziemy. Mogłabym włożyć do kina nylonowe pończochy. Planujemy zrobić sobie jeden dzień wolny od wojny. Chciałbyś też pójść?

– Z rozkoszą. Co jeszcze? – Wskazuje na odpadające podeszwy butów, wdzierające się do nich błoto. – Może nowe buty?

– Życzę powodzenia, żeby udało ci się je znaleźć.

Doszli do samochodu.

Finch wystawia głowę.

– Gdzie się podziewaliście? – rzuca głośno, prawie krzyczy. – Czekamy od godziny!

– Mamy bandaże, Finch. Pokaż mu, Julianie. I złapała nas ulewa.

– Na pewno. – Wild budzi się w samą porę, żeby zażartować i uśmiechnąć się szeroko.

Julian unosi dłoń na pożegnanie.

– Jedźcie beze mnie, Finch – mówi. – Wrócę wieczorem… może. Dziś mam coś do załatwienia.

– Nie spiesz się – odpowiada Finch. – Możesz wrócić za tydzień, za miesiąc.

– Nie chodź sam, Szwedzie. – Wild zaczyna otwierać drzwi. – Pójdę z tobą.

Julian go powstrzymuje.

– Innym razem, Wild. Nie martw się. Nic mi nie będzie.

– Wrócisz? – pyta Wild.

– Mam nadzieję, że nie – mruczy pod nosem Finch.

– Hej, nie zapytasz mnie o rozmiar buta? – woła Mia.

– Nie, dam sobie radę – rzuca Julian, machając ręką. Siedem i pół, prawda? Teraz może tylko nie posłać jej całusa.

*

Julian widział Londyn bez brukowanych ulic i dławiony wielkim pożarem. Widział Londyn w brudzie kolonii i elegancji Sydenham. Widział biedną Monmouth Street i bogatą Piccadilly. Widział Londyn współczesny, zatłoczony i otwarty, oświetlony i głośny, z diabelskimi kołami, muzeami, domami z białego marmuru, z czarnymi drzwiami, zielonymi parkami, czerwonymi mundurami gwardii; wszystko to było znajome i na swoim miejscu.

Nigdy jednak nie widział takiego Londynu.

Straszliwe zło zniszczyło miasto. Grad zmieszał się z dymem i krwią, poczernił powietrze i słońce, zniszczył rzeczy, które były dobre, pozostawił ruiny i zgliszcza.

Julian, który zna Londyn tak dobrze, że może chodzić po nim we śnie, bez znaków i tabliczek, gubi się.

Gubi się bez ulic.

Na północ, zachód i wschód od katedry Świętego Pawła całe kwartały starego miasta doszczętnie spłonęły. Nie zostało nic.

Kiedy wstrząśnięty idzie przez wypaloną okolicę, widzi, że zniszczenia wokół Świętego Pawła odsłoniły katedrę ze wszystkich stron. Podniosłym marmurowym ogromem budowla góruje nad ruinami miasta, które niegdyś rozlewało się u jej stóp. Nie ma już zaułków ani bliskiej perspektywy, z której można by podziwiać jej majestat. Tak, Londyn padł na kolana, ale niepokonana katedra wznosi się na swoim samotnym wzgórzu, widziana z odległości wielu kilometrów z ziemi i powietrza – teraz jeszcze bardziej pozbawiona ochrony niż kiedykolwiek.

Obszar pomiędzy St. Mary le Bow i Cheapside stał się pustkowiem. Ale ponieważ Brytyjczycy są Brytyjczykami, na Ludgate Hill w samym środku gruzowiska tkwi strzałka, a napis pod nią głosi: „Berlin – 900 kilometrów".

Przy kościele St. Giles przy Cripplegate pomnik Johna Miltona zmiotło z cokołu, dzwonnica została zniszczona, dach się zapadł. Ściany jakoś przetrwały, ale reszta budowli leży w gruzach.

Teren wokół kościoła, podobnie jak przy katedrze, został doszczętnie zbombardowany. Nie zostało prawie nic z rzymskiego muru, w którym Julian schował swoje pieniądze. Obrócił się w pył jak reszta. Pozostał tylko zrujnowany fragment.

Kamień z wyrytym przez Juliana krzyżem jest odsłonięty niemal do podstawy i obluzowany, gdyż nie trzymają go inne. Julian prawie nie potrzebuje dłuta. Kiedy wysuwa kamień, w pobliżu rozlega się głośny grzmot i wybuch. Przestraszony upuszcza kamień niemal na stopę. Kamień spada i uderza w inny. Oba rozpadają się na mniejsze kawałki.

Przez długą chwilę Julian siedzi w kucki i przygląda się zniszczonej i wysuszonej sakiewce z wyblakłymi złotymi wstążkami, patrzy na ukryte w niej czterdzieści jeden monet, wciąż błyszczących. Nie ma sensu chować ich na później. Bo nie będzie żadnego później. Nigdy już tu nie wróci. Trudno w to uwierzyć, trudno się z tym pogodzić. Rozlega się kolejna eksplozja, wybucha kolejna zbłąkana bomba. Wyrywa go z zamyślenia. Czarny dym, płomienie. Ciszę rozdziera syrena wozu strażackiego. Julian chwyta sakiewkę z monetami, nie zawraca sobie głowy zamykaniem dziury w murze, spogląda na nią ostatni raz i odchodzi, pozostawiając ją na zawsze.

10

Braterstwo krwi

Tego wieczoru Julian wraca do metra jak zwycięski bohater. Odwiedził kilku handlarzy złotem przy Cheapside, porozglądał się, wynegocjował najlepszą cenę i sprzedał dwie monety po trzysta funtów każda. Stanowiło to połowę ich rzeczywistej wartości, ale jak na środek wojny cena okazała się przyzwoita. Udał się potem do Smithfield, pokręcił się wśród ciężarówek. Wraca z przeciwdeszczowym płaszczem sztormiakiem dla Wilda w podzięce za płaszcz, który mu podarował, i workiem prezentów dla reszty. Przypomina brudnego, brodatego Świętego Mikołaja czasów wojny.

– Whisky przyszła! – krzyczy Wild w nowym płaszczu, biegając radośnie tam i z powrotem po pustym peronie. – Whisky przyszła!

– A buty? – pyta nieśmiało Mia.

Julian uśmiecha się do niej. Buty też przyszły, czarne, skórzane, nowiutkie. Dziewczyna się rozpromienia. Julian ma ochotę ją pocałować, ale Finch nie spuszcza z nich wzroku.

Przyniósł bekon, suchą kiełbasę i szynkę nie w puszce. Przyniósł zapas nafty, pudełka zapałek, nóż dla Wilda, brzytwę, mydło, nowe rękawiczki, żółty wełniany sweter dla Mii (Wild: „Skąd wiedział, jaki rozmiar nosisz, Folgate? Zmierzył cię dłońmi?". Julian: „Zgadywałem i udało się". Mia: „Zamknij się, Wild!"), pastę do zębów i butelki dezodorantu w płynie ODO-RO-NO. Przyniósł też trzy koce, które nie gryzą. Przyniósł wszystko, co tylko zdołał unieść. Tego wieczoru rozpala kolejne szwedzkie ognisko, nożem Wilda kroi wędliny, nalewają sobie wspaniałej szkockiej whisky i przez pięć minut siedzą przy ogniu na pustym peronie Central Line, pijąc, paląc i żartując, jak młodzi ludzie pozbawieni wszelkich zmartwień.

Potem do Juliana podchodzi strażnik z towarzyszącym mu policjantem. Julian podnosi wzrok na stojących nad nim mężczyzn. Zastanawia się, czy wstać, czy nie. Nie ma na to ochoty. Tak naprawdę nie chce przerywać tego, co przed chwilą robili.

– Masz przy sobie dokumenty? – pyta strażnik Juliana.

Kręcąc głową w stronę Fincha, Julian niechętnie podnosi się z miejsca.

– Słyszałeś strażnika – rzuca policjant. – Nie wolno tu przebywać bez dokumentów i kartek żywnościowych.

– Potrzebuję kartek żywnościowych, żeby być w metrze?

– Przestań pyskować. Masz czy nie? Bo jeśli nie, będę musiał cię aresztować.

Mia i Wild stają u boku Juliana.

– Jest z nami – wyjaśnia Wild. – Z oddziałem ratunkowym.

– Tak – potwierdza Mia. – Z Home Guard. Zbombardowali mu dom. Stracił wszystko.

– A wy co, jego adwokaci? Siadać. Pilnujcie swojego nosa.

Nie ruszają się. Julian jest im wdzięczny, ale robi krok do przodu. Nie chce mieć przyjaciół po bokach, gdy mierzy się z wrogiem.

Reszta oddziału też zrywa się z miejsc i przybywa mu na ratunek. Finch wstaje powoli, by nie pozostać jedyną siedzącą osobą.

– Pomógł nam, zostaw go w spokoju, Javert.

– Nie nazywaj mnie Javert.

– Pokaże ci te cholerne dokumenty jutro.

– Pomaga w wysiłku wojennym. Co, myślicie, że jest szpiegiem, który przeniknął w nasze szeregi?

– Jules, poczęstuj Javerta whisky. Jest zły, bo nic nie wypił.

– Dość tego! – grzmi policjant.

Tylko Finch milczy.

– Chce pan zobaczyć moje dokumenty, panie oficerze? – pyta Julian. – Oczywiście. To żaden problem. – Julian sięga do kieszeni i wyjmuje dokument, najlepszy, jaki można kupić na czarnym rynku. –

Proszę. – Na dokumencie widnieje: Julian Cruz. Adres: Great Eastern Road 153. Zawód: dziennikarz. – Pracuję w małej redakcji finansowej niedaleko Austin Friars – wyjaśnia Julian. – A raczej pracowałem. Na Throgmorton Avenue spadła mina spadochronowa.

Mia ze zdumieniem słucha jego słów.

– Myślałam, że prowadzisz restaurację? – szepcze.

– Jak ty działam na wielu polach. – Julian odkrył, że budynek przy Great Eastern Road stoi, ale nie ma tam restauracji. A woli, by jego niewinne kłamstwa były jak najbliższe prawdy. Aby jeszcze bardziej ułagodzić urzędników publicznych, wyjmuje kartki żywnościowe, z wydrapanym czyimś nazwiskiem i wpisanym swoim. Policjant spogląda na zmieszanego strażnika, który z kolei patrzy ze złością na Fincha.

– Dzięki, że zmarnowałeś mój czas – rzuca policjant do Javerta na odchodnym.

Oddział dopada do Fincha.

– To twoja sprawka?

– Wsypałeś go?

– Nie!

– Ty draniu, powiedziałeś Javertowi, że Szwed nie ma dokumentów?

– Nie!

– Finch, ty złamasie – mówi Wild. – Nie robimy czegoś takiego swoim. Co cię podkusiło?

– On nie jest moim przyjacielem, nie jest swój, przestań mnie obrażać i nie zrobiłem tego.

– Rozczarowałeś mnie, Finch. – To Mia. – Przeproś Juliana.

– W porządku, Mia, nie przejmuj się – rzuca Julian. – Finch popełnił błąd. Źle mnie zrozumiał. Powiedziałem, że dokumenty gdzieś się zawieruszyły, a nie, że je zgubiłem. Ale dobrze, że je znalazłem. Prawda, Finch?

– Szlag mnie najpierw trafi, zanim przeproszę tego kapcana – stwierdza Finch i odchodzi.

*

Jest coca-cola, Bing Crosby, tańce, spokojna pewność siebie i dobry humor.

Tak trzymać.

Tak trzymać.

Tak trzymać.

Młodzi żyją dalej. Nocą pomagają miastu, śpią, pędzą do pracy, malują atrapy autobusów, rozładowują statki i bandażują rany. A wieczorami pozostają młodzi. Kłócą się o drobne zniewagi, uczą się bić i walczyć nożem, piją, śpiewają i zabawiają innych, uwięzieni z nimi pod ziemią. Czytają na głos doniesienia w gazetach, fragmenty książek historycznych, opowiadają historie z pamięci rozmytej przez whisky, kaleczą Shakespeare'a i Dickensa. W niedziele czytają kazania Charlesa Spurgeona. Prowadzą pijackie dyskusje o sensie życia i kłócą się, gdzie spadło więcej bomb, w Shadwell czy Lambeth. Czasami tańczą. Są blisko, lecz boją się zbliżyć za bardzo. Żyją jak żołnierze w okopach.

*

Wcześnie pewnego ranka, gdy wrócili z kolejnej nocnej akcji, a inni poszli do pracy lub śpią jak Mia, zamiast też położyć się spać, Julian zabiera butelkę whisky i dwa kubki na pusty peron, gdzie leży Wild. Nuci pod nosem i pali, nie zwracając uwagi na pociągi Central Line, które ze zgrzytem zatrzymują się przy nim co piętnaście minut. Na widok Juliana podnosi się. Julian siada obok niego, nalewa whisky, stukają się kubkami, opierając bolące plecy o ścianę stacji.

– Nie śpisz całą noc i cały dzień – zauważa Julian.

– Zaraz zasnę. Jest coś kojącego w przyjeżdżających i odjeżdżających pociągach – Wild zawiesza głos. – Folgate ci powiedziała, prawda? O mnie.

– Co miała mi powiedzieć?

– Nieważne. W porządku. Tylko ze mną o tym nie rozmawiaj.

– Nie miałem takiego zamiaru – odpowiada Julian. – Ale chciałem z tobą porozmawiać o czymś innym. Co jest z Finchem?

– Chciałeś zapytać, co jest z Finchem i Folgate? – Wild parska śmiechem. – A co, nie pasują do siebie?

– Tylko pytam. Od kiedy są razem?

– Trudno powiedzieć. Przez długi czas wydawało się, że są jak brat i siostra, przynajmniej z zewnątrz. Ale myślę, że on kochał się w niej od szkoły podstawowej.

– Nie mogła znaleźć nikogo innego? – Julianowi nie mieści się to w głowie.

– Znajdowała. Ale stale wracała do Fincha.

– Czemu?

– Nie wiem. Był dla niej dobry.

– A tego właśnie szuka się w facecie, za którego chce się wyjść.

– Tak. Lubił ją i kręcił się w pobliżu. Zawsze. Ci inni mieli już tego dość. A ona nigdy go nie pogoniła. Mogła to zrobić. Ale nie zrobiła.

– I zgodziła się za niego wyjść?

– Zapytaj ją, dlaczego tak postąpiła, stary. Nie mam wglądu w najgłębsze myśli Folgate. Serce kobiety to tajemnica. Nie wiem, czemu bije. Poprosił ją o rękę parę miesięcy temu, zaraz po Dunkierce. A ona zgodziła się dopiero po paru miesiącach. – Wild chichocze. – Nawet pytaliśmy ją z Duncanem, czy zwleka, aż on umrze, żeby nie musiała mu odpowiadać.

– Co odpowiedziała?

– Przywaliła nam.

– A ty? – Julian spogląda na Wilda. – Nigdy nie byliście parą?

– Ja i Folgate? Nie.

– Czemu nie?

– A co, próbujesz nas zeswatać? – Wild odstawia kubek i mierzwi Julianowi włosy. – Kiedy ją poznałem, chodziła z moim przyjacielem, więc była poza zasięgiem. Potem nigdy nie była sama, a ja zajmowałem się swoimi sprawami. Teraz jesteśmy jak rodzina. To, co sugerujesz, jest prawie nieprzyzwoite.

– Wiesz, co jest nieprzyzwoite?

– Tak, tak, wiem. – Wild śmieje się. – Gdy Finch kładzie na niej swoją obrzydliwą łapę. Każdy kto jej dotyka, a nie jest tobą, jest nieprzyzwoity, prawda?

Julian nie odpowiada.

– Skąd ją znasz, Szwedzie? – pyta Wild. Podnosi kubek i pociąga łyk whisky. – Wiem, że stale o to pytam. – Wyciera usta rękawem. –

Ale ty stale unikasz odpowiedzi. Ona mówi, że nigdy cię nie spotkała, ale zachowujecie się jak starzy przyjaciele.

Julian milczy przez chwilę.

– Jak ty i ja? – pyta.

– Jesteśmy mężczyznami, to się nie liczy. Możemy się zaprzyjaźnić z każdym.

– Chyba tak. – Julian spogląda w stronę tunelu, marząc o tym, by nadjechał pociąg i wykoleił jego smutek. – Ale wracając do tamtej sprawy… Czy ona mnie lubi?

– A kto by cię nie lubił?

– Na przykład Finch.

– Próbujesz podkradać mu masło. Nie zostawisz tego masła w spokoju. – Wild macha pustym kubkiem.

Julian dolewa im whisky, stukają się i piją.

– Jeśli mnie lubi – zaczyna Julian – to czemu z nim nie zerwała?

– Jesteś jak pies, który znalazł kość – mówi Wild. – Czemu? Bo jego zna od pieluch, a ciebie poznała wczoraj. Dlatego. Wyłoniłeś się nagle z powietrza i równie nagle możesz się w nim rozpłynąć. Jesteś nieznanym bytem – dodaje. – Zabawnym, ale mimo to nieznanym. – Beka głośno. – Wiesz, co robię, gdy chcę o coś zapytać dziewczynę? Pytam dziewczynę, a nie jej zalanego przyjaciela, który o niczym nie ma pojęcia.

– Nie chcę jej postawić w niezręcznej sytuacji.

– A nie robisz tego, zalecając się do niej publicznie w obecności jej narzeczonego, jakikolwiek by był?

Stukają się kubkami.

Julian wzdycha.

– Uważasz, że powinienem dać jej spokój?

– Nie, stary. Myślę, że powinieneś ją zapytać.

Mijają minuty. Po chwili Wild zaczyna mówić, nie patrząc na Juliana.

– Masz braci, Szwedzie?

– Tak. Pięciu.

– Pięciu! Ja cię. Masz szczęście. – Wild unosi kubek. – Jak się nazywają?

– Brandon, Rowan, Harlan, ja, Tristan i Dalton.

– Niesamowite. Jak się dorastało w takiej gromadzie?
– Wspaniale. Głośno.
– Na pewno. Twoja mama dawała radę?
– Mama jest Norweżką. Nie ugnie się przed niczym.
– A teraz wszyscy mają dzieci?
– Tak. W sumie piętnaścioro.
– Nie do wiary. Gdzie mieszkają? W Walii?
Julian milknie gwałtownie.
Wild źle to rozumie.
– Twoi bracia nadal żyją?
– Tak. – Julian nie dodaje nic więcej. – Przykro mi, Wild.
– Wiem, że też kogoś straciłeś – mówi Wild drżącym głosem. – To widać. Kto to był, ta dziewczyna na statku?
– Tak. Ty nie możesz ze mną rozmawiać o swoim bracie, a ja tak samo nie mogę rozmawiać o niej.
– Wiedziałem, że zbyt wcześnie zakończyłeś swoją opowieść. Folgate ci ją przypomina?
– Mniej więcej. – Obaj pociągają łyk whisky, jakby bardzo tego potrzebowali. – Ale powiem ci coś – mówi dalej Julian. – Dorastając, miewałem przyjaciół, choć niezbyt bliskich, bo nie byli mi potrzebni. Miałem przecież braci. Kiedy skończyłem osiemnaście lat i poszedłem do college'u, poznałem faceta o imieniu Ashton. Nie pamiętam takiej chwili w moim dorosłym życiu, by nie trwał przy mnie, we wszystkim, bez względu na wszystko. Mama nazywała go swoim siódmym synem. Z nikim nigdy nie byłem tak blisko jak z nim. Związało nas braterstwo krwi. – Wspomnienia kryjące się tuż pod powiekami nie zbladły. Wyblakło tylko życie. Julian poruszał się przez swoje dni w ciemności, stracił wzrok. Ale pamiętał wszystko, jakby nadal widział. – Mogę ci o nim opowiedzieć, jeśli chcesz.
– Tak? – rzuca z roztargnieniem Wild. – Podoba mi się to imię, Ashton. Nigdy go nie słyszałem. Jaki on był?
– Był świetnym facetem. I wspaniałym przyjacielem. – Julian wciąga powietrze. – Trochę mi go przypominasz.
– Wcale mnie to nie dziwi, bo jestem świetnym facetem. Co się z nim stało?
– Nadal gdzieś jest, gdzieś na ziemi. Jestem tego pewny.

– Mój brat też – dodaje Wild. – Nie śpią przez całą noc jak my.

– Piją, rozmawiają o dziewczynach, odkrywają tajemnice życia.

– O ile znam Louisa, pewnie tylko pije.

Wild i Szwed siedzą obok siebie na peronie Central Line. Dopijając whisky, opowiadają sobie historie o tych, których stracili i nie mogli uratować, i o tych, których zostawili za sobą.

11

Mia, Mia

Stacją Bank wstrząsa gigantyczna eksplozja. Na ziemię sypie się tynk, chwieje się obluzowana rura. Zupełnie jak trzęsienie ziemi. Część kobiet krzyczy, ale w przejściu zajmowanym przez ekipę Ten Bells panuje względny spokój.

– Odwal się! – rzuca Nick.

– Było blisko – stwierdza Peter Roberts. Lucinda dalej robi na drutach, jakby niczego nie słyszała. Peter Roberts i Lucinda zachowują się, jakby siedzieli w bibliotece i z półek spadły książki, które musi podnieść ktoś inny. Frankie zbiera z ziemi elementy łamigłówki, jeden po drugim, i układa dalej.

– Uspokój się, Folgate – mówi Wild do Mii. – Masz przy sobie Fincha, który się tobą opiekuje. No, Finch, obejmij swoją dziewczynę, niech się poczuje lepiej. Jeśli coś się wydarzy, on na pewno to zapisze. Zanotuje każde naruszenie przeciwko tobie i przedstawi wszystko funkcjonariuszowi do spraw wypadków.

– Co mówimy do Wilda, Nick? – pyta Finch wyciągniętego na wznak kolegę.

– Odwal się! – woła Nick.

– No właśnie – potwierdza Finch.

– Pozwalasz, żeby Nick odwalał za ciebie brudną robotę? – pyta Wild. – Mnie nie zwiedziesz. Jesteś brudny jak stare Brentford w Boże Narodzenie.

– Mamo, cieszysz się, że jesteśmy wszyscy razem? – pyta Sheila Lucindę.

– Tak – odpowiada beznamiętnie Lucinda. Większość ludzi manifestuje wobec wojny ostry sprzeciw albo spokojną determinację. Lucinda robi wszystko, by podchodzić do niej nonszalancko. U wielu Brytyjczyków największy strach budzi sianie niepotrzebnej paniki. „Osiem milionów ludzi nie może wpaść w histerię", powtarza Lucinda swoim dziewczętom, kiedy nie chcą naśladować spokoju matki.

– Nasza mama radzi sobie z wojną, zupełnie ją ignorując – wyjaśnia Kate Julianowi. – Zachowuje się, jakby wojna była straszliwym, ale przejściowym kłopotem, który trzeba tolerować, dopóki nie minie, za jakieś dwa tygodnie.

– Mama przyczynia się do wysiłku wojennego, odmawiając brania w nim udziału – uzupełnia opis siostry Sheila.

– Musi być miło mieć przy sobie mamę – mówi Mia i wzdycha melancholijnie.

Bum bum.

Dum dum.

Powietrze drży od warkotu samolotów. Małe czarne skrzynki spadają z nieba. W każdej minucie czuwania Julian słyszy terkot dział przeciwlotniczych, nawet kiedy z nich nie strzelają. Ale czarne skrzynki nadal spadają. Otwierają się nad nimi białe czasze. Spadochrony. Czarne skrzynki suną przez powietrze, nieszkodliwe, bez celu, w zwolnionym tempie, dopóki nie zawisną nad rzędem szeregowców. Wtedy wybuchają.

W dniu, w którym wybuchają, Julian dowiaduje się w końcu, jaki jest wkład Frankie w wysiłek wojenny. Milcząca studentka medycyny przeszukuje gruzy i wyciąga z nich kawałki ciał. Składa je potem w laboratorium zamrażarce nazywanym kostnicą. Razem ze swoimi pomocnikami szuka fragmentów rąk, nóg, stóp, torsów, czaszek. Układają wszystkie szczątki na otwartym wozie wyłożonym plastikiem. Kiedy Finch spisuje zaginione przedmioty, Frankie pedantycznie, powoli, cierpliwie przesiewa kurz i odzyskuje fragmenty zaginionych ludzi. Ambulans odjeżdża, odchodzi funkcjonariusz do spraw wypadków, odjeżdża ciężarówka z przekąskami, straż pożarna, policja, Finch i oddział ratunkowy. Znikają wszyscy, na miejscu zostaje tylko

Frankie, która unosi ramy okien i podarte materace, upewniając się, że nie zostawiła ani jednej kości.

W swojej pracowni składa ciała całymi dniami. Kiedy uznaje, że kawałki zostały już ułożone z należnym szacunkiem, kończy i wydaje ciało czekającej rodzinie.

Niektóre ciała pozostają niekompletne.

Tych Frankie nie wydaje. Dzień po dniu wraca na miejsce bombardowania i przeszukuje gruzy, pomagając sobie prętem i łopatą, kopiąc w milczeniu i bez pośpiechu, dopóki nie znajdzie brakujących części.

– Frankie nie zawsze była taka cicha – tłumaczy Julianowi Mia. – Kiedy wybuchła wojna, uśmiechała się, czasem nawet coś mówiła. Ale potem znalazła rękę kobiety, nadal w rękawie, leżącą w kurzu. Ta ręka nie daje jej spokoju. Frankie nie może się pogodzić z myślą, że nie znalazła reszty ciała. Gdzie się podziało? Rękę skatalogowano i pozostawiono w kostnicy Royal London. Za każdym razem, gdy Frankie tam jest, sprawdza, czy ją odebrano.

Nadal tego nie zrobiono.

Dlatego nikt nie porzucił Londynu. Wszyscy są fragmentami miasta, częścią czegoś, należą do większej całości. Jeśli odejdą, będzie brakować kawałków.

*

Przez większość dni Julian nie ma głowy, by o tym myśleć, ale czasami, kiedy dokądś zmierza, czuje, że przygniata go do ziemi ciężar Londynu. Ogrom tego, co się dzieje, uderza go prosto w serce.

To nie może być Londyn!

Londyn, w którym nigdy nie cichł gwar, nawet po czarnej śmierci, nocą jest opuszczony i cichy. Ta czarna śmierć spadająca z nieba na białych spadochronach odebrała głos potężnemu miastu. Ten Londyn jest cichszy niż wieś w Clerkenwell w 1603 roku, kiedy nocą dało się słyszeć szuranie gryzoni i granie cykad. Cichszy od śmierdzącej celi, w której leżał Julian oszołomiony heroiną, cichszy niż pionowa jaskinia z lodowymi ścianami wysokimi na kilkadziesiąt metrów, cichszy niż Ocean Południowy w mahoniowej ciemności dryfującego lodu.

W mieście jest cicho jak w grobie.

Przypomina czarną dziurę, w której tylko warczą samoloty wroga i wyją syreny.

Strand płonie.

Cheapside płonie.

Paternoster Row, historyczna ulica wydawców obok katedry Świętego Pawła, zniknęła, jakby jej nigdy nie było, a z nią pięć milionów książek.

Zima. Śnieg, potem deszcz. Miasto jest błotnistym wrakiem.

Zimne nocy w ciężkiej mgle, widoczność na niecały metr. Mia, Mia!

W Battersea nie ma sufitów, nie ma szkła, nie ma światła.

Wyrwane z zawiasów drzwi, które znoszą do metra, by zrobić z nich scenę.

Zniszczenie drzwi na górze oznacza, że oni na dole mogą odgrywać skecze i tańczyć, może nawet się śmiać.

Mia, Mia.

Ludzie nie powinni przebywać w mieście, na które codziennie spadają bomby.

A jednak zostają.

Nie powinni wystawiać się na niebezpieczeństwo.

A jednak się wystawiają.

Rankami dziwią się, że budynki nadal wznoszą się jak góry. Nic nie wydaje się trwałe. Ani budynki, ani ludzie.

A jednak pozostają.

London, najjaśniej oświetlone nocą miasto na świecie, pogrążył się w ciemności. Metropolia zniknęła. Dwa tysiące lat rozwoju, a po dwóch miesiącach widać tylko zrujnowane domy. Oni jednak tego nie widzą, dopóki nie wyjdą na górę następnego ranka. Ulice znikają. Holborn, Tottenham Court Road. Wszystkie są zniszczone. Wielkie martwe miasto zasnuwa pył.

Niektóre części doszczętnie spłonęły. Historia Londynu zamieniła się w pustkowie pozbawione znaczenia. Jeśli namacalne rzeczy mogą zniknąć w ciągu nocy, jeśli może ulecieć fizyczna chwała Londynu, co pozostaje?

Mia, Mia.

Maluje atrapy autobusów na czerwono.

Wozy strażackie maluje się na szaro.

Policjanci noszą czapki pomalowane na niebiesko.

A jednak zostają.

Rankiem wstają i idą do pracy, jadą autobusem i taksówką, idą piechotą, puby wciąż są otwarte, piwo ma okropny smak, bo racjonują cukier, ale przynajmniej to okropne piwo jest dostępne bez ograniczeń.

A w jaskiniach istnieje życie.

Jest scena i ring bokserski.

Nierzeczywistość przygniata Juliana.

Chce powiedzieć przyjaciołom, że następnej wiosny na popiołach zakwitną kwiaty. Na Bread Street i Milk Street wyrośnie starzec jakubek, zakwitną konwalie, białe i fioletowe bzy, duma Londynu. Przez siedemset lat ziemia w pobliżu Cripplegate była przykryta kamieniami. Ale pod nimi nadal pozostaje żyzna warstwa. Wyrosną na niej kępy złotogłowia. Do rannego miasta powrócą nieśmiertelne kwiaty.

Ale nie w środku listopada. W listopadzie królestwo zachwyci się piosenką.

Julian kupił na czarnym rynku kilka nowych rzeczy dla Mii. Między innymi stalowy hełm Brodiego. Nosi go? Jasne, że nie. Porzucony leży w nogach jej pryczy. Kupił jej buty na wysokich obcasach, nie na patriotycznych koturnach, podwiązki i nylonowe pończochy, nie patriotyczne grube pończochy, długą różową etolę ze sztucznego futra, czerwoną szminkę, ozdobną opaskę do włosów i czarną aksamitną suknię przybraną czerwonym jedwabiem.

Kiedy przynosi jej podarunki, Mia płacze.

– Dlaczego mi to dajesz? – pyta szeptem, by Finch nie usłyszał. – To najcudniejsze rzeczy, jakie w życiu dostałam. – Próbuje zachować spokój, ale oczy ma wilgotne. – Hełm jest dobry, ale nie tak. – Po pięciu minutach ma już na sobie suknię i etolę, szczotkuje włosy, przeczesuje je na bok i przytrzymuje spinką z kwiatami. Kręcąc końcami puszystej etoli, prosi Wilda, żeby ją zaanonsował, wskakuje na drzwi i kusząco śpiewa i tańczy dla zmokniętych, przygnębionych ludzi. Przez trzy minuty dzięki niej są szczęśliwi. Domagają się bisu. Z radością spełnia ich prośbę. Cztery razy, jakby nie miała żadnych trosk.

Jaka piosenka zachwyci królestwo i kto poczuje się jak król w koronie? To wspaniały klasyk Florence Desmond, który można odczytać na dwa sposoby: *I've Got the Deepest Shelter in Town*[*].

Julian kocha ją tak bardzo i tak bardzo się o nią boi, że boli go całe ciało.

Mia, Mia.

---

* *Mam najgłębszy schron w mieście.*

12

Spadające belki

Julian zapina paski działającej nadal lampki czołówki na starej butelce po ginie wypełnionej wodą. Kieruje żarówkę tak, by świeciła na płyn i przejście wypełnia się przefiltrowanym łagodnym światłem. Wszyscy są pod wrażeniem. Wszyscy z wyjątkiem Fincha, który wygląda, jakby chciał pobić Juliana do nieprzytomności w tym ciepłym świetle.

Bez względu na to, co dzieje się na zewnątrz, nastrój gangu Ten Bells rzadko się zmienia, za to zmienia się nastrój Juliana. Staje się coraz mniej wesoły, a przecież od początku nie kipiał radością. Co noc grają z Luftwaffe w ruletkę. Za dnia spada kilka bomb, co oznacza kilka misji. Nocą setki bomb, kilkanaście misji. W niektóre noce spada pięćdziesiąt ton bomb. W inne – sto.

Sto ton bomb w ciągu jednej nocy. W końcu jedna z nich spadnie akurat w to miejsce, w którym Mia stoi, jedzie lub idzie.

Kiedyś do tego dojdzie.

To tylko kwestia czasu.

Poza Londynem sprawy nie mają się lepiej. Coventry zniszczono. Podobnie jak połowę Birmingham, bo tam produkują spitfire'y. Zniszczono Liverpool, bo tam przybijają amerykańskie statki z dostawami dla królewskich sił zbrojnych. Brytyjską kolej bombardowano z tysiąc razy. Dziesiątki tysięcy wagonów stoją na szynach; unieruchomione czekają, bo nie mają dokąd jechać.

Pozostaje tylko metro.

A Mia uznaje za swoją misję, by wychodzić każdego dnia i każdej nocy. Stale gdzieś pędzi, jakby w ogóle nie dbała o swoje bezpieczeństwo.

– Czemu zawsze chcesz wychodzić na zewnątrz? – pyta Julian burkliwie, próbując udawać, że żartuje, żeby inni nie zauważyli. Nie zależy mu, jeśli ona zauważy. – Przecież nie ma dokąd chodzić.

– Jasne, że jest. Na przykład do kina albo kabaretu, jeśli lubisz.

– Do kina, naprawdę? – pyta znużony i sceptyczny Julian. Nie pyta o nic więcej.

– A co, żyjemy w średniowieczu? – odpowiada Mia. – Formalnie rzecz biorąc, mamy zaciemnienie, ale oczywiście kino działa! Mówiłam ci, w przyszły czwartek wybieramy się wszyscy na *Przeminęło z wiatrem*. Musimy być wcześniej, bo inaczej zabraknie miejsc.

Dziewczęta aż drżą z radości. Wiele razy bez powodzenia próbowały się dostać do kina. Film grają tylko na jednym popołudniowym seansie. Żaden nie zaczyna się po zmroku. A pod koniec listopada tak szybko zapada zmrok.

– Albo – zaczyna Wild – w czwartek wieczorem moglibyśmy ruszyć w tango i wędrować od jednego pubu na West Endzie do drugiego, aż zalejemy się w trupa. O przepraszam, myślałem, że mamy sierpień, gdy słowo trup nie kojarzyło się tak jednoznacznie. Szwedzie, wchodzisz w to?

– Szwed nie wchodzi – odpowiada Julian, odwracając wzrok, bo dni snucia się po pubach już na zawsze zostawił ze sobą. Zadbał o to pub Three Horseshoes w Yorkshire Dales.

– Mam lepszy pomysł. Windmill nadal działa – rzuca Duncan z lubieżnym uśmiechem. – Taki teatr lubię. Chłopaki, kto idzie ze mną? Julian? Przechodziłem tamtędy parę dni temu. Na plakacie napisali: „Bez ograniczeń, bez ubrań. Gdy spadają bomby, dziewczęta są nadal nagie". Ktoś ma może niedługo urodziny? Jules, może ty? Chodźmy tam, gdy dziewczęta będą w Covent Garden rozpływać się nad Clarkiem Gable'em.

– Musiałeś go mijać dawno temu – mówi Liz. – Teatr spłonął w zeszły wtorek. Nie ma już Windmill.

– Odwal się! – krzyczą zgodnie Nick, Duncan i Wild.

Skoro Windmill zakończył działalność, chłopcy niechętnie zgadzają się iść na *Przeminęło z wiatrem*. Tylko Finch udaje, że jest zachwycony.

– To prawie jak romantyczna randka, gołąbeczko – mówi do Mii, biorąc ją za rękę.

– Prawie.

Julian się wzdryga.

Później Duncan i Wild dokuczają mu z powodu jego udręczonej twarzy, a on chce im powiedzieć, że nie chodzi o Mię i Fincha. Z jakiegoś powodu Niemcy uwielbiają latać nad Londynem w czwartkowe noce. Przez trzy ostatnie tygodnie miasto rozjaśniły budynki płonące jak szwedzkie ogniska.

*

We wtorek, dwa dni przed wyprawą do kina, Londyn doświadcza potężnego nalotu. Na miasto spada sto pięćdziesiąt ton bomb, głównie na Southbank i Docklands.

Większość z nich to bomby zapalające. Londyn płonie. Oddział ratunkowy musi czekać godzinami, zanim strażacy opanują ogień. Wild czuje się bezsilny. Finch i Duncan śpią. Mia i Julian rozmawiają, dopóki Finch nie budzi się i ich nie ucisza.

Na ulicach widać mnóstwo ofiar. Ludzie albo nie żyją, albo są poważnie poparzeni. Kiedy ugaszono największe pożary, oddział otrzymuje wezwanie, by pomagać w odzyskiwaniu cennych przedmiotów i ciał. Czy cenne przedmioty zajmują pierwsze miejsce na wojennej liście?

Jednoręki Wild rozdaje herbatę (powoli), a Juliana proszą, by razem z Duncanem i Frankie szukał ciał. Ale nie może tego zrobić. Nie może, bo nie spuszcza oka z Mii, która szuka kosztowności. Niby ma rozdawać koce i pomagać opatrywać rannych, ale zamiast tego wspina się do zburzonego domu, by coś komuś przynieść. Julian nie może się skupić na tym, co ma pod nogami, bo obserwuje ją z wielkim niepokojem. Prosi Duncana, by dał mu pięć minut, podchodzi i staje obok Mii, która balansuje niebezpiecznie na końcu wypalonej belki, chcąc dostać się do wnętrza domu.

– Mia, przestań.

Odwraca się, by spojrzeć na niego stojącego na dole.

– Co tu robisz? Dam sobie radę.

Julian mruga, wspomnienie i prawdziwa dziewczyna zderzają mu się przed oczami. Czy to Mirabelle na drabinie w spokojnym Pałacu Kryształowym? Czy to Mia w samym środku katastrofy? Zdecydowanym ruchem kładzie dłonie na jej szczupłych nogach tuż poniżej bioder i zatrzymuje ją. To nie jest wiktoriański Londyn. To wojna.

– Mówię poważnie, przestań. – Ściska ją lekko za uda. – Spójrz. – Wskazuje na pokryte popiołem ramy okien nad nimi, chwiejące się nad powyrywanymi podłogami, na zniszczony dach.

– Schylę głowę. – Mia się uśmiecha.

Julian kręci głową.

– Byłam w stu podobnych domach – wyjaśnia Mia. – Ten nie jest wcale taki zły.

– Jest zły. A szczęście w końcu cię opuści.

– Teraz?

Zanim Julian ma czas, by kiwnąć głową, belka, na której stoi Mia, pęka. Dziewczyna chwyta gwałtownie powietrze, chwieje się do tyłu i spada. Julian ją łapie. Na wpół wypalony drugi kawałek belki niczym huśtawka wylatuje w powietrze i pędzi rykoszetem w stronę Mii. Julian ma ledwie pikosekundę, by odwrócić się i ją zasłonić, zanim belka uderza go w plecy i zrzuca ich oboje na ziemię. Julian spada na Mię.

Pierwszy podbiega do nich Wild, wołając Fincha i Duncana.

– Nic mi nie jest – mówi Julian. – Mia, w porządku?

Nadal leży pod nim. Mamrocze coś ustami pełnymi sadzy. Duncan przesuwa wypalone drewno i razem z Wildem wyciągają Juliana i Mię i pomagają im wstać. Choć Julian powiedział, że nic mu nie jest, z trudem utrzymuje się na nogach. Ośmiocentymetrowy gwóźdź wbił mu się w łydkę, gdy spadła na niego belka. Wyrywa go z nadzieją, że zastrzyk przeciwtężcowy, który mu zrobili, gdy wrócił od Mary z 1603 roku, nadal działa.

Finch, zamiast poczuć ulgę, wygląda na niezadowolonego.

– Nic ci nie jest, gołąbeczko? – pyta Mię, odciągając ją od Juliana. – Nie zrobił ci krzywdy, gdy tak spadł na ciebie? Powinieneś bardziej uważać – rzuca szorstko do Juliana. – Mogłeś ją zranić.

– Finch, nie bądź dupkiem – karci go Wild. – Widziałeś w ogóle, co się stało? On z nią nie gawędził, ale…

– Tylko mówię – broni się Finch. – Po co robić krzywdę ludziom, którym próbuje się pomóc?

– Nie słuchaj go, Jules, to jełop – rzuca Duncan.

– Nie zrobił mi krzywdy, Finch – mówi Mia. – Ta belka uderzyłaby mnie w twarz, gdyby mnie nie osłonił.

– Tylko mówię…

– Co mówisz, Finch?

Duncan i Wild podtrzymują Juliana, gdy kulejąc, kieruje się do ambulansu. Mia biegnie za nimi. Kiedy Sheila oczyszcza i bandażuje ranę, i potwierdza, że nie złamał łopatki, Julian słucha, jak przed karetką Mia kłóci się z Finchem.

– Czemu tu stoisz, gołąbeczko? Jeśli nic ci się nie stało, jak twierdzisz, czemu nie pójdziesz…

– Nigdzie się nie ruszę. Czekam na niego.

– Po co? Jest jeszcze tyle roboty…

– No to biegnij.

– Jak wiesz, mam inne rzeczy do zrobienia.

– To idź je robić.

Julian w końcu się pojawia.

– Dobrze się czujesz? – pyta Mia, niemal nieśmiało, wysuwając się naprzód.

– Tak. – Choć Phil Cozens tego nie zdiagnozował, Julian wie, że ma rozerwany mięsień łydki, co jest powszechną kontuzją w sportach kontaktowych. Przez następne kilka tygodni nie będzie mu łatwo chodzić po ruinach. – A ty? Finch miał rację? Zrobiłem ci krzywdę?

– Nie. Gdyby belka spadła mi na twarz, bolałoby dużo bardziej, więc Finch się mylił.

Stoją zwróceni do siebie obok ambulansu.

– Przepraszam, że cię nie posłuchałam. Ale to był tylko głupi wypadek.

Julian milczy.

– No dobra, jak to zrobiłeś? – pyta Mia. – Podszedłeś we właściwej chwili, prawie jakbyś wiedział, że to się stanie.

– Widziałaś, co tam było? Nie trzeba do tego geniusza.

– Ale dlaczego to zrobiłeś? – pyta cicho.
– Co?
– Czemu tak mnie osłoniłeś?
– Jak?
Nie może odpowiedzieć.
– Uwierz mi, każdy zrobiłby to samo – stwierdza Julian.
Mia przez chwilę wpatruje się w jego twarz i nie mówi ani słowa.

13

Złote pierścionki

Tuż po bombardowaniu miejsce, na które spadła bomba, jest niestabilne pod wieloma względami, dosłownie i w przenośni. Pogorzelisko, gruzy. Straty zarówno w ludziach, jak i w mieniu. Jest straszliwie zimno, pada deszcz, wieje wiatr. Pojawia się też frustracja, zniecierpliwienie, konflikty. Nawet Brytyjczycy są czasem w gorącej wodzie kąpani.

Dzień po incydencie z belką Mia popada w konflikt z kobietą, która oskarża ją o kradzież biżuterii. Sam fakt, że Mia wdaje się w dyskusję, jest niezwykły. Zwykle jest taka spokojna. Raz po raz powtarza, że w domu nie znalazła żadnej biżuterii, ale kobieta jej nie wierzy, więc Mia powtarza to głośniej. Do kobiety dołącza jej syn i wuj, obaj równie kłótliwi, wuj potężny i groźny. Cała trójka oskarża Mię o kradzież złotych pierścionków. Mia jest zbyt miła, nawet kiedy się kłóci. Nie chce nikogo urazić. Julian przysłuchiwał się temu z pewnej odległości, a teraz już ma podejść, by rozwiązać sytuację po swojemu, choć wie, że znajduje się na obcym terenie. Zamiast niego podchodzi Finch, by załatwić sprawę. Początkowo Julian potępiał czas reakcji Fincha na ten konflikt, która, ujmując rzecz delikatnie, była nieco opieszała. Teraz jednak słucha z niedowierzaniem, jak Finch prosi Mię, by wywróciła kieszenie i w ten sposób udowodniła rozgniewanej rodzinie, że niczego nie ukradła. Zanim Mia zdąży zareagować, kobieta oświadcza, że wywrócenie kieszeni nie zda się na nic. Mię trzeba rozebrać do naga. Na to włącza się wuj, który stwierdza, że rozebranie jej do naga też niczego nie udowodni, bo Mia mogła połknąć pierścionki. W tym momencie Julian nie wytrzymuje.

Ignorując ostrzeżenie Wilda, by trzymał się od tego z daleka, rzuca swoją robotę, kuśtykając schodzi z kupy cegieł, uważając na zranioną łydkę, powoli zbliża się do miejsca, w którym kłótnia trwa w najlepsze, i staje pomiędzy Mią i trojgiem agresorów. Robi to tak gwałtownie, że nastoletni syn traci równowagę i pada na ziemię. Julian przesuwa Mię za siebie i odwraca się do Fincha. Nawet nie zawraca sobie głowy rodziną.

– Wiesz, na czym polega twoja praca? – pyta cicho. – Twoja pierwsza praca? Na pewno nie na zapisywaniu liczby ich pieprzonych złotych pierścionków. Masz chronić własne pieprzone kosztowności. Czemu jesteś w tym do dupy?

– Odsuń się, proszę – mówi Finch oficjalnym, zdecydowanym tonem. – Jak zawsze tylko pogarszasz sytuację. Próbuję ją załagodzić.

– Mamo, on mnie przewrócił! – krzyczy nastolatek.

– Natychmiast wstawaj, kochanie! A ty to kto? – warczy kobieta do Juliana.

Do wymiany zdań włącza się wuj.

– Tak, zabieraj się stąd, to ciebie nie dotyczy…

Julian nie zamierza słuchać ani słowa więcej. Popycha wuja w pierś.

– Zamknij pieprzoną mordę, zanim zrobię to za ciebie – rzuca i odwraca się do kobiety. – Niech pani zabierze syna i tego idiotę, kimkolwiek jest, i znika stąd. Bomba spadła na pani dom. To pani rozumie, prawda, przynajmniej teoretycznie? Dom cały się chwieje. W każdej chwili może się zawalić, a jednak ona nadal po nim chodzi, szukając pani gównianych kosztowności, podczas gdy pani stoi sobie na ulicy, popijając herbatę, i na nią wrzeszczy. Proszę mi wierzyć, ona nie potrzebuje pani złotych pierścionków. Ma własne czterdzieści suwerenów.

Osłupiały wuj rzuca się do przodu, sapiąc i dysząc.

– Nie boję się ciebie, cholerny kaleko!

– Chyba się boisz i powinieneś się bać.

– On nie może się tak do nas zwracać! – krzyczy mężczyzna do Fincha.

– Tak – potwierdza Finch. – Nie możesz się tak do pana zwracać. To nie twoja sprawa. Mario, chodź tutaj, gołąbeczko, nie stój przy nim.

Mia ani drgnie.

– Jej bezpieczeństwo to twoja sprawa – mówi Julian do Fincha. – Powinieneś być po jej stronie. Jak śmiesz kazać jej wywracać kieszenie? Wiesz, że nie zabrała tych cholernych pierścionków.

– Wiem! – wrzeszczy Finch. – Wiem lepiej od ciebie. Chciałem, żeby im to udowodniła. Skończyć z tą sprawą raz na zawsze. Nie pogarszać jej, jak ty to przed chwilą zrobiłeś.

– Racja! – krzyczy wuj, zamachując się na Juliana, który odrzuca głowę, robi obrót i wymierza mężczyźnie lewy prosty w sam środek twarzy.

– Mówiłem ci, żebyś zamknął pieprzoną mordę – mówi. Z nosa i ust mężczyzny leje się krew. Nos jest złamany. Kobieta krzyczy, krzyczy jej syn. Finch wyrzuca ręce w górę i biegnie szukać jakichś opatrunków. Teraz biegnie.

Julian ujmuje Mię pod rękę i odprowadza ją daleko od całego zamieszania.

– Nie powinnaś była pozwolić, żeby się tak do ciebie odzywali – mówi. – Za długo to trwało. Jesteś zbyt uprzejma.

– Czasem robi się gorąco. Poza tym co mogłam zrobić? Na pewno nie to, co ty przed chwilą. – Zerka nad ramieniem Juliana. – Oho, zaraz usłyszysz od Fincha.

– Nie mogę się doczekać.

Zanim Julian się odwraca, Mia chwyta go za przód płaszcza.

– Obiecaj, że nie zrobisz mu krzywdy – prosi.

– Julian! – słyszy wołanie Fincha. – Spójrz na mnie! Chcę z tobą porozmawiać.

Mia przytrzymuje Juliana za płaszcz, nie pozwalając mu się odwrócić.

– Nie, Julianie, najpierw obiecaj mi, że go nie skrzywdzisz.

Odrywa jej dłoń z klapy i ściska.

– Dobra, obiecuję. – Dopiero wtedy się odwraca.

– Tak, Finch? Co chciałbyś omówić?

– Nie mam pojęcia, czemu kłopoty idą za tobą krok w krok – mówi Finch, przysuwając się bliżej.

Julian powstrzymuje go gestem dłoni.

– Nie zbliżaj się – mówi. – Jeśli naprawdę chcesz porozmawiać, to rozmawiaj, ale nie zbliżaj się na więcej niż półtora metra.

– Albo co? – Finch zatrzymuje się.

– Albo sprawdzę odległość – mówi Julian, zaciskając dłoń w pięść.

– Jeśli mnie dotkniesz, każę cię aresztować. – Nie zbliża się jednak.

– I co powiesz policji, kiedy już przyjedzie? Że trzy osoby chciały zaatakować twoją dziewczynę, a ty stanąłeś po ich stronie i nic, kurwa, nie zrobiłeś? – Julian żałuje, że obiecał Mii, że będzie trzymał ręce przy sobie.

Podbiegają do nich Duncan i Wild.

– Nie tak było! – krzyczy Finch.

– Dokładnie tak.

– Maria, powiedz mu, że nie tak było. Broniłem cię!

– Nie broniłeś mnie, Finch – mówi Mia zza Juliana, ciągnąc go za płaszcz, by mu przypomnieć o obietnicy.

– Kiedy poprosiłem cię, żebyś im udowodniła, że nie ukradłaś ich rzeczy, to właśnie była obrona, gołąbeczko! – wyjaśnia Finch.

– To nie była obrona – odpowiada Mia.

– Naprawdę nie była – dodaje Duncan. – To było gówno, jeśli mnie pytasz.

– Nie wtrącaj się, Duncan! To sprawa pomiędzy mną a nim.

– Co się tu dzieje? – pyta spokojnie niewzruszony Wild. – Wypaliłem tylko jednego papierosa, a zastaję tu strefę wojenną. – Odwraca się do Juliana. – Strefa wojenna, Szwedzie, widzisz, co zrobiłem? Zażartowałem, wymyśliłem grę słów.

– Widzę, Wild. Cofnij się.

Ale Wild się nie cofa. Wręcz przeciwnie. Robi krok do przodu. Obejmuje Juliana ramieniem.

– Szwedzie, stale ci to powtarzam. Nie możesz traktować ani jednej rzeczy, którą robi albo mówi Finch, poważnie. I nie bierz też ich do siebie. Czemu mnie nie słuchasz? Myślałem, że jesteśmy przyjaciółmi. Ten facet jest szalony jak zgraja fretek. Wbijam ci to do głowy od samego początku. On nie jest twoim problemem. To problem Folgate. Chodźmy razem na papierosa i mocnego drinka i zostawmy dziewczyny, żeby same to posprzątały.

– Nie – protestuje Finch. – Odsuń się, Wild. On i ja rozwiążemy to raz na zawsze jak mężczyźni.

Wild parska śmiechem.

– Kiedy słowa przestają działać, trzeba rozwiązać problemy bez nich – ciągnie Finch. – Tak, jak rozwiązują je mężczyźni. – Zakurzony i zdyszany zrzuca płaszcz. – Oskarżył mnie, że stanąłem po złej stronie, i nie będę tego tolerował.

– Zaczekaj, Finch – powstrzymuje go Wild, wciąż stojąc między nimi – ale Folgate też cię oskarżyła, że stanąłeś po złej stronie. Z nią też się będziesz bił? Bo to by miało więcej sensu. Folgate, zdejmuj płaszcz. Twój facet będzie się z tobą bił.

– Nie z nią, z nim – poprawia go Finch.

– Walka, Wild – rzuca Duncan. – Nareszcie.

– Tak, Wild. Mężczyźni się biją. – Finch podnosi pięści. – Co jest? – pyta, spoglądając na opuszczone dłonie Juliana. – Boisz się prawdziwej walki? No, dalej. To wisiało nad nami od dawna. Nie pozwolę się dłużej obrażać. Załatwmy to. – Zaczyna podskakiwać jak bokser.

– Finch, przestań – mówi Mia. – Jesteś śmieszny.

– Nie mieszaj się do tego, gołąbeczko. To nie ma nic wspólnego z tobą.

– Zaczekaj, co? Myślałem, że wszystko – prostuje Wild. – Finch, wiem, że grałeś kiedyś Jacka Dempseya w Playhouse i wydaje ci się, że potrafisz powalić Szweda…

– Wild, nie mieszaj się! – krzyczy Duncan. – Pozwól mu spróbować.

– Nie wydaje mi się, potrafię! – woła Finch i zwraca się do Juliana: – Co jest, twardzielu? Wycofujesz się? Strach cię obleciał, kaleko?

– No, no – rzuca Wild, udając oburzenie. – Nagle poczułem, że powinienem Julianowi pozwolić, żeby to zrobił.

– Zrób to, Jules, zrób! – woła Duncan.

– Dobra, Finch – mówi Julian, odsuwając Wilda i robiąc krok do przodu. Mia wciąż szarpie go za tył płaszcza. – Chcesz się bić? Bardzo proszę. Ale o coś prawdziwego, nie jakieś bzdury w stylu Myszki Miki. Jeśli wygram, zostawisz Mię w spokoju.

– Co to znaczy w spokoju?

– No wiesz, mniej więcej tak, jak ją zostawiłeś z tymi napastnikami – wyjaśnia Julian. – Ale zostawisz ją w spokoju na dobre.

– Nie! To bzdury! Zdecydowanie nie!

– O co ten krzyk, Finch? – pyta Wild. – Myślałem, że jesteś pewny wygranej.

– To bzdury, ot co.

– Wild, puść mnie – mówi Julian, zrzucając jego rękę z ramienia.

– Nie, Szwedzie. Jemu odbiło. To byłoby jak walka z dzieckiem. Nie jest psychicznie do tego zdolny.

– Cofnij się, Wild! – krzyczy Finch. – Jestem bardziej zdolny od ciebie!

– Zrób to, zrób to – woła Duncan, podskakując.

Niewielki tłumek otoczył ich podnieconym kręgiem. Podniesione głosy mężczyzn często oznaczają fizyczną konfrontację, a ludzie zawsze chcą to oglądać, nawet ci, którzy – jak można by sądzić – wiele już widzieli.

Niestety walka zostaje przerwana, zanim się jeszcze zaczęła. Funkcjonariusz do spraw wypadków wzywa Fincha do pracy. Przez tłumek przebiega pełen rozczarowania pomruk. Finch podnosi z ziemi płaszcz i wycofuje się.

– To nie koniec. Na pewno nie – rzuca jeszcze na odchodnym.

*

Kiedy Finch wraca wieczorem na stację, od razu pyta Wilda:

– Gdzie on jest? Ukrywa się w jakiejś dziurze?

– Jeśli chodzi ci o spanie, Finch, to tak – odpowiada Julian, siadając na pryczy. Przeciąga zesztywniałe plecy, masuje zranioną łydkę.

Po długim wypoczynku uspokoił się. Miał nadzieję, że uspokoił się też Finch, być może uświadomił sobie, że stanięcie do walki byłoby bardzo nierozsądne. Julian jest gotowy uścisnąć mu dłoń i o wszystkim zapomnieć. Żyją zbyt blisko siebie, by stale między nimi iskrzyło. Jednak Finch, zamiast się uspokoić, nakręcił się jeszcze bardziej.

– Chcesz odpuścić? – pyta teraz. – Tylko powiedz. Chcę, żeby wszyscy się dowiedzieli o tym, co ja wiem od dawna: że jesteś mocny tylko w gębie. A zwłaszcza Maria.

Julian wzdycha.

– Na pewno tego chcesz, Finch?

Ale tu nie chodzi tylko o Fincha. Nikt nie chce Julianowi odpuścić. Kto nie lubi dobrej walki? Duncan przypomina, że od dawna się między nimi gotowało i wszyscy o tym wiedzą. Najwyższa pora rozwiązać ten problem za pomocą pięści. Julian kręci głową. Na razie to tylko zabawa. Ale niech zaczekają, a podbije Finchowi oko.

Mia siada obok niego.

– Obiecałeś mi – mówi cicho.

– Porozmawiaj ze swoim chłopakiem. Co chcesz, żebym zrobił? On się pali do walki. Jeśli nie chcesz, żeby oberwał, porozmawiaj z nim, nie ze mną.

Można by pomyśleć, że starsi mężczyźni okażą trochę rozsądku, ale nic z tego. Phil i Robbie, stwierdzają, że do starcia musi absolutnie dojść, ale trzeba to zrobić jak należy. Potrzebny jest ring, rundy, sędzia, gong. Nick budzi się na chwilę na tyle długą, by powiedzieć: „Odwal się! Niech się okładają na peronie. Obudźcie mnie, kiedy się zacznie" i znów zasypia.

Mia woła wszystkich do siebie i oświadcza, że nie będzie żadnej walki, chyba że wystawią ją jako przedstawienie dla wszystkich mieszkańców metra. Spogląda z zadowoleniem na Juliana, jakby właśnie znalazła idealne rozwiązanie gwarantujące minimum przemocy – walka na ringu przed publicznością. Czy ona w ogóle rozumie, czym jest walka? Julian spogląda na nią z pełną rozbawienia czułością.

– Przedstawienie? – pyta ją Wild. – To będzie prawdziwa walka czy udawana?

– Jak najbardziej prawdziwa – odpowiada Finch.

– Nie, udawana – mówi Mia, osadzając Juliana spojrzeniem. – To dla ich rozrywki. – Wskazuje publiczność.

– Ci ludzie od tygodni marzą o walce – mówi Duncan. – Zaspokoi ich tylko prawdziwa krew.

– Dla rozrywki czy nie, będziemy się bić naprawdę, gołąbeczko – wyjaśnia Finch.

– Nie będziemy – zaprzecza Julian.

– Nie obwiniam cię, że się boisz.

– Bo taki jestem.

– Myślisz, że nie potrafię cię powalić?

Julian przyznaje, że potrafi.

– Myślisz, że nie potrafię cię pokonać?

Julian przez chwilę nie odpowiada.

– Ostatnią rzeczą, jakiej pragnę, jest cię obrazić – mówi w końcu. – Ale nadal mam to na liście.

Wild i Duncan rechoczą.

– Jestem od ciebie wyższy i silniejszy – mówi głośno Finch. – Mam sprawne obie dłonie. Słyszałem, że bokser potrzebuje rąk do walki, ale co ja o tym wiem. Na dodatek nie kuleję po tym, jak niewielki gwóźdź wbił mi się w nogę. Wchodź na ring, stary. Skopię ci tyłek.

– Dobra, Finch, wchodźmy na ring. – Julian odwraca się do Mii. – Nawet jeśli uważasz, że walka nie jest prawdziwa – mówi do niej – powinniśmy ustalić prawdziwą stawkę. Zgodzisz się ze mną, prawda? – W jego oczach pojawia się błysk. Nie potrafi się powstrzymać. Jeśli już ma dojść do starcia, niech przynajmniej przyniesie mu jakieś korzyści.

– Nie będę walczył o to, co powiedziałeś wcześniej – mówi Finch. – Nie zostawię mojej dziewczyny w spokoju.

– Wild, co powiesz na to – zaczyna Julian. – Jeśli Finch wygra, zabiorę cały gang do Savoy Grilla na kolację.

W przejściu zapada cisza.

– Wszystkich? – dopytuje się z przejęciem Duncan.

To dociera nawet do Nicka Moore'a.

– Odwal się! – rzuca.

– Tak – potwierdza Julian. – Jeśli przegram, zabiorę was wszystkich do Savoya. Wino, opłata za wstęp, jedzenie bez kartek. Co tylko zechcecie. Ja stawiam.

– Nie dajcie się nabrać – mówi Finch. – Nie podoba mi się to. Nic a nic. – Młody człowiek jest tak niezgrabny w ruchach i szczery, a Duncan i Wild tak podnieceni wyprawą do Savoya, że Julianowi prawie robi się przykro. – A co dostaniesz, jeśli ty wygrasz? – Finch mruży oczy.

– Jeśli wygram – zaczyna Julian, uśmiechając się do Mii – i jeśli Mia wyrazi na to zgodę, usiądę obok niej jutro na *Przeminęło z wiatrem*.

Mia rozpromienia się.

– Dla mnie może być – zgadza się.

Finch gwałtownie kręci głową.

– Zdecydowanie nie.

Gang go osacza.

– Czy to nie ode mnie zależy, kto obok mnie usiądzie? – pyta Mia Fincha.

– Co jest, Finch? – pyta Julian. – Myślałem, że zamierzasz wygrać.

– Finch – zwraca się do niego Mia – jestem niewielką ceną za okazję do zjedzenia kolacji w Savoyu. Malutkie ryzyko za wielką nagrodę.

– Nie jestem gotowy na takie ryzyko – odpowiada wyniośle Finch.

Duncan, Wild i Nick zaczynają mu dogryzać. Nie bądź głupkiem, Finch. Folgate ma rację. To dla wielkiej sprawy.

– Nie – odpowiada Finch. – Nie potrzebujemy Savoya. Walczmy dla samej zasady. Dla satysfakcji ze zwycięstwa.

– Och, chrzań się! – rzuca Wild. – Lepiej nie przegraj, do cholery.

– Hej, kolego! – oburzony Julian zwraca się do Wilda. – Myślałem, że jesteś w moim narożniku.

Wild podchodzi do niego, poklepuje go po plecach i ściska po męsku.

– Szwedzie – zaczyna – od początku dobrze się dogadywaliśmy. Ale to koniec. Nasza przyjaźń a kolacja w Savoyu? Też mi wybór. Miło było cię poznać. Dziś wieczorem będę aktywnie działał przeciwko tobie i nie mam z tego powodu najmniejszych wyrzutów sumienia. Finch, chodź tutaj. Pokażemy ci z Dunkiem, jak go rozerwać na strzępy.

– Okej – rzuca Finch i pozwala się zaprowadzić na pusty peron. – Ale nie chcę walczyć o to, co on powiedział.

– Jeśli wygrasz, to będzie najwspanialszy dzień w naszym życiu – mówi Duncan. – Ale jeśli przegrasz, najpierw ci dołożymy, a po drugie, jedyne, co musisz poświęcić, to kilka godzin siedzenia w milczeniu obok dziewczyny w kinie i oglądania głupiego filmu. On nie chce jej przelecieć, Finch. Prosi tylko, żeby siedzieć obok niej w miejscu publicznym. To nic takiego. Szwed to palant. Powinien był poprosić o więcej.

Finch najeża się.

– Jak śmiesz! Kto mówi, że moja Maria zgodziłaby się na więcej?

Odwracają się do Marii, która pali w przejściu papierosa i obserwuje ich. Wzrusza ramionami.

– Dziewczyna nie wie, na co się zgodzi albo nie, dopóki jej nie poproszą. O czym jeszcze mówimy, Jules? – Rozpromienia się.

Zwracają wzrok na Juliana, który stoi obok niej z rękami w kieszeniach.

– To dżentelmeńska walka – mówi spokojnie. – A nie licytacja na aukcji panienek. Zabiorę tę uroczą młodą damę do kina. To wszystko.

Młoda dama rozkwita pod jego spojrzeniem.

– To za dużo – protestuje Finch. – Nie uchodzi.

– Biedny Szwed. I tak źle, i tak niedobrze – podsumowuje Wild.

– Zamknij się, Wild! – wykrzykuje Mia. – Albo pokażę ci, co znaczy niedobrze.

– Finch, musisz go pobić – mówi Duncan, potrząsając nim jak lalką z gałganków. – Po prostu musisz. Tak bardzo chcę iść do Savoya. Mia, idź i powiedz im, że walka zacznie się za godzinę. Będziemy mieć trochę czasu, żeby ustawić twojego chłopaka. Chodź, Finch, to dla twojego dobra. Potrenujmy.

– Po co? – pyta Finch. – On nie trenuje.

– Dzięki Bogu. Masz więc szansę, żeby go pokonać.

*

– Panie i panowie! – krzyczy Mia. – Dziś wieczorem mamy dla was prawdziwą ucztę! Nareszcie zaprezentujemy wam prawdziwą walkę: do oglądania i słuchania! Tak, to prawda! Rozgośćcie się więc, weźcie coś do picia i zajmijcie miejsca na tej wspaniałej betonowej podłodze! Na początek… – Wild przerywa jej, wskakując na scenę. Obejmuje ją ramieniem.

– Panie i panowie, zwykle mamy tu do wyboru: krew albo piwo. Ale dziś wieczorem z dumą zaprezentujemy w metrze wam i krew, i piwo! – Mężczyźni ryczą z radości. – Głównym wydarzeniem wieczoru będzie walka o mistrzostwo świata wagi średniej pomiędzy Finchem Smithem, bezdyskusyjnym mistrzem świata, i Julianem „Młotem" Cruzem, pretendentem ze Skandynawii, szwedzkim lordem, który przybył, by odebrać koronę jednemu z naszych! Walka potrwa pięć rund, dwie minuty każda, z dwuminutową przerwą pomiędzy rundami. Ciosy poniżej pasa są zabronione, podobnie jak kopanie i gryzienie. Poza tym wszystkie chwyty dozwolone! To będzie bardzo dobra walka. Ale najpierw trochę lekkiej i w większości niezamierzonej komedii w wykonaniu Folgate, to znaczy Marii Delacourt. – Całuje ją siarczyście w policzek i zeskakuje przy grzmiącym aplauzie.

Duncan i Nick odsuwają drzwi i dwa kozły na bok. Ustawiają cztery krzesła, by wyznaczyć cztery narożniki dużej kwadratowej przestrzeni, i obwiązują je liną, tworząc w ten sposób prawie regulaminowy ring. Wild układa na obwodzie koce i poduszki.

– Finch będzie się bił czy utnie sobie drzemkę? – pyta Julian, obserwując Wilda.

Wild chwyta go za koszulę.

– Potraktuj tego biednego idiotę łagodnie, Szwedzie – mówi. – On nie jest w formie. Miłość odebrała mu rozum.

– Nie miłość, lecz pycha – odpowiada Julian.

– Na jedno wychodzi. Pozwól mu wygrać. Proszę. Dla Savoya!

– Miej wiarę w boksera, którego wyszkoliłeś, Wild – mówi Julian. – A ja? Cóż mogę powiedzieć. Chciałbym siedzieć obok dziewczyny.

– Siedzisz obok niej każdej cholernej nocy w jeepie, na gruzach i przy ogniu! Dosłownie nie możesz się zmusić, by się od niej odsunąć! Nic dziwnego, że Finch jest wściekły. Musisz siedzieć obok niej także na krześle?

– Nie na krześle. W kinie. Jak na randce. – Julian uśmiecha się.

– Szwedzie, proszę.

– Miej wiarę w swojego boksera.

– Och, pieprzyć wszystko – rzuca Wild.

*

Zamiast gongu mają gwizdek. Mia gwiżdże na znak rozpoczęcia pierwszej rundy i zaczynają. Mają na sobie spodnie i białe podkoszulki. Julian zdjął wisiorek z kryształem i położył koszulę w pobliżu, by mógł się ubrać zaraz po zakończeniu walki. Nie ma nic przeciwko temu, żeby Mia zobaczyła jego umięśnione ciało, ale wolałby, żeby nie zauważyła tatuaży na ramieniu, wśród których znajduje się jej imię. Ostatnim razem z Shae to oznaczało same kłopoty.

Kiedy stają obok siebie, widać wyraźnie, że Finch jest wyższy, lecz Julian znacznie silniejszy. Finch wygląda jak łodyga, Julian jak bokser. Chodzą w kółko. Finch rzuca się w stronę Juliana, stara się go dosięgnąć. Tańczą tak przez minutę, Finch wymachuje pięściami, a Julian robi uniki. Nie chce zrobić Finchowi krzywdy.

No, może niewielką.

Pozwala Finchowi wyprowadzić kilka ciosów. Jak podczas walki zawodowej Julian reaguje przesadnie, podkreślając ich siłę, w pewnej chwili o mało co nie pada na ziemię. Przez trzy rundy całkiem nieźle udaje. Markuje ciosy i wykonuje gwałtowne skręty, pozwalając Finchowi, by go popychał. Sam wyprowadza kilka lekkich ciosów, by walka wyglądała na prawdziwą i by przeciwnik nie zbliżył się zanadto. Publiczność jest zachwycona. Wszyscy zrywają się na nogi, pokrzykują. Gdyby to była prawdziwa walka, byłoby nawet zabawnie.

Kogo Julian chce zwieść. I tak jest zabawnie. Nic nie może się równać z dramatyzmem ringu.

Kiedy jeden z ciosów Fincha zbliża się za bardzo do jego twarzy, Julian wyprowadza serię szybkich prostych i sierpowych i powala Fincha na ziemię lekkim lewym sierpowym. Oczywiście Finch nie zamierza się poddać, zrywa się na siedem, oszołomiony, ale z podniesionymi pięściami. Julian zmuszony jest powalić go drugi raz, już silniej. Dobrze, że Duncan stoi w gotowości z poduszką i wsuwa ją Finchowi pod głowę w chwili, gdy ten pada na ziemię. Finch ma podbite oko i rozciętą wargę, ale poza tym ucierpiała tylko jego duma. Zgadza się podać Julianowi rękę dopiero wtedy, gdy zmuszają go do tego Duncan i Wild.

– Dobra walka, Finch – mówi Julian, uśmiechając się do niego.

– Miałeś szczęście – odpowiada szorstko Finch. – Będzie rewanż.

– Kiedy tylko zechcesz, przyjacielu. Wyznacz dzień. Tylko nie jutro wieczorem. Bo jutro wieczorem idziemy z Mią do kina.

14

Przeminęło z wiatrem

Czterech mężczyzn i cztery kobiety – Julian, Finch, Wild, Duncan, Mia, Frankie, Liz i Shona – spotykają się na Leicester Square w Covent Garden o pierwszej po południu, by ustawić się w kolejce na seans o czwartej. Kolejka ciągnie się na cztery przecznice, prawie do Strandu. Najpierw było zimno, potem padało, teraz znów jest zimno i ziemię pokrywa czarne błoto, które oblepia buty Juliana, gdy staje obok Mii.

– Hej, czy ktoś coś mówił o staniu obok niej? – rzuca Finch. – Tego nie było w umowie.

W środku ogromnego Empire znajdują dobre miejsca na samym środku. Początkowo Finch zajmuje miejsce po drugiej stronie Mii i udaje straszne zdziwienie, gdy chłopcy zaczynają na niego krzyczeć.

– No co? Czemu nie mogę tutaj siedzieć? On siedzi obok niej zgodnie z umową.

Duncan i Wild grożą, że usuną go siłą, jeśli sam nie zmieni miejsca, więc siada obok Frankie w rzędzie za nimi. Gdy przez kilka minut dosłownie dmucha w szyję Juliana, ten daje znak Mii, żeby wstała. Przesiadają się kilka rzędów za Fincha i Frankie.

– Przepraszam za tę zabawę w gorące krzesła – mówi Julian – ale film trwa cztery godziny. On rzuci na mnie klątwę. Pozbawi mnie sił. A jeśli będę chciał cię wziąć za rękę? – Uśmiecha się. – Albo pocałować?

– Chyba by mu się to nie spodobało – odpowiada Mia.

– Przecież nie będę całował jego.

Rumieni się.

– Nie zwracajmy na niego uwagi. Jest zły, bo przegrał. Dlatego tak się zachowuje.

– Czyżby?

– A twoim zdaniem dlaczego?

– Dlaczego co? Dlaczego zachowuje się jak idiota, czy dlaczego przegrał?

– Dlaczego przegrał?

– Nie chciał wygrać za wszelką cenę – odpowiada Julian.

Mia chichocze.

– W przeciwieństwie do ciebie?

– Tak. W przeciwieństwie do mnie.

Rozsiadają się wygodnie w obitych czerwonym aksamitem fotelach. Nie zdjęli płaszczy ani rękawiczek, bo w ogromnym kinie jest zimno. Mia zdejmuje jednak chustkę. Wyszczotkowała brązowe włosy, wyszorowała twarz, pociągnęła rzęsy tuszem, usta szminką, skropiła się nawet odrobiną perfum. Julian czuje delikatny kwiatowy zapach za każdym razem, gdy Mia rusza głową.

– Jak Finch to ujął? – pyta teraz. – To prawie jak romantyczna randka.

– Prawie – zgadza się Mia. – Filmy są takie wspaniałe. Wiesz, co musi być romantyczne? Zagrać w filmie. Panno Delacourt, Clark Gable przyszedł się z panią zobaczyć. Panno Delacourt, ma pani ochotę na kawior i szampana teraz, czy gdy ułożą pani włosy? – Mia wzdycha zadowolona. – Vivien Leigh jest wielką gwiazdą. Ciekawe, czy mieli z Clarkiem Gable'em romans. Kto mógłby mu się oprzeć?

– Może ktoś, kto ma za męża Laurence'a Oliviera?

Mia ma wątpliwości.

– Film jest podobno niesamowity. Nie mogę się doczekać! Kiedy się zacznie?

– Za godzinę.

Cmoka niezadowolona.

– Jeszcze tak długo.

– Siedzieć obok ciebie przez godzinę? To wcale niedługo.

Uśmiecha się do swoich kolan.

– Chcesz zagrać w grę?

– Jasne. O jakiej myślisz? A może to ja mam wybrać?

– Julianie!

Finch słyszy ich pogawędkę, śmiech i odwraca się, by spojrzeć na nich ze złością.

– Co jest, Finch? – pyta Julian. – Nie wolno nam rozmawiać?

– Według umowy miałeś tylko siedzieć obok niej.

– W milczeniu?

– Taka była umowa.

Duncan uderza Fincha w głowę, to samo robi Shona.

– Zamknij się i odwróć, Finch – mówi Wild. – Trzeba było walczyć ostrzej, jeśli chciałeś siedzieć w milczeniu obok Folgate. Szczerze mówiąc, wszyscy bylibyśmy szczęśliwsi. Siedzielibyśmy w Savoyu, pili szampana z fontanny i jedli kawior z kryształowych miseczek.

Wild znalazł miejsce między Finchem i Liz. Mia nachyla się do Juliana.

– Kiedy się na nich patrzy z tyłu, wcale na to nie wygląda – mówi – ale to najlepszy dzień w życiu Liz. Bo może siedzieć obok Wilda.

– Wiem, co czuje – odpowiada Julian.

– A co, też chcesz siedzieć obok Wilda? – pyta Mia, lecz zdejmuje rękawiczkę i opiera białą prawą dłoń na podłokietniku obok lewej dłoni Juliana, mocnej i szorstkiej.

Już prawie pora. Na sali zapada cisza.

Rozsuwa się czerwona kurtyna. Gaśnie światło. Z głośników płynie *Temat Tary*. Zaczyna się *Przeminęło z wiatrem*.

Tuż przed przerwą rozlega się syrena alarmowa. Widzowie jęczą w zbiorowym rozczarowaniu. Projekcja zatrzymuje się, lecz nikt się nie rusza. Na szczęście to tylko ostrzeżenie i po kilku minutach alarm zostaje odwołany.

Godzinę przed końcem syrena znów wyje i tym razem nie jest to ostrzeżenie. Przez muzykę słychać warkot niemieckich samolotów i wybuchy w oddali. Zatrzymują projekcję, a z głośników rozlega się komunikat nakazujący zejście do schronów. „Proszę iść spokojnie, panie i panowie, nie biec, nie ma takiej potrzeby. Nie wpadajcie w panikę. Pamiętajcie, że jesteście Brytyjczykami".

Połowa widowni zostaje na miejscach, w tym gang Ten Bells, wszyscy z wyjątkiem Liz, która porzuca *Przeminęło z wiatrem*, porzuca Wilda i biegnie do schronu.

– Ona naprawdę jest beznadziejna – mówi Mia. – Jej nazwisko, Hope, to ironia w czystej postaci.

Na zewnątrz rozlega się gwizd. Wybuchy słychać coraz bliżej, dum, dum, dum. Mia przygryza palce.

– Poczekajmy jeszcze parę minut – mówi do Juliana i rozgląda się. – Widzisz, nie tylko my jesteśmy tacy głupi. Jak można wyjść? Ja na pewno nie mogę! Dopiero zaczynało się najlepsze.

– Tak? – dziwi się Julian. – A co jest najlepsze?

– Rhett i Scarlett stale się kłócili – wyjaśnia Mia. – Co oznacza, że zbliża się scena, w której będą się godzić.

– Zbliża się, to prawda.

– Skąd wiesz, czytałeś książkę?

– Tak jakby. Jeśli chcesz, mogę ci opowiedzieć, co się wydarzy. Na wypadek, gdyby nie włączyli filmu.

Mia odwraca się do niego. Siedzi tak blisko. Od jej bladej twarzy, wielkich brązowych oczu, pełnych lśniących ust oddziela go tylko oddech.

– Chcesz, żeby ominęła mnie scena – zaczyna z niedowierzaniem – w której Clark Gable będzie się godził z Vivien Leigh? Chcesz mi o tym opowiedzieć? – Prycha z dezaprobatą. – Naprawdę, Jules. Jakich słów twoim zdaniem mógłbyś użyć, żeby zastąpiły moje oczy?

Kiedy osuwają się w fotelach w nadziei, że obsługa projektora wróci na swoje miejsce, Julian znajduje słowa, które mogą zastąpić Mii oczy.

– Rhett Butler wraca do domu. Jest pijany – mówi, nachylając się do niej i zniżając głos. – Potężny i zwalisty, cuchnie alkoholem. Ma potargane włosy. Rozpięty kołnierzyk białej koszuli. Scarlett siedzi przy stole w kuchni. Czeka na niego w szlafroku, pod którym jest naga.

– Skąd wiesz, że jest naga?

– Po prostu wiem.

– W książce tak było?

– Tak. W książce tak było.

– Dobra, mów dalej.

– Scarlett siedzi przy stole w czerwonym jedwabnym szlafroku i jest wściekła.

– Bardzo.

– Wściekła, ale pod szlafrokiem jest naga – mówi Julian. – I Rhett o tym wie.

– Skąd?

– Jest mężczyzną. A mężczyźni wiedzą takie rzeczy.

– Wszyscy?

– Większość. Rhett Butler na pewno.

– Dobra, mów dalej.

– Rhett też jest wściekły, ale z innych powodów. Ma już serdecznie dość tego gadania o Ashleyu. Tak cholernie dość. Dla mężczyzny takiego jak Rhett Butler Ashley to mięczak. Nie może uwierzyć, że kobieta, którą kocha od tylu lat, którą poślubił, stale mu powtarza, jemu!, że kocha innego. – Julian zawiesza głos. Mia przechyla głowę tak mocno, że dotyka jego policzka. – Chcesz, żebym przestał używać swoich słów? Czy chcesz, żebym mówił dalej?

– Nie, nie przestawaj – mówi zdyszanym szeptem. – Mów dalej.

Julian ujmuje jej miękką dłoń w swoją wielką.

– Są razem w kuchni, a Scarlett zachowuje się tak nonszalancko, jakby w ogóle nie dostrzegała, jakie z niego ciacho.

– Ciacho?

– Jaki jest niesamowicie seksowny. A Rhett ma już dość jej niedorzeczności, tego, że nie zwraca na niego uwagi. Ma dość, że ona nie chce, by ją kochał. Odwraca więc jej krzesło i staje nad nią, a ona teraz widzi go bardzo dobrze i mówi: Jesteś pijany, a on odpowiada: Tak. – Julian pieści kciukiem wnętrze dłoni Mii.

– Co się dzieje potem?

– Rhett nachyla się i całuje Scarlett tak mocno i zachłannie, że krzesło przechyla się i o mało co nie przewraca. Scarlett unosi ręce, jakby chciała się poddać. A on mówi: Czy twój Ashley potrafiłby cię tak całować? Lecz Scarlett nie może wykrztusić słowa po tak namiętnym pocałunku.

Julian milknie. Przerywa, bo widzi zarumienioną twarz Mii, jej rozchylone, ledwo oddychające usta, nieruchome spojrzenie, skupienie tak wielkie, by nie uronić ani jednego słowa.

– Nie, nie, nie – szepcze. – Nie przestawaj. Proszę.

Julian się nie odzywa. Siedzi odwrócony do niej, nachylony, z głową przyciśniętą do jej głowy, ściska palcami jej dłoń.

– Chcesz, żebym przestał? – pyta cicho.

– Nie chcę, żebyś przestawał. Dalej. Dalej.

Julian mówi jej prosto do ucha.

– Scarlett podnosi na niego wzrok i widzi, jak on na nią patrzy. Nie czeka już ani chwili i nie będzie pytał, czy może. Weźmie to, czego chce. Takie właśnie pijane, lubieżne spojrzenie Rhett rzuca Scarlett, choć nie odzywa się ani słowem. Wszystko widać w jego oczach. – Julian oddycha głęboko. – Chcesz wiedzieć, co naprawdę mówi?

– Tak!

– To tyle, mówi Rhett. To tyle. Bierze Scarlett w ramiona, zanosi ją po wielkich schodach do sypialni i kopnięciem zatrzaskuje drzwi.

Mia z trudem tłumi jęk. Julian się odchyla.

– Co się dzieje potem?! – wykrzykuje ona, podnosząc na niego rozpalony wzrok.

– No cóż, to film – mówi Julian. – Nakręcony w tysiąc dziewięćset trzydziestym dziewiątym roku. W filmie potem następuje ranek. Ale chciałabyś, żebym ci opowiedział, co by się wydarzyło potem w prawdziwym życiu?

Patrzą na siebie szeroko otwartymi oczami, prawie nie mrugając.

– Tak – mówi bezgłośnie Mia.

Wraca kinooperator. Wszyscy biją brawo.

Wszyscy z wyjątkiem Mii.

15

Wielki pożar

Choć bomby nadal spadają, gasną światła i *Przeminęło z wiatrem* znów rusza. Mia siedzi obok Juliana, przytulona do jego płaszcza, z ciepłą dłonią w jego dłoni. Patrzy na ekran, na scenę miłosną i kolejne, które po niej następują. Wychodząc z kina po projekcji, wszyscy rozmawiają o filmie, wszyscy z wyjątkiem Mii. Finch pyta ją o opinię, a ona w zamyśleniu odpowiada, że ogromnie się jej podobał, i nie mówi nic więcej. Z jakiegoś powodu to skłania Fincha, by rzucić Julianowi paskudne spojrzenie. Próbuje odciągnąć Mię. Ona jednak opiera się i nie opuszcza boku Juliana.

Ledwo wyszli z kina i skręcili w Strand, gdy trzeci raz rozlega się syrena alarmowa. Wysoko w oświetlonych chmurach Julian dostrzega cienkie kadłuby i eliptyczne skrzydła spitfire'ów i pokaźnych rozmiarów formację znacznie większych hurricane'ów.

Biegną Strandem, ale nie mają dość czasu, by dotrzeć do stacji Temple. Bomby zapalające spadają dziesiątkami, oświetlając ulicę od końca do końca. Gang szuka osłony i się rozprasza.

Widząc płonący Strand, Julian wie. Świat nie skończy się w lodzie.

– Wiesz, film naprawdę bardzo mi się podobał, choć nie chciałam o tym mówić – zwierza się Mia Julianowi, gdy kryją się w łukowatej bramie. Wcześniej było zimno i ulice oblepiało marznące błoto, lecz teraz żar topi wszystko, nawet ich twarze. Gorące powietrze jest ciężkie; płomienie są zbyt blisko. Oddzielili się od reszty, biegli w popłochu i teraz zostali sami, muszą przeczekać bombardowanie. Nad ich głowami słychać straszliwy warkot samolotów wroga i RAF-u, kamienne budynki skwierczą.

– Wiem, że ci się podobał – odpowiada Julian.

– Ale twoje słowa podobały mi się jeszcze bardziej. – Uderzenie serca. – Rozumiesz dlaczego?

Julian czeka, aż zacznie mówić. Jakie to znajome, ich gorące twarze, płonące serca, rozmawiają o trudnych rzeczach, gdy wokół nich płonie Londyn. Mia, stale chce ją zapytać, nie pamiętasz mnie? Nie wiesz, kim jestem?

– Scena na ekranie skończyła się tak szybko – ciągnie dziewczyna i dodaje cicho: – Szczerze mówiąc, w prawdziwym życiu to też dość szybko się kończy.

– Przykro mi to słyszeć.

– Ale twoje słowa będę przeżywać raz po raz, na nowo. Zawsze, gdy je usłyszę, poczuję to, co dzięki tobie czułam w kinie.

– A co to było?

– Nie wiem, czy potrafię to wytłumaczyć. Czułam, że żyję? A może żałowałam, że nie jestem Scarlett.

Julian milczy.

– A może chciałam, żebym to była ja.

Tonie w jej oczach.

Mia odwraca wzrok, jakby nie mogła znieść, że tak na nią patrzy, wyciąga paczkę papierosów i próbuje jednego zapalić, lecz dłonie jej drżą.

– Czy mogę cię o coś zapytać? Kiedy się spotkaliśmy pierwszy raz i ty… no wiesz…

– Co? Co zrobiłem?

– No wiesz.

– Pocałowałem cię?

– Tak. – Odwraca nieśmiało wzrok.

– O co chciałaś zapytać?

Mia przekrzywia głowę.

– W twoim pocałunku nie było tego czegoś, co opisałeś między Rhettem i Scarlett.

– Nie? – Julian przestępuje z nogi na nogę, wyglądając na Strand. Jak mają się stąd wydostać, zanim spłoną żywcem?

Czy w ogóle się wydostaną?

– W twoim było coś innego.

– Co?

– Nie wiem, jak to opisać.

– Spróbuj. Użyj swoich słów, Mia. – Robi krok w jej stronę w tej małej przestrzeni. – Co było w moim pocałunku?

– To było… – Nie może na niego patrzeć. – Jakby nie chodziło o tamto. Och, trochę tamtego też było, na pewno, ale głównie były w nim inne rzeczy. Chcę powiedzieć, że to nie był pierwszy pocałunek. – Mia wciąga i wypuszcza powietrze. – Nie był nieśmiały ani pytający i nie był czysto uwodzicielski.

Julian milczy.

– Nie pomożesz mi?

– Używasz swoich słów bardzo ładnie – mówi Julian. – Mów dalej.

– Ale wiesz, o co mi chodzi?

– Mów dalej.

– To był otwarty pocałunek potężnego i zmęczonego serca – mówi Mia. – To nie był pocałunek miłości…

– Mój pocałunek nie był pocałunkiem miłości?

Mia nie wie, gdzie podziać oczy.

– Chcę powiedzieć… tak Rhett mógł całować Scarlett, gdyby nie udawała, że kocha głupiego Ashleya.

Albo głupiego Fincha.

– Gdyby byli ze sobą od wielu lat, on wyruszył na wojnę, a potem wrócił, ich dom spłonął, ona zniknęła, a on szukał jej po całym wypalonym Południu i kiedy wreszcie ją znalazł, wziął ją w ramiona i zamknął jej usta pocałunkiem. – Twarz Mii rozświetla blask, jej samej brakuje tchu, drży, jakby wyobrażała sobie prawdziwą miłość, a nie miłość Rhetta. – Powiedział do niej: Scarlett, szukałem cię przez tysiąc lat.

– Mógłby powiedzieć: Szukałem cię za słońcem i na dnie ziemi – mówi Julian, obejmując ją jedną ręką za ramiona, drugą w talii. – Mógłby powiedzieć: Ukochana, znów cię znalazłem.

– Tak, mniej więcej coś takiego…

Julian pochyla głowę i całuje ją, najpierw delikatnie, potem zachłannie, obejmując ją razem z płaszczem, jak tata niedźwiedź swoją mamę niedźwiedzicę.

– No i mamy powtórkę – szepcze Mia.

*

Kiedy Mia i Julian wracają na Bank, podsłuchują, jak gang Ten Bells udziela Finchowi bardzo niechcianych przez niego rad.

– Zerwij z nią, Finch. To nieuniknione.

– Nie chcę z nią zrywać!

– Wiesz, co znaczy słowo „nieuniknione"? – pyta Wild. – Nie możesz tego powstrzymać. I nie bierz tego tak bardzo do siebie.

– Mam nie brać do siebie tego, że inny facet przystawia się do mojej dziewczyny?

– Zgadza się, Finch – potwierdza Duncan. – To się zdarza.

– Nie pozwolę na to.

– Daj spokój, stary. Nie możesz powstrzymać czegoś prawdziwego, gdy nadciąga.

– Jakiego prawdziwego? Dopiero wczoraj mówiłeś mi, że to gra!

– To było wczoraj.

– To co się zmieniło?

– Po pierwsze jest dzisiaj.

– Obiecała, że za mnie wyjdzie. Za mnie!

– Nie załamuj się – mówi Wild. – Nick zerwał ze swoją dziewczyną.

– Odwal się! – mówi Nick.

– Sheila zerwała ze swoim facetem.

– Raczej on zerwał ze mną – prostuje Sheila.

– A Frankie powiedziała mi w zeszłym tygodniu, że cię lubi. Prawda, Frankie?

– Tak – odpowiada Frankie zajęta układanką. – Lubię cię, Finch.

– Duncana też lubisz? – pyta ją Finch.

– Tak.

– A Wilda?

– Też.

– Kate?

– Ją też lubię.

– Nie wiem, do czego zmierzasz, Finch – mówi Duncan – ale chodzi mi o to, że na niej świat się nie kończy.

– Dla mnie się kończy – odpowiada Finch. – Obiecała mi.

– Zgoda, stary, ale twoja obiecana znalazła sobie inne towarzystwo.

– I towarzystwo będzie się rozrastać. – Wild uśmiecha się szeroko.

– Gdzie oni są? On nie zna miasta, nie wie, jak się poruszać. Skierował ją w złą stronę, prosto na płonący Strand, pewnie trafili na bombę zapalającą – mówi Finch.

– Liczysz na to, stary?

– Nic nam nie jest, Finch. – Mia wchodzi do przejścia, puszczając dłoń Juliana. – Nie ma bomb zapalających.

Finch zrywa się.

– To nieprawda, co oni mówią, gołąbeczko. Powiedz mi, że to nieprawda!

– Bardzo mi przykro, Finch. To prawda. – Próbuje go dotknąć. – Chodźmy tam porozmawiać. Tylko ty i ja.

Finch wzdryga się i cofa.

– Nie! Jak możesz to robić? Jesteśmy zaręczeni!

– W porządku, jesteśmy zaręczeni, ale jakoś nie widzę pierścionka na moim palcu.

– To o to chodzi? Powiedziałem, że dam ci go na Gwiazdkę.

– Teraz już nie musisz.

Finch odwraca się do przyjaciół, którzy wyciągnęli się na kocach rozłożonych na betonie i na pryczach. Spoglądają na niego ze współczuciem i czułością.

– Mówiłem wam, że *Przeminęło z wiatrem* to koszmarny pomysł! – krzyczy. – Naśmiewaliście się ze mnie, gdy powiedziałem, że tu nie chodzi tylko o to, żeby siedzieć obok niej. I kto się teraz śmieje?

– Nie ja.

– Ja też nie.

– Ja też nie – mówi Frankie. – Ona nigdy się nie śmieje.

– I ty też nie, Finch – dodaje Wild.

– Dogryzaliście mi: daj spokój, Finch, nie bądź głupi, Finch, to tylko film, Finch.

– Daj spokój, Finch – rzuca Wild.
– Nie bądź głupi, Finch – dodaje Nick.
– To tylko film, Finch – mówi Shona.
– Nie chcesz, żeby była szczęśliwa? – pyta Duncan. – Jest wojna. Jutro możemy zginąć.
– Tak, jasne, licz na to. – Finch odwraca się gwałtownie do Juliana, który stoi obok Mii. – A ty co? Mowę ci odebrało? – warczy.
– Nie chcesz, żeby była szczęśliwa? – pyta Julian. – Jutro możemy zginąć.
– Chcesz powiedzieć, że ze mną nie byłaby szczęśliwa? – Finch zaciska pięści, robi krok w stronę Juliana, potem się cofa. Julian nawet nie wyjmuje rąk z kieszeni. Żal mu Fincha, ale jednocześnie czuje ulgę, że w końcu może przestać udawać.
Z odsieczą przybywa Liz. Obejmuje Fincha ramieniem i odprowadza do zapasu whisky ukrytego pod płaszczami i swetrami.
– Spójrz na to z tej strony – mówi, nalewając mu kubek alkoholu. – Twoje życie jest zbyt cenne, zwłaszcza ostatnimi czasy, by marnować je na dziewczynę, która nie czuje do ciebie tego samego, co ty do niej.
– Rewelacja, że akurat ty to mówisz!
– Zamknij się, Finch – rzuca Liz.
– Nie dał mi pierścionka! – krzyczy w ich stronę rozgniewana Mia.
Potem zapada noc i rozlega się syrena. Z powodu licznych nalotów za dnia mieli nadzieję, że ominie ich ten w środku nocy. Ale nie mieli szczęścia.
Wykończeni, nadal zaspani, wychodzą na górę do jeepa zaparkowanego przy Lothbury, zapalają silnik, odwracają się do Mii jakby wciąż we śnie i w ciemności pytają, dokąd jechać.
– Leman Road w Whitechapel – mówi na wpół śpiąca.
Tej nocy Whitechapel płonie.
Niemcy wzięli je sobie za cel.
Droga, którą zwykle jadą, jest zablokowana przez zawalone, płonące budynki. Finch skręca w zaułek. Mia ostrzega go, żeby tego nie robił, bo uliczka jest wąska. Nie miną się tam dwa samochody, a jeden nie będzie w stanie zawrócić, jeśli zajdzie taka potrzeba. Ale Finch twierdzi, że to najkrótsza droga do Leman.

Julian słyszy słowa „wąski" i „zaułek", „nie miną się tam dwa samochody" i mówi: Finch, proszę, nie jedź tamtędy, proszę. Finch, wybierz inną trasę. Mam złe przeczucie.

Ale Finch jest wściekły i zbuntowany. Jedzie właśnie tamtędy.

Nie ma innego samochodu, nie dochodzi do czołowego zderzenia, nie ma dębu. Jest tylko bomba, która spada przez wąskie budynki, podskakuje i wybucha, wyrywając przed ich samochodem krater głęboki na dziesięć metrów. Julian ma dość czasu, by przygnieść Mię do podłogi. Siła wybuchu odrzuca samochód na kilka przecznic i rozbija przednią szybę, która wpada do środka niczym grad.

16

Finch i Frankie

Julian uniknął spotkania ze szkłem, ale kawałek betonu uderzył go w twarz i rozciął skórę nad brwią. Nie jest to rana zagrażająca życiu, ale bardzo krwawi. Julian nic nie widzi i nie może znaleźć Mii.

Mia, Mia.

Słyszy głos Wilda:

– Szwedzie, możesz pomóc?

Słyszy głos Mii:

– Jules, Boże święty.

Przykłada dłoń do oka, próbuje ogarnąć sytuację. Mia przyciska czapkę do krwawiącej rany Juliana.

– Mia, nic ci nie jest?

– Mnie nic, ale z Finchem nie jest dobrze.

– Szwedzie, możesz pomóc Finchowi?

Finch siedzi skulony nad kierownicą. Duncan wyczołgał się na ulicę.

Z krwią kapiącą mu z twarzy Julian pomaga Wildowi wyciągnąć Fincha z samochodu. Kładą go na ziemi obok Duncana. Niemiecka bomba zapalająca spadła na jeden z pobliskich domów i stała się światłość. Kiedy zaułek płonie, Julian wyciąga odłamek po odłamku z twarzy i szyi Fincha. Wild kładzie się na Duncanie, by powstrzymać jego drgawki. Mia stale przyciska przemoczoną wełnianą czapkę, a potem także chustkę do czoła Juliana, gdy on dalej zajmuje się

Finchem. Krzepnąca krew Juliana kapie grubymi kroplami na głowę Fincha i dłonie Mii.

Wild wynosi z tyłu samochodu bandaże, jakie im zostały, i czekają na przyjazd Phila i Mobilnej Jednostki Medycznej. Mia bandażuje głowę Juliana.

– Mocniej, Mia, mocniej.

– Nie chcę, żeby cię bolało.

– Chcesz zatrzymać krwotok, prawda? Mocniej.

Duncan jęczy. Przestał dygotać, co jest dobrym znakiem. Ale ambulans nie nadjeżdża, nie słyszą syren straży pożarnej ani policji, tylko syreny ostrzegawcze.

– To znaczy, że nie jest z nami najgorzej – mówi Mia. – Ktoś potrzebuje Phila bardziej od nas.

Julian nie wie, czy to prawda. Szyję Fincha tuż nad obojczykiem rozerwał kawałek szkła. Nie przeciął tętnicy, bo inaczej Finch już by nie żył, ale musiał uszkodzić żyłę szyjną. Julianowi nie udaje się zatamować krwawienia.

– Może spróbujemy wsadzić go z powrotem do jeepa i znaleźć Stałą Jednostkę Medyczną – sugeruje Mia.

– On musi trafić do szpitala – odpowiada Julian. Wie, co oznacza słowo „szpital". Nie mówiłby tego, gdyby sytuacja nie była naprawdę poważna.

Mia, Wild i Duncan wciągają gwałtownie powietrze. Wszyscy wiedzą, że większością obrażeń zajmuje się obsługa MJM. Wszystkie szycia, nastawiania, oczyszczania, bandażowania, tracheotomie, nawet część amputacji załatwiana jest na miejscu. Stała Jednostka Medyczna zajmuje się poważniejszymi ranami głowy i tułowia, otwartymi złamaniami, transfuzjami krwi, rannymi nieprzytomnymi dłużej niż piętnaście minut. W każdej jest chirurg. Ale szpital? Do szpitala idzie się, gdy prawie nie ma już nadziei.

– Mia ma rację, wsadźmy go z powrotem do jeepa – mówi Wild. – Może uda ci się dojechać do Royal London, Szwedzie.

Oddział ratunkowy potrzebuje ratunku.

Zanim jednak zdążyli go przenieść, zjawia się Mobilna Jednostka Medyczna. Wyskakują z niej Phil, Shona, Sheila i Frankie.

– Chyba jednak potrzebowaliśmy pomocy – stwierdza przygnębiona Mia.

Phil i Sheila zajmują się Finchem. Cała reszta obserwuje ich w napięciu. Udaje się zaopatrzyć ranę na szyi, by spowolnić utratę krwi. Wnoszą go do ambulansu.

– Ty też powinieneś trafić do szpitala, Duncan – mówi Phil i wszystkich przebiega dreszcz.

– Kurwa, nie. Nie pojadę do szpitala. Wszystko jest w porządku.

– Nie jest. Kiedy Shona odwiezie Fincha, zabierze cię do Stałej Jednostki Medycznej, jeśli naprawdę nalegasz.

– Powiedziałem, że wszystko jest w porządku.

Ale wyraźnie nie jest. Duncan śmiesznie chodzi. Phil mówi, że może mieć pęknięty kręg. Ciągnie za sobą jedną nogę, a to charakterystyczny objaw. Wielki mężczyzna nie chce o tym słyszeć. Oddział go potrzebuje. A na dodatek musi być w dokach o pierwszej.

– Dunk, nie bądź głupi – mówi Shona. – W jakich dokach? Phil ma rację. Nie możesz chodzić, jak będziesz podnosił ciężary? – Niepokój na jej twarzy przewyższa zawodowe zaangażowanie.

– Wiesz, co mawiają – odpowiada Duncan. – Nie podnoś plecami.

Shona zmusza go, by objął ją ramieniem, gdy próbuje kuśtykać i namówić nogi do współpracy.

– No, Dunk, ty uparty ośle, jedź ze mną i Finchem – mówi, podnosząc na niego wzrok. – Nie do szpitala, do Stałej Jednostki. Zrobią ci prześwietlenie. Proszę. – Z ulgą przyjmuje jego zgodę. Chwilę później odjeżdża z Duncanem i Finchem.

Kiedy strażacy gaszą pożar, Phil zszywa brew Juliana, a Sheila bandażuje mu głowę, sprawnie, mocno, nie bojąc się, że go będzie bolało – albo się nie boi, albo wcale o to nie dba.

Julian nie sądził, że można przeżyć czołowe zderzenie z bombą, ale on, Mia i Wild wciąż stoją na nogach. Wildowi kręci się co prawda w głowie i chodzi chwiejnym krokiem. Może mieć uraz szyi albo wstrząśnienie mózgu. A Mia kuleje i nie może zgiąć lewej ręki w łokciu. Phil zabandażował jej kostkę, która może być złamana albo zwichnięta, i umieścił rękę na temblaku. Powieki Juliana sinieją. Oko spuchło i jest niemal całkowicie zamknięte. Oczywiście ucierpiało prawe oko. Oczywiście.

Tego wieczoru oddział ratunkowy nie może pomóc poszkodowanym rodzinom w poszukiwaniu i opisywaniu kosztowności ani w gaszeniu drobnych pożarów w kuchniach. Tego wieczoru wszystkie pożary są ogromne, a oddział ratuje swoich członków.

Julian ledwo prowadzi jeepa. Nie chce się przyznać Mii i Wildowi, że prawie nic nie widzi. Co za ironia, jeśli się rozbiją. Płonący Londyn z ciepłem buchającym z pożarów w lodowatym powietrzu wygląda jak jeszcze mniej rzeczywisty w dawno uszkodzonym lewym oku Juliana. Jeep też kiepsko sobie radzi. Julian z trudem go zapalił. Silnik prycha. Julian nie może wrzucić biegu. Przejeżdża całą drogę na pierwszym i drugim.

– Finch cię zabije, Szwedzie – mówi Wild. – Nie tylko odbiłeś mu dziewczynę, ale też zniszczyłeś skrzynię biegów w jego samochodzie. Szczerze mówiąc, nie wiem, co jest gorsze.

*

Kiedy wracają na stację Bank, jest już po siódmej rano i do pracy wyszli wszyscy z wyjątkiem Lucindy, która budzi się na chwilę na tyle długą, by przyjrzeć im się uważnie, nie komentując przy tym ich obrażeń. Pyta, czy widzieli Phila i Sheilę, a dowiedziawszy się, że mąż i córka mają się dobrze, odwraca się do ściany. Wild kładzie się na swojej pryczy i zasypia albo traci przytomność po paru sekundach. Julian i Mia patrzą na puste prycze, na siebie. Są cali oblepieni krwią, pokryci brudem i pyłem.

– Mobilna pralnia przyjedzie o dziewiątej – mówi Mia, bezskutecznie próbując strzepnąć pył z płaszcza Juliana. – Będziemy mogli wyprać ubranie.

– Potrzebujemy pralni do ludzi.

– Ta przyjedzie o dziesiątej. Prześpijmy się kilka godzin. Potem wstaniemy i zajmiemy się innymi rzeczami.

– Jak możemy spać? Wszystko zapaskudzimy krwią. Spójrz na nas.

– I co z tego? – pyta Mia. – Prześcieradła i koce też wypierzemy. Ale nie mogę wspiąć się na górną pryczę. Pozwól, że położę się z tobą.

Julian kładzie się na boku na dolnej pryczy, a ona kładzie się przed nim, wsuwając poduszkę pod bolącą rękę. Julian przykrywa ich kocem i ostrożnie obejmuje ją ręką. Mia, to my, szepcze. Tak jak było zawsze.

– Dużo bym dała za kąpiel i prawdziwe łóżko – mruczy Mia, jakby go nie słyszała.

– Kiedy się obudzimy, chodźmy do Savoya – proponuje Julian.

Mia śmieje się cicho.

– Mówię poważnie. Zjemy w Grillu i wynajmiemy pokój. Weźmiemy prawdziwą kąpiel.

– Robimy listę marzeń? – mruczy Mia, jakby już zasypiała. – Bo mogę kilka dopisać. Dzięki czyjej hojności dostąpimy tego szczęścia?

– Twojej.

– Za te czterdzieści suwerenów, które należą do mnie, jak powiedziałeś tamtej starej babie?

– Dokładnie. – Julian poklepuje nogawkę spodni w poszukiwaniu sakiewki z monetami. Nie jest ich już czterdzieści. Kilka tygodni temu zaszył kieszeń po tym, jak sakiewka o mało co nie wypadła podczas poszukiwań w zbombardowanym domu. Jej pieniądze nie są bezpieczne. Ona też nie jest bezpieczna.

– Nie będę kłamać, dziś w nocy było trochę przerażająco – szepcze. – Znaleźć się w pułapce ognia, bez wyjścia.

Julian nic nie mówi, tylko przytula ją mocniej do siebie, z twarzą przy tyle jej głowy.

– Mogę ci coś powiedzieć? – pyta Mia. – Kiedy tam byliśmy, ogarnęło mnie bardzo dziwne uczucie. Nawet nie potrafię go opisać. Zupełnie jak wspomnienie. Oddycham najgorętszym powietrzem, w jakim kiedykolwiek się znalazłam. W gardle czuję krew, zaraz padnę na ziemię, topią mi się podeszwy stóp. Wyciągam rękę i modlę się: Proszę, nie pozwól nam tak umrzeć. Ale czułam się tak, jakbym to ja leżała na ziemi, nie Finch, a ty pochylałeś się nade mną. To było tak cholernie osobliwe. Nigdy nie czułam niczego podobnego. Nie wiedziałam, czy to przeżywam pierwszy, czy kolejny raz.

Rzeczywiście osobliwe, szepcze Julian.

Nie cofaj ręki, mówi Mia. Nie jest za ciężka.

Nie miałem takiego zamiaru, odpowiada Julian.

Przesypiają przyjazd mobilnej pralni i łaźni. Śpią, dopóki Wild nie budzi ich prawie o piątej po południu. Przekazuje im najnowsze informacje o Duncanie i Finchu. Prześwietlenie Duncana było niejasne, więc potraktował to jako dobre wieści i poszedł do pracy, choć z trudem stał na nogach.

– Powiedział Shonie, że i tak woli przebywać na leżąco – dodał Wild z uśmiechem. Finch nadal jest w Royal London. Potrzebował transfuzji. Frankie oddała mu pół litra krwi. – Kiedy Finch się ocknie, też zacznie układać puzzle.

Wild rozpala szwedzkie ognisko, jak nauczył go Julian, a Mia i Julian podgrzewają garnek wody i myją twarze i ręce. Mia mówi, że z łokciem jest lepiej, lecz Julian jej nie wierzy, bo nie rusza ręką. Phil z córkami jeszcze nie wrócili, więc Wild i Mia w trybie pilnym zajmują się raną na głowie Juliana. Mia oczyszcza ją, Wild bandażuje, ona potem poprawia, bo Wild nie może zawiązać bandaża jedną ręką. Na kolację idą do kawiarni w pobliżu Monumentu, a gdy wracają na Bank, wszyscy już tam są.

– Frankie, jesteś bohaterką, oddałaś Finchowi pół litra krwi? – mówi Mia.

– Koniec końców tak – odparła Frankie. – Chcecie więcej krwi?, zapytałam. Nie wiedziałam, że coś mi zostało.

Mia wspina się na ławkę i gwiżdże, by przykuć uwagę gangu. Zawsze stoi na scenie.

– Słuchajcie uważnie – zaczyna. – Wiemy, że hotel Savoy trafili siedem razy. Ale mimo to Grill nadal działa. Tak musimy patrzeć na życie. Trafieni siedem razy, jednak nadal działamy.

– Ty działasz?! – krzyczy Duncan.

Shona uderza go w głowę, Wild ochrzania. Mia mówi dalej.

– Jedzenie nadal jest tam wyśmienite, pomimo kartek i sypiącego się tynku. I pokoje są dostępne, pokoje z łazienkami i prysznicami! Mówię wam to wszystko, bo w ramach prezentu gwiazdkowego Julian zabiera nas wszystkich do Savoya! Naprawdę. Rozchmurzcie się więc, przyjaciele. Uśmiechnij się, Frankie. Umyjmy się. Sukienki dla pań, garnitury wizytowe i meloniki dla panów. Idziemy do Savoya!

Uśmiecha się promiennie do Juliana. On zmusza się do uśmiechu. Czy nie sugerował, że wybiorą się tam tylko we dwoje? Nie przypomina sobie, by zapraszał cały gang Ten Bells do uczestniczenia w jego marzeniu.

– Szwedzie – zaczyna Wild – prawdziwy z ciebie skarb.

– Tak. No cóż.

Liz potrząsa Nickiem.

– Słyszałeś? Julian zabiera nas do Savoya.

– Odwal się! – rzuca Nick.

– A potem wynajmie nam pokój i będziemy mogli się wyspać w łóżku i wziąć kąpiel.

– Odwal się!

– Czy wszyscy będziemy spać razem w jednym łóżku? – pyta Duncan czerwony z podniecenia.

– Duncan! – krzyczy Shona. – Jeszcze jedna taka uwaga i nigdzie nie idziesz.

– Mia ma rację – mówi Julian. – Potrzebujemy porządnych ubrań, które nie są podarte i zakurzone. Musimy wyglądać, jakby…

– Jakby co? Nie było wojny?

– Tak.

– Odwal się! – mówi Nick.

– Chodźmy na Oxford Street – proponuje Mia. – Spotkamy się jutro wieczorem, znajdziemy coś do ubrania, a pojutrze pójdziemy do Savoya. To wypadnie w piątek, a w sobotę nie idziemy do pracy. Będzie idealnie.

– Naprawdę zostaniemy tam na noc? – dopytuje się Duncan, a uśmiech nie znika z jego twarzy.

– Czemu nie? – odpowiada Julian.

– Wszyscy?

Julian kręci lekko głową w stronę Mii, a potem przytakuje.

– Jasne. Czemu nie.

Wszyscy są ogromnie podnieceni, nawet Peter Roberts.

– Jesteś tego pewny, młody człowieku? – pyta ostrożnie. – To będzie dużo kosztować.

– Robbie! – wykrzykuje Wild. – Boże święty, co ty wyprawiasz? Nie próbuj go od tego odwodzić.

Frankie jest przygaszona.

– Biedny Finch. Na pewno też chciałby iść do Savoya.

– Jeśli chcesz, możemy zaczekać, aż go wypuszczą – proponuje Julian. Wszyscy odwracają się do Phila Cozensa i jego córek pielęgniarek w oczekiwaniu na prognozę. Oni z kolei spoglądają na Frankie, która widziała go jako ostatnia.

Frankie zmusza się do uśmiechu i potrząsa głową.

– Nie powinniśmy czekać – mówi. – Nie jest z nim zbyt dobrze. Nadal traci krew. Doktor podejrzewa, że drobny odłamek szkła krąży po jego ciele i rozrywa naczynia.

– Odwal się… – rzuca Nick.

– Biedny Finch.

Zgadzają się iść do Savoya bez Fincha. Wymuszają jednak na Julianie obietnicę, że kiedy Finch wyjdzie ze szpitala, pójdą jeszcze raz na kolację do Grilla.

Umawiają się na Oxford Street następnego wieczora o szóstej, licząc, że nie będzie nalotów. W zeszły czwartek, kiedy poszli na *Przeminęło z wiatrem*, bomby spadły na Tottenham Court Road o siódmej. Niemcy nie czekają już do nocy. Ich naloty stały się bardziej chaotyczne, przypadkowe i tym samym groźniejsze. Bo nie można się do nich przygotować.

W czwartek wieczorem syreny wyją o piątej. Julian nadal jest w drodze z Holborn. Zanim gang Ten Bells zdąży zrobić zakupy i zjeść kolację, nadlatują samoloty i lecą bomby. Jedna spada w pobliżu Holborn, jedna na Chancery Lane, jedna na Oxford Street. Julian, kulejąc, biegnie slalomem, otwiera i zaciska dłonie. Czy czuć w nich mrowienie? Czy Mia jeszcze żyje?

Żyje. Wyszła z Lebus później i ominęło ją najgorsze.

Fala uderzeniowa rzuciła całą taksówkę w okno wystawowe.

Nie można było odnaleźć torsu jednej kobiety.

Inną, czekającą na Oxford Street z mężem, znaleziono kilka godzin później parę przecznic dalej. Nadal ściskała rękę męża. Tylko rękę.

Mężczyzną był Phil Cozens.

Kobietą była jego żona Lucinda.

Wieczór w Savoyu przełożono.

W piątkowy poranek tłum zalał Oxford Street. Pomimo wielkiego sprzątania po bombardowaniu londyńczycy przeczesują sklepy i szukają okazji, robiąc świąteczne zakupy wcześniej, by uniknąć gorączki w połowie grudnia. Przez cały ten czas Frankie przepatruje gruzy.

Julian, Mia i Nick pomagają jej. Kilka dni później, gdy skończyła już pracę nad Philem i Lucindą, oddaje ich ciała córkom, a Kate i Sheila mogą pochować rodziców.

Potem Frankie jedzie do Royal London z resztą gangu i tymi, którzy mogą oddać jeszcze półtora litra krwi dla Fincha.

17

Ghost Bride i Johnny Blaze

Aby się trochę pocieszyć, gang Ten Bells ustawia w przejściu małą choinkę. Przybierają ją jakimś łańcuchem, na czubek wkładają stalowy hełm Mii i czerwoną piłkę. Julian i Nick idą razem, by kupić coś jeszcze z ciężarówek za Smithfield. Duncan leczy bolące plecy, a Wild odwiedza rodziców w North Camden. Julian lubi Nicka. Niewiele mówi, a jeśli już się odezwie, to bardzo trafnie. Na każdą czarnorynkową cenę, jaką mu proponują, ma jedną odpowiedź.

– Odwal się! – rzuca. – To pasztet z wołowiną, a nie kawior!

– Kto mówi o wołowinie? – odpowiada sprzedawca. – Nie gwarantuję, co tu jest w środku. Możliwe, że konina. Albo opos. Może być cokolwiek. Bierze pan czy nie? Niech pan spojrzy na kolejkę za panem.

Po powrocie na Bank organizują stypę po Philu i Lucindzie. Jedzą zapiekanki z czarnego rynku, piją dobrą whisky, jedzą czekoladę, palą. Julian roznieca szwedzkie ognisko, a Kate w podzięce zmienia mu opatrunek na głowie. Jeep padł. Nie chce w ogóle zapalić. Stoi zaparkowany przy Lothbury jak gigantyczny przycisk do papieru. Niedługo odstawią go na parking policyjny. Wszyscy się zastanawiają, jak przyjmie to Finch, gdy się dowie.

– Byłam go dziś odwiedzić – mówi Mia. – Uścisnął mi rękę, ale nie otworzył oczu.

– Biedny Finch.

– Biedny Phil – mówi Robbie. Byli z Philem w tym samym wieku, przyjaźnili się. Znali się od czterdziestu lat, prawie od początku wieku.

Wszyscy wznoszą toast za Fincha, Phila i Lucindę.

Mia żałuje, że podjęła takie, a nie inne decyzje. Gdyby tylko nie poszli na Oxford Street, żeby kupić nowe ubrania na wyjście do Savoya bez Fincha.

Gang zaczyna drwić. Nie wie, że bomby spadają wszędzie? A może uważa, że to karma? Może Niemcy wybrali ją do odstrzału, bo odważyła się mieć ochotę na nową sukienkę?

– Śmiejcie się, śmiejcie – mówi Mia – ale rada miasta stale powtarza, że zbytnie pobłażanie sobie jest bardzo niepatriotyczne. I nie czujecie, że szkopy są coraz bliżej?

– Phil i Lucinda na pewno musieli to czuć – stwierdza Robbie.

Bum, bum.

Dum, dum.

Piją za Phila i Lucindę i śpiewają.

„Hej, ha, kolejkę nalej,
Hej, ha, kielichy wznieście,
To zrobi doskonale
Morskim opowieściom…”.

Początkowo rozmawiają o zmarłych, ale z każdą następną kolejką coraz bardziej skupiają się na żyjących.

Samotne dziewczyny rozpaczają, że spędzają noce pod ziemią, czekając, by ich życie się zaczęło.

– Tutaj jest mnóstwo rzeczy, które można robić, moje panie – mówi Duncan, ośmielony brakiem cenzury rodziców. – Chcecie, żebym wam pokazał?

– Duncan jest okropny, ale ma rację – potwierdza Julian. – To nie jest czekanie. Nie żyjecie w zawieszeniu ani w pustce. To jest wasze życie. Waszym życiem są okopy. Rzecz tymczasowa, nietrwała, chaotyczna, niemożliwa. To wszystko, co macie.

Nie patrzy na Mię, a ona nie patrzy na niego.

Piją jeszcze więcej, licząc, że nie będą się tak rozklejać.

Nie umrzemy. Śmierć jest dla starych ludzi.

– Starzy ludzie też nie chcą umierać – mówi Robbie.

Shona podchodzi i obejmuje go.

– Wiemy, kochany. Przepraszamy.

Jest tyle rzeczy, których nie zrobiliśmy.

Dla zabawy wymieniają niektóre z nich.

– Nie byłem z dwiema kobietami naraz – oświadcza Duncan tonem osoby, która oczekuje, że otaczające go kobiety jakoś temu zaradzą.

Dziewczęta rzucają w niego gazetami, ręcznikami, pustymi torebkami. Zamknij się, Duncan. Mamy już tego dość. Teraz, gdy nie ma z nami Phila i Lucindy, myślisz, że możesz wygadywać takie rzeczy?

– Nie powiedziałem, że koniecznie to macie być wy, moje siostry miłosierdzia – Duncan zwraca się do Sheili i Kate. – Mówiłem ogólnie. – Spogląda na Shonę i odwraca wzrok.

Shona nie wygląda na dziewczynę, która znosiłaby takie bzdury, a mimo to podejmuje grę.

– No i co z tego, że nie byłeś z dwiema kobietami? – mówi. – Który z panów tutaj może się tym poszczycić? Nick?

– Odwal się!

– Robbie, może ty?

– Nawet nie będę odpowiadał.

– Wilda nie ma. Założę się, że on był – mówi Duncan. – Ma drań fart. Robił wszystko.

Odwracają się do Juliana.

– Opowiadałeś nam szalone historie, Jules – ciągnie Duncan. – O lochach, ciałach, rozlewie krwi. Może znasz jakąś pikantną? Teraz jest na nią idealna pora.

– Teraz z pewnością nie jest idealna pora, a nawet gdybym znał taką historię, myślisz, że opowiedziałbym ją właśnie wam? – Puszcza oko do Mii, która parska śmiechem.

– Nie zatańczyłam jitterbuga – mówi Kate. – Mieliśmy z Bobbym taki zamiar, ale potem klub taneczny zbombardowali, a tydzień później Bobby zginął.

– Nigdy nie dostałam telegramu – ogłasza Liz.

– Masz na liście coś takiego? – pyta Nick Moore. – Telegram? Odwal się.

– Tylko mówię. Myślałam, że wyliczamy rzeczy, których nie zrobiliśmy.

– Coś jak litania? – pyta Nick. – Nie mamy tyle czasu, Lizzie. Trwa wojna. Podaj nam dziesięć najlepszych rzeczy. Telegram zajmuje pierwsze miejsce, to wiemy. A potem?

– Nigdy nie miałam owacji na stojąco w dużym teatrze – mówi Mia. – Zgoda, ludzie biją brawo w metrze. Czasami wstają, ale chyba żeby rozprostować nogi. I jeszcze – dodaje – chciałabym pójść do ołtarza w białej sukni.

– Hej, czemu wymieniasz dwie rzeczy? – protestuje Liz.

– Nadal czekamy, co zajmuje drugie miejsce po telegramie, Lizzie – przypomina jej Nick.

– W białej sukni, Folgate? – pyta Duncan. – Naprawdę?

Julian kwituje to jednym słowem: Hej.

– Wszyscy jesteśmy tu przyjaciółmi, Szwedzie – informuje Duncan. – Mia nikomu nie zamydli oczu. Wie, że Bóg zna prawdę bez względu na kolor sukni, którą włoży.

Julian kwituje to jednym słowem: Hej.

Śmieją się, piją.

Odzywa się nawet Frankie!

– Kiedyś oświadczył mi się facet – mówi. – Zrezygnowałam dla niego z układanki i wszystkiego.

Wszyscy wznoszą ochy i achy.

– Uwiódł mnie – ciągnie Frankie – mówiąc, że jutro możemy umrzeć. To był potężny afrodyzjak. Dałam się nabrać.

– Muszę to wypróbować – mruczy Duncan.

– Co się z nim stało?

– Zginął.

– Chciałabym mieć kiedyś dziecko – mówi Mia.

– To już trzecia rzecz – protestuje Liz. – Zwolnij!

– Liz, nadal czekamy – mówi Nick. – Nie wstydź się. Wal śmiało. Telegram i co potem?

Wszyscy wiedzą, co. Wszyscy wiedzą, co Liz czuje do Wilda.

– Nie mogę uwierzyć, że zazdroszczę mojej mamie – odzywa się Mia. – Nigdy jej niczego nie zazdrościłam. Myślałam, że jestem taka mądra. A teraz spójrzcie na mnie. Leżę tutaj w śmierdzącym korytarzu ogarnięta gorzką zazdrością, bo ona została matką, a ja nie.

– Masz jeszcze czas – mówi Frankie. – Nie jest za późno.

Piją.

– Chciałabym, żeby choć raz w życiu ktoś na mnie patrzył – zaczyna Liz niepytana – jak on patrzy na nią w każdej minucie każdego dnia. – Wskazuje Juliana. – Jakby była wszystkim, czego pragnie.

Mia rumieni się. Julian odwraca wzrok.

– To przed czy po otrzymaniu telegramu? – pyta Nick. – Żaden facet nie byłby w stanie oderwać od ciebie oczu, kiedy będziesz go czytała. Telegramy są takie seksowne. A może „telegram" to slangowe określenie czegoś, o czym nie mam pojęcia?

– Tak, to slangowe określenie „jesteś palantem".

– Odwal się – mówi Nick.

– Chciałabym sama ułożyć ślubną przysięgę – marzy Mia.

Liz od razu zaczyna się skarżyć.

– Czemu ona ma pięć rzeczy, w tym cudowny wzrok Juliana, a reszta z nas nie ma nic?

– Nikt nie wygłasza własnej przysięgi – mówi Duncan. – To idiotyczne. Jak by to w ogóle miało wyglądać?

Wstawieni i zdeterminowani członkowie gangu zabierają się do działania. Mają już pomysł na następny skecz. Wystawią ślub! Julian poślubi Mię. To rozweseli przygnębionych przyjaciół.

Przygnębionym przyjaciołom pomysł się spodobał.

– Przyznaję, że dziś nie jest najlepsza pora – mówi Mia. – Lepiej byłoby jutro. Ale dziś wieczorem przyda nam się trochę radości. Jules, wchodzisz w to?

– Wchodzę.

– Musisz znaleźć krawat i włożyć swój elegancki trzyczęściowy garnitur. Tylko co zrobisz z bandażem na głowie? Nie wygląda zbyt ślubnie. Ale chyba go zostawimy.

– A temblak? – pyta Julian. – Będziesz panną młodą z ręką na temblaku?

Mia przekłada temblak przez głowę i rzuca go na ziemię.

– Możesz zrobić to samo z bandażem na głowie? Raczej nie. Wyglądasz jak Frankenstein. Kto chce być pastorem? – Odwraca się do Petera Robertsa, który siedzi samotnie w kącie. – Robbie chciałbyś wystąpić w roli pastora na naszym ślubie na niby?

– Chcesz, żebym zagrał w jednej z waszych historii?

– Tak! Proszę.

Robbie wstaje.

– Myślałem, że już nigdy tego nie zrobisz.

Mia obejmuje go.

– Chcesz, żebym znalazła ci kwestię?

– Nie. Mam to. – Wygładza marynarkę i poprawia muszkę.

– Jest prosta, Robbie – mówi Duncan. – Twoja muszka jest jak poziomnica. Można według niej wieszać półki.

– Dziękuję – odpowiada Robbie. – Kiedy Wild jest w pobliżu, trudno ją utrzymać prosto. Zawsze się wygłupia.

– Mam nadzieję, że Wild mi wybaczy, że biorę bez niego ślub na niby – mówi Julian. – Powiedziałem mu, że może być moim drużbą.

– Dobrze ci tak, skoro składasz obietnice bez pokrycia – rzuca Duncan. – Będzie ci musiała wystarczyć reszta nas. Ale gdzie znajdziemy białą suknię dla naszej dziewiczej panny młodej? – Puszcza oko do Mii. – Może będziemy musieli przestać być takimi niedowiarkami i wyobrazić sobie, że jej brązowa spódnica jest biała.

Mia klepie go i po krótkich poszukiwaniach znajduje lekko przybrudzone białe prześcieradło.

– Kate, możesz wyciąć dziury na ręce skalpelem taty, żebym mogła je narzucić na siebie jak pelerynę? Kto ma pasek? Będę Ghost Bride. – Klaszcze w dłonie. – Idealnie! Tak zatytułujemy naszą sztukę. Wojenny ślub Ghost Bride i… Jules, jak cię nazwiemy? Szwedzki Fiord?

– Johnny Blaze – odpowiada Julian.

– Kim jest Johnny Blaze?

– Ghost Riderem.

– No, no! – wykrzykuje Duncan. – Czyżby nasz zasadniczy Julian był sprośny? Ghost Rider. Przepyszne! Uważaj, Mia.

Julian kręci głową. Duncan jest niepoprawny.

Mia nachyla się do ucha Juliana.

– Nie mam z tym problemu, jeśli będziesz trochę sprośny – szepcze, a potem dodaje głośniej: – Robbie, przedstawisz nas. Wojenny ślub Ghost Bride i Johnny'ego Blaze'a. Zapamiętasz?

– Nie – odpowiada sucho Peter Roberts.

– Bo sześćdziesięciolatkowie nie są w stanie zapamiętać dziewięciu powiązanych ze sobą słów – mówi Julian.

– No właśnie, mój chłopcze!

Liz przypomina, że nie mają obrączek.

– Nie potrzebujemy obrączek – mówi Mia, pisząc coś w swoim małym notesie. – Julianie, pod koniec damy kilka fragmentów z Shawa, ale na początek, znasz jakiś poważny wiersz? Musisz być poważny w zderzeniu z moją komedią. Bo będę zabawna, dobrze? Rzucę jakiś żart, na przykład: Czemu pary trzymają się za ręce przed ołtarzem? Bo dwóch bokserów zawsze podaje sobie ręce przed walką. – Chichocze. – Śmieszne, prawda?

– Chyba tak – odpowiada Julian. – Jaki wiersz? Coś z Kiplinga? „Przybądźcie, bracia, i przygotujcie lichtarze i dzwony, szkarłat, mosiądz i borsuczą sierść, w których nasz Honor mieszka"*.

– Hmm, nie coś bardziej w stylu „Do czego cię porównać? Do dnia w pełni lata"**.

– Ty będziesz zabawna, a ja ckliwy i sentymentalny?

– Tak. Bo ty jesteś ponurakiem, zwłaszcza dziś wieczorem. A ja ich rozśmieszę. Sprawdź, czy zdołasz ich doprowadzić do łez.

– I to ma być sprawiedliwe? Kto chce płakać w takiej chwili?

– Powinieneś był pomyśleć o tym wcześniej, zanim przyjąłeś taki wyraz twarzy.

Nie tylko Julian narzeka.

– Tak szybko godzisz się na ślub bez żadnych ozdóbek – zwraca się Frankie do Mii oskarżycielskim tonem. – A nie wyszłaś za Fincha, bo nie dał ci pierścionka.

– Trudno uznać pierścionek za ozdóbkę – wtrąca się Julian. – Poza tym to niejedyny powód, dla którego Mia nie wyszła za Fincha.

– Biedny Finch – odpowiada Frankie. – Może nie dał ci pierścionka, Mario, bo wiedział, że nie oddasz mu krwi.

– Nie mogłam! Mam grupę AB plus, a on B.

– Jakie to wygodne. Jesteś uniwersalnym biorcą? Czemu mnie to nie dziwi?

---

* Rudyard Kipling, *The Song of the Old Guard*.

** William Shakespeare, *Sonet 18*, przeł. Stanisław Barańczak.

– Daj spokój, Frankie – protestuje Julian. – Próbujemy tu trochę poprawić nastrój.

– Frankie ma rację co do jednej rzeczy – mówi Mia. – Naprawdę potrzebujemy obrączek. Liz, zdobądź kawałek folii. Skręcimy ją i zrobimy dwie obrączki.

– A możesz mi powiedzieć, gdzie mam zdobyć tę folię? – pyta Liz. – Jeśli odłożycie ślub do jutra, to postaram się coś załatwić.

– Nie – sprzeciwia się Mia. – Spójrz na nich. Potrzebują go teraz. A jeśli nie będzie jutra? Zobacz, co się stało z naszymi planami wyjścia do Savoya.

– Pójdziemy do Savoya – obiecuje Julian. – Teraz koniecznie musimy iść. Gdzie będziemy świętować nasz ślub na niby? I jeszcze jedno: mam obrączki. – Zdejmuje rzemyk z szyi. Gromadzą się wokół niego jak ptaki.

– Co to jest, Jules? – pyta Mia, wskazując kryształ.

– To diament? – dopytuje Duncan. – Bo jeśli tak, to moglibyśmy zostać w Savoyu do końca wojny.

– To nie jest diament – odpowiada Julian.

– A co to jest to czerwone?

Julian rozwiązuje rzemyk, rozkłada beret, wygładza i pokazuje im.

– Beret! – wykrzykuje Liz. – Mia, spójrz. Julian ma dla ciebie nie tylko obrączkę, ale i przednie nakrycie głowy. Co prawda nie jest to welon i jest czerwony, ale się nada.

Mia wkłada beret na głowę. W tunelu panuje półmrok, lampy naftowe nie dają dość światła, by dostrzec stare wyblakłe plamy z krwi.

Wszyscy rozpływają się nad beretem, obrączkami, Julianem.

– Skąd masz obrączki? – pyta zazdrośnie Duncan.

– To prawdziwe złoto? – dopytuje się Nick i zanim Julian zdąży odpowiedzieć, dodaje: – Odwal się.

– Kazałem stopić złotą monetę i zrobić z niej dwie obrączki – wyjaśnia Julian.

– Czy to te monety, o których stale mówisz? – pyta Mia, przekrzywiając głowę w czerwonym berecie. – Naprawdę myślałam, że żartujesz. – Spogląda na niego niepewnie. – Byłeś już żonaty, Jules? To nie jest twój pierwszy ślub na niby?

– Nie martw się. – Julian uśmiecha się do jej pytającej, zafascynowanej twarzy, nachyla się i całuje ją w policzek. – Kiedyś byłem blisko ślubu na niby. Bardzo blisko. Ale nigdy go nie wziąłem.

– Dzisiaj też nie weźmiesz – mówi Frankie, która nagle stała się strażniczką zasad. – Nie poprosiłeś Mii o rękę.

– Uspokój się. Już mnie poprosił – tłumaczy Mia. – Na scenie. Kiedy byłam Cecily, a on Algernonem. Ale jeśli nalegasz, może poprosić mnie jeszcze raz. Prawda, Jules?

– Co tylko zechcesz, Mio.

Wsuwa mniejszą obrączkę na palec.

– Pasuje idealnie – mówi zdumiona.

– Wstrząsające – stwierdza Liz.

– Do boju – mówi Julian.

– Do boju – powtarza Mia.

– Niech ktoś pomoże Julianowi z krawatem. I wyczyści mu buty. Szybko. Widownia się niecierpliwi. Kto zaśpiewa *Ave Maria*? Dla mnie. – Mia uśmiecha się. – Bo mam na imię Maria.

– Ja – proponuje nieśmiało Shona.

– Potrafisz śpiewać?

– Trochę. Nie zajmuję się tylko prowadzeniem samochodu.

– Tak? – Duncan natychmiast staje przy niej uśmiechnięty od ucha do ucha. – Czym jeszcze się zajmujesz, kochanie, poza śpiewaniem i prowadzeniem samochodu?

Shona uderza go w pierś. Nie, idź ode mnie, Duncan, bardzo śmieszne, Duncan.

Liz przypomina, że nie mają kwiatów.

– Cholera – rzuca Duncan. – Co to za ślub bez kwiatów?

– Dziewczęta, znajdźcie jakiś ręcznik – mówi Julian. – Najlepiej biały. Ułóżcie go luźno na górze i zwiążcie mocno na dole, żeby wyglądał jak bukiet.

Shona i Liz biegną po ręcznik i związują go zgodnie z instrukcjami Juliana. Wygląda całkiem nieźle.

Stojący już na scenie Peter Roberts kiwa na Juliana, by stanął obok niego i razem zaczekali na Mię. Drzwi się chwieją. Zmieniają pozycje.

– Scena nie jest dobrze umocowana – stwierdza Peter. – Żyje jak my, jest niestabilna jak my. Chwieje się i wygina pod ciężarem naszych ciał.

Julian kiwa głową.

– Zmienia kształt, gdy ruszamy stopami. A jej nowy kształt z kolei wpływa na nasze ruchy i zmienia je.

Ściskają sobie dłonie z uśmiechem.

Ceremonia się rozpoczyna.

– Umiłowani – mówi Peter Roberts, stojąc twarzą do publiczności. – Zebraliśmy się dzisiaj, by dla waszej rozrywki odegrać historię miłości Ghost Bride i Johnny'ego Blaze'a zakończoną ich zaślubinami, w które wkroczą nie lekko i swawolnie, lecz z szacunkiem, nadzieją i zdecydowaniem.

– Zakończy się zaślubinami czy nocą poślubną?! – krzyczy ktoś z tyłu, ale nie jest to Duncan. – To dopiero byłoby przedstawienie.

– Lordowie i plebejusze Anglii! – ciągnie surowo Robbie. – Cytując Johna Miltona, zważcie, z jakiego narodu pochodzicie i nad kim sprawujecie rządy. Zachowujcie się, jak należy. Jeśli chcecie oglądać takiego rodzaju sztukę, zaczekajcie, aż otworzą Windmill. Wszyscy gotowi? Ptaszyno, zaczynasz.

Shona śpiewa *Ave Maria* Schuberta. Ku zaskoczeniu wszystkich okazuje się, że dysponuje operowym sopranem. „Ave Maria, gratia plena… Maria gratia plena…". Betonowe ściany stacji wzmacniają i odbijają echem jej głos i nawet bez mikrofonu brzmi to tak, jakby Shona śpiewała dla króla w Royal Albert Hall. Śpiewa tak przejmująco, że w oczach wszystkich pojawiają się łzy, nawet Duncana. Zwłaszcza Duncana.

Gdy rozbrzmiewa pieśń, rozpromieniona Mia, ubrana w białe prześcieradło i z bukietem z białego ręcznika, sunie przez rzędy widzów, powoli, rozdając uśmiechy na prawo i lewo. Wygląda jak zjawa z zaświatów. Powiedziała, że chce przejść do ołtarza, i chłonie każdą sekundę.

Julian wyciąga rękę, by pomóc jej wejść na scenę. Mia łapie równowagę na rozchybotanych drzwiach, gdy chwiejąc się, zbliżają się z Julianem do siebie niczym na pokładzie statku.

– Od pierwszego spotkania na tych rozchwianych drzwiach uchodzących za scenę Bride i Johnny spędzili razem burzliwe chwile – mówi Peter Roberts. – Miłość to majestatyczny ptak, oni zakochali się w sobie na zabój w jaskini, a na zewnątrz przeszli chrzest ogniowy.

Dziś wieczorem wrócili do jaskini, by połączyć się świętym węzłem małżeńskim, bo wiedzą, że to właśnie w jaskini rozpoczęło się życie świata, starego i nowego. Będą razem, dopóki śmierć ich nie rozłączy.

– Jeszcze dłużej – szepcze Julian.

– Co? – pyta Mia.

– Dla upamiętnienia tej radosnej okazji, wypowiedzą swoje własne przysięgi. Tak, panie i panowie, dobrze słyszycie. Kto pierwszy?

– Ja – mówi Mia. – Każda historia miłosna powinna się rozpocząć i zakończyć żartem lub wierszem. Ja mam żart. A Johnny Blaze wiersz. – Staje na wpół odwrócona do niego, na wpół do publiczności. – Jaki jest mężczyzna idealny? – zaczyna. – Powinien stale uwielbiać zalety, których nie posiadamy, a równocześnie bezlitośnie ganić nas za cnoty, o których nam się nawet nie śniło. Idealny mężczyzna powinien traktować nas z najwyższym szacunkiem, gdy jest z nami sam na sam. – Unosi kokieteryjnie brwi i podsuwa Julianowi białą szyję, którą on z szacunkiem całuje. Publiczność pohukuje i gwiżdże. Po kilku chwilach zarumieniona Mia cofa się i odchrząkuje, by pozbyć się ciężaru w gardle. – Wielbić nas, tak – ciągnie – ale poza tym musi zawsze być przygotowany na wielką scenę, ilekroć przyjdzie nam na nią ochota. Po tygodniu okropnych kłótni powinien, jeśli zajdzie taka potrzeba, przyznać, że mylił się w całej rozciągłości, i być gotowy rozpocząć całą historię od nowa, z małymi wariantami gwoli urozmaicenia*. Jesteś tym mężczyzną idealnym, Johnny Blaze?

– Bez wątpienia – odpowiada Julian.

Krztusząc się z radości, Mia podaje mu dłoń do ucałowania.

– Och, Johnny, masz wiersz, by doprowadzić ich do łez?

– Tak. – Bierze oddech. – „Z jakiejż to dziwnej jesteś substancji stworzona – zaczyna, ujmując jej dłonie w swoje – że na twoje skinienie czeka tyle cieni? Każdy ma jeden, własny cień – ty masz miliony różnych: ciągną do ciebie z najdalszych przestrzeni. Wspomnijcie, że jest wiosna, że lato i żniwa: Wiosna będzie cień twoich uroków stanowić, lato – cień bogactw, jakie się w tobie odkrywa. W każdej rzeczy obecna, spod zewnętrznych spowić wiernemu sercu ujrzeć dasz swą

---

* Według: Oscar Wilde, *Kobieta bez znaczenia,* przeł. Janina Pudełek, w: *Cztery komedie*, PIW, Warszawa 1961.

postać drogą, jedyną nie podobną w świecie do nikogo"*. – Oko Juliana zaczyna pulsować. Przyciska dłoń do czoła i odwraca wzrok od jej pełnej emocji twarzy, by spojrzeć na publiczność.

– Powiemy dla was teraz krótki dialog z George'a Bernarda Shawa** – oznajmia Mia. – Jesteś gotowy?

– Zawsze, Ghost Bride.

– Na kolana. Jeśli możesz – dodaje łagodnie, mając na względzie jego obolałą łydkę.

Julian klęka, krzywiąc się lekko. Wciąż trzyma miękką dłoń Mii w swojej.

– Człowiek nie może umrzeć tylko za historię lub marzenie – mówi Mia. – Teraz to wiem. Stoję tu, śmierć zbliża się coraz bardziej, rzeczywistość staje się coraz bardziej realna, a wszystkie moje historie i marzenia szybko obracają się wniwecz.

– Umrzesz więc za nic? – pyta Julian.

– Nie. Nie mam wątpliwości, że jeśli będę musiała umrzeć, umrę za coś ważniejszego niż marzenia czy historie.

– Za co na przykład?

– Nie wiem – odpowiada Mia. – Gdyby można to ogarnąć, byłoby zbyt małe, by za to umrzeć. A ty, Johnny Blaze? – Spogląda w dół na niego. – Będziesz gotowy umrzeć za coś innego niż marzenie czy historia?

– Nie. Ty jesteś moim marzeniem. Moją historią. Umrę dla ciebie. – Podnosi na nią wzrok. – Jestem twoim żołnierzem, a ty moim krajem. Ale najpierw zejdź, proszę, na ziemię, Ghost Bride. Zejdź ze swojej chmury dmuchawców i wyjdź za mnie pośród złotogłowiu. Proszę, wyjdziesz za mnie w Londynie?

Nachyla się nad nim, on unosi głowę i całują się.

Całują i całują.

– Dobra robota – szepcze mu Mia do ucha, obejmując go. – Wszyscy zalali się łzami.

– To wygrałem, prawda? – Z trudem podnosi się z kolan.

Robbie podchodzi do roli pastora na niby z taką samą powagą jak do lekcji francuskiego. Stoi wyprostowany jak struna i nakazuje im

---

* William Shakespeare, *Sonet 53*, przeł. Stanisław Barańczak.

** Nawiązanie do sztuki *Androkles i lew* George'a Bernarda Shawa.

wsunąć obrączki na palce. Potem zaczyna przemawiać głębokim, donośnym głosem.

– Ghost Bride i Johnny Blaze, siadamy wokół ognia i opowiadamy sobie historie, żeby przeżyć. To jest początek waszej historii. – (Gdyby tylko. Julian ściska dłoń Mii, by powstrzymać drżenie własnej). – Stoicie tutaj, by stworzyć nowe życie. A wasze małżeństwo to nie jednorazowa deklaracja. Jako bokser, Johnny, nie mówisz: Stoczyłem jedną walkę i dlatego będę zawsze wygrywał. Wasze małżeństwo to decyzja podejmowana każdego dnia. Decydujecie się kochać się nawzajem, szanować przyjaciół, grać dla nowej publiczności. Wasze życie jest waszą zmieniającą się stale sceną. Dawajcie z siebie co wieczór wszystko, nie zostawiajcie niczego w kulisach. Nie mówcie: Pewnego razu w grudniu uczestniczyłem w wojennym ślubie. Mówcie to nie siedem, a osiem razy w tygodniu, przez pięćdziesiąt dwa tygodnie w roku. Aby być wiernym, musicie najpierw mieć wiarę – w tę całą cholerną rzecz. Na tym polega miłość. Więc idźcie i przeżywajcie swoją historię, Ghost Bride i Johnny Blaze.

Kiedy spektakl dobiega końca, Mia zdejmuje obrączkę i oddaje ją Julianowi. Pyta, czy może zatrzymać beret. Czemu nie, odpowiada Julian. W końcu nie będzie mu już potrzebny.

– Na pewno nie chcesz też zatrzymać obrączki? – pyta.

Mia śmieje się, jakby był najzabawniejszym mężczyzną w metrze.

Za swoją rolę Robbie zbiera więcej uścisków dłoni i komplementów niż młoda para. Dwa dni później czerwony piętrowy autobus, który zderzył się z falą uderzeniową, stoi na środku Cannon Street. Pasażerowie zginęli na miejscu. Jednym z nich jest Peter Roberts, który jechał na dworzec Victoria, by wsiąść do pociągu do Sussex i połączyć się ze swoją żoną. Siedzi wyprostowany, patrzy przed siebie szeroko otwartymi oczami, z idealnie prostą muszką pod brodą.

18

Najgłębszy schron w mieście

Kiedy tracą Robbiego, Wild mówi: Do diabła z tym.

– Szwedzie, nigdy ci nie wybaczę, że pobraliście się z Folgate na niby beze mnie, ale nie odpuszczę wesela w Savoyu z powodu pieprzonych szkopów. Idziemy. Żadnej Oxford Street, żadnych nowych ubrań. Panowie, wyczyśćcie te cholerne garnitury, jakie macie, panie, wypolerujcie buty, wystarczy odrobina szminki, parę kropli perfum. Jutro jest piątek. Idealny dzień na świętowanie. Może być tylko lepiej.

Mia wkłada czarną aksamitną suknię z czerwonym przybraniem, w której śpiewała *The Deepest Shelter in Town* Florence Desmond. Mówi, że ma jeszcze dwie inne, ale podobało się jej, jak Julian gapił się na nią, gdy tańczyła właśnie w tej. Myją twarze, zmieniają opatrunki, golą się i szczotkują włosy. Mia zdejmuje temblak. Julian stara się nie kuleć. Jego czoło powoli się goi, opuchlizna zniknęła, siniak zmienił kolor na żółto-fioletowy. Phil miał mu wyjąć szwy, ale zginął. Julian wyciąga je sam, prawdopodobnie kilka dni za wcześnie. Duncan stara się iść, jakby plecy w ogóle go nie bolały. Robią, co w ich mocy, by wyglądać na godnych pojawienia się w restauracji w Savoyu. Niestety Nick wrócił do Dagenham; słyszał, że ponownie otwierają fabrykę Forda.

Julian dokonuje rezerwacji na dziewięć osób: on, Mia, Wild, Liz, Duncan, Shona, Sheila, Kate i Frankie. Gdyby ktoś powiedział, że trzech chłopców jest zachwyconych, nie oddałby w pełni powagi tej chwili.

– To siódme niebo – stwierdza Duncan.

– Wyobraźcie sobie piekło, gdyby było odwrotnie – mówi Wild. Liz nie wygląda na zachwyconą obecnym układem. Wolałaby, żeby Duncan zajął się czterema kobietami, a ona mogła mieć Wilda tylko dla siebie. Sądząc z wyrazu twarzy Duncana, podziela on jej zdanie. – Teoretycznie Szweda zagarnia Folgate – dodaje Wild – bo to przyjęcie po ich ślubie na niby, więc dla nas to nawet lepiej, Dunk. Dwóch prawdziwych mężczyzn na pięć pięknych kobiet.

– Nie jestem prawdziwym mężczyzną? – dopytuje się Julian.

– I czemu tylko teoretycznie? – rzuca Mia. – Myślicie, że mój mąż na niby zrobi skok w bok, gdy zauważy, ile ma możliwości? – Gdy wchodzą do Savoya, ujmuje Juliana pod rękę, jakby byli dżentelmenem i damą, a może mężem i żoną.

Portierzy przytrzymują ciężkie drzwi, a gang Ten Bells w wizytowych garniturach, melonikach i sukienkach, wkracza do środka, jakby Savoy należał tylko do nich. Nikt nie ogląda się na ich pozszywane i zabandażowane twarze.

Podchodzi recepcjonista i pyta, czy wiedzą, dokąd zmierzają.

– Powiedz mu, Mia – zaczyna Julian. – Powiedz mu: „Czy ktokolwiek z nas wie, dokąd zmierzamy, C.J.?”.

– Skąd wiesz, jak ma na imię? – szepcze Mia.

– Do Grilla – odpowiada Julian recepcjoniście. Jadł tam kilka razy. Wiele razy chodzili z Ashtonem do baru w stylu art déco na drinka. Świętowali tu z Riley urodziny Juliana w marcu i Ashtona w sierpniu. Riley uwielbiała to miejsce. Później także Zakiyyah. Julian raz zabrał tam nawet Deviego i Avę, choć Devi raczył się francusko-angielską kuchnią, jakby to była breja z kolonii biedaków.

– Bardzo dobrze, proszę pana – odpowiada recepcjonista. – Ale zmierzacie w złą stronę. Grill nie znajduje się po lewej stronie holu. Tam mieści się nasz sklep z biżuterią. Grill jest na tyłach hotelu z widokiem na Tamizę. – Kaszle. – Choć dziś wieczorem nie można podziwiać rzeki. Kotary są zaciągnięte.

– Oczywiście – odpowiada Julian. – Bardzo dziękuję. – Zapomniał, że hotel przeszedł niedawno remont i zmieniono położenie restauracji.

Kiedy idą przez hol, Wild pyta Juliana, czy nadal rozważa wynajęcie pokoju po kolacji.

– Z całą pewnością. W końcu to nasza noc poślubna.

Mia przewraca oczami.

– On żartuje. To nasza noc poślubna na niby.

– A co z naszą resztą? – pyta Wild.

– Wy na pewno nie znajdziecie się razem z nami w pokoju – odpowiada Julian.

– Żartuje. – Mia kręci głową.

– Wynajmę dla was osobny pokój – mówi Julian do Wilda.

Duncan i Wild spoglądają na niego z powątpiewaniem.

– Jules, na pewno masz dość pieniędzy na takie ekstrawagancje? – pyta Duncan.

– Mam nadzieję, że niedługo będę zbyt pijany, by o to dbać, więc tak.

Siadają przy dużym okrągłym stole na środku restauracji, pod kryształowym żyrandolem. Wszyscy starają się opanować radość, gdy biorą do rąk karty dań. Zamawiają specjalność Savoya – koktajle Pink Gin – przekonują się, że są szatańsko mocne, i wydają głębokie westchnienie na widok cen.

– Nikt nie zje ani kęsa – oświadcza Duncan. – Nawet chleba. Bo Julesa nie będzie stać na pokoje, które nam obiecał. Co wolałybyście, moje panie, kawior czy kąpiel ze mną? Wybierajcie: stek albo Duncan – dodaje jako wariację na temat wypowiedzi ministra żywności, który tak uzasadniał racjonowanie w restauracjach: „Stek albo frytki, mieszkańcy Londynu".

– Zdecydowanie stek – stwierdza Kate.

Aby uspokoić Duncana, Julian kładzie na stole banknot dwudziestofuntowy.

– Dunk, jedz, pij, wesel się i niczym nie przejmuj.

Duncan się odpręża. Po dwóch szklaneczkach ginu wszyscy się odprężają. Gin z Plymouth, kropla lub dwie angostury i woda sodowa, choć przy drugiej kolejce Julian prosi barmana, by dodał trochę toniku, bo inaczej wylądują pod stołem przed podaniem głównego dania.

– Moi drodzy – zaczyna Mia – wiedzieliście, że hotel i teatr Savoy oraz mój ulubiony Palace Theatre przy Cambridge Circus wybudował ten sam człowiek?

– Richard D’Oyly Carte, prawda? – mówi Julian z błyskiem w oku. – Za zyski z *Piratów z Penzance*. – Uśmiecha się na wspomnienie swojego oszołomienia wysoko w górach Santa Monica, gdy ona była jeszcze Josephine i z rozrzewnieniem opowiadała o mężczyźnie, który kochał kobietę tak bardzo, że zbudował dla niej teatr.

Ale dziś wieczorem to Mia wygląda na oszołomioną.

– Nadal nie mam pojęcia, skąd to wiesz – mówi – ale tak, zbudował Palace z miłości. To sztuka sprawiła, że prawdziwe życie stało się możliwe. Najpierw pojawiły się marzenia i wyobrażenia, które pomogły stworzyć prawdziwe, historyczne miejsca.

– I zrobić przyjemność prawdziwym kobietom – dodaje Julian.

Mię wytrąca z równowagi wyraz jego twarzy, a jego – jej.

– Słyszeliśmy, że w Savoyu jest ogrzewanie parowe, dźwiękoszczelne ściany i okna – mówi Shona, zmieniając temat rozmowy na bliższy jej zainteresowaniom.

– Naprawdę potrzebujesz dźwiękoszczelnych okien, droga Shono? – pyta Duncan, uśmiechając się jak klaun.

– Skończyłam z tobą, Duncan – odpowiada Shona lekkim tonem osoby, która ma na myśli coś wręcz przeciwnego.

Zamawiają kurczaka z grilla i pieczone ziemniaki, foie gras i kawior, steki, bouillabasse, kiełbasę z ziemniakami purée. Próbują każdej potrawy po trochu. Wszystko jest pyszne.

– Jedzenie na mieście podnosi morale – stwierdza Wild.

– Podobnie jak seks – dodaje Duncan.

– Duncan! – krzyczą dziewczęta.

– Można ci pomóc, Duncan – mówi Wild, połykając łyżkę kawioru bez chleba i masła. – Na Piccadilly. Erosa, oczywiście, ewakuowano, ale nawet podczas zaciemnienia komandoski z Piccadilly* spacerują tam i z powrotem w ciemnościach z pochodniami, żeby można je było łatwo znaleźć. Idź, Dunk. Czekają na ciebie. Ale pamiętaj, nie proś o nic ekstra. To nie czas na kaprysy. Trwa wojna, jak stale powtarza nam władza. Luksusy w seksie to przejaw braku patriotyzmu.

---

* Tak podczas wojny nazywano grupy prostytutek czekające na Piccadilly Circus na amerykańskich żołnierzy.

– Wszystko jest albo niepatriotyczne, albo przymusowe – skarży się Duncan. – Co jemy. Ile jemy. Co nosimy. Czym myjemy włosy. Jak spisujemy straty wojenne, gdzie śpimy. Czemu nie mogą sprawić, żeby seks był patriotyczny i przymusowy? Na przykład codziennie musisz wykonać minimum, by przyczynić się do wysiłku wojennego. Możesz więcej. Ale absolutne minimum musisz.

– Duncan – zaczyna Frankie – czy możesz mówić o czymś innym? Masz w ogóle w głowie coś innego?

– Uwierz mi, Frankie – odpowiada Duncan – nie myślę głową. Poza tym żyjemy we współczesnych czasach. Wy, dziewczęta, powtarzacie, że chcecie pracować jak mężczyźni, ubierać się jak mężczyźni, żyć jak mężczyźni. A mężczyźni tak mówią. Przyzwyczajcie się. Tak właśnie wygląda równouprawnienie seksualne.

– Równouprawnienie seksualne, też coś – zaczyna powoli Liz. Odzywa się chyba pierwszy raz tego wieczoru. – Miałoby miejsce, gdyby po każdym akcie miłosnym nie było wiadomo, która ze stron poczęła dziecko. To byłoby prawdziwe równouprawnienie. Zanim to nastąpi, Duncan, zamknij się i zachowuj jak dżentelmen. Spójrz na Juliana i Wilda. – Jej głos łagodnieje, gdy wymawia imię Wilda, choć nie ośmiela się podnieść wzroku.

– Wild nigdy w życiu nie zachowywał się przyzwoicie, Lizzie – protestuje Duncan. – I zapomniałaś, jak Julian obmacywał dziewczynę innego zaraz po tym, jak pierwszy raz zobaczył ją na oczy?

– Przepraszam bardzo – protestuje Julian. – Nie obmacywałem. Prawda, Mia?

– Czemu nie? – odpowiada Mia, unosząc szklankę. – Za Fincha! – Wypijają następną hałaśliwą kolejkę ginu.

Doszli do wniosku, że Pink Gin jest niezwykle patriotyczny. Wild unosi szklankę i mówi, że zaszczytem jest przyłożyć się w tym niewielkim stopniu do powstrzymania planów Hitlera. Wypija koktajl duszkiem. Wild naprawdę potrafi pić.

– Zgoda, teraz jest okropnie – mówi Julian i dodaje w ramach pocieszenia: – Ale będzie lepiej, obiecuję.

– Teraz nie jest okropnie. – Duncan się uśmiecha, rozglądając się po wspaniałej sali i paląc z radością.

– Jasne, Szwedzie, w końcu będzie lepiej – mówi Wild. – Albo Niemcom zabraknie samolotów, albo nam ludzi.

– Och, zdecydowanie najpierw zabraknie nam ludzi – stwierdza Duncan. – Jak mogłoby być inaczej? Nikt się nie całuje, nikt nie bzyka. Świat powoli się kończy.

– Świat rzeczywiście się kończy – mówi Shona. – Słyszeliście, że dwa dni temu zniszczyli Peckham?

– A wiecie czemu? – pyta Duncan. – Bo na południe od rzeki wszystko jest gorsze, nawet bombardowania.

– Och, nie życzę tego nawet biednemu Peckham.

– Pomódlmy się za Peckham.

– Wypijmy za Peckahm.

Znów piją.

– Moja ciocia mieszkała obok fabryki farb – mówi Shona do Duncana, nachylając się do niego. Im bardziej są wstawieni, tym lepsza łączy ich komitywa. – Możesz sobie wyobrazić, jak się tam paliło, wszystkie te chemikalia, terpentyna. Pięknie, wszystkimi kolorami tęczy. Gdyby ludzie nie byli tacy przerażeni, musieliby przyznać, że pożar jest cudowny.

– A potem umarli w wyniku zatrucia oparami – stwierdza Wild.

– Zgoda, ale dopóki żyli, widzieli piękno, a nie cholerny tunel na cholernej stacji metra.

– Stacja Bank to dom, Shona – stwierdza z powagą Wild. – Nie krytykuj. Nie wszystko może być Savoyem. Potrzebujemy kontrastu.

– Pomiędzy okopem a Savoyem? – Shona uśmiecha się znacząco.

– Tak – odpowiada Wild. – Rów stał się Tower Street, stał się Eastcheap, stał się Cannon Street, stał się Ludgate Hill, stał się Fleet Street, stał się Strandem, stał się The Mall, stał się pałacem Buckingham.

– Wild, jesteś moją bratnią duszą – mówi Julian, unosząc szklankę. – Ale skoro mowa o pałacu Buckingham, nie wiem, czemu król i królowa nie zdecydowali się na ewakuację. W Kanadzie byliby dużo bezpieczniejsi. – W 1666 roku, gdy szalała czarna śmierć, Karol II uciekł z Londynu. Julian dowiedział się o tym od Baronowej. To, co dzieje się teraz, jest gorsze od zarazy.

– Jak by to wyglądało, powiedział król, gdybyśmy zostawili naszych ludzi i uciekli na wzgórza? – pyta Mia. – Jaki dalibyśmy przykład? Słowa króla dokładnie brzmiały: „Jak moglibyśmy spojrzeć East Endowi w twarz?". – Wzrusza ramionami. – Poczciwy stary Jerzy niepotrzebnie się martwił. Niedługo na East Endzie nie zostanie ani jedna twarz, w którą będzie można spojrzeć.

– Ale przynajmniej nie trafili pałacu Buckingham – mówi Julian.

– Ależ trafili – prostuje Mia. – Czternaście razy. Gdzieś ty się podziewał, że tego nie wiesz?

– Z ręką na sercu, na Great Eastern Road sto pięćdziesiąt trzy – wyjaśnia Julian. – I w Greenwich.

– Król ma rację, że został – odzywa się Duncan. – Świadomość, jak jesteśmy ulotni, nadaje naszemu życiu znaczenie.

– Jesteś mniej ulotny, niż ci się wydaje, przyjacielu – mówi Julian.

Akurat w tej chwili w radiu rozbrzmiewa *Land of Hope and Glory* i eleganccy goście Grilla, którzy wypili trochę za dużo, na kilka minut stają się mniej sztywni i śpiewają do wtóru, najgłośniej gang Juliana. „Bóg, który stworzył cię potężnym, uczyni cię jeszcze potężniejszym!", grzmią, obejmując się. Pod koniec pieśni pijany chór na dobre zagłusza Verę Lynn w głośnikach.

– Spotkanie z przyjaciółmi i wspólna biesiada to jedna z największych radości w życiu – oznajmia Julian z uśmiechem, gdy pieśń wybrzmiała. Wielki aktor Robert Duvall powie to pewnego dnia.

– Tak jest – potwierdzają głośno jego nowi przyjaciele. – Mówiliśmy, że będzie lepiej, i proszę.

Jak cudownie jest znów mieć przyjaciół, myśli Julian i ujmuje dłoń Mii pod stołem.

Na deser zamawiają czekoladowy pudding chlebowy z sosem waniliowym na bazie burbona. Popijają go koniakiem, słuchając wolnych, upajających rytmów *When the Lights Go On Again* i obserwując, jak wysoka elegancka kobieta w spodniach tańczy ze swoim dżentelmenem.

– Anglikom nie podobają się kobiety w spodniach – oświadcza zbyt głośno Duncan. Wypił zdecydowanie za dużo. – Kobieta w spodniach uważana jest za łatwą. – Odbija mu się. – Ileż bym dał za łatwą kobietę. Im łatwiejsza, tym lepiej. Kto ma czas na wolne gierki? Ja na pewno nie.

– Ja też nie – przyłącza się Wild. Obaj kiwają głowami i uśmiechają się szeroko do Juliana. – A ty, Szwedzie? Masz czas na wolne gierki?

– Z pewnością nie – odpowiada za niego Mia. Wstaje i wyciąga rękę. – Zatańczysz, mój mężu na niby?

Wild prosi do tańca Liz, która wstając, chwieje się na nogach. Duncan prosi Shonę i Sheilę. Obie się zgadzają. Prosi też Frankie i Kate, które też się zgadzają, choć Julian wyczuwa, że gdyby to było możliwe, wolałyby tańczyć ze sobą. Jest coś w spojrzeniu, które wymieniają, wstając. Liz tańczy z Wildem, a Shona z Duncanem, który potem cztery razy zmienia partnerki, tańcząc po kolei z każdą z dziewcząt. W pewnej chwili zmiana przebiega tak wolno, że wydaje się, jakby tańczył z czterema naraz. Julian i Mia śmieją się, obserwując pijanego olbrzyma w przekrzywionym krawacie, który tańczy w przygaszonym świetle, obejmując partnerki. Wygląda, jakby żywcem trafił do nieba.

Julian obejmuje Mię lekko w talii, gdy walcują do melodii *There'll be Bluebirds over the White Cliffs of Dover* płynącej z radiowych głośników. Mia podśpiewuje do wtóru, a Julian czuje przy ustach jej przyprawiony ginem oddech. „Zaczekaj tylko, a zobaczysz", nuci, a Julian odpowiada: „Ale jutro, nie dziś wieczorem?".

– Nie bój się – mówi Mia. – Jutro nadejdzie.

Cieszy go, że jest taka pewna.

– Jak twoja ręka? I kostka?

– W porządku. Co by ze mnie była za Brytyjka, gdybym narzekała na obolałą kostkę? A twoje plecy?

– Dużo lepiej.

– Głowa też? Bo wciąż wygląda…

– Jest dobrze.

– A noga? Tańczysz, ale wcześniej kulałeś.

– Nie czuję żadnego bólu.

Uśmiechają się. Mia przysuwa się bliżej. Przyciska piersi do jego torsu. Liz nachyla się w ich stronę.

– Hej, zachowajcie trochę przestrzeni między sobą, na miłość boską.

– Jesteśmy związani świętym węzłem małżeńskim – odpowiada Mia. – Nie tylko nam wolno, ale tego się od nas oczekuje. – Bardzo delikatnie obejmuje Juliana lewą kontuzjowaną ręką. – Mam rację?

Julian całuje ją w tańcu.

– Więcej niż oczekuje – odpowiada. – Zachęca się. Naturalne instynkty i uczucia rozbudzone w nas przez Boga zostały w małżeństwie uświęcone i skierowane we właściwą stronę.

Mia uśmiecha się do niego.

– Julianie Cruz, czy masz naturalne uczucia, które zechciałbyś skierować w moją stronę?

– W jednej chwili. – Zaciska dłonie na jej talii. – Może powinniśmy pójść sprawdzić, czy mają wolne pokoje.

– Tak. Byłaby wielka szkoda, gdyby hotel był pełen.

– Ogromna.

– Duncan marzy o tym, żeby znaleźć się na górze – mówi Mia. – I słyszałeś, jak Wild próbował po pijanemu przekonać Liz, żeby oddała mu cnotę, bo kto wie, co przyniesie jutrzejszy dzień? Nie mogę w to uwierzyć. Próbuje ją uwieść!

– Naprawdę musi próbować? – pyta Julian, a gdy ona cmoka, mówi dalej – Mia, Wild wie, co Liz do niego czuje. Nie musi niczego mówić. Wie, że odda mu cnotę bez żadnych perswazji.

Mia cofa się i przygląda się Julianowi.

– To czemu tak do niej mówi? Co to za farsa?

– To nie jest farsa. – Julian przyciąga ją z powrotem do siebie. – Robi to, bo wie, że ona tego oczekuje. Mówi jej to, co chce usłyszeć, żeby jej zrobić przyjemność. A ona chce usłyszeć, że jej pragnie, nawet jeśli mówi to po pijanemu.

– Hmm. – Mia robi kilka kroków shimmy. – Jeśli o to chodzi, czemu ty nie próbujesz uwieść mnie?

– Kto mówi że nie? Jak myślisz, po co ten cały Pink Gin? Tańczysz ze mną? Pozwalasz się obejmować? Pocałowałaś mnie, poszłaś ze mną do kina, wzięłaś ze mną ślub na niby? Czego ze mną nie zrobisz?

– Julianie!

– Tak, Mia?

– Wynajmijmy ten pokój.

Julian płaci rachunek i w dziewiątkę przechodzą do eleganckiej recepcji. W wyłożonym marmurem i granitem holu jedyną wskazówką, że na zewnątrz szaleje wojna, są trzej mężczyźni przy otwartych drzwiach zmiatający rozbite szkło i kurz, które wpadły do środka ze

Strandu. Jednym z zadań luksusowego hotelu w wielkim mieście jest ochrona gości przed światem zewnętrznym. I na pewno taka ochrona jest potrzebna właśnie dziś.

– Chcielibyśmy wynająć pokój – mówi Julian do wysokiego, surowo ubranego kierownika recepcji, który z pogardą przygląda się ich mało eleganckiej pijanej grupce.

– My, czyli kto? – pyta. – Pan i pani…

– My wszyscy.

– To niemożliwe, proszę pana. W pokoju mogą zamieszkać maksymalnie cztery osoby. Inaczej wzrasta ryzyko pożaru. – Wyniosły człowiek mówi to bez mrugnięcia okiem w chwili, gdy straż gasi pożar na moście Waterloo tuż za hotelem, a drugi na Exeter Street, po przeciwnej stronie Strandu.

– W porządku, Szwedzie – mówi Wild, ciągnąc go za rękaw.

– Nie jest w porządku – protestuje Julian. – Ile pokoi potrzebujemy? – pyta recepcjonistę. – Jest nas dziewięcioro.

– W takim wypadku minimum trzy pokoje. – Mężczyzna uśmiecha się z wyższością.

– Bardzo dobrze – odpowiada Julian. – Weźmiemy cztery. Najchętniej sąsiadujące ze sobą. Połączone wewnętrznymi drzwiami?

– Nie mamy dziś wieczór wolnych czterech pokoi. Hotel jest pełny. Mamy dwa pokoje. I dwupokojowy apartament.

– Weźmiemy go.

– Yhm – rzuca recepcjonista. – To wyniesie dziesięć funtów za pokój i dwadzieścia za apartament, proszę pana. – Zadowolony z siebie mężczyzna z trzaskiem zamyka księgę meldunkową.

– Weźmiemy pokoje i apartament.

– To wyniesie w sumie czterdzieści funtów.

Julian wyjmuje gotówkę z kieszeni marynarki. Odlicza czterdzieści funtów, kolejne czterdzieści i kolejne.

– Sto dwadzieścia funtów – mówi. – Płacę za cały weekend. – Dokłada osłupiałemu mężczyźnie jeszcze pięć funtów. – Proszę przynieść dodatkowe szlafroki, ręczniki, poduszki, koce, mydła, szampon i przybory toaletowe dla pań, a dla panów brzytwy i mydło do golenia. – Dorzuca jeszcze dziesięć funtów. – I jeszcze dziesięć butelek szampana, butelkę najlepszego ginu, małą butelkę angostury i trochę toniku. Aha, i jeszcze tacę lekkich kanapek i bułeczek z dżemem, gdybyśmy zgłodnieli. Wie pan co, proszę przynieść dwie tace.

Recepcjonista stoi z otwartymi ustami.

– Poproszę o klucze – mówi Julian, wyciągając rękę.

Gang utrzymuje brytyjską rezerwę do chwili, gdy wszyscy wchodzą do apartamentu. Tam wybucha pandemonium. Naprawdę testują wytrzymałość dźwiękoszczelnych ścian. Wild ściska Juliana tak mocno, że otwiera mu się rana na czole. Wycierają krew białymi ręcznikami, nie przestając radośnie pokrzykiwać.

– Nick wkurzy się jak diabli, kiedy się dowie, że ominęło go coś takiego. Biedny drań – mówi Duncan.

Apartament jest wielki, ciepły, czysty, dobrze oświetlony i ma dwie łazienki. Pokojówki zaciągnęły kotary. Wyglądają na zewnątrz. Nie widać rzeki, Big Bena, pałacu Westminster, Southbank. Nie widać nic. Stwierdzają, że popełnili błąd, wyglądając, i zasuwają kotary z powrotem. Nie róbmy tego więcej. Odwracają się plecami do świata na zewnątrz, by cieszyć się panującą w środku radością.

– Jesteśmy pięciogwiazdkowymi uchodźcami – oświadcza Wild. – Zalejemy się, jak za dawnych czasów, a każdy toast będziemy spełniać za Szweda. Chyba nigdy w życiu nie byłem szczęśliwszy. Jules, mogę cię nazywać moim najlepszym przyjacielem?

– Nie – protestuje Mia. – Jest moim najlepszym przyjacielem.

– Tylko dlatego, że masz cycki, Folgate, nie stajesz się automatycznie jego najlepszą przyjaciółką – wyjaśnia Wild. – Szwed i ja jesteśmy braćmi. Straciliśmy części ciała. Straciliśmy braci. Jules, kto jest twoim najlepszym przyjacielem?

– Czemu muszę wybierać? – pyta Julian.

Duncan spieszy z odsieczą.

– Z kim chcesz spać, Jules? Tak powinna brzmieć twoja odpowiedź.

– Duncan, gdyby tak miała brzmieć odpowiedź – mówi Shona – musiałbyś nazywać najlepszymi przyjaciółkami setkę kobiet od Wapping po East Ham.

– Mój Boże, gdzie jest ta setka kobiet – mruczy Duncan.

– Skąd wziąłeś na to wszystko pieniądze, Jules? – pyta Shona. – Wyprawy na czarny rynek, dzisiejsza kolacja, apartament. To mnóstwo pieniędzy.

– Pamiętasz moją opowieść o morderstwie w burdelu? Mistrz mennicy umarł i zostawił pod podłogą swoje cenne monety.

– To było podczas wielkiego pożaru. A mnie chodzi o teraz.

– A nie żyjemy w czasach wielkiego pożaru? – pyta Julian. – Który będzie trwać jeszcze prawie pięć lat?

– Odwal się, jak mawia Nick – rzuca Duncan. – Ta cholerna wojna nie będzie trwać jeszcze pięć pieprzonych lat. Jeśli to prawda, zastrzel mnie. Ale nie dziś wieczorem. – Uśmiecha się szeroko. – Zastrzel mnie jutro.

– Wydałeś na nas wszystko do ostatniego pensa, czy coś jeszcze zostało? – pyta Shona.

– A co, chcesz go za to zabić? – mówi Duncan. – A może chcesz tu ze mną zostać przez następne pięć lat?

– Tak – odpowiada Shona.

Frankie, zawsze wierna sobie, wyjmuje z torebki niewielki woreczek, rozsypuje kawałki układanki na stole przy zaciemnionym oknie, miesza je i zaczyna układać. Nie zwraca uwagi na docinki, nawet docinki Wilda.

– Po co w ogóle zamieniać metro na Savoya, jeśli będziesz tu robić to samo? – dziwi się.

Kate przysiada po drugiej stronie stołu i pyta Frankie, czy nie potrzebuje pomocy. Frankie nie odmawia.

Wild włącza radio. Piją szampana, kłócą się, kto zajmie który pokój, a kto zostanie w apartamencie i kto pierwszy będzie korzystał z łazienki. Ciągną losy, przeklinają, znikają za zamkniętymi drzwiami. Tańczą, padają na łóżka, zdejmują brudne garnitury i sukienki, wkładają czyste szlafroki i pantofle. Wzywają obsługę, oddają ubrania do pralni i proszą, by przyniesiono je rano, wszyscy z wyjątkiem Juliana, który nie zdejmuje garnituru, bo trzyma w nim pieniądze. Mia zwija się na kanapie i odpływa.

– Chyba miałam dość uwodzenia pod postacią Pink Ginu – mruczy, gdy Julian budzi ją, całując delikatnie w policzek. Pomaga jej wstać i zaczynają się ewakuować do swojego pokoju.

– Prześpię się z tobą – Julian podsłuchuje słowa Liz – jeśli zgodzisz się ze mną ożenić.

Julian i Duncan wymieniają pełne niedowierzania spojrzenie, jakby chcieli powiedzieć: Biedny, pieprzony Wild. Duncan parska śmiechem.

– Strasznie żałuję, że Nick tego nie słyszy – mówi. – Shona, Sheila, co wy na to, moje piękne? Prześpicie się ze mną, jeśli zgodzę się z wami ożenić? Bo jestem milszy niż Wild. Wyższy. O wiele większy. – Rży jak koń. – I mam dwie ręce.

– Jeśli uważasz, że potrzebne ci są dwie ręce – mówi Wild – to żal mi twoich kobiet.

Pokój Juliana i Mii położony kilkoro drzwi dalej zdecydowanie przypomina grobowiec w porównaniu z atmosferą w apartamencie. Mia znika w łazience. Julian zdejmuje krawat i kamizelkę, rozpina koszulę, rozluźnia pasek i kładzie się na łóżku, by na nią zaczekać. Mia bierze kąpiel, która zdaje się trwać godzinami. Julian mógł na chwilę zasnąć.

– Wszystko tam w porządku? – woła przez zamknięte drzwi, zbyt zmęczony, by wstać. – Wychodź. Rozpuścisz się w tej wodzie.

– Jak kostka cukru – mruczy Mia. – Jules, to jest takie miłe. Takie miłe. Nie kąpałam się od miesięcy. Może przyjdziesz tu do mnie? „Wejdź, mój panie, wejdź”* – kusi. – To z *Troilusa i Kresydy*, jakbyś się zastanawiał.

– Nie zastanawiałem się, Miri – odpowiada Julian. – Wiem.

Kiedy już ma wejść do łazienki, rozlega się pukanie do drzwi. To Liz. Nie zauważa nawet niekompletnego stroju Juliana, rozpiętej koszuli, nagiej piersi. Wygląda na przerażoną.

– Och – rzuca Julian na widok jej twarzy.

– Muszę zapytać o coś Marię.

Julian wskazuje łazienkę.

Liz chce się dowiedzieć, czy powinna skorzystać z oferty Wilda, choć wie, że się z nią nie ożeni, nie kocha jej i z nią nie zostanie. A jeśli już ma skorzystać, w którym pokoju powinni się znaleźć? Pyta Mię o porady także w innych kwestiach, lecz robi to tak cicho, że Julian nie jest w stanie nic usłyszeć.

---

* William Shakespeare, *Troilus i Kresyda*, przeł. Leon Ulrich.

Dobiega go tylko chichotanie, od czasu do czasu okrzyki: „Co?" i „O, mój Boże, tego nie mogę zrobić!".

Rozlega się kolejne pukanie do drzwi. To Shona i Sheila. Tym razem przyszły po poradę do Juliana. Duncan złożył im propozycję – że będzie je kochał obie – i nie wiedzą, czy powinny ją przyjąć.

– Jednocześnie! – wykrzykuje Sheila.

– Nie po kolei, ale jednocześnie, Julianie! – dodaje Shona.

– Rozumiem – mówi Julian.

– I co myślisz?

Spogląda na rozpromienione twarze kobiet, na malujące się na nich oczarowanie.

– Myślę, że to byłoby niezwykle patriotyczne z waszej strony – mówi. – Wzniosłybyście się wysoko ponad swój obowiązek włączenia się w wysiłek wojenny. Pomyślcie tylko, jak uszczęśliwicie tego mężczyznę. Uwierzcie mi – dodaje wesoło – Dunk będzie nosił uśmiech na twarzy przez miesiąc. Potrzebuje tego, by co noc pracować na miejscu bombardowania.

Są podniecone, ale potrzebują drugiej opinii. Julian kieruje je do łazienki.

Kolejne pukanie. Tym razem to Frankie. Przy całej potencjalnej rozpuście, do której dojdzie na piątym piętrze, chce się dowiedzieć, w którym pokoju mogą spać z Kate, bo są zmęczone i za dużo wypiły. Julian daje jej klucz do drugiego pokoju. Wild i Duncan mogą podzielić się sypialniami w apartamencie według uznania.

Ledwo ma czas, by wypuścić Frankie, gdy w progu stają Duncan i Wild.

– Impreza przeniosła się tutaj? Gdzie się podziały nasze dziewczęta? W apartamencie została tylko Kate, a wyglądało na to, że tak okropnie się nas boi, że musieliśmy zmykać, zanim wezwie ochronę.

Za drzwiami łazienki rozlega się szalone chichotanie.

– Z czego one się tak cieszą?

– Zgadnij – rzuca Julian.

– Jak długo to będzie trwało? – pyta Duncan po chwili.

– Gwarantuję ci, że dłużej niż sam akt – odpowiada Wild.

– Tak, jeśli jesteś w tym do bani – rzuca Duncan.

– Zamknij się.

– Sam się zamknij.

– Szwedzie, kiedy one wyjdą?

Julian puka do drzwi łazienki.

– Mia?

– Nie wchodź – mówi Mia. – Zrobiłyśmy Liz kąpiel. – Rozlega się perlisty śmiech.

– Wiecie, że Liz ma własną łazienkę – przypomina Julian. – Nie musimy się wszyscy gnieździć w jednym pokoju jak komuniści.

Odpowiada mu kolejny wybuch wesołości.

Duncan i Wild wyciągają się na wznak na łóżku, Julian siada w fotelu.

Kiedy dziewczęta kończą rozmowy i kąpiele, wycierają się i wychodzą z chłopcami, jest prawie druga nad ranem.

Kąpiel Juliana trwa pięć minut, ale o pięć minut za długo. Wciąż wilgotna, owinięta w szlafrok Mia śpi na narzucie. Julian przykrywa ją kołdrą, kładzie się obok i zasypia, zanim zdąży jej dotknąć.

Jakiś czas później budzi go jej cichy głos.

– Jules – szepcze. – Jules!

Zrywa się, jakby był w wojsku.

– Co? Co się stało?

– Nic. Ale jesteś… goły.

Opada na poduszkę.

– Obudziłaś mnie, żeby mi to powiedzieć? Wiem, że jestem goły. Która godzina?

– Dziewiąta rano.

– Uff.

– Czemu jesteś goły?

– Ty i twoi przyjaciele zagarnęliście wszystkie szlafroki.

– Och.

Julian korzysta z łazienki, myje zęby, przepłukuje usta ginem, pociąga łyk z butelki i wsuwa się z powrotem pod kołdrę.

W pokoju jest ciemno. Ciężkie kotary blokują dzień. Julian zamyka oczy, a kiedy je znów otwiera, ona nadal mu się przygląda.

– Ten cholerny Wild – mówi. – Rana znów krwawi.

– To nic takiego.

– Chcesz, żebym zmieniła opatrunek?

– Na razie jest w porządku.

– Myślałeś, że wczoraj wieczorem będzie inaczej? – pyta po chwili Mia. – Przepraszam, że zasnęłam.

– Nie ma sprawy.

– Tak długo się kąpałam.

– W porządku.

– Nie jesteś na mnie zły?

– Nie, Mia.

– To czemu tak mi się przyglądasz?

Julian zamyka oczy. Nie ma nic przeciwko temu, by dostrzegła miłość, ale nie chce, żeby ujrzała sączący się smutek, który odczuwa nawet w takich chwilach. Nie chce, żeby zobaczyła jego strach. Strach przed zepsutym zegarem, gasnącymi dniami, niekończącym się okropieństwem, z którym muszą się mierzyć. „Panie, zmiłuj się nad nami". Julian bierze głęboki oddech, uspokaja się, otwiera oczy i uśmiecha się.

– Powinienem chyba zapytać, dlaczego ty przyglądasz się mnie? – mówi z błyskiem w oku.

W ciemności Mia ma rozszerzone źrenice.

– Nie przyglądam się. Ale… czemu jesteś taki umięśniony?

– Nie jestem.

– Jesteś. Bardzo.

– Trenuję.

– Po co?

– Chyba po to, żeby walczyć. Przetrwać. – Uśmiecha się. – Myślisz, że łatwo jest stać obok ciebie na linii ognia? Myślisz, że łatwo jest wędrować przez lodowe jaskinie?

– Ta historia, którą nam opowiedziałeś, o statku i walce na pokładzie, o nożu, który odciął ci pół dłoni i o mało nie pozbawił życia, nie była prawdziwa?

– A jak myślisz?

– Myślałam, że mocno ją ubarwiasz. Ale kiedy widzę cię teraz, obawiam się, że była prawdziwa. – Nie wygląda jednak na przerażoną, lecz urzeczoną.

– Co, Mia?

– Nie wiem – szepcze. – Zawsze śpisz… nago?

– Kiedy leżę obok śpiącej królewny, tak – odpowiada, sięgając po nią. Splatają razem palce. Odwraca ją na plecy i nachyla się nad nią. Zdjęła już szlafrok. Też jest naga. – Jesteś piękna, kiedy jesteś szczęśliwa.

– To jestem piękna przez cały czas – odpowiada, gładząc go po ramionach i rękach – bo prawie zawsze jestem szczęśliwa. – Jej oddech przyspiesza. – Jules, jesteś taki… rozbudzony.

– „Ciało na dźwięk twojego imienia ochoczo powstaje"*. – Julian otwiera jej usta pocałunkiem.

Ona z jękiem sięga po niego. O mój Boże, Julianie. Ściska go, pieści, przyciąga, by położył się na niej. Chodź tutaj. Naprawdę, nie mogę już czekać ani sekundy.

Ty nie możesz czekać ani sekundy?

Rozlega się pukanie do drzwi.

– Idźcie sobie! – krzyczy Julian.

Pukanie staje się bardziej natarczywe.

– Jules! To my! Wild i Dunk!

– Wiem, że to wy! Idźcie. Sobie.

Kolejne pukanie.

– Jules, to Shona.

Jeszcze jedno.

– I Sheila!

– Umieramy z głodu, Jules.

Ja też, mówi do Mii, leżąc na niej.

Ja też, mówi Mia do jego obojczyka.

Pukanie nie ustaje.

Jęczą zgodnie. Mia chowa się w łazience, Julian wciąga spodnie i wyjmuje z kieszeni kilka banknotów. Uchyla drzwi na pięć centymetrów, nie zdejmując łańcucha.

– Idźcie sobie! – rzuca w roześmianą twarz Wilda.

– Szwedzie, rankiem nie robi się tego, co zamierzasz. To hańba. Za to jest to najlepsza pora na śniadanie. Wpuść nas.

---

* William Shakespeare, *Sonet 151*, przeł. Stanisław Barańczak.

– Wracajcie do swojego apartamentu albo każę was aresztować. Proszę, weźcie moje pieniądze. Zamówcie jedzenie do pokoju, co tylko chcecie. Niedługo do was przyjdziemy.

– Mam nadzieję, że niezbyt szybko – szepcze Mia z głębi pokoju.

Wild i Dunk zanoszą się śmiechem.

– Migiem, Szwedzie – mówi Wild z czułością w głosie i oczach – bo nie załapiecie się na bułeczki.

Kiedy odchodzą i Julian zamyka drzwi, siada na łóżku i stawia sobie między nogami nagą Mię. Trzymając ją za biodra, przyciąga ją do siebie i wciska twarz między jej bujne piersi. W zależności od jej wcielenia mieszczą mu się w dłoniach, a czasem, tak jak teraz, wylewają się. I to, i to jest cudowne. Pieści je, bawi się, delikatnie całuje sutki, aż ona odchyla głowę i wygina ciało.

Nie potrzebuję tego, Jules, szepcze ona. Naprawdę.

Ale ja to lubię, odpowiada, przesuwając dłonie po zaokrąglonych biodrach.

Ja też.

Kiedy widzi, jak jest miękka i słaba, kładzie ją na łóżku. Mia rozkłada ramiona.

– Połóż się na mnie. Gdybym ci powiedziała, jak długo nikt na mnie nie leżał, zapłakałbyś.

– Czemu miałbym płakać? Wolałbym, żeby nikt na tobie nie leżał.

– Źle się wyraziłam – odpowiada Mia. – Miałam na myśli siebie. Ja bym zapłakała. Teraz nie chcę niczego innego, jak tylko poczuć ciebie w sobie. Chodź. Tylko tego pragnę.

Kiedy przyciska ją swoim ciężarem do łóżka, brzuch do brzucha, tors do piersi, ona rzeczywiście zaczyna płakać. Odwraca głowę, być może licząc, że on tego nie zauważy. Początkowo jest ostrożny i powolny. Ona jęczy, jakby ją bolało. Jules podpiera się na łokciach i kolanach. Ona ma siniaki na żebrach, blizny na brzuchu, szyi i nogach. Jest jasnym aniołem z czarnymi ranami. Wypala mu oczy.

– Na tej ziemi, pod wszystkimi gwiazdami na niebie – szepcze Julian – jest kraj, a w tym kraju, potężne, niezwyciężone miasto, a w tym mieście potężna, niezwyciężona dziewczyna, a w tej dziewczynie dusza, a w duszy serce.

– Jest twoje. Przyszedłeś po nie? – mruczy ona i wtula się w niego. – Bierz je. Niech nic cię nie powstrzyma. – Ciągnie go za ręce, błaga, by zapomniał o jej bólu, by położył się na niej, przycisnął ją, by tylko trochę się podpierał i nie przestawał się poruszać.

W końcu poruszanie się sprawi, że przestanę się ruszać, mówi Julian. Konsekwencje każdego aktu są zawarte w samym akcie. Ona jęczy w ramach sprzeciwu, zgody, w ekstazie. Ma zamknięte oczy, ale na koniec otwiera je, opiera dłonie na jego piersi i prosi, by zaczekał, zaczekał.

Julian niemal nie może czekać.

Zaczekaj, zaczekaj. Wysuwa się spod niego, zeskakuje z łóżka, ściąga kołdrę i rzuca ją na podłogę.

Co ty wyprawiasz?

Jestem bezwstydna, wiem, mówi Mia, kładąc się przed dużym lustrem i przyzywa go skinieniem dłoni. Ale ten raz chcę to poczuć i zobaczyć. Chcę zobaczyć, jak to jest być kochaną przez ciebie.

Z radością spełnia jej prośbę. Unosi jej nogi, opierając dłonie z tyłu ud. Chce jej dać to, czego pragnie. Problem polega na tym, że prawie kończy.

Jeszcze trochę, Jules. Proszę. Jeszcze trochę. Przyciskając twarz do jej twarzy, całuje jej spocony policzek i patrzy, jak ona wpatruje się w lustro – w odbicie jego ciała pulsującego nad jej ciałem, poruszającego się rytmicznie. Patrzy, gdy ona patrzy na niego w lustrze, obserwuje ją, gdy on osiąga spełnienie.

*

– Nie chcę się stąd ruszać – mówi Mia, wtulając się w Juliana. – Nie jestem głodna. Nie mam ochoty na kawę. Chcę tylko ciebie. Ile jeszcze czasu do następnej rundy?

– Pięć minut – odpowiada Julian. – Mam siły jeszcze na czternaście rund, ale oni tam na nas czekają.

– Po piętnastu rundach – mówi Mia podnieconym szeptem, podnosząc wzrok – chyba nie zejdę z ringu na własnych nogach.

– Zdecydowanie nie – stwierdza Julian, całując jej uniesioną twarz. – No, chodź. Jeszcze raz?

– Następny raz potrwa zbyt długo – mówi Julian i w odpowiedzi na jej pełen zawodu jęk dodaje: – Ciii. Obiecuję, że to dostaniesz. Wynajęliśmy pokój na cały weekend. Będziemy mieli mnóstwo czasu na wszystko.

– Na wszystko?

– Co tylko zechcesz.

Mia niechętnie wstaje z łóżka i szuka szlafroka.

– Ale ostrzegam cię – mówi. – Dziś wieczorem nie będzie żadnego Wilda, Duncana ani Liz. Tylko ty i ja.

– Nie musisz mi tego mówić.

Przed wyjściem z pokoju obejmuje go.

– Tam będziesz się zachowywał wobec mnie przyzwoicie jak zawsze, ale chcę, żebyś wiedział, co czuję.

– Wiem, co czujesz. – Gładzi ją po twarzy.

– Ale co ty czujesz? – pyta drżącym, niepewnym szeptem.

– Nie wiesz, Mia? – Wszystko, co czuje, widać w jego oczach. – Jestem twój. Należę do ciebie.

Oto, co próbuje ukryć:

„W barze rozbrzmiewa piosenka, rzewny męski głos skarży się, że jego dziewczyna znalazła innego chłopca, inną miłość, a wirująca balerina kręci się w kółko raz po raz i zatrzymuje się, obraz dziewczyny z Cheapside w jedwabiu i złocie się zaciera”.

19

Dom przy Grimsby Street

W apartamencie reszta towarzystwa prawie skończyła jeść. Rozsunęli kotary, pod oknami płynie zimowa Tamiza. Na mostach panuje niewielki ruch, ale Julian jeszcze nigdy nie widział tylu łodzi i statków na rzece, która jest głównym szlakiem zaopatrzenia Londynu. Alianci i londyńczycy otrzymują dostawy drogą wodną. Nic dziwnego, że Niemcy z takim zacięciem bombardują wszystko na brzegach Tamizy.

Nastrój pozostałej siódemki w apartamencie nie różni się niczym od nastroju Juliana i Mii. Wszyscy w pokoju dziennym, którzy jedzą bekon, smażone pomidory i jajka, pochłaniają chleb z masłem i dżemem, popijają sok pomidorowy i herbatę, uśmiechają się od ucha do ucha. Niektórzy, jak Liz i Kate, próbują to ukryć.

– Liz nie chce na mnie spojrzeć – rzuca, śmiejąc się, Wild. – Być może ją rozczarowałem. – Bierze ją za rękę. Siedząca obok niego dziewczyna, czerwona jak burak, z szerokim uśmiechem na twarzy, jeszcze bardziej nie może na niego spojrzeć. Frankie zajęła miejsce przy stoliku pod oknem i układa puzzle. Ale pochyla się nad nimi z uśmiechem.

Duncan jest najbardziej upojony ze wszystkich. Na jego radości nie kładzie się żaden cień, nie udaje, że czuje coś innego. Shona i Sheila są zażenowane jego nieskrywanym uwielbieniem. Mówią mu, że jeśli kiedykolwiek poczyni jakąś uwagę na temat zeszłej nocy, za dnia, wieczorem, w obecności innych ludzi, w ogóle, uduszą go własnymi rękami.

– Duszenie zakłada, że znów mnie dotkniecie. Będzie więc warto – mówi Duncan. – Po wczorajszej nocy możecie zrobić ze mną wszystko, co chcecie. Wszystko.

– Duncan!

Rozkłada ramiona.

– Chodźcie tutaj, moje śliczne, uduście mnie.

Julian i Wild uśmiechają się do siebie szeroko. Mia, stojąca nad siedzącym Julianem, obejmuje go za szyję, nachyla się nad nim i szepcze:

– Zazdrościsz mu, Jules?

– Nie – odpowiada Julian, całując ją w przedramię.

– Czemu nie?

– Bo przeżyłem to samo – stwierdza, szczypiąc ją lekko, i uśmiecha się. – Chcesz powiedzieć, że nie pamiętasz? Przecież też tam byłaś.

Czekając na ubrania, niespiesznie jedzą śniadanie. Zastanawiają się, czy słynny schron w Savoyu jest taki, jak opowiadają. Mają nadzieję, że nie będą mieli okazji tego sprawdzić.

Po południu ubrani, umyci, ogoleni i najedzeni, zaspokojeni w pełni na duszy i ciele, wychodzą z hotelu, ramię w ramię przechodzą przez Savoy Place i stojąc na Strandzie, rozglądają się w prawo i w lewo po swoim terytorium jak zdobywcy. Zatrzymują dwie czarne taksówki i hałaśliwie jadą do Royal London Hospital odwiedzić Fincha. Jadą z darami: bułeczkami z Savoya, kawałkami bekonu, koktajlem Pink Gin w termosie Duncana i nawet z kwitnącą lilią.

W szpitalu dowiadują się, że Finch umarł zeszłej nocy w wyniku krwotoku wewnętrznego. Kiedy oni pili, tańczyli i oddawali się hulankom, bawiąc się jak nigdy dotąd, Finch umierał.

– Mam takie wyrzuty sumienia – mówi Mia. Nie może powstrzymać łez. – Biedny Finch. Ale nie zrobiliśmy nic złego. Szczęście nie jest złe.

Kiedy są jeszcze w szpitalu, rozlega się syrena alarmowa. Sheila zostaje, by pracować na tej nagłej zmianie. Frankie i Kate odjeżdżają z Shoną i nowym lekarzem Mobilną Jednostką Medyczną. Julian, Mia, Duncan i Wild pożyczają szpitalnego jeepa, z plastikową przednią szybą. Julian jedzie nim na północ na ostatnią wyprawę.

Tamtej soboty Niemcy bombardują Londyn cztery razy. Na miasto spada ponad trzysta ton bomb. W nocy znów jest pełnia i nie pomagają nawet atrapy autobusów i zaciemnienie. Nocą nowy Londyn jest oświetlony jak stary, lecz źródłem światła jest ogień wroga i jasny okrągły księżyc.

Przez siedem godzin miastem wstrząsają wybuchy setek bomb spadających tak blisko siebie, że wydaje się, jakby nie było żadnych przerw.

Tamtej nocy ginie Kate Cozens, a Shona traci nogę. Bomba spada na Mobilną Jednostkę Medyczną, gdy Kate i Shona amputują mężczyźnie rękę, by ocalić mu życie. Mężczyzna też ginie.

Frankie przez kilka dni składa ciało Kate, by móc je wydać w całości siostrze, Sheili.

Nie wracają już do Savoya.

*

Kwaśne powietrze jest gęste od dymu. Rozlega się długi warkot, a po nim grzmot. Wszystko wokół nich rozpada się z hukiem.

Grimsby Street, położona niedaleko torów w Bethnal Green, została niemal całkowicie zniszczona, gdy Niemcy bombardowali kilkanaście torów wychodzących ze wschodniego Londynu. Grimsby jest rozdarta. To, co było na dole, jest teraz na górze, co było na górze jest na dole. Szaleją pożary, wiele domów zamieniło się w sterty gruzów.

Z jednego z nich dobiegają straszliwe odgłosy, głosy żywych kobiet uwięzionych pod ciężarem nadciągającej śmierci.

Musimy zaczekać na straż pożarną, mówi Duncan. Nie możemy tam wejść. Nie mamy węży, wody, nie mamy worków z piaskiem ani wiader. Jak możemy pomóc?

Duncan, posłuchaj!

Musimy zaczekać.

Duncan! Posłuchaj!

Musimy zaczekać!

Julian przyznaje mu rację.

Wild też.

Podobnie Mia. Ale wszyscy słyszą przerażający głos młodej kobiety, która woła: „Michael, Michael".

Wild jest zrozpaczony, ale się nie rusza.

Musimy jej pomóc, Dunk, mówi Mia.

Zaraz przyjedzie straż pożarna. Pomogą jej.

Niestety muszę się zgodzić z Duncanem, mówi Wild, to kiepski pomysł, żeby tam wchodzić.

Ale jesteśmy tu pierwsi!

Czy to nasza wina, że Julian dojechał tak szybko? Jules, przestań tak pędzić.

„Michael, Michael...".

Ugaszenie pożaru w kuchni to jedno, ale Wild nie może wejść do płonącego budynku; wiedzą o tym wszyscy, którzy znają jego historię. Nikt go o to nie prosi. Mia nie może wejść do środka, bo panicznie boi się ognia z powodów, które rozumie tylko Julian.

„Michael!".

Mężczyźni!, krzyczy Mia. Mam tam wejść sama?!

We trzech, z Wildem trzymającym się daleko z tyłu, ostrożnie przedostają się przez gruzy do domu.

A tam napotykają problemy. Pierwsze piętro się zawaliło, spadło na parter i wszystkie sypialnie i meble, które były na górze, znajdują się teraz na dole.

Pod łóżkiem leżą uwięzione dwie kobiety. Musiały się pod nim ukryć, a potem łóżko spadło przez sufit, a na nie komoda i część dachu. Jedna kobieta jest poważnie ranna, bo się nie odzywa, ale druga żałośnie jęczy, próbuje coś pokazać i woła: „Michael! Wszystko dobrze, kochanie, wszystko dobrze".

Na widok zmierzających w jej stronę trzech mężczyzn i kobiety, woła:

– Nie ja, nie ja! Proszę, uratujcie moje dziecko. Tam. Ratujcie moje dziecko.

Rzeczywiście w pobliżu stoi nietknięta kołyska. Też musiała przelecieć przez sufit. Siedzi w niej dziecko pokryte pyłem i zaplątane w sznury zerwanych kotar. Julian nie słyszy, czy wydaje z siebie jakieś dźwięki, bo syrena alarmowa wciąż wyje. Wyje od dwudziestu minut, jak mogłoby wyć dziecko, gdyby gardła nie zatykał mu wilgotny kurz.

– Zabierzcie go, proszę – błaga matka uwięziona pod ramą łóżka i szafą. – Zapomnijcie o mnie, weźcie tylko moje dziecko.

Każda belka w naruszonej konstrukcji domu jest niepewna, wokół szaleje ogień.

Julian odwraca się do Mii.

– Pomogę jej – mówi – ale ty wracaj na ulicę. Nie wchodź tam z nami, to zbyt niebezpieczne. Nie mogę się martwić o ciebie, kiedy będę próbował jej pomóc. Proszę. Idź stąd. Wild, nie, ty zostań.

Mia wraca na ulicę. Duncan i Julian próbują podnieść szafę przygniatającą kobietę. Wild trzyma się z tyłu.

– Moje dziecko, moje dziecko – powtarza kobieta. – Zabierzcie moje dziecko. Spójrzcie, jest przerażone. Utknęło tam. Wszystko dobrze, kochanie! Wszystko dobrze, synku, mamusia jest tutaj. Proszę! Niech on wyciągnie moje dziecko! – Wskazuje stojącego bez ruchu Wilda.

– Wild! – krzyczy Julian. – Zabierz dziecko!

Wild kręci głową.

– Utknął tu – mówi. – Nie może wstać. – Wciąż kręci głową. – Nie mogę.

– Wild! Ruszaj! Użyj noża, który ci dałem.

– Nie mogę go wydostać jedną ręką. – Nie przyznaje się, że jego brat utknął podobnie i nie mógł go uratować nawet dwiema rękami.

Julian nie może się zajmować Wildem, bo razem z Duncanem bez powodzenia próbują ruszyć szafę. Nad ich głowami płonie dom i kawałki gruzu spadają im na głowy, na szafę, na kobietę. Druga przestała się ruszać i mrugać. Nie mogą patrzeć na jej twarz. Nadal próbują ratować żyjących.

Do kołyski wpada kawałek płonącego drewna.

Matka krzyczy. Krzyczy też Mia. Julian woła Wilda.

Wreszcie Wild zaczyna się poruszać. Wyciąga nóż, podchodzi do kołyski. Rozluźnia i rozcina sznury od kotar krępujące malucha i uwalnia go. Upuszcza nóż i podnosi dziecko za piżamkę jak szczeniaka. Chłopczyk, mniej więcej sześciomiesięczny, chwyta Wilda za szyję. Przytrzymując go jedną ręką, Wild wynosi go z płonącego domu na ulicę, gdzie stoi Mia z rozłożonymi ramionami. Wsuwa malcowi palec do ust, by oczyścić mu gardło i wyciąga kawałek mokrej tapety i kawałek gipsu. Dziecko wybucha płaczem. Płacze tak rozdzierająco, że zagłusza wyjącą syrenę.

Kiedy matka słyszy ten dźwięk, uspokaja się i leży w milczeniu, obserwując wysiłki Juliana i Duncana, by dźwignąć szafę.

– Ma na imię Michael – mówi do nich.

– Wydostaniemy panią – odpowiada Duncan. – Sama będzie go pani tak nazywać.

To, co zostało z domu, zaczyna trzeszczeć, krucha rama czernieje od ognia.

– Zabierajcie się stamtąd! – krzyczy Wild z ulicy. – Już! Duncan! Julian! – Wskazuje chwiejący się dach.

– Spróbujmy jeszcze raz, Dunk – proponuje Julian. – Ty podniesiesz trochę tę szafkę, a ja spróbuję ją wyciągnąć. – Sapiąc, czerwony z wysiłku Duncan podnosi szafę. Julian chwyta kobietę pod ramiona. Jest w stanie przesunąć ją o piętnaście centymetrów. Przytrzymuje ją coś, czego Julian nie widzi.

– Jeszcze troszeczkę – mówi Julian. – Świetnie sobie radzisz. – Wyciąga kobietę do połowy. – Prawie gotowe.

Za sobą słyszy krzyki Mii i Wilda. „Julianie!, krzyczy Shae. Uważaj!". Płonąca belka sufitowa pęka i spada. Ląduje na Duncanie i rozpada się na dwie części. Uderza Juliana w ramiona i kobietę w twarz.

Kobieta przestaje się ruszać. Duncan też nieruchomieje.

Wild w jednej chwili jest tuż obok nich.

– Jules, możesz wstać? Dunk, możesz się podnieść? – Duncan oddycha, ale nie może wstać. Julian ma wybity bark. Wild pomaga mu się podnieść. Mając wspólnie dwie sprawne ręce, chwytają Duncana, wyciągają go przez płonące gruzy na ulicę i kładą na chodniku obok Mii, która próbuje uspokoić płaczące dziecko. Gdy odblokowała mu drogi oddechowe, okazało się, że maluch ma niezłe płuca. Wild odbiera jej chłopca. Podnosi nawet kikut, by go pewniej trzymać.

– Czemu tak krzyczysz, mały? – pyta. – Jakie ty możesz mieć zmartwienia? Rozejrzyj się. Ciii.

Mia przykuca, dotyka twarzy Duncana.

– Wszystko dobrze, Dunk? Co cię boli?

– Nic. Ale nie mogę ruszyć nogami.

Rozlega się syrena odwołująca alarm. Nadjeżdża straż pożarna i Mobilna Jednostka Medyczna.

Wszyscy mają świadomość, że Duncan musi trafić do szpitala, to znaczy wszyscy z wyjątkiem Duncana. Nie czuje dolnej części ciała.

– Co się stało z moimi nogami? – pyta raz po raz. – Zasnęły? Czemu ich nie czuję? Złamałem kręgosłup? Kurwa, powiedzcie mi, że go nie złamałem. Gdzie jest Shona? Shona! Powiedz mi, że nie złamałem kręgosłupa.

Nikt nie chce przypominać Duncanowi, że Shona straciła nogę i leży w tym szpitalu, którego on się tak boi. Duncan ciągle próbuje chwycić Wilda za brzeg płaszcza.

– Wild, powiedz im, żeby mnie zabrali do Stałej Jednostki. Nic mi nie będzie, ale nie pozwól mnie zabrać do szpitala. Proszę, Wild, nie pozwól im zabrać mnie do szpitala.

– Pojadę z tobą – mówi Wild, wciąż trzymając malca. Wyjaśnia nowemu lekarzowi, co Duncan czuje do szpitali.

– Skąd macie to dziecko? – pyta lekarz Wilda. – Wyciągnęliście je z pożaru?

– Tak.

– Gdzie jest jego rodzina?

Mia wyjaśnia lekarzowi, że chłopczyk jest synem kobiety z płonącego domu, której nie mogli wydostać. A druga kobieta, prawdopodobnie jej siostra, też nie żyje.

– To chłopczyk jest sierotą? Mamy specjalne procedury dotyczące sierot – mówi lekarz, wyciągając ręce po malca. – Proszę mi go dać. Trzymamy je w szpitalu, dopóki nie zgłosi się członek rodziny albo nie znajdziemy gdzieś miejsca. Sierociniec mieści się na trzecim piętrze Royal London. Mamy tam mnóstwo takich jak on.

Zamiast podać mu dziecko, Wild prosi lekarza, by obejrzał ramię Juliana. Julian bardzo cierpi, ale w zamieszaniu dostrzega to tylko Wild. Bark trzeba nastawić. Kiedy Julian przygryza szalik Mii, lekarz szarpnięciem wstawia kość na miejsce. Julian nie ma pojęcia, jakim cudem nie stracił przytomności. Czuje się lepiej, ale niewiele.

– Jadę do Royal London z Duncanem – mówi Wild do Juliana i Mii. – Jestem potrzebny Dunkowi i mogę przy okazji dostarczyć małego na trzecie piętro, jak powiedział lekarz. Kiedy tu skończycie, odbierzcie mnie ze szpitala. Jules, możesz podejść ze mną na moment do jeepa i pomóc mi w czymś?

Przy samochodzie prosi Juliana, by wziął kawałek sznura i przywiązał do niego chłopca w prowizorycznym nosidle.

– Mobilna Jednostka podskakuje na drodze i nie chcę go upuścić, gdy wpadniemy w jakąś dziurę. Tak będzie bezpieczniejszy. – Wild przytrzymuje małego przy piersi, a Julian obwiązuje ich sznurem. Aby było mu ciepło, chowają go pod płaszczem, który Wild dostał od Juliana. Po zapięciu płaszcza prawie nie widać, że pod spodem znajduje się dziecko. Mia chce ochronić łysą główkę chłopca i wkłada mu czerwony beret Juliana.

– Nie masz nic przeciwko temu, Jules? Nie mam nic innego. Poplamiłeś moją wełnianą czapkę krwią. W berecie będzie mu trochę cieplej. A Wild przyniesie go z powrotem za parę godzin.

– Masz na myśli beret, prawda? – pyta Julian.

Pulchne drżące ciałko, które jest małym Michaelem, ucichło pod płaszczem Wilda, przestało płakać, znieruchomiało. Widać tylko szeroko otwarte czujne oczy z wielkimi źrenicami. Chłopczyk ma ucho przyciśnięte do piersi Wilda. Spogląda na niego i rzuca mu bezzębny uśmiech.

– Co on robi? – pyta przerażony Wild. – Czego chce?

– Tylko się do ciebie uśmiecha – mówi Mia.

– Czemu?

Na ulicy przypięty do noszy Duncan wyje przerażony, że zabiorą go do szpitala bez Wilda.

– Słuchajcie, odpuśćcie szpital. Wracajcie na Bank – mówi Wild. – Nie wiem, ile czasu mi to zajmie. Spójrzcie na tego biednego drania. Może mnie czekać długi dzień. Wrócę, kiedy skończę. Jules, wiem, że w pobliżu Brick Lane parkują ciężarówki z czarnorynkowym towarem. Chcesz, żebym coś kupił?

Julian sięga do kieszeni spodni. Daje Wildowi resztę pieniędzy, która pozostała ze sprzedaży jednej z monet, ponad sto funtów. W jego czasach to równowartość pięciu tysięcy.

– Kup, co uznasz za stosowne.

– To mnóstwo whisky, bracie. Ale będzie nam potrzebna. Stypa za wszystkich.

– Stypa za wszystkich – potwierdza Julian.

– A co jedzą dzieci? Mogą pić whisky?

– Jeśli jest przyprawiona mlekiem, jak najbardziej. – Julian i Wild uśmiechają się do siebie.

– Wild – woła Duncan z noszy. – Wild…

– Ucisz się, babo! Naprawdę, krzyczy bardziej niż dziecko. Już idę! – Wild przewraca oczami. – No dobra, zmykam. Do zobaczenia, Szwedzie.

– Do zobaczenia, Wild.

Julian nie wie, czemu odczuwa piekący ból, gdy patrzy, jak Wild i Duncan odjeżdżają ambulansem.

– Znacie nazwiska kobiet, które mieszkały w tym domu? – pyta Mię funkcjonariusz do spraw wypadków. – Muszę to zapisać w rejestrze. Gdzie jest Finch? On wie wszystko. Nie mogę wykonywać tej pracy bez niego. Nie wydobrzał jeszcze?

– Finch umarł – mówi Mia.

Funkcjonariusz, który był wszędzie i widział wszystko, robi niespotykaną rzecz. Wybucha płaczem.

20

Lunch w Ten Bells

Wild nie wraca na Bank.

Zostali we czworo.

W korytarzu są już tylko Julian, Mia, Liz i Frankie.

W poniedziałek rano, gdy Mia i Julian przychodzą do Royal London Hospital odwiedzić Duncana, dowiadują się, że Wild wyszedł w niedzielne popołudnie na czarny rynek i nie wrócił. Duncan jest w złym stanie. Rzeczywiście złamał kręgosłup i jest sparaliżowany od pasa w dół. Julian i Mia siedzą z nim aż do wieczora. Wychodzą, kiedy olbrzym wreszcie zasypia. Idą na górę do sierocińca, by sprawdzić, jak się miewa maluch. Pielęgniarka pokazuje im trzech chłopczyków poniżej roku, których przyniesiono do szpitala w ciągu ostatnich dwudziestu czterech godzin. Wszyscy wyglądają mniej więcej tak samo, a jednak się różnią.

Nie wiedzą, co o tym myśleć.

Sheila Cozens, która odbywa trzeci dyżur z rzędu, jest zła, wykończona i nie ma żadnych odpowiedzi. Wczoraj po południu Wild poprosił ją o mleko dla dziecka. Powiedział, że chłopczyk wygląda na głodnego. Sheila wściekła się też na niego. „Jak myślisz, skąd wytrzasnę mleko?", krzyknęła. Kazała mu iść na trzecie piętro. W sierocińcu będą wiedzieli, co dać maluchowi. Powiedział, że tak zrobi, pożegnał się z Duncanem i Sheilą i wyszedł. I tyle. Sheila wybiega, jakby Mia i Julian byli obcymi ludźmi.

– Nie jest dziś zbyt miła – stwierdza Mia.

– Nie będziemy jej mieli tego za złe. – Julian przyciska usta do głowy Mii. – Nie każdy może być taki dobry i miły jak ty. Straciła rodziców i siostrę, a Duncan jest poważnie ranny. Nie będziemy mieć nikomu za złe wojny. Z wyjątkiem Niemców.

Mia wie, dokąd przeprowadzili się rodzice Wilda, gdy spłonął ich dom: na północ od Paddington.

– Może pojechał ich odwiedzić?

Nie mają numeru telefonu rodziców. Nie bardzo wiedzą, co począć. Jeśli zastukają do drzwi Barbary Wilder i zapytają, czy widziała swojego pozostałego przy życiu syna, co się stanie, gdy zaprzeczy? Wystraszą też matkę? Mało jest szaleństwa dookoła?

*

Tydzień później, w sobotnie popołudnie, Julian, Mia, Liz i Frankie jadą do Ten Bells na lunch. Julian specjalnie wybrał to miejsce. To ulubiony pub Wilda, a jemu podoba się dowcipny napis umieszczony na tablicy na zewnątrz: „W przypadku inwazji zamkniemy na pół godziny".

Kiedy Sheila pochowała siostrę, sprowadziła się z powrotem do rodzinnego domu w północnym Islington. Shona leży na oddziale rehabilitacji na czwartym piętrze Royal London i uczy się, jak funkcjonować z jedną i połową drugiej nogi. Leży tam też sparaliżowany Duncan. Nikt nie wie, kiedy ani jak wyjdzie. Shona kuśtyka o kulach, by codziennie przy nim posiedzieć. Czasami zostaje aż do zaciemnienia i śpi w fotelu przy jego łóżku.

Nasze szeregi przerzedziły się, to prawda, stwierdza Mia, podnosząc kufel piwa, ale pchamy to dalej. Jak powiedział Wild, może być tylko lepiej.

Londyn cierpiał już wcześniej, mówi Liz. To też przetrwamy. Damy radę. Chciałabym tylko, żeby Wild wrócił.

Tak jest.

Kobiety zwracają się do siebie inaczej, bardziej oficjalnie, jakby zdawały sobie sprawę, że też mogą niebawem zostać rozdzielone. Julian prawie w ogóle się nie odzywa.

– W Londynie nigdy nie rozgrywał się tak wielki dramat, który można by porównać z bitwą o Anglię… – zaczyna Julian i urywa, patrząc bezradnie na Liz, która mówi z płaczem, że zniosłaby jeszcze pięć lat bombardowania, gdyby tylko mogli odnaleźć Wilda.

Mówi to tak, jakby mieli jakiś wybór.

Wielkie wyrwy w ulicach, otwarte piwnice, rozpadające się mury, płonące przewody gazowe, rozerwane wodociągi, chodniki zasłane rozbitym szkłem. Wszechobecny pył. Szary popiół. Londyn przypomina Pompeje po wybuchu Wezuwiusza.

Wild zniknął. Sprawdzili wszystkie szpitale: Great Ormond, St. Bart's, St. Mary's. Nawet St. Thomas na drugim brzegu rzeki. Początkowo nie chcieli martwić jego matki, ale Duncan dał im numer i Mia zadzwoniła do Barbary Wilder. Halo, zaczęła swobodnym tonem, chciałabym się skontaktować z Wildem, widziała go pani? Nie widziała. W zeszłą środę nie zjawił się z cotygodniową wizytą. Ale nie przejęła się tym. Zdarza mu się opuścić wizytę.

Kiedy Mia odłożyła słuchawkę, jeden jedyny raz zobaczyli płaczącą Frankie. Frankie! Płakała za Wildem.

– Wiecie co? – zaczyna Liz w Ten Bells. – Dostałam telegram! – Macha nim dla podkreślenia swoich słów.

– Gratulacje – mówi Mia. – Co napisano?

Czekają, aż otworzy.

Telegram przysłała jej matka z Birmingham. „Nie przyjeżdżaj do domu STOP Nawet na Boże Narodzenie STOP Miasto zbombardowane STOP Naszego domu nie ma STOP Schroń się w Londynie STOP Uważaj na siebie STOP Ucałowania Mama".

Poklepują ją współczująco po plecach.

W porządku, mówi Liz, ocierając łzy. Przynajmniej dostałam telegram.

Mia mówi dziewczętom, że Julian stale próbuje ją przekonać, żeby wyjechała do Blackpool, gdzie jest jej mama. Mówi to tonem osoby, która donosi na kogoś i nie ma za grosz wyrzutów sumienia.

– Chcę, żebyś spędziła święta z mamą – mówi Julian. – Czy dlatego jestem taki zły?

– Próbuje mnie zmusić do wyjazdu z Londynu, odkąd się tu zjawił – wyjaśnia Mia.

– Uważasz, że to irracjonalne po tym wszystkim, co się wydarzyło? – pyta Julian.

– Ma rację, Mario – popiera go Frankie. – Powinnaś jechać.

– Ale jeśli w Birmingham nie jest bezpiecznie, to czy jest w Blackpool? – pyta Liz. – Blackpool leży dużo dalej, a stale bombardują szyny.

– No właśnie! – wykrzykuje Mia. – Nigdzie nie jest bezpiecznie.

– W Blackpool jest – upiera się Julian.

– Ale przecież musimy się tam jakoś dostać – wyjaśnia Mia. – A tutaj mam pracę, przyjaciół…

– Coraz mniej – przerywa jej Julian.

– W porządku, panie Optymisto – mówi Mia, otwierając kartę dań. – Wiesz, co chcesz zjeść? Bo ja umieram z głodu.

Pięć minut po złożeniu zamówienia, choć nie słychać syreny, rozlega się warkot silników samolotów. We trójkę wydają zgodny jęk. Po eksplozji kołysze się piwo w kuflach. Słyszą zamieszanie na tyłach pubu. Czekają. Nie wiedzą, czy wyjść, czy zostać na miejscu. Niemcy na pewno lecieli gdzie indziej. („Może do Blackpool?"). Zrzucili zabłąkaną bombę na Ten Bells, żeby zrobić im na złość.

– Już nigdy nie pozwolimy, żeby Julian wybierał miejsce – mówi Frankie.

– Masz rację – popiera ją Mia. – Jules przyciąga bomby jak magnes.

Zamówili już, więc postanawiają jeszcze zaczekać.

Dziesięć minut później zjawia się blada, ale opanowana kelnerka z jedzeniem.

– Bardzo przepraszam, że lunch jest trochę zakurzony – mówi, stawiając na stole tacę z talerzami. – Ale w kuchni spadł sufit.

Kiedy odchodzi, wybuchają śmiechem i wznoszą toast za niezłomną brytyjską kobietę, której nie da się łatwo wytrącić z równowagi.

– Nic nie jest w stanie zastąpić wdzięku Londynu – mówi Julian.

– Czasami, kiedy rzeczy mają się naprawdę paskudnie – zaczyna Mia – i czujemy się trochę przygnębieni, możemy powiedzieć: I po co to wszystko? Po co to wszystko, jęczymy. Ale ci, z którymi dzielisz stół, łóżko i chleb, tak nie powiedzą. Ci, z którymi dzielisz swoje dni, nigdy tego nie powiedzą. A to jest warte bardzo dużo.

– Bo najważniejsze jest, jak przechodzisz przez ogień – dodaje Julian.

Julian, Mia, Liz i Frankie wznoszą toast za Londyn.

A wtedy za oknami Ten Bells spada kolejna bomba.

21

Puste igloo

Kiedy leżeli pod gruzami, wypluwając pył z ust, szukali po omacku swoich ciał, twarzy, gdy przyciskał dłoń do krwawiącej głowy Mii, w chwili wszechogarniającej słabości, z powodu której było mu bardzo przykro, powiedział:

– Nie wyjdziemy z tego, prawda? Ty i ja.

– Jeśli mówisz, a ja cię słyszę – odparła Mia – to już wyszliśmy. Musimy się tylko stąd wydostać.

Ale to było wtedy, w ogniu bitwy. Teraz minęły trzy dni, Mia opuściła szpital, on przypomina jej wypowiedziane słowa, a ona zaprzecza, że w ogóle je powiedziała. Mówi mu, że źle ją zrozumiał. Chodziło jej o wydostanie się spod gruzów, a nie z miasta.

– Mario.

– Jak mnie nazwałeś? Używasz mojego pełnego imienia w gniewie, mojego świętego imienia, które jest modlitwą?

– Nie. Ale…

– Po co ten pośpiech, Jules? Gdzie się pali? – Mia parska śmiechem. – Widzisz, co tam zrobiłam?

– Tak. Bardzo dobrze. Nie chcesz zobaczyć mamy na święta?

– Mamy?* Jesteś jankesem? I co cię to obchodzi, czy zobaczę się z mamą w święta? Jeśli wyjedziemy do Blackpool, co stanie się z Liz? Co pocznie?

---

* W oryginale Julian używa amerykańskiego zdrobnienia „mom".

Julian nie pomyślał o Liz. Myśli tylko o Mii. O czasie. Jest jedenasty grudnia 1940 roku. Spędzili razem trzydzieści cztery dni. Zgoda, Blackpool jest oddalone o trzysta sześćdziesiąt kilometrów. W dzisiejszych czasach mogliby się tam dostać w jedno popołudnie. Ale to nie są dzisiejsze czasy. Teraźniejszość jest cieniem. Żyją w przeszłości. A w grudniu 1940 roku odległość pomiędzy Londynem a Blackpool przez bombardowany korytarz w środkowej Anglii może równie dobrze wynosić dwieście czterdzieści parseków w zakrzywionej czasoprzestrzeni.

Problemem jest nie tylko kurcząca się liczba minut. Wszystkie pociągi do Blackpool zostały odwołane. Julian dowiedział się tego, gdy pojechał na dworzec Euston, by zdobyć jakieś informacje, a najlepiej dwa bilety. Pomiędzy Londynem a Blackpool leży Birmingham i Coventry, Liverpool i Manchester, a te miasta i jadące do nich pociągi znikają z powierzchni ziemi niemal tak samo jak Londyn, czyli nieodwracalnie.

Nieodwracalnie znikają też Julian i Mia. Całe jego boksowanie, szermierka, walki, krav maga nie zdają się teraz na nic. Nie mają znaczenia w starciu z obecnym wrogiem. Zarówno silni, jak i słabi leżą pokonani przed jego czarną kryjówką.

Mia została ranna podczas bombardowania Ten Bells. Uderzyła się w głowę, kiedy spadła z krzesła. Ma dziurę w piersi w miejscu, gdzie ranił ją odłamek i złamał jej prawy obojczyk. Kilka centymetrów wyżej i rozerwałby tętnicę. Kilka centymetrów niżej i uszkodziłby płuco. Dwadzieścia pięć centymetrów w lewo i wbiłby się w serce. Ma ranę z tyłu głowy, która krwawiła jak czoło Juliana przed kilkoma tygodniami. Po utracie krwi jest słaba, lekko zdezorientowana i ma zawroty. Ogoloną z jednej strony głowę spowija biały bandaż, który zastąpił jej nieodłączną chustkę. Lekarze zalecili jej wypoczynek, zabronili dźwigać ciężkie przedmioty, schylać się, kichać. Martwią się o skrzepy i rozerwane naczynia. Leżała w szpitalu przez trzy dni i chcą ją zatrzymać dłużej, ale Julian wie, że Mia nie ma czasu na szpitale i skrzepy. Blackpool jest oddalone o galaktykę pokoju.

– Czy można się dostać do Blackpool jakoś inaczej? – pyta Julian kasjerkę na dworcu.

– Można? Tak. Czy to mądre? Nie. Szybkie? Zdecydowanie nie. Łatwe? Phi.

– Ale nie niemożliwe? – Dodała mu otuchy. Julian jest mistrzem w rzeczach niemal niemożliwych.

– Będzie panu lepiej tutaj – mówi kobieta, jakby Julian pytał ją o zdanie.

Mogą się dostać do Blackpool, jadąc na północ do Leeds, a tam wejść do katedry i pomodlić się o pociąg jadący na zachód. To najdłuższa droga, ale najbezpieczniejsza, jeśli nie liczyć Sheffield, które leży między Londynem a Leeds. Sheffield to stalowe zagłębie, a jeśli Niemcy chcą zniszczyć coś bardziej niż porty w Liverpoolu i spitfire'y w Birmingham, to właśnie brytyjskie huty.

– Proszę nie czekać zbyt długo – dodaje kasjerka. – Im bliżej świąt, tym mniej cywilnych pociągów. Żołnierze wracają do domu. Mają pierwszeństwo na wszystkich torach. Nawet teraz jeździ tylko jeden cywilny pociąg dziennie.

– A może być mniej niż jeden? – pyta Julian.

– Tak – odpowiada kobieta pełnym pogardy głosem. – Żaden.

Julian też nie jest w najlepszym stanie. Trzeba mu było założyć czterdzieści szwów od nadgarstka po środek pleców. Tak trudno mu poruszać prawą ręką, że podejrzewa, iż pod rozciętym mięśniem mogła pęknąć także łopatka. Prawe przedramię jest niemal na pewno złamane, ale za nic nie chce, by włożyli je w gips. Nie może ochraniać Mii z jedną ręką unieruchomioną. Poruszanie złamaną ręką z bólem to jedno. Nie móc nią poruszać w ogóle to inna sprawa. Lekarz dał mu szynę i temblak. Ma złamane co najmniej dwa żebra. Odłamek szkła rozciął mu policzek. Ranę zszyto, ale policzek jest mocno spuchnięty, co utrudnia mu jedzenie. Rozcięcie nad okiem à la Frankenstein kiepsko się goi. Zbyt szybko wyciągnął szwy i teraz każdy nowy wstrząs otwiera ranę. Skręcił też prawe kolano. Możliwe, że zerwał przednie ścięgno. Zerwany mięsień lewej łydki potrzebuje jeszcze miesiąca, by w pełni wydobrzeć. Oszczędzając prawą stronę ciała, bo w jej górnej części znajduje się większość obrażeń, Julian kuśtyka jak starzec, lekko pochylony, kulejąc na obie nogi.

Jednak mimo to, a może właśnie dlatego, jest zdeterminowany, by wydostać Mię z Londynu. Trudno nie brać bombardowań do siebie. Frankie zginęła w wybuchu w Ten Bells. Liz została poważnie poparzona. Julian nie chce otwierać Mii oczu na brutalną rzeczywistość, licząc, że sama ją dostrzega, ale nie został już nikt, kto mógłby ułożyć układankę, którą jest Mia. A już na pewno nie może jej wyznać niewypowiedzianej prawdy. Jeśli on zginie przed nią podczas jednego z nalotów, ona nie będzie miała szans. To uderzyło go z całą siłą, gdy leżał zakrwawiony w pyle Ten Bells. Ich dni są jak trawa. Ona zniknie jak Wild, jak dmuchawiec na wietrze, jego ukochana przypominająca kwiat. Jeśli Julian zginie, nigdy się nie dowie, co się z nią stanie.

Kiedy próbuje ją przekonać udawaną perswazją, Mia zarzuca go niepodważalną logiką osób, których wiedza o przyszłości jest żałośnie i radośnie równa zeru.

– Pociągi też bombardują, Jules – mówi. – A co z miastami, przez które przejeżdżają? Bombardują wszystko. Zrównali z ziemią Coventry. Cała katedra legła w gruzach!

– Nie jedziemy do Coventry – tłumaczy Julian. – Tylko na północ, do Leeds. Stamtąd skręcimy ostro w lewo do Blackpool.

– Blackpool niedługo też zamieni się w kupę gruzów. Mamy większe szanse w Londynie. Jest większy. I więcej tu miejsc, żeby się ukryć.

– Dokąd nas zaprowadziło ukrywanie się?

– Jesteś tutaj? A ja? Powiedziałabym, że zaprowadziło dość daleko.

– A gdybym ci powiedział, że Blackpool nigdy nie zostanie bezpośrednio zaatakowane?

Mia milknie.

– Co to znaczy nigdy? Chcesz powiedzieć jeszcze nie?

– Chyba tak.

– No to mam rację i całkiem możliwe, że je zbombardują jutro albo pojutrze.

– Nie zbombardują.

– Skąd wiesz?

– Po prostu wiem.

– Skąd?

– Po prostu wiem.

– Jaką masz pewność?

– Stuprocentową.

Zamyśla się.

– Myślisz, że nigdy go nie zbombardują?

Julian kręci głową.

– Ach, tak. To gdzie jest Wild?

– Tego nie wiem. – Może się nigdy nie dowiedzieć, co stało się z Wildem. Boli go sama myśl, każde słowo. To jeszcze jedna otwarta rana.

*

I zostali we troje.

Julian, Mia i Liz wracają na Bank. Liz ma paskudne oparzenia na nogach, które trzeba oczyszczać trzy razy dziennie.

W korytarzu, który od września był domem Mii, na ich pryczach leży kilkanaście nowych osób. Pewien wyjątkowo dalekowzroczny młody człowiek w okularach grubych jak szkła butelek, z których jedno jest pęknięte, mówi:

– Przepraszamy, zajęliśmy wasze miejsce? Od kilku dni było puste i strażnik powiedział, że możemy…

Liz pyta, czy ktoś widział blondyna bez ręki. Łatwo go poznać. Nikt nie odpowiada.

– Chodźmy spać gdzie indziej – zwraca się Liz do Juliana i Mii, gdy pozbierała już kilka swoich rzeczy wrzuconych do kąta z resztą śmieci. – Rano muszę iść do pracy. Wciąż muszę robić korektę dla „Evening Standard".

Mia spogląda wyzywająco na Juliana, jakby wierzyła, że jest zbyt miły, by powiedzieć Liz, że mają zamiar ją opuścić i zwiać. Julian już ma otworzyć usta, by udowodnić jej, jak bardzo się myli, kiedy słyszy znajomy głos wołający ich z góry stacji. Ktoś zbiega po schodach. Na widok szybkości, z jaką się odwracają, zapłakałby kamień, gdyby ich obserwował i mógł płakać.

Ale to nie Wild.

To Nick Moore, w świetnej formie i radośnie niczego nieświadomy.

– Co ci się stało w głowę, Ghost Bride? – pyta wesoło. – Ale do twarzy ci z tym. Tęskniliście za mną? Byłem w fabryce Forda – oznajmia, jakby to była najbardziej ekscytująca wiadomość z możliwych. – Tak, to jest ekscytujące. Bombardują nas codziennie, a nie mam nawet draśnięcia. Nie, to nieprawda. – Podciąga nogawkę spodni, by pokazać im szramę na goleni. – Zadraśnięcie. – Śmieje się. – Muszę pokazać Dunkowi. Gdzie są wszyscy? – Zagląda do ich korytarza i marszczy brwi z oburzeniem. – A kto to, kurwa, jest?

– Javert powiedział im, że mogą tu spać – wyjaśnia Liz.

– Odwal się, po co miałby to robić? – Z jego twarzy nie znika uśmiech. – Gdzie jest nasza załoga?

Mia kręci głową.

Nick nadal się uśmiecha, ale jego twarz nieruchomieje. Jakby usta nie były w stanie nadążyć za tym, co przetwarza mózg.

– Co, nikt?

Mia kręci głową.

– Może Sheila ma się dobrze.

– Odwal się, nie wierzę ci. Duncan?

– Złamał kręgosłup. Leży w Royal London.

– Odwal się! – woła Nick. Uśmiech zniknął. – Odwal się! Robbie? Kate? Frankie? Doktorek Cozens? Wild?

Mia kręci głową. Liz odwraca wzrok.

Nick nie mówi już nic więcej, powtarza tylko raz po raz swoje dwa wyświechtane słowa. Kilka minut później odwraca się na pięcie i odchodzi. Patrzą, jak potykając się, wchodzi na nieruchome schody i krzyczy: „Odwal się! Odwal się! Odwal się!".

Julian wpada na pomysł. Dzieli się nim z Mią. Proszą Liz, by zaczekała i biegną po schodach za Nickiem.

– Nick! Zaczekaj! Nick!

– Odwal się! – szlocha Nick.

*

– Odwal się! – rzuca Nick, gdy Julian zdradza mu szczegóły swojego planu.

– Daj spokój – mówi Julian. – Liz nie może jechać do Birmingham. Matka ją ostrzegła. A my wyjeżdżamy do Blackpool…

– Jules się upiera… – Mia przewraca oczami.

– Wyjedziemy dzisiaj, jeśli ją zabierzesz – stwierdza Julian. – Tutaj nie ma nikogo, kto by się nią opiekował.

– To zabierzcie ją ze sobą.

– Nick, do Dagenham jest niecałe osiem kilometrów – tłumaczy Julian. – A do Blackpool trzeba przejechać pół kraju. Z nami nie będzie bezpieczna. Wiosną otworzą znów British Museum. Ma pracę. Wróci do Londynu. To tylko na jakiś czas.

– Nie mogę się nią opiekować! Odbiło ci? Odwal się!

– No już, stary. Zabierz ją tylko ze sobą.

– A jeśli mogę zapytać, gdzie będzie mieszkać?

– Na pewno masz ciotkę, babcię, kuzynkę, przy której może się przytulić.

– Odwal się! – mówi Nick, ale już ciszej

– I trzeba nadal odwiedzać Duncana. Shonę też. Może kiedy nadejdzie wiosna i w Londynie się uspokoi, poszukacie z Liz Wilda.

– Odwal się – szepcze Nick.

Dopiero kiedy Nick się zgadza, Julian daje mu złotego suwerena na pokrycie wydatków Liz. Nie chciał go proponować, dopóki nie miał pewności, że Nick się nią zaopiekuje. Bo w innym przypadku, co by się stało z Liz, kiedy skończyłyby się pieniądze?

Wracają na peron, sadzają Liz na krześle obok prowizorycznej sceny, na której Mia tyle razy występowała, Julian i Mia zabawiali oddziały, a Julian i Finch walczyli na śmierć i życie, i opowiadają jej o swoim planie. Jedź, Liz. To tylko na jakiś czas, dopóki sytuacja się nie poprawi. Będziesz bezpieczna. Bezpieczniejsza. Jedź z Nickiem.

Liz płacze. Chce objąć Mię, ale jej złamany obojczyk nie pozwala na kontakt fizyczny.

– Wrócicie? – pyta Liz.

– Oczywiście – odpowiada Mia. – Po świętach. Może w marcu, kiedy pogoda się poprawi. Obiecuję.

Julian milczy. Czterdziesty dziewiąty dzień jest jak czterdziesty dziewiąty równoleżnik. Zwycięskie armie albo się przez niego przedrą, albo zostaną pokonane. A czterdziesty dziewiąty dzień przypada za czternaście dni.

Cała czwórka wspina się po długich schodach, troje z nich boleśnie powoli. Zanim porzucają Bank na dobre, Julian odwraca się i ostatni raz spogląda w dół na tunele, w których razem z gangiem Ten Bells mieszkał, spał, śpiewał i pił, spogląda ostatni raz na ich igloo i przypomina sobie słowa Edgara Evansa, który opowiadał mu o swoim zamknięciu na Inexpressible Island: „Przez sześć z jedenastu tygodni, które spędziliśmy razem, nie było widać słońca. A jednak każdego wieczora po dniu, który udało nam się przeżyć, byliśmy tacy szczęśliwi. Piliśmy, czytaliśmy na głos, docinaliśmy sobie, opowiadaliśmy dowcipy, śpiewaliśmy piosenki. Byłem tak blisko z tymi ludźmi, jak z nikim dotąd. Bo nie byliśmy sami. Byliśmy w tym razem".

Julian i Mia odprowadzają Nicka i Liz na Liverpool Street, a przy hotelu Great Eastern patrzą, jak schodzą po schodach na peron. Liz niesie torebkę, Biblię i ulubiony koc matki – jedyne rzeczy, które chciała ocalić z życia w Londynie.

– Dostałam mój pierwszy telegram – mówi do Nicka ze łzami.

– Odwal się. I jak? Było tak jak marzyłaś?

– Tak. To była kwestia życia i śmierci.

– Tędy, Lizzie, uważaj na szczelinę. – Nick obejmuje ją za plecy. – Nie potknij się. – Odwraca się, spogląda w górę, macha do Juliana i Mii i mówi bezgłośnie: – Odwal się.

22

Dziewczyna o imieniu Maria

I zostali we dwoje.

Przed wyprawą na dworzec King's Cross i wyjazdem z Londynu Julian prosi taksówkarza, by zawiózł ich na Baker Street. Chce pokazać Mii kawiarnię. Pogoda jest paskudna, na ulicach leży śnieg, ona nie ma na sobie letniej sukienki, zniknął czerwony beret, ale przy Baker Street jest kawiarnia, która wygląda… no cóż, jeśli nie całkiem jak należy, to przynajmniej znajomo. Chce ją pokazać Mii, by zobaczyć, czy to pobudzi jej pamięć. Sprawdzić, czy jej widok na tej ulicy poruszy w jego sercu coś dobrze znanego. Chce się przekonać, czy w tym zbyt realnym życiu można z nią uchwycić choć niewielki przebłysk blaknącego snu.

Kawiarnia jest zamknięta na głucho. Złotą markizę zwinięto. Wielkie okno z wybitą szybą zabito dyktą. Chodnik pokrywa czarne błoto i lód. Pył z tynku miesza się z wodą i oblepia ich buty i brzegi płaszczy cementowym klejem.

– To chciałeś mi pokazać? – pyta Mia.

– Śniło mi się, że czekam na ciebie przy stoliku przed kawiarnią taką jak ta – wyjaśnia Julian. – No, może nie całkiem taką.

– Mam nadzieję, że nie. Tu jest strasznie.

– W moim śnie świeciło słońce, jeździły autobusy i taksówki. Wygląda znajomo? – Zwiesza głowę. Sam z trudem rozpoznaje kawiarnię.

– Nie. Idźmy – mówi Mia i ujmuje go pod zdrowe ramię. Ciężko jej stać, chodzić. – Nie chcę się spóźnić na pociąg tylko dlatego, że gapiliśmy się na jakąś nieistniejącą rzecz.

– Nie jest nieistniejąca – mruczy bezgłośnie Julian. – Nie widać jej tylko gołym okiem. Jak czasu.

Z dworca King's Cross w kierunku Leeds odjeżdża jeden pociąg. I to nie bezpośredni; zatrzymuje się kilka razy i trzeba się przesiąść w Sheffield. Świetnie, myśli Julian. Gdzieś w grudniu 1940 roku Sheffield mocno ucierpiało podczas bombardowania. Żałuje, że nie pamięta dokładnej daty. Ale jeśli już do tego nie doszło, to grudniowe dni szybko się kończą. Co oznacza, że bombardowanie jest jeszcze przed nimi. Nikt nie ma pewności, ile potrwa podróż do Leeds. Nikt nie potrafi nawet powiedzieć, ile potrwa podróż do Sheffield oddalonego o dwieście pięćdziesiąt kilometrów. Pociąg cywilny musi się zatrzymywać i przepuszczać składy wojskowe. Żaden pociąg nie jedzie po ósmej wieczorem, nawet wojskowy. To nie jest bezpieczne. Na wszelki wypadek pociągi zatrzymują się na torach, by przeczekać ciemność. Jeśli szyny zostaną zbombardowane, trzeba je naprawić, zanim wznowi się jazdę. A niewielu jest specjalistów od naprawy szyn.

Kiedy Mia słyszy litanię plag, jakie spadają na brytyjskie koleje, długo wpatruje się w Juliana, jakby działo się tu coś, czego nie rozumie i o co boi się zapytać. Czemu zabierasz mnie do strefy wojennej, pyta milcząco oczami. Czemu uważasz, że to dobry pomysł? Nie odpowiada jej spojrzeniem.

Gdy pociąg wyjeżdża z dworca King's Cross, jest trzecia po południu. Jedzie powoli. Nie ma pierwszej klasy ani wagonów z przedziałami. Mia siedzi po lewej stronie przy oknie i wygląda rozpaczliwie żałośnie. Julian chce ją objąć ramieniem, ale oboje są mocno obolali.

„Uważaj na swoje ciało. Jest śmiertelne. Może zniknąć i zniknie".

– Ostatnie tygodnie były bardzo burzliwe, prawda? – mówi Mia, jakby czytała w jego myślach.

– Tak. – Julian pomaga jej zapalić papierosa zapalniczką z napisem „Smutne dziewczęta dużo palą".

– Dziś jestem trochę przygnębiona – mówi Mia i oczy zachodzą jej łzami. – Kiedy nie jestem szczęśliwa, nie jestem zbyt piękna.

– Wciąż jesteś najpiękniejsza – odpowiada Julian, gładząc ją po obandażowanej głowie. – Smutek daje tylko niewielkie fory konkurencji.

– Mamy coś do jedzenia?

Nie wzięli zbyt wiele, bo nie mogą dużo nieść. Julian ma w płaszczu butelkę whisky, papierosy dla Mii, suchy chleb i tabliczkę czekolady. Mia podjada czekoladę do chwili, gdy zatrzymują się na noc gdzieś w pobliżu Stevenage. Ledwo wyjechali z Londynu.

Mia zamyka oczy. Julian czuwa. Boże, pomóż jej. Mia, kiedyś widziałem, jak trzymasz dziecko. To był tylko miraż. Widok, dziecko, ty. Pamiętasz? Siedzieliśmy w Grey Gardens, trzymaliśmy małego Jacoba na kolanach i udawaliśmy, że jest nasz. To było latem. Było nam ciepło, żartowałaś. Myśleliśmy, że najgorsze, co może się nam przydarzyć, to te straszne kobiety Pye śledzące nas na ulicach cudownego Londynu.

*

Następnego dnia wcześnie rano pociąg podejmuje ślamazarną podróż przez zimowy brytyjski krajobraz. Jadą na północ do Sheffield wschodnią trasą przez Cambridge, by ominąć jak największym łukiem atakowane bezustannie Coventry. Julian przynosi z wagonu restauracyjnego trochę świeżego chleba, gorącą herbatę, kawałek masła i ser na kartki. Zabijają z Mią czas, czytając nazwy miejscowości za oknem i wyobrażając sobie, jak to jest w nich mieszkać.

Udaje im się przejechać Cambridge, a potem zatrzymują się na niemal pół dnia. Szyny wyleciały w powietrze. Kiedy czekają na naprawę, maszynista wyłącza lokomotywę, bo marnowanie węgla jest niepatriotyczne, nawet jeśli ludzie mogą zamarznąć. Pociąg stoi pomiędzy polem a lasem, gdzieś między Biggleswade i Bulby. Mia mówi, że chciałaby mieszkać w Bulby. Julian woli Biggleswade.

Wiele godzin później szyny są naprawione i pociąg rusza, po czym przejeżdża niecałe trzydzieści kilometrów przed zapadnięciem zmroku. Jednak tym razem zatrzymuje się wśród pól, bez żadnej osłony. Maszynista przechodzi przez wagony i radzi wszystkim, by dla własnego bezpieczeństwa wysiedli. Jeśli nadlecą niemieckie samoloty i piloci zobaczą pociąg na głównych torach, będzie to pierwsza rzecz, jaką zbombardują. Konduktor poleca ukryć się w lesie, oddalonym o niecały kilometr, albo w miasteczku o nazwie Over leżącym cztery i pół kilometra dalej. Może uda im się znaleźć schronienie właśnie tam, ale muszą wrócić do pociągu na siódmą rano…

Spadł śnieg i ziemię przykrywa cienka biała warstwa. Temperatura oscyluje wokół zera i biała warstwa zamieniła się w lód. W pociągu gasną światła. Nikt go nie opuszcza. Tu może być bardziej niebezpiecznie, ale na zewnątrz jest ciemno choć oko wykol, a w pociągu mimo wszystko jest parę stopni cieplej.

Julian prosi o parę koców. Konduktor nie ma ich jednak dość dla wszystkich i nie może faworyzować Juliana. W pociągu mogłoby dojść do buntu. Ale za dziesięć funtów lituje się nad nimi i pozwala im się wśliznąć do wagonu bagażowego, z dala od wścibskich oczu. Przynosi im koce, świeczkę, nawet kilka bandaży.

– Trzeba jej oczyścić ranę na głowie – mówi, podając im wiaderko ze śniegiem. – Zamknę was tutaj, ale nie upijcie się i nie puśćcie pociągu z dymem.

– Nie możemy niczego obiecać – odpowiada Mia.

Julian przemywa ranę Mii wodą ze stopionego śniegu i whisky, a potem owija bandażem. Zdejmuje płaszcz, kamizelkę i koszulę i trzęsie się z zimna, gdy Mia przemywa mu plecy i bandażuje resztką gazy.

– Trzęsiemy się nad sobą jak małpy w Regent's Zoo – mówi Mia. – I jesteśmy też zamknięci w klatce jak małpy.

Zanim pozwala mu włożyć koszulę, przytrzymuje jego lewą rękę i przygląda się tatuażom do góry nogami. Siada obok niego na kufrze i czyta wypisane atramentem imiona, przesuwając po każdym palcem, od nadgarstka po łokieć.

– Jak to możliwe, że ich wcześniej nie zauważyłam? – pyta.

– A bardzo szukałaś?

– Nie widziałam ich w Savoyu.

– Jak bardzo ich wtedy szukałaś?

Patrzą na siebie ze smutkiem.

– Czas się napić – mówi Mia, pomagając mu włożyć koszulę i kamizelkę.

Piją, odliczają dni. Jest czternasty grudnia. Za co powinniśmy wypić?

Nie brakuje im toastów. Niedługo może jednak zabraknąć alkoholu.

Za Londyn!

Za Blackpool!

Za Churchilla!

Za Boże Narodzenie!

Za Bank!

Za scenę!

Za Fincha!

Za przyjaciół!

Niech Bóg ich błogosławi, mówi Mia. Finch był porządnym facetem. Polubiłbyś go.

Lubiłem go, mówi Julian. Był zabawny.

Nieumyślnie, wyjaśnia Mia.

Dlatego był zabawny.

Piją za swoje rany, ona za jego brakujące palce. Całuje kikuty, jeden, dwa, trzy i pije jeszcze raz. Dlatego właśnie nie możemy się pobrać naprawdę, mówi Mia. Nie masz palca serdecznego.

Julian unosi lewą dłoń z wszystkimi palcami.

A, tak. Mia chichocze.

Zastanawiają się, czy wypili już dość.

Całym sercem dochodzą do wniosku, że nie.

Bo zapomnieli o śpiewie.

Śpiewają *Boże, chroń króla*. Julian myli się i śpiewa *Boże, chroń królową*. Kiedy król umrze, jego córka będzie królową, tłumaczy.

Tak, w dalekiej przyszłości wydarzą się najróżniejsze rzeczy. Ale król jest nadal młody. Królowa Wiktoria dożyła dziewięćdziesięciu lat.

A ponieważ Julian za dużo wypił, mówi, że król tak długo nie pożyje. Za dużo pali. Zachoruje na raka płuc.

Mia odkłada papierosa. Czasami potrafisz być palantem, mówi.

Powiedziałem: król, nie ty. Julian wzdryga się na dźwięk swoich słów. „Straszliwa ignorancja jest lepsza niż straszliwa wiedza. A jednak nikt nie może nas ochronić, jeśli nie będziemy gotowi. Czasami nie potrafią nas ochronić, nawet jeśli jesteśmy gotowi. Bo nie mogą. Mam oliwę w mojej lampie. A jednak dzień twojej śmierci się zbliża. Jestem twoim grobem. Tak jak ty moim. Jesteś moją łaską. Ale czy ja jestem twoją?".

Co jeszcze, smutny Nostradamusie? Co jeszcze wiesz, panie Jasnowidzący, panie Mądralo? Czy Hitler zwycięży?

Nie.

Napadnie na Anglię?

Nie.

Czy bombardowania ustaną?

Tak. Wiosną.

Naprawdę? Wiosną? Wojna skończy się na wiosnę?

Nie. Tylko bombardowania. Zostaną zawieszone, nie skończą się.

Gdzie jest Wild?

Nie wiem.

Co się stanie z tobą i ze mną?

Nie wiem.

Czy Liz i Nick przeżyją?

Nie wiem.

To kiedy wojna wreszcie się skończy?

Mówiłem ci. W tysiąc dziewięćset czterdziestym piątym roku.

Ale nie znasz żadnych osobistych szczegółów, które mogłyby nam pomóc?

Nie. Nie wiem nic, co mogłoby nam pomóc, odpowiada Julian. Jestem skarbnicą bezużytecznych informacji, które nikomu się nie przydadzą. Wypijmy i zaśpiewajmy.

Śpiewają *I Vow to Thee, My Country*. Tyle tylko, że Julian śpiewa przekręcony tekst, którego Mia nigdy nie słyszała. „Miecz przy jej boku się kołysze, hełm na głowie lśni, a wokół niej umarli u kresu swoich dni".

Albo za dużo wypiłam, albo kiepsko ci idzie to jasnowidzenie, mówi Mia.

Jedno i drugie, odpowiada Julian.

Śpiewają *Morskie opowieści*, lecz nie pamiętają słów, mimo że niedawno śpiewali tę piosenkę na stacji Bank. Pamiętają tylko: „Kiedy rum zaszumi w głowie, cały świat nabierze treści".

„Hej, ha! Kolejkę nalej
Hej, ha! Kielichy wznieśmy…".

Stoją, siedzą, kulą się, garbią, wreszcie osuwają się na podłogę i leżą na wznak przykryci okrutnie szorstkimi kocami i wysyłają swoje marzenia w sufit. Chcieliby zobaczyć gwiazdy. Chcieliby, żeby te parszywe koce były lepsze. Dostaliśmy te koce od Amerykanów, mówi Mia. Co by im się stało, gdyby były miększe? To jakby przykrywać się papierem ściernym.

Chcieliby, żeby nie było tak zimno.

Mia chciałaby mieć magiczną moc, by nie potrzebować jedzenia. Julian chciałby mieć moc dwóch dodatkowych rąk. Mia odpowiada na to, że jeśli już chce mieć coś dodatkowego, czy jest pewny, że mają to być ręce, a on z lekkim uśmiechem odpowiada, że tak, bo gdzie indziej już ma supermoc. Mia z lekkim uśmiechem stwierdza, że to wielka szkoda, że nie może się o tym jeszcze raz przekonać.

Żałują, że mają tak pokiereszowane ciała. Krew sączy im się z ran i żyją otuleni żalem.

Mia marzy, by móc cofnąć czas.

Uwierz mi, mówi Julian, cofanie czasu wcale nie jest takie fantastyczne.

Marzy, by mogli żyć więcej niż raz.

Uwierz mi, odpowiada Julian, życie więcej niż raz wcale nie jest takie fantastyczne.

Mia podwija mu rękaw i dotyka tatuaży na wewnętrznej stronie przedramienia, dotyka swojego własnego imienia tuż przy nadgarstku i wypowiada je pijanym szeptem. „Mia, Mia…".

Czy to dziewczyny, które wcześniej kochałeś?

Tak, odpowiada niewyraźnie Julian. To dziewczyny, które kiedyś kochałem.

Mia chichocze, jakby pomyślała o czymś niewiarygodnym. Jules, zauważyłeś, że wszystkie są warie… wieracja… wracaja… wariacjami mojego imienia, Maria?

Coś takiego, odpowiada Julian. W ogóle nie przyszło mi to do głowy. Dobrze, że zwróciłaś mi na to uwagę.

Ja też chcę tam być. Ale jako Maria.

Imię żarliwej modlitwy.

Zgadza się.

Kochałem dziewczynę o imieniu Maria, śpiewa Julian i uśmiecha się.

Tak jest! Chcę być nad Shae i ASH. Ale dużymi literami. Wielkimi. Jak ta MIRABELLE.

Okej. Będziesz. Julian zamyka oczy.
Shae to nie Maria.
Ale była. To Mary-Margaret.
ASH to nie Maria.
Nie. ASH to Ashton. Był moim przyjacielem.
Chyba bardzo dobrym, skoro znalazł się na twoim ramieniu na tak ważnym miejscu.
Był moim bratem. Umarł.
Nie płacz, Jules. Możesz usiąść i się rozchmurzyć? Napijmy się jeszcze. Napijmy się i zaśpiewaj mi o dziewczynach, które kiedyś kochałeś.
Nie mogą usiąść ani się rozchmurzyć. Toną w whisky.
A te kropki to co? Przesuwa palcami po jednym rzędzie, potem po drugim, dotyka kropek przy imieniu MIRABELLE. Julian nie odpowiada, a ona nie drąży tematu.
Która z nich zabiła człowieka z zimną krwią?, pyta Mia. Nie, nie odpowiadaj. Nie chcę wiedzieć. Raczej… jak można coś takiego odpokutować? Czy to w ogóle możliwe?
Można, odpowiada Julian. Płacisz za to ciałem. I duszą.
Mia milknie. Czy ona za to odpokutowała?, pyta łamiącym się głosem.
Chyba tak.
Opowiedz mi o tej pierwszej. O tej innej Mii. Była milsza ode mnie?
To nie jest inna Mia, chce powiedzieć Julian. Jest tylko jedna. Nie była milsza od ciebie. Czasami używała fałszywego imienia i nazwiska. Josephine. Josephine Collins.
Podoba mi się.
Mnie też się podobało.
Ale Mia brzmi lepiej, prawda? Uśmiecha się.
Oczywiście.
Jak cholera. Gdzie ją poznałeś?
Stała na scenie.
Jak ja?
Zupełnie jak ty.
Kochała cię?

Nie wiem. Myślałem, że tak. Ale nie kochała mnie naprawdę. Nie była ze mną szczera. Miała sekrety, mówi Julian. Czułem je na jej ustach. Ale nie chciałem tego przyjąć do wiadomości.

Co powiesz na wiersz dla Josephine? Krótki jak haiku.

„Wybaczę ci
Jeśli nie będziesz mnie dość kochać
Ale nie wybaczę ci śmierci".

Śmierci czy kłamstwa?, pyta Mia.

Śmierci, odpowiada Julian, odwracając wzrok.

A Mary?

„Kłóciliśmy się i żartowali
Marzyliśmy o Italii i dzieciach,
Nie o jego dłoniach na twojej szyi".

Mallory?

„Świat kończy się w ogniu
Biegniemy i biegniemy i biegniemy i
Ale świat wciąż się kończy".

A Miri?

„Na Gin Alley pijemy
I wypowiadamy życzenia, gdy złodzieje
Ciskają kamieniami w twoje łzy".

Mia całuje wytatuowane imiona po każdym wierszu. Zabawne, bo ty i ja też pijemy i marzymy. A MIRABELLE pisana wielkimi literami?

„MIRABELLE, moja ukochana
Cholera zwycięża i wojna.
Ale ty i ja to więcej".

A ta Shae, co powiesz o niej?

„Skórujesz foki, rozcinasz
Moje marzenia. Myślałem, że wybrałaś lód
Ale wybrałaś mnie".

A co powiesz o mnie, pyta szeptem Mia. Co powiesz o naszym krótkim, ale idealnym romansie?

„Jechaliśmy konno do
Miejsc, gdzie wciąż spadały bomby, marzyliśmy
O kole fortuny".

Nie konno, ale pociągiem, mówi Mia, a Julian odpowiada, na jedno wychodzi.

Kiedyś obsługiwałam koło fortuny, mówi Mia, na molo w Blackpool. Mówiłam ci o tym? Stąd o tym wiesz?

Chyba mi nie mówiłaś.

Te dziewczyny, które kochałeś, co się z nimi stało?

Umarły.

Wszystkie?

Julian zawiesza głos. Tak.

Noo. To pech.

Tak.

Ale kochać to szczęście, mówi Mia.

Podejrzewam, że to prawda.

Nie uważasz, że kochać to szczęście? Kochałeś je wszystkie?

Kochałem.

Mnie też?, pyta szeptem.

Ciebie najbardziej.

Założę się, że mówisz to wszystkim swoim dziewczynom, szepcze niewyraźnie Mia. Nie mają już whisky, Mia powoli zasypia, ale zdąży jeszcze zapytać: Czy ja też umrę?

Śpię, mówi Julian. Nie słyszę. Ale powiem ci jedno. Zdecydowanie nie chcę mieszkać w mieście o nazwie Over.

23

Dwie modlitwy

Następnego dnia żałują straszliwie, że aż tyle wypili. Ze spuszczonymi bolącymi głowami są pełni skruchy i błagają o wybaczenie spierzchniętymi ustami. Piją resztkę wody ze stopniałego śniegu i walą w drzwi, by konduktor ich wypuścił.

Mii kręci się w głowie. Przez kilka chwil jest wyraźnie zdezorientowana. Nie doszła jeszcze do siebie po wstrząśnieniu mózgu. W wagonie restauracyjnym żebrzą o coś do jedzenia, ale jako pierwsi zjawili się tam pasażerowie bez kaca i całe jedzenie zniknęło. Zapasy uzupełnią dopiero na następnym postoju. Na podłodze znajdują wyschniętą babeczkę. Zjadają ją na spółkę. Jest pyszna.

Pociąg nie rusza. Siedem i pół kilometra przed nimi nadal trwa naprawa szyn.

Opatuleni wychodzą na spacer po polach w mroźnym powietrzu, by przewietrzyć ciężkie głowy. Na białej ziemi tu i tam widnieją czarne plamy trawy.

Może będziemy mieli białe święta, mówi Mia, gdy szukają na polach czegoś do jedzenia. Znajdują ziemniak! Przełamują go na pół i zjadają na surowo. Jest pyszny.

Napotykają staw przykryty krystalicznym śniegiem.

Ślizgają się na lodzie. Nie mogą biegać ani skakać, ale ślizgają się, by zobaczyć, kto pojedzie najdalej. Mia wygrywa. Udają, że jeżdżą na łyżwach, starając się nie zginać opuchniętych kolan, trzymają się za ręce i suną w mokrych butach. Na chwilę Julian bierze Mię w ramiona i walcują na lodzie, aż dobiega ich gwizd pociągu. Biegną jak najszybciej, kulejąc na śniegu i krzycząc, nie odjeżdżajcie bez nas, nie odjeżdżajcie bez nas.

Gdy z zarumienionymi twarzami siedzą już na miejscach, trzymają się za ręce, jego lewą, jej prawą. Mia przytula się do zimnego okna, Julian do niej. Opowiada mu o molo w Blackpool, jak świetnie się tam bawiła latem z przyjaciółmi. Zastanawia się, czy diabelski młyn działa w grudniu, czy park rozrywki jest otwarty. Miałeś rację z wyjazdem z Londynu, mówi. Przepraszam, że nie chciałam cię słuchać. Mama będzie taka szczęśliwa, gdy przyjadę na święta.

„Wypuść mnie. Nie opuszczaj mnie. Wypuść mnie. Nie opuszczaj mnie.

Mia, Mia. Mia, Mia.

Uwolnij mnie.

Nie opuszczaj mnie".

Bristol, Birmingham, Portsmouth i Hull, Belfast, Coventry, Glasgow i Liverpool, Cardiff, Manchester, Plymouth i Kornwalia. Londyn.

Nie Blackpool.

Wszystko inne jest zbombardowane.

Także Sheffield, które doświadcza ciężkiego nalotu w nocy piętnastego grudnia, gdy ich pociąg stoi pusty na otwartej przestrzeni. Pasażerów ewakuowano pół kilometra dalej, do zimnego lasu, gdzie kulą się pod powalonymi drzewami i patrzą, jak ich pociąg wylatuje w powietrze i płonie.

Osłaniając ją swoim ciałem, by ją ochronić, pocieszyć, Julian szeptem opowiada jej o szczęśliwszych chwilach w nieznanej przyszłości.

Nie martw się. Nigdy cię nie opuszczę ani nie porzucę. Gramy w tym razem. Zawsze będziemy razem grać główne role.

Przyciągamy bomby jak magnes, mówi Mia.

Nie, jesteśmy pociągowymi dżokejami. Towarzyszami w siodle. Kumplami od biwaku. Kochankami. Poszukiwaczami przygód.

Mia uśmiecha się. Jak ty to robisz, Jules, że nawet bombardowanie brzmi romantycznie?

Julian przytula usta do jej zimnego policzka. Będziemy spać pod gołym niebem, kiedy wydobrzejemy, mówi szeptem Julian. Latem, gdy jest ciepło. Rozbijemy obóz na polu. Bez światła, wody, ogrzewania. Tylko my pod trenczem rozwieszonym między dwoma drzewami na skraju łąki. Będzie lało przez całe dnie. Ale to nic. Będziemy razem.

A co będziemy robić przez wiele dni pod trenczem?, pyta Mia.

Pokażę ci.

Mia podchodzi do tego sceptycznie. Wyobrażasz sobie mnie, jak kładę się w namiocie?, pyta.

Położysz się bez problemu, odpowiada Julian.

A ona wybucha śmiechem.

*

Udaje im się przeżyć Sheffield z nowymi niewielkimi ranami, nowymi rozcięciami, nowymi oparzeniami, ze starych ran sączy się nowa krew. W lesie znalazło się kilkaset osób. Osiem zginęło. Resztę powoli przetransportowano autobusami i ciężarówkami trzydzieści kilometrów na wschód do Doncaster, gdzie czekają kolejny dzień na pociąg, który ma ich zawieźć sześćdziesiąt kilometrów na północ do Leeds.

Zauważyłeś nazwy miejscowości, które mijaliśmy?, pyta Mia. Dinnington, Doddington, Diddington. Którą wybierasz?

Chciałbym mieszkać tutaj, w Loversall, mówi Julian, wskazując na kilka ponurych chat stojących na środku odludnej równiny.

W Leeds nie ma w rozkładzie żadnych cywilnych pociągów. Mają więc czas, by poszukać katedry przy Cookridge Street, niecały kilometr od dworca. Kościół stoi nienaruszony i cichy. Ku ich zdumieniu jest katolicki! Dla Mii to żaden kłopot. Mówi, że jej rodzina jest katolicka.

– Moja też – odpowiada Julian.

Oboje są zadowoleni.

– Jules, nie mogę w to uwierzyć. Na dodatek oboje jesteśmy katolikami. Zupełnie jakbyśmy byli sobie przeznaczeni.

– Tak uważasz?

Przez resztę popołudnia siedzą w katedrze, czekając na rozpoczęcie mszy o piątej.

– Bardzo mi z tym źle, że często żyjemy tak, jakby nigdy nie było stajenki w Betlejem albo krzyża na Kalwarii. – Mia wzdycha. – Ale gdzieś w środku tak bardzo chcemy w to wierzyć, prawda? Wierzyć, że gdzieś tam istnieje światłość wiekuista.

– Bo istnieje – odpowiada Julian. – Wiem, że tak jest.

– To wiesz.

– Wiem!

Zasypiają w ławce i śpią, dopóki nie budzi ich ksiądz, mówiąc surowo, że w kościele się nie śpi. Łagodnieje na widok ich poranionych ciał.

– Modliłeś się? – pyta Mia szeptem.

– Oczywiście. – „Boże na wysokości, wysłuchaj mojej modlitwy. Pomóż jej, proszę".

– O co się modliłeś?

– A ty?

– Mój ksiądz powiedział mi kiedyś, że oprócz modlitw sakramentalnych i modlitwy Jezusa, są tylko dwie osobiste modlitwy, którymi warto zawracać głowę Panu Bogu. Jedna z nich to pomóż mi. A druga to dziękuję. Którą wybrałeś?

Julian uśmiecha się znacząco.

– Ja zawsze proszę o pomoc. A ty?

– A ja prawie zawsze dziękuję – odpowiada Mia. – Bo przecież o wszystko, co mamy, musieliśmy kiedyś prosić.

24

Mytholmroyd

Dwa wieczory później, kiedy wreszcie udało im się dostać do pociągu wyjeżdżającego z Leeds, zatrzymują się trzydzieści kilometrów dalej na wschód w malowniczym miasteczku o nazwie Mytholmroyd, położonym wysoko na wrzosowiskach Yorkshire. Dostają polecenie opuszczenia pociągu, który zostaje zarekwirowany na rzecz wojska. Powiedziano im, że następny pociąg cywilny pojedzie dopiero za dwa dni. Do Blackpool zostało im jeszcze tylko dziewięćdziesiąt kilometrów, ale jakoś nie mogą tam dojechać.

Boże Narodzenie przypada za sześć dni.

A Boxing Day za siedem.

Julian jest zrozpaczony, za to Mia zachwycona.

– Tuż pod Mytholmroyd znajduje się miejscowość Hoo Hole! – wykrzykuje, studiując mapę na dworcu. Nie ma jeszcze czwartej po południu, jednak słońce już zaszło. – Chcę zamieszkać w Hoo Hole, Jules! A jeśli nie mieszkać, to znaleźć tam gospodę.

Julian nie chce zbytnio oddalać się od dworca na wypadek, gdyby pociąg pojawił się wcześniej.

– Spójrz – mówi, wskazując budynek po drugiej stronie ulicy. – Tutaj jest idealna gospoda o nazwie Shoulder of Mutton. Nie może być? Stoi nad strumykiem.

– Shoulder of Mutton![*] Gdzie się podział mój romantyk?

---

* *Shoulder of mutton* (ang.) – barania łopatka.

– Stoi nad szemrzącym strumykiem!

W Shoulder of Mutton wszystkie pokoje wynajęli pasażerowie, którzy nie kuleją i nie mają złamanych obojczyków, nie studiowali długo mapy i nie marzyli o Hoo Hole. Jedyny dostępny znajduje się na strychu na trzecim piętrze. Wspięcie się na strome schody zajmuje im trochę czasu. Pokój jest ładny. Ma wannę i niewielki balkon pomiędzy mansardowymi oknami.

– Mia, spójrz, widok. Może na strumyk. – Trudno jest to określić, bo obowiązuje zaciemnienie, nawet u stóp niewysokich Gór Pennińskich.

Na Mii nie robi to wrażenia.

– To nie jest balkon – stwierdza. – Dwie osoby z trudem się tu mieszczą.

– Jest – upiera się Julian. – To balkon Julii. – Głos prawie mu się nie łamie.

Mia mięknie.

– Nazwany na cześć Julii?

– Tak.

– No, to jest trochę romantyczne. – Mięknie jeszcze bardziej. – Pomóż mi zdjąć te ubrania – mówi – a potem możesz mi wyrecytować parę kwestii Romea.

Mija sporo czasu, zanim się rozbiorą i wezmą kąpiel w niewielkiej ilości wody, by nie zamoczyć ran. Julian wyciera delikatnie Mię i zmienia jej opatrunki, potem ona opatruje go najlepiej jak umie, bo przez złamany obojczyk poruszanie ręką sprawia jej ból. Są zabandażowani, ale pozostają nadzy, pozwalają sobie na taką małą przyjemność, ukłon w stronę lepszych czasów – dla Juliana to pamiątka po minionych dniach, dla Mii nadzieja na dni, które nadejdą.

„Niestety, miłość, choć niby ponętna, srogie na sercu wypala nam piętna!”* – szepcze Julian.

Nareszcie mam mojego Romea.

A ja moją Julię.

Gdzie jest ta sroga miłość?, pyta Mia. Rzeczywiście, niestety! Kiedy się tak zestarzeliśmy, Jules?

---

* William Shakespeare, *Romeo i Julia*, przeł. Stanisław Barańczak.

Pomaga jej położyć się na łóżku, przykrywa i ostrożnie kładzie się obok pod ciężką kołdrą.

Szyna na jego złamane przedramię jest za krótka. Musi leżeć na boku, ale nie może podnieść prawej ręki, żeby dotknąć Mii. Bark, łopatka i zaszyta rana na plecach płoną jak żywym ogniem. Palcem wskazującym pieści jej skórę pod zabandażowaną piersią. Bo ma zabandażowane nawet piersi.

Jesteś śpiący?, pyta Mia.

Nie bardzo.

Masz ochotę pogadać? Leżą na boku twarzami do siebie.

Jasne. A o czym?

Chcę cię zapytać o coś, co powiedziałeś do Duncana na Bank i do mnie w Savoyu.

Mhm.

Kiedy Dunk zapytał, czy byłeś kiedyś z dwiema dziewczynami naraz, odparłeś, że to nie pora na takie historie, poza tym i tak byś mu nie powiedział, nawet gdyby była.

Julian spogląda na nią z błyskiem w oku.

Odpowiada mu równie roziskrzonym spojrzeniem.

Czy teraz jest dobra pora na taką historię?

Dobra jak każda inna.

No to… byłeś?

Co? Jeśli chcesz się dowiedzieć, możesz równie dobrze dokończyć.

Byłeś kiedyś z dwiema dziewczynami naraz?

Tak.

Mia się ożywia. Naprawdę?

Naprawdę.

Próbuje się przysunąć bliżej i krzywi się. Och, nie, mówi. Boże, nie mogę się ruszać, wszystko mnie boli. Nie rób mi tego.

A co robię? Ledwo cię dotykam. Palcem wskazującym nadal rysuje małe kółka na jej brzuchu. Nie może wyciągnąć ręki, nie może jej opuścić, by poszukać raju.

Musiałam się poruszyć przez twoją błyskotliwą odpowiedź.

Nie zadawaj pytań, jeśli moje odpowiedzi budzą w tobie niepokój.

Zaczekaj. Ułożę się wygodniej, zanim powiesz mi więcej.

Chcesz się położyć wygodnie, żeby wysłuchać tej historii?

Tak. Moje ciało nie może reagować na twoje słowa. Rozerwiesz mi wszystkie bandaże.

To tak się to teraz nazywa?

Cha, cha. No dobra, już lepiej. Na czym stanęliśmy?

Patrzy na nią, leżąc na boku, ma rozbawione i rozszerzone źrenice, jego ciało się budzi. Nadal jestem w tobie zakochany, szepcze. Tak bardzo.

Nadal? Mam nadzieję. Znasz mnie ledwo od pięciu minut.

On się uśmiecha, choć boli go policzek. Chcesz usłyszeć historię czy nie?

Tak, jestem bardzo ciekawa akurat tej. To były te dziewczyny wytatuowane na ręce?

Jedna z nich. Każda moja opowieść dotyczy tej dziewczyny na mojej ręce.

Tej? Myślałam, że nie chodzi o jedną. Kiedy Julian nie odpowiada, Mia chce zgadnąć, która to była. Nie MIRABELLE, mówi. Na myśl o niej robisz się rozmarzony i sentymentalny.

Naprawdę?

Tak. I nie Shae, bo... sama nie wiem... ona wydaje się zupełnym przeciwieństwem. To już nie jest bajka.

Może opowieść rodem z horroru?

Coś jakby. To chyba Miri albo Mallory. One wyglądają na dziewczyny, które by na to poszły. Gdybym musiała wybierać, wskazałabym Mallory.

Bardzo dobrze. Bo to była Mallory.

Opowiedz więcej. Kim była ta druga?

Miała na imię Margrave.

Były ładne?

Oczywiście.

I nagie?

Oczywiście.

A ty? Też byłeś nagi? Nie mów... oczywiście!

Julian parska śmiechem, przez co boli go twarz, plecy i żebra.

Jak powinniśmy to zrobić?, pyta Mia.

A co chciałabyś robić?

Nie bądź niegrzeczny. Chcesz, żebym cię przepytywała jak kiedyś? Nie ma już sceny. Ani publiczności.

Ty jesteś moją publicznością. Więc co tylko zechcesz.

No proszę, jaki jesteś zgodny. Ale podejrzewam, że taki musiałeś być z dwiema dziewczynami. No dobra, będę ci zadawać pytania. W ten sposób powiesz mi tylko te rzeczy, które chcę usłyszeć. Ale obiecujesz, że powiesz prawdę?

Tak, jeśli tego właśnie chcesz.

Jak te dziewczyny w ogóle zgodziły się na coś takiego?

Nie trzeba ich było specjalnie przekonywać.

Mówimy o dziewczynach, prawda? No dobra, odmaluj dla mnie tło, mówi, nie mogąc ukryć podniecenia w głosie.

To było w pokoju na strychu, trochę podobnym do tego, ale o wiele większym. Znajdowało się w nim tylko łoże. Kominek. Stolik ze świecami. Na łóżku leżało jedwabne prześcieradło, a na nim dwie nagie kobiety. Łoże było wielkie, z czterema słupkami, więc dziewczyny mogły się chwycić zagłówka albo słupka, jeśli zaszła taka potrzeba.

Oddech Mii staje się urywany.

A zaszła?

Chwilami tak.

Wypuszcza długo powietrze pełne niespokojnej wyobraźni. Całowałeś je?

Tak.

Wszędzie?

Wszędzie.

Obie?

Tak.

Używałeś ust i dłoni? Stara się zachować spokój.

Używałem wszystkiego, co miałem do dyspozycji.

Wielkie nieba, Jules…

Tak, Mia?

Milknie, jakby nie mogła jednocześnie oddychać i zadawać pytań. Leżą bez słowa, lecz nie w spokoju. Kiedy Mia nie może sformułować następnego pytania, Julian opowiada jej szeptem o miękkich piersiach, migoczącym ogniu, o letnim powietrzu, które nie było w stanie schłodzić ich ciał, i o namiętnych okrzykach przyjemności wyrywających się z trzech gardeł.

Podobały ci się te rzeczy, które robiłeś im ustami?

Tak. Bardzo.

One też cię całego całowały?

Tak.

Podejrzewam, że to ci się też podobało.

Raczej tak.

Czy one się dotykały?

Tak.

Ustami i dłońmi?

Tak.

Podobało ci się, gdy na to patrzyłeś?

To była jedna z moich ulubionych rzeczy, mówi Julian, przysuwając się bliżej. Z wysiłkiem unosi rękę i obejmuje ją. W pewnej chwili jedna z nich stała na czworakach między nogami drugiej, a ja byłem z tyłu i robiłem swoje, obserwując je obie.

Mia jęczy z bólu, gdy napełnia płuca powietrzem. Jak mogłeś się skupić na swoim zadaniu?

Z trudem. W innym momencie jedna klęczała nad moimi ustami, przytrzymując się zagłówka, a druga pieściła mnie ustami.

Zaczekaj, zaczekaj, mówi Mia. Przestań. Nie mogę tego znieść…

Julian czeka. On też nie może tego znieść.

Żałuję, że nie mogę tego zrobić, szepcze Mia.

Której części?

Wszystkiego. Uklęknąć nad twoimi ustami. Pieścić cię wargami.

Ja też żałuję.

Jednego nie rozumiem, ciągnie Mia po paru minutach. Właśnie teraz, kiedy o tym rozmawiamy. Nie jesteśmy mężczyzną i kobietą w tamtym łóżku…

Nie?

Nie. Jesteśmy w tym łóżku. I choć tylko rozmawiamy, czuję cię. Wygina dół brzucha w jego stronę, z jękiem bólu bez powodzenia próbuje opuścić drżącą rękę, żeby go dotknąć. Pomimo wszystkich naszych ran to się nadal dzieje?

A co jedno ma wspólnego z drugim? To tak jakby powiedzieć, że to się nie stanie, bo jesteś głodna.

Ale jesteś cały rozpalony.

I co z tego?

Jeśli jesteś taki podniecony, gdy tylko o tym rozmawiamy, mówi Mia, to jak ci się udało przetrwać wtedy?

A kto mówi, że się udało? Drugi raz był lepszy. Po tym już było łatwiej.

Po tym?

Nieczęsto trafia ci się okazja pić z takiego kielicha, mówi Julian z uśmiechem. Chcesz mieć więc pewność, że wysączyłeś wszystko do ostatniej kropli.

Mia nachyla się i całuje go. Całują się, nie podnosząc głów z poduszek, ich usta ledwo się stykają. Pamiętaj, co ci mówiłam o mężczyźnie idealnym. Nieważne, o co go pytamy, odpowiedź zawsze powinna dotyczyć nas.

No to wypełniłem moje obowiązki w sposób godny podziwu, mówi Julian, przytulając ją do siebie unieruchomioną w szynie ręką, próbując powstrzymać jęk. Nie chce, żeby pomyślała, że czuje ból, gdy jej dotyka. Choć czuje ból pod każdym względem.

Co te dziewczęta robiły najlepiej?, pyta Mia.

Julian nie odpowiada od razu. Tamtej gorącej nocy w Silver Cross było tyle radości, tyle nieskrępowanego, niepohamowanego szczęścia.

Wiem, czego ja bym chciała. Oczywiście twoich dłoni i ust. Ale najbardziej chciałabym tego, co mignęło mi w Savoyu, co obiecałeś mi dać raz jeszcze. Tę wielką rzecz, którą Rhett dał Scarlett.

Chodzi ci o tę wielką rzecz, którą Rhett zabrał Scarlett?

Och, Julianie.

Och, Mia.

Ona leży, oddychając ciężko. Jesteś niedobrym człowiekiem, mówi.

Nie, jestem bardzo dobry.

Wiesz, co zrobiłeś.

Nigdy w życiu nie byłem taki uprzejmy. Nie zrobiłem nic, tylko leżałem niewinnie i odpowiadałem na twoje pytania.

Problemem jest właśnie niewinność.

Tutaj się z tobą zgadzam.

Wiedziałeś, że tak nas rozpalisz?

A ty nie wiedziałaś?

Nie! Myślałam, że tylko rozmawiamy.

Kiedy nocą leżymy nadzy w łóżku, zwróceni do siebie i rozmawiamy o kobietach i mężczyznach, którzy to robią?

Nadzy, zgoda, ale też ranni i zabandażowani. Jaki masz teraz plan, mądralo?

A kto mówi o mądrości?

Ach. Jej szeroko otwarte oczy płoną. Ale masz plan?

Co do tych rzeczy? Zawsze.

Całują się, niezgrabnie zmieniają pozycję i boleśnie jęczą, z powodu ran, z powodu bólu, który pulsuje w głębi ich ciał.

Nie wytrzymam tego, mówi ona.

Ja też nie. Połóż się na wznak.

I co potem?

Ja też położę się na wznak.

Um…

Mia. Po prostu połóż się na wznak.

Mia odwraca się ostrożnie. On też się przewraca, choć łopatka boli go straszliwie, a uwolnioną i dobrze funkcjonującą lewą dłonią pieści ją, aż słyszy tylko przeciągłe „oooch".

I co teraz?, pyta zdyszana, spoglądając na niego szeroko otwartymi oczami. Opuszcza rękę, by ująć go w dłoń. Oboje nie mogą powstrzymać jęku. Chcę tylko ciebie. Pieści go. Chcę tego, czego miałam w życiu najmniej. Czy nie zawsze tak jest?

Jasne, że tak.

Nie możesz się na mnie położyć, mówi Mia. A ja na tobie. Masz obtarte kolana, więc nie możesz za mną uklęknąć. Czy coś mi umknęło?

„A gdy dopadną nas choroby – szepcze Julian – i nadejdzie starość, i będziemy mogli tylko leżeć bez ruchu, wytrwamy mimo wszystko".

Myślisz, że uda nam się to przezwyciężyć?

Tak, moja ukochana. Może jesteśmy złamani. Ale nie tracimy nadziei. Powoli wstaje z łóżka. Przezwyciężymy to cierpliwością. Pomaga jej się podnieść.

Będziemy się kochać jak łososie, na stojąco? Podniesiesz mnie?

Może w innym życiu, odpowiada Julian. W tym przezwyciężymy to wiarą. Usiądź na łóżku i połóż się. Ostrożnie pomaga jej opuścić się na plecy i rozsuwa jej nogi. Jej biodra znajdują się na krawędzi łóżka.

Przezwyciężymy to nadzieją, ciągnie, stając między jej nogami.

Ona jęczy. Myślisz, że to się uda?

Tak. Pokażę ci.

Całuje ją. Przytrzymując jej nogi, opuszcza głowę pomiędzy jej uda, próbując nie jęczeć z powodu bólu żeber, bólu złamanego serca, i pociera ustami o jej miękkość. Ona wzdycha i stara się nie ruszać. Drżą jej nogi. Jemu pulsują żebra. Ale nie chce się wyprostować, dopóki nie da jej trochę szczęścia.

A teraz?, szepcze ona, przeczesując palcami jego włosy.

Przezwyciężymy to miłością.

To nie była miłość?

Była. Robi krok do przodu na jej spotkanie, szuka jej. Ale prosiłaś mnie o coś innego.

Boże, tak. Jęczy. Coś mniej grzecznego.

Jak sobie życzysz, Mia.

Stapiają się razem. Ona krzyczy. Julian przyciska dłońmi tył jej ud. Jego złamane przedramię pulsuje bólem do wtóru każdego przyspieszonego uderzenia serca. W tej pozycji miłość jest skuteczna i porażająca. Nacisk na jej ciało jest ogromny. Szybko ją męczy.

Julian widzi i czuje, że to dla niej zbyt intensywne. Jej jęki graniczą z krzykami cierpienia. Z trudem to wytrzymuje. Podpierając się sprawną ręką, Julian nachyla się nad nią na chwilę i całuje ją w usta. Ona jęczy i błaga o coś, czego on nie może rozszyfrować, a potem płacze. Nie po tym, w trakcie. Jęczy i płacze. Julian pyta, czy sprawia jej ból, a ona zaprzecza. Pyta, czy chce, żeby skończył, a ona mówi NIE.

Kochała go. A on kochał ją.

Tak bardzo chce się na niej położyć, wsunąć pod nią ręce, przygnieść ją swoim ciężarem, znów ją całować. Ale nie może.

Porusza się powoli i głęboko. Tak bardzo chciałby się w ogóle nie poruszać. Chwilami przyspiesza, by przynieść jej agonię i ulgę, a potem jeszcze raz zwalnia.

Nie chce, by nadeszła przyszłość, by wtargnęła tu wojna, by dopadła ich świadomość, jak krótki jest ich czas.

Powietrze w małym pokoju gęstnieje od ich krzyków. Ich szloch porusza kotarami.

Ale jęki Juliana brzmią, jakby wpadł do pułapki na tygrysy, a teraz parł do przodu, ciągnąc ją za sobą wciąż wtopioną w jego obolałe ciało.

Mia, proszę, nie płacz. Czemu miłość tak bardzo przypomina ból.

Jest taka słodka, szepcze Mia. Drży na całym ciele, po policzkach płyną jej łzy. Ta twoja miłość jest słodsza niż jakiekolwiek słowa, które znałam, i tak bardzo nie chcę, by się skończyła.

25

Kraj nadziei i chwały

To wszystko dzieje się w Mytholmroyd, wśród wzgórz, zboczy i dolin brytyjskich wrzosowisk, niedaleko lasów i wiejskich domów, nad nasiąkniętą wodą ziemią, która zamarzła na zimę. Julian zasypia i śni o fioletowym kobiercu z wrzosów, który latem przykrywa ziemię jak okiem sięgnąć.

Rankiem siedzą przy skromnym śniadaniu i gorącej herbacie, potem Mia idzie kupić gazetę, a Julian czeka na nią nad rzeką. Patrzy, jak kulejąc, schodzi ze wzgórza, oświetlona słońcem, zwracając ku niemu rozpromienioną twarz. Nie może się powstrzymać. Odpowiada jej uśmiechem. A potem w pociągu siedzi z zamkniętymi oczami, próbując zapisać na przeklętych soczewkach, przez które ogląda świat, jej obraz pełnej nadziei i szczęścia.

Przed Blackpool mijają jeszcze Blackburn, gdzie mina spadochronowa spadła jakiś czas temu i zaryła się w ziemię, a teraz wybucha obudzona przez grzmot jadącej lokomotywy, niszcząc szyny i przód pociągu. Jadący wolno pociąg wykoleja się w śniegu. Lokomotywa i dwa pierwsze wagony przewracają się. Reszta wagonów wylatuje z szyn i zatrzymuje się na drzewach i w zaspach śnieżnych. Julian i Mia, siedzący na przedzie, odnoszą obrażenia typowe dla wybuchu. Mii pęka bębenek. Krew leci jej z ucha i nosa. Piasek z rozerwanego worka zasypuje Julianowi oczy.

– Co powiedziałeś do mnie w gruzach Ten Bells? – pyta go niespożyta Mia, kołysząc się i trącając go w ambulansie, bo razem z pękniętymi bębenkiem straciła nie tylko poczucie, jak głośno mówi, ale i zmysł równowagi. Pomimo obrażeń jej głos jest pełen animuszu.

– Nie pamiętam. – Julian nic nie widzi.

– Powiedziałeś, że się nam nie uda, tobie i mnie. No, nie wstyd ci teraz, że tak bardzo się pomyliłeś?

Nie widzi jej, ale słyszy z całą mocą.

– Udało nam się dotrzeć całkiem daleko, prawda? – mówi Mia, całując go w głowę i mierzwiąc mu włosy. – Minęły już prawie trzy tygodnie od chwili, gdy byłeś takim pesymistą. I spójrz tylko na nas.

– Spojrzałbym. Ale nie mogę.

– Nic ci nie będzie! – krzyczy Mia, gładząc go po zarośniętym policzku. – Zaraz wrócę. Nigdzie się nie ruszaj. To był żart. Znajdę coś, czym będę mogła cię ogolić. Twój cień popołudniowego zarostu ma już trzy tygodnie. – Pociera nosem jego policzek, całuje go. – To też było zabawne, Jules. Próbowałam być zabawna.

– Cha, cha.

Metalowy opiłek wbił się w rogówkę uszkodzonego oka Juliana i choć sanitariusz go wyjął, opiłek zadrasnął źrenicę i teraz Julian nic nie widzi. Piasek podrażnił twardówkę, rogówkę i źrenice w obu oczach. Julian ma nadzieję, że to tylko tymczasowe i odzyska wzrok w prawym oku. Na razie jedno i drugie ma zabandażowane i jest ślepy.

Mia goli go, karmi, czyta mu i przynosi coś do picia. Nie opuszcza jego boku przez dwa mroczne dni spędzone w pokoju w gospodzie niedaleko dworca w Blackburn. Podrażniona rogówka zabliźnia się i Julian odzyskuje zamglony wzrok w jednym oku. Jeszcze raz opuszczają miejsce katastrofy na własnych nogach. Lewe oko Juliana jest nadal zabandażowane. Mia na potęgę żartuje sobie z jego położenia.

– Co powiedział jednooki pirat do swojej żony na niby? „Oko to mrzonka, moja żonko".

– Zawsze bądź sobą – odpowiada Julian. – Chyba że możesz być piratem. Wtedy zawsze bądź piratem.

Udaje im się wsiąść do zatłuczonego do granic możliwości pociągu jadącego z Blackburn do Preston. Mia jest podekscytowana, gdy dojeżdżają do Preston. Do Blackpool zostało im tylko trzydzieści kilometrów! Ale w Preston dowiadują się, że nie pojadą już żadne cywilne pociągi. Boże Narodzenie jest tuż za pasem, nie ma dość maszynistów, a składy wojskowe mają pierwszeństwo.

– Może w tysiąc dziewięćset czterdziestym pierwszym znajdzie się dla was jakiś pociąg – informuje ich dyżurny stacji w Preston. – Wróćcie w styczniu. Szczęśliwego Nowego Roku.

– No, Jules, możemy przejść piechotą te trzydzieści kilometrów. Co ty na to?

Przygląda się jej jednym okiem, patrzy na wciąż zabandażowaną głowę, skręconą kostkę, opuchnięte kolana, złamany obojczyk. Sobie się nie przygląda, ma zbyt dużo obrażeń, by je zliczyć.

– Nie patrz na mnie złym okiem, Długi Johnie Silver. – Uśmiecha się. – To zajmie nam trzy dni. Cztery, jeśli będziemy się wlec.

– Jutro Wigilia – mówi Julian. Nie dodaje, że to czterdziesty siódmy dzień. Stara się o tym nawet nie myśleć. Ale to nie zmieni stanu rzeczy. Jutro jest czterdziesty siódmy dzień.

– Wiem. Masz lepszy plan? A może planujesz tylko zabawy z chętnymi kobietami? – Stale się uśmiecha.

Spogląda na nią, na własne odbicie w oknie dworca, przygryza wargę. Już ma iść do dyżurnego stacji błagać go o litość. Ma mu zaproponować to, co oferuje każdemu, kto ma coś, czego on chce. Wymianę. Monetę królowej Elżbiety, która wykarmi rodzinę tego mężczyzny przez rok w zamian za otwarcie drzwi do przedziału towarowego w wojskowym pociągu. Ale zanim ma czas to zrobić, Mia kiwa głową komuś, kto stoi za nim. To dyżurny stacji.

– Za godzinę pojedzie tędy pociąg do Blackpool North – mówi mężczyzna. – Jeśli będziecie cicho i staniecie tam, gdzie wam powiem, otworzę wagon. Pociąg zatrzyma się na stacji na dziesięć minut. Jeśli nie będzie was na peronie, nie wsiądziecie.

– Dziękuję – mówi Mia, bo wszystkie inne słowa są nieodpowiednie.

Julian prosi ją, żeby zaczekała i idzie za kierownikiem.

– Co? – rzuca mężczyzna, ponury i przepracowany.

– Chcę panu coś dać – wyjaśnia Julian. Na lewej dłoni trzyma jedną ze złotych monet.

– Co to jest? – pyta podejrzliwie mężczyzna.

– Prezent dla pańskiej rodziny. Proszę go nie zgubić. Proszę jak najszybciej znaleźć znawcę monet i sprzedać mu ją. I nie przyjmować mniej niż czterysta funtów. Proszę się porozglądać. Wystawić na aukcję. Jeśli będzie pan cierpliwy, może pan dostać sześćset funtów.

– Ile pan powiedział?

– Słyszał pan.

Dyżurny stacji spogląda z niedowierzaniem na monetę.

– O rety, wielkie dzięki – mówi szorstko. – To naprawdę niepotrzebne.

– Wiem.

– Niepotrzebne – dodaje dyżurny, drżąc jak człowiek, który stał się świadkiem cudu – ale bardzo mile widziane.

– Wesołych świąt.

– Wzajemnie.

Dyżurny otwiera dla nich przedział bagażowy, daje dwa koce, pół butelki taniej whiskey i metalowy hełm pełen chleba i duszonych ziemniaków.

– Zostało mi z obiadu – wyjaśnia. – Żona zrobiła. Gotowanie nie jest jej mocną stroną, ale jak zgłodniejecie, będzie wam smakować.

Smakuje jak bouillabaisse w Savoyu. Kiedy godzinę później pociąg wjeżdża na stację Blackpool North, Julian i Mia najedzeni i pijani jak nigdy wcześniej.

Nadal mają do przejścia prawie pięć kilometrów do jej domu.

Potykają się w ciemności jak włóczędzy, obejmując się i podtrzymując ramionami, kuśtykają po ulicach, śpiewają niewyraźnie *Land of Hope and Glory*.

„Bóg, który stworzył cię potężnym, uczyni cię jeszcze potężniejszym!".

– Nie jesteśmy tacy potężni – stwierdza Julian.

– Żartujesz? – protestuje Mia. – Na wpół ślepy przywiozłeś mnie do domu na święta. Mamy razem dwie sprawne ręce, jedną sprawną nogę, troje uszu i troje oczu, a przejechaliśmy przez rozdarty wojną kraj i przeżyliśmy. Jesteśmy niezwymierzeni, Jules. W pojedynkę może nie radzimy sobie najlepiej, ale razem jesteśmy niezwymierzeni.

– Chcesz powiedzieć niezwyciężeni?

– To właśnie mówię. Niezwymierzeni.

Tak bardzo chciałby móc się z nią ożenić i nosić ją na rękach.

26

Koło fortuny

Dom jest otynkowaną na różowo niedużą chatą z żelazną furtką i wąskim podjazdem. Stoi przy ulicy o nazwie Babbacombe w pobliżu Pleasure Beach.

– Jak tego nie kochać – mówi Mia. – Babbacombe, niedaleko Pleasure Beach.

– Na pewno go pokocham – odpowiada Julian. – To różowy pałac. Ale myślałem, że wychowałaś się w Londynie?

– Bo tak było. Mieszkaliśmy tu, kiedy byłam mała. A teraz to nasz letni domek. W drugiej części zatrzymuje się Wilma z rodziną.

Ale dzień przed Wigilią dom nie wygląda na zamieszkany. Jest zamknięty i ciemny. Na ulicy nie ma drzew. Kilka nagich krzewów i drogę pokrywa lód, błoto i stary śnieg.

Mia znajduje klucz pod jedną z doniczek na podwórku. Wewnątrz nie ma światła, bo na zimę wyłączono elektryczność. Nikt nie spodziewał się powrotu do Blackpool przed czerwcem. Mia i Jules kręcą się po omacku po kuchni, aż znajdują zapałki i świece.

Na stole leży liścik do Mii od matki. Mia czyta go na głos.

Mia, moja najdroższa Córeczko! Nic nie uszczęśliwiłoby Twojej mamy bardziej niż świadomość, że czytasz te słowa, bo to by oznaczało, że masz się dobrze i jesteś bezpieczna. Nie miałam od Ciebie żadnych wiadomości od ponad miesiąca. Ostatnio pisałaś, że poznałaś nowego faceta. Wieści z Londynu są tak złe, że Twoje milczenie mnie dobija. Odchodzę od zmysłów z niepokoju. Wyjeżdżamy z Wilmą do Morecambe Bay do jej teściów, by tam spędzić Boże Narodzenie i Nowy Rok.

Jeśli przyjedziesz do domu na święta i przeczytasz ten list na czas, proszę, wsiądź do pociągu – jeśli będą jeszcze jeździć – do Morecambe, a potem przejdź sześć kilometrów do Danvers Lane. Zatelegrafuj na pocztę w Morecambe, by dać mi znać, że wszystko jest w porządku. Będę tam chodzić codziennie, by sprawdzić, czy nie nadeszła wiadomość od Ciebie. Jeśli nie dostanę jej do Nowego Roku, wrócę do Londynu. Nie wytrzymam już Twojego milczenia. Zostawiłam Ci kilka puszek w naszym sekretnym kredensie w spiżarni, pamiętasz gdzie. Obrabowano tyle pustych domów. Znajdziesz tam mielonkę, brzoskwinie, mleko, pomidory. A nawet pudding. Wiem, jak bardzo to lubisz. Kocham Cię, Aniołku, niech Bóg Cię strzeże, kia ora, miej życie, miej się dobrze i Wesołych Świąt.

Twoja mama

Julian marszczy brwi.

– Czemu twoja mama napisała „kia ora"? Skąd zna to maoryskie pozdrowienie?

– Urodziłam się w Nowej Zelandii – wyjaśnia Mia. – A ty skąd je znasz?

– Naprawdę? – Jest pijany, ale zdumiony.

– Tak, w hrabstwie McKenzie na północ od Dunedin. Wróciliśmy do Blackpool, gdy byłam malutka, więc nic nie pamiętam. Rodzina mamy stamtąd pochodzi.

– W którym roku się urodziłaś?

– W tysiąc dziewięćset dwunastym.

Przygląda się jej bardzo uważnie. Shae zmarła pod koniec 1911.

– Jak twoja mama ma na imię?

– Abigail. Abby. Czemu pytasz?

Nic mu się nie kojarzy. Ale zbiegi okoliczności nie istnieją. Jeśli będzie miał okazję poznać matkę Mii, zapyta ją, czy słyszała kiedyś o Agnes, Kiritopie albo o tawernie Yarrow w Invercargill.

– Jak myślisz? Uda nam się dostać do Morecambe na Wigilię?

Mia kręci głową.

– Nie mogę. Jestem zmęczona. Nie czuję się dobrze. – Przyznaje to pierwszy raz od dnia, gdy się poznali. – Pójdę z tobą jutro nad morze, ale to tyle. Poza tym i tak nie ma stąd bezpośredniego pociągu do Morecambe. Musielibyśmy wrócić do Preston.

– Tego nie zrobimy – stwierdza Julian. Przywiózł ją do domu. I kosztowało ich to tyle trudu. Nigdzie się stąd nie ruszą.

– Dobra. Wszystko zamykają jutro wcześnie rano i otworzą dopiero po świętach. – Przysuwa się do niego. – Jeśli napiszę jej, że tu jestem, będzie się starała przyjechać pierwszym pociągiem. A wtedy nie będziemy już sami. – Nie podnosi rąk, ale przytula twarz do jego płaszcza. – Chcę się poczuć trochę lepiej, żebym mogła znów być z tobą, zanim nas opadną. Moja rodzina jest jak szarańcza. Jest ich strasznie dużo i nie przestają szumieć.

W domu panuje chłód. Postanawiają zostać na dole, bo nogi nie chcą ich nosić. Julian rozpala ogień, idzie na górę tylko raz, by przynieść koce i poduszki, i rozściela je dla nich na podłodze w salonie przed kominkiem. Kładą się razem, choć żadne z nich nie wie, jak uda im się jutro wstać.

– Marzę o rybie z frytkami, ciasteczkach i herbacie – mówi Mia, jakby już śniła. – A ty?

– O palmach i autostradach, o oceanie, muzyce w oświetlonych górach.

– Gdzie jest to magiczne miejsce? – mruczy Mia przed zaśnięciem z czołem przytulonym do jego ramienia.

Następnego ranka chce iść na molo.

Julian przygląda się jej uważnie i sugeruje, że może już dość się nachodzili w 1940 roku.

Mia ma opuchniętą i siną kostkę. Nie pozwala mu jej dotknąć. Jak może na niej chodzić? Jego kolano wygląda podobnie.

– Nigdy nie widziałeś Blackpool – stwierdza Mia. – Mówiłeś, że chcesz.

– Po co ten pośpiech? – pyta on. – Pójdziemy po świętach. Kiedy poczujesz się lepiej.

– Teraz czuję się dobrze, chodźmy. – Jest zdeterminowana, by nie zmarnować dnia.

Kuśtykają w marznącym deszczu na puste molo. Przytrzymując się zdrowego ramienia Juliana, Mia opowiada mu o letnich dniach, gdy kręciło się diabelskie koło i grała muzyka. Opowiada mu o Blee Vue Gardens i Fairgrounds, o Captive Flying Machine, o Pleasure Beach i basenie z lodowatą wodą przy saunie.

Pracowała w Fun Palace i zawsze marzyła, by wypłynąć w morze. Dostrzegają małą łódkę zarytą w piasku pod molem. Schodzą po schodach (to bardzo zły pomysł), podchodzą do brzegu i siadają w łódce. Nadchodzi przypływ.

– Uwielbiałam spędzać tu lato – mówi Mia. – Pracowałam przy diabelskim młynie i gokartach, ale najbardziej lubiłam koło fortuny.

– Czemu?

– Napisałeś o tym wiersz, powinieneś wiedzieć.

– Jaki wiersz? A, tak. „Marząc o kole fortuny". Wymyślałem różne rzeczy.

– A to jest prawdziwe. To koło. Dajesz mi pieniądze i zadajesz pytanie, ja potem kręcę kołem, a kiedy się zatrzymuje, dostajesz odpowiedź.

– Jakie pytanie?

– To lubiłam najbardziej – mówi Mia. – Słuchać, o co ludzie pytają.

– Nie pytali w myślach?

– Nie zawsze. Pytali, czy wezmą ślub albo czy będą mieli dziecko albo kolejne, czy on ją kocha albo czy naprawdę ją kocha, czy podobają mu się jej długie włosy albo czy uważa, że jest za chuda. – Mia parska śmiechem. – Z jakiegoś powodu odpowiedź na ostatnie pytanie była zawsze twierdząca! Zawsze uważał, że jest za chuda.

– A mężczyźni? Nie mieli żadnych pytań?

– Ależ tak. Ale zwykle byli cichsi. Żona jednego była chora. Zapytał, czy wyzdrowieje, i załamał się, zanim koło przestało się kręcić. A odpowiedź brzmiała: „Nie tak jak chcesz". To było straszne. Kilka innych odpowiedzi też. Czy ona nadal będzie mnie kochać, jeśli nigdy nie zarobię więcej pieniędzy? Powiedziała, że nie mogłaby wyjść za hydraulika, czy powinienem się zgłosić do cechu murarzy? Zrobiłem coś strasznego, czy mój najlepszy przyjaciel kiedykolwiek mi wybaczy?

Julian zwiesza głowę.

– Jak brzmiała odpowiedź na to pytanie? – mówi. – A może pamiętasz tylko pytania?

Mia przyznaje, że tak.

– Pytania i ich twarze, gdy odchodzili. Byli pełni nadziei albo zdruzgotani.

– Okej – rzuca Julian. Podaje jej rękę i wstają z trudem. – Woda się podnosi. Chodźmy znaleźć to twoje koło fortuny.

Jest Wigilia 1940 roku. Wokół nie ma żywego ducha. Długie, szerokie molo też świeci pustkami. O trzeciej po południu jest szaro i mgliście. Słońce powoli zachodzi, niebo ciemnieje. Morze Irlandzkie jest czarne. Wiatr bieli tylko grzbiety małych rozgniewanych fal, które rozbijają się o skały przy molo.

Podchodzą do salonu gier w Fun Palace. Mia mówi, że koło fortuny wytaczano zwykle na promenadę. Ale nie dzisiaj. Znajdują je schowane z tyłu, za bilardami, wznosi się samotnie przy ścianie jak wielka ruletka.

Julian przygląda się odpowiedziom.

Strzałka pokazuje TAK.
Pora uregulować długi.
Możesz na tym polegać.
Nie licz na to.
Trudno teraz przewidzieć.
Lepiej teraz nie mówić.
Tylko jeśli cię to uszczęśliwi.
Spróbuj jeszcze raz, wynik jest niejasny.
Nie tak jak chcesz.
Idź za głosem serca.
Nie ma się czym martwić.
Z Bogiem nic nie jest niemożliwe.

Julian najdłużej przygląda się ostatniej możliwości. Wypisano ją w najwęższym rowku. Haczyk koła prawie nie może się tam zatrzymać.

Wyjmuje z kieszeni monetę Fabiana i podaje ją Mii.

– Co to jest?

– Złoty suweren.

Marszcząc lekko brwi, Mia przygląda się monecie. Wygląda na zaniepokojoną.

– Jest dziwny – zaczyna – ale czemu wydaje się taki znajomy? Musiałam go chyba widzieć w jakiejś książce czy gdzieś indziej.

– Gdzieś indziej – powtarza Julian.

– Ale się błyszczy. Jak myślisz, ile jest wart?

Julian wzrusza ramionami.

– Sześćset funtów.

Mia wybucha śmiechem.

– Niezły z ciebie żartowniś. Czemu nigdy nie możesz przy mnie zachować powagi?

– To szczera prawda. Zakręcisz kołem?

– A ty zadasz pytanie? – Z jękiem podnosi rękę, by chwycić dźwignię.

– Już zadałem.

– Nie powiesz mi?

– Czy tym razem będzie inaczej?

– To twoje pytanie? Czy tym razem będzie inaczej?

– Tak.

– Dobra. Ale jeśli nie spodoba ci się odpowiedź i będziesz chciał, żebym zakręciła jeszcze raz, będziesz mi musiał dać następną monetę. – Uśmiecha się szeroko.

– Okej.

– Ile razy możemy kręcić?

– Trzydzieści sześć. – Wykorzystał cztery monety w Londynie: na czarnym rynku, w Savoyu, dla Wilda i dla Nicka. To dużo. I jeszcze piąta, którą wczoraj dał dyżurnemu. – Kręcisz czy nie?

Mia pociąga dźwignię. Rozlega się zgrzyt obracających się zębatek. Koło zaczyna się kręcić. Patrzą na nie przez długi czas, aż wreszcie się zatrzymuje.

„Spróbuj jeszcze raz, wynik jest niejasny", czytają zaznaczoną odpowiedź.

Mia wyciąga rękę.

– Moneta, proszę. Koło mówi, żeby spróbować jeszcze raz.

Julian wyjmuje suwerena. Mia ciągnie dźwignię, ale koło nie chce zaskoczyć. Ani drgnie.

– Och, nie – mówi Mia. – Zepsuliśmy koło fortuny.

Julian spogląda na nie ponuro.

Mia oddaje mu monetę.

– Wracajmy do domu – mówi Julian, oferując jej ramię. – Wyglądasz na zmęczoną. Wrócę tu sam po świąteczny przydział. Wezmę wszystko dzisiaj, więc wystarczy nam na święta. Zdobędę jajka. Mamy w domu whisky?

– Jajka i whisky, niezłe połączenie. Możemy zrobić jajka po szkocku, cha, cha.

– Cha, cha – odpowiada jak echo Julian i obejmuje ją ramieniem. – A ty pytałaś kiedyś koło?

– Nie. Nigdy nie chciałam poznać przyszłości.

– Kiedyś chciałaś.

„Powinni nasycać zapachem śmierci samą śmierć. Dzięki temu wszyscy by wiedzieli, co nadciąga.

Chciałabyś?

Wiedzieć, kiedy umrę? Oczywiście, powiedziała Josephine. Kto by nie chciał?".

– To nie ja – odpowiada Mia. – To musiała być inna z tych twoich dziewczyn. Łatwo się pogubić, tyle ich miałeś. – Uśmiecha się. – A gdyby koło powiedziało mi coś, czego nie chciałam usłyszeć? Widziałam twarze ludzi, którzy zadawali mu pytania. Twarze tych, którzy dostali właściwą odpowiedź nigdy nie były tak rozjaśnione, jak ponure były twarze tych, którzy dostali złą. – Przytrzymując się go, milknie na chwilę. – Ty mniej więcej tak wyglądałeś, kiedy zadałeś pozornie niewinne pytanie. O co ci chodziło? Czy tym razem będzie inaczej? Co będzie inaczej?

– Nic – odpowiada Julian. Przygląda mu się w milczeniu. Coś się czai za jej oczami, jakaś zmiana przyprawiona niewyrażalną prawdą.

27

Kult cargo

Kiedy Julian wraca do domu późnym wieczorem w Wigilię z przydziałem jedzenia, Mia stoi z ręką opartą na biodrze i podsuwa mu pod nos swój mały notes otwarty na ostatniej stronie, na której Julian napisał kilka słów i zapomniał o tym.

Witaj, powiedziałaś, w obojętnym języku
Uśmiechając się do mnie z metalowego płotu
A ja powiedziałem
Chcę się wydostać.
Koło fortuny się zepsuło.
Skrzynia, w której mieszkam z tobą
Jest jedynie
Kultem cargo.
Na brzegach kwiaty, zgoda,
Ale wewnątrz pustka.
Proszę cię
Błagam
Wypuść mnie.

– Ty to napisałeś?

Julian odkłada torby.

– Napisałeś to dla mnie? – Cmoka z odrazą. – To ma być wiersz miłosny?

– To jest wiersz – przyznaje Julian. – I opowiada o miłości.

– To jest o miłości? O miłości, która się skończyła?
– Nie skończyła, a kończy.
– Tak właśnie o mnie myślisz? Że jestem pustą skrzynią?
– Nie.
Z gniewem uderza w notes palcem.
– Tutaj tak jest napisane.
– Mogę wyjaśnić? – Ale nie potrafi.
– Czemu piszesz, że koło fortuny się zepsuło?
– Nie napisałem tego dzisiaj.
– To wygląda na jakąś ostateczność.
– To tylko wiersz.
– O prawdziwych rzeczach! – krzyczy. Krzyczy na niego. Stoją w zimnej kuchni. Zaczyna płakać. – Czemu, czemu zabrałeś mnie z Londynu, skoro chciałeś tylko uciec? Mogłeś mnie tam zostawić, tam, gdzie jest moje miejsce, i uciec!
– Nie powiedziałem, że nie chcę z tobą być.
– To o co ci chodziło?
Ściskając bolącą rękę, Julian stoi z nisko opuszczoną głową.
– Chciałem tylko, żebyś spędziła święta z mamą. Jeśli chcesz, możemy wrócić do Londynu po Nowym Roku. – Podchodzi do kominka. – Strasznie zimno. Rozpalę ogień.
Mia kuśtyka za nim. Chwyta go za koszulę i odwraca do siebie.
– Dlaczego chcesz się wydostać?! – krzyczy.
– W moich żyłach płynie choroba. – Próbuje objąć ją uspokajająco ramieniem, ale ona mu nie pozwala.
– Jaka choroba?
– Objawienie bezwzględnej matematyki, adwent rozpaczy – odpowiada.
– O czym ty mówisz?
– Kiedy liczysz dni i dociera do ciebie, że zaczyna brakować ci życia.
– Jesteś okropny. Nie możesz mówić jasno? Powiedz mi, o co ci chodzi?
– Nie krzycz.
– Powiedz mi prostymi słowami – powtarza. Popycha go, potrząsa, uderza, płacze.

– Kocham cię – mówi Julian, obejmując ją.

– Kochasz pustą skrzynię?

Na jego twarzy maluje się przerażenie.

Kiedy ona to dostrzega, przerażenie pojawia się także na jej twarzy. Jej dusza jest naga. Odpycha go.

– Mój Boże, myślisz, że to ja umrę – mówi, a w jej łamiącym się głosie słychać strach. – Może nie wiesz, gdzie jest Wild, ale jakimś cudem wiesz to, tak jak wiedziałeś, że nie zbombardują Blackpool. Wiesz to! Kim ty jesteś? Wiedziałeś od samego początku. Dlatego zawsze jesteś przy mnie, żeby mnie złapać. – Cała dygocze. – Czy tym razem będzie inaczej?, zapytałeś. A koło fortuny odpowiedziało, że nie, i się popsuło. Gdyby nie to, dlaczego byłbyś tak zrozpaczony? Znam ten wyraz twarzy. Tak wyglądał tamten starszy mężczyzna, kiedy zapytał o umierającą żonę.

Nie, mówi Julian, lecz nawet on nie słyszy własnego głosu w porażającej ciszy.

– To ja jestem tą jedyną, prawda?

– Tak.

– Pozwól mi dokończyć. Tą jedyną, która umiera. Dziewczyną z twojego ramienia, której wciąż szukasz.

Julian stoi z głową pochyloną jak do modlitwy.

Nawet brudna woda nie kapie z kranu. Nie porusza się nic, z wyjątkiem wiatru za oknem.

W końcu wycofują się do przeciwległych narożników. Julian rozpala ogień, Mia smaży jajka. Z jedną świecą płonącą między nimi jedzą w milczeniu w niewielkiej starej kuchni, piją w milczeniu, w milczeniu sprzątają ze stołu. Nie mogliby włączyć radia, nawet gdyby mieli ochotę. Nie ma prądu. W milczeniu zmieniają sobie nawzajem opatrunki. Mia znajduje czystą gazę i jodynę. Kiedy kończą, kładą się pod szorstkimi kocami i czekają, aż zgaśnie ogień.

Mia odzywa się pierwsza.

– Powiedz mi prawdę. Obiecałeś, że będziesz ze mną szczery, więc bądź. Przywiozłeś mnie tutaj dla mojej matki? Żeby mogła mnie znaleźć, kiedy umrę?

W domu jest ciemno i zimno.

– Tak – mówi Julian. – Przywiozłem cię tu dla matki. Żeby mogła cię znaleźć, kiedy umrzesz. Żebyście mogły razem spędzić święta.

Nie mogą się dotykać. Ich piersi unoszą się i opadają, leżą wpatrzeni w sufit, starając się oddychać przez połamane kości, sączące się rany.

– Kropla za kroplą – szepcze Julian – moja miłość pada na twoje serce.

– Niezłe – odpowiada Mia. – Czemu nie mogłeś zapisać tych słów? Nie zdenerwowałabym się tak bardzo.

Mijają minuty. Mia przytula do niego policzek. Nie mogą się uspokoić na tyle, by zasnąć.

– Co zrobiliśmy nie tak? – pyta Mia. – Czy nie oddałam ci siebie?

– Oddałaś. Oczywiście, że oddałaś.

– To czemu?

– Czy mogę ci powiedzieć coś, czego już nie wiesz? Opowiedziałem ci tyle historii. Nie mam pojęcia czemu. Znam tylko ciebie. Byłaś piękna w każdym stuleciu. Zawsze uwielbiałaś scenę. Traktowałaś swoje wady jak cnoty. – Nie mówi jej: Nie chciałaś mieć dzieci. Zabiłaś człowieka. Okradałaś mężczyzn. Byłaś aniołem. Próbowałaś mnie zabić. – Kochałaś mnie. A ja kochałem ciebie. – Przyciska dłoń do czarnej rany, do oka, które nie widzi. Głos prawie mu się nie załamuje.

*

W pierwszy dzień świąt Mia śpi do południa. Na świąteczną ucztę jedzą mielonkę, jajka gotowane na gazowym piecyku i pudding z puszki, popijają wszystko mlekiem, słodką herbatą i whisky. Julian nie odstępuje jej ani na chwilę, chodzi za nią po domu krok w krok. Pozwól, że ja otworzę puszki, brzegi są ostre. Pozwól, że ja podgrzeję pudding, woda jest gorąca. Przyniosę brzoskwinie ze spiżarni. Zapalę świece i zmienię ci opatrunki.

– Co się z tobą dzisiaj dzieje? – pyta ona. – Zachowujesz się gorzej niż po bombardowaniu.

Pokazuje mu swój dziecięcy pokój na górze, ale jest tam za zimno, by zostać na dłużej. Pokój jest pełen książek, szalików, butów na słupku oraz zdjęć Clarka Gable'a i Carole Lombard.

– Była miłością życia Gable'a. Kiedyś byli taką piękną parą – mówi Julian bez zastanowienia i kuli się z żalu, kiedy ona zamyka się w sobie i biegnie na dół. Jest dopiero 1940 rok. Zapomniał, że Lombard zginęła w 1942 roku. Podczas podróży w czasie używanie odpowiedniego czasu gramatycznego jest bardzo ważne. Nigdy się tego nie nauczy.

Na dole Mia narzeka, że nie będą mogli posłuchać nadawanej przez radio świątecznej mowy króla, a Julian, który miał okazję wiele rzeczy przeczytać, recytuje fragmenty z pamięci.

– Wojna przynosi, pośród wielu innych smutków, rozpacz rozdzielenia. – Wszystkim swoim poddanym król życzy szczęścia, które niesie ze sobą Boże Narodzenie. – Mogę powiedzieć wszystkim mieszkańcom naszej ukochanej wyspy, że mogą być dumni ze swojego narodu. – Na widok wyrazu jej twarzy dodaje: – To król mógł powiedzieć. To tylko przypuszczenie.

– Jasne.

Od czasu gdy Mia się obudziła, mieli tylko trzy godziny dziennego światła. Kiedy Julian odgrywa dla niej fragmenty mowy króla, jest już ciemno. Zjedli trochę smażonego bekonu, resztę jajek, wypili herbatę z cukrem. Rozdrażniona i niezadowolona z Juliana Mia próbuje wywołać kłótnię z powodu głupich rzeczy, które mówi, powiedział, mógłby powiedzieć. Julian nie daje się w to wciągnąć, a to drażni ją jeszcze bardziej.

– Mia, czemu miałbym się z tobą kłócić w Boże Narodzenie? – pyta.

– Tobie zawsze coś przeszkadza. Boże Narodzenie, niewielki nalot. Zaraz mi powiesz, że nie wolno nam się kłócić w Boxing Day.

– Nie. Jeśli tylko tego chcesz, w Boxing Day możemy się pokłócić na całego.

W blasku ognia czytają na zmianę fragmenty sztuki, którą znaleźli w jej pokoju: *Zabawa jak nigdy* Williama Saroyana, a kiedy ogień gaśnie, recytują fragmenty sztuk z pamięci. *Bądźmy poważni na serio. Sen nocy letniej. Otello.*

– To nasze pierwsze wspólne Boże Narodzenie – mówi Julian, gdy robi się późno i skończyły im się cudze słowa.

Natychmiast tego żałuje, gdy Mia odpowiada:

– Tak? A jak może być inaczej, ośmielę się zapytać? Poznaliśmy się dopiero w listopadzie.

W ciemności leżą na wznak.

– Powiedz mi, Julianie, czy jutro będzie nasz pierwszy Boxing Day?

– Tak.

– A za tydzień nasz pierwszy Nowy Rok?

– Tak.

– A w marcu pierwszy raz będziemy razem świętować urodziny?

– Tak.

– Więc po prostu stwierdzałeś oczywisty fakt?

– Tak.

Mia zgrzyta zębami.

– Czemu wstrzymujesz oddech?

– Nie wstrzymuję. – Oddycha z przesadą.

– Powiedz mi, to nasza pierwsza wojna razem?

– Tak.

– Pierwsza kłótnia?

– Nie. Druga. Pierwsza była wczoraj.

– O, jacy jesteśmy mądrzy. Wydaje ci się, że jesteś Tym-Który--Wie-Wszystko.

Aby poprawić jej humor, Julian śpiewa piosenkę wojenną, licząc, że do niego dołączy. To *Lili Marleen* Marleny Dietrich. Żałuje, że nie pomyślał o czymś radośniejszym. „Na zawsze zachowam cię w swoim sercu, Lili Marleen".

– Wojenna piosenka, mówisz? Nigdy o niej nie słyszałam.

Julian nie odpowiada. Czy rok 1940 to zbyt wcześnie, by „czekać na ciebie całą noc, Lili Marleen"?

– Jutro – zaczyna Mia – pójdę na molo, kupię gazetę i przeczytam świąteczną mowę Jerzego do Wspólnoty Narodów. Niech Bóg ci pomoże, jeśli znajdę w niej choć jedno słowo, które mi wcześniej powiedziałeś.

– Co? Nawet Boże Narodzenie?

– Zgadza się. Nawet Boże Narodzenie.

*

Wczesnym rankiem w Boxing Day kiedy Julian wraca z gazetą i jajkami od kobiety w dole ulicy, która hoduje kury, znajduje Mię przy zlewie w kuchni. Stoi tyłem do niego.

Wszystko w porządku?, pyta. Mam dla ciebie gazetę.

Połóż ją na stole. Rzucę na nią okiem za moment.

Mam też jajka. Całe cztery.

Jajczastycznie, mówi. Nie odwraca się.

Co się dzieje?

Nic. Jestem trochę oszołomiona. I strasznie boli mnie głowa.

To usiądź. Musisz coś zjeść.

Odwraca się do niego. Ma poszarzałą twarz.

On też szarzeje.

Odsuwa krzesło od stołu i pomaga jej usiąść.

– Co się stało, gdy mnie nie było? – Wyszedł na zaledwie dwadzieścia minut! – Co zrobiłaś?

– Nic. Pochyliłam się, żeby zmienić bandaż na kostce, i kichnęłam. Czy to się liczy jako robienie czegoś?

– Jasne. Jeśli robisz to dobrze.

Mia uśmiecha się blado.

Julian stoi wciąż w butach i płaszczu, wpatruje się w nią, a potem w swoje cierpnące dłonie.

– Co się dzieje? – pyta Mia. – Dobrze się czujesz?

– Oczywiście. Ale właśnie dotarło do mnie, że chyba upuściłem jedno jajko w śnieg.

– To było jajko pingwina? Może cesarskiego?

Julian nie rusza się z miejsca.

– Żartuję – mówi Mia. – Nie masz monopolu na żarty. Idź poszukać tego jajka.

Julian wychodzi z różowego domu. Pada śnieg. Ścieżka prowadząca do furtki jest oblodzona. Julian wpatruje się w Babbacombe Road, w inne domy. Z jednego czy dwóch kominów unosi się dym. Niewidzialne gwiazdy zrzuciły przebranie. Nie ma już udawania. Wody zamarzły, niebo się otworzyło i całymi miesiącami leciał z niego lód, wiatr nie był jaskinią, lecz całym światem.

Dotarła tak daleko. Tak daleko, ale dalej już nie może.

Kulejąc, Julian podchodzi do żelaznego kwiatonu. Przytrzymuje się go jak liny ratunkowej i stoi bez ruchu. Zimno ściska mu gardło. Krzyżuje nadgarstki, przyciska złamaną rękę do brzucha. Otwiera usta w pełnym bólu bezgłośnym krzyku.

Za sobą słyszy głos Mii.

– Jules?

Zgina się wpół. Po chwili zmusza się, by rozluźnić dłonie. Opuszcza ręce wzdłuż boków. Wdycha lodowate powietrze, raz, dwa, błaga o zmiłowanie, o opanowanie. Powoli prostuje się, odwraca do niej i uśmiecha.

– Nie znalazłem go. – Wraca do domu. Ona idzie za nim.

Kilka minut później Mia miesza jajka przy blacie, gdy nagle się chwieje. Julian natychmiast ją podtrzymuje.

– Nie wiem, co się ze mną dzieje – mówi. – W jednej chwili nic mi nie jest, a w drugiej kręci mi się w głowie.

– Usiądźmy.

– Dobrze, ale tylko na moment. Naprawdę mam ochotę na jajecznicę.

Julian sam musi usiąść. Z trudem utrzymuje się na nogach.

– Czemu tak na mnie patrzysz?

– Jak? – pyta Julian ledwo słyszalnie. – Odpocznij. Skończę robić śniadanie.

Zaczyna się podnosić, ale Mia go powstrzymuje.

– Zaczekaj. Głowa okropnie mnie boli. Może masz rację, może to dlatego, że nic nie jadłam. Ale dzwoni mi w uszach. Nic mi nie będzie, ale, Jules… chyba muszę się na chwilę położyć.

Kładzie ją na kocach przy ogniu i staje nad nią.

– Minutę temu wszystko było w porządku – mówi Mia, patrząc na niego przepraszająco. – Przepraszam, Julianie.

– Nie przepraszaj. To tylko ból głowy. – Siłą zmusza się, by nie odwrócić wzroku. Mogła od tygodni cierpieć na powolny krwotok podtwardówkowy, od czasu bombardowania w Ten Bells. Kiedy kichnęła, mogło jej pęknąć naczynko. To może być też cholera. Albo dyby.

– Chcesz wiedzieć, czemu jest mi przykro?

– Nie.

– Jest mi przykro, bo nie potrafiłam sprawić, by tym razem było inaczej.

– Nie wiem, o czym mówisz. – Julian ledwo stoi. Musi się pospieszyć. Odwraca się do niej tyłem i sięga do kieszeni spodni. Wyjmuje brązową sakiewkę, rozluźnia sznurek i spogląda na złote monety. Zdejmuje z szyi rzemyk i ściska kryształ i obrączki w ścierpniętych dłoniach.

– Jules, co robisz?

– Chwileczkę.

– Czemu go zdejmujesz? Mówiłeś chyba, że nigdy tego nie robisz?

Tym razem nie powiedział jej tego. Powiedział w 1603 roku, kiedy znał ją jako Mary.

– Nie będzie mi już potrzebny.

Spogląda ostatni raz na kwarc w srebrnej oprawie i wrzuca go razem z obrączkami do sakiewki.

Bierze jej notes, w którym zapisała ich ślubne przysięgi i imiona jego dziewcząt, i niezgrabnie kładzie się obok niej, zupełnie jakby upadł. Układa notes przy jej głowie, a sakiewkę wsuwa jej do ręki.

– Co to jest?

– Twoja sakiewka pełna suwerenów.

Mia wkłada dłoń do środka i przesuwa monety. Julian słyszy, jak dźwięczą. Mia się uśmiecha.

– W końcu mi je oddajesz.

– Tak.

– Wydaje się, że jest ich mniej.

To też wie?

– Tak. Żyliśmy.

Odwracają się do siebie, leżą twarzą w twarz.

Jej ciałem wstrząsają drgawki.

Julian przytula ją do piersi.

– Będzie dobrze, Mia – mówi. – Wszystko będzie dobrze.

Jej zachodzące mgłą oczy błagają go, proszą o życie. Oddycha urywanie w jego obojczyk. Każdym oddechem ogrzewa mu szyję, która wilgotnieje, potem znów robi się ciepła. Zupełnie jakby płakała.

– Cały drżysz, Julianie. Konwulsyjnie.

– Zimno mi.

– Mnie też. Może przykryjesz nas jeszcze jednym kocem? Nie, nie ruszaj się, nie wstawaj. Wszystko tak strasznie mnie boli.

– Tak. – Przyciska zimne wargi do jej rozpalonego czoła. Traci wzrok.

– Jestem dziewczyną z Cheapside w jedwabiach i złocie, która znika – szepcze Mia.

– Nie.

– Ale to nie mogę być ja, nigdy nie nosiłam niczego zbytkownego. Tylko raz. Na balu.

– Zawsze byłaś wspaniałą dziewczyną – stwierdza Julian. – Ubraną w purpurę i szkarłat, przyozdobioną złotem, cennymi kamieniami i perłami.

Kap, kap, tik, tak. Wiatr wyje za oknem. Zupełnie jakby nadciągała śnieżyca.

– Zamknę na moment oczy – mówi Mia. – Muszę się zdrzemnąć. Chwilkę odpocznę, a kiedy się obudzę, zrobię ci jajecznicę.

– Dobrze. Śpij, jeśli tego potrzebujesz. – Przysuwa głowę do jej głowy i lekko całuje w usta.

– Co robisz?

– Nic. – „Całuję cię, kiedy widzę cię ostatni raz".

Mijają sekundy.

Nagle Mia otwiera oczy i wpatruje się intensywnie w twarz Juliana.

– Julianie! – Na jej twarzy maluje się wyraz głębokiego, czystego jak kryształ zrozumienia. – Wiem, kim jesteś – mówi rozdzierającym głosem. – Mój Boże, wiem, kim jesteś! To ty, Julianie. Na moją duszę, to ty.

– To ja. – U kresu twoich dni na jaw wychodzą nieśmiertelne sekrety wszystkich serc.

– Ukochany – mówi Mia ochryple, pamiętając wszystko to, co minione. – Ukochany.

„Starałem się nie iść przez życie z przygnębioną twarzą, Mia. Z powodu ciebie.

Pomimo naszych kłopotów, na wzgórzach nad wrzosowiskami unosiła się chwała.

Ekstaza. Raj.

Szukałem cię. Dałaś mi schronienie.

Może nauczyłem cię, jak biegać w deszczu, ale ty nauczyłaś mnie, jak żyć wiecznie".

Wpatrują się w siebie, połączeni wspomnieniami.

– Dałeś mi siebie – szepcze Mia rozdzierająco. – Pobłogosławiłeś swoim życiem.

Uśmiecha się do niej, do twarzy, która go zna.

– W pubie wybucha bomba – mówi Julian. Z wielkim wysiłkiem unosi rękę i obejmuje jej policzek okaleczoną dłonią. – Siedzą i czekają. Dziesięć minut później zjawia się kelnerka z ich zamówieniem.

– Przepraszam, że lunch jest trochę zakurzony, ukochany – szepcze Mia. – Ale w kuchni spadł sufit.

Część druga

ŚLADY PAMIĘCI

Rychło, zbyt rychło, przychodzi nam żegnać się już,
By raz kolejny wypłynąć na przestwór cichych mórz.
The Meeting of Ships, Thomas Moore

28

Morecambe Bay

Kim był Julian?

Poranionymi nogami, niewidzącymi oczyma, brakującymi palcami?

Nie.

Pokrytą bliznami głową?

Nie.

Pustym wnętrzem, zrozpaczonym sercem?

Nie, żadną z tych rzeczy.

Był swoim ciałem?

Też nie. Kiedy wyda ostatnie tchnienie, nikt nie spojrzy na jego ciało i nie powie, że to on. Powiedzą, że ciało należało do niego. Było ciałem Juliana, jego własnością, ale nie było nim. Jak nie był nim jego dom, volvo ani ubrania.

Nie było nim jego ciało, głowa, serce, nawet uczucia. Bo uczucia były tym, co odczuwała ta rzecz, która była nim. Nie były człowiekiem.

Kim więc był ten, do kogo należało ciało?

Kim był ten, który czuł?

Kim był ten, który odbywał żałobę, który kochał, który był?

Przed wszystkim innym była jego dusza. A co może dać człowiek w zamian za swoją duszę?

*

Nie swoje ciało. Bo to ciało przypominało Londyn po wojnie. Niewiele z niego zostało. Po wybuchach ciało odniosło obrażenia pierwszego, drugiego i trzeciego stopnia. Stracił w połowie słuch i wzrok. Trzeba go było połatać, uzupełnić i pozszywać. Trzeba go było chirurgicznie odnowić. Julian nie był w stanie chodzić samodzielnie i bez bólu. Większość kości w jego stopach była połamana. Jego ciało od stóp do czubka głowy pokrywały nieregularne figury Lichtenberga, pewny znak porażenia piorunem. Miał blizny na twarzy, plecach, rękach i nogach. Jego ciało potrzebowało podawanych dożylnie antybiotyków i kilku operacji. Plastycznej, by zlikwidować bliznę na policzku i nad okiem. Operacji, by naprawić źle zrośnięte przedramię, które wykrzywiło się w stronę ciała. Operacji zerwanych wiązadeł krzyżowych, co wymagało wszczepienia protezy kolana. Operacji lewego oka, na które nadal nie widział. Rozróżniał tylko światło, ale nie szczegóły.

Tama, maoryski wojownik, nie miał racji. Ciało Juliana opowiadało historię.

Wielka szkoda, że opowiadający tę historię milczał. Najpierw podłączony do kroplówki z morfiną przez sześć tygodni w Queen Elizabeth Hospital i kilka tygodni później w domu opieki w Hampstead Heath.

Franco i Ricks, jego sparingowi partnerzy z sali gimnastycznej, odwiedzili go raz jeszcze w szpitalu.

– No, stary, wdałeś się w paskudną bójkę – powiedział Franco. – Tym razem z kim?

– Z samolotem bojowym Junkers Ju 88 – odparł Julian. – Ale nie z jednym. Z tysiącem.

Nie zrozumieli. Odbyli przed nim walkę na niby, młócąc ciosami powietrze. Chcieli się koniecznie dowiedzieć, kiedy do nich wróci.

Julian wrócił jednak do Hampstead Heath i wpadł w rutynę miejsca, gdzie cisza i spokój miały służyć zdrowieniu. Siadywał z Avą w ogrodzie, jeśli pozwalała na to pogoda, albo w ogólnym pokoju przy oknie. Podobnie jak on Ava nie mówiła. Od wylewu minęło zaledwie kilka miesięcy. Ale w przeciwieństwie do Juliana Ava chciała mówić. Kiedy zobaczyła go pierwszy raz, wybuchnęła płaczem. Wiedziała, że zawiódł, tym razem na dobre. Wyciągnęła do niego drżącą dłoń. Kiedy siedzieli w fotelach, często trzymała go za rękę.

W czerwcu Julian wciąż przebywał w Hampstead Heath. Myślał, że już czuje się lepiej, że może jest gotów, by wrócić do domu, gdy pewnego popołudnia w ogrodzie upadł jak podcięty i nie mógł wstać. Prześwietlenie wykazało złamaną miednicę. Nikt nie mógł dojść, dlaczego tak się stało. Nie potknął się, nikt go nie popchnął, nie wyrzuciła go z miejsca fala uderzeniowa po wybuchu bomby. Kość po prostu pękła.

– Widujemy tego typu złamania u starszych ludzi – powiedział zdumiony lekarz. – Ich kości się rozpadają. Ale nigdy nie widziałem czegoś takiego u tak młodego człowieka jak pan.

Julian chciał powiedzieć lekarzowi, że wcale nie jest taki młody.

Wszczepiono mu protezę stawu biodrowego, jak wielu starszym pacjentom. Sierpień spędził na bolesnej rehabilitacji.

Potem musiał chodzić z laską.

Devi odwiedzał zarówno Juliana, jak i Avę.

Julian nie odzywał się do niego. Nie miał mu nic do powiedzenia.

A potem, pewnej wrześniowej nocy, gdy księżyc był w nowiu, znów śnił o Josephine. Nad sobą widział złotą markizę, metalowy stolik stał na znajomym chodniku. W dłoniach kołysała parasolkę. Na głowie miała czerwony beret.

Obudził się z krzykiem. Rzucał się na łóżku. Nie, błagał. Nie.

Ale ona się uśmiechała! Uśmiechała, idąc ulicą żwawym krokiem, jak gdyby nigdy nic.

Diabeł żartował sobie z Juliana. Teraz wiedział: w zamian za swoją duszę otrzymał kpiny. Słyszał diaboliczny rechot dobiegający aż z podziemnego świata.

Po tym śnie postanowił opuścić Hampstead Heath. Ale najpierw musiał porozmawiać z Avą.

– Avo – zaczął, przysuwając krzesło do okna, gdzie siedziała. – Spójrz na mnie, proszę. Zamrugaj, jeśli mnie słyszysz. Muszę cię o coś zapytać. Wiele lat temu w L.A. Josephine, to znaczy Mia, powiedziała mi, że nie możesz przyjechać na nasz ślub, bo wyjechałaś w odwiedziny do krewnych. Wiem, że kłamała, ale powiedziała, że pojechałaś do Morecambe Bay.

Ava skinęła głową. Udar pozbawił ją mowy, nie mogła pisać, literować ani zapamiętać kolejności słów, ale nadal rozumiała. Lekarze sądzili, że z czasem się jej polepszy, to jednak jeszcze nie nastąpiło.

– Stamtąd pochodzi twoja rodzina?

Skinęła głową.

Julian przyglądał się jej w milczeniu.

– A różowy dom przy Babbacombe Road w Blackpool? Znasz go?

Zaskoczona zmarszczyła brwi i pokręciła głową.

– W tamtym domu mieszkała kobieta o nazwisku Abigail Delacourt. Słyszałaś o niej? Albo o jej siostrze Wilmie?

Ava chwyciła go za rękę i próbowała coś powiedzieć, a potem napisać na kartce żółtego notesu. Julian nie mógł nic odcyfrować. Przez długą chwilę rysowała szaleńczo tylko kółka.

Do niczego to nie prowadziło.

– Kim była Abigail? – zapytał.

Ava gwałtownie pokręciła głową.

– Kim była Wilma?

Skinęła głową.

– Możesz to napisać? Kim była?

Na czystej kartce papieru słabą lewą ręką Ava powoli narysowała ludzika. Było to O z dwiema przecinającymi się pod nim liniami, które tworzyły literę T. Obok narysowała jeszcze jednego, a pod nim trzeciego. Ołówkiem uderzała w trzeciego tak mocno, że przedziurawiła papier.

Była to gra w rysowane szarady pomiędzy kobietą, która nie umiała rysować, i mężczyzną głupim jak but.

Na nowej kartce Ava znów narysowała trzy ludziki, tym razem ustawione pionowo, jeden nad drugim, a potem połączyła kreską dolnego ze środkowym i środkowego z górnym. Postukała palcem w górną postać.

– Ta na górze to Wilma?

Pokiwała energicznie głową. Postukała palcem w dolnego ludzika, a potem w swoją pierś.

Julian otworzył usta.

– Wilma jest twoją babką?

Ava zaczęła płakać.

Siedział osłupiały.

– Wilma miała trzy córki – powiedział z niedowierzaniem w głosie. – Która była twoją matką?

Ava spuściła rękę poniżej podłokietnika.

– Najmłodsza? Kara?

Skinęła głową.

Julian ujął ją za kruchą rękę.

– Kara była twoją matką? Och, Avo. W którym roku się urodziłaś? Nie wierzę, że tego nie wiem.

Po kilku ruchach głowy dowiedział się, że w 1945 roku.

– A co wiesz o swojej ciotecznej babce Abigail? Miała córkę o imieniu Maria. Była kuzynką twojej matki. Zmarła pięć lat przed twoimi narodzinami.

Ava przycisnęła powykręcaną pięść do serca, a w jej oczach błysnął smutek.

– Avo – zaczął szeptem Julian – czy dałaś swojej córce na imię Mia na cześć córki Abigail?

Oczy Avy zaszły łzami. Skinęła głową.

– Jak ty i twoja rodzina trafiliście z Morecambe Bay na Brooklyn? – zapytał Julian.

Ava wzięła pierwszą kartkę papieru, na której rysowała. Przytrzymując palec wskazujący okaleczonej dłoni Juliana, przesuwała nim po serii kółek, jednym po drugim. Julian wpatrywał się w kółka, w Avę, wyglądał na zewnątrz do ogrodu. Niepotrzebnie liczył kółka. Znał już odpowiedź.

Trzydzieści sześć.

Trzydzieści sześć monet Fabiana, które zostawił przy Mii w różowym domu przy Babbacombe Road.

29

Sklep ze starociami

Gdy Julian otworzył drzwi Quatrang, zabrzęczał dzwonek. Z zaplecza wyszedł Devi, wycierając ręce.

– No proszę, kto wreszcie się zjawił – powiedział. – Masz ochotę na lunch?

– Nie. Nie zostanę – odparł Julian. – Przyszedłem tylko o coś zapytać.

Devi odłożył ścierkę i stanął wyprostowany przy blacie.

– Mówisz mi prawdę? – zapytał Julian. – Rzeczywiście nie ma sposobu, by tam wrócić?

– Nie ma.

– To czemu mi się śniła?

– Nie wiem. Smutek?

– Nie.

– Przejdź się po Londynie, Julianie.

– Przeszedłbym się, ale… – Pomachał parasolem, który służył mu jako laska.

– Powinieneś być bardziej czujny, gdy było łatwiej – powiedział Devi. – Spacerowałeś, ale nie widziałeś. Inaczej mógłbyś się czegoś nauczyć.

– Czy wyglądam, jakbym nie dość się nauczył?

– Tam każda dusza marzy i szuka czegoś, co kochała i utraciła – wyjaśnił Devi. – Każda szuka niedoścignionego. Odpowiedź na pytanie, czemu nadal śnisz, kryje się na ulicach Londynu. To ludzka kondycja. Obserwuj mężczyzn i kobiety, kiedy są sami. Wszyscy czegoś szukają. Urody, która przeminęła, starej miłości, nowej kariery, cieplejszego klimatu, zdrowia, zmarłej matki. Utraconych s-synów. – Devi prawie się nie zająknął. – Wszyscy jesteśmy podobni do ciebie.

– Nie o to pytam.

– Oczywiście, że nie. Za nic nie chcesz tego pojąć. Wszyscy widzą we śnie twarze ukochanych osób! – Devi stał niepewnie i zachwiał się. – Ale ty poznałeś prawdziwą miłość. Poznałeś. Mówiłem ci, ile to cię będzie kosztować. A teraz jesteś zły, bo musisz za to zapłacić? Szukasz kolejnego cudu? Ja odpadam, Julianie.

– Nazywasz cudem to, co mi dałeś? – rzucił Julian.

– Och, ty niewdzięczniku – powiedział kucharz z plemienia Hmongów i zacisnął zęby. – Wiesz, ile bym dał, żeby znów zobaczyć syna? – Devi złapał się blatu. – Wszystko. Oddałbym wszystko, co miałem, co mógłbym kiedyś mieć, każdą rzecz pod słońcem i wszystko we wszechświecie. Ashton nie mylił się co do mnie. Gdyby diabeł poprosił o twoją duszę w zamian za mojego syna, zdradziłbym cię, o tak. – Strzelił palcami. – Podałbym mu ją na tacy.

– Podałeś.

– No to zostałem oszukany, bo nie dostałem nic w zamian.

Serce Juliana poczerniało, gdy pędziło przez pustkę.

Nic nie było silniejsze od śmierci.

Nawet on.

Nawet ona.

A kiedy on użalał się nad sobą, czas zabrał esencję jego życia.

Zamilkł. Na Great Eastern Road zapanowała cisza.

– Zniszczyłeś mi życie – powiedział w końcu Julian. – Zgoda, wcześniej przypominałem skorupę, ale ty załatwiłeś mnie na dobre. – Ramiona mu zadrżały. Odwrócił się bez słowa, wziął parasol i kulejąc, wyszedł z Quatrang, a w drzwiach zadźwięczał dzwonek.

Devi wyszedł za nim na ulicę.

– Julianie, wróć, proszę. Pozwól, że ci pomogę.

– Nie możesz mi pomóc. Sam powiedziałeś.

– Dokąd idziesz?

– Donikąd. Zadbałeś o to.

– Nie jesteś sprawiedliwy. Zbyt długo żyłeś z tym bólem i zniszczył ci życie. Wróć. Pozwól, że cię uzdrowię.

– Nie. Odpadłeś. Ja też odpadam. Jak powiedział mi Kiritopa, stoję skulony w miejscu, gdzie kiedyś znajdowało się wszystko, co dało mi życie. – Julian szedł powoli ulicą, podpierając się parasolem. – Niedługo upadnę.

– Proszę cię, Julianie.

– Zostaw mnie w spokoju. Pozwól mi upaść.

Julian wypowiedział umowę najmu mieszkania w Notting Hill, sprzedał lub rozdał większość rzeczy. Zatrzymał trochę ubrań, swoje zdjęcie z Ashtonem, plakat Boba Marleya, książki Josephine, swoje stare narzędzie uniwersalne, dzienniki, okruchy kryształu Mii w małym szklanym słoiku. W sumie zabrał to, co leżało na szafce przy łóżku. Trzydziestą siódmą złotą monetę, którą wyniósł przed laty z wielkiego pożaru, oddał Avie. Pokręciła głową, ale nalegał. Nigdy nie należała do niego.

Zerwał umowę na telefon komórkowy, wyrzucił aparat i nie zostawił adresu poczty elektronicznej. Przeniósł się do Greenwich, gdzie przy High Road wynajął pokój nad sklepem ze starociami. Zupełnie jakby zatoczył pełny krąg od czasu pani Pallaver przy Hermit Street przed wieloma laty: znalazł kolejną niewielką przestrzeń z podwójnym łóżkiem.

Codziennie bez wyjątku od października do końca lutego jadał lunch w Rose and Crown, gdzie barman pytał go, co dziś zje, a potem szedł przez park i wspinał się do Królewskiego Obserwatorium. Stał przed czarnym teleskopem Transit Circle z okruchami kryształu na dłoni i czekał, by południowe słońce dało mu znak.

Codziennie czekał, by portal znów się otworzył.

I codziennie czekał nadaremnie, jakby portal nigdy się nie otwierał, jakby w ogóle nie istniał.

30

Jednooki król

Na początku marca rozległo się pukanie do drzwi.

Pukał Mark, właściciel sklepu ze starociami.

– Ktoś do ciebie przyszedł – powiedział.

Na podeście schodów stał Devi.

Julian nie zaprosił go do środka. Ale on i tak wszedł.

– Jak mnie znalazłeś?

– Myślisz, że to było trudne? Ukrywałeś się? Jak twoim zdaniem znalazłem to miejsce? Nie pamiętasz, że opowiadałem ci kiedyś o moim przyjacielu Marku, który sprzedaje starocie?

– Nie.

Stali na środku pokoju.

– Jak sobie radziłeś?

– Świetnie.

– Wiesz, kogo widuję w kościele niemal każdej niedzieli? – zapytał Devi. – Ojca Ashtona. Przychodzi, przynosi kwiaty na cmentarz. Bardzo dużo kwiatów. Wyglądają jak dwa bukiety.

– Przyszedłeś mi opowiedzieć o weekendowych zwyczajach ojca Ashtona? Czego chcesz?

– Co robisz ze sobą ostatnimi czasy?

– A co cię to obchodzi? – Julian chwycił klucze, parasol, słoik z okruchami kryształu, podpisany program z *Wynalazku miłości*, książki, które trzymała w rękach, i przepchnął się obok Deviego.

Kucharz zszedł za nim na ulicę.

– Nie bywasz na sali. Franco i Ricks się martwią.

– Poradzą sobie.

– Czemu tam nie wróciłeś?

– Jestem zajęty.

Julian chodził na siłownię w Greenwich, ale za nic nie powie o tym Deviemu. Skręcił z High Road w stronę parku, starając się iść szybko. O dziwo, Devi szedł zaskakująco sprężystym krokiem. A może to Julian szedł zaskakująco powoli? Ostatnio walczył, by nie kuleć, i nie miał już tyle siły co dawniej, by chodzić po Londynie całymi kilometrami. Wciąż szukał kawiarni ze złotymi markizami, ale tylko w Greenwich, czasami w Sydenham, gdzie mieszkała Mirabelle. Zarzucił wyprawy na drugi brzeg rzeki.

– Proszę, nie każ mi wspinać się za tobą do obserwatorium – powiedział Devi.

– Naprawdę próbuję się od ciebie uwolnić. Nie mam ochoty cię tam oglądać.

– Zwolnij. Napijmy się najpierw, pogadajmy.

– Nie mam ci nic do powiedzenia.

– Julianie, proszę.

Nawet kulejącemu Julianowi udało się zostawić z tyłu starszego Hmonga.

Devi znalazł go w sali z Transit Circle, gdy stał przed teleskopem, trzymając na rozłożonej dłoni okruchy kryształu.

– Julianie. – Devi sapał. Przytrzymał się czarnej barierki. Nie chciał spojrzeć w głęboką ciemną jamę u stóp teleskopu, jakby się bał, że go pochłonie, jeśli na nią choćby tylko zerknie. – Wytłumacz mi, co robisz.

Julian nie odpowiedział. Spojrzał na zegarek. Było dopiero wpół do dwunastej. Nie wytrzyma jeszcze pół godziny.

– Nie otworzy się – powiedział Devi.

– Może nie. A może tak. Może otwiera się podczas każdego nowiu albo każdej pełni. Albo wybiórczo. A może podczas co drugiego przesilenia albo co drugiego zrównania, może pierwszego i ostatniego dnia każdego miesiąca albo tylko dwudziestego dziewiątego lutego. Może otwiera się, gdy się tego naprawdę mocno pragnie. Nie masz pojęcia. Ale któregoś dnia się otworzy – powiedział Julian. – A gdy to się stanie, będę na miejscu.

– Dobra, załóżmy, że się otworzy. Co wtedy?

Julian odwrócił się gwałtownie. Wiedział, że na pewno wygląda jak szaleniec, sparaliżowany, zdesperowany i zniewolony, ale nic go to nie obchodziło.

– Potrzebowałem ośmiu lat, by zrozumieć podstawowy fakt mojego życia – powiedział. – Byłem zagubiony, zmieniłem się, stałem się mniejszy, słabszy, bardziej chory. Pod wieloma względami większy, zgoda, ale to mało istotne względy. Przez wiele lat żyłem, nie rozumiejąc najważniejszej rzeczy, która stała przede mną otworem. Jednocześnie byłem totalnie obojętny na wszystko inne, co się liczyło. Im więcej było w moim życiu tajemnicy, tym bardziej stawałem się rozgorączkowany i zdeterminowany, by polec na wszystkich innych frontach, dopóki odnosiłem sukcesy na tym najważniejszym – by ją ocalić. Innymi słowy, zrobić jedyną rzecz, której zrobić nie byłem w stanie, która miała najmniej sensu, a jednak była najrozsądniejszą rzeczą w moim życiu.

– Jesteś na mnie zły…

– O, to już mamy za sobą. Jestem wściekły. Na siebie też, bo pozwoliłem ci to ze mną zrobić. Jestem wkurzony od lat. Jak głupi myślałem, że jeśli zrobię wszystko jak należy, jeśli będę żył jak trzeba, będę gorąco wierzył, nauczę się fechtować i walczyć, jeździć konno, uprawiać rośliny, robić świece i kochać, pisać dla niej wiersze i trzymać złych ludzi z dala od niej, że to nie będzie pantomimą, nie okaże się najgłupszym pieprzonym udawaniem na ziemi. Byłem idiotą – ciągnął – bo myślałem, że dzięki niewzruszonej mocy moich wysiłków i nadziei dokonam niemożliwego i sprawię, że ona stanie się możliwa, że zmienię jej los i oddam jej życie, którego nigdy nie przeżyła do końca, życie, którym dopiero zaczęła żyć, gdy się poznaliśmy.

– Jak możesz oddać jej coś, czego nie dałeś? – zapytał cicho Devi.

– Bo otrzymałem cud! Sam to powiedziałeś! Dostałem drugą szansę i nie chciałem wierzyć, że nic z tego nie wyniknie. I wiedz jedno – dokończył, nachylając się. – Nadal w to nie wierzę.

– Tak, jesteś mistrzem w omijaniu faktów – Devi zawahał się. – Ale co teraz? Wszystkie te odkrycia, choć brzmią zachęcająco, nie tłumaczą, co tu robisz.

– Dzięki tobie na wszystko patrzyłem niewłaściwie.

– Wiedziałem, że w jakiś sposób to musi być moja wina.

– Koło fortuny powiedziało: „Spróbuj jeszcze raz, wynik jest niejasny". I to właśnie robię.

– Jakie koło fortuny?

– Wielkie przypominające ruletkę koło na molo, które się kręci i udziela odpowiedzi.

– Coś takiego jak magiczne kulki? – zapytał Devi. – Podejmujesz ważne życiowe decyzje na podstawie plastikowej kulki pływającej w wodzie? Myślisz, że może ta święta wyrocznia chciała po prostu powiedzieć: „Zakręć jeszcze raz"?

– Nie. I wiesz, kto mi to powiedział? Ty. Kiedy zacytowałeś C.S. Lewisa. Powiedziałeś, że bardzo często Bóg pomaga nam coś osiągnąć, dając nam siłę, by spróbować ponownie.

– Teraz więc Wszechmocny komunikuje się z tobą przez koło fortuny w parku rozrywki?

– Powiedziało: „Spróbuj jeszcze raz". Znajdę sposób.

– Nie znajdziesz.

– Tego się właśnie boisz, prawda? Boisz się, że portal się otworzy. Raz jeszcze próbujesz mnie od tego odwieść.

– Nie o to mi chodzi.

Julian spojrzał na zegarek.

– Przestań gadać. Prawie południe.

– I co z tego?

– Cicho bądź! Muszę się skupić.

Nadeszło południe.

Przeminęło.

Nic się nie wydarzyło.

Julian opuścił rękę z okruchami kryształu, które wyglądały jak odpryski szkła w rozerwanym wybuchem jeepie w wojennym Londynie. Ostrożnie zsypał je do słoika i zakręcił zakrętkę.

– Skończyłeś? – zapytał Devi.

– Do jutra.

– Julianie…

Julian wybiegł z sali.

Devi pędził za nim w dół wzgórza, całą drogę do High Road.

– Wracam do Quatrang – zawołał. – Na pewno nie chcesz wpaść na lunch? Pora jest jak najbardziej odpowiednia.

Julian nie odpowiedział i odszedł tak szybko, jak tylko pozwoliły mu protezy biodra i kolana.

*

Tydzień później, piętnastego marca, Julian spędził urodziny sam jak palec, zupełnie jakby nie kończył czterdziestu lat.

Pięć dni później, w dzień wiosennej równonocy, Devi znów zjawił się u Marka.

– Przyszedłeś się pożegnać? – zapytał Julian.

– Czemu? Wybierasz się gdzieś?

Julian najwyraźniej myślał, że się wybiera. Był przygotowany lepiej niż podczas ostatnich kilku razy. Słabszy, ale lepiej przygotowany. Zabierał ze sobą lampkę czołówkę, kilka żarówek, dwie latarki, haczyki, nóż, wodoszczelne rękawice. Pod ubranie znów włożył skafander nurkowy. Schował jej książki do szczelnie zamkniętego plastikowego worka, by się nie zamoczyły. Przygotował zapinany na piersi plecak. Przygotował wszystko, co tylko przyszło mu do głowy.

Devi go obserwował, a na jego zwykle obojętnej twarzy widać było obawę i niezrozumienie.

– Gdybyś tylko wiedział, jak niepokojące są te twoje urojenia dla zwykłego obserwatora.

– Zabawne, że nazywasz się zwykłym obserwatorem.

– Nie widzisz, co się dzieje? Rzecz, na której punkcie miałeś obsesję, w końcu doprowadziła cię do szaleństwa.

– Kiedy dziś minie południe, ani ty, ani ja nie będziemy się musieli o to martwić.

– Jesteś pewny?

Julian pozwolił sobie na blady uśmiech.

– Ty z pewnością tak uważasz.

– Nie – odparł Devi. – Naprawdę nie. I wiesz dlaczego? Bo idę z tobą. Gdybym rzeczywiście wierzył, że portal się otworzy, nie byłoby mnie tu.

Razem przeszli przez park, wspięli się na wzgórze, prawie się do siebie nie odzywając. W sali z teleskopem kilka minut przed południem Julian skomentował niezwykłe poruszenie Deviego.

– Czemu jesteś taki zestresowany, szamanie?

– W królestwie ślepców jednooki jest królem – odpowiedział Devi.

– Wydaje ci się, że się ze mnie nabijasz? – Julian wskazał palcem swoje widzące oko. – Nie jestem ślepy. Jestem jednookim królem.

W tej chwili Devi powiedział coś jeszcze bardziej niezrozumiałego.

– Wiem.

Gdy zbliżało się południe, serce waliło Julianowi jak zawsze przed skokiem. Jak młotem.

Jednak tego dwudziestego marca południe nadeszło i przeminęło bez błękitnej poświaty, bez ziejącej otchłani. Nadeszło i minęło jak wszystkie południa – spokojnie i bez zakłóceń. Przez kilka minut Julian stał z wyciągniętą dłonią, nie chcąc tego przyjąć do wiadomości.

– Powiedziało: „Spróbuj jeszcze raz" – mruknął zdezorientowany. – Jak to możliwe? – Nie patrzył na Deviego.

Na zewnątrz stanął na dziedzińcu. Devi wskazał taras widokowy, a Julian był tak wyczerpany, że poszedł za kucharzem do ławki, gdzie usiedli wysoko nad wijącą się Tamizą i wpatrywali w panoramę Londynu rozciągniętą przed nimi w lekko zamglonym blasku słońca.

– Dziś nie był ten dzień, to wszystko – oświadczył Julian.

– Najwyraźniej.

– Może jutro. Któregoś dnia na pewno znajdę sposób.

– Ale czemu? – dopytywał się Devi. – Wiesz już wszystko, czego mogłeś się dowiedzieć. Zrobiłeś wszystko, co mogłeś zrobić. Jaki to ma sens?

Julian wstał z ławki i stanął przed Devim. Drobny mężczyzna nie podniósł wzroku i nadal wpatrywał się w swoje stopy.

– Devi.

– Co.

– Spójrz na mnie.

– Mam dość patrzenia na ciebie.

– Spójrz na mnie.

Devi podniósł czarne zmęczone oczy.

– Nawet gdyby istniało miejsce, do którego mógłbyś pójść, a nie istnieje, nie możesz jej uratować. Wiesz o tym!

– Wiem jedno – odparł Julian z determinacją człowieka opętanego. – Nawet jeśli to beznadziejne i skończyło mi się szczęście i szanse, wyczerpał się czas, moje ciało jest pieprzoną ruiną, nawet jeśli ona znów mnie opuści, nie w moim czasie, nie w swoim czasie, lecz w jakimś dowolnym, bezsensownym, popieprzonym czasie bez powodu i bez sensu, choć wiem to wszystko, nadal będę próbował. Wiesz dlaczego?

– Tak – odparł Devi i łza spłynęła mu po policzku. – Bo tak właśnie postępujesz. Nie poddajesz się. Nawet kiedy wiesz, że sprawa jest beznadziejna.

– Zgadza się. Przeprowadzasz angioplastykę u dziewięćdziesięcioośmioletniego pacjenta, by ocalić jedno życie. Wywozisz żonę alkoholiczkę do hrabstwa z zakazem sprzedaży alkoholu i zakładasz jej blokadę na kierownicę, by ocalić jedno życie. Zatruwasz ciało cisplatyną, wozisz je całymi kilometrami do szpitali, sal konferencyjnych, rozmawiasz o rehabilitacji i operacjach, disulfiramie i amputacjach. Wbiegasz do płonącego domu i wyrywasz dziecko ze szponów śmierci, by ocalić jedno życie. Wszedłeś do jaskini Czerwonej Wiary, choć wiedziałeś, że dusza twojego syna jest nowa i nie miało to żadnego sensu. Moja matka dzwoniła do każdego onkologa w kraju, błagając o inną prognozę dla ojca, woziła go na radioterapię, choć wiedziała, że demon, który zaatakował mu płuca, nigdy nie odpuści. Poświęcasz płuco, potem część drugiego, porzucasz interesy, przyjaciół, dziewczyny i przenosisz się na inny kontynent, by zamieszkać z pogrążonym w depresji szalonym głupcem, by ocalić jedno życie. Opróżniasz butelki z wódką i napełniasz je wodą, sam przestajesz pić, licząc, że przez to twój przyjaciel też będzie pił mniej, by ocalić jedno życie. Robisz, co możesz, nawet jeśli się obawiasz, że to beznadziejne. Pewnie poniesiesz porażkę, zgoda, ale się nie poddajesz. Tym właśnie jest miłość. I wiara. Cierpisz, by żyć, walczysz, by im pomóc. Nigdy się nie poddajesz. Tego właśnie nie rozumiałem aż do teraz, że to była jedyna prawdziwa rzecz, którą mi zaoferowano, jedyna prawdziwa rzecz, którą mogłem jej dać, od samego początku. Nic innego. Tylko siebie u jej stóp. – Julian zaczerpnął powietrza. – Bóg dał mi moc, by znów spróbować, i to właśnie zamierzam zrobić. Poza tym – powiedział – koło fortuny nie powiedziało, że nie ma nadziei. Powiedziało, że „wynik jest niejasny".

– No cóż, skoro przemówił Zoltan wspaniały. – Devi potrząsnął głową i siedział, jakby ciężar serca przygniatał go do ziemi. – Wyobraź sobie miliony atomów, które składają się na najmniejszą rzecz w galaktyce, a ona i tak będzie bilion razy większa niż wszystko, co wiesz i co kiedykolwiek poznasz. – Wyciągnął rękę do Juliana i przy jego pomocy wstał. – Chodź ze mną, łowco tygrysów – powiedział z czułą rezygnacją. – Przestań marnować cenny czas na bzdury.

– Dokąd idziemy?

– Wracamy do Quatrang.

– Po co? – zapytał Julian. – Bo, jak podejrzewałem, jest jakiś sposób?

– Jest – odparł Devi. – Ale na pewno ci się nie spodoba.

31

Mroczna równonoc

– „To bardzo bolesna sprawa dla mnie, że jestem zmuszony mówić prawdę"* – zaczął Devi, cytując Oscara Wilde'a. – Jest jednak znacznie gorzej, gdy nikt mnie nie słyszy.

– Ależ słyszę – odparł Julian. – Tylko nie słucham.

Devi pomógł Julianowi spakować skromny dobytek. Pożegnali się z Markiem w sklepie ze starociami i razem wrócili do Quatrang.

Zanim padły i zostały wysłuchane słowa prawdy, musiał się odbyć rytuał: liturgia tygrysiej wody, sake, modlitwy, krewetki z czosnkiem i kimchi. Odbyła się też komunia: z jej książkami, programem teatralnym, okruchami kryształu.

– Nie będziesz ze mnie zadowolony – powiedział Devi, przesuwając dłońmi po przedmiotach, wymawiając bezgłośne słowa.

– A to ci nowina – odparł Julian. – Nie znosiłem niemal wszystkiego, co mi do tej pory mówiłeś.

– Bez trudnych decyzji nie ma wyjścia z tej sytuacji.

– Chodzi ci o więcej trudnych decyzji? – Przyglądali się sobie w milczeniu. A przecież Julian był kiedyś taki wygadany, beztroski i nonszalancki. Czekał niepewnie.

Devi odetchnął głęboko.

---

* Oscar Wilde, *Bądźmy poważni na serio*, przeł. Cecylia Wojewoda.

– Nie wiem, co kryje się za światem, który ledwo rozumiem. Oczywiście sam nie zdołałem zrobić tego, co zaproponuję tobie, bo wciąż jestem tutaj. Ale jedynym sposobem, by w ogóle spróbować wrócić do niej i twojego dawnego ja w L.A., jest porzucenie swojego ciała.

Julian skupił się na słowach Deviego.

– Podróżujesz w czasie tylko ze swoją duszą – wyjaśnił szaman.

Julian wypuścił powietrze.

– Gdzie mam je porzucić?

– W rzece. Ghost Rider staje się Black Riderem. Black Rider staje się duchem.

– Porzucić – powtórzył powoli Julian. – To znaczy… umrzeć?

– Tak. – Devi nie rozwinął tematu.

Julian zamilkł. To dlatego rzeka była czarna? Bo utonęły w niej puste ciała, z których uleciała dusza? Całe to niekończące się zgrzytanie zębami i wszystkie te krzyki. Nie wyobraził sobie ich. Były prawdziwe.

– Żeby ją znów odnaleźć, muszę umrzeć?

Devi nie wyglądał na zachwyconego, gdy zaczął mówić.

– L.A. to jej ostatni pobyt na ziemi, a ty jesteś tam z nią. Jeśli upierasz się, żeby znów jej szukać, musisz ją odnaleźć jedynie swoją duszą.

Julian oddychał płytko, jego myśli rozbijały się jedna o drugą. „Aby mieć coś, czego nigdy nie miałeś, musisz zrobić coś, czego nigdy nie robiłeś".

– Jak to zrobię? – zapytał. Nie jak mógłbym to zrobić, ale jak to zrobię?

Devi przygarbił się, jakby wcześniej liczył, że Julian uzna go za szaleńca i wybiegnie.

– Musisz się tam udać podczas mrocznej równonocy. We wrześniu.

– Cholera, więc Cleon miał rację! Pod Tamizą znajduje się tunel. Powiedział, że bardzo trudno go znaleźć, że to prawie niemożliwe. Wiedziałem!

– W końcu jesteś Tym-Który-Wie-Wszystko – odparł Devi. – Rzeczywiście, znalezienie go jest prawie niemożliwością. Po pierwsze, księżyc musi być w nowiu.

– Czemu? – „Otwierają go tylko czary", powiedział Cleon. „Na tej ścieżce znajdziesz tylko bitwę i udrękę".

– Ponieważ księżyc nie jest stałą, zawsze go przybywa, a potem ubywa. Brakuje mu siły. Oddania. Nic nowego nie może powstać pod zmiennym księżycem.

– Co jeszcze?

– Woda musi osiągnąć najniższy poziom. I nie idziesz tam w południe – ciągnął Devi. – Trzeba to zrobić w czasie, gdy słońce stanie dokładnie nad równikiem i ziemia nie będzie wychylona w żadną stronę. Idziesz dokładnie w tym momencie, gdy środek ziemi przecina się ze środkiem słońca. Szczelina na południku otwiera się na niecałą minutę i wypada to o różnej porze. W niektóre lata nocą, w inne wcześnie rano. A w niektóre w ogóle się nie otwiera, kiedy woda jest wysoko i księżyc jest w pełni. Ale pech ci dopisze, bo we wrześniu tego roku zrównanie i słoneczne południe wypadają siedem minut po dwunastej. Księżyc będzie w nowiu. Woda nisko. To ci ułatwi działanie. A będziesz potrzebował każdej dostępnej pomocy.

– Kiedy już tam wejdę, co się stanie? Znowu będę musiał skakać, szukać księżycowej bramy?

– Jest tam rzeka – powiedział Devi. – Będziesz na niej przebywał bardzo długo. Poczujesz, jakby nie było wyjścia. Wpadniesz w panikę. Możesz poczuć, że się dusisz.

Jak mógłby porzucić swoje ciało? Co to znaczy znaleźć się na rzece bez wyjścia?

– Nie polecam takiego rozwiązania – powiedział Devi, widząc, że Julianem targają wątpliwości. – Masz inny wybór. Możesz się pogodzić z tym, co ci zostało.

– A co by to miało być? Proszę, powiedz mi.

– Nigdy nie uważałeś, że coś masz.

– I w końcu okazało się, że się nie mylę. – Kiedy tylko Julian wypowiedział te słowa, westchnął ze wstydem. Ależ z niego palant, zawsze wyrywa się z gorzkimi słowami umierających.

Znał Deviego tak dobrze, widział, że kucharz coś przed nim ukrywa.

– Coś jeszcze?

– Mało ci? – Devi wykręcał kikuty palców.

– Powiesz mi, czy mam zgadywać?

– Tam, gdzie jest otchłań, znajduje się wyłom – oznajmił tajemniczo Devi. – To pieśń ziemi, coś, co twoja dusza musi przeskoczyć. To jedyny sposób, byś mógł się wspiąć wewnątrz własnego życia.

– Ona jest wyłomem w moim życiu. Zawsze się tam dostawałem w ten sposób i tak znów się tam dostanę. Czemu wykręcasz dłonie?

Devi przycisnął okaleczone palce do zdrowych.

– Powiedziałem ci, że nie będziesz się wspinał do jej życia. Będziesz się wspinał do swojego.

– Co za różnica?

– Niewielka – odparł Devi. – Jak między błyskawicą a świetlikiem.

– Może jeśli wejdę tam inaczej, wszystko inaczej się ułoży – powiedział Julian niemal z nadzieją w głosie, niemal optymistycznie, dopóki nie dostrzegł nieszczęśliwego wyrazu twarzy Deviego.

– Devi! Co jest?

– Nic. – Nie patrzył na Juliana. – Jest jeszcze jedna rzecz, o której musisz wiedzieć. Zanim podejmiesz decyzję, czy to zrobić.

– A mam jakiś wybór?

– Tak, oczywiście. I musisz zdecydować tutaj i teraz. Czym chcesz być? Szczęśliwą świnią czy nieszczęśliwym Sokratesem? Taki masz wybór. Bo potem nie będzie już miejsca na żadne poprawki.

Julian zakołysał się.

– To mi wygląda na fałszywy wybór.

– To ciało zachowuje pamięć – powiedział Devi. – Nie dusza. A z jaskini może wyjść tylko twoja dusza. – Odetchnął głęboko. – Rozumiesz, co mówię?

– Nie.

– Jeśli twojej duszy uda się wydostać, a nie ma żadnych gwarancji, istnieje spora szansa, że twoja pamięć zostanie wyczyszczona.

– Wyczyszczona z czego? – Nagle Julian z trudem chwytał powietrze. – Ze wszystkiego? Na przykład z niej?

– Możliwe. – Devi nie mógł spojrzeć mu w oczy.

Julian pokręcił gwałtownie głową.

– Nie. Zdecydowanie nie. To się nie wydarzy.

– Okej.

– Nie pozwolę, żeby do tego doszło.

– Nie masz wyboru.

– Powiedziałeś, że mam. Właśnie teraz.

– Okej. Odpowiedziałeś więc na jedno istotne pytanie. Wolisz być nieszczęśliwym Sokratesem.

– Zgadza się. W stu procentach.

Odpuścili i przez kilka dni nie wracali do tematu.

To Julian poruszył go ponownie po jednej wyjątkowo długiej sesji akupunktury, kiedy pomyślał, że jest wystarczająco uspokojony, by podjąć tę szaloną rozmowę.

– Skąd w ogóle miałbyś wiedzieć coś takiego? – Zsunął nogi ze stołu, by usiąść, bo nie chciał rozważać własnej zagłady na leżąco. – Sam powiedziałeś, że nie zdołałeś tego zrobić jak należy.

– Nie to powiedziałem, ale wiem to z wielu powodów. – Devi nie ruszał się z małego stołka w rogu niewielkiego pomieszczenia na tyłach Quatrang. – I nie jestem jedynym, który coś wie o pamięci. Wiesz, kto jeszcze o niej wie, nawet lepiej ode mnie? Ty.

– O czym ty mówisz? Ja nie wiem.

– Nie? Widziałeś jej duszę, Julianie. Znalazłeś ją pół tuzina razy. Jedna dusza, różne ciała. Znała cię?

– To nie to samo!

– Nie? – zapytał Devi bardzo cicho.

– Znała mnie. Ostatnim razem naprawdę mnie znała.

– Zgoda, na samym końcu, gdy uniosła się zasłona pomiędzy życiem a śmiercią i jej dusza ujrzała cię wyraźnie na bardzo krótką chwilę.

– No właśnie.

Ciszę, która potem nastąpiła, Devi potraktował jako zachętę. Spojrzał w górę, podniósł głos.

– Nie byłoby tak źle. Zgoda, mógłbyś zapomnieć, jak ma na imię, jej twarz, dni waszej miłości. Ale zapomniałbyś też jej śmierć i swoją rozpacz. Wszystko to okryłoby się patyną snu. Szczegóły uległyby zatarciu.

– Bez szczegółów nie można nic poznać, ani kwiatu, ani kobiety – odparł Julian.

– To prawda, mógłbyś nie poznać kobiety. To nie brzmi idealnie. Ale pomyśl! – Devi nachylił się, oczy mu rozbłysły. – Wyblaknie wszystko, przez co przeszedłeś, jak każda rzecz z upływem czasu. To napawa nadzieją, czyż nie? Bo jeśli zapomnisz – powiedział kucharz – możesz żyć na nowo.

Julian zerwał się od stołu.

– Nie – rzucił ochryple. – Nie. Nie chcę żyć na nowo. Pamięć to wszystko, co mam. Czas, który z nią spędziłem, przez co przeszliśmy razem. To wszystko, co mam.

Devi zaczął coś mówić, wskazywać, lecz Julian przerwał mu okrzykiem: „Nie chcę już o tym gadać" i poszedł na górę do pustych pokoi, gdzie kiedyś mieszkała matka Deviego.

Godzinę później zbiegł na dół jak strzała. Devi szatkował kapustę i cebulę na następny dzień.

– Devi – zaczął Julian, odrywając go od pracy. – Nie widzisz, że to, co mówisz, jest niemożliwe? – Przyciskał dłoń do piersi. – Jeśli wrócę tam bez wspomnień, skąd będę wiedział, że to ona, jeśli znów ją zobaczę?

– Możesz nie wiedzieć – odparł Devi. Wskazał palcem Great Eastern Road. – Tam jest Londyn. Żyj tam ze swoimi wspomnieniami.

Julian trząsł się na całym ciele. Nie, nie, nie, nie.

Devi odłożył tasak i wytarł ręce w fartuch.

– No dobra, nie będziesz znał godziny jej śmierci. Czemu tak cię to martwi? To znaczy, że jeszcze raz będziesz żył jak my wszyscy. Jak żyłeś z nią pierwszy raz w Los Angeles. Pamiętasz siebie? Wiem, że wydaje ci się, jakby tamtym życiem żył inny człowiek, ale pamiętasz, jaki byłeś szczęśliwy? Czemu miałbyś tego nie chcieć? Żyć, a nie dusić się pod ciężarem bezużytecznej wiedzy?

Ale teraz Julian się dusił. Jak Devi mógł tego nie widzieć?

– To miłosierdzie, Julianie – powiedział Devi. – Nic innego, tylko miłosierdzie. Przypomnij sobie, przez co przeszedłeś, jak cierpiałeś. Tego jeszcze nie zapomniałeś, prawda? Żyć radośnie jest lepiej niż pamiętać wszystko, a nie żyć wcale. Jak akurat ty możesz się z tym nie zgadzać? Nie znać przyszłości to dar Boga dla nas. Otrzymałeś z powrotem swoje życie. I wolną wolę.

Julian czuł ucisk w gardle, serce biło mu nierówno.

– Czy ona znowu umrze?

– Wszyscy musimy umrzeć – odparł Devi – ale przy odrobinie szczęścia nie będziesz o tym wiedział. Wracałeś do niej kilka razy, wiedząc, że umrze, ale to cię nie powstrzymywało. Czy nie to kiedyś mi powiedziałeś? Choć sytuacja była beznadziejna, próbowałeś raz jeszcze. I co z tego wyszło?

– Devi – zaczął Julian, niechętnie zbliżając się do czegoś tak bolesnego, że nie chciał o tym wspominać na głos. – Ale jeśli nie będę wiedział, co z tego wyniknie, jak będę mógł ją ocalić?

– Jak ją ocaliłeś, kiedy wiedziałeś, co z tego wyniknie?

Julian przyłożył dłoń do gardła. Chciał sobie rozerwać tchawicę. Nie mógł oddychać.

– A jeśli ją spotkam i ona znowu umrze, co się zmieni?

Devi siedział bez ruchu.

– Kto powiedział, że coś się zmieni?

– Kiedy ona umrze, znów przeprowadzę się do Londynu? Znów cię odszukam, znów znajdę sposób, by przenieść się w czasie? Czy podejmę takie same decyzje? Czy znów stracę wszystko? – Julian wydał z siebie żałosny jęk umierającego zwierzęcia. – Bez pamięci będę wciąż się kręcił w kółko, raz po raz? – Skrzyżował dłonie na piersi. – O mój Boże – żachnął się. – Czy to w ogóle mój pierwszy raz? – Zamarł przerażony. – Właśnie to do mnie dotarło. To może nie być mój pierwszy raz.

Sypiał po dwadzieścia godzin na dobę, by przyspieszyć życie o rok, kiedy znów na czterdzieści dziewięć dni zrobi się jasno, a potem zapadnie ciemność. Spał w swojej ranie, żył w jej śmierci, podczas gdy na zewnątrz inni mężczyźni śmiali się w barach.

„Czego się dzisiaj napijemy?".

„Jak się dziś miewasz?".

Ale teraz blat był pusty, a facet, który nalewał mu whisky, nie chciał go już obsłużyć. Bo wiedział, że już to przerabiał, siedział tam, płakał, pił, umierał i wpadał w rozpacz.

Julian zgiął się wpół.

Minęło trochę czasu, zanim mógł się wyprostować, jeszcze więcej, zanim mógł się odezwać.

Kamienna twarz Deviego niczemu nie zaprzeczała ani niczego nie potwierdzała.

– Nie chcę wierzyć, że jesteśmy uwięzieni w niekończącej się pętli, z której nie ma wyjścia – powiedział w końcu. – Dla mnie to definicja piekła. Nawet gdybym wiedział, że to prawda, nadal nie chciałbym w to uwierzyć. Dlatego, podobnie jak ty, podczas twoich podróży nie traciłem nadziei. Ale nie mam odpowiedzi, jak przerwać ten złowieszczy krąg.

– Chyba podejmując inne decyzje – szepnął Julian.

Podszedł do stołka i opadł na niego.

– Nie rozumiesz, że nie mogę nie wiedzieć, kim ona jest – powiedział gardłowym głosem, nachylony nad blatem. W Quatrang było ciemno, tykały zegary. – Jak mógłbym jej pomóc? A jeśli przejdę obok niej? Jeśli ją ominę? Pójdę na *Traviatę* zamiast na *Wynalazek miłości*? Spotkam moją dawną ukochaną w spożywczaku, teraz obcą osobę, i minę ją, jakby nic dla mnie nie znaczyła.

Devi nie powiedział: Okej.

– Zostań więc – rzucił. – Zostań tutaj. To byłoby coś zupełnie nowego.

Julian nie chciał zostać, nie chciał iść, myśleć, czuć. Nie chciał niczego. Żałował, że poprosił Deviego o pomoc, że wrócił na Great Eastern Road.

– Mówisz, że nie możesz znieść, by nie wiedzieć, kim ona jest – odparł Devi. – Ale wiedząc wszystko, jak mogłeś znieść tę ograniczoną liczbę waszych wspólnych dni? – Opanował się po kilku chwilach, a gdy odezwał się ponownie, zaczął się jąkać. – Gdybym wiedział na pewno, że mogę spędzić z synem tylko dwa miesiące i że niezależnie od tego, co zrobię, on i tak umrze, oszalałbym. A ty nie jesteś tak rozsądny jak ja.

– To dosłowny opis mojego życia – odparł Julian. Tak właśnie przeżył z Mią ich ostatnie dni w metrze, pobyt na wrzosowiskach, bomby i miny, ślepotę i miłość podlewaną ginem. Jakby miał oszaleć.

– Wiem. – Devi się skulił. – Nie wiem, jak ci się to udało. Mnie o mało co nie zabił ten jeden raz. Od tamtej pory nie jestem sobą i nigdy już nie będę.

To właśnie robiła śmierć. Łamała żyjących. Przez stulecia udręki Julian wił się jak kabel pod napięciem, błagając jej duszę, by pokochała tego szalonego mężczyznę, zdesperowanego, przerażonego. Posiadł całą wiedzę, znał całą przepowiednię i dokąd go to zaprowadziło?

A jednak... Nie mógł znieść myśli, że mógłby zapomnieć, kim była i co dla niego znaczyła.

Wrócił myślami do życia w L.A, które z czasem wyblakło tak bardzo, że wydawało się życiem innego człowieka.

Julian pomyślał o pustce, o kraterze, w którym żył. Gdyby pozostał w Londynie, ona byłaby obok niego, przynajmniej przez jakiś czas, żyłaby w jego pamięci, jak w pamięci Deviego żył jego syn.

Ale myśl o rozciągających się przed nim dniach, kiedy wszystko i wszyscy, których kiedyś kochał, zaczną usuwać się w nicość, napełniła go smutkiem zbyt głębokim, by wyrazić go słowami.

Jęknął, wypuścił z płuc całe powietrze.

– Nie chcę żyć bez miłości – szepnął, kuląc się w sobie. – Nie chcę być szczęśliwą świnią. Zgoda, istnieje cierpienie. Ale istnieje też miłość. Nawet kiedy nie ma jej przy mnie, jak teraz, wciąż pamiętam, jak ją kochałem. – Julian wyprostował się nieco, czegoś szukał, po coś sięgał. – Bardziej niż pamiętam. Wciąż ją kocham.

– No, teraz do czegoś zmierzamy – powiedział Devi.

Ale Julian próbował uchwycić coś innego, znaleźć odpowiedź na niejasne pytanie dotyczące głębokiej wiary. Próbował uchwycić objawienie.

– Devi, wiesz, co to są ślady pamięci? Liczne badania neurologiczne wykazały, że wspomnienia pozostawiają trwałą fizyczną i chemiczną zmianę w mózgu. Do zapominania dochodzi, kiedy ten ślad blaknie albo zanika.

Devi skinął głową.

– To by tłumaczyło, dlaczego pamięć zostaje w ciele, kiedy opuszcza je dusza.

– Zgoda. Ale posłuchaj. A gdyby miłość była wspomnieniem duszy? Gdyby miłość pozostawiła ślad po niej we mnie? We mnie, ale nie w moim ciele. – Zerwał się ze stołka. Przepełniało go ponure podniecenie. – Gdyby ślad po ludziach, których kochasz, został wyrzeźbiony w twojej duszy jak na ścianach jaskini? Jak negatyw zdjęcia; może wyblaknąć, ale nigdy nie znika. Jak ślad twojego syna w tobie. Ashtona we mnie. Jak Mii.

Devi pochylił głowę, akceptując taką możliwość.

– Może dlatego niektórzy ludzie wydają się bardziej znajomi od innych – powiedział Julian. – Bo w tej czy innej postaci kiedyś ich znaliśmy. I kochaliśmy.

– Czy to cię pociesza?

– A ciebie nie?

– Czasami żałuję, że nie mogę zapomnieć – stwierdził Devi.

– Nie mówisz poważnie.

Mijały minuty, zegary tykały, tykały, tykały.

Kiedy Julian znów się odezwał, był spokojniejszy, zdeterminowany, pogodzony.

– Myliłeś się w tylu kwestiach. Powiedziałeś, że nigdy nie wrócę. Że nigdy nie będę mógł znów się tam przenieść. Powiedziałeś, że ona nie będzie mnie znała. Powiedziałeś mi, że Cleon to głupiec, a nie najmądrzejszy człowiek w kanałach. Tu też się mylisz. Będę pamiętał. Wiem, że tak będzie. – Głos mu się załamał.

– Będziesz to pamiętał jak bajkę z dzieciństwa, mój synu – powiedział Devi z czułością. – Jak marzenie sprzed lat, które się nie ziściło.

32

Ojcowie i synowie

Przez ostatnie sześć miesięcy życia Julian mieszkał z Devim. Jedli makaron z sezamem i sałatkę z kapusty, robili kimchi i kroili kalmary, ścierali imbir i czosnek na pastę. Julian uczył się gotować. Chodził z Devim na targ kupować kalmary, ośmiornice i krewetki i do ruder w Hoxton, gdzie hipisi hodowali najsłodsze, najbardziej soczyste pomidory i ogórki tak delikatne, że smakowały, jakby nie miały skórki.

W każdą niedzielę po kościele jechali metrem do Hampstead Heath i spędzali popołudnie z Avą. Radziła sobie coraz lepiej. Terapeuta pracował z nią nad mową i powoli ponownie uczyła się pisać dominującą ręką. Pierwszą rzeczą, jaką napisała dziecinnymi literami i pokazała Julianowi, było jej imię.

„Ava Maria Delacourt McKenzie", napisała.

Druga rzecz była przeznaczona dla Deviego.

„Wydaje mi się, że cię kocham".

– Wydaje ci się? – nie mógł uwierzyć Devi.

Trzymała ich za ręce, gdy siedzieli obok niej, czytali jej gazetę, a Julian opowiadał jej anegdoty i historie o Mii Delacourt z Morecambe Bay i Babbacombe Road.

*

– Nawiasem mówiąc – powiedział Julian do Deviego w kościele Świętej Moniki, gdy czekali na rozpoczęcie mszy – nie myśl, że zapomniałem, jak mi opowiadałeś, że ojciec Ashtona przychodzi niemal co niedziela na grób syna. Zabawne, że nie widziałem go od szesnastu niedziel z rzędu. Wiedziałem, że to zmyśliłeś, żeby mnie zdenerwować.

– Czemu miałbym starać się aż tak bardzo, żeby cię zdenerwować? – odparł spokojnie Devi. – Codziennie jesteś o krok od wybuchu. Ale to ciekawe, że o nim wspominasz, bo był tutaj dwa tygodnie temu. Myślałem, że celowo go zignorowałeś.

– Dlaczego miałbym go ignorować? Najwyraźniej go nie widziałem.

– No to masz szansę udowodnić, że nie mam racji, bo dziś też przyszedł.

Julian odwrócił się. W jednej z tylnych ławek siedział ponury i posiwiały starszy Bennett.

– Strasznie staro wygląda – szepnął Julian.

– Jest chyba kilka lat starszy ode mnie i Avy. Jesteśmy starzy?

– Zgodnie z piątą poprawką odmawiam odpowiedzi.

– Który z nas chodzi na targ z parasolem i jest zbyt próżny, by przyznać, że tak naprawdę to laska, ty czy ja? Nie mam nic więcej do dodania.

– Bo to jest parasol – bronił się Julian. – Nigdy nie wiadomo, kiedy zacznie padać.

– Tak, bo potrzebujesz metrowego parasola. Teraz cii.

Po mszy Julian wstał, by odszukać pana Bennetta, ale ten już wyszedł.

– Pewnie jest na cmentarzu – rzekł Devi, trzymający w ręce mały bukiet lilii, które przyniósł dla Ashtona.

– Naprawdę nie chcę, by doszło do konfrontacji przy grobie syna.

– Konfrontacji? Czemu zawsze włączasz tryb bestii? Czemu nie powiesz: Dzień dobry, panie Bennett, miło pana znów zobaczyć. Jak się pan miewa? Dziękuję, że dał mi pan pracę i nie wyrzucił, nawet gdy zaniedbywałem swoje obowiązki. Może spróbujesz coś takiego?

– Nie chcę już z tobą gadać. – Powoli ruszyli w stronę wyjścia. – On będzie płakał – powiedział Julian.

– Na pewno mówisz o nim?

– Naprawdę nie chcę z tobą gadać.

Na niewielkim porośniętym drzewami cmentarzu koło kościoła Julian i Devi podeszli w milczeniu do grobu Ashtona. Nie było tam jednak jego ojca. Pozostawiony przez niego bukiet kwiatów stał oparty o czarny granit.

– Gdzie on jest? – szepnął Julian, rozglądając się, gdy Devi kładł lilie na grobie.

Po drugiej stronie cmentarza w zacisznym miejscu pod dużym dębem Michael Bennett stał z żoną przy innym grobie.

– Odwiedza tu jeszcze kogoś?

– Nigdy mnie nie słuchasz. Mówiłem ci, że wygląda, jakby przynosił dwa bukiety – odparł Devi. – Może to ktoś z rodziny jego piątej żony?

– Może.

– Pójdziesz się przywitać?

– Nie wiem. Powinienem? – Julian patrzył, jak przygarbiony starszy pan podtrzymywany przez żonę kładzie kwiaty, a potem opiera się o balkonik.

– Oczywiście, że powinieneś. Zaczekam tutaj. Trzeba wyrwać trawę wokół grobu. Okropny z ciebie wykonawca ostatniej woli.

– Tak, tak.

Julian szedł powoli wśród nagrobków, opierając się na parasolu. Nie chciał upaść na nierównym gruncie i złamać drugiego biodra. Tymczasem żona odeszła i Bennett został pod drzewami sam.

Julian cicho podszedł do niego od tyłu i stanął w stosownej odległości. Po kilku sekundach zrobił niepewnie krok naprzód i odchrząknął.

– Dzień dobry panu. Nie chcę pana wystraszyć. To ja, Julian.

Starszy pan odwrócił się i spojrzał na Juliana, jakby go nie poznawał.

– Julian Cruz, przyjaciel pańskiego syna, pamięta pan? Pracowałem dla pana przez siedem lat.

– Tak, oczywiście. Jak się masz, Julianie?

– Dobrze. A pan?

Michael Bennett zamrugał, poruszał ustami, ale nic nie powiedział. Wrócił spojrzeniem do napisu na nagrobku. Julian zrobił to samo i odczytał nazwisko na starym kamieniu.

FREDERICK THOMAS WILDER
UKOCHANY „WILD"
1910–1952

Julian zachwiał się. Na moment, by odzyskać równowagę, okaleczoną dłonią przytrzymał się balkonika Bennetta.

– Co się z tobą dzieje? – zapytał Bennett.

Julian stał oniemiały.

Wild przeżył. Nie zginął. Przeżył.

– Znał pan Wilda? – zapytał ochryple. – Skąd?

– Co ty możesz o tym wszystkim wiedzieć – odparł równie chrapliwie Bennett.

Julianowi serce zabiło jak młotem.

– Skąd znał pan Wilda? – wyszeptał. – O, mój Boże! – Patrzył na mężczyznę z otwartymi ustami. – Pan jest Michaelem. Tamtym Michaelem.

– Wychował mnie – powiedział Michael Bennett. – Ocalił i wychował.

Julian dygotał na całym ciele. Odwrócił głowę.

– Co się z tobą dzieje? – powtórzył starszy mężczyzna.

– Dokąd pojechał? – Julian otarł twarz. – Wszędzie go szukaliśmy.

– Jacy my? O kim ty mówisz?

– Proszę usiąść ze mną na chwilę – powiedział Julian, opierając dłoń na plecach mężczyzny. – Tak będzie nam łatwiej. – Na pewno dla niego. Poprowadził Bennetta do kamiennej ławki pod drzewami i ciężko na niej usiadł.

– Czy mój syn opowiadał ci o Wildzie? – zapytał Bennett.

– Nie. – Julian nie chciał zdradzać załamanemu mężczyźnie siedzącemu obok, że Ashton był tak zniesmaczony odrzuceniem go przez oboje rodziców, że nigdy nie wspominał o niczym, co miało związek z jego rodziną, chyba że został do tego zmuszony. Udawał przed wszystkimi, że znaleziono go w kapuście. Julian dopiero po latach dowiedział się, że ojciec Ashtona jest Brytyjczykiem, jeszcze później, że wciąż żyje, był kilkakrotnie żonaty i prowadzi świetnie prosperujący biznes. Julian nigdy nie słyszał ani słowa o wojnie, nalotach, Londynie ani o człowieku zwanym Wildem.

– Kim jest Bennett? – zapytał Julian. – Czemu nie nazywa się pan Michael Wilder? – Jego przyjaciel mógł się nazywać Ashton Wilder. A wtedy Julian by wiedział. Wiedziałby, gdy tylko poznał Wilda.

– Bennett to nazwisko mojej rodziny. Wild odnalazł ją po wojnie. Nie chciał mnie oddać mojej jedynej żyjącej ciotce, ale z szacunku dla mojej matki zostawił mi nazwisko ojca. Miał nadzieję, że będę miał syna, któremu je przekażę, a on swojemu i tak dalej.

– I tak dalej – powtórzył Julian, żałując, że nie ma pustki w głowie i próbując wyrzucić z niej każdy szczegół nawiązujący do końca tej smutnej wyliczanki.

– Nie mogę uwierzyć, że zapomniałeś opowieści Ashtona – ciągnął Bennett. – Jak mogłeś? O Wildzie krążyły legendy. Ashton się na nich wychował. Ale może on też zapomniał. Był jeszcze mały, kiedy odszedłem. Opowiadałem mu, jak Wild i jego przyjaciel Szwed znaleźli mnie w pożarze, w którym zginęła moja matka i ciotka. – Michael Bennett uśmiechnął się, lecz oczy wypełniły mu łzy. – To zawsze wydawało się takie nieprawdopodobne, jakby Wild wszystko wymyślił. Powiedział, że spadłem z nieba, a wokół mnie płonął dom. Nie miałem nawet zadrapania. Powiedział, że sam Bóg zrzucił mnie na jego jedno ramię. Matka umarła, ale on mnie wyciągnął. Powiedział mi, że odmieniłem jego życie. Miał mnie zostawić w sierocińcu. Ale wyznał, że zabiłby każdego, kto próbowałby nas rozdzielić. Poprosił Szweda, żeby przywiązał mnie do niego sznurem, by mnie nie zgubił. Ukrył mnie pod płaszczem i uciekł z Londynu. To wydawało się takie naciągane. Byłem malutki, a on miał jedną rękę i nigdy w życiu nie dotykał dziecka.

Julian nie mógł wykrztusić słowa. W ciepłe niedzielne popołudnie na cmentarzu zapanowała cisza.

– Dokąd pana zabrał?

– Gdzieś do Walii – odparł ojciec Ashtona – do małej wioski w środku nieznanego lasu. Podobno Szwed opowiadał mu o takim miejscu. Z dala od kopalń, pociągów, wszystkiego, co można było zbombardować.

– Co się z nim stało? W tysiąc dziewięćset pięćdziesiątym drugim roku był jeszcze młody…

Mniej więcej w wieku Juliana.

– Rak płuc. Jak król. Zmarł miesiąc po Jerzym, w marcu. – W oczach Bennetta zalśniły łzy. – Kiedy Bóg nie ocalił króla, wiedziałem, że nie będzie w stanie ocalić mojego Wilda. Czemu tak mi się przyglądasz? Co Ashton ci powiedział? – Bennett spoglądał na Juliana podejrzliwie i z obawą. – Nie wiem, czemu Wild tak cię interesuje. Czym jest dla ciebie?

– Ashton był częścią mojego życia, bo Wild pana ocalił. Więc jest wszystkim.

– Chyba tak. – Starszy pan westchnął.

– Wróciliście do Londynu po wojnie?

Bennett skinął głową.

– Matka Wilda nie czuła się dobrze. Mieszkaliśmy z nią w Camden, a gdy zmarła, przenieśliśmy się tutaj. Zamieszkaliśmy niedaleko od tego kościoła, przy Folgate. Dzielnicę po wojnie odbudowano. Przez pierwsze kilka lat szukaliśmy przyjaciół Wilda, zwłaszcza Szweda, ale potem zrezygnowaliśmy. Kiedy Wild umarł, trafiłem pod opiekę kuratora. W końcu odnaleźli moją ciotkę. Mieszkałem z nią przez jakiś czas.

Julian siłą powstrzymywał drżenie. Kiedy zmarła matka Ashtona, on też trafił pod opiekę kuratora. On też miał dwanaście lat. Tylko że Ashton wciąż miał ojca.

– Imię Ashton było pomysłem Wilda – powiedział Michael Bennett. – Gdyby miał jeszcze jednego syna, zawsze chciał mu dać na imię Ashton.

– Ale zmarł, zanim zdążył to zrobić. I pan zrobił to za niego. – Julian odetchnął głęboko. – Skąd Ashton wziął czerwony beret?

Bennett przyglądał mu się z niepokojem i smutkiem.

– A co ty możesz o tym wiedzieć? Zostawiłem mu go, kiedy rozstałem się z jego matką. Nie mam pojęcia, co się z nim stało.

– Dał go mnie – powiedział Julian.

– A co ty z nim zrobiłeś?

– Dałem go panu. Razem z Folgate włożyliśmy go panu na głowę.

Starszy pan odwrócił się gwałtownie do Juliana.

– Co powiedziałeś? – wychrypiał. – Skąd wiesz, jak nazywał tę dziewczynę…

Julian przyłożył dłoń do serca.

– Bo to ja jestem Szwedem – szepnął.

Na twarzy starszego pana malowało się przerażenie i niedowierzanie.

Z przewagą tego pierwszego.

Podbiegła do nich żona Bennetta.

– Zdenerwował go pan! – krzyknęła, spoglądając ze złością na Juliana. – Proszę zobaczyć, w jakim jest stanie. Zimny i cały spocony. Dobra robota. – Podała Bennettowi ramię, by pomóc mu wstać z ławki. – Chodź, kochanie, wracajmy do domu. Nie ma sensu tyle czasu tu tkwić. Zrobię ci lunch i filiżankę herbaty. Możesz posiedzieć w ogrodzie.

Julian próbował pomóc. Żona nie chciała o tym słyszeć.

– Mało pan zrobił?

Zanim odszedł, Bennett odwrócił się jeszcze do Juliana. Usta mu drżały.

– Żałuję, że mój syn nie poznał Wilda. Był niezwykłym człowiekiem.

Julian pokręcił głową.

– Wie pan, kto jeszcze był niezwykłym człowiekiem? Pański syn.

– Wiem – odparł Michael Bennett ze łzami. Spuścił głowę. – Dowiedziałem się o tym zbyt późno. – Odszedł powoli, opierając się ciężko na balkoniku.

33

Srebrny anioł

Żyli z Devim tak długo w spokojnej, podnoszącej na duchu, uporządkowanej bliskości, że Julian stracił poczucie czasu. Zerwał się w środku pewnej nocy, nie wiedząc, gdzie ani w jakim czasie się znajduje, przerażony, że minęły trzy równonoce, a może nawet dwadzieścia.

Był środek września. Devi nie wspomniał, w którym to ma być roku.

Podczas ich ostatniego wspólnego wieczoru Julian zabrał Deviego do Chinatown na kolację w Tao Tao Ju przy Lisle Street tuż obok Leicester Square. Jedzenie z Devim potraw przygotowanych przez kogoś innego przypominało dwugodzinny stand-up. Julian nie miał pojęcia, że przyjaciel potrafi być tak małostkowy. To było zabawne. Nic mu nie smakowało. Ryba była za słona, ciasto wyschnięte, a sake nie dość mocna. Odważyli się przynieść mu sos sojowy z niską zawartością soli i rozgotować mostek z czosnkiem.

– Co to jest lahpet? – zapytał Julian.

– Marynowane liście herbaty podawane w sałatce. Ale nie przygotowali ich jak należy – stwierdził Devi z pogardą. – Nie dodali dość octu. Liście nie są marynowane, tylko namoczone. – Zjedli knedle nadziewane wieprzowiną z mango. Pili białe wino palmowe lub kokosowe, które smakowało jak sfermentowany mętny sok.

– Zawiera wiele substancji odżywczych – wyjaśnił Devi. – W tym potaż, który możesz dodać do łoju, jeśli chcesz zrobić świece.

Julian zaśmiał się.

– Nie żałuję, że zostawiłem za sobą kilka rzeczy – powiedział. – Ta jest na czele listy.

– Założę się, że nie trafiła nawet do pierwszej piątki – odparł Devi i obaj w milczeniu uznali, że inne rzeczy są straszniejsze. – Wiedziałeś – zaczął Devi, by zmienić temat – że po dłuższej fermentacji powstaje ocet, a nie mocniejsze wino?

Julian uśmiechnął się.

– Wiedziałem.

– Zapomniałem, że rozmawiam z królem octu.

Po kolacji kucharz stwierdził, że bardzo miło spędził czas.

– Może kiedy wypiszą już Avę, zaproszę ją tutaj, by świętować.

– No nie wiem. Nie przepada za twoim jedzeniem. Chcesz zaryzykować, że polubi przygotowane przez kogoś innego?

– To może pójdziemy do Savoya. Chyba jej się tam podobało, gdy nas tam zabrałeś.

– Ale tobie nie – odparł Julian. Devi skrytykował francuską kuchnię Savoya równie mocno jak jedzenie w Tao Tao Ju.

– Podobnie jak ty jestem zdolny do niewielkich poświęceń – oświadczył Devi z poważną miną.

Wyruszyli piechotą w długą drogę powrotną do Quatrang. Naprawdę długą. Szli przez jasno oświetlone Soho i Covent Garden. Był niedzielny wieczór, wszędzie grała muzyka, miasto pulsowało od ludzi, śmiechu. Festiwal świateł zamienił część ulic w kalejdoskop barw. Budynki, posągi, markizy przybrano czerwienią i złotem. Zupełnie jakby na każdej ulicy od Carnaby po Seven Dials wybuchały fajerwerki.

„Jak fajerwerki na każdej ulicy".

Nad głową nie latały spitfire'y ani hurricane'y, a powietrza nie rozdzierał przeszywający dźwięk syren.

Szli St. Martin's Lane i przysiedli na schodach National Gallery, skąd przyglądali się szczęśliwym ludziom i głodnym gołębiom walczącym o dominację na Trafalgar Square. Przez otwarte drzwi kościoła St. Martin-in-the-Fields dobiegały rzewne harmonie chóru śpiewającego *Miserere* Allegriego.

– Będę tęsknił za Londynem – powiedział Julian w ten ciepły, bezwietrzny wrześniowy wieczór, głośny, zatłoczony i wyjątkowy. – Jak mógłbym kiedykolwiek to zapomnieć? Ty nie zapomniałeś Góry Kolka.

Devi spuścił głową i gdy odpowiedział, jąkał się.

– To prawda. Ale tak właśnie noszę ze sobą jego duszę: nie zapominając. Nie mogę wypatrywać spotkania z nim w ziemskim życiu. Nie mam takiego szczęścia jak ty.

– Devi, ten szczęściarz jutro odejdzie. A znamy się od wielu lat.

– I co?

– Wiesz o mnie prawie wszystko. Opowiedz mi o swoim synu. – Julian objął ramieniem krępego mężczyznę. – No, proszę. Tylko spójrz na nas. Mamy pełne brzuchy po pożegnalnej kolacji. Trochę kręci nam się w głowie od sake…

– Mów za siebie.

– Podziwiamy piękny widok, jesteśmy razem, w tle słychać cudowny chór. To najlepsza pora, by usiąść przy ogniu i opowiadać historie.

Devi westchnął.

– Zamiłowanie Tamy do snucia opowieści przy ogniu jest chyba najmniej ważną rzeczą, jaką wyciągnąłeś z tamtego doświadczenia. Ale dobrze. Co chciałbyś wiedzieć?

Julian pokręcił głową.

– Nie, tym razem bez metod Sokratesa. Opowiedz mi prawdziwą historię, a ja będę siedział i słuchał.

– Zaginął podczas wrześniowej równonocy – zaczął Devi. – Cztery lata i osiem równonocy później wszedłem do jaskini Q'an Doh, by go odnaleźć. Byłem gotów oddać wszystko za szansę podjęcia innych decyzji, które mogłyby doprowadzić do innych rezultatów. Matka błagała mnie, żebym nie szedł. Powiedziała, że jego śmierć stanowi wyrwę w moim życiu i teraz jest już za późno, by zrobić cokolwiek, żeby to odwrócić. Ale ja byłem uparty, załamany smutkiem. Brzmi znajomo? Poruszając się z ogromną prędkością, lawina śnieżna utworzyła prąd grawitacyjny. Lód, skały, drzewa ubiły się jak w kominie. Ale pomimo tych zniszczeń, kiedy zjawiłem się w Karmadonie, mieszkańcy wioski zaklinali się, że widzieli mojego syna żywego w pobliżu przepaści. Czemu nie miałem im wierzyć? Sam stale go widziałem. Czemu wróciłeś, pytałem go raz po raz. Myślałem, że kręcisz przez cały październik? Szukałem go przez dwa lata. Był taki prawdziwy, nie chciałem uwierzyć, że nie żyje.

– Jak Ava z Mią – odparł Julian.

– Nie tylko Ava.

Julian zwiesił głowę.

– Tajemnica śmierci mojego syna – ciągnął Devi – zamyka się w milionach metrów sześciennych kamieni i lodu. Zniknął bez śladu, z wyjątkiem tego, który pozostawił we mnie.

– Przestałeś go widywać? – Julian nie przestał widywać Mii. Wciąż mu się śniła, idąca w wilgotnym słonecznym blasku.

– Nie. – Devi wydał z siebie odgłos pomiędzy kliknięciem a jękiem. – Powinienem był posłuchać matki, to dobra nauczka dla nas wszystkich. Ostrzegała mnie, że moja dusza może się udać tylko do jego śmierci. Był nowy. Nie istniała żadna przeszłość, nie było innego ciała, żadnych możliwości. Ale ja i tak poszedłem. Bo uważałem, że wiem najlepiej. Jak ty byłem na tyle arogancki, by wierzyć, że moja miłość może go ocalić. Byłem przekonany, że nie zginął. Powiedziałem matce, że pokazuje mi się żywy. Czemu miałby to robić, gdyby zginął?

Julian, Devi i Ava – wszyscy znali ten smutek.

– Powtarzałem sobie, że dopóki portal się otwiera, mam szansę – mówił dalej Devi. – Portal prowadzący dokąd, dopytywała się matka. Lepiej módl się, żeby się nie otworzył, powiedziała, bo albo cię zabije, albo pokaże rzeczy, na widok których pożałujesz, że nie jesteś martwy. Ale nie dbałem o to. Nie wiedziałem wtedy, że jest jeszcze jeden powód, dla którego nikt nie wchodzi do jaskiń na południku we wrześniu. Bo wtedy nietoperze wracają, by przespać zimę. Dziesięć milionów, dwadzieścia. Sam już nie wiem. Nieskończona liczba milionów.

– Nie lubię nietoperzy – powiedział Julian.

– Znasz moją odpowiedź. Nie chodź tam. O mało co nie umarłem w wyniku paskudnej infekcji grzybiczej, której się nabawiłem po dotknięciu odchodów nietoperzy. O tej porze roku trudno tego uniknąć. Dostałem ataku serca. Musieli mnie reanimować. – Westchnął. – Nietoperze i przepaść o mało co mnie nie zabiły, a za księżycową bramą był tylko lód. Pod stopami. Na ścianach. Nad głową. Zostałem w tej jaskini na zawsze. – Devi skulił się. – Wciąż tam jestem.

Julian doskonale pamiętał Górę Przerażenia, która uformowała się w zamarzniętą rzekę, by doprowadzić go od czarnego rowu na szczycie Craig Hill w Yorku do „Hinewai" na Oceanie Południowym.

– Jaskinia nie przeniosła mnie w czasie – powiedział Devi – ale przeniosła mnie w przestrzeni, aż do Azji, do góry Kolka. Jaskinia Czerwonej Wiary nie pozwoliła mi go ocalić ani ujrzeć go żywego. Ale pozwoliła mi go odnaleźć. Po długich wędrówkach zamarzniętymi tunelami podniosłem wzrok i zobaczyłem go. Wisiał nade mną uwięziony w lodzie na suficie jaskini. Zamarznięty pod górą, która się zawaliła, w bloku lodu grubym na dwanaście metrów. Pytałeś mnie, co widzę. Właśnie to. Codziennie widzę unoszące się wysoko ciało syna, ważkę w krysztale, uwięzioną na wieczność w głębi lodu wysoko nad głową.

Siedzieli ze spuszczonymi głowami, wpatrując się w swoje okaleczone dłonie.

– Jak wyszedłeś? – zapytał Julian.

– Tak samo jak ty – odparł Devi. – Znalazłem światło i szczelinę. Mroczna równonoc pozostawiła mnie na pół umarłego i z połową duszy. Doprowadziła mnie do geograficznego miejsca o nazwie Karmadon, granicy, która podzieliła moje życie na przed i po. Tak jak ty wyszedłeś na Normandie Avenue i zobaczyłeś Josephine na chodniku.

– Ile lat minęło?

– Dwadzieścia cztery. Dwadzieścia od jaskini. Wracam tam co roku. Wciąż czekam, żeby lód stopniał, żebym mógł go pochować. Geologowie twierdzą, że to się stanie lada moment. Ale powtarzają to od dwóch dekad.

– Och, Devi.

– Był zaręczony jak ty. Jego niedoszła żona wyszła za innego. Ma troje dorosłych już dzieci.

– Więc nie całkiem jak ja. Jak miał na imię?

– S-s-s-samang. Sam. W moim języku to oznacza mający szczęście. Szczęście w życiu.

Julian bał się dotknąć Deviego, bał się, że ten człowiek z kamienia rozsypie się jak szkło podczas wypadku samochodowego. Nachylił się jak zawsze, gdy wspominał wydarzenia i wszystko, co utracił. Przysunął się bliżej Wietnamczyka.

– A co oznacza twoje imię?
– Devi? Anioła.
– Nie diabła? – Julian prawie się uśmiechnął. – A Prak?
– Srebro.
– Aha. Jesteś więc srebrnym aniołem.
– Nic nie poradzę, że rodzice tak mnie nazwali. Tak jak Sam nie mógł nic poradzić na swoje imię.
– To nie jego wina, że szczęście go opuściło. – Julian objął Deviego ramieniem w geście pociechy. – Twoja też nie.
– A czyja?
– Niczyja. To niczyja wina.
– No i w końcu w ostatniej chwili do czegoś zmierzamy, panie i panowie. – Devi nie odtrącił ramienia Juliana.
– Bardzo przepraszam, że nie mogłem ci pomóc – powiedział Julian.
– Nie przepraszaj. Wiesz, kiedy uświadomiłem sobie, że możesz mi pokazać coś, czego nigdy nie widziałem? Dawno temu, kiedy mi powiedziałeś, że byłeś bokserem. A raczej kiedy powiedziałeś, że zawsze chciałeś być bokserem. Wiesz czemu? Bo żeby zostać dobrym bokserem, musisz trenować ciężej niż w innych sportach. Musisz narzucić sobie ogromną dyscyplinę. Musisz zostać ascetą, zakonnikiem. Musisz się nauczyć, jak łamać swoją własną wolę. Koordynacja, ograniczony odpoczynek, masochizm, nadludzka wytrzymałość. Musisz najpierw pokazać charakter, dopiero potem możesz budować swoje ciało od zera, by zostać cichą maszyną do zabijania. A tym może kierować tylko dusza. Stąd wiedziałem. Jesteś odważny i dzielny, Julianie. Masz wytrwałość świętych. Zachowałeś wiarę, nawet kiedy życie bardzo cię doświadczało. Pod wieloma względami zaskoczyłeś mnie przez te lata. Nigdy nie przepraszaj. Moja przyjaźń z tobą to najlepsze, co mi się w życiu przydarzyło.

*

Dwudziestego drugiego września niechętny Devi i tak wybrał się z Julianem do obserwatorium w Greenwich.

Julian zabrał ze sobą tylko stare narzędzie uniwersalne, kilka okruchów kryształu i lampkę czołówkę.

Wyszli dużo za wcześnie. Szli powoli.

– Wczorajszy dzień był dobry – powiedział Julian.

– Tak. Nie najgorszy jak na ostatni dzień.

– Zgadza się. Byliśmy w kościele, przeszliśmy się po legendarnym mieście, zjedliśmy kolację, wypiliśmy trochę, odbyliśmy rozmowę, raz czy dwa nawet się zaśmialiśmy.

– Raz.

Julian parsknął śmiechem.

– Teraz dwa. – Devi uśmiechnął się.

Szli dalej.

– Wiesz, czego nie da się wytłumaczyć? – zapytał Julian. – Nigdy nie znalazłem tej kawiarni ze złotymi markizami. A byłem taki pewny, że znajdę. Zaczynam myśleć, że nigdy jej tam nie było. Kto wie, może tylko mi się przyśniła. – Rozczarowany wzruszył ramionami. – Chodziłem po Londynie jak niektórzy chodzą po pustyni. Zaglądałem pod każde ziarenko piasku. Przeżyłem stulecia bezowocnych poszukiwań. To na pewno był miraż.

– Nie bezowocnych.

– Ale gdzie jest ta kawiarnia? – Doszli do parku Greenwich, stanęli pod drzewami. Była jedenasta, mieli jeszcze godzinę.

Devi odpowiedział dopiero po długiej chwili.

– Gdzieś tam na pewno jest.

– To znaczy, że ona też gdzieś tam jest.

– Wiesz, że jest. Bo dokąd się wybierasz, jeśli nie do niej?

Szli dalej powoli pod baldachimem z drzew. Julian nie przywykł, by w Greenwich było tak ciepło. Marcowa równonoc była zawsze deszczowa i wietrzna.

– Wiesz, że nie musisz odchodzić – powiedział Devi. – Mógłbyś zaczekać.

– Na co?

– Na przyszły rok. Mógłbyś nadal szukać tej swojej kawiarni. Mógłbyś zostać. Pomóc mi szatkować i grillować. – Podniósł wzrok na Juliana i lekko go szturchnął. – Moglibyśmy chodzić razem na targ i do kościoła. Kupiłbym książkę z przepisami na ciastka. Ava stale mi dokucza, więc rozważam, czy nie nauczyć się piec. – Nawet mówiąc te słowa, Devi uśmiechnął się ze smutkiem, jakby wiedział, że nigdy do tego nie dojdzie.

Kupili bilety do obserwatorium i spacerowali po zielonych terenach, nie odzywając się do siebie.

O 11.49 weszli do sali z teleskopem. Dach rozsunięto. Do środka wpadało jasne słońce. Ogromny teleskop Transit Circle lśnił czernią, dokładnie jak w 1854 roku, kiedy Julian pierwszy raz ujrzał cud pod postacią Mirabelle.

O 11.55 położył okruchy jej kryształu na dłoni i podał słoik Deviemu. Nie chciał się przyznać, ale bardzo się bał.

– Devi – szepnął niemal bezgłośnie. Przerażenie odebrało mu mowę. Nie chciał umierać! Nie chciał umierać…

– Wiem – rzekł Devi, jakby naprawdę wiedział.

– Nie pójdę, dopóki mnie nie pobłogosławisz – powiedział Julian, schylając głowę.

– Bój się i nie bój – odparł Devi. – Pamiętaj o tym, który zawsze jest z tobą.

Południe nadeszło i przeminęło. Julian odruchowo wyciągnął rękę.

– Na wszelki wypadek – powiedział.

– Dobrze, że portal się nie otworzył – stwierdził Devi. – Bo gdzie byś był?

12.03

12.05

– To tyle, Julianie.

– To tyle, Devi. Jeszcze jeden raz, dla niej. „Raz jeszcze do wyłomu lub go zatkajmy trupami Anglików"*.

– Pamiętaj, kieruj się intuicją – poradził Devi, zapinając mu zamek kurtki. – Zaufaj sobie. Jeśli poczujesz, że z niejasnych powodów coś jest w porządku, idź za tym głosem. Twoja intuicja nie wzięła się znikąd: to życie i twoje cierpienie.

– Dobrze. Ale będę się bardzo starał, żeby pamiętać.

Devi przyznał, że co nieco może zapamiętać.

– A będę pamiętał ciebie?

---

* William Shakespeare, *Życie Henryka V*, przeł. Leon Ulrich.

Stali bez słowa.

12.06

– Nie wiem. Ale ja ciebie zapamiętam.

Julian przeszedł przez barierkę. Otchłań znów miała się otworzyć dla nędznika. Ziemia była pełna jego krzyków. Tuż przed tym, jak słońce przesunęło się po celowniku równonocy, Julian odwrócił się, nachylił się i przytulił głowę do głowy Deviego. Otaczała ich już migocząca błękitna aureola.

– Żegnaj, przyjacielu.

12.07

– Żegnaj, przyjacielu – szepnął Devi w czarną pustą podstawę.

34

Siedem gwiazd

Julian jeszcze nigdy nie był na rzece tak długo. I sama rzeka była niepodobna do innych. Wąska, płynęła ospale, bardzo kręta, prawie nieruchoma, przedzierała się zygzakiem między najbardziej stromymi górami. Julian natknął się na porzuconą starą łódź bez wioseł i dryfował w niej, oświetlając lampką czołówką ściany jaskini. Kiedy zachciało mu się pić, zaczerpnął wody z rzeki i uśmiechnął się na myśl, że to może być Lete, mityczna rzeka zapomnienia, i teraz utraci wspomnienie wszystkiego.

A potem zaczął się bać, że to nie metafora i że naprawdę znalazł się na rzece zapomnienia. Przestał pić i spragniony stał w łodzi jak przewoźnik, wymieniając w myślach nazwy miejsc, w których był z nią. Collins Lane, Whitehall, Silver Cross, Drury Lane, Seven Dials, Holborn, Monmouth, Gin Lane. Taylor Lane, Pałac Kryształowy, Langton Lane, Grey Gardens, Clyde and Dee, Bluff, Morze Rossa. Grimsby, Bank, Strand, St. Martin's Lane, Savoy Place. Mytholmroyd… Loversall, Blackpool, Babbacombe… Tak, wszystko było w porządku. Nadal miał swoje wspomnienia, woda nie była miksturą, jego umysł pozostał nietknięty. Devi nie miał racji.

Kiedy czuł pragnienie, pił i aby się sprawdzić, recytował raz po raz nazwy miejsc, a potem imiona przypisane do twarzy.

Aurora, Cornelius, Cedric. Baronowa Tilly, Margrave, Fabian. Nigdy nie zapomni Fabiana; jakże by mógł. Agatha, Cleon, Fulko,

Krótkonogi, z tamtego życia miał dużo do zapamiętania. George Airy, Spurgeon, Aubrey, Coventry Patmore. Kiritopa, Edgar Evans. Maorys i Walijczyk byli jedynymi osobami z Nowej Zelandii, które Julian chciał zapamiętać.

Liz Hope, Nick Moore, Peter Roberts, Phil Cozens, Sheila, Shona, Frankie.

Duncan i Wild.

Wild.

Nigdy nie zapomni żadnego z nich.

Przede wszystkim Wilda.

Poczuł pragnienie i znów napił się wody.

Światło lampki przygasło. Nagły powiew lodowatego wiatru zerwał mu ją z czoła. W ciemnościach zacisnął dłoń na okruchach kryształu. Boże uchowaj, żeby miał je zgubić. Co prawda Devi powiedział, że Julian jest swoim własnym totemem, że jego dusza znajdzie wyłom w jego ciele, że jest swoją własną świętą relikwią, ale jak odnajdzie ją bez okruchów kryształu?

Po chwili, gdy wyliczał nazwy miejsc, nie mógł sobie przypomnieć nazwy miasta w swojej pierwszej wyprawie, nazwiska Mary ani nazwiska jej matki. Pamiętał Cedrica, stajennego. A potem zapomniał nawet jego. Umknęły mu imiona burdelmamy i otrutej prostytutki, imiona kanalarza i powieszonego mężczyzny, twarze Spurgeona i Airy'ego straciły ostrość. Kiritopa pozostał wysoki, a Edgar Evans siedział wyprostowany w łódce.

Potem zniknęli także oni.

Żegnaj, Szwedzie, powtarzał mężczyzna z uśmiechem i odchodził, trzymając jedną ręką dziecko w cennym berecie Juliana. Do zobaczenia, Szwedzie.

Do zobaczenia, Wild.

Było w porządku. Pamiętał najważniejsze rzeczy. Ale tak naprawdę chciał tylko, by rzeka się skończyła. Jego ciało było obolałe, puste, posiniaczone, ciężkie, wyczerpane.

Kiedy to się skończy?

Kiedy to się skończy.

Gdy łódź unosiła się na wodzie, Julian mrugał zmęczonymi oczami i trzymał okruchy kryształu wysoko w górze. Może coś się w nich odbije i uzyska trochę światła. Był tak zmęczony ciemnością. Gdy trzymał błagalnie wyciągniętą rękę, pojawił się rozbłysk i w ułamku sekundy dojrzał rzekę przed sobą. Zmierzał do rozwidlenia. Wyprężył się wpatrzony w ciemność i znów unosząc okruchy, proszę!, próbował choć w przelocie dostrzec odnogi.

I dojrzał.

Na prawo, w przestronnej jaskini, rzeka płynęła prosto i szybko. Widział ją wyraźnie. Widział prąd i pożądany ruch. Wydało mu się, że w oddali prawie dostrzegł coś odbitego od okruchu kryształu. Czyżby przez jakąś szczelinę wpadało światło? Zaciskając mocno rękę, wpatrywał się intensywnie w ciemność. Jak szybko porusza się rzeka? Nie miał wioseł, ale mógł wiosłować rękami, by złapać prąd. Za kilka minut mógłby dotrzeć do szczeliny. Wyszedłby. Odnalazłby ją. I wszystko by się skończyło. Może Cherry Lane, może Book Soup, może grań gór Santa Monica. Wciąż tak dobrze ją pamiętał. Mia, Mia.

W lewo płynęła ta sama kręta, ledwo poruszająca się, ospała rzeka, na której tkwił przez całą wieczność, znikała za zakrętem pomiędzy dwoma stromymi, postrzępionymi klifami.

Julian nie chciał pozostać na rzece ani sekundy. Już zbyt długo przebywał bez niej. Najwyższa pora ujrzeć jej twarz. Sięgnął do wody silną lewą ręką i zaczął wiosłować, odwracając łódź w stronę prądu.

O, nie, jej kryształ! Wciągając gwałtownie powietrze, wysunął szybko rękę z wody i zrozpaczony wpatrywał się w pustą dłoń. Zapomniał, że zacisnął palce na okruchach, a kiedy rozłożył dłoń, by wiosłować, okruchy osunęły się w wodę. Przepadły, wszystkie. Jak mógł być taki nieostrożny. Po prostu zapomniał.

Teraz już nic nie mógł z tym zrobić. Musiał się dostać do rwącego nurtu. Nie potrzebował już kryształu. Wiedział, jak wyglądała w Los Angeles. Cherry Lane, Normandie, Book Soup. Odnajdzie ją.

Początkowo wiosłował gorączkowo, potem coraz wolniej.

Niebawem przestał na dobre.

Jego umysł powracał do czegoś, do czego wcale nie chciał powracać.

Rzeka się rozwidlała.

To oznaczało, że należy podjąć decyzję.

Oba kierunki mogły go do niej doprowadzić.

Co się stanie, gdy prowadzi tylko jeden?

Krótka, prosta droga była lepsza. Bo wciąż pamiętał! Tak rozpaczliwie pragnął nie zapomnieć. Pomyślał, że tego pragnie najbardziej. Ale co powiedział mu Devi? Wypowiedział straszne słowa, które Julian wtedy ledwo dosłyszał, i teraz gorzko żałował, że je pamięta.

„Za siedem krótkich tygodni, za czterdzieści dziewięć dni, siedem razy siedem, ona znów od ciebie odejdzie. Julianie, wiesz, jak się kończy ta historia. To sznur z pętlą na końcu".

Za siedem krótkich tygodni ona znów od ciebie odejdzie.

„Czy będziesz w stanie to znieść?".

W którą stronę rzeka? W którą jej życie?

Próbował już z każdej możliwej strony. Z każdego punktu widzenia, z każdej perspektywy. Próbował ją ostrzec, trzymać się z daleka, działać powoli, działać szybko, próbował przyjaźni i romansu, rezerwy i zatracenia, wybiegać w przyszłość i żyć z dnia na dzień.

A teraz wznosił się przed nim kolejny niezgłębiony wybór.

Kiedy nie wiedziałeś, co robić, w jaki sposób podjąłeś decyzję, którą ścieżką ruszyć, gdy przyszłość była nieznana, a jedna droga była zdecydowanie lepsza?

Julian wiedział. To, czego nie chce się robić, niemal zawsze jest dobrym wyborem. Robiło się to, czego nie chce się robić. Czy powiedziałeś prawdę, ofiarowałeś swoją miłość, byłeś wolny, odszedłeś, marzyłeś, pracowałeś? Pojechałeś do Yorku, kiedy najbliższy przyjaciel błagał cię, żebyś mu towarzyszył, czy zrezygnowałeś? Wbiegłeś do płonącego domu? Słyszałeś płacz dziecka?

Julian był tak straszliwie zmęczony.

A jeśli musi podjąć taką właśnie decyzję – pozostać na rzece do końca?

A jeśli nie?

Tyle pytań pozostaje bez odpowiedzi.

Próbował to sobie wyperswadować. Nie widział, co kryje się za zakrętem. Oba strumienie mogły się schodzić w jakimś miejscu, pewnie tak było, więc co za różnica? To byłoby głupie. A nikt nie powinien robić głupich rzeczy. To podpowiedź z jego dawnego życia: nie bądź idiotą. Czasami musisz wybrać najkrótszą trasę pomiędzy magazynem a sklepem. Czy to nie idealna pora, by posłuchać tej rady?

Julian skulił się w łodzi, zwiesił głowę.

Przypomniał sobie coś niechcianego o Lete, rzece zapomnienia.

Dopiero gdy zmarli pozbędą się wspomnień, mogą zostać naprawdę przywróceni. Dopiero gdy życie wygaśnie na ulicach, których nazwy tak rozpaczliwie starał się zapamiętać, będzie mógł żyć raz jeszcze.

Zmienił ręce i opuścił do wody okaleczoną dłoń. Zaczął powoli przebierać palcem wskazującym i kciukiem, by odsunąć łódź od rwącego nurtu.

Z wielkim żalem uniósł dłoń i pomachał na pożegnanie. Nie widział wyjścia. Ale może, tylko może, jeśli jedna rzecz będzie się różnić...

Może ona będzie żyła. Tak jak chce, z nadzieją i jasnymi światłami, z marzeniami i sceną. Bez niego, jeśli tak będzie trzeba. Po prostu żyła. To wszystko, czego Johnny Blaze chciał od swojej jeżdżącej na wrotkach Gotham Girl, ulotnej Ghost Bride. Żadnych tuneli miłości. Po prostu żyć. „Przysięgam ci, mój kraju, cenniejszy ponad wszystko", szepnął. Weź moje życie, Mia. Weź moje życie.

Lewa burta uderzyła w dzielącą nurty grań, łódź skoczyła do przodu, wpłynęła w powolny nurt i bez dozoru sunęła dalej.

Julian stał tak długo, ile mógł, lecz w końcu usiadł.

Jeszcze później się położył. Czasami miał wrażenie, że łódka stoi w miejscu, kołysząc się na zimnej wodzie. Chciał unieść głowę i się rozejrzeć, ale był taki zmęczony.

A potem nie chciał już wstawać. Nie miał z tym żadnego problemu. Leżał na wznak, bez ruchu, z otwartymi oczami, próbując odnaleźć światło w ciemnej jaskini, znaleźć cokolwiek, co mogłoby sygnalizować koniec.

A kiedy nie mógł już sobie przypomnieć zbyt wiele, leżał w łódce, wspominając ją.

Mia, Mia, duszo mojej duszy.

Żyli.

Nurkowali pod falami Pacyfiku. Wybierali się na piknik pod drzewami Fynnesbyrie Fields. Idąc pod rękę, oglądali słonie w St. James's Park. Pijani tańczyli na stołach w piwnicach St. Giles. Śmiali się w Grey Gardens i spacerowali przez most Waterloo. Przytulali się pod skórami wapiti otoczeni przez polarny lód. Zasłaniał ją własnym ciałem, chroniąc przed Hitlerem, przed Hadesem.

Żyli. Podczas ich krótkich jasnych dni myślał, że nie mają czasu, zawsze towarzyszył mu żal za litanią rzeczy, których nie zrobili. Nigdy nie kupili domu, nie podróżowali, nigdy się nie pobrali, nie mieli dzieci, nie zestarzeli się.

Ale mieli inne rzeczy. Żyli w burdelu i we dworze, w schronie i pod gołym niebem. Jeździli konno, pociągami, pływali statkiem. Spali na otwartych polach i w miękkich łóżkach.

Towarzyszyły im wszystkie rodzaje pogody.

Pobrali się na niby, włożyli na palce prawdziwe obrączki, wypowiedzieli słowa prawdziwej przysięgi, całowali się, tańczyli i śpiewali z zapamiętaniem. Trzymali w ramionach małe dzieci, pomagali je ocalić.

Byli młodzi, głodni, namiętni, radośni. Byli rozgniewani, zgorzkniali, walczyli, dokuczał im ból. Ich ciała wyginały się jak u gimnastyków, łamały się, jakby byli starcami. Żyli w pokoju i przerażeniu. Żyli, jakby mieli żyć wiecznie. Żyli, gdy śmierć wisiała im nad głowami i kiedy noc była jeszcze młoda.

Razem przeszli przez ogień. Razem przeszli przez lód.

Cały świat i wszystko, co się na nim znajdowało, było ich Wyspą Nieopisaną.

Żyli. Żyli.

Josephine, Mary, Mallory, Miri, MIRABELLE, Shae, Maria!

Moje wierne serce należy do ciebie. Zawsze będzie należeć.

Może cię zapomnę, ale moja miłość do ciebie jest wyrzeźbiona na ścianach mojej duszy.

Coś zawsze pozostanie.

*

Wiatr ucichł. Nie było już zimno. Ale nie było też gorąco. Julian prawie widział zarysy stalaktytów nad głową, wyryte na ścianach jaskini powykręcane ludzkie postaci splecione w miłości i walce.

Kto trzyma klucze do piekła i śmierci?

Gdzie jest Ashton, mój utracony brat, mój towarzysz wędrówki i udręki? Minęła już wieczność bez niego u mego boku.

Czyj głos jest brzmieniem wielu wód?

Czyja namiętność osiodłała wiatr?

Dźwięk powykręcanego metalowego smutku, naginającego wolę jednego rozgoryczonego człowieka do innego, kto tego dokonał?

Obdarzono cię siedmioma złotymi lichtarzami, powiedział mu uzdrowiciel. Od ciebie zależy, czy je zapalisz, czy w ogóle będziesz mógł to zrobić.

Siedem razy, siedem tygodni, siedem mieczy, siedem serc, siedem gwiazd.

Kto zna moją rozpacz, moje nieszczęście, moją biedę, kto wie, że jestem ślepy, że jestem nędznikiem, i mówi, że to w porządku?

Kto zna moje jałmużny, moje dary, moje ofiary, kto zna moją miłość, kto zna moje serce?

Julian był w agonii, jego płuca próbowały się rozszerzyć, rozpalone igły wbijały mu się w żyły, ciało się topiło.

Kto szuka w mojej duszy ukrytych ciężarów i grzechów, które noszę w zanadrzu?

Kto mnie wysłucha i da mi poranną gwiazdę?

Kto zabierze niegodziwości z moich rąk i z mojego przepełnionego płaszcza? Kiedy idę, moje grzechy padają za mną. Zapomniałem o przyjaciołach, rodzinie, matce, zapomniałem o tych, którzy się o mnie troszczyli. Odwróciłem się od radości i tym samym odwróciłem się od życia. Zatracony w cierpieniu, byłem zakuty w łańcuchy i skruszyłem się przed czymś, czego nie widziałem. Kto zostawił przede mną otwarte drzwi, choć nie jestem silny, lecz słaby, nie jestem bogaty, lecz nędzny, nie jestem księciem, lecz nędznikiem?

Kto wie, że nie jestem tym, który niczego nie potrzebuje? Moje potrzeby są tak wielkie, moja wola tak słaba, moje nieszczęście i nagość oślepiające. Kto wie to o mnie, nie potrzebując ode mnie słów, i nie ma z tym problemu?

Skrzydlate potwory przelatują obok, grając na trąbkach. Mówię do góry i skał, ukryjcie mnie, ukryjcie, proszę, proszę ukryjcie mnie przed moim życiem.

Julian unosi błagalnie ręce.

Myślał, że chce sprawdzić, czy na jego skórze wykwitły zwęglone kwiaty, zobaczyć jej imię płonące na ramieniu, poczuć blizny po ich wspólnych dniach. Ale było ciemno i nic nie widział.

Nic już nie bolało, bo, dzięki Bogu, nie było już bólu.

35

Wieloletnie rośliny

Dziób łodzi zazgrzytał o dno, zarył się w piasku i znieruchomiał. Nareszcie!

Julian wyskoczył do płytkiej wody. Turystyczne buty miał przemoczone i pełne piasku. Był zamknięty w niewielkiej przestrzeni i z trudem poruszał rękami, chcąc wydostać narzędzie uniwersalne, choć mówiąc szczerze, trudno było także zobaczyć, do czego mogłoby mu się przydać. W obecnej sytuacji potrzebował raczej koparki.

Sufit miał tuż nad głową; była to już nie jaskinia, ale przestrzeń pomiędzy głazami, na tyle duża, by mógł się w niej zmieścić. Światło sączyło się przez szczelinę gdzieś na górze, delikatny błysk pomiędzy luźnymi, ciężkimi kamieniami. Wspiął się w jego kierunku, lecz kamienie rozsypały mu się pod nogami, stracił podparcie i poślizgnął się. Spróbował jeszcze raz. Czemu nie przypiął raków do butów, by ułatwić sobie wspinaczkę?

Kamienie były ciężkie. Nie mógł ich ruszyć. Po wielu próbach uwolnienia się wpadł w panikę. Czuł, jakby był tam uwięziony przez długi czas. Oddychał głęboko, by się upewnić, że płuca nadal pracują, a potem raz jeszcze przeszukał po kolei wszystkie kieszenie. W jednej kieszeni spodni bojówek wreszcie znalazł narzędzie uniwersalne. To lepsze niż nic. Gorączkowo wbijał ostry koniec kleszczy w twardy pył, by poruszyć trochę kamienie. Był w tym doświadczony. Teraz też był zdeterminowany, by się przebić. Nie mógł przecież tu umrzeć, gdy był tak blisko wyjścia.

Oślepiający blask słońca sączył się przez szczeliny nad głową Juliana. Gdyby tylko mógł zrobić dziurę na tyle dużą, by przecisnąć przez nią ramiona, byłby w stanie się wydostać. Kucharz nie miał racji, śmieszny człowieczek. Julian czuł się dobrze. Jego ciało było w porządku. Ale bolała go głowa.

Szczelina stała się wyrwą, potem dziurą i w końcu, po coraz bardziej rozpaczliwym dłubaniu, jasnym otworem na tyle dużym, by mógł wysunąć rękę, ramię, bolącą głowę. Odpychał jeden kamień po drugim i wypełznął na zewnątrz.

Przez wiele minut leżał na wznak w pyle z zamkniętymi oczami, dysząc, wciągając gorące powietrze, próbując złapać oddech. Wydostał się! To było najważniejsze. Przez chwilę było przerażająco. Głupio się do tego przyznać, ale były takie momenty, gdy czuł, że utknie tam na zawsze.

Słońce oślepiało go, dosłownie parzyło w źrenice i minęło sporo czasu, zanim przyzwyczaił się do światła. Nawet kiedy już widział, nie mógł skupić wzroku, zwłaszcza lewym okiem. Wszystko było zamglone i zatarte. Jasne, przecież oślepł na to oko.

Nie, co on wygaduje? Kiedy miał oślepnąć? Julian usiadł i objął się za kolana. Był taki szczęśliwy, że wydostał się z jaskini. Przysiągł uroczyście, że już nigdy do żadnej nie wejdzie.

Nie czuł się jeszcze na tyle silny, by wstać. Rozejrzał się. Nie wiedział, gdzie się znajduje. Nic nie wyglądało znajomo i było bardzo gorąco. Nie było pofalowanych wzgórz, żywopłotów z głogu, nie było domów, pubów, kolonii nędzarzy, obserwatoriów, równin na antypodach, zawalających się kamienic. Tym razem był na terenie górskim, pełnym pyłu i trawy pampasowej. Nie rozpoznawał go. Ale nie był też całkiem obcy.

Przyglądał się swoim przedramionom, szukając uszkodzeń, śladów po ranach starych czy nowych. Były oblepione błotem i pyłem. Prawą ręką starł brud z lewego przedramienia, by zobaczyć znaki, ale żadnych nie znalazł. Wyobraził to sobie, czy powinny się tam znajdować? Czy jedno z przedramion nie było pokryte liniami, kropkami, symbolami, mapą miejsca, gdzie był i dokąd zmierza? Wpatrywał się w dłonie. Zacisnął i rozluźnił pięści. Dłonie były obolałe, szczególnie prawa po tak długim kopaniu narzędziem uniwersalnym nieprzeznaczonym do tego, ale poza tym nie były w najgorszym stanie. Dzięki Bogu, niczego sobie nie złamał.

Bolał go czubek głowy. Kiedy go dotknął, zabolał naprawdę. Na palcach miał krew. Lepił się od niej kark i koszula. Aha, więc rozciął sobie głowę. Nic dziwnego, że nie czuje się najlepiej. Gorące słońce minutę temu było miłe po czasie spędzonym w ciemnościach, który wydawał się wiecznością, ale teraz żar wszystko pogarszał. Julian był nieporadny i zmęczony.

Kiedy pomyślał, że wytrzyma ból, znów dotknął czubka głowy. Pod opuchlizną wyczuł pod palcami rowek, spore wgłębienie. O nie, miał otwartą ranę głowy! Musi ją szybko czymś zakryć, zanim dostanie się do niej pył i brud. Nie chciał zdejmować koszuli na słońcu, więc poszukał w kieszeniach czegoś innego i wtedy uświadomił sobie, że upuścił narzędzie. Pewnie kiedy odsuwał kamienie obiema rękami, żeby się wydostać. Nie, nie. Musi je znaleźć. Było drogie, firmy Leatherman. Urodzinowy prezent od Ashtona, pierwsza rzecz, jaką Ashton mu podarował albo, jak sam to ujął, „pierwsza rzecz, jaką podarował komukolwiek". Julian nie chciał go zgubić. Przecież przed chwilą tak bardzo mu pomogło. Na kolanach przesiewał gołymi rękami wykopany piasek. W pyle między kamieniami dostrzegł coś czerwonego. Odgarnął pył, odrzucił kamyki, wyciągnął to coś z ziemi i oczyścił.

To był czerwony beret.

Nie mógł uwierzyć, że zabrał go ze sobą. Co za szczęście. Pewnie w ostatniej chwili wsunął go do kieszeni spodni i beret wypadł. Był brudny, ale poza tym w całkiem niezłym stanie. Skóra była miękka. Julian ostrożnie włożył go na głowę.

Tuż obok w piasku leżało narzędzie! Dzięki Bogu.

Nadeszła pora, by wstać i ruszyć przed siebie. Stanął na nogach, chwiejąc się trochę. Było mu strasznie gorąco.

Okej. Co teraz?

Przez długi czas Julian szedł przez pustynne pustkowie, porośnięte wilczomleczem i trującym szalejem jadowitym, przedzierał się przez niskie wypalone krzewy kojotowe. Straszliwie chciało mu się pić. Powinien był się napić wody z rzeki, gdy miał okazję. Zatrzymał się.

Jakiej rzeki?

Przez kilka minut wpatrywał się w zamgloną przestrzeń przed sobą. Pewnie to sobie wyobraził, gdy leżał uwięziony pod kamieniami. Ludzie zabłąkani na pustyni często widywali wodę. Pamiętał wyraźnie, że zanurzał stopy w strumieniu, ale skarpetki i buty nie były mokre. Nie były nawet wilgotne.

Julian okrążał tę samą parę kaktusów, te same eukaliptusy, raz, drugi, wspinał się na wzgórze i następne, zbliżał się do słońca i oddalał. Nie było żadnej różnicy. W każdym kierunku rozciągała się ta sama skąpa roślinność, te same niskie krzewy. Znalazł gałązkę różowych dzikich kwiatów. Miały mięsiste łodyżki. W parę sekund wyssał cały płyn. Nie wystarczyło. Poszukał więcej, ale nic nie znalazł.

Natknął się za to na gnijące truchło owcy. Wbił w nie swoje narzędzie i ze środka wypełzły robaki. Pomyślał, że krew wypłynie mu z ciała przez dziurę w głowie. Z odrazą zwymiotował żółcią, która zalegała mu w żołądku. Rana na głowie znów zaczęła krwawić.

Jego umysł nie skupiał się na otaczającym go terenie, bo z niepokojem próbował coś sobie przypomnieć. Coś związanego z lodem, górami albo jednym i drugim, ze śmiercią. Czemu był to lód i śmierć? Czy miał o czymś wiedzieć, może o nadciągającej lawinie? Coś komuś powiedzieć?

Zlizał sól z brudnych dłoni, a potem spojrzał na prawą i pomyślał: Chwila, mam wszystkie palce?

To na pewno udar. Pod brutalnym słońcem Julian pomyślał, że nie powinien mieć wszystkich palców.

Umierał z pragnienia. Dosłownie umierał.

Próbował uchwycić się wątłej nici umykającego wspomnienia, naprawdę próbował. Ale życie okazało się silniejsze.

Gdy tak szedł w upale i pyle, zapomniał o lodzie i górach; zapomniał o śmierci kogoś innego, bo jego własna czaiła się tuż, tuż.

I wkrótce nie pamiętał nawet, że powinien pamiętać.

Miał inny problem, z którym trzeba było się rozprawić natychmiast albo wkrótce stanie się jego jedynym problemem i potem nie będzie już miał żadnych. Głowa bolała go tak bardzo, że ból go oślepiał. Krew zakrzepła, ale czaszka była tak tkliwa i opuchnięta, że Julianowi przebiegło przez myśl, że to może być coś więcej niż tylko rozcięcie, że to może być poważny uraz głowy. Na przykład pęknięcie czaszki. Odrzucił tę myśl. Nie mógł sobie pozwolić na poważniejszy uraz, gdy znajdował się sam na otwartym terenie.

Zdezorientowany usiadł na głazie i zaczął się bawić, otwierając i zamykając wszystkie narzędzia, próbując myśleć. Prosty nóż, ząbkowane ostrze, piła, cążki do kabli, otwieracz do butelek, para nożyczek, śrubokręt płaski i krzyżowy, latarka, długopis, tytanowa wykałaczka, igła do szycia. Myślenie przychodziło mu z trudem, umysł przypominał beton. Aby się ochłodzić, odciął nogawki spodni, a potem pociął materiał na cienkie paski i powiązał ich końce, by powstała lina. Czy była mu potrzebna? Może pulsowało mu w głowie, bo puchnął mózg? Czy mogło dojść do krwotoku wewnętrznego, może pojawił się krwiak? Jeśli krew wywrze zbyt duże ciśnienie, straci przytomność. Może powinien wykorzystać tytanową wykałaczkę, by nakłuć przez rozcięcie oponę, żeby złagodzić trochę ciśnienie wywierane na mózg.

Boże, naprawdę doznał udaru słonecznego. Jak inaczej mogłoby mu przyjść do głowy, że może sam na sobie wykonać operację mózgu.

A jednak musiał coś zrobić.

Dzwoniło mu w uszach, z trudem poruszał oczami. Nie mógł liczyć od stu do jednego i nie tylko nie wiedział, gdzie się znajduje, ale też gdzie powinien być. Kamienie rozwaliły mu głowę na dobre. Nie mógł wstać. Próbował się zmotywować powiedzeniami Muhammada Alego. Słynny bokser nienawidził każdej minuty treningu. Ale zmuszał się, by nie odpuszczać. „Cierp teraz – mawiał – a resztę życia przeżyjesz jako mistrz".

I jeszcze: „Aby zostać mistrzem, stocz jeszcze jedną rundę".

Julian podejrzewał, że nie ma zbyt wiele czasu, by się zastanawiać nad bokserskimi mądrościami. Z olbrzymim wysiłkiem zwalczył najpotężniejszy impuls: żeby się położyć na piasku i zasnąć.

Ale może było tak, jak powiedział Ali: „Cierp teraz i przeżyj resztę życia".

Z trudem dźwignął się na nogi i myszkował w wyschniętej roślinności, aż zauważył fioletowe kwiaty i szarozielone liście szałwii.

W pobliżu rósł krwawnik pospolity z białymi kwiatami o mocno słodkim zapachu. Szałwia uśmierza ból, a krwawnik tamuje krwawienie. Julian zerwał kilka garści liści, poszatkował je nożem i zwilżył potem i śliną. Roztarł je dłońmi, żeby wydobyć mocno pachnące naturalne olejki. Ostrożnie przyłożył liście do głowy, a potem włożył beret, by przytrzymać je na miejscu. Zdjął podkoszulek i obwiązał nim beret. Wszystko umocował dodatkowo linką z pasków materiału. Lepiej mieć plecy poparzone od słońca niż stracić przytomność na pustyni.

Znalazł kij, którym mógł się podpierać, i znów ruszył przed siebie. Podpieranie się kijem wydawało się dziwnie znajome – i szło się łatwiej. Czemu nie pomyślał o tym wcześniej?

Kiedy przedarł się przez kolejną połać wyschniętego perzu, znalazł utwardzoną drogę. Valhalla! Tam przyjmowano królów i herosów. Ta Valhalla była jednak pusta i znajdowała się na środku niczego. W żadnym kierunku nie widać było domów, płotów ani świateł. Ale przynajmniej była droga z żółtą linią biegnącą pośrodku. Łączyła wschód z zachodem. Julian postanowił ruszyć w stronę słońca, bo wiedział z doświadczenia, że ścieżka prowadząca na zachód często kończy się przy wielkim zbiorniku wody. Gdyby mógł się do niego dostać, napiłby się nawet słonej.

W jego stronę z oszałamiającą prędkością zmierzała ciężarówka. Julian nie potrafił ocenić, jak szybko jedzie, i nie chciał, by go minęła. Chwiejąc się na nogach, cofnął się na porośnięte bylicą pobocze i patrzył, jak ciężarówka zwalnia z ogłuszającym dźwiękiem klaksonu. Przejechała obok ze świstem, a powiew gorącego powietrza powalił Juliana na ziemię. Kierowca odwrócił głowę, by mu się przyjrzeć, zanim nacisnął na gaz. Kiedy pojazd zniknął mu z oczu, Julian wrócił na drogę i podjął powolną wędrówkę.

Po niedługim czasie usłyszał za sobą przenikliwy dźwięk syreny. A może minęły całe godziny. Nie miał pojęcia. W oddali dojrzał zbliżające się migające światła, usłyszał dźwięk kolejnej syreny i jeszcze jednej. Wataha czerwonych i niebieskich świateł wyła tak głośno, że się wystraszył.

Nie znosił dźwięku syren.

Na dodatek, pędząc tak w sobie tylko wiadomym celu, mogli go przejechać i nawet tego nie zauważyć. Znów się cofnął, by zostawić im więcej miejsca, a potem pomyślał, że może jadą po niego. Czy nie zabił człowieka gołymi rękami, nie walczył i nie zabił innych? Nie spiskował, by pozbyć się ciała zamordowanego człowieka, i nie ukradł mu złota? Nigdy nie odpowiedział za te zbrodnie.

W zwolnionym tempie wycofał się w krzaki.

Co się działo? Czy przez odwodnienie traci władzę w ciele i na umyśle? Jakich ludzi zabił, gdzie?

Był zły, że musi wrócić w krzaki, gdy tyle czasu zajęło mu odnalezienie drogi. Nie chciał wracać. Ale pamiętał ciemnowłosego mężczyznę, który kazał mu ufać intuicji, i tak właśnie postąpił. Jak ten mężczyzna się nazywał? Miał to na końcu języka. Przypomni sobie, na pewno, kiedy nie będzie mu tak gorąco i opadnie niepokój. Postanowił, że teraz się ukryje, ale wróci na drogę, gdy tylko gliny sobie pojadą. Na pewno będą nią przejeżdżać jakieś zwykłe samochody. Zatrzyma jeden z nich.

Zastanawiał się, czy obecne zamieszanie spowodowała ciężarówka. Czy kierowca mógł na niego donieść? Czasami ciężarówki i gliniarze korzystają ze specjalnej częstotliwości w radiu. Powinien był się schować przed tą ciężarówką, nie przed policją. Żałował, że dał się tak przyłapać, przeklinał swój pozbawiony cukru, opuchnięty, krwawiący, kiepsko działający mózg.

Potykając się, wszedł na piaszczysty teren, by samochody mogły przejechać. Krwawiły mu golenie. Pomyślał, że mógł złamać jakąś kość w stopie, bo go bolała, gdy wrócił na pustynię. Kiedy przeszedł spory dystans i nie słyszał już syren, obejrzał się, by się upewnić, że samochody go minęły i znów jest bezpiecznie.

Ale nie.

Było wręcz przeciwnie.

Wszystkie światła w kalejdoskopie zawodzących go oczu zbiegły się w tym miejscu na drodze, na którym niedawno się znajdował, kolory wirowały jak niema karuzela. Wszystkie samochody się zatrzymały – jakby ze względu na niego. Stał tam nawet ambulans. Kiedy Julian tak patrzył, z piskiem opon zahamował cywilny samochód, drzwi od strony kierowcy otworzyły się i ze środka wyskoczył mężczyzna. Policjant wskazał ręką w kierunku Juliana. Mężczyzna zostawił otwarte drzwi w samochodzie i zaczął biec w jego stronę.

To prawda czy kolejna iluzja?

Jedno oko Juliana zakrywał strup, drugie było brudne od kurzu i zapuchnięte od trującego bluszczu. I to jedno, które nadal coś widziało, płatało mu figle. Przez mgłę Julian mógł niemal przysiąc, że biegnący mężczyzna zbliża się do niego przez wyschniętą trawę. Uszy też go oszukiwały. Wydawało mu się, że na tym pustkowiu słyszy głos wołający jego imię.

„Julian…!”.

Mężczyzna raz po raz potykał się na nierównym gruncie pełnym dziur, kamieni i porostów, upadał, wstawał, biegł, wykrzykiwał jego imię. „Julian! Julian…”.

Zbliżał się do niego niezgrabnie, gorączkowo – a może gorączkowo i niezgrabnie? Konsekwencje były istotne. Przyczyny i skutki były istotne. Czy mężczyzna był niezgrabny, bo gorączkowo próbował się do niego dostać?

Julian zachwiał się, ze strachem patrzył, jak obraz się wyostrza. Bolała go głowa. Ale serce bolało bardziej.

Być może przebywał zbyt długo bez wody na bezlitosnej pustyni, bo na moment miraż przed Julianem zamigotał jak duch najbardziej znanej sylwetki ze wszystkich. Ashton.

Tyle tylko, że ten biegnący duch wykrzykiwał jego imię.

Zamiast cofnąć się o krok, jak mu się wydawało, że zamierza, Julian zrobił krok do przodu, szepcząc spierzchniętą modlitwę przez gardło, które nie mogło wydać żadnego dźwięku. „O Boże, proszę, PROSZĘ, niech to będzie Ashton”.

Mgliście przypominał sobie kłamstwa, które opowiadał w jakimś płaskim arktycznym mieście, gdzie szukał nie jednej zagubionej duszy, lecz dwóch, zaglądając w twarze mężczyzn bez twarzy, jak robią to pozbawieni nadziei ludzie, kiedy tracą wszystko, kiedy każde plecy, każda kurtka, każdy gardłowy śmiech wygląda i brzmi jak ktoś ukochany, kto odszedł na zawsze. Ten miraż nie miał na sobie kurtki i nie śmiał się, a jednak wyglądał i brzmiał jak jego przyjaciel, który odszedł.

Julian zrobił jeszcze jeden krok do przodu.

Kilka metrów od niego zdyszany mężczyzna przestał biec. Ręce opadły mu wzdłuż boków. Sapiąc, skrzyżował ręce na brzuchu i zgiął się wpół. Kiedy się wyprostował, przemówił.

– Julian – powiedział miraż. Oczy zaszły mu łzami, głos się załamał. Ashton.

Julian upuścił kij, podszedł do niego, objął go ramionami.

Ashton zarzucił mu ręce na szyję. Stali zamknięci w mocnym uścisku.

Ciałem Juliana wstrząsały odruchy wymiotne.

Ashton klepnął go w plecy.

– W porządku. Wszystko w porządku – powiedział, podtrzymując Juliana. – Nic ci nie będzie. Możesz iść? Cholera jasna, stary. Możesz iść? Co się, kurwa, z tobą stało, Jules? Myśleliśmy, że nie żyjesz.

„Ja też". Julian próbował coś powiedzieć, ale nie mógł wydać z siebie żadnego dźwięku. Chwycił Ashtona za koszulę. Otworzył usta. Ashton machał do samochodów na drodze.

– To on! To on! – krzyczał.

Z Ashtonem obejmującym go za szyję Julian ledwo kuśtykał przez trawę. Tak naprawdę Ashton go ciągnął. Wszystko w porządku, stary, wszystko w porządku, powtarzał. Potem Julian nie mógł już iść. Ashton krzyknął o pomoc, ale Julian upadał. Zanim dobiegli sanitariusze, Ashton zaniósł go na nosze na rękach.

Słyszał pełną niepokoju rozmowę nad głową, słowa padały niczym z karabinu maszynowego, jakby go tam wcale nie było, jakby nic nie słyszał.

Biały mężczyzna, lat dwadzieścia osiem, zidentyfikowany przez przyjaciela Ashtona Bennetta jako Julian Osment Cruz. Odnaleziony w kanionie Topanga, poważnie ranny, krwotok z nosa i uszu, pęknięcie czaszki, możliwy wylew krwi do mózgu, paraliż strun głosowych, ryzyko infekcji, utrata krwi, jedno oko zamknięte, źrenica drugiego nie reaguje na światło, możliwe wstrząśnienie mózgu, udar słoneczny, widoczne ukąszenia pająków, możliwe ukąszenie węża, trujący bluszcz, ciało opuchnięte od oparzeń słonecznych, odwodnienie, użądlenia pszczół.

Użądlenia pszczół?, pomyślał Julian. Przecież są dobre.

Ktoś przykrył go kocem. Ktoś położył mu na twarzy wilgotną szmatkę, żeby nie widział nawet kiepskim okiem. Udało mu się podnieść rękę, zerwać szmatkę z twarzy i wsunąć do ust. Próbował wyssać z niej wodę. Czy żadnemu ratownikowi nie przyszło do głowy, że może potrzebować wody? Czy to naprawdę trzeba tłumaczyć? Zgoda, nie mógł wydusić ani słowa, ale czy naprawdę musiał to mówić? Wyrwali mu szmatkę z zaciśniętych zębów.

– Czemu nie możemy dać mu wody? – zapytał głośno Ashton. – Spójrzcie tylko na niego.

– Podłączamy mu kroplówkę. Proszę się nie martwić, dostanie płyny dożylnie. Jeśli piłby za szybko, mógłby mu pęknąć żołądek. Ma problemy. Jest trzydzieści osiem stopni, a on się nie poci. Ma czterdzieści stopni gorączki. Puls wynosi sto osiemdziesiąt. Proszę zobaczyć, jak płytko oddycha. Zaraz straci przytomność. Musimy jak najszybciej przewieźć go do szpitala.

Ashton nachylił się nad Julianem.

– Zadzwonię do twojej rodziny. Mam nadzieję, że pielęgniarki cię umyją i matka nie dostanie zawału na twój widok. Zachowuj się, gdy pielęgniarki będą się nad tobą trzęsły, myły cię, och, siostro, ile pani liczy za genitalia, tyle samo co za Żydów, panie Gideon…

– Panie Bennett, przepraszamy. Proszę nam…

Ashton nie zwracał na nich uwagi.

– Trzymaj się, bracie – powiedział.

Nie zostawiaj mnie, Ashtonie. Proszę. Nie zostawiaj mnie znowu. Julian wyraźnie pamiętał, że Ashton zniknął z jego życia. Tamten mężczyzna się mylił. Julian tyle pamiętał. Szkoda, że nie mógł sobie przypomnieć imienia tamtego mężczyzny. Ale wszystko w swoim czasie.

Ratownicy odsuwali Ashtona, ale on wciąż nachylał się nad noszami.

– Stary, żałuję, że nie wiesz, co przez ciebie przeszliśmy. Masz pojęcie, jak długo cię szukaliśmy, jak długo cię nie było?

Nie. Powiedz mi. Jak długo.

– Wszystkie agencje i policja szukają cię od siedmiu dni, Jules. Siedmiu cholernych dni. Gdzie się podziewałeś? Zniknąłeś z powierzchni ziemi. I nagle pojawiłeś się blisko siedemdziesiąt kilometrów od miejsca, gdzie rozbiliśmy obóz na Point Mugu. Przez cały ten czas szukaliśmy cię w złym miejscu. Jak u diabła znalazłeś się tutaj?

Julian zamrugał jednym otwartym okiem.

– Panie Bennett. Utrudnia nam pan wykonywanie naszych czynności. Wie pan, że on nie może z panem rozmawiać. Nawet nie wie, kim pan jest.

– Wie, kim jestem – odparł Ashton. – Prawda, Jules?

Julian wpatrywał się w niego bez ruchu.

– No właśnie! Nie potrafi odpowiedzieć na najprostsze pytanie. Czy poważne obrażenia mózgu coś panu mówią? Chce pan, żeby umarł? Proszę się odsunąć od pacjenta. Może go pan odwiedzić w centrum medycznym UCLA. Trafi na oddział intensywnej terapii.

Ashton ani drgnął.

– Nie martw się, brachu, nie zostawię cię. Już nigdy cię nie zostawię. Pojadę do szpitala tuż za tobą. – Poklepał Juliana po piersi.

Julian poruszał ustami, próbował wypowiedzieć jakieś słowo.

– Spójrzcie, on chce coś powiedzieć – powiedział Ashton do ratowników.

– Pewnie próbuje powiedzieć: wody.

– Albo moje imię. – Ashton wpatrywał się badawczo w twarz Juliana. – Jules…?

Julian spojrzał w niebo zamglone od upału. Po skroni spłynęła mu łza. Jak miała na imię ta dziewczyna, którą tak bardzo kochał? Przyśniła mu się tylko? Mistyczna dziewczyna, która zmieniała postać, zmieniła jego życie, zmieniała odcień kasztanowych włosów, kremowy kolor oczu? Była mitem? Czy w ogóle istniała?

Z wielkim wysiłkiem Julian wysunął rękę spod koca i przycisnął dłoń do nieogolonej, przestraszonej, znajomej twarzy, tak znajomej jak jego własna. Zanim stracił przytomność, z wyschniętego gardła wydobył coś, co dla niego było krzykiem, lecz dla pozostałych ledwo słyszalnym szeptem.

– Ashton.

Część trzecia

CZAS PRZYSZŁY NIEDOKONANY

Kiedy człowiek ma dość Londynu, ma dość życia,
bo w Londynie jest wszystko, co życie może zaoferować.
Samuel Johnson

36

Fantasmagoria na dwoje, ujęcie drugie

Julian stanął przed lustrem w sypialni i poluzował krawat. Z jakiegoś powodu węzeł był zbyt ciasny i naciskał na grdykę. Zdjąłby krawat w ogóle, ale nie chciał iść na spotkanie w studiu bez niego. W krawacie wszyscy traktowali go poważniej.

Pojechał do Coffee Plus Food, by napić się czegoś przed wyprawą do Foxa. Kiedy stał w kolejce, zwróciła na niego uwagę dziewczyna. Sprawiło mu to przyjemność. Cieszył się, że włożył elegancki krawat. Stała przed nim, długowłosa i szczupła, choć nie za szczupła. W butach timberlandach wydawała się wyższa. Była ubrana w dżinsową minispódniczkę i przeświecającą niebieską bluzkę. Podobał mu się tył jej szczupłych nóg i zaokrąglone biodra. Miała bardzo wąską talię. Odwróciła się i spojrzała na niego. Przybrał neutralny wyraz twarzy i wpatrywał się intensywnie w listę specjalności knajpki.

– Co polecasz? – zapytała.

– Bułeczki są niezłe – odparł. – Poranne bułeczki.

Odwróciła się. Kilka chwil później znów spojrzała na niego.

Miała miękki głos i szeroki, nieśmiały uśmiech. W uszach nosiła kolczyki z piórkami, na rzęsach grubą warstwę tuszu, na ustach czerwony błyszczyk. Była lśniącą cygańską rapsodią.

– Co jeszcze? – zapytała, podnosząc na niego wzrok.

*

@survivalchick21 13.32

Ile się może zmienić w ciągu jednego dnia. Obserwuję, jak na moich oczach w knajpce na rogu Melrose i Gower zakochuje się w sobie totalnie niedopasowana para. Na początku mój dzień był do bani. Teraz już nie jest.

#CoffeePlusFood

#miłość

@survivalchick21 13.33

On jest nieskazitelnie ubranym Panem Barczystym z głęboko osadzonymi oczami, z modnym zarostem, w szytym na miarę garniturze. Ona hipiską w króciutkiej spódnicy. Jedynym hipisowskim elementem u niego są falujące włosy zaczesane za uszy i opadające na kołnierz, częściowo spięte w mały koczek.

@survivalchick21 13.35

On jest wymuskany, ona gorsząca. On to sztywniak, ona cała się rozpływa.

@survivalchick21 13.36

Nie wiem, jak zaczęli rozmawiać. Nie zwracałam uwagi. Chyba to ona nawiązała kontakt. On nie wygląda na bezpośredniego. Wcale tego nie potrzebuje.

@survivalchick21 13.38

Nagle ona zaczyna mu opowiadać, że jest aktorką, pracowała w jakiejś knajpie na Coney Island i tak dalej, i tak dalej. Nie wiem, czym on się zajmuje. Nie pozwala mu wtrącić ani słowa.

@survivalchick21 13.41

Teraz rozmawiają o boksie, a on gapi się na nią, jakby nie mógł uwierzyć, że wylewa się z niej aż tyle słów.

#umierać

@survivalchick21 13.44

On przyjmuje jak dar każdą sylabę, która spływa z jej ust. Ona nawet tego nie dostrzega, martwi się, że kiedy tylko zamilknie, on straci zainteresowanie. Mówi więc, a on głównie wtrąca „tak". Kiedy ona się uśmiecha, on natychmiast odpowiada jej uśmiechem, jakby byli tą samą gwiazdą odbijającą się w jednym lustrze.

@survivalchick21 13.47

Myślałam, że dopiero co się poznali, ale usłyszałam, jak ona mówi: „Mój Boże, znam cię!". Gapią się na siebie jak Meredith i Christina w #Chirurgach. Jesteś moją bratnią duszą!

#modlącsięokwestiębyzwolnić

@survivalchick21 13.49

On zdjął krawat i wsunął go do kieszeni. Jakby nie mógł oddychać!

@survivalchick21 13.50

Ona mówi, że jej szczęśliwą liczbą jest 49. On odpowiada, że nigdy o to nie dbał i że jej liczba jest dość wysoka. Jego to 7. Ona uśmiecha się i mówi, że dość niska. Ona pyta, czy 7 ma jakieś szczególne znaczenie, a on się RUMIENI! Ale dochodzi do siebie na czas, by się uśmiechnąć i powiedzieć „nie".

#!!!!!!!

#RIPja

@survivalchick21 13.54

No nie mogę. Ona właśnie poprosiła go, żeby ją podwiózł, i wyszli razem. Wolno mi ich śledzić, żeby się przekonać, co z tego wyniknie?

#możezakazzbliżaniasię?

@survivalchick21 23.30

Nie mogę przestać o nich myśleć. Wiem, że żyjemy w cynicznym świecie, ale mówię wam, to się działo na moich oczach. Dziś rano zdychałam, a po południu wszystko się zmieniło.

*

Stale się odwracała i gapiła na niego. On uśmiechał się uprzejmie.

– Przepraszam, ale nie byłeś przypadkiem na mojej sztuce kilka tygodni temu? – zapytała.

– Raczej nie.

– Nowy Jork? Teatr Cherry Lane? – Teatralnym gestem rozpostarła ramiona i powiedziała z brytyjskim akcentem: „Wygląda na to, że nie żyję. To dobrze”*.

– Na pewno nie. Przepraszam. – Brytyjski akcent trochę go poruszył.

– Hm. Mogłabym przysiąc, że to ty.

– Nie ja.

Mówiła lekko ochrypłym sopranem, który brzmiał dziwnie znajomo. A jednak nigdy nie słyszał takiego połączenia erotyzmu i niewinności w kobiecym głosie.

– Siedziałeś w trzecim rzędzie między swoją towarzyszką a przyjacielem. Pod koniec byłeś nieźle rozbity. Ale to nie twoja wina. Byłam rewelacyjna, nawet jeśli to ja tak twierdzę.

– Z pewnością. Ale to nie byłem ja.

– *Wynalazek miłości*? Grałam A.E. Housmana. Byłam dublerką Nicole Kidman. „Miłość jest jak kawałek lodu trzymany w dłoni przez dziecko”.

– Brzmi nieźle, ale od lat nie byłem w Nowym Jorku.

– Nie do wiary.

I tak z pewnością było. Mrużąc oczy, Julian znów spojrzał na tablicę ze specjalnościami. Zdążył się już ich nauczyć na pamięć.

Odwróciła się do lady tylko na sekundę.

– Właśnie miałam przesłuchanie do reklamy Mountain Dew – powiedziała, znów się odwracając.

– Tak?

– Grałam też w *Sześciu postaciach w poszukiwaniu autora*. Byłam jedną z sześciu postaci. I w sztuce *Top Girls*.

– Byłaś jedną z dziewcząt?

– Skąd wiedziałeś? Nie, nie byłam. Grałam jedną z drugoplanowych ról. Nie jesteś przypadkiem producentem? – Obrzuciła spojrzeniem jego garnitur. – Może zgłosiłabym się do ciebie na przesłuchanie?

– Jestem producentem, ale nie chciałabyś ze mną współpracować.

---

* Tom Stoppard, *Wynalazek miłości*, w: Tom Stoppard, *Arkadia, Wynalazek miłości*, przeł. Jerzy Limon, słowo/obraz terytoria, Gdańsk 1998.

– Czemu? – Zatrzepotała rzęsami. – Zajmujesz się… filmami dla dorosłych?
– Nie. – Spuścił wzrok i się cofnął. – Sponsoruję i trenuję bokserów na pobliskiej sali.
– Naprawdę? Ale heca. Uwielbiam boks!
– Tak? – Starał się zachować obojętność.
– Jasne. – Podniosła zaciśnięte pięści. – Możesz mnie potrenować?
Trudno było pozostać obojętnym.
– Przepraszam, ale nie trenuję dziewcząt.
– Czemu nie? To seksistowskie. Dziewczyny potrafią się bić.
– Na pewno. Ale nie mogę ich trenować. Rzucałbym tylko: nie daj się uderzyć, schyl głowę, odsuń się, uciekaj.
– Może więc ktoś powinien potrenować ciebie, żebyś mógł trenować dziewczęta.
– Może.
Obrzucała go spojrzeniem od stóp do głów, oceniając wypolerowane buty, krój marynarki. Przebiegła wzrokiem po jego twarzy, od czoła po brodę, zajrzała w oczy, przyjrzała się pełnym ustom, dwa razy złamanemu nosowi, grdyce nad rozpiętym guzikiem koszuli. Zdjął krawat. Musiał.
– Tak się ubierasz na trening bokserski?
– Nie. Garnitur włożyłem na spotkanie – odparł. – Treningi są zwykle wcześnie rano.
– Jakie spotkanie? Nie wiedziałam, że gdzieś w pobliżu jest sala gimnastyczna.
– U Freddiego Roacha przy Vine.
– A, tak. Znam to miejsce. Na parkingu stoi food track Chiquis Taco. Jedzenie jest niezłe.
– Wolę wietnamski Han Tai. Stoi obok.
– Nigdy nie próbowałam wietnamskiego jedzenia. – Czekała.
– Nie? – Czy spodziewała się, że powie coś innego, na przykład ją zaprosi? – Powinnaś spróbować. Jest bardzo dobre.
– Na pewno. Wiedziałeś, że kiedyś brałam udział w zawodach Gotham Girls?
– Raczej nie wiedziałem. Ale mnie to nie dziwi.

– Naprawdę. Na Coney Island. Jestem Gotham Girl. Założę się, że jeżdżę na wrotkach lepiej, niż ty boksujesz. – Uśmiechnęła się.

– Założę się, że lepiej jeżdżę na wrotkach, niż ty boksujesz. – Uśmiechnął się.

Parsknęła śmiechem i przysunęła się trochę bliżej.

– Byłeś kiedyś na Coney Island?

Nie ruszał się.

– Nie. – Nie miał się jak odsunąć, mała knajpka była zatłoczona.

– Jest niesamowita. Mamy tam też salę do boksu, diabelski młyn i mnóstwo atrakcji. Wróżbitów i promenadę. Mieliśmy też teatrzyk wodewilowy Sideshows by the Seashore, gdzie pracowałam z tatą. Byłam mistrzem ceremonii, nawiasem mówiąc, niesamowitym, robiłam wszystko po trochu, na przykład żonglowałam nożami, jeżdżąc na jednokołowym rowerze.

– Brzmi wspaniale.

– Było niesamowicie. Ale niestety musieliśmy zamknąć interes. Na Coney Island nadal działa słynna na cały świat kolejka górska Cyclone. Jest też molo i najlepsza pizzeria na całym świecie.

– Dziękuję. – Nie mógł powstrzymać uśmiechu. – Wiem, co to jest Coney Island.

– Och! – Prawie się zarumieniła, ale szybko zmieniła temat. – Więc czym się zajmujesz, panie bokserze? Tylko trenujesz innych, czy sam też boksujesz? Boksujesz? Naprawdę? Może przyjdę na jedną z twoich walk. Co to znaczy nieprofesjonalnie? Ale kiedyś boksowałeś zawodowo? No proszę. Byłeś dobry? Tak? Czemu zrezygnowałeś? O, nie! To okropne. Obrażenia głowy są najgorsze. Nie, ja nigdy czegoś takiego nie doświadczyłam, odpukać w niemalowane – Postukała się w głowę. – Ale znałam faceta, który skoczył na główkę w płytkim końcu basenu i potem już nigdy nie był taki sam. Ale może nigdy nie miał poukładane w głowie? Skakać w płytkim końcu? Naprawdę lubię boks. Nie tylko tak gadam.

– Czemu miałbym pomyśleć, że tylko tak gadasz?

– Jakbym próbowała zrobić na tobie wrażenie albo coś w tym stylu.

– Czemu miałbym pomyśleć, że próbujesz zrobić na mnie wrażenie? – Puścił do niej oko.

Odpowiedziała mu tym samym.

– Kiedyś śledziłam w sieci pewien blog – powiedziała. – Potem byłam zajęta, nie wiem, czy o tym wspominałam, ale gram zarówno w teatrze, jak i w filmie…

– Wspominałaś.

– Chcę powiedzieć, że nie mam wolnego czasu. Ale znalazłam go trochę, żeby śledzić ten blog. Autor był kiedyś bokserem jak ty, ale był też Tym-Który-Wie-Wszystko i pisał niesamowicie o boksie, przetrwaniu, życiowych podpowiedziach i samotnych sercach.

Zapadła chwila ciszy.

– Samotne serca nie były zamierzone – odparł. – Wszyscy zadawali bardzo osobiste pytania, mimo że blog był poświęcony tylko życiowym podpowiedziom.

– Znasz ten blog?

– Tak – odparł Julian. – Ja go prowadzę.

– Nie, tamten facet nadal był bokserem i znał całe tony informacji potrzebnych do przetrwania. Nie, żebym ich potrzebowała, ale zabawnie się je czytało.

– Ja jestem tym facetem.

Przez sekundę czy dwie w milczeniu przetwarzała tę informację.

– No coś ty! Nie jesteś Julianem Cruzem!

– Mhm.

Jej uśmiech, już szeroki, stał się jeszcze szerszy. Wyciągnęła rękę.

– No, no, panie Cruz, nareszcie się poznaliśmy. Jestem Mia. Tak naprawdę Mirabelle, ale większość przyjaciół mówi do mnie Mia. Możesz mnie nazywać Mirabelle, Mia albo jak tam chcesz.

Jej miękka szczupła dłoń wciąż pozostawała w jego dłoni. Julian puścił ją pierwszy. To było coś nowego. Zwykle dziewczyna cofała dłoń pierwsza.

– Jaki masz pseudonim sceniczny? – zapytał. – Sprawdzę cię na IMDb.

– Chcesz mnie sprawdzić? – Wciąż uśmiechała się od ucha do ucha. – Żartuję. Mirabelle McKenzie.

– Brzmi nieźle.

– Podoba mi się. Przez jakiś czas chciałam zmienić na Josephine Collins. Znalazłam to nazwisko w jakimś starym pamiętniku i spodobało mi się brzmienie. Na papierze też się ładnie prezentowało. Tak historycznie i elegancko, jak brytyjska arystokracja, Josephine Collins, szekspirowska gwiazda sceny i ekranu! Ale matka powiedziała, że mnie zabije.

– Mirabelle McKenzie brzmi lepiej.

– Powiedziałam mamie, że jeśli będzie mnie wkurzać, zmienię nazwisko na Mystique McKenzie. Nie rozbawiłam jej. Nawet nie wie, kim jest Mystique.

– A ty wiesz?

– O, tak, skarbie. – Zacmokała. – Jestem Tą-Która-Wie-Wszystko. Polecałeś poranne bułeczki? – Nadeszła jej kolej przy ladzie. – Co jeszcze?

– Kiełbaski w cieście są niezłe. Tę knajpę prowadzą Australijczycy. Znają się na kawie i kiełbaskach.

– Często tu przychodzisz?

– Mniej więcej regularnie.

– W porze lunchu?

– Nie, o różnych porach. Zależy od dnia.

Zamówiła, zapłaciła i nawet nie czekała, by złożył zamówienie.

– Mam przesłuchanie do sztuki w Londynie – ciągnęła. Jakby Londyn i Australia były wymienne. – Reżyser przylatuje aż z Londynu, by skompletować obsadę do *Medei* w Riverside Theatre. To na brzegu Tamizy. Marzeniem mojego życia jest mieszkać w Londynie i grać tam na scenie, najchętniej w Palace Theatre, moim ulubionym. Słyszałeś o niej? To znaczy o sztuce. Medea, kobieta, która zabiła swoje dzieci, by pomścić zdradę. „Najsroższej plagi wart zbrodniarz, umiejący swój postępek nagi owijać w kwiecistości”*.

– Dzieci potrafią zaleźć za skórę – odparł sucho Julian. – Mam nadzieję, że dostaniesz tę rolę. Londyn brzmi świetnie. Choć słyszałem, że pogoda jest paskudna. Pięć miesięcy mżawki, a potem jeden słoneczny dzień.

Parsknęła śmiechem.

– Widać, że byłeś w Londynie.

– Nie. Ale zawsze chciałem tam pojechać.

---

* Eurypides, *Medea*, przeł. Jan Kasprowicz, www.wolnelektury.pl.

– Ja też. Wiedziałeś, że gdyby połączyć wszystkie ulice Londynu w jedną linię, sięgnęłyby od Nowego Jorku do L.A.?

– Tak. Tylko kto chciałby to zrobić?

– No tak. Też liczę, że dostanę tę rolę. Ale to byłoby zobowiązanie na cały rok. – Zamrugała, jakby chciała go zachęcić do…

– Ale za to jaka szansa – odparł. – I przyzwyczaiłabyś się do deszczu.

– Skąd wiesz?

– Bo ludzie potrafią się przyzwyczaić do wszystkiego.

Czekali na swoje zamówienia w zatłoczonej knajpce. Ona dostała je pierwsza, ale nie wyszła i mówiła dalej.

– No to powodzenia – powiedział Julian, gdy wziął swoją kawę. – Złam nogę.

Przygryzała wargę, strzelając oczami.

Odwrócił się, by wyjść.

– Jules, zaczekaj!

37

Paradiso i Purgatorio

Szli szybko ulicą.

– Mam nadzieję, że to nie jest straszny kłopot – powiedziała. – Wiem, że Greek Theatre nie jest po drodze.

– Żaden problem. Nie przejmuj się. Tu stoję. – Julian wskazał czarnego dwuosobowego mercedesa AMG z opuszczonym dachem, zaparkowanego tuż za rogiem przy Larchmont.

– O, cholera. Niezła bryka – zachwyciła się. Otworzył dla niej drzwi, zamknął, obszedł samochód. – Musi nieźle zapylać na pustyni.

– Nieźle zapyla wszędzie – odparł Julian. – A władze Beverly Hills nie pozwalają mi o tym zapomnieć. Co kilka miesięcy wzywają mnie do sądu. – Jechał powoli Gower, zastanawiając się, czy jechać dalej Fountain. – Wpadłaś tu z wizytą z Nowego Jorku?

– Ja? Nie. Teraz mieszkam tutaj. Przeniosłam się na zachód kilka lat temu. Czemu pytasz? Z powodu *Wynalazku miłości*? Nie mogłam odpuścić tej roli. Marty powiedział mi, że może się okazać przełomowa dla mojej kariery. Marty to mój agent. Byłam tam przez dwa miesiące. Wróciłam, kiedy kontrakt się skończył. Niecały tydzień temu. Chyba nieźle sobie poradziłam z tą reklamą Mountain Dew, a teraz *Raj w parku* w Greek. No i jeszcze we czwartek mam przesłuchanie do horroru…

– Mieszkasz w L.A. i nie masz samochodu? Jak się poruszasz?

– Podwozi mnie współlokatorka albo jadę autobusem, taksówką lub idę piechotą. Chodzę wszędzie. Współlokatorka ma na imię Zakiyyah. To moja najdawniejsza przyjaciółka. Razem dorastałyśmy.

– To bezpieczne tak wszędzie chodzić?

– Tak. Miałam w planach kupno samochodu, ale jeszcze mnie nie stać. Może jeśli dostanę rolę w tej sztuce o Dantem i nie pojadę do Londynu. Wiem, że to wydaje się szalone mieszkańcowi L.A., ale w Nowym Jorku samochód w ogóle nie był mi potrzebny.

– Nie jesteś w Nowym Jorku.

– Trudno się pozbyć starych nawyków – odparła. – Wiedziałeś, że Ray Bradbury przez całe życie mieszkał w L.A. i nigdy nie miał samochodu? Wszędzie jeździł autobusem.

Julian prowadził, a jej usta się nie zamykały.

– Gdzie mieszkasz, Julianie?

– Na wzgórzach.

– Odjazdowo – odparła z rozmarzeniem. – Lubię chodzić na wzgórza. Mam takie miejsce, które czasami odwiedzam... Na którą stronę wychodzą twoje okna?

– Na każdą. Mieszkamy na płaskowyżu, który oczyściliśmy dookoła. No i mamy jeszcze taras na dachu.

– A, taras na dachu – powtórzyła, nagle przygaszona. Zacisnęła usta. – My? Znaczy twoja rodzina, żona?

– Nie. Ja i mój przyjaciel Ashton.

Wciąż wyglądała na rozczarowaną, początkowo nie wiedział dlaczego.

– To naprawdę mój przyjaciel – powiedział Julian, wreszcie rozumiejąc, o co chodzi. – Żaden eufemizm.

– Skończyłeś trzydziestkę?

– Tak. Czemu pytasz?

– Po trzydziestce nie wolno mieć współlokatora.

– I kto to mówi? Nie wspominałaś, że masz współlokatorkę?

– Nie skończyłam trzydziestki.

– Technicznie rzecz ujmując, nie jesteśmy z Ashtonem współlokatorami – odparł Julian. – Kupiliśmy dwie działki i zbudowaliśmy dwa domy, które łączy basen i patio. Mieszkamy więc razem, ale osobno.

– Wiem, co masz na myśli. W Nowym Jorku mieszkałyśmy z Z w studiu niewiele większym od twojego samochodu. Łóżka oddzielała kotara, która dawała nam namiastkę prywatności. Byłyśmy więc razem, ale osobno. I gwarantuję ci, płaciłyśmy czynsz wyższy niż ty za swoją działkę. Ależ też mieszkałyśmy w najlepszej okolicy, dzielnicy teatrów, przy Czterdziestej Szóstej Ulicy pomiędzy Broadwayem a Ósmą Aleją. Czym zajmuje się Ashton? Jest bokserem jak ty? Co to jest Skrzynia Skarbów? Masz też sklep z rekwizytami? Zajęty z ciebie gość. Ale prowadzenie sklepu z rekwizytami brzmi superzabawnie. Codziennie sama radość.

– Ashton jest szczęściarzem – odparł Julian. – Lubi robić tylko to, co kocha.

– Witamy w ludzkiej rasie – rzekła Mia. – Muszę tam zajrzeć. Lubię domy, w których straszy. Kiedyś uwielbiałam twój blog. – Między zdaniami prawie nie było przerw.

– Dzięki, ale czemu mówisz w czasie przeszłym?

– Jak wspominałam, byłam zbyt zajęta, poza tym jakiś czas temu zamilkłeś. Co robiłeś, pisałeś książkę?

– W zasadzie tak. Napisałem.

– No co ty!

– Dlatego na blogu zapanowała cisza. – Książka utrzymywała się na liście bestsellerów w dziale poradnikowym przez ostatnie siedemdziesiąt dwa tygodnie. Z tego powodu Julian prowadził teraz kurs przetrwania w dwuletnim college'u, od czasu do czasy podróżował po kraju z wykładami motywacyjnymi i pracował jako konsultant na planach filmowych, gdzie potrzebni byli eksperci od przetrwania. Prawie nie miał czasu na boks i dlatego wstawał codziennie o świcie.

– Nigdy dotąd nie spotkałam autora, który coś wydał. Nooo – powiedziała, przyglądając mu się z radosnym zdumieniem. – Jaki tytuł ma książka? *Przemyślne wynalazki Cruza – kompendium*?

– Urocze, ale nie. *Bokser i wszystkowiedzący radzi.*

– Też brzmi dobrze. Wiesz, pisałam do ciebie kilka razy. Byłam jednym z samotnych serc. – Nie zapięła pasa bezpieczeństwa. Brzęczyk rozlegał się co piętnaście sekund, lecz ona w ogóle nie zwracała na to uwagi. – Nie mów, że mnie nie pamiętasz? – Nie przestawała się uśmiechać. Ani patrzeć na niego.

– Przepraszam. Podpisywałaś się swoim nazwiskiem czy jakimś innym? Większość ludzi używa…

– Podpisywałam się Gotham Girl. – Siedziała zwrócona do niego całym ciałem.

On nie spuszczał wzroku z drogi. Jej niepodzielna uwaga lekko zbijała go z tropu.

– Odpisałem? – Nie przypominał sobie Gotham Girl. Ale pisało do niego tyle ludzi.

– Jasne! Wymieniliśmy kilka wiadomości. Całym sercem nie zgadzałam się z twoją oceną mojej sytuacji osobistej.

– A o co mnie pytałaś?

– Jedno pytanie brzmiało: Jeśli jestem tak zdolna i utalentowana i robię to, co zawsze powinnam, ple, ple, ple, to czemu zawsze jestem bez grosza.

– A ja odpisałem…

– Zacytowałeś Marlona Brando. „Nigdy nie mieszaj wielkości czeku z wielkością swojego talentu".

Julian skinął głową z uznaniem dla samego siebie.

– A drugie pytanie?

– Zapytałam, skąd dziewczyna wie, że facet na nią leci.

– Na co odpisałem…

– Kazałeś mi wiać. – Roześmiała się. – Dokładnie tak napisałeś. Stwierdziłeś, że skoro muszę pytać, to znaczy, że nie leci.

– Auć.

– No właśnie. A potem zapytałeś, czy oglądał mój ulubiony film.

– I?

– No właśnie. To mnie rozłożyło. A ty się dopytywałeś, czy oglądał. Wkurzałeś mnie.

Julian mgliście przypomniał sobie tę wymianę zdań. Dziewczyna była uparta, pisała do niego kilka razy dziennie, podsyłając mnóstwo dowodów, ale nie chciała odpowiedzieć na to podstawowe pytanie. Pewnego dnia zamilkła.

– No i co? – zapytał teraz. – Nigdy nie doczekałem się odpowiedzi. Oglądał twój ulubiony film?

Wyrzuciła ręce w górę.

– Widzisz teraz, czemu przestałam do ciebie pisać?

– Bo nie lubisz odpowiadać na pytania?

Przy złożonym dachu wiatr rozwiewał jej włosy. Julian zatrzymał się przy krawężniku. Wyglądała na zdenerwowaną z jakiegoś powodu, jakby miał ją wyrzucić z samochodu czy coś w tym stylu. O mało co nie wyciągnął ręki i nie pogładził jej po zarumienionym policzku, by ją uspokoić.

– Postawię dach – powiedział. – Chyba nie chcesz być potarganą Beatrycze? Lepiej tak się nie pokazywać na przesłuchaniu.

Na jej twarzy pojawiło się wzruszenie, co zupełnie zbiło go z tropu.

W Greek Theatre w Griffith Park poprosiła, żeby jej towarzyszył, zamiast czekać w samochodzie. Spojrzał na zegarek, wysłał Ashtonowi wiadomość, żeby poszedł na spotkanie u Foxa bez niego, a potem ruszył za nią do amfiteatru.

Kiedy przyszła jej kolej, wskoczyła na scenę sprężystym krokiem, zaczekała na znak mężczyzny z podkładką, skinęła głową Julianowi i zaczęła. Była dobrze przygotowana. I fenomenalna.

Gdy wzrok jego na gwiezdnego przewodnika padł,
Zwrócił się znów w stronę światła.
Powiedz mi, kim jesteś, wykrzyknął.
I tak rzekłam:
Jakiś czas temu świat nade mną władał.
Gdyby mój czas był dłuższy
Wiele zła, które nadeszło,
Nie mogłoby mnie tknąć
Bo kochałeś mnie dobrze i z dobrej przyczyny:
Gdybym na ziemi dłużej zabawiła,
Miłość, którą cię obdarowałam,
Zrodziłaby coś więcej
Niż tylko kwiaty.

Producent siedział bez słowa jak Julian, nie miał jednak otwartych ust.

– Panno McKenzie, co to było? – zapytał po chwili. – Dante? Bo nie mogę tego znaleźć u mnie w książce.

– Mówiłam z pamięci, proszę pana – odparła. – Trochę to zmieniłam. Zagęściłam kilka wersów.

W pierwszym rzędzie zapanowała cisza.

– Zmieniła pani Dantego?

– Tak. Chciałam wypaść jak najlepiej.

– Dziękujemy, panno McKenzie. Będziemy w kontakcie. Następna!

– To było rewelacyjne, Mirabelle – powiedział Julian, gdy wracali do samochodu. – Naprawdę. Gdybym to ja wystawiał tę sztukę, dałbym ci rolę od razu.

– Dałbyś mi rolę w swojej sztuce? – Cała jej twarz się rozpromieniła, nawet drobny nos. – Epizod? Czy główną? – Parsknęła śmiechem, gdy ociągał się z odpowiedzią. – Tylko się nabijam.

– Wiem.

– Najpierw musiałabym odróżnić niebo od piekła?

– Nie, tylko uśmiechnąć się zza welonu* – odparł.

Przybiła mu piątkę za tę muzyczną grę słów.

– Z twojego bloga dowiedziałam się, że trzeba się dobrze przygotować – powiedziała. – Napisałeś, że nie można być nadmiernie przygotowanym. Że zawsze trzeba dać z siebie wszystko, ale trzeba się nauczyć przyjmować do wiadomości, że to pewnie nie wystarczy.

– Naprawdę wychodzę na palanta. Czy napisałem kiedyś coś choć trochę wesołego?

– Napisałeś wiele wspaniałych rzeczy. Na przykład, żeby zawsze wychodzić z domu ubranym, jakby się miało spotkać miłość swojego życia.

– To chyba nie brzmi najgorzej. – Spojrzeli na siebie, on w garniturze, ona w minispódniczce. – Mogę cię podwieźć?

– A dokąd? Może do wietnamskiego food trucka na parkingu u Freddiego Roacha? – Uśmiechnęła się.

– Zabawna jesteś. Teraz obawiam się, że muszę pędzić. – Jazda do domu w godzinie szczytu zabierze mu trochę czasu. A Ashton pod karą śmierci zabronił mu się spóźnić. Riley i Gwen przychodziły na kolację. Oświadczyły, że muszą z nimi porozmawiać o statusie ich związków.

---

* Aluzja do tekstu utworu *Wish You Were Here* zespołu Pink Floyd.

Julianowi pod żadnym pozorem nie wolno było zostawić Ashtona na lodzie.

Mirabelle podała mu adres i Julian odwiózł ją do domu. Usta jej się nie zamykały, opowiadała o innych przesłuchaniach, w których uczestniczyła, o tym, że po Nowym Jorku nie może się przyzwyczaić do pogody w L.A., gdzie zawsze jest tak ciepło i przyjemnie. Jej przyjaciółka Zakiyyah czuje się tu jak ryba w wodzie, ale z drugiej strony ma okropny gust co do mężczyzn (Julian miał ją zapytać, czy ona też ma okropny gust co do mężczyzn, ale nie dał rady jej przerwać) i zawsze wybiera najgorszych facetów.

– Na przykład teraz spotyka się z facetem o imieniu Trevor i jakby tego było mało, kiedy wyszli razem kilka dni temu, zamówił Sloe Gin Fizz! Mówię do niej: „Z, twój nowy chłopak pije Sloe Gin Fizz? Nosi też japonki? To on ma być twoją opoką w ciężkich chwilach? Odstawi swojego zielonego drinka, zanim zaatakuje napastnika sandałem…”.

Mirabelle gwałtownie umilkła.

Julian prowadził, starając się nadążyć za potokiem jej słów, gdy nagle nie było za czym nadążać.

– Mów dalej – nalegał. – Fascynują mnie romantyczne perturbacje Zakiyyah.

Mirabelle przyglądała mu się z dziwnym wyrazem twarzy. Przypominał zaniepokojone niedowierzanie.

– Julianie… czemu mnie tu przywiozłeś?

Zamrugał, otrzeźwiał, rozejrzał się.

– Nie mieszkasz tutaj?

– Nie. Mówiłam ci, mieszkam we wschodnim Hollywood, przy Lyman.

– Przepraszam – powiedział, wrzucając wsteczny. – Musiałem źle usłyszeć.

– Zaczekaj. – Dotknęła grzbietu jego dłoni. Przeszedł go prąd. Palce ściskające drążek zmiany biegów zadrżały. – Czemu przywiozłeś mnie tutaj?

Nie był pewny, gdzie się znajdują. Za następną przecznicą biegła autostrada Hollywood, ale tą ulicą nigdy nie jechał.

– Przywiozłem cię ze złej strony stojedynki – stwierdził. – Przepraszam.

– Nie o to mi chodzi. Przywiozłeś mnie na Normandie Avenue. Czemu?

Rozejrzał się.

– Nie wiem. Nie mieszkasz tu?

– Nie!

– Dziwne. – Szybko zjechał z drogi.

– Nie to jest dziwne – powiedziała. – Dziwne jest to, że mieszkałyśmy tu z Z. Podjechałeś pod nasz stary dom. Okolica była niebezpieczna, ktoś stale obrywał, więc się przeniosłyśmy.

– To jednak tu mieszkałaś. – Julian nie czekał na zmianę świateł i skręcił w prawo w Melrose, by przejechać pod autostradą 101. Gdyby zacisnął rękę na kierownicy jeszcze mocniej, któraś z nich by się złamała. Próbował udawać obojętność, ale nie mógł się odwrócić i napotkać jej zdumionego spojrzenia. Z wielkim wysiłkiem wyprostował napięte palce, zdjął lewą rękę z kierownicy i jechał dalej.

– Rzeczywiście mieszkałam tutaj – rzekła Mirabelle – ale skąd ty mogłeś o tym wiedzieć?

Julian nie potrafił tego wyjaśnić.

– Pewnie przez pomyłkę podałaś mi stary adres i nie zorientowałaś się. – Ale nie pamiętał, by powiedziała „Normandie". Powiedziała „Lyman". Był tego pewny. A ona pokręciła głową, jakby też była tego pewna.

Zakłopotana przyglądała mu się z niedowierzaniem jeszcze przez kilka chwil. Julian patrzył przed siebie. Coś w środku zaczęło go boleć i nie wiedział, co to takiego.

Porzucili ten temat, bo co innego mogli zrobić? Ale rozmowa, jeszcze przed minutą tak zachwycająco swobodna, utknęła w martwym punkcie.

Jechali w milczeniu dziesięć minut do wschodniego Hollywood. Lyman Place była senna i z obu stron obrośnięta eukaliptusami. Dziewczęta wynajmowały górną połowę małego dwukondygnacyjnego niebieskiego domu obrośniętego bluszczem.

– Jesteśmy na miejscu – powiedział Julian z udaną wesołością. – Właściwym?

– Tak. Chciałbyś mnie odprowadzić do drzwi?

Miały osobne wejście z boku. Na górnym patio w dwóch dużych skrzynkach kwitły zadbane żółte petunie. Mirabelle wyjęła klucze.

– Chcesz wejść na chwilę? Z jeszcze nie wróciła z pracy.

Pokręcił głową.

– Nie mogę. Już jestem spóźniony.

– Na bardzo ważną randkę? – Uśmiechnęła się, lecz we wcześniejszym beztroskim uśmiechu pojawiło się napięcie, mocno skoncentrowane zakłopotanie. – Na pewno? Mogę zrobić coś do jedzenia. Nie jestem mistrzynią kuchni, ale…

– Naprawdę nie mogę. Ale dziękuję.

Stali niezręcznie.

– Pisałeś, żeby zawsze kończyć żartem – powiedziała.

– Dobra, dajesz.

– Jak się nazywa stos kociaków? – zawiesiła głos. – Miautanna!

Kiedy parsknął śmiechem, wyciągnęła rękę.

– Miło było cię poznać, Julianie Cruz.

A on, bez chwili zastanowienia, podniósł jej dłoń do ust i pocałował. Potem zrobiło się jeszcze bardziej niezręcznie.

– Uczą tego w szkole bokserskiej? – zapytała lekko zdyszana.

Nie mógł spojrzeć w jej ciepłe wilgotne oczy. Cofnął się na schody.

– Na pewno nie chcesz wejść?

– Może innym razem – odparł.

– Okej, kiedy? – zapytała Mirabelle. – Czy tylko starasz się być uprzejmy?

38

Wzgórza Hollywood

– Nie odzywam się do ciebie – powiedział Ashton, gdy Julian wpadł do domu tuż przed ósmą.

– Były straszne korki. Przepraszam. – W holu rzucił kluczyki na stolik pod plakatem Boba Marleya.

– Zabieraj je stąd. Możesz sobie bałaganić u siebie. Dziewczyny będą tu za dziesięć minut, a ty zostawiłeś mnie ze wszystkim. Nawet nie nakryłeś do stołu. Sam musiałem to zrobić. – Stół stał nakryty na patio przy basenie.

– Przepraszam, stary. Wynagrodzę ci to.

– Co ja jestem, Gwen? – oburzył się Ashton. – Wynagrodzisz mi to? Kupisz mi kwiaty, zaprosisz na kolację? – Stali w holu. Dym z grilla sączył się do domu. Pięknie pachniało. Ashton uwielbiał grillować.

Po drodze do siebie Julian przysiadł na krześle nad błękitnym basenem. Ashton zapalił ledowe lampki, które migotliwie podświetlały palmy i figowce.

– Stary, odbiło ci? – Ashton stanął nad Julianem. – Zaraz tu będą. Co się z tobą dzieje? Idź się przebrać.

– Już idę. Daj mi minutę.

– Czas na siedzenie minął. Mogłeś sobie siedzieć przez całą jazdę samochodem Bóg jeden wie skąd. Koniec z siedzeniem.

– Ashton, pięć minut, a potem jestem twój. Pięć.

– Kurwa, Jules.

– Pięć minut bez twojego gadania.

Po pięciu minutach Julian wstał, czując, że ciało ma jak z betonu.

Ciężko było się przedrzeć przez Canyon Benedict Road. W godzinach szczytu jazda na wzgórza była koszmarem. Gwen i Riley też się spóźniły. Ale dzięki temu mogli ochłonąć. Julian się przebrał, przygotował muzykę, przyrządził wyjątkowo duży dzbanek margarity. Otworzyli z Ashtonem dwa piwa, usiedli przy basenie i rozmawiali o spotkaniu u Foxa, inwentaryzacji w sklepie, o zbliżającej się walce Bustera „Kata" Barkleya w Vegas w przyszłym miesiącu i o Riley.

– W zeszłą niedzielę powiedziała mi, że nie zaspokajam jej potrzeb emocjonalnych – oznajmił Ashton. – Że po tych trzech latach wciąż jestem tylko potencjałem.

– Jak na wywiadówce?

Ashton parsknął śmiechem.

– Odparłem: Riles, przez cały czas jestem tym samym facetem. A ona na to, że na tym właśnie polega jej problem ze mną. Nigdy się nie zmieniam.

– Zapytałeś ją, czemu w ogóle związała się z tobą, jeśli chciała, żebyś się zmienił?

– Zapytałem! Miała nadzieję, że się zmienię. Oświadczyła, że jestem zbyt szalony. Jakbym był niewytresowanym pudlem czy coś w tym stylu. Nie jestem szalony!

– Czasami jesteś.

– Nie pomagasz mi. Nie mów tego przy niej. Powiedz, że jestem spokojny i udomowiony. Kiedy następnym razem będziesz kupował wodę kokosową w Whole Foods, porozmawiaj z nią, szepnij za mną słówko. Naprawdę nie mam ochoty na kolejne starcie. Jestem wykończony.

– Ja też.

– Co? Przecież uwielbiasz walczyć.

Julian odetchnął głęboko.

– Chyba poznałem dziewczynę – powiedział.

Ashton dopił piwo, roześmiał się i wyprostował.

– Której części nie jesteś pewien? Czy ją poznałeś, czy że jest albo nie jest dziewczyną?

– Zdecydowanie jest dziewczyną.

– Naprawdę? Stary! – Ashton uśmiechnął się od ucha do ucha. – Jak wyglądała?

Julian zamilkł na chwilę.

– Jak marzenie – powiedział w końcu.

– Stary!

Rozległ się dzwonek do drzwi. Gwen i Riley dotarły na miejsce.

– Kto wpadł na pomysł, żeby zbudować dom przy Mulholland? – zapytała Riley, wchodząc do domu Ashtona z czymś, co wyglądało jak pudełko z cukierni. Pomimo długiej jazdy samochodem była nieskazitelna jak zawsze. – Przejechanie siedemnastu kilometrów zajęło nam półtorej godziny.

– Zdecydowanie Julian – odparł Ashton, radośnie rzucając przyjaciela na pożarcie.

Julian odebrał pudełko od Riley.

– Co to jest, Riles? Nie mów, ciasteczka z kiełkami?

– Tak! Zaraz, nabijasz się ze mnie? Uff. Jesteście obaj niemożliwi. Nie wszystko musi być żartem. Te są bardzo dobre. Z miodem.

Julian celowo włączył muzykę zbyt głośno, żeby nikt nie czuł się zmuszony do prowadzenia prawdziwej rozmowy. Wlewał w siebie margaritę, ale niewiele jadł, co sprawiało, że szanse na późniejszą poważniejszą rozmowę malały. Nie chciał rozmawiać z Gwen, bo nie miał jej nic szczególnego do powiedzenia. Targały nim sprzeczne uczucia. Nie mógł opowiadać Gwen o wszystkich dziewczynach, z którymi prowadził luźną pogawędkę. A kiedy nie miał nic szczególnego do powiedzenia, zawsze wolał trzymać język za zębami.

Niestety Gwen wzięła na celownik właśnie tę małomówność Juliana. Obie pary zjadły kolację, popływały w basenie, posiedziały w jacuzzi, potem usadowiły się na górnym tarasie, pijąc i gawędząc o niczym, by w końcu zniknąć w swoich domach.

Gwen była gotowa do długiej dyskusji na temat łączących ich stosunków. Po dzbanku tequili Julian wcale się do tego nie palił. Ona stwierdziła, że jego ponuractwo zaczyna działać jej na nerwy. Chciał zaprotestować, że wcale nie jest ponury, ma tylko sporo na głowie, ale nie zamierzał wdawać się w szczegóły i kłamać. Nie odpowiedział więc, próbując załagodzić wszystko milczeniem, ale rozwiązanie problemu jego milczenia kolejnym milczeniem nie było najlepszym pomysłem. Gwen nie przestawała się jeżyć, a Julian odpowiadał monosylabami. Gdy zasugerowała, by zrobili sobie przerwę, nie usłyszała zdecydowanego protestu, na który chyba liczyła. Julian odparł – bo chciał okazać się zgodny – że jeśli tego właśnie pragnie, nie ma sprawy. Chce, żeby była szczęśliwa.

Jednak Gwen byłaby najszczęśliwsza, gdyby doszło do kłótni. Jakby go nie znała, jakby nie wiedziała, że nie lubi kłócić się z dziewczynami. Oświadczyła, że wraca do domu, co było trudne, bo przyjechała z Riley jej samochodem. Julian zaproponował, że ją odwiezie.

– Oszalałeś? – rzuciła Gwen. – Jak wybiegnę ze złością z domu, jeśli mnie odwieziesz?

Zamówiła taksówkę, nakrzyczała na Juliana, a potem ze złością wybiegła.

Julian długo siedział w ciszy nad oświetlonym basenem i próbował przedrzeć się przez dżunglę, którą czuł w sobie. Tej nocy śniło mu się, że brązowowłosa dziewczyna leżała na nim zupełnie naga, on trzymał ją mocno za biodra, lecz był kompletnie ubrany: miał garnitur, krawat, nawet buty. Zgoda, wyglądało to seksownie, ale również tak, jakby chciał się przed nią chronić. Kiedy się obudził, pomyślał, tak, tutaj wszystko jest w porządku.

39

Suknia dla Beatrycze

Wcześnie rano, kiedy Riley wyszła, Julian zaciągnął Ashtona na salę. Trochę poboksowali, pogadali o Gwen, poćwiczyli z gruszką, ciężarami, potem Ashton patrzył, jak Julian walczy z Lopezem, synem swojego dawnego trenera i kumplem jeszcze z czasów UCLA. Przed ósmą byli wykąpani, ubrani i zaopatrzeni w tacos z HomeState na śniadanie, a o wpół do dziewiątej zameldowali się w Skrzyni Skarbów.

Sklep nie był jeszcze otwarty, gdy kilka minut przed dziewiątą zabrzęczał dzwonek przy drzwiach. Julian siedział przy komputerze na zapleczu i zajmował się rachunkami. Ashton wyszedł zobaczyć, kto przyszedł.

– Jules – zawołał. – Ktoś do ciebie.

To była Mirabelle.

Nie przyszła sama. Obok niej stała zachwycająca, poważna czarnoskóra kobieta, ubrana skromnie i elegancko, z niedbale związanymi kręconymi włosami.

Mirabelle wyglądała oszałamiająco. Dziś miała na nogach eleganckie czarne buty, a nie brązowe i ciężkie, dżinsowa spódniczka była jeszcze krótsza niż wczoraj, choć to nie wydawało się możliwe, a koralowa bluzka jeszcze bardziej prześwitująca, choć to też nie wydawało się możliwe. Gołe szczupłe nogi były jeszcze bardziej gładkie i lśniące, choć to także nie wydawało się możliwe. Na twarzy miała lekki makijaż, usta pociągnięte błyszczykiem, a luźny kok na czubku głowy był artystycznie niedbały. Całość wyglądała swobodnie, lecz była to swoboda zaplanowana od stóp do głów, bynajmniej nie przypadkowa. W uszach miała kolczyki koła, a na rękach bransoletki.

– Cześć, Julianie.

– Cześć, Mirabelle. – Przez chwilę stali bez słowa, aż w końcu przypomnieli sobie o manierach.

– Z, to jest Julian. – Sposób, w jaki podkreśliła „to", sprawił, że Julian poczuł się nieswojo. Czyżby o nim rozmawiały?

Ashton zakaszlał. Zakiyyah zakaszlała.

– Przepraszam – rzucił Julian. – Ashton, Mirabelle. Mirabelle, Ashton.

– Ja też przepraszam – odparła Mia. – Ashton, Zakiyyah. Zakiyyah, Ashton. Ale, Ashtonie, możesz do mnie mówić Mia. Jak przyjaciele. – Uśmiechnęła się. – A do niej możesz mówić Z.

– Zakiyyah będzie w porządku – powiedziała Zakiyyah.

Ashton w milczeniu przyjrzał się Mirabelle, a potem Julianowi. Nic nie powiedział. Odwrócił się do Zakiyyah.

– Zakiyyah – zaczął. – Jak Obadiah?

– Słucham?

– Hey, ya, hey, ya – zanucił Ashton.

Wyglądała na zdenerwowaną.

– A co to jest? – zapytała.

– Piosenka? Śpiewa ją Obadiah Parker?

– Nigdy o niej nie słyszałam. Jak ma tytuł?

– *Hey ya* – Ashton mówił bardzo powoli. Rzucił Julianowi spojrzenie pod tytułem: „Chyba jaja sobie robisz".

Tymczasem Mirabelle z otwartymi ustami rozglądała się po sklepie. Ashton wystawił między innymi metalowe hełmy i maski przeciwgazowe.

– Czemu je masz?

– Lubią je wypożyczać do filmów – odparł. – Poza tym mój staruszek urodził się w Londynie podczas wojny, więc to mały ukłon w jego stronę. Nie oznacza to wcale, że się tu zjawił, by je obejrzeć.

Ashton miał też butelkę z *I Dream of Jeannie*, idealną replikę oryginału.

– Skąd to masz? – zapytała zafascynowana Mirabelle, podczas gdy Zakiyyah stała z założonymi rękami, nie odzywała się i nie rozglądała.

– Zamawiam je u najlepszego specjalisty od butelek Jeannie w kraju – odparł Ashton. – Po jednej.

– I robi je dla ciebie na zamówienie? – Uśmiechnęła się.

– Jasne. Bo ładnie proszę. – Ashton pokazał jej w uśmiechu wszystkie zęby.

– Prosząc ładnie, można dużo dostać.

– Jak najbardziej.

Poważna Zakiyyah przewróciła oczami.

– Mia, muszę iść, bo się spóźnię. Możemy się pospieszyć?

– A, tak. Przyszłam poprosić Juliana o przysługę. Ładnie poprosić. – Mirabelle rzuciła promienny uśmiech Julianowi, który starał się zachować pokerowy wyraz twarzy. – Odezwali się do mnie z produkcji *Raju w parku* w Greek Theatre. Zawiozłeś mnie tam wczoraj na przesłuchanie. Jeszcze raz dziękuję.

– Bardzo proszę.

– Przepraszam, że tak się to przeciągnęło. Zdążyłeś na kolację?

– Nie – powiedział Ashton. – Spóźnił się niewybaczalnie. I to był powód? Bo był z tobą na przesłuchaniu?

– Um… – zaczęła Mia.

– Ashton – rzucił Julian.

– Mia – powiedziała Zakiyyah.

– A, tak, przepraszam, Z. No, w każdym razie chcą, żebym zagrała Beatrycze. Cudownie, prawda?

– Tak – odparł Julian.

– Mia – powtórzyła Zakiyyah.

– Przypomniałam sobie, jak opowiadałeś, że prowadzicie sklep z rekwizytami i zastanawiałam się, czy nie macie przypadkiem jakiejś szałowej, błyszczącej sukni, którą mogłabym pożyczyć na jeden dzień. Ale naprawdę oszałamiającej. Muszę wyglądać jak dziewczyna, za którą Dante poszedłby aż do piekła.

– Sporo wymagasz od sukni – powiedział Ashton.

Julian walnął go pięścią w plecy i powiedział, że może coś takiego się znajdzie. Skinął na Mirabelle, żeby poszła z nim do sali z sukniami. Ashton i Zakiyyah zostali sami.

40

Free Licks

Stali bez ruchu. Zakiyyah obrzuciła gniewnym spojrzeniem strój Ashtona. Miał na sobie ulubiony T-shirt vintage z napisem Free Licks. Zakiyyah bardzo się to nie podobało.

– No co? – Ashton spojrzał na swoją pierś, bo nigdy nie odpuszczał. – Nie podoba ci się moja koszulka?

– A coś mówiłam? Stoję tylko i pilnuję własnego nosa. Ale skoro pytasz. Komu mogłaby się spodobać?

– To nazwa zespołu. Zakładam, że nie przepadasz za rockiem niezależnym? Szkoda. Są bardzo dobrzy.

– Mhm.

– Może powinnaś pohamować te swoje kosmate myśli. Chyba że… – Ashton uniósł brwi i rzucił jej oszałamiający uśmiech. – Sprawiają ci przyjemność. W takim wypadku… – Rozłożył ramiona.

Zakiyyah zareagowała dopiero po chwili.

– Nabijasz się ze mnie? Nabijasz. Się. Ze. Mnie?

– Tylko zażartowałem. Nie można już zażartować? – Opuścił ręce i się cofnął.

– A co w tym było zabawnego? – zapytała Zakiyyah.

– Nie będę ci tłumaczył, na czym polega żart. To tak, jakby tłumaczyć zasady tenisa dobermanowi.

– Teraz porównujesz mnie do groźnego psa?

– Mój Boże. Nie wytrzymam.

– Nie wytrzymasz.

Ashton spojrzał na telefon, by zyskać na czasie.

Zakiyyah spojrzała na zegarek.

– Mia! Możesz się pospieszyć? Muszę lecieć!

– Super! – mruknął Ashton.

Stali wciąż naburmuszeni, gdy pojawiła się Mia z olśniewającym scenicznym uśmiechem na twarzy i we wspaniałej szerokiej sukni do kostek z fiołkowej tafty. Oczarowany Julian szedł za nią.

– Cofam swoje słowa – oznajmił Ashton. – Znalazłaś suknię, za którą Dante poszedłby aż do piekła. Dobra robota, Jules.

Julian mruknął coś pod nosem, odwracając od niej wzrok.

– Tak, Mia, będzie świetna – powiedziała szorstko Zakiyyah. – Możemy już iść? Niektórzy z nas rano pracują.

– Jak my – rzucił Ashton.

Zakiyyah stłumiła prychnięcie.

– Chcemy ją wypożyczyć, jak wszyscy inni. Prawda, Mia? Nie chcemy żadnych przysług.

– Ale, Z… – zaczęła Mia.

– Zakiyyah ma rację. Pozwól jej wypożyczyć suknię, Jules – powiedział Ashton, odwracając się do Mii. – To będzie sto dolarów za dzień.

– Z!

– W porządku – powiedziała Zakiyyah. – Cena nie gra roli. Żadnych zniżek.

Julian spojrzał ze złością na Ashtona.

Mia spojrzała ze złością na Zakiyyah.

Ashton przewrócił oczami.

Zakiyyah wyjęła portfel.

– Kiedy masz przesłuchanie? – zapytał Julian Mirabelle.

– O wpół do jedenastej.

– Muszę cię tam zaraz podrzucić i zmykać – powiedziała Zakiyyah. – Spóźnię się.

– Mia, jeśli chcesz – zaczął ostrożnie Julian – ja mogę cię tam zawieźć. Twoja przyjaciółka zdąży do pracy. A zaraz potem możesz mi oddać suknię, więc nic cię to nie będzie kosztowało.

– Zdecydowanie nie – zaprotestowała Zakiyyah, lecz Mia jej przerwała.

– Tak, proszę, Julianie – powiedziała cała w uśmiechach. – Jeśli to nie za duży kłopot.

– Żaden – odparł Julian.

Zakiyyah przewróciła oczami.

– Mia, nie! – szepnęła.

– W porządku, Z – odpowiedziała szeptem Mia i już głośniej zwróciła się do mężczyzn: – Może jakoś wam pomogę, by się zrewanżować. Usiądę za kasą, pozamiatam podłogę?

– Mia, rozmawiałyśmy o tym! To nie jest…

– Jest w porządku, Z!

Zakiyyah wypadła ze sklepu jak furia, zatrzaskując za sobą drzwi.

– Naprawdę jest miła – powiedziała Mia do Juliana i Ashtona, którzy stali przy ladzie i patrzyli, jak jedna kobieta wybiega ze sklepu, a druga zostaje. – Martwi się tylko o mnie, to wszystko. Jest jak kwoka.

– Tak, wydaje się supersłodka – potwierdził Ashton. – I do rany przyłóż.

– Co, u diabła, zrobiłeś tej biednej dziewczynie? – zapytał Julian, gdy Mirabelle nie mogła ich usłyszeć.

– Nic! Jak zawsze byłem aniołem. Może nie do końca spodobał się jej mój strój.

Julian uśmiechnął się od ucha do ucha.

– Dobrze, że nie włożyłeś koszulki z Thunderpussy – stwierdził, obrzucając przyjaciela spojrzeniem. – Bo mogła cię zabić.

41

Kryształ dusz

Julian podwiózł Mirabelle do Greek Theatre i czekał na nią na parkingu. Powtórne przesłuchania były zamknięte dla publiczności.

Nie było jej tylko kilka minut. Kiedy wróciła, wyglądała na zasmuconą, choć w fiołkowej sukni prezentowała się oszałamiająco. Julianowi zaparło dech w piersiach. Ta dziewczyna odbierała mu mowę.

– Nie poddawaj się – powiedział. – Muszą to jeszcze przemyśleć.

– Już przemyśleli – odparła. – Powiedzieli mi od razu, że nie będę dobrą Beatrycze. Za bardzo coś tam. Przestałam słuchać, kiedy dotarło do mnie, że nie dostanę roli.

– Wielka szkoda. A co z narratorem?

– Już kogoś mają. – Wzruszyła ramionami. – *C'est la vie*. I tak nie chciałam tej głupiej roli. Mam jutro następne przesłuchania. Poza tym w przyszłym tygodniu z Londynu przylatuje Abigail Jenkins. To rola, na której naprawdę mi zależy. Medea. Pojadę do Londynu, czuję to.

Był ciepły letni późny poranek.

Julian miał odbyć trening z Busterem Barkleyem, a potem czekało go spotkanie w Century City z byłym rekwizytorem serii filmów *Krzyk*.

– Mogę cię odwieźć do domu? – Uśmiechnął się lekko. – Tym razem do właściwego. Bo mam sporo…

– W tych wzgórzach jest coś pięknego – rzuciła Mirabelle, wskazując krzewy eukaliptusa porastające pustynne wzniesienie. – To jak studnia życzeń z tęczą. Chcesz ją ze mną zobaczyć? Możemy to złapać tylko w południe i tylko na kilka sekund. Myślę, że by ci się spodobało. Rzadko się tam wybieram, a chcę wypowiedzieć życzenie w sprawie Londynu. Potrzebuję mnóstwa dobrej karmy.

Czy Julian mógł odmówić fiołkowej dziewczynie, która prosiła, by poszedł z nią do studni życzeń na szczycie góry? Gdzie już wcześniej widział dziewczynę w zwiewnej fiołkowej sukni? Za nic nie mógł sobie przypomnieć. Wyglądała jak obraz.

Obraz przedstawiający wspomnienie.

Rozłożył dłoń, jakby niemal czuł, jak przykłada dłoń do tej sukni na plecach dziewczyny. Szybko zacisnął ją w pięść, licząc, że tego nie zauważyła.

– Będziesz się wspinać w sukni i szpilkach?

– Będę ostrożna. Ale masz rację, szpilki nie są zbyt praktyczne. – Pół minuty później pod warstwami fiołkowego jedwabiu znalazły się zasznurowane czarne buty. – Jestem gotowa.

– To prowadź – powiedział. Wypił łyk zimnej wody z cytryną z japońskiego termosu i zaproponował ją Mirabelle. Zdjął marynarkę i podwinął rękawy koszuli. Wiedział, że podczas wspinaczki na pewno bardzo się zgrzeje.

Ruszyli wśród krzewów, trzymając się wąskiej piaszczystej ścieżki. Po kilku minutach skomentowała jego tempo.

– Nieźle dotrzymujesz mi kroku.

– Chciałaś powiedzieć, że to ty nieźle dotrzymujesz mi kroku. – Wyprzedził ją szybko.

– Hej, nie wyrywaj się tak! – Próbowała go dogonić. – Nie wiesz, dokąd iść.

– A czy ktokolwiek z nas wie, dokąd iść, Mia? Na szczyt wzgórza? Tak trudno go znaleźć? Idę do góry? Zatrzymuję się, gdy nie da się już iść dalej? No już, nie wlecz się tak. Nie mam całego dnia.

Kiedy dotarli na grań, Mia była cała zgrzana. Julian prawie się nie spocił.

– Nieźle – wysapała. – Nie wiedziałam, że bokserzy potrafią walczyć i się wspinać.

– Bokserzy potrafią dużo rzeczy.

– Naprawdę? – Zmrużyła oczy.

Odpowiedział jej spojrzeniem spod przymkniętych powiek.

– Podoba mi się twój wigor, Julianie. – Miała najbardziej otwartą, szczerą twarz. Twarz, z której nie schodził uśmiech. – Nie biegasz na próżno ani nie podejmujesz próżnych wysiłków.

– Staram się. Wszyscy mogą to robić.

– Yoda mówi: rób albo nie rób. Nie ma żadnych starań.

– Yoda nie ma racji. Nie wie wszystkiego.

– Tak? A czy Ten-Który-Wie-Wszystko wie, że w tych wzgórzach kryje się magia?

– Ten-Który-Wie-Wszystko wie, że magia jest wszędzie.

Jednak kiedy dotarli do miejsca przeznaczenia i Julian zobaczył kamienny krąg na płaskim wierzchołku wzgórza z widokiem na dolinę, miasto i ocean, zatrzymał się.

Mirabelle zawołała go.

– Jeszcze kawałek, Jules. Tutaj.

Nie chodziło o to, że nie mógł iść.

Nie mógł iść, bo nagle przekonał się, że nie może oddychać.

– To przez brak tlenu – powiedziała Mia, podchodząc i biorąc go nieśmiało za rękę. – Powietrze jest rozrzedzone. Trudniej napełnić płuca.

Wyrwał rękę. Nie sądził, by to było przyczyną. Z jakiegoś powodu słowa stały się niewystarczające. Posłusznie wszedł za nią do środka kamiennego kręgu.

– Złapiemy trochę życzeń, Jules. – Wyjęła z torby wyszczerbiony kryształ na długim rzemyku. – Jesteś gotowy?

Widok kryształu wywarł szczególne wrażenie na Julianie. Zaczął dygotać na całym ciele. A Mirabelle stojąca w słońcu z kryształem w ręce wzbudziła w jego piersi najdziwniejsze uczucia. Zrobiło mu się straszliwie zimno. Doświadczył czegoś takiego tylko raz, przed dziesięcioma laty, kiedy umierał na pustyni i ujrzał miraż o imieniu Ashton.

Gardło wypełniła mu gorąca sadza. „Puściła jego rękę i zniknęła w dymie".

– Proszę, nie – szepnął. – Nie wchodź w ogień.

– Jaki ogień? Nie bój się. Patrz uważnie. Przygotuj się na coś niesamowitego.

– Josephine, nie – szepnął. – Proszę, Josephine…

– Nie jestem Josephine, pamiętasz? – rzuciła wesoło. – Jestem Mirabelle. Mia.

Osłupiały wpatrywał się w swoje lewe przedramię, jakby mógł tam znaleźć hieroglify, które wyjaśniłyby, co się z nim dzieje.

Stanęła przed nim tak blisko, że prawie go dotykała. Trzymała kamień na dłoni. Julian nie patrzył na nią, nie mógł. Nie czuł się dobrze.

– Jesteś taki blady. Wszystko w porządku? Nie bądź taki ponury. Która godzina?

Pokazał jej. 11.59.

– Świetnie. Już prawie czas. Nie zapomnij pomyśleć życzenia. – Jej twarz była zachwycona, urzekająca, uśmiechnięta. – W południe, na krótką chwilę, słońce, ziemia i całe stworzenie ustawią się tak idealnie, że każde pomyślane z wiarą życzenie zostanie spełnione.

Żałował, że nie może się niczego przytrzymać.

– Ustaw dłonie pod moimi – powiedziała. – Tak, dokładnie. Przestań się trząść. Czy bokser ma lęk wysokości? Powinieneś był mi powiedzieć.

– Twoje serce jest ucieczką dla fałszerzy monet i złodziei – powiedział Julian. – Ale ja przyszedłem ukraść ci życie.

– Co takiego?

Serce mu zamarło, przygniecione straszliwym cierpieniem i oślepiającym strachem. Kiedy blask południowego słońca uderzył w jej kryształ, odbił się od zawierających kwarc kamieni wokół nich i rozbłysnął karuzelą barw, Julian zaczął się dusić. Podniósł dłonie do gardła. Poczuł dawną miłość i ból, który ogarnął go całego. Sparaliżowało mu płuca. Ona stała przed nim uśmiechnięta, on płakał. Zapomniał o oddechu. Serce zapomniało bić.

Zniknęła na moment w świetle, a gdy jej nie było, zastąpiły ją odrażające rzeczy, które otoczyły Juliana w tym intymnym odosobnieniu. Osunął się na kolana, szurając po ziemi, oparł się mocno na dłoniach, by nie upaść twarzą w piasek.

Ślepy i głuchy połykał ogień, a potem znalazł się pod lodem. Śmierć była upadkiem z nieba. Otaczał go dźwięk, życie było gdzie indziej. A potem już nigdzie nie było dźwięku. Julian tonął w ogromnym oceanie pragnień, niemożliwej walki, smutku bez dna. Czy to on czuł do niej te rzeczy, zamarzał w płynnej rozpaczy z powodu wszystkiego, czym chciała być i nigdy nie zostanie?

Usłyszał jak przez mgłę: „Julianie, co się dzieje?".

Jasne światło przygasło. Julian odzyskał zmysły. Klęczał w pyle, dygotał, a ona stała przed nim i trzymała go za ręce. Już się nie uśmiechała. Wyglądała na bardzo zatroskaną.

– Tak mi przykro. Wszystko w porządku?

Spojrzał na jej twarz. Była sina i umierała. A gdy umierała, powiedziała: „Teraz ostatni przyjmij pocałunek"*.

Julian jęknął.

– „Każdy może przerwać życie kobiety – powiedział – ale nikt nie może przerwać jej śmierci: otwiera się na nią tysiąc drzwi". Przycisnął pulsującą prawą dłoń do piersi. Czuł, jakby krew wypływała z jego odciętych palców. O, mój Boże. Co się z nim dzieje?

– O czym ty mówisz, jakie drzwi? – dopytywała się Mirabelle. – Wszystko jest w porządku. To tylko gra świateł. Kiedy słońce staje w zenicie nad południkiem, czasami rozbłyska jakby tęczą. To tylko nauka o ziemi, nic innego.

Próbowała go podnieść, lecz się jej wyrwał. Przytrzymując się skał, wstał i nawet się nie otrzepał.

– Chodźmy – powiedział, wciąż przyciskając prawą dłoń do piersi.

W całkowitym milczeniu zszedł na dół. Wsiadł do swojego nieskazitelnego samochodu, nie otrzepawszy nawet pyłu z kolan.

– Chcesz się gdzieś zatrzymać na lunch? – zapytała Mirabelle. – Umieram z głodu. Ja stawiam.

– Nie mogę. Mam… wiele spraw.

– Na pewno? Byłeś dziś dla mnie taki dobry. Chcę się zrewanżować.

– Dzisiaj? – zapytał z jakiegoś powodu.

– Co masz na myśli? W przeciwieństwie do innego dnia?

– Nie wiem, co mam na myśli – odparł Julian. Zawiózł ją do domu przy Lyman.

– Naprawdę dobrze się czujesz? – zapytała. – Wciąż jesteś taki blady. Co ci się tam stało?

---

* William Shakespeare, *Antoniusz i Kleopatra,* przeł. Leon Ulrich.

– Nic mi nie jest. To pewnie przez brak tlenu. Nie jestem do tego przyzwyczajony. No, dotarliśmy na miejsce.

– Tym razem na właściwe, dzięki Bogu. Kiedyś będziesz mi musiał opowiedzieć, skąd wiedziałeś o Normandie. – Siedział z nogą na hamulcu, dłonie trzymał na kierownicy, dźwignia zmiany biegów nadal znajdowała się w pozycji „drive". – Nie zmienisz nawet na „park"?

Niechętnie zmienił bieg.

– Wejdź na chwilę do środka. I tak muszę ci oddać suknię. No chodź, zrobię ci kawy. Wyglądasz, jakbyś jej potrzebował.

– Zaczekam tutaj, jeśli nie masz nic przeciwko temu. Muszę zadzwonić w parę miejsc.

Wróciła kilka minut później z suknią i ostrożnie położyła ją na tylnym siedzeniu.

Julian nie patrzył na nią. Zaczęła coś mówić, ale jej przerwał.

– Na razie – rzucił. – Bardzo proszę. – Odjechał z piskiem opon, zanim zdążyła otworzyć usta, by odpowiedzieć.

42

Inferno

– Jules?

Julian otworzył oczy. Leżał na podłodze w kącie sypialni Ashtona przy przesuwanych drzwiach prowadzących na basen. Ashton, który przed chwilą się obudził, siedział w łóżku i nie spuszczał z niego wzroku.

Julian cały zesztywniał po nocy spędzonej na twardej podłodze. Następnym razem weźmie chyba poduszkę i śpiwór.

Następnym razem? Następnym razem, kiedy przyśni mu się prawdziwy koszmar i dozna takiego szoku, że będzie musiał przejść do domu Ashtona, włamać się do jego sypialni i spać na podłodze jak pies?

– Miałem zły sen – powiedział, podnosząc się z trudem.

Ashton otaksował go spojrzeniem.

– Tak zły, że musiałeś się zakraść do mojej sypialni w środku nocy?

– Gorszy.

– Zastanawiałeś się, czy nie zwiększyć dawki?

– Idź do diabła.

– Co ci się śniło?

Julian zbył go machnięciem ręki, zażartował, nie chciał powiedzieć. Ale sen był tak straszny, że zanim położył się w kącie, nachylił się nad łóżkiem Ashtona i przyłożył dłoń do śpiącej głowy przyjaciela, by się upewnić, że jest ciepła.

Wchodzi ostrożnie na czarny lód, ślizga się, upada i czołga, rozpaczliwie próbując dostać się do czegoś w zamarzniętej trawie. Rękami zdrętwiałymi z zimna rozgrzebuje twarde źdźbła, a kiedy spogląda na swoje dłonie, widzi, że stracił wszystkie palce. Na lód sączy się czarna krew. Kikutami grzebie w trawie, by dostać się do ukrytego pod nią rowu. W rowie tuziny bladych dzieci, jak wyrzeźbione z lodu, czołgają się na łamiących się kończynach. A pod ich kryształowymi kolanami leży martwy i okaleczony Ashton.

*

Mirabelle weszła do sali dzień później, kiedy Julian trenował Bustera. Wyglądała świeżo i zwiewnie w sukience bez ramiączek w kolorze mlecznej czekolady. Włosy częściowo spięła, częściowo opadały kaskadą fal, na nogach miała sandały na platformie, nie ciężkie buty, a na rękach mnóstwo bransoletek, które podzwaniały przy każdym sprężystym kroku. Jednak nie tylko jej krok był sprężysty. Nie miała na sobie stanika, więc sterczące piersi podskakiwały, gdy sunęła w jego stronę, a sutki rysowały się wyraźnie pod cienką bawełną.

Kiedy Julian ją zauważył, zapomniał zrobić unik i wylądował na deskach powalony przez zawodnika przygotowującego się do walki o tytuł.

– Dlatego powinieneś przerzucić się na tenis – powiedziała Mirabelle, zbliżając się do ringu. Spojrzała na niego przez liny. – Jeśli coś spieprzysz w tenisie, jest tylko piętnaście zero. Jeśli spieprzysz w boksie, lądujesz na tyłku.

– Niczego nie spieprzyłem – zaprotestował, wstając. Poruszył obolałą szczęką. – Rozproszyłaś mnie.

Uśmiechnęła się, jakby to była najlepsza rzecz, jaką usłyszała przez cały tydzień. Nie odpowiedział jej uśmiechem. Nie odpowiedział, bo nie mógł.

Przechylił się przez liny i spojrzał na nią z góry.

– Co tu robisz? – Sala bokserska nie była odpowiednim miejscem dla czarujących, cudownych dziewcząt.

Mirabelle wyjęła z torby jego książkę.

– Wczoraj wieczorem poszłam do Book Soup i kupiłam ją. Ależ oni cię tam uwielbiają. Masz całą wystawkę. Nawiasem mówiąc, książka jest niesamowita. Przeczytałam za jednym posiedzeniem.

– To nie są *Bracia Karamazow*.

– Jest o wiele bardziej przystępna. I napisana po angielsku. – Nie przestawała się uśmiechać. – Chcę więcej. Kiedy wyjdzie druga część? Możesz mi ją podpisać? – Wyjęła marker, jakby Julian już zszedł ze sceny, a ona czekała na niego przy barierkach, wymachując programem.

Był cały spocony, ubrany w czarny podkoszulek bez rękawów i krótkie spodenki, innymi słowy bardzo skąpo. Była wpatrzona tylko w niego, a wszyscy pozostali faceci w sali nie spuszczali z niej wzroku. Z wyjątkiem Juliana. On z trudem na nią patrzył. Powiedział, że spotkają się na zewnątrz za piętnaście minut, a potem uświadomił sobie, że kazał dziewczynie czekać na siebie na parkingu, wiedząc, że nie ma samochodu. Pokazałeś klasę, Jules. Podał jej kluczyki do mercedesa.

– Jeśli chcesz, włącz klimatyzację. Zaraz przyjdę.

Kiedy wyszedł umyty i ubrany w dżinsy, koszulę z kołnierzykiem i cienką czarną skórzaną kurtkę, siedziała ze skrzyżowanymi nogami na masce i nuciła coś pod nosem.

– Nie mam pojęcia, jak mężczyźni potrafią tak szybko się ogarnąć – powiedziała, zeskakując z uśmiechem. – Mnie dziś rano zajęło to dwie godziny.

Julian nie odpowiedział. Dwie godziny i zapomniała włożyć stanik.

– Możesz podpisać książkę? – Podała mu pisak.

– „Dla Mirabelle, by nigdy nie dosięgnął cię cios z zaskoczenia, a jeśli się tak stanie, żebyś wiedziała, jak go przyjąć. Najlepszego, Julian".

Stali w porannym kalifornijskim słońcu, ona cała rozpromieniona, on jak ponura niedziela. Spróbowała jeszcze raz.

– Znalazłam dowcip o bokserach. Chcesz usłyszeć? Czemu bokserzy nie uprawiają seksu przed walką? Bo się sobie nie podobają.

– Ha. – Julian tylko to powiedział. Nie roześmiał się.

– Jesteś głodny? – zapytała. – U mnie za rogiem jest takie miejsce, HomeState. Robią tam na śniadanie rewelacyjne tacos z pikantnym chorizo.

Znał dobrze to miejsce. Bardzo często jadali tam z Ashtonem przed pracą w Skrzyni Skarbów.

– Nie mogę, mam dużo spraw.

– Zawsze te sprawy. Nawet zajęci ludzie muszą jeść śniadanie. Wiesz, że to najważniejszy posiłek w ciągu dnia.

– Jak się tu dostałaś? – Rozejrzał się po parkingu.

– Z mnie podrzuciła. Przez resztę tygodnia będzie w Sacramento. Więc dla odmiany mam dla siebie całe mieszkanie. – Uderzenie serca. – Chata wolna.

– Ach – odparł Julian, nie patrząc jej w oczy. – Chcesz, żebym podrzucił cię do domu czy do HomeState?

Zapadła chwila ciszy.

– Może wpadniesz do mnie? Zrobię ci śniadanie.

– Nie mogę. Mam spotkanie w CBS i…

– A po CBS? Może kolacja? Ugotuję coś. Co lubisz? Zrobię, co zechcesz. Burgery? Steki? Mogę zrobić pieczone ziemniaki i pudding Yorkshire. Mama mnie nauczyła. Upiekę ciasteczka z czekoladą. Lubisz je, prawda?

– Tak, ale dziś wieczorem nie mogę.

– A kiedy możesz? Każdy wieczór w tym tygodniu mi odpowiada.

Kręciło mu się w głowie. Nie wiedział, gdzie podziać oczy. Najniżej były jej długie gołe nogi z pomalowanymi na czerwono paznokciami u stóp. Gdy podnosił wzrok, widział lśniące uśmiechnięte usta i oczy jelonka Bambi. A pomiędzy nimi były sterczące pod materiałem sutki. Co w ogóle przytrzymywało tę sukienkę? Nie było ramiączek, rękawów, nic elastycznego. Jeden głęboki oddech, jedno szarpnięcie i…

Julian wyjął telefon.

– Może zadzwonię do ciebie. – Nie mógł spojrzeć na jej rozjaśnioną twarz. Podyktowała mu numer, który wstukał do swojego telefonu. Stała obok niego, patrząc, co robi, i kazała mu zadzwonić, by się upewnić, że dobrze wpisał wszystkie dziesięć cyfr. Przyciskała gołe ramię do jego skórzanej kurtki. Pachniała balsamem kokosowym, świeżo umytymi włosami, kawą, miętą w oddechu, piżmem.

Julian nie zadzwonił. Ona dzwoniła kilka razy, zostawiała wiadomości. Nie odpowiadał. Przestał chodzić do Coffee Plus Food i do HomeState. Pierwszy raz od lat zrezygnował z porannych treningów i umawiał się z Busterem później. Może ona w końcu się połapie i przestanie dzwonić. Miał szczerą nadzieję. Bo następnym krokiem będzie zmiana sali i numeru telefonu.

Niemal co noc Julian walczył z koszmarami, po których budził się zlany potem, zdyszany, czasem nawet z krzykiem. Zaczął się bać zamykać wieczorem oczy.

Niepokoił Ashtona swoim otępieniem o różnych porach. Śniła mu się Riley, która potrząsała ciałem Ashtona, krzyczała na niego, jakby się kłócili, nie zdając sobie sprawy, że on nie żyje. W rowie z Ashtonem byli wszyscy – lodowe niemowlęta, Riley, Julian. Śniło mu się, że ciągnie przez ulice Londynu coś, co wyglądało na ciało mężczyzny, szukając miejsca, by je zostawić, ale kiedy wrzucił je do rowu, okazało się, że to Mirabelle. Czasami był to Ashton. Czasem on sam. Śniło mu się, że się dusi, że rzucają w niego kamieniami i kawałkami szkła, minami spadochronowymi, a czasem niemowlętami.

Śniła mu się Normandie.

Przepychał się z trudem przez tłum ludzi, jakby koniecznie musiał zobaczyć, co tam jest, a na ulicy leżał martwy Ashton. I martwa Mirabelle. Na Normandie działy się niewyobrażalne rzeczy, na ulicy, na której nie był nigdy przed zeszłym tygodniem, a która teraz zamieniła się w rwącą rzekę krwi.

W środku jednej szczególnie niespokojnej nocy wyszli z Ashtonem na taras na dachu, usiedli w krótkich spodenkach i kurtkach narzuconych na gołe ramiona i trzęśli się z zimna w ciemności, wysoko w górach, wpatrując się w migoczące światła doliny Los Angeles. Słuchali wycia kojotów i próbowali odnaleźć w tym wszystkim sens.

Julian ukrył twarz przed przyjacielem. Nie wiedział, co się z nim dzieje. Od lat wszystko było w porządku. Od czasu kraniotomii i śpiączki farmakologicznej prawie nic mu się nie śniło. W śpiączce, która przypominała zły czar, dużo śnił, ale zapomniał, o czym. O czymś nie do zniesienia. Pod wieloma względami było to jeszcze gorsze. Teraz przynajmniej mógł się obudzić. Wtedy był zmuszony śnić dalej, dopóki lekarze z kółka wzajemnej adoracji nie postanowili go wybudzić. Był na ich łasce, nie dali mu wyboru. Gdyby go zapytali, powiedziałby im, co mogą zrobić z tą swoją pojebaną śpiączką farmakologiczną.

Opowiedział Ashtonowi część tych snów, o znękanej, będącej w niebezpieczeństwie dziewczynie, której prawie nie znał. Nie powiedział mu o najgorszym z najgorszych – o chłopczyku w ogniu i zjadaczach serc – bo po prostu nie mógł tego ująć w słowa. Ale mówił mu o wielkim płonącym mieście i czarnych krzyczących jaskiniach.

Dziś wieczorem nie powiedział mu nic.

Nie mógł mu opowiedzieć o zakrwawionych niemowlętach z lodu, rozbijających się jak szkło nad jego ciałem.

– Proszę cię, brachu, nie potrzebuję twojego karcącego spojrzenia w środku pieprzonej nocy. Mamy jutro cztery spotkania. Muszę być przytomny, nie mogę się tym teraz zajmować.

– Musisz się pogodzić z ojcem – powiedział Julian.

– Słucham?

– Wiem. To nie jest łatwe. Nie był… Jesteś dzieckiem, on ojcem, to nie ty powinieneś wykonać pierwszy ruch. Ale on tego nie zrobi. Jest jaki jest, bo sam wcześnie stracił ojca i nie potrafił być tatą dla kogoś, kto skończył dwanaście lat.

– Nie wiem, o czym mówisz. Mówiłem ci, że mój tata nie miał taty.

– Wychował go jednoręki mężczyzna.

– Odbiło ci. I skąd wiesz, że był jednoręki? Mówiłem ci?

– Nie wiem. Mówiłeś? – Jednoręki mężczyzna chodził niemal po każdej ulicy w snach Juliana. Ktoś w jego snach zawsze nie miał ręki, palców albo oczu. Zwłaszcza Julian. W swoich snach był zawsze jednooki i okaleczony. Odetchnął głęboko.

– Ash, pamiętasz, jak kiedyś mi powiedziałeś, że chciałbyś móc przeżyć życie jeszcze raz, żeby przeżyć je bez żalu?

– Nigdy czegoś takiego nie mówiłem. Przeżyć życie jeszcze raz? To dopiero byłby koszmar.

– Mówiłeś. Powiedziałeś, że chcesz powtórki.

– Jules, przysięgam, nigdy bym czegoś takiego nie pomyślał, a co dopiero powiedział.

– Twój tata żyje w wielkim żalu. Powiedz mu, kim jesteś. Będzie zadowolony, że to zrobiłeś.

– Dobra. Zrobię to. A teraz mogę już iść spać?

– Uwierz mi, Ashton, w życiu każdego człowieka przychodzi taka chwila, gdy robi albo mówi coś, co go zaskakuje jak cholera. Żal może i nie jest do ciebie podobny, ale za kilka lat nie poznasz siebie. Przestaniesz być tym, kim jesteś, a staniesz się osobą, która wygaduje takie bzdury.

– To powiedziałem ci to czy nie?

– Jestem na sto procent pewny, że tak. Jak wygląda twoja historia do tej pory? Wędrujesz jak większość z nas, żyjesz we wszystkich długich minutach swojego życia. I będziesz dalej przeżywał swoje jasne dni, aż w końcu wylądujesz w koszmarze.

– Co ty wygadujesz, w jakim koszmarze?

– Choć wszystko ostro krytykujesz, nie ma w tobie nienawiści do świata, Boga ani księżyca i to jest dobre. W jednym z moich snów – ciągnął Julian – dryfowałem po bardzo długiej rzece, a na końcu zostałeś ocalony. Chyba nigdy w życiu nie byłem bardziej szczęśliwy.

– We śnie czy w prawdziwym życiu?

– Tak.

– To teraz śnią ci się dobre rzeczy?

– Teraz będziesz to ciągnął dalej, jak do tej pory. Znajdziesz nowych kumpli do kieliszka i przez całe lata będziesz z nimi przesiadywał, gadając o niczym.

– Jules, przysięgam...

– Wiem, że jesteś osłem, ale zamknij się i słuchaj. Nie potrafię odpowiedzieć na wszystkie twoje pytania i uwierz mi, nie chcesz, żebym odpowiedział, ale błagam cię, przestań robić to, co robisz zawsze. Wydaje ci się, że możesz brodzić po kolana w swoim życiu i że wszystko dobrze się ułoży, bo tak było do tej pory. – Julian zadrżał. – Ale niektóre rzeczy się nie ułożą.

– Jakie rzeczy?

Julian nie chciał powiedzieć. Nie mógł.

– Czy możliwe jest, żeby być trochę mniej... sam nie wiem... szalonym? – zapytał Ashton.

– Chcesz, żebym był mniej szalony?

– Tak, kurwa, proszę.

– Zwróć Riley jej życie. – Tak jak Julian zwracał życie Mirabelle.

– Riley?

– Musi się od ciebie uwolnić – powiedział Julian. – Nie wiem, jak inaczej to ująć. „Poproś go, żeby coś zrobił”, usłyszał w głowie głos mądrego człowieka. „Jeśli posłucha, może zostać uleczony. Jeśli nie, nic z tego”.

– Z Riley układa nam się rewelacyjnie, pogodziliśmy się, wszystko jest w porządku – odparł Ashton. – Rozumiesz, że nie mogę robić czegoś w prawdziwym świecie tylko dlatego, że ty ujrzałeś coś idiotycznego w swoim urojonym. Rozumiesz to, prawda?

– Powiesisz je obie jak marionetki na sznurkach – powiedział Julian – i sznurek się zerwie. Wszyscy na tym ucierpią. Nie zostanie nic. – Julian spojrzał w końcu w twarz Ashtona. – Nic.

– Co ty, u diabła, wygadujesz? – wykrzyknął Ashton. – Musisz sobie zbadać głowę. Chyba znów się odezwały wcześniejsze urazy. Kim są obie w tym scenariuszu?

– Może ona jeszcze się nie zjawiła. A może tak.

Ashton milczał.

Julian skinął głową.

– Nie rusza cię to. Przyzwyczaiłem się. Zachowujesz się, jakby nic nie było prawdziwe, nie trwało albo nie miało znaczenia. W końcu wyjdzie na twoje. Nie wybierając, wybierasz. Wybierasz brak wyboru. Nie wybierasz nic, nawet siebie. Pamiętasz, jak napisałeś, że twoje serce przez wszystkie dni szuka czegoś, czego nie może nazwać?

– Nigdy w życiu nie napisałem ani nie powiedziałem czegoś takiego!

– Napisałeś. Napiszesz. To wyryto na twoim grobie. – Julian z jękiem odwrócił wzrok. Nie mógł znieść widoku twarzy przyjaciela. – I wyjaśnijmy jedno – powiedział. – Żeby nie było żadnych wątpliwości. Lubię Riley, kocham ją, ale wiesz, że to ciebie próbuję ochronić. Zrobiłbym dla ciebie wszystko. Błagam cię, Ashton. Pozwól jej odejść i ocal siebie.

43

„Julian” projektu Diane von Furstenberg

Tydzień później koło południa Julian i Riley wyszli razem z sali gimnastycznej. Riley przytuliła się do niego i śmiali się z jakiegoś żartu. Mirabelle czekała na niego niedaleko samochodu. Julian nie chciał, by na jej widok opadły mu ramiona, ale tak się stało. Ciężar, który czuł za każdym razem, gdy jego serce wypowiadało jej imię, nie chciał zniknąć. Był jak mgła nasączona cementem.

– Do zobaczenia później, Riles – powiedział, nachylając się, by pocałować ją w policzek. – Muszę…

– Tak, tak, musisz – odparła, całując go z uśmiechem. – Nie zapomnij wypłukać gardła olejem kokosowym, gdy będziesz brał prysznic. To się nazywa ssanie oleju.

– Jasne, zaraz się zatrzymam i kupię olej.

– I dobrze zrobisz. Ma wiele zastosowań. Wybiela zęby. Nawilża skórę. Jest świetnym lubrykantem.

– Zamknij się – rzucił, szturchając ją w żebra. Podszedł do Mirabelle. Była ubrana w jedwabną kopertową sukienkę w kwiaty, szpilki, usta miała pomalowane na czerwono. Sukienka jak druga skóra otulała jej wąską talię, szczupłe biodra i uda. Dekolt kończył się głębokim V między piersiami.

– Cześć – powiedziała. Nie uśmiechała się, nie była radosna.

– Hej. – Julian pomachał do Riley, która odjeżdżając, nacisnęła klakson.

– Możemy chwilę porozmawiać?
– Jasne. Co jest? – Wbił wzrok w chodnik.
– To znaczy… Możemy gdzieś usiąść?
Powstrzymując westchnienie, wyjął kluczyki.
– Napijesz się kawy? Mam parę minut. Jesteś głodna?
Pojechali do Griddle Café przy Sunset i usiedli przy stoliku na zewnątrz naprzeciwko Laugh Factory i niedaleko białego Chateau Marmont wznoszącego się na wzgórzu nad Sunset. Na początku unikali prawdziwej rozmowy, omawiając zalety czerwonych naleśników i The Golden Ticket – naleśników z bananami, specjału dla marzycieli.
Kiedy przyniesiono jedzenie, Mirabelle bawiła się kubkiem niedopitej kawy i dziobała widelcem naleśniki.
– Rozumiem, że nie chcesz ze mną być – powiedziała. – Dałeś mi to wyraźnie do zrozumienia. Kapuję. I nie mam z tym problemu. Naprawdę. Tak będzie najlepiej, bo wzięłam udział w przesłuchaniu do tej roli w Londynie i mam dobre przeczucia. Nie zostanę tu więc zbyt długo.
Julian skrzywił się.
– Ale musisz mi wytłumaczyć, co takiego zrobiłam – ciągnęła. – To nie jest miłe. Muszę wiedzieć, żebym następnym razem, na przykład w Londynie, kiedy kogoś poznam, nie popełniła tego samego błędu albo przynajmniej spróbowała zrobić wszystko inaczej. Jeśli mogę coś poprawić, bardzo chcę.
– Nie ma nic do tłumaczenia – odparł Julian.
– Myślałam, że między nami coś jest.
Tym razem to Julian dziobał jedzenie widelcem. Oczywiście w tej chwili podszedł kelner, żeby zapytać, czy wszystko jest w porządku, bo przecież siedzieli w Griddle Café, a nie zjedli ani kęsa. Żeby go zmusić do odejścia, machinalnie zaczęli skubać naleśniki.
– Nie sądzisz, że coś było między nami?
– Może. Chyba tak – odparł, wzruszając ramionami najbardziej obojętnie, jak potrafił. – Pora jest nie najlepsza.
– Czemu? Jesteś zaręczony z inną?
– Nie. – Rozmawiali z Gwen przez telefon, ale oboje wiedzieli, że to koniec.

– Bo ja nie jestem. Ten facet, o którym ci wcześniej pisałam, to stara sprawa. Od tamtej pory umawiałam się z paroma, ale to nie było nic poważnego. Mieszkam z Z, naprawdę.

– Wierzę ci. Czemu miałbym nie wierzyć?

– No to o co chodzi? – dopytywała się. – Bo jestem bez grosza? Zarobię. Stale pracuję. Bardzo ciężko. Chodzę na kilkanaście przesłuchań w tygodniu. Stale próbuję. Sam mówiłeś, że ważne jest, żeby próbować. Przebiję się.

– Wiem, że tak będzie. Co mnie obchodzą twoje pieniądze? – Z jakiegoś powodu wzdrygnął się na te słowa. Co się z nim działo?

– To dlatego, że jestem aktorką? Niektórzy nie lubią umawiać się z aktorkami. O to chodzi? Bo uważasz, że jesteśmy egoistkami, zawsze tylko ja, ja, ja?

– Nie.

– Występowanie było całym moim życiem od czasu, kiedy jako dziecko pracowałam z tatą. Nie potrafię tego wytłumaczyć. Mam to we krwi.

– Nie musisz tłumaczyć.

– Nie dlatego, że nie potrafię prowadzić? W zeszłym roku oblałam egzamin, ale znów zapisałam się na kurs. Dostanę prawo jazdy.

– Nie.

– To co? Nie każ mi grać w dwadzieścia pytań. Po prostu mi powiedz.

Julian nie wiedział, czemu jego duszę przepełniają tak bezlitosne okropności. Był pewien, że wiążą się właśnie z nią.

– Coś się ze mną stało, gdy byliśmy w górach…

– Wiedziałam! – wykrzyknęła Mirabelle. – Nie znosisz tych new age'owych bredni.

– Nie o to chodzi.

– Z ostrzegała mnie, żebym cię tam nie zabierała, a ja nie posłuchałam!

Julian wyciągnął rękę i ujął jej dłoń.

– Mia – zaczął, ściskając ją lekko – zgadujesz, ale pozwól mi dokończyć. Pozwól mi powiedzieć to, o co prosiłaś.

Zamilkła, lecz nie pozwoliła, by puścił jej dłoń. Ale nie mógł jej trzymać i powiedzieć tego, co zamierzał. Wyraz jej oczu – bezbronny, pełen tęsknoty, tak bliski wyrazowi jego oczu – sprawiał, że nie potrafił znaleźć słów. Cofnął rękę. Jej oczy wypełniły się łzami.

– Kiedy byliśmy w górach – zaczął – zobaczyłem rzeczy, których nie chciałem oglądać. Bardzo tego żałuję. Poczułem się tak źle, tak bardzo mnie to zraniło, że wciąż nie doszedłem do siebie. Chciałem zaczekać i zadzwonić do ciebie, kiedy się uspokoję. Problem polega na tym… – Urwał. Wiedział, że nie przyjmie dobrze następnych słów. – Nie tylko się nie uspokoiłem, ale jeszcze się pogorszyło. To, co na krótko poczułem w górach, przedarło się do moich koszmarów. Nie mogę spać. Za dnia funkcjonuję jak zombi. Ashton lada moment się spakuje i wyprowadzi. Mówi, że jemu też rujnuję życie.

– Ale czemu to moja wina? Ja tego nie zrobiłam.

– Bo za każdym razem, gdy tylko pomyślę twoje imię – powiedział z naciskiem – czuję tak przytłaczającą rozpacz, że niemal nie mogę żyć. Nie wiem czemu. Nie potrafię tego wytłumaczyć. Ale muszę się od ciebie oddalić, a nie przybliżać. Bo inaczej oszaleję.

Zaczęła płakać.

– Przepraszam – powiedział, wyjmując z kieszeni kurtki opakowanie chusteczek i podając jej.

– Prawdziwy z ciebie bohater: nosisz chusteczki na wypadek, gdyby ktoś wybuchnął płaczem.

– Przepraszam – powtórzył. – Uwierz mi, w takim stanie na nic ci się nie przydam.

– A kto mówi, że chcę, żebyś się przydawał?

– Daj spokój…

Drżącymi rękami włożyła okulary przeciwsłoneczne. On włożył swoje. Nadal się sobie przyglądali, lecz teraz przez czarne bariery.

– Prosiłaś o szczerość – powiedział.

– Tak i bardzo ci za nią dziękuję. – Usta jej zadrżały.

– Jesteś miłą dziewczyną. – Bardzo miłą. – Każdy facet będzie szczęśliwy, mogąc cię nazwać swoją.

– Chcesz powiedzieć każdy inny facet.

– Tak. To właśnie miałem na myśli.

– Ale ja nie chcę, żeby inny facet nazywał mnie swoją – szepnęła Mirabelle.

– Nie słuchasz mnie?

Poszperała w torbie i wyjęła z niej wisiorek z kryształem. Na jego widok Julian wzdrygnął się, jakby uderzyła go tym kryształem w twarz.

– Pamiętasz to?

– O, tak – odparł, spuszczając wzrok na talerz. – Stale widzę go w koszmarach, wybucha jak bomba atomowa, a jego kawałki ranią wszystkie bliskie mi osoby i wykrwawiamy się na śmierć.

Mirabelle żachnęła się i wstała od stolika, podeszła do krawężnika przy Sunset i wrzuciła kryształ do kanału ściekowego. Z brzękiem opadł na dno. Wróciła na miejsce.

– Był w mojej rodzinie od czasu drugiej wojny światowej – powiedziała. – Ale nie zależy mi na tym kamieniu. Przykro mi, że w ogóle ci go pokazałam. Nigdy nie przeżyłam tego, co przydarzyło ci się tam na górze. Stoję w feerii barw i wypowiadam życzenia, to wszystko. To nieszkodliwa zabawa. Myślałam, że możemy razem wypowiedzieć życzenie. Nie wiedziałam, że to cię tak zdenerwuje, naprawdę.

– Wiem, że nie wiedziałaś.

– Ale dziękuję, że mi powiedziałeś. Bo teraz nie popełnię tego samego błędu z jakimś innym biedakiem, któremu może wpadnę w oko. Próbowałam cię uwieść, a nie odstraszyć.

– Wiem. – Julian odwrócił wzrok na ulicę. Nie mógł oderwać oczu od kratki, przez którą spadł kryształ. Zupełnie jakby żył własnym życiem. Do końca swoich dni będzie miał przed oczami kamień leżący w kanale. Będzie tam leżał, w końcu się rozpadnie, szklane okruchy rozpuszczą się w wodzie, uniosą z wiatrem, będą latać w powietrzu, na zawsze przesycając ziemię, rośliny, owoce i atomy wszystkich żyjących istot swoją wielką i straszliwą mocą.

Nie patrząc na siebie, dziobali naleśniki, aż zupełnie wystygły.

– Chcesz mi opowiedzieć o swoich snach? – zapytała Mirabelle.

– Zdecydowanie nie.

– Czasami rozmowa pomaga.

– Teraz nie pomoże.

– Czemu? – zapytała, chichocząc lekko. – Śnisz o mnie?

Nie podniósł wzroku.

– Chwileczkę. Śnisz o mnie?

– Nie tak.

– Julianie, możesz na mnie spojrzeć?

Spojrzał, lecz ukrywał się za ciemnymi szkłami.

– Śnisz o mnie?

– Nie tak. – Choć czasami także tak. Ale nie dość często.

– Jak? – Zniżyła o ton lekko chrapliwy głos, mówiła wolniej.

– To nic dobrego. – Czasami tak.

– Ale wyjaśnij mi. Widzisz mnie nocą w swoim łóżku, kiedy zdejmujesz ubranie i kładziesz się spać?

– To nic dobrego, Mirabelle.

– Śnisz o mnie – powiedziała i nieco się odprężyła. – Nie o tej wysokiej blondwłosej supermodelce, z którą wyszedłeś z sali.

– O Riley? To dziewczyna Ashtona. Ona też mi się śni.

– Czy twój najlepszy przyjaciel wie, że widujesz się na boku z jego dziewczyną i śnisz o niej?

Julian prawie się roześmiał.

– Nie widuję się z nią na boku. Jest moją przyjaciółką.

– Czy wszystkie twoje przyjaciółki wyglądają jak ona?

– Nie. Tylko ona. – Za okularami jego oczy lekko zamigotały. Gdyby to był normalny brunch, zamigotałyby dawno temu. Docinałyby, flirtowały i żartowały. – Lubi patrzeć, jak boksuję.

– Nie wątpię.

– Uważa się za mojego trenera od życia. Udziela mi porad zdrowotnych.

– Ja też mam dla ciebie poradę – powiedziała Mirabelle i nachyliła się. – Kiedy uśmiechasz się przez sześćdziesiąt sekund, w twoim mózgu wydziela się serotonina i czujesz się lepiej. Nawet jeśli jesteś w paskudnym nastroju i nie chcesz się uśmiechać.

– Hmm.

– Spróbuj teraz. O, tak. – Zdjęła okulary, otarła oczy i obdarzyła go olśniewającym uśmiechem.

Skrzywił się.

– Niedobrze, Jules – powiedziała. – Zupełnie nie tak. – Siedziała cicho, nad czymś się zastanawiając. Julian skinieniem poprosił o rachunek. Ale ona odprawiła kelnera, poprosiwszy wcześniej o kawę i koktajl czekoladowy i siedziała dalej w zamyśleniu.

– Mia, muszę iść…

– Oto moje pytanie – przerwała mu. – Skąd wiesz, że twoje koszmary nie ustaną, gdy zabierzesz mnie na kolację?

– Czemu miałyby się skończyć, jeśli zabiorę cię na kolację?

– A czemu nie?

– Myślisz, że sny można przekupić?

– Nie wiem, jak działają sny, nie jestem Freudem – odparła. – Ale skąd wiesz, czy nie wywołuje ich tłumione pragnienie, by zaprosić mnie do kina i na kolację? Czego próbowałeś do tej pory? Spać po drugiej stronie łóżka? Nie gasić światła. Phi. Zbyt zachowawczo. Może odpowiedzią jest film i kolacja. Ze mną.

Julian pokręcił głową, gdy kelner przyniósł zamówienie Mirabelle.

– Nie ma sprawy – rzuciła, przyglądając się swoim paznokciom. – Najwyraźniej sny nie są aż tak koszmarne. Bo gdybyś naprawdę chciał, żeby ustały, spróbowałbyś wszystkiego.

– Chyba nie tak to działa.

– Jeśli wiesz jak, to czemu wciąż masz koszmary? – Siorbnęła łyk koktajlu. – To zdecydowanie problem wymagający rozwiązania. Osobiście, gdyby chodziło o mnie, spróbowałabym wszystkiego, żeby je przegonić.

Julian odetchnął głęboko.

– Wszystkiego?

– Wszystkiego – powtórzyła, zniżając jeszcze bardziej głos.

I co mógł począć mężczyzna?

Jej świeżo umyte długie włosy, piżmowo-kwiatowe perfumy, obcisła letnia sukienka, zapach kokosu (!), urocza twarz, wszystko co było nią, poruszało gorącą masę w jego ciele.

Pamiętał, że w jego snach umierała. A on patrzył, jak umiera, wiedząc w każdej sekundzie, że tak się stanie.

Zwinęła kawałek serwetki w małą kulkę i dmuchnęła nią w niego przez słomkę od koktajlu.

– Myślisz o tym, jak bardzo chcesz, by koszmary ustały?

– Coś w tym stylu – odparł.

– Tak bardzo, że w końcu zabierzesz miłą dziewczynę do kina i na kolację?

– Mniej więcej. Ale chodzi ci o kolację i kino, prawda?

– Nie. Najpierw kino. Potem kolacja. Wybierz film. – Z trudem panowała nad podnieceniem w głosie. – Proszę tylko, żeby choć trochę opowiadał o superbohaterach. Ja wybiorę kolację. To sprawiedliwe. Ale ja zapłacę za kino, a ty za kolację.

– To też jest sprawiedliwe.

Poszli do ArcLight przy Sunset na popołudniowy seans najnowszego filmu Marvela. Mirabelle nie chciała popcornu, a potem przez cały czas wyjadała jego. Siedziała przytulona do jego ramienia, zagarnąwszy cały podłokietnik dla siebie i stale zostawiała rękę w jego wiaderku.

– Mają tu dobry popcorn – szeptała. Oczywiście w kinie było okropnie zimno i musiał jej dać swoją kurtkę. Teraz pachniała nią.

Na kolację wybrała Chateau Marmont. Powiedziała, że nigdy tam nie była, a zawsze chciała zobaczyć, jak wygląda.

– Co więcej – zaczęła, gdy kierowali się z powrotem na zachód – jest tak, jak mawia bokser Jack Johnson: „To, że masz siłę mięśni i odwagę, by jej używać w ostrych walkach z innymi mężczyznami, nie oznacza, że nie powinieneś doceniać bardziej wyrafinowanych rzeczy w życiu". Nie wiem, czy to wiesz, Julianie, ale Jack Johnson był pierwszym czarnym mistrzem świata wagi ciężkiej.

Julian stłumił śmiech.

– Cytujesz Jacka Johnsona, bo chcesz mnie przekonać, żebym cię zabrał do Chateau Marmont?

– Wykorzystam wszystko.

– Wystarczyłoby proste „chciałabym". – Nie zamierzał dodawać, że nawet uśmiech i grzeczna prośba nie były potrzebne.

Parkingowy w Marmont zapytał:

– Zostajecie państwo na noc?

– Nie, nie, przyjechaliśmy tylko na kolację – odparł szybko Julian i poprowadził Mirabelle po schodach do windy, zanim zdążyła z tego zażartować.

– Jestem dobrze ubrana? – zapytała, nakładając jasnoczerwoną szminkę przed lustrem w windzie.

– Dobrze.

– To Diane von Furstenberg. – Okręciła się dookoła. – Kosztowała mnie miesięczny czynsz, ale ten model nazywa się „Julian". Niezły zbieg okoliczności, prawda? Jak wyglądam?

– Dobrze.

Pokręciła głową i przewróciła oczami.

– Może i wyglądasz szykownie, Julianie – powiedziała, przesuwając się obok niego, gdy otworzyły się drzwi windy – ale jesteś kiepski w te klocki.

Juliana jeszcze nikt nigdy o to nie oskarżył.

– Chciałem powiedzieć, że wyglądasz bardzo ładnie.

– Tak, tak.

Podeszli do podestu hostessy.

– Miło tu – szepnęła Mia, rozglądając się. – Elegancko. Art déco.

Hotelowy hol był długi i ciemny, oświetlony sztucznymi świecami i obstawiony wyściełanymi aksamitem kanapami, które w tej chwili – jako że było dość wcześnie – były jeszcze puste. Mia powiedziała, że się jej podoba. Ujęła Juliana pod ramię, przytulając się do jego kurtki.

– No dobra, panie Romeo z gładką gadką, chodźmy zjeść z pięknymi ludźmi.

Usiedli na tyłach w pobliżu baru pod szklanym sufitem na tarasie i obserwowali, jak elegancki świat zapełnia restaurację, jak sławy wchodzą do środkowej części i niedbale opadają na krzesła z niskimi oparciami.

– Na środku mogą siedzieć tylko celebryci? – zapytała z zazdrością Mia. – Spójrz tylko na nich, wyglądają, jakby wszyscy żyli w *Wielkim Gatsbym*. Nie wiedzą, że Gatsby potępiał ich pustotę, a nie składał im hołdu?

– Trochę składał – odparł Julian. – Nikt nie pragnął bardziej ani nie pracował ciężej od Gatsby'ego, by zamienić swoje marzenie w rzeczywistość. Gdyby tylko piękni ludzie nie byli tacy puści.

Avett Brothers wybijali rytm w ich sercach, a koktajle Moscow Mule poszły Julianowi do głowy. Mii chyba też, bo była o połowę mniejsza od Juliana, a piła równo z nim.

Po kilku godzinach, gdy Julian uregulował rachunek, wyszli do ciemnego lobby, gdzie zamówili kolejne drinki, a ona opadła niedbale na poręcz czerwonego fotela. Jedwabna suknia podjechała do góry, odsłaniając jej udo.

– Jak myślisz, wyglądam na piękną i pustą? – zapytała, odrzucając głowę.

– Tak.

– Tak, tak.

Usiedli na miękkich pluszowych kanapach. Salę wypełniał blask Hollywood. W zamku na wzgórzu płynęły pijane godziny, podczas gdy wokół nich przechadzali się celebryci w wyblakłym dżinsie od znanych projektantów, nosząc wystudiowaną obojętność jak biżuterię. Noc była gorąca, a wiatraki nie dawały rady chłodzić gwiazd, których wychudzone ciała przesuwały się obok na wysokich szpilkach flamingo, olśniewające kobiety z udającymi swobodę mężczyznami u boku. Olśniewająca kobieta Juliana, ubrana w kwiecistą sukienkę, nie była ani wychudzona, ani obojętna, a on nie udawał swobody. Mia powiedziała, że Z zabrała ją kiedyś do baru w centrum. Miałby ochotę się tam wybrać? Julian odmówił. Wypił za dużo koktajli Moscow Mule, żeby prowadzić, a ona odparła, że nie ma sprawy; czemu mieliby stąd wychodzić, kiedy mają dla siebie lobby jak marzenie, a on odpowiedział: Tak, to właśnie jest powód.

– No cóż – zaczęła Mia, przechylając się na bok i przyjmując poważny ton, co było trudne, zważywszy że po alkoholu lekko się chwiała. – Nie zapytasz mnie, jaki jest mój ulubiony film?

– Jasne. Jaki jest twój ulubiony film?

– *Kiedy byliśmy królami*. Nie wiem, czy go znasz. To film o walce Muhammada Alego z George'em Foremanem w Zairze.

– Tak się składa, że znam – odparł Julian z rosnącym rozbawieniem. Wzbierała też w nim czułość, pożądanie, wzbierało wszystko razem z rozpaczą.

– Zapytaj mnie o ulubioną książkę. Poza twoją, oczywiście.

– Oczywiście. Jaka to książka?

– *The Fight*. To relacja Normana Mailera z walki Alego i Foremana w Zairze.

– Wiem. To też jedna z moich ulubionych książek.

– Coś takiego.

– Kiedy ją przeczytałaś?

Machnęła ręką w stronę jakiejś zamierzchłej przeszłości.

– Wiesz, kto może obrazić boksera? – zapytała.

– Nie. Kto?

– Każdy. Tylko nie każdy zdąży przeprosić.

I Julian roześmiał się.

– Mam też dla ciebie życiową podpowiedź – powiedziała, powoli skłaniając ku niemu głowę. – Wiedziałeś, że za pomocą alkoholu można rozpalić ogień?

– Wiedziałem – odparł Julian z głową już zwróconą w jej stronę.

– No dobra, teraz ty daj mi jakąś życiową podpowiedź.

Julian nie był w stanie wymyślić nic mądrego, wiec powiedział jej, żeby wkładała małe mydełka zabierane z hoteli do szuflad w domu, a wszystko będzie pachnieć świeżością.

– Jakie mydełka?

– Te, które dają w pokojach hotelowych.

– Nic o tym nie wiem – odparła Mia. – Nigdy nie mieszkałam w hotelu.

– Nigdy nie mieszkałaś w hotelu?

– Nigdy – potwierdziła nonszalancko. – Mieszkaliśmy nad oceanem. Pracowaliśmy z tatą na molo. Dokąd mieliśmy jeździć, nad inny ocean, do innych lunaparków? Kiedy tato zmarł, żyłyśmy z mamą oszczędnie i nigdy nigdzie nie wyjeżdżałyśmy. Miała pieniądze, ale oszczędzała je na moją edukację na uniwersytecie Ivy League. Niezły żart, co?

– Ale nawet później, sama? Z… – Julian zakręcił palcem w powietrzu, robiąc aluzję do faceta, o którym mu pisała.

– Z facetem, który nie chciał obejrzeć ze mną mojego ulubionego filmu? – odparła. – Nie.

Julian wpatrywał się w nią, nie będąc w stanie powiedzieć wszystkiego, co chciał powiedzieć. Albo czegokolwiek.

Mirabelle czekała i nic nie mówiła. Dopiła drinka, rozglądając się po pogrążonym w półmroku lobby. Aksamitne wnętrze było ciemne, oświetlone tylko blaskiem ognia, niebieskimi żyrandolami i charakterystycznym dla L.A. blaskiem pożądania.

– Mia, chciałabyś, żebym zapytał, czy w Marmont są jakieś wol…

– Tak – rzuciła, zanim zdążył dokończyć. – Marzyłam, żeby zobaczyć jeden z pokoi od czasu, gdy mieszkał tu Dominick Dunne, który relacjonował proces OJ-a w tysiąc dziewięćset dziewięćdziesiątym czwartym. To było takie romantyczne.

– Proces OJ-a?

Zachichotała.

– Nie. Mieszkanie w tym hotelu i pisanie relacji na balkonie.

Podeszli do recepcji. W hotelu został tylko jeden wolny pokój – apartament z dwiema sypialniami na najwyższym piętrze z widokiem na Los Angeles.

– Brzmi miło – szepnęła Mia. – I dwie sypialnie są idealne. Jedna dla ciebie, druga dla mnie.

Recepcjonista ćwiczył przeciągłe spojrzenie na Julianie.

– Dziękuję – powiedziała Mia do Juliana, kiedy płacił. – Mam nadzieję, że nie kosztowało zbyt dużo. Ale będzie warto, jeśli twoje koszmary znikną.

– A jeśli nie?

– To trudna sprawa.

– Czy możemy panu pomóc z bagażem, panie Cruz?

– Nie mamy bagażu – odparła Mia, przytulając się do ramienia Juliana. Chwiała się lekko, jej pierś wbijała się w jego ramię. – Nawet szczoteczki do zębów.

– No cóż, proszę pani. Życzę miłego wieczoru.

Apartament był oszałamiający. Balkon ze sztukaterią, częściowo przysłonięty markizą w pasy, miał dwanaście metrów długości i ozdabiały go żardiniery z czerwonymi kwiatami. Widzieli ostatnie przebłyski zachodzącego słońca, rzucającego fioletowe i różowe promienie na milion palm. Widok odebrał im mowę i przez kilka minut stali w milczeniu. Z jakiegoś powodu dla Juliana nawet to było boleśnie znajome – stać z nią na balkonie i podziwiać rozciągające się z niego piękno.

Mia zrzuciła sandałki z pasków i chodziła boso, z przejęciem oglądając stół w jadalni, telewizor, w pełni wyposażoną kuchnię. Sprawdziła dwie łazienki i dwie sypialnie.

– Zaklepuję tę – zawołała z większej. Zobaczył, jak podskakuje na łóżku. – Mogłabym tu zamieszkać. To najładniejsze miejsce, w jakim byłam.

Julian zacisnął pięści i nic nie powiedział. W swoich wizjach widział, że była w wielu miejscach.

Wyszła na balkon i stanęła obok niego.

– Twój dom też jest taki ładny? Ma taki widok? Ile masz sypialni? Cztery? To u ciebie też mogłabym zamieszkać, w jednym z wolnych pokoi. Po co ci aż tyle pokoi? To co ci się śni? No, powiedz. Wiesz, że podczas naszej pierwszej kłótni zaatakujesz mnie tymi snami. Wykorzystasz je przeciwko mnie jako broń. To może zneutralizuj trochę ich siłę i opowiedz mi o nich teraz, kiedy możesz je wykorzystać nie po to, żeby się zemścić, tylko żeby mnie uwieść.

Przyglądał się jej w milczeniu. Żartowała?

– Nie obrzucaj mnie takim karcącym spojrzeniem, Ghost Riderze – powiedziała, opierając się łokciami na balustradzie. – Nie zawstydzisz mnie, nie zrobiłam nic złego. Powiedz mi tylko, co ci się śni.

– Nie.

Usiadła na fotelu, krzyżowała i rozplatała nogi.

– Okej, to co chcesz robić?

– Nie wiem. – Patrzył na Los Angeles. – A co ty chcesz robić?

– Pogadać.

– Dobra – odparł. – Ale nie o snach.

– O czymkolwiek.

Ale Julian nie mógł znaleźć słów. Wykończyła go. W jego kościach nie było słońca, w jego ciele światła. Pozbawiony siły ciążenia wzniósł się nad księżyc, jego dusza się uwolniła. Ona była jakimś straszliwym zmutowanym seksualnym wędrownym duchem. A potem czymś innym – odurzającym, zapierającym dech w piersiach – ale śmierć i tak po nią przyszła. Tyle grobów i milion kilometrów niej, żeby wypełnić je wszystkie.

W ciszy siedzieli w oddalonych od siebie wiklinowych fotelach. Gdzieś na dole grała muzyka, słychać ją było nad szumem roześmianych głosów. Innych głosów.

Mirabelle wciągnęła powietrze, jakby się miała zaraz rozpłakać.

– Nie wiem, czemu zachowujesz się tak, jakby przebywanie tutaj ze mną było najgorszą rzeczą, jaka ci się w życiu przydarzyła – powiedziała łamiącym się głosem. – Chcesz mnie odwieźć do domu?

– Chyba tak – szepnął. – Przepraszam.

– Czym się tak martwisz? Czemu myślisz, że jeśli się zejdziemy, zostaniemy ze sobą? Najprawdopodobniej nie. Nic nie jest stałe, zwłaszcza w tym mieście. Wszystko jest tylko kolejnym planem filmowym, który czeka, żeby go rozmontowano i wywieziono na śmietnik. Zejdziemy się, będziemy się świetnie bawić przez kilka tygodni, pośmiejemy się, nie ma w tym nic złego. A potem każde z nas pójdzie w swoją stronę. – Usta jej zadrżały. – Skończy się tak, jak kończy się większość rzeczy. Będę o tobie myśleć przez jakiś czas. Może ty o mnie też. Będę za tobą trochę tęsknić, tak jak się tęskni, gdy coś się kończy, nawet jeśli nie miało trwać. Zajmę się swoim życiem. Ty zajmiesz się swoim. Powiemy sobie, że będziemy w kontakcie. Ale nigdy go nie nawiążemy. A gdy ludzie będą nas pytać, powiemy, że kiedyś coś nas łączyło. W jednej minucie było, a zaraz potem nie. To nie znaczy, że nie było prawdziwe. Tylko nie miało trwać. Po latach może wpadniemy na siebie na jakiejś ulicy, a ty z trudem przypomnisz sobie moje imię. Ja z trudem przypomnę sobie twoje. Powiem: Hej, pamiętasz, jak kiedyś mnie kochałeś? A ty odpowiesz: Przepraszam, nie bardzo. Ja na to: Ja też nie.

Julianowi oczy zaszły łzami. Nie mógł na nią spojrzeć.

Drżały jej ramiona. Po kilku chwilach wzruszyła nimi, jakby to nie było istotne, wstała i weszła do środka. Usłyszał, że włączyła muzykę, przydymione utwory rhythm&bluesowe. Brzmiało jak Ginuwine. Tak. To był „Pony".

– Zanim wyjdziemy, chciałabym wziąć prysznic – powiedziała. – U nas zepsuł się bojler. Mogę?

Kąpała się przy uchylonych drzwiach łazienki, a Julian siedział na balkonie wpatrzony w niebo. Możliwe, że płakał.

*

Wyszła z łazienki boso i usiadła w wiklinowym fotelu daleko od niego.

Julian nie przywitał jej ani słowem. Ledwo przyjął do wiadomości, że się zjawiła. Ale poczuł jej zapach. Pachniała kokosem i werbeną.

– Powiedziałeś, żeby zawsze zostawiać na pożegnanie żart.

– No to posłuchajmy.

– Czy kiedykolwiek na widok pluszowych przytulanek w sklepie pomyślałeś, jeju, ciekawe, jak to jest być przytulanym?

Julian wciągnął powietrze z powodu nagłości jej słów, delikatnego wyrazu jej twarzy, ale nic nie powiedział.

– Nie wiem, co się ze mną dzieje – powiedziała. – Co ze mnie za dziewczyna, skoro przychodzę z prawie obcym mężczyzną do mrocznego zamku na wzgórzu, w którym umierają ludzie?

– Ludzie też tu mieszkają – odparł.

– Tak. Inni. Którzy nie są tacy smutni. Spotykają się pod gwiazdami, trochę potańczą, może zanucą *Endless Love* albo *I Hope That I Don't Fall in Love With You*.

Julian odwrócił się od nocnego nieba do niej. Była jeszcze wilgotna, miała luźno zawiązaną sukienkę. Pod przejrzystym materiałem była naga. Jej oczy wpatrywały się w niego z niewysłowioną tęsknotą.

– Mam nadzieję, że się w tobie nie zakocham – szepnęła z bólem.

– A ja, że w tobie – odparł.

– Więc się nie zakochuj.

Julian wstał.

Ona rozsunęła lekko wyprostowane nogi.

– Nie zakochuj się we mnie – powiedziała. – Ale może chciałbyś mnie dotknąć?

Miłość jest nowa jak czwartkowa noc, a czarna dziura pochłania każdą spadającą gwiazdę.

Julian stanął między jej nogami, nachylił się, położył ręce na poręczach fotela i pocałował ją. Przytrzymując się jego przedramion, jęknęła i odchyliła głowę. Fotel zakołysał się, stracił równowagę, o mało się nie przewrócili. Uklęknął między jej nogami i objął ją. Ona mocno go przytuliła. Julian nie potrafił wytłumaczyć, jak bardzo czuł się pełny. A ona pocałowała go tak, jakby też była pełna.

Wejdźmy do środka, szepnął, ciągnąc ją za sutki przez materiał, słuchał, jak jęczy, wsunął dłonie pod sukienkę.

Nie, odparła. Tutaj. Pod gołym niebem. Noc była gorąca jak w tropikach, nie na pustyni.

Rozsunął sukienkę, odsłaniając jej ciało.

Pachniesz jak kokos.

To olejek kokosowy. Noszę go ze sobą. Podoba ci się?

Ty mi się podobasz.

Kiedy odnalazł ustami jej sutki, nawet nie próbowała być cicho. A on całował ją tak, jakby nigdy wcześniej nie dotykał dziewczyny, otwierał ją, jakby nigdy dotąd nie widział dziewczyny. Drżały mu palce. Jej ciałem wstrząsał dreszcz. On wciąż klęczał.

Mia, postaraj się być cicho. Opuścił głowę między jej nogi.

Jeśli ty spróbujesz się nie bać.

Niczego nie obiecał.

Wciąż masz na sobie ubranie, a ja jestem naga, szepnęła.

Tak. Pieścił ją.

Julianie, spójrz na mnie. Widzisz mnie?

Widzę, piękna dziewczyno.

Połóż na mnie dłonie. Wygięła plecy w łuk.

Leżą na tobie.

Przytul do mnie usta. Jej nogi zadrżały.

Przytuliłem.

O, mój Boże.

O, mój Boże.

Nie mogła się utrzymać na miejscu. Ściskając go za głowę, zsuwała się z fotela. Musiał przestać. Gdyby dalej pieścił ją ustami, przed ich pokojem stanęłaby cała ochrona hotelu.

Wziął ją na ręce i zaniósł do sypialni, wtulała się w niego jak mały torbacz, on trzymał w dłoniach jej nagie pośladki. Zrzucił ubranie.

W końcu jego twarde ciało zderzyło się z jej miękkim.

Krzyknęła, jakby płakała.

Mia, Mia.

Była zbyt otwarta, zbyt pyszna, bezbronna, zbyt chętna, by go przyjąć, zbyt podekscytowana jego dotykiem, zbyt delikatna. Wszystko w niej było zbyt.

Cokolwiek jej robił, mówiła, że to dobre.

Dobre, dobre, dobre.

Tak, to też jest dobre.

Odwróciła się dla niego na brzuch, z twarzą wciśniętą w poduszkę pozwoliła, by położył dłonie na krzyżu. Leżała płasko z palcami rozłożonymi na prześcieradle.

Och, to takie dobre.

Niech trwa.

Krótko leżeli nasyceni i spokojni.

Od tak dawna pragnęłam cię dotknąć, Julianie, szepnęła, gładząc go lekko, delikatnie, pieszcząc go. Chciałam cię poczuć w dłoniach od pierwszej chwili, gdy cię ujrzałam. Od chwili, gdy włożyłeś garnitur Armaniego, żeby zaimponować dublerce.

Armani jest ponadczasowy w każdym stuleciu, pasuje do każdej okazji, odparł. Chcę powiedzieć, że bardzo się cieszę, że trafiłem w twoje ręce.

Nie potrafię tego wytłumaczyć, powiedziała. Spojrzałam na ciebie i było tak, jakby zapaliło się światło.

Nie musisz tłumaczyć, Mirabelle.

Uklękła między jego nogami. Chciałam poczuć cię w ustach od pierwszego dnia, kiedy cię poznałam. Wiem. Zasługuję za to na twoje karcące spojrzenie. To bezwstydne. Spuściła głowę, długie włosy połaskotały go w brzuch.

Julian chciał powiedzieć, że bardzo się cieszy, że znalazł drogę do jej ust, ale nie mógł mówić.

Potem poprosił, żeby przyniosła olejek kokosowy, który miała w torebce.

Podała mu mały słoiczek. Wystarczy?

Nie, odparł. Ale musimy sobie radzić. Natarł dłonie olejkiem i zaczął masować i pieścić jej całe ciepłe, jęczące, lśniące ciało, zataczając kręgi knykciami i całymi dłońmi od szyi po podeszwy stóp. Stała się przez to jeszcze bardziej śliska, a on potem całował ją w miejsca, których przed chwilą dotykał, od szyi po podeszwy stóp i wszystko pomiędzy. Jej szalone okrzyki i jęki rozpalały mu lędźwie.

Jesteś taka słodka, Mia.

Mój Boże, to jest takie dobre.

Wtopił się w jej rozgrzane ciało.

Oddychała ciężko, była bezradna, oniemiała, wiła się na łóżku. Jedno nieprzerwane uniesienie, jeden niekończący się krzyk.

Spełnienie przyniosło łzy, które zwiastowały szczęście, lecz wyglądały jak ból.

Spełnienie przyniosło łzy, które wyglądały jak szczęście, lecz zwiastowały ból.

Och, Julianie, szepnęła, całując go w szyję, trzymając jego twarz w dłoniach, skąd wiesz, że masz mnie tak dotykać?

Jak, Mia? Cii. Nie płacz, czemu płaczesz? Otarł łzy z jej oczu.

Jak uwielbiam być dotykana, skąd wiedziałeś, jak to robić? Kim ty jesteś? Czemu kochasz się ze mną, jakbyś mnie znał?

Chciał jej powiedzieć, że to prawda: wydawała się znajoma, a jednak nowa. Widział ją w swoich snach i czasami, zanim zamieniły się w koszmary, dotykał jej. Ale nie tak. Nic tego nie przypominało. Bo namiętna, zlana potem dziewczyna w jego dłoniach była prawdziwa.

Kochaj mnie, dopóki nie powiem już dość, szepnęła prawdziwa dziewczyna, raz po raz oddając mu swoje ciało. Bierz mnie, dopóki nie powiem już dość.

Ale nie powiedziała już dość.

Kochaj mnie, kochaj mnie, kochaj mnie, kochaj mnie.

Powiedziała za to: Julianie, z każdym oddechem wydycham siebie, a wdycham ciebie, aż w końcu będziesz we mnie tylko ty. Wszystko, co we mnie zostanie, będzie tobą. Słyszysz mnie?

Słyszę. Wszystko, co było we mnie, jest teraz w tobie. Nie spuszczał wzroku z jej twarzy. Czemu tak na mnie patrzysz?

Jak?

Nie wiem. Jakbym był wszystkim, czego pragniesz.

Rób, co tylko zechcesz, szepnęła w odpowiedzi, chwytając zagłówek. Weź wszystko, co zechcesz.

I Julian wziął.

W środku nocy poszła po wodę dla niego. Powiedziała, że wygląda na spragnionego. Poszukała na półkach w kuchni minutnika. Włączyła piekarnik. Z salonu zadzwoniła do obsługi, rozmawiała z nimi cicho przez telefon, czekała na nich przy drzwiach i dała chłopakowi napiwek z własnych pieniędzy. Julian leżał na wznak, był wykończony, ale nie spał. Coś pięknie pachniało, coś poza nią. Odezwał się toster. Przyniosła grzanki z dżemem i gorącą herbatę z cytryną – i ciepłe ciasteczka z czekoladą. Upiekłam je, powiedziała. Poprosiłam obsługę o surowe ciasto. Byli bardzo pomocni. Mężczyzna musi być silny, powiedziała. Nigdy nie wiadomo, przed jakim zadaniem stanie.

Chcesz powiedzieć, że ma przed sobą jeszcze więcej zadań?, zapytał.

Patrzyła, jak je i pije, a potem wsunęła mu się w ramiona, przytulając się mocno i gładziła go gładkimi dłońmi.

Czemu nie mogę się tobą nasycić?, mruknęła. Miałam cię tyle. Za dużo. Jestem cała obolała. A mimo to chcę więcej.

Postawił talerz z jedzeniem na podłodze.

Chcesz więcej?

Jej ręce pofrunęły nad głowę. Jej ciało zmiękło, przylgnęło do prześcieradła.

Mia, Mia.

Krzyknęła.

Wejdź znów we mnie, wejdź we mnie, wejdź.

„Z nią ten najgłodniejszy, co najwięcej pożył"*.

---

* William Shakespeare, *Antoniusz i Kleopatra*, przeł. Leon Ulrich.

44

Mystique i Doktor Doom

Następnego ranka zostali w łóżku. Ona w milczeniu wpatrywała się w niego z wyrazem twarzy, którym można by słodzić wafle. Obsługa dostarczyła im jajka i Mirabelle sama zrobiła jajecznicę; przyniosła mu kawę, sok, grzankę; siedziała w łóżku oparta o poduszki i patrzyła, jak je.

– Nie jesteś dziś zbyt rozmowna – stwierdził Julian, kładąc się na boku i uśmiechając się do niej. – To dziwne, bo wczoraj buzia ci się nie zamykała.

– Wczoraj – zaczęła nieśmiało – próbowałam znaleźć takie połączenie słów, które zmusiłoby cię, żebyś mnie dotknął.

– Można do tego zaliczyć informację, że oglądałaś *Kiedy byliśmy królami* i czytałaś *The Fight?* – Julian zaśmiał się.

– To nie były tylko słowa. Naprawdę oglądałam i czytałam.

– Kiedy? Wczoraj?

– Nie. W zeszłym tygodniu, skoro już musisz wiedzieć.

– W zeszłym tygodniu – powtórzył. – Jaki jest naprawdę twój ulubiony film?

– *Przeminęło z wiatrem.* Widziałeś?

– Nie. A powinienem? – Uśmiechnął się. Żartował sobie z niej.

– Tylko jeśli chcesz. – Spuściła wzrok.

Przewrócił ją na plecy i usiadł na niej okrakiem, przeczesał palcami jej włosy, pogładził ją po twarzy. Patrzyła na niego, jakby była lodami, które doszczętnie się stopiły.

– Boże święty, jesteś taki przystojny – szepnęła, pocierając jego ramiona.

– Ale jestem kiepski w te klocki? – Julian lubił sprawiać, by leżąca pod nim naga dziewczyna zaczynała się rumienić.

– Co, chcesz udowodnić, że nie mam racji? – Uszczypnęła go.

– Chciałem tylko usłyszeć, jak to mówisz.

– Okej, w porządku, przyznaję, trochę masz. Zadowolony?

– Bardzo. – Całował jej usta, twarz. – Bardzo zadowolony.

Nie uprawiali porannego seksu; kontynuowali ten nocny.

Mia chciała dostać na pamiątkę luksusowy pled z czarnego kaszmiru, dostępny tylko w Marmont, a Julian chciał jej. Zadzwonił do recepcji i kupił pled, nawet gdy się dowiedział, ile kosztuje. Kochał się z nią w biały dzień, gdy leżała na nim naga i lśniła na tle czarnej wełny.

Pomyślał, że powie mu, żeby nie pobrudził pledu, ale rzuciła: „Pobrudź, ile chcesz".

To było najlepiej wydane siedemset dolarów w jego życiu.

Mieszkali w Chateau Marmont przez tydzień.

Wypożyczyli *Przeminęło z wiatrem.* Grali w Lego Marvel Super Heroes. Siedzieli na balkonie i obserwowali otaczający ich świat. Odkryli, że oboje urodzili się w idy marcowe, choć w różnych latach, w odstępie niecałej godziny, ona o jedenastej czterdzieści, on dwadzieścia dziewięć po dwunastej. Zupełnie jakbyśmy byli sobie pisani, Jules, powiedziała. Tańczyli. Od pokojowych dostali szczoteczki do zębów. U obsługi zamówili szampana i stek. On objadał brzegi, ona zjadła krwisty środek.

Julian opowiedział jej o swoim życiu, o rzeczach poza mrocznymi wizjami. W małej kuchence w Marmont robiła mu grzanki z dużą ilością syropu klonowego, tak jak lubił; przygotowywała kanapki z grillowanym serem według przepisu kuchni cajun i cytrynowe ciasteczka. Opowiadała mu o swoim życiu. O zawodach na wrotkach, o pracy w teatrzyku wodewilowym i o tym, jak mama nigdy nie doszła do siebie po śmierci ojca. On opowiedział jej o Topandze, o bliźnie na głowie, utraconej ambicji, odbudowanej karierze, o trzymaniu się blisko tego, bez czego nie mógł żyć. Ona uwielbiała bliznę, długie zakrywające ją włosy, uwielbiała jego oczy, usta, muskularne ramiona, pierś, najłagodniejsze dłonie, uwielbiała wszystko.

– Jesteś sumą wszystkich swoich części, ale jesteś też tymi częściami – powiedziała.

– Tylko to cię zaintrygowało? Moje części?

– Nie, cały jesteś cudowny – odparła.

– Może byłoby łatwiej wymienić rzeczy, których nie uwielbiasz – powiedział, a ona zamilkła.

– Nie uwielbiam snów.

– Witamy w klubie.

Opowiedziała mu o zniszczonej skórzanej sakiewce znalezionej przy ciele jej ciotecznej babki Marii, która zmarła podczas wojny, sama podczas świąt Bożego Narodzenia w swoim domu w Blackpool; opowiedziała mu o zawartości sakiewki: kryształowym wisiorku, obrączkach i złotych monetach, które umożliwiły całej rodzinie, ciotkom, wujom, kuzynom przenieść się na Brooklyn i zacząć nowe życie. Julian powiedział jej, że widział tę sakiewkę w swoich snach, ale nikt nie trzymał jej w ręce. Była ukryta w murze. A Mia odparła na to, że chyba chodzi mu o inną sakiewkę. Twojej nie zrobiono z brązowej skóry i nie ozdobiono złotymi sznureczkami. Powiedział, że ma rację. Ale myliła się. Nie powiedział jej też, że aby dostać się do tej sakiewki, musiał rozgrzebać mur gołymi dłońmi, z których u jednej brakowało kilku palców. Co było w twojej?, zapytała. Kryształ, odparł. I skarb ukryty w kałuży krwi. Widzisz, wcale nie to samo, powiedziała Mia, a on odparł racja, choć wiedział, że jest inaczej.

Kiedy Maria umarła, jej matka Abigail, która nie miała innych dzieci, przekazała wszystkie złote monety swojej siostrze Wilmie, a obrączki i wisiorek Karze, najmłodszej córce Wilmy, która zostawiła je swojej córce Avie, matce Mirabelle. Z jakiegoś powodu Avie nie zależało na wisiorku, „zupełnie jak tobie", powiedziała Mia, lecz rodzicom bardzo spodobały się obrączki. Założyli je sobie w dniu ślubu. Jack McKenzie został ze swoją pochowany.

– Mama dała mi swoją, powiedziała, że jest przeklęta. Dała mi kryształ i obrączkę. Zatrzymałam kryształ, bo nie miał żadnej wartości, ale kilka lat temu, kiedy byłam bez grosza, sprzedałam obrączkę. Bo i co miałam zrobić z jedną? – tłumaczyła się Mia. – Poszłam do jubilera przy Czterdziestej Siódmej. Pomyślałam, że jeśli mi się uda, dostanę za nią parę stów. Wiesz, ile ten drobiazg był wart? Dwadzieścia pięć tysięcy! O mało nie dostałam zawału. Jubiler powiedział, że zrobiono ją z bardzo rzadkiego złota, niemal czystego czy coś w tym stylu. Przeżyłam dzięki niej wspaniały rok, jeden z najlepszych w życiu. Pojechałam do Meksyku, Portoryko, do St. Croix, wszędzie. Przeniosłyśmy się z Z tutaj. Wszystko za te pieniądze. Nie mogę uwierzyć, że mama pochowała tatę z tą drugą obrączką. Chyba nie wiedziała, ile jest warta. Co tata ma z nią teraz robić?

– Chyba niewiele – odparł Julian. – Powiedziałaś, że pojechałaś do St. Croix i Portoryko?

– Tak. A co?

– Gdzie się zatrzymałaś? – Szturchnął ją, połaskotał. – Chyba nie w pokojach hotelowych?

Parsknęła śmiechem.

– Ze mną jak z dzieckiem – powiedział. – Jeśli chciałaś, żebyśmy wynajęli pokój w Marmont, wystarczyło poprosić. – Pocałował ją. – I nawet nie tak ładnie.

– Żartujesz, prawda? Nic nie pamiętasz? Nie mogłam cię zmusić, żebyś na mnie choć spojrzał, kiedy byłam prawie naga w tej przezroczystej sukience.

– Teraz patrzę.

– Teraz wiesz, że zgodzę się na wszystko, i chcesz tylko, żebym była niegrzeczna.

– Masz rację, chcę, żebyś była niegrzeczna.

– Tak jak teraz?

– Tak jak teraz.

Mia odpuściła przesłuchania, Julian odpuścił życie.

Spędzali popołudnia nad basenem, opalając się i pływając (w kostiumach kąpielowych, które kupili w hotelowym butiku), grali w Marco Polo, zastanawiali się, w którym bungalowie zmarł John Belushi, grali w łapki, w które Julian ku swemu zachwytowi i rozpaczy Mii zawsze wygrywał. Zapytała go, czy kiedykolwiek zabił człowieka. We śnie się nie liczyło. Julian poczuł mrowienie w palcach prawej ręki, gdy zaprzeczył. Mógłbyś to zrobić, zapytała, nie przypadkiem, ale z premedytacją? Nie wiedział. Nie sądził, że mógłby. Ale może zrobiłby to, gdyby musiał. Na przykład, żeby mnie bronić?, zapytała, chichocząc. Tak, odparł z powagą. Zabiłbym, żeby cię bronić. Spodobała jej się ta odpowiedź. Rozszerzyły się jej źrenice. Oddech przyspieszył. Możesz mnie nauczyć walczyć jak ty?

Powiedziałem ci, że nie walczę z dziewczynami.

Nie jestem dziewczyną. Jestem mną. No, chodź. Walcz ze mną. Dam radę.

Nie dasz.

Dam. Potrafię dużo wytrzymać.

To była prawda. Potrafiła wiele wytrzymać. Jej szalone seksowne ciało – w niezwykle skąpym bikini – było całe pokryte malinkami, nad obojczykami, w górze pleców, pomiędzy udami. Była pokryta jego purpurowymi oznakami miłości jak wykwitami w kształcie kwiatów po porażeniu prądem.

Będziesz tak stał i gapił się na mnie, panie bokserze olimpijski, zapytała, czy będziesz ze mną walczył?

Będę stał i się gapił.

Popchnęła go w pierś. Nie zablokował ciosu. Mówią, że ręka jest szybsza od oka, to prawda? Znów go popchnęła.

Odsunął się. To prawda, powiedział.

Mówią, żeby nigdy nie spuszczać wzroku z przeciwnika, to prawda? Znów chciała go popchnąć.

Zrobił unik. To prawda, powiedział.

Jej oczy rozbłysły. Aha! Robisz przede mną uniki. Dobra, nie spuszczę z ciebie wzroku.

Zamachnęła się. Znów zrobił unik.

Uśmiechnęła się i przyskoczyła bliżej. On się uśmiechnął i cofnął. No chodź, powiedziała. Będę twoim partnerem sparingowym. Naucz mnie.

Będę robił uniki, Mia, ale nie będę z tobą walczył.

Co będziesz robił? A, uniki. Uderzyła go w ramię. Tym razem nie zdążyłeś, co?

Nie chciałem.

Jasne. Co jest, zmiękczyła cię miłość w pokoju na górze?

Taka gadka nie robi na mnie wrażenia.

To znaczy tak? Popchnęła go. No, tchórzu, pokaż mi, co tam masz.

Wciąż nie.

Podniosła drobne pięści i tańczyła wokół niego przy basenie. On uchylił się i zaraz wyprostował. Czego się boisz? Że przegrasz z dziewczyną?

Tak.

Uderzyła pięściami w jego rozłożone dłonie. Czemu nie zaciśniesz ich w pięść? Wiem, że potrafisz. Przecież pocierasz mnie pięściami. Uśmiechnęła się szeroko. Czemu podniosłeś rozłożone dłonie? Poddajesz się?

Bezwarunkowo, odparł Julian.

No, walcz ze mną, powiedziała, podskakując, wszystko w niej podskakiwało, uderzała w niego ciałem, jak mam się nauczyć parować ciosy, jeśli ich nie wymierzasz? Tylko blokujesz i robisz uniki.

I tylko tyle będę robił. Będę blokował i robił uniki.

Uniki, powiedziałeś? Ledwo cię słyszę. Choć muszę przyznać, że masz refleks. A może to ja jestem za wolna, jak w grze w łapki?

Jesteś za wolna.

Nie blokuj mnie. Atakuj. No zrób to. Myślisz, że nie potrafię zablokować ciosu?

Chyba nie.

No to zaatakuj i się przekonamy. Nie bój się. Jestem twarda. Twardsza, niż wyglądam.

Zachowaj spokój, Mia. Im bardziej będziesz się starała mnie sprowokować, tym ostrzej zareaguję. A tego chyba nie chcesz?

Chcę, powiedziała, uśmiechając się szeroko. Dokładnie tego chcę.

Mogę cię obezwładnić.

Jestem wstrząśnięta, panie wielka gadka. No, dawaj. Chcę zobaczyć, jak próbujesz. Boksowała wokół niego. Jules, co to takiego hak? Zaczekaj, chyba wiem. To cios, który idzie w górę? Możesz mi pokazać, jak to się robi, czy zapomniałeś?

Zablokował jej rękę, chwycił za pięść i pociągnął za nadgarstek przez krzewy do windy. Przez nią boks już nigdy nie będzie taki sam. Bał się, że nie zdążą na górę.

Więc jednak potrafisz wyprowadzać cios w górę, mruknęła rozciągnięta na łóżku. Potrafisz walczyć z dziewczyną.

Tak to nazywasz?, spytał Julian.

Lecąc wysoko nad pokojem w Marmont z otwartymi oknami i słońcem świecącym srebrno na niebie, czasami lśniła wewnętrznym blaskiem, a czasem nocą była jak atrament.

Czemu Julian czuł się tak paskudnie?

– „Pojrzyj, Mirabelle" – zacytował *Purgatorio*. – „Twój wierny patrzy w twe święte źrenice, przeszedł mil tyle, aby cię oglądać. Przez łaskę, jeśli możem łaski żądać, odsłoń mu usta, niech twą piękność drugą pozna na końcu, nie kryj jej tak długo"*.

– To jednak jest piękność?

– Jesteś najpiękniejszą istotą, jakiej w życiu dotykałem. – Pieścił ją czule, pozostawiając dłonie na dłużej to tu, to tam. – Od pierwszej chwili gdy cię ujrzałem, byłaś dla mnie uosobieniem radości.

– Niczego nie kryję, o, Julianie. Moje ciało jest tutaj. Weź je – szepnęła. – Jak wziąłeś moje serce.

Julian wiedział: to nie Marmont był widowiskiem. Była nim dziewczyna. Dziewczyna z rozświetloną twarzą, siedząca na wiklinowym fotelu z rozłożonymi nogami i odchyloną głową; dziewczyna jak długi urlop od życia, dziewczyna, w której jedna noc była wiecznością, a wieczność jedną nocą. To nie zamek, ale dziewczyna była przyczółkiem ze snu dla wszystkich serc, które kiedykolwiek biły szybciej, lśniąc jasno w blasku gwiazd na Sunset Boulevard.

*

Ale jego koszmary tylko zyskały na sile.

Pokazywały mu okropne rzeczy. Sprawiały, że wczołgiwał się do innych pokoi, byle dalej od niej. Znalazła go raz w takim stanie w środku nocy pomiędzy ścianą a łóżkiem w nieużywanym pokoju, kołysał się. Chodził po Normandie, zbierając części jej ciała, by złożyć je w całość, zanim jej matka przyjedzie taksówką z lotniska, ale taksówka już wyłoniła się zza rogu, a jemu wciąż brakowało kilku kawałków.

– Zostaw mnie – rzucił ochrypłym głosem. – Odpuść. Proszę. Weź taksówkę, dam ci pieniądze. Jedź daleko stąd. Ratuj się. Uwierz mi, z tego, co nas łączy, nigdy nie wyniknie nic dobrego.

---

* Dante, *Boska komedia*, przeł. Julian Korsak, www.wolnelektury.pl.

Nie mogła go podnieść z podłogi. Nie pozwolił się dotknąć. Dużo czasu zajęło jej namówienie go do powrotu do łóżka.

Przytuliła się do niego, oplatając całą sobą, by powstrzymać drżenie. A kiedy to nie wystarczyło, położyła się na nim, ujęła jego głowę w dłonie, całowała po twarzy, delikatnie pocierając najpierw miękkimi, a potem twardymi sutkami o jego kilkudniowy zarost. „Auć, auć, auć", powtarzała.

– Nie rób tego, skoro boli. – Ale w końcu przestał się trząść. Położył spokojnie dłonie na jej plecach.

Robię to dla ciebie. Nic się nie dzieje, wszystko jest w porządku, jest cudownie. Czemu mówisz mi te okropne rzeczy? Odsyłasz mnie, zamawiasz taksówkę. To tylko koszmary, nic nie znaczą, nie są prawdziwe. Te sutki, one są teraz prawdziwe. Wsunęła jeden do jego wpółotwartych ust. No, possij chwilę. To jak balsam dla twoich ust.

Pocałował sutki i odwrócił głowę.

Nie odwracaj się ode mnie. Ale nie zeszła z niego.

Jesteś Mystique?, zapytał. Możesz być Mystique?

Żebyś mogła zniknąć.

Czemu chcesz, żebym nią była? Żebym mogła zniknąć? Możesz marzyć dalej. Nigdzie się nie wybieram. Ale to doskonałe pytanie. Niełatwo na nie odpowiedzieć. Czy mogę być Mystique? Chyba na początku chciałabym wiedzieć, czy gdybyś ze mną został, istnieje szansa na normalne życie.

A jeśli odpowiedź brzmi: Nie?, odparł. Tego właśnie chcesz, normalnego życia?

Co w ogóle można uznać za normalne życie.

Czy wszyscy tego nie pragną?

Nie wiem, odrzekł. Koszmary były jak czarny piasek w jego oczach. Czasami pojawiał się przebłysk normalnego życia, różowy dom, w nim statek, a ona leżała i umierała na pokładzie.

Muszę przyznać, że kiedy tu jestem z tobą, nie wydaje mi się, żeby normalne życie było możliwe, powiedziała Mia. Bo sprawiasz, że czuję się nadzwyczajna. Ale musisz ze mną rozmawiać i powiedzieć mi, czego się boisz. Nie potrafię ci odpowiedzieć, dopóki tego nie zrobisz. Czego się boisz, doktorze Doom? Że cię zdradzę? Że ty i ja to tylko przelotny romans?

Nie potrafiła nawet zgłębić przerażenia. Wszystkie gwiazdy spadły z nieba do jej serca. Nie mógł jej powiedzieć. Czasami pojawiał się pogodny biały dom, który się palił, a ona leżała w środku przygnieciona płonącą belką, i choć on próbował ze wszystkich sił, nie mógł jej wyciągnąć.

Nie jestem naiwna, powiedziała. Myślisz, że nie znam twojego drugiego pseudonimu, doktorze Doom? To Śmierć, prawda?

Tak, Mystique.

Tego się boisz? Że czeka mnie śmierć?

Nie odpowiedział, nie mógł.

Czemu?, zapytała. Bo mnie dotknąłeś? Jak to możliwe? Ty, z najmiększymi wargami i najsilniejszymi rękami. Ty, który dajesz mi wyłącznie ekstazę. To nie ma sensu.

Nie powiedział jej, choć stale koiła go sutkami.

Chcesz, żebym zamiast tego stała się Rogue? Żebym mogła przejmować twoje sny i wspomnienia i bez słów wiedziała wszystko, co ty wiesz?

Nie, nigdy, odparł. Nie chcę, żebyś je przejmowała. Nie chcę, żebyś cierpiała. Mało wycierpiałaś? Staw mi opór. Błagam cię. Bądź Mystique. Julian wpatrywał się w nią z bezbrzeżnym smutkiem. Uciekaj ode mnie. Jak znikasz w moich snach. Idź rozświetlić życie kogoś innego, Mirabelle. Idź złamać serce komuś innemu.

Nigdy nie będę ci się opierać, powiedziała. Uwielbiam cię. W całym moim głupim życiu nigdy nie byłam szczęśliwsza. Nigdy nie czułam z nikim takiej bliskości. Nie wiem, jak tego dokonałeś. Kim ty jesteś?

Może jestem tajemniczym podróżnym, odparł Julian. Może oboje jesteśmy podróżnymi. Mystique i doktor Doom znów razem, zjednoczeni na ostatnią niebezpieczną eskapadę. Próbował żartować, uśmiechnąć się, jak go uczyła.

Och, doktorze Doom! Teraz wiem, jak tego dokonałeś. W jednej z naszych dawnych przygód, w innym życiu, zostawiłeś we mnie ślad siebie, żebym dzięki niemu mogła cię odnaleźć.

Może to ty zostawiłaś we mnie ślad siebie. Zagarnął jej ciało i oplatając ją kończynami, stworzył z nich obojga rozgorączkowaną wstęgę Mobiusa. Jesteś ponadczasowa, powiedział. Czas płynie w tobie wolniej. W snach widzę, jak przybierasz wiele kształtów, zupełnie jak Mystique. Tak bronisz swojej duszy przed rabusiami.

Takimi jak ty?

Julian przyznał, że przed nim nie obroniła się zbyt skutecznie.

Nie chciałam i nie chcę się bronić, odparła. Wyjaw mi jedną rzecz ze swoich wizji. No już, jedną niewinną rzecz. Musi być coś takiego.

Zastanowił się. Czasami widzę, jak jedziemy na siwych koniach przez zielone pola, powiedział. Konie galopują. Oboje jesteśmy tak samo ubrani, w cylindry i aksamit.

To dziwne, odparła. Nigdy w życiu nie siedziałam na koniu.

Ja też nie. Boję się koni jak cholera.

Niezła z nas para. Wykrzyknęła to tak, jakby chodziło tylko o gry i zabawę. Mystique i doktor Doom jeżdżą konno w cylindrach i aksamitach! Jak twoim zdaniem będzie wyglądać nasza przygoda tym razem?

Tym razem?, Julian nie mógł się powstrzymać. Jak pozostałe, powiedział. Będziemy się ukrywać przed ręką zła, która czerpie moc ze śmierci i grzechu. Moc, która chce nas pochłonąć, zniszczyć ciebie, osłabić twoją władzę nade mną, aż stanę się niczym, odebrać ci władzę nad moim światem, zniszczyć nas.

A co z twoją władzą nad moim światem?, zapytała. Myślała, że nadal grają. Ale w końcu zwyciężymy!

Nie, Mirabelle, odparł Julian. Nigdy nie zwyciężamy. Zawsze ponosimy klęskę.

Zdruzgotana Mia zamilkła. Z jej zapadniętej twarzy zniknął uśmiech. O rany, miałam rację, powiedziała w końcu. Twoje sny to naprawdę ciemność. Posłuchaj tylko, co każą ci mówić nagiej uroczej dziewczynie, która leży w twoich ramionach. Zsunęła się z niego, odepchnęła go i zwinęła się w kłębek w rogu łóżka.

On leżał przez kilka chwil, zasłaniając twarz ramieniem, a potem odwrócił ją na plecy i skruszony położył się na niej. Przepraszam. Mówiłem ci, że rozmowa o tym nie przyniesie niczego dobrego. Pocałował ją, a jego puls czuła w ustach.

Nie powstrzymuj się, chodź tutaj, szepnęła, kładąc mu dłonie na plecach. Chodź bliżej. Masz rację co do jednego, Jules. To coś, co każe ci śnić te paskudne rzeczy, chce nas zniszczyć. Próbuje nas rozdzielić – nawet teraz. Zwłaszcza teraz. Proszę, nie pozwól na to. Czy nie lepiej leżeć w uścisku, jak jedno ciało niż robić to po twojemu?

Czyli jak?

Głupio. Smętnie i nieszczęśliwie, samemu na podłodze.

Julian powiedział na głos: Tak.

Jeśli chcesz się ukryć przed swoimi snami, stwierdziła Mia, nie wycofuj się do narożnika. Zostań ze mną. Jestem tutaj, z tobą na ringu, na środku sceny. Uniosła biodra w górę.

Wiem, gdzie jesteś.

Zostań ze mną, a stanę się dla ciebie Mystique albo Rogue. Zmienię się dla ciebie, obetnę włosy. Będę dla ciebie, czym tylko zechcesz. Proszę, pozwól mi. Nagnę twoją energię zgodnie z moją wolą. Potrafię to zrobić. Ja też mam wzmocnione fizyczne atrybuty. Jak ty.

Nie sądził, by to wystarczyło. Pocałował ją w szyję.

Zaciskając wokół niego uda, by przestał się poruszać, ujęła jego głowę w dłonie i spojrzała mu w twarz ze wszystkim, co się w niej kryło. Proszę, kochaj mnie, Julianie, szepnęła. Proszę.

Próbuję, Mia.

Pozwól mi odejść. Uwolnij mnie.

I kto wie, może nasza historia nie skończy się jak wszystko inne.

Może, odparł.

Może nasze pożądanie z Marmont stanie się wieczną namiętnością. Może nasza krótka ekstaza zamieni się w odwieczną chwałę.

Może, powiedział.

Wiem, że martwisz się o różne rzeczy, ale nie musisz się martwić o mnie, naprawdę.

Nie rozumiesz? To o ciebie martwię się najbardziej.

Ale czemu? Jestem twoja. Nie czujesz tego? – Gładziła jego włosy, twarz. – Jak Mystique jestem aktorką. Mogę przybrać inną postać, ale przysięgam, w głębi serca pozostanę wierna samej sobie. Przysięgam, będę wierna tobie na zawsze. Weź moje życie. Nigdy nie czułam do nikogo tego, co czuję do ciebie – powiedziała Mirabelle. – Nie widzisz tego? Nie czujesz? Kocham cię, Julianie. Kocham cię całym sercem.

45

Światów, klimatów

Bazyliszek, król węży, nosi na głowie koronę. Wykluł się z jaja koguta, które wysiedziała ropucha. Jeden trawił ogniem wszystko, co tylko Julian i Mia przynosili w jego pobliże. Inny szedł przez ich życie na dwóch nogach, a kiedy zerkali na głowy Meduzy, umierali z przerażenia. W przeciwieństwie do innych węży bazyliszek chodził arogancki i dumny, niszcząc kwiaty, zabijając oddechem godziny i rozrywając kamienie jak szaty.

– Ona umrze, Ashtonie – powiedział Julian. – Czuję to. Nieważne, co zrobię, ona umrze. – W końcu opuścili Marmont i każde wróciło do swojego życia, czyli Julian na taras na dachu, gdzie siedział z Ashtonem, trzęsąc się z zimna w środku pustynnej nocy.

– Stary, to nieprawda – odparł Ashton. – To znaczy umrze, zgoda, bo wszyscy w końcu umrzemy, ale tak nie można żyć. Tylko spójrz na siebie. Jesteś jak duch, który nocami straszy w moim pokoju.

– Nie potrafię już żyć – szepnął Julian.

– Można do tego podejść na dwa sposoby – zaczął Ashton. – Pierwszy to świadomość, że każda godzina życia przybliża cię do śmierci. A drugi to poczucie, że będzie się żyło wiecznie. Nawet jeśli wiesz, że to nieprawda. Jesteśmy na to świetnym przykładem. Można na nas prowadzić badania. Pierwszy sposób to twój, wystarczy na ciebie spojrzeć. Drugi jest mój. I spójrz na mnie. – Ashton pokazał w uśmiechu wszystkie zęby, rozłożył ręce w triumfalnym geście, jakby stał na scenie. – Powiedz mi, który sposób jest lepszy?

– Jakbyśmy w ogóle mieli wybór.

– A co, nie wydaje ci się, że mógłbym być ponury i nieszczęśliwy jak ty? Rzeczywiście, może nie. To jak życie z Rosjanami. Miałem kiedyś dziewczynę podobną do ciebie. Pochodziła z Petersburga. Każda rzecz była dla niej katastrofą. Uciekałem od niej, ile sił w nogach. Kto może tak żyć? No, ty najwyraźniej możesz. Ale kto by chciał? Jeśli nie skończysz z tym gównem, ten twój anioł, Mirabelle, też od ciebie ucieknie.

– Niewystarczająco szybko…

*

Julian idzie, idzie, idzie i idzie. Jest wykończony, ale się nie zatrzymuje. Jest zimno i gorąco, otacza go lód i żar, budynki wybuchają, ziemia się trzęsie. Idzie przez jaskinie i czarne dziury, przez lawę i kratery na ulicach. Z drzew spadają liście, nadchodzą zamiecie. Julian jest coraz chudszy, wycieńczony, włosy najpierw mu rosną, potem siwieją, w końcu wypadają. Krew sączy się z rąk, nóg, pleców, lecz on wciąż idzie. Dostrzega swoje odbicie w czarnej wodzie. Wygląda jak szkielet. Spogląda na swoje ręce. Widzi kości promieniowe. Spogląda na nogi. Widzi kości udowe. Długie kości w stopach, żebra wyglądają jak klatka, lecz on wciąż idzie. Mosty wydają się znajome, budynki, rzeka. Raz jeszcze okrąża wypaloną ziemię i jeszcze raz i jeszcze, to krąg, z którego nie może się wyrwać. Z przerażeniem uświadamia sobie, że jeśli się nie obudzi i czegoś nie zrobi, będzie tak krążył przez całą wieczność. Czuje, że już to robi. Zatrzymuje się, rozpościera ręce, by jego ciało przypominało krzyż, i krzyczy.

W tej chwili się obudził.

– Och, kochanie. Biedactwo. Znowu?

Zatrzymali się w hotelu MGM Grand. Przyjechali do Las Vegas, by ze smutkiem oglądać, jak Buster „Kat” Barkley przegrywa w siódmej rundzie przez nokaut. W ramach pociechy dostali w MGM narożny apartament z widokiem na pustynię i bulwar. Julian przykucnął w rogu apartamentu przy oknach wychodzących na miasto, które nigdy nie zasypia.

– Wracaj do łóżka, Jules. Proszę.

– Chodź tutaj.

– Naprawdę? Zamiast przytulić się w ciepłym i wygodnym łóżku, chcesz, żebym usiadła z tobą na twardej podłodze?

– Tak.

Zeskoczyła z łóżka i naga stanęła obok niego.

– Okej. Co teraz?

– Chciałem mieć bajkę – powiedział Julian – a wylądowałem na kolanach. – Patrzył na nią w bladym świetle księżyca. Całował jej brzuch, uda. Był albo w środku śmierci, albo w środku życia.

– Mia, wyjdź za mnie.

– Słucham?

– Kocham cię – powiedział. – Nie wiedziałem, że mogę kochać kogoś tak, jak kocham ciebie. Proszę, wyjdziesz za mnie?

Zachwiała się.

– Myślisz, że to za wcześnie.

– Tak.

– Wiem. Jest milion powodów, żeby tego nie robić.

– Powiedziałam tak, Julianie. – Uklękła przed nim. – Czemu tak długo to trwało? Niczego nie pragnę bardziej, niczego. Kiedy?

– Jesteśmy w Vegas, stolicy ślubów z klasą – odparł. – Może jutro?

– Nie mogę uwierzyć, że muszę czekać aż tyle. Dobra. Może zdążysz kupić mi pierścionek.

Julian otworzył zaciśniętą pięść. Na jego dłoni jak pradawna relikwia, jak kryształ dusz, który kiedyś leżał na jej dłoni, a teraz zniknął w ścieku na Sunset Boulevard, lśnił dwukaratowy kwadratowy diament.

Mirabelle zaczęła szlochać.

*

– Kaplica Kwiatów? – zapytał ją Julian. – Czy Kaplica Dzwonów?

– Mam nadzieję, że to najtrudniejsza decyzja, jaką będę musiała kiedykolwiek podjąć.

– Możemy zaczekać – powiedział, siedząc w zamyśleniu w fotelu przy oknie.

Zdenerwowała się. Już zaczynał się wycofywać.

– Możemy zaczekać i pobrać się w prawdziwym kościele – zaczął wyjaśniać.

– Kaplica Dzwonów to prawdziwy kościół – odparła. – Ma w swojej nazwie słowo „kaplica". Czemu mielibyśmy czekać?

– Nie chcę, żeby twoja matka pomyślała, że to ślub na niby.

– Kogo obchodzi, co ona myśli – powiedziała Mia. – I czy akurat ona może nas osądzać? Pobrali się z tatą na molo na Coney Island w ciągu trzydziestu minut przerwy między spowiedzią a początkiem mszy.

– Nie marzyłaś o idealnym ślubie? – zapytał, podnosząc na nią wzrok. Stała nad nim z rękami opartymi na biodrach. – Co ci się marzyło? Cokolwiek to jest, chcę ci to dać.

– Jasne, że snułam marzenia o ślubie – odparła, siadając mu na kolanach. – Jak każda dziewczyna. Chcesz wiedzieć, jak według mnie wygląda idealny ślub? Dobra, powiem ci. To taki, podczas którego stanę się twoją żoną, a ty, Julianie Cruz, staniesz się moim mężem.

To wyznanie zaparło mu dech w piersiach.

– Okej. – Poklepał ją po nagim biodrze. Miała na sobie jego bokserską koszulkę i prawie niewidoczne stringi, jedwabny sznureczek między pośladkami. – No to która? Dzwony czy Kwiaty?

– Próbuję sobie wyobrazić, jakiej odpowiedzi wolałabym udzielić na pytanie, gdzie wzięliśmy w Vegas ślub na niby – powiedziała Mia. – Obie są świetne! Nie potrafię się zdecydować. Ty wybierz.

– Obojętne co zrobię, ty stale powtarzasz, że jest dobrze. – Znów poklepał ją po biodrze, tym razem mocniej.

– Bo wszystko, czym jesteś, i wszystko, co robisz, jest dobre.

– No to Kaplica Kwiatów.

– Czemu wybrałeś tę? – zapytała. – Podobała mi się Kaplica Dzwonów.

– Nooo, zaczyna się – odparł Julian. – Jeszcze nie jesteśmy po ślubie, a już nie jest dobrze.

Parsknęła śmiechem. Chciała się dowiedzieć dlaczego.

– Bo do „kwiatów" trudniej znaleźć rym – wyjaśnił. – Kwiaty lepiej wpiszą się w historię, bo słowa będą mniej oklepane.

– Światów, klimatów – powiedziała, kołysząc się na nim w przód i w tył. – A skoro mowa o rymach, musimy znaleźć ślubną piosenkę.

– Może *I'm So Afraid* Fleetwood Mac.

– Nooo, proszę, on potrafi być zabawny, panie i panowie! Będzie występował tu przez cały tydzień. Wpadnijcie koniecznie. Zapraszamy.

Kołysała się tak mocno, że krzesło się przechyliło. Spadli na ziemię.

Nie zrób sobie krzywdy przed ślubem, powiedział.

Nie zrobię sobie krzywdy przed ślubem, odparła.

46

Hey Baby

Ashton przekonał Juliana, by zaczekali kilka dni. Mirabelle też stwierdziła, że to ma sens. Przyznała, że bez matki nie mogłaby wziąć ślubu nawet w kiczowatej kaplicy w Vegas. Julian zgodził się zaczekać do następnej soboty, jeśli Ashton wyświadczy mu przysługę i przywiezie Zakiyyah do Vegas. Riley pojechała służbowo do Chicago i miała przylecieć prosto z lotniska O'Hare. Ashton odmówił.

– Jestem już twoim drużbą. Nie możesz mieć też moich bebechów.

Julian wyjaśnił, że Zakiyyah skręciła kostkę i trudno byłoby jej jechać taki kawał samej, a poza tym to nie miało sensu, żeby jechali dwoma samochodami.

– To idealne rozwiązanie – odparł Ashton. – Wiesz, co nie ma sensu? Żebyśmy kiedykolwiek znaleźli się blisko siebie.

– Proszę, brachu. Zrób to dla mnie.

– A co, za mało dla ciebie robię?

– Jeszcze tę jedną rzecz.

– Chcesz, żebym jechał przez pustynię – zaczął Ashton – przez Dolinę Śmierci…

– Nie przez Dolinę Śmierci, przez pustynię Mojave…

– Z Hunem Attylą?

– Daj spokój.

– Dolinę Śmierci, Julianie. To najwłaściwsze określenie. Dolinę. Śmierci. Z Hunem Attylą.

*

W następny czwartek, w dzień wieczoru kawalerskiego i dwa dni przed ślubem Juliana i Mii, o siódmej rano Ashton zaparkował przy krawężniku na ulicy Lyman przed domem Zakiyyah i zatrąbił. Nikt nie wyszedł. Zatrąbił jeszcze raz i nie doczekawszy się reakcji, wyłączył silnik i wszedł schodami na podest, gdzie mocno zastukał do drzwi dwa razy i czekał, o mało co nie kopiąc tych przeklętych doniczek z petuniami.

Zakiyyah otworzyła drzwi. Miała na sobie szarą sukienkę z dzianiny, a aureolę mocno kręconych włosów podtrzymywała różowa wstążka.

– Cześć – powiedziała.

– Cześć. Nie słyszałaś, jak trąbiłem?

– To byłeś ty? – zdziwiła się Zakiyyah. – Już miałam zawiadomić gliny, że ktoś zakłóca spokój.

– Nie widziałaś mojego samochodu?

– A skąd miałam wiedzieć, że to twój?

– Nie widziałaś mnie w kabriolecie? Nie rozpoznałaś mnie?

– Dziwne, prawda? – odparła. – Nie rozpoznałam cię bez tej koszulki Free Licks.

Ashton miał na sobie wyprasowaną cienką bawełnianą koszulę, zapinaną na guziki, z podwiniętymi rękawami, i dżinsy. Miał już dość tego gadania. Nie zaprosiła go do środka, nie zaproponowała nic do picia ani nie poprosiła o pomoc, więc stał jak słup.

– Gotowa? – zapytał.

– Przytrzymaj drzwi na moment. Muszę wziąć walizkę. Wejdź do środka, tak jakby.

– Dzięki. Tak jakby.

Przytrzymała drzwi, gdy przechodził obok niej. Irytowało go, że tak ładnie pachnie, czymś ciepłym i leśnym, a jeszcze bardziej drażniło go to, że sukienka, choć miała kwadratowy dekolt, nie skrywała rowka między bujnymi piersiami.

Starał się nie rozglądać, gdy kuśtykała w ortezie po walizkę. Mieszkanie było urocze, urządzone typowo po dziewczęcemu. Wygodne. Ładnie pachniało. Kilimy, plakaty filmowe, wymyślne lampy i świece zapachowe. Stał tam nawet kwiatek w doniczce, jakby nie zdołała go zabić swoim morderczym spojrzeniem.

Kulejąc, Zakiyyah wytoczyła z sypialni dużą walizkę.

– Co to jest? – zapytał.

– To przedmiot do przenoszenia ubrań i przedmiotów.

– Po co ci? Spędzimy tam zaledwie dwie noce.

– Na wszelki wypadek – odparła.

– A co się może wydarzyć? – Czemu podnosił głos?

– Wszystko. Pożar. Trzęsienie ziemi. Powódź.

– Powódź – powtórzył powoli. – Na pustyni?

– Nie wiem. Cokolwiek. Wszystko. Nie czytałeś książki swojego przyjaciela? Rozdziału o przetrwaniu? Zdecydowanie nie czytałeś. Napisał, że zawsze trzeba być przygotowanym.

– Na co, na oblężenie Las Vegas?

Odpłaciła mu pięknym za nadobne.

– A ty co? Masz tylko kluczyki do samochodu i wełnianą czapkę na głowie?

– Zabrałem smoking, a co moja czapka ma z tym wszystkim wspólnego?

– Na zewnątrz są trzydzieści dwa stopnie – odparła Zakiyyah. – Nosząc czapkę przy takiej pogodzie, wyglądasz trochę głupio.

Ashton zerwał czapkę z głowy.

– Lepiej?

– Na pewno mądrzej.

– Gotowa? – rzucił przez zaciśnięte zęby.

– Jeszcze minuta. – Zakiyyah stanęła na środku otwartego salonu, przyjrzała się kuchni, kuchence, zamkniętym oknom, pogaszonym światłom.

– Co robisz?

– Zaczekaj. Odbywam chwilę ciszy. A przynajmniej próbuję.

– Co?

– To chwila tuż przed wyjściem z domu, kiedy nic nie mówisz ani się nie ruszasz, tylko stoisz lub siedzisz nieruchomo i starasz się upewnić, że zabrałeś i zrobiłeś wszystko.

– Super. Gotowa?

– Nie wiem. Stale gadasz. Wspominałam, jak to się nazywa? Chwila ciszy. Masz postępować zgodnie z jej nazwą. To jeszcze jedna z życiowych podpowiedzi twojego przyjaciela.

Ashton zacisnął usta, by już nic nie powiedzieć i by mogli w końcu wyjść z mieszkania.

– Okej, teraz jestem gotowa.

– Pomogę ci z tą walizkę – powiedział Ashton. – Zniosę ją na dół. A tak nawiasem mówiąc, widziałaś mój samochód? Przyjrzyj mu się dobrze, gdy będę taszczył walizkę. Przyglądaj mu się w ciszy.

Na chodniku stanęli przed jego dwuosobowym kabrioletem bmw.

– Jest mały – stwierdziła Zakiyyah.

– To właśnie próbowałem ci powiedzieć.

– Najwyraźniej nie próbujesz sobie niczego zrekompensować.

Ashton nie odpowiedział. Nie musiał niczego udowadniać.

– Ma bagażnik? – zapytała.

– Tak. Schowałem do niego dach. I smoking.

– No to rozłóż dach.

– Nie rozłożę. Będziemy jechać przez pustynię. A na pustyni składa się dach. Nie mamy po osiemdziesiąt lat.

W impasie stali na ulicy. Ashton skrzyżował ręce na piersi. Zakiyyah też.

– To co mam zrobić z walizką? – zapytała. – Trzymać ją na kolanach?

– To jest jakiś pomysł.

– Dobra – odparła. – Nie pojadę. Zadzwoń do Juliana i powiedz mu, że nie dojadę na ślub, bo nie masz dla mnie miejsca w samochodzie.

– Dla ciebie mam. Nie dla twojego kufra.

– Taki mamy wybór? Zero-jedynkowy? No to weź bagaż. Bardzo proszę. Ja zostanę w domu. Walizka może być druhną.

Ashton powstrzymał przekleństwo, które cisnęło mu się na usta.

– Daj ją tutaj. – Przesunął fotel pasażera jak najdalej do przodu i włożył walizkę za oparcie.

– Zaczekaj, o czymś zapomniałam.

– Wygląda na to, że zapakowałaś do tej walizy wszystkie ubrania.

– Zaraz wrócę.

– To po co w ogóle była ta chwila ciszy? – mruknął.

– Chwilę miałam – odparła. – Ciszę nie bardzo.

Minutę później przykuśtykała z powrotem z gitarą w rękach.

– Żartujesz sobie? – zapytał Ashton. Musiał się siłą powstrzymać, by nie dodać „kurwa".

Zakiyyah podała mu telefon.

– Mia prosiła, żebym zagrała na przyjęciu i zaśpiewała ich piosenkę ślubną. Zadzwoń do niej i powiedz, że nie mogę, bo odmawiasz pomocy.

Ashton kilka razy odetchnął głęboko.

– Co to za piosenka?

– A co, jeśli nie pochwalisz ich wyboru, gitara nie pojedzie? Nie chcę ci teraz mówić. – Zakiyyah też głęboko odetchnęła. – To piosenka Toma Waitsa, skoro naprawdę musisz znać wszystkie szczegóły, zanim ruszymy. *I Hope That I Don't Fall in Love With You*.

– To jest ich ślubna piosenka?

– Jak najbardziej. Kiedy ich zobaczysz, powiedz im, co o tym myślisz.

Ashtonowi udało się jakoś wcisnąć gitarę i walizkę za siedzenia.

– Gotowe – powiedział. – Możesz siedzieć z nosem w desce rozdzielczej? – Zamknął drzwi od jej strony, starając się nie trzasnąć.

W poirytowanym milczeniu wyjechali na drogę 101, a pół godziny później na autostradę 10. Za Pasadeną i górami San Gabriel droga wiodła przez pustynię prosto do Vegas. Sześć godzin. Pięć, jeśli będzie jechał jak wariat. Gorący wiatr wiał bardzo mocno, nawet kiedy stali w korku. Zakiyyah wyjęła czarny termos z torby, którą trzymała między nogami, otworzyła go i pociągnęła spory łyk.

– Co tam masz? – zapytał Ashton.

– Wodę z cytryną i lodem.

– A co to za termos?

– Niesamowity – odparła. – Polecał go twój przyjaciel. Japońska technologia. Niezwykle lekki, a jednak utrzymuje temperaturę płynu przez ponad dwanaście godzin.

– Fiu, fiu.

– To kolejna z jego życiowych podpowiedzi. Jest w książce.

– Nieważne.

– Nie chcę cię obrazić, proponując ci moją wodę z cytryną i lodem – powiedziała. – Mogę ci podać twoje picie? Bo na pewno je zabrałeś. Skoro jesteś tak dobrze przygotowany, to nie wyruszysz w sześciogodzinną podróż przez pustynię w środku lata w czterdziestostopniowym upale z opuszczonym dachem, nie zabierając ze sobą nic do picia. To byłoby szaleństwo. No, gdzie twoja woda?

– Już wiem – odparł Ashton. – To będzie cholernie męcząca podróż.

– I z każdą minutą coraz dłuższa.

Po kilkunastu kilometrach przejechanych w milczeniu Zakiyyah podała mu termos, a on niechętnie go przyjął.

– Chcesz posłuchać muzyki z Apple'a? – zapytał, gdy wypił duży łyk i oddał jej termos.

– Wolę Spotify. Mają lepsze playlisty.

– Szkoda, że ten twój Spotify nie jest podłączony do mojego samochodu, kochanie.

– Nie mam na imię kochanie, tylko Zakiyyah. Przyjaciele nazywają mnie Z.

– Twój telefon nie jest podłączony do mojego samochodu, Zakiyyah – powiedział Ashton. – Wiesz, czyj jest? Mój. Z moimi kiepskimi playlistami Apple'a.

– Jak chcesz.

Spróbował jeszcze raz.

– Czego lubisz słuchać?

– Muzyki poważnej? Wczesnego Bacha, Chopina?

Ashton jęknął.

– No dobra, to może Simon i Garfunkel albo Sam Cooke?

Jęczał cicho pod nosem.

– Zapomnij.

– Może Kendrick Lamar? – zapytał. – Albo Chance the Rapper?

Zakiyyah skrzywiła się.

– A Rihanna?

Zakiyyah skrzywiła się.

– Nie lubisz Rihanny?

– Lubię, ale czemu się dziwisz? Uważasz, że powinnam ją lubić? Bo jestem czarna?

– Nie, nie dlatego, że jesteś czarna – odparł Ashton. – Dlatego, że masz dwoje uszu i zmysł słuchu. Dlatego powinnaś ją lubić.

– No to włącz Rihannę, skoro wiesz wszystko. Będziemy się wymieniać. Po niej włączę Sama Cooke'a. Bo mam dwoje uszu i zmysł słuchu.

– Chcesz, żebyśmy się rozbili? – zapytał Ashton. – Żebym zjechał z drogi, bo zasnąłem, słuchając twojej usypiającej muzyki? Masz pojęcie o muzyce samochodowej? Musi mieć rytm cztery czwarte. I tempo ponad osiemdziesiąt uderzeń na minutę, wyższe niż średni puls u człowieka. Musi mnie powstrzymywać przed zaśnięciem. To też można znaleźć w książce mojego przyjaciela, a może jeszcze do tego nie dotarłaś? To długa książka, a ten fragment jest przy końcu.

– Jest dziewiąta rano, czemu miałbyś zasnąć? – zapytała Zakiyyah. – To dopiero początek twojego dnia.

– Wydaje mi się, jakby mój dzień trwał już rok – mruknął Ashton i dodał głośniej: – Nie o to chodzi. Czy tempo Cooke'a wynosi choć piętnaście uderzeń na minutę? Nie jest dość rytmiczny na stypę.

– Mam dość. – Zakiyyah skrzyżowała ręce na piersi. – Włączaj, co chcesz. Tylko zamknij dach. Strasznie wieje i jest za gorąco.

– Włączyłem klimę.

– Tak, cudnie chłodzisz powietrze na zewnątrz. Może tamtej palmie bardzo się podoba twoja klima, ale tutaj, gdzie siedzę, jest gorąco.

– To może wypij łyk tej swojej wody, żeby się ochłodzić, skoro tak ci gorąco. – Ashton jęczał, ale podjechał na stację benzynową, rozłożył dach, wyjął walizkę i schował ją do bagażnika. Na wierzchu położył pokrowiec z garniturem, cofnął lekko fotel Zakiyyah, żeby było jej wygodniej, kupił sobie wodę, coca-colę i wrócił na drogę. Włączył *Only Girl* Rihanny, jedyną dziewczynę na świecie, a Zakiyyah włączyła *You Send Me* Sama Cooke'a. Ashton pędził z prędkością stu pięćdziesięciu kilometrów na godzinę przez pustynię Mojave, a Sam Cooke chrapliwym głosem śpiewał, że go poruszyła, zachwyciła.

Kiedy znów nadeszła jego kolej, Ashton włączył *Hey Baby* Stephena Marleya.

– No, to rozumiem – powiedziała Zakiyyah i nawet się uśmiechnęła. Jej oszałamiający uśmiech rozjaśnił pustynię.

– Aha – rzucił Ashton. Spojrzał kątem oka na jej rozpromienioną twarz. – Lubisz Stephena Marleya?

– Ty lubisz Stephena Marleya – odparła. – Ja go uwielbiam.

Ashton skupił się na drodze i podkręcił dźwięk. Razem śpiewali na cały głos *Hey Baby* razem z Marleyem, a potem niechętnie wyrazili zdziwienie, że w końcu udało im się znaleźć piosenkę, którą oboje znają i lubią.

– To jedna z moich ulubionych – powiedziała Zakiyyah.

– Moja też. Uwielbiam wszystkich Marleyów.

– Naprawdę?

– A co? Biały chłopak nie może lubić reggae?

– Przestań się bronić co pięć sekund. Chcę tylko powiedzieć, że nie wyglądasz na faceta, który lubiłby Stephena Marleya.

– A co to za facet, Z? Biały?

– Może zamiast gadać, puścisz jeszcze raz tę piosenkę. Tak będzie najlepiej.

– W pełni się z tobą zgadzam.

Zaśpiewali *Hey Baby* jeszcze trzy razy, a potem *Red Red Wine* i *Please, Don't Make Me Cry* UB40. Śpiewali wszystko, bo wszystko znali. Spierali się, kto jest lepszy; Sean Paul czy Jimmy Cliff, zgodzili się, że Ziggy Marley jest niesamowity, że Bob był klasą samą w sobie, uznali, że świetnie się słucha Third World i UB40, zwłaszcza w samochodzie z opuszczonym dachem, i oboje przyznali się do szczególnej słabości do błyskotliwej mieszanki hip-hopu i reggae Stephena Marleya. Kiedy zatrzymali się następnym razem, Zakiyyah poprosiła, żeby złożył dach, co Ashton skwitował słowami: „Zdecyduj się, dobra?", lecz złożył go z radością i jechali Desert Inn Road, śpiewając z Marleyem i przyciszając muzykę, by kłócić się namiętnie, który album jest lepszy: *Revelation Pt. I: The Root of Life* czy *Revelation Pt. II: The Fruit of Life.*

Jeśli na początku podróży Ashton przekraczał wszystkie ograniczenia prędkości, by jak najszybciej dotrzeć do celu podróży, pod koniec wlókł się w tempie sześćdziesięciu kilometrów na godzinę autostradą numer 15, wciąż starając się przekonać niemożliwą do przekonania Zakiyyah, że on ma rację, a ona się myli.

Zatrzymali się w knajpce na pustyni Mojave, żeby zatankować i zjeść coś szybkiego. Jedzenie było paskudne. Stare owinięte w papier burrito, nachosy z wyschniętym serem, podejrzane kanapki z tuńczykiem.

Kupili wodę mineralną, czipsy kukurydziane Doritos, brownie i czipsy ziemniaczane, usiedli przy stole piknikowym w pustynnym kurzu pod płóciennym dachem i kontynuowali żarliwą dyskusję.

– Twoja nieznajomość klasycznych horrorów – zaczął Ashton – boleśnie pozbawia cię okazji, by prowadzić mój nawiedzony dom.

– Przecież mam pracę – odparła. – Czemu miałabym chcieć prowadzić twój nawiedzony dom?

– Nie powiedziałem, że będę ci płacił. Nie masz kwalifikacji, by prowadzić go nawet za darmo.

– Nie prowadziłabym go nawet, gdybyś mi płacił.

Kiedy zaczęli lunch przy rozpadającym się stole koło sklepiku przy stacji benzynowej na środku pustyni, Ashton wiedział już, że jest w niej bezgranicznie zakochany. Gdy lunch się skończył, wiedział, że nie może bez niej żyć.

Czemu tak na mnie patrzysz?, zapytała.

Nie spieszył się z odpowiedzią. Jak?

Nawet nie wiem. Jakbym miała coś na twarzy.

Czy tak właśnie na ciebie patrzę?

Nie wiem. Dlatego pytam.

Nie odpowiedział.

Co się z tobą dzieje?, zapytała.

Wszystko jest nie tak.

Uff. O co teraz chodzi?

Ashton nie odezwał się, tylko wstał z ławki. Nachylił się nad stołem zasłanym śmieciami po ich podróżnym jedzeniu i pocałował ją.

Na miłość boską, co ty wyprawiasz, wykrzyknęła Zakiyyah i zabrakło jej tchu. Upuściła napój. Objęła go za szyję.

Nie mam pojęcia, odparł. Obszedł stół i przyciągnął ją do siebie. Wsunął palce w jej włosy, przycisnął usta do jej warg. Zsunął dłonie po jej plecach, po dzianinowej sukience, przyciskając do siebie jej piersi. Uniosła ręce w błagalnym geście.

Ashtonie, co ty wyprawiasz, powtarzała raz po raz z zamkniętymi oczami i uniesioną twarzą.

Naprawdę nie wiem, powiedział.

Ich gorączkowe pieszczoty w miniaturowym samochodzie można było sfilmować jako zwieńczenie zwariowanej farsy. Ashton nie mógł odsunąć porządnie foteli, ani swojego, ani jej. Zanim w ogóle udało mu się wsadzić ją do samochodu, zanim mógł podciągnąć jej sukienkę albo obnażyć piersi, musiał zdjąć jej ortezę z nogi i postawić dach. Siedział na swoim miejscu, ona na swoim. Nachylił się nad deską rozdzielczą. W końcu przyciemnione szyby zaparowały. Opuścił jej sukienkę, rozpiął stanik i obnażył cudowne piersi. Na wszystkie te cudowności brakowało mu rąk i ust. Nie wiedział, czego najpierw dotykać, co najpierw robić. Wiedział, gdzie mają się znaleźć jego dłonie i usta, wiedział, gdzie ma się znaleźć wszystko. Czemu tak pięknie pachniesz?, szepnął. Czemu jesteś taka bajeczna? Całowali się jak szalone dzieciaki na plaży.

Samochód stał zaparkowany z boku stacji, ona starała się nie wydawać żadnych dźwięków, a co pięć sekund podjeżdżało nowe auto, wysiadał z niego jakiś typek i spoglądał przez pył na lekko trzęsące się bmw.

Przyciskał ją do drzwi, pieszcząc i całując, żar jego ciała topił ją, żar jej ciała sprawiał, że on był twardy jak skała.

Auć, syknęła.

To nie ja, powiedział.

Nie, to klamka, która dźga mnie w plecy.

Ujął jej rękę i położył na sobie.

Nooo, powiedziała.

To ja. Zabierajmy się stąd. I to szybko. Znajdźmy jakiś motel.

Odbiło ci?

Tak. Dyszał.

Ona też dyszała. Wszyscy czekają na nas w Vegas, powiedziała Zakiyyah. Rodzina Juliana, mama Mii, moja mama i… och, Riley!

Ashton odsunął się lekko. Skąd wiesz o Riley?

Mia mi powiedziała.

Pytałaś ją o mnie? To bardzo seksowne. Wtulił usta w jej piersi.

To było pytanie, nie zaproszenie, powiedziała z jękiem.

Bardzo się mylisz. Zabieramy się. Do motelu.

Ashtonie, nie możemy!

Nie powiedziałem, że zostaniemy tam na noc. Nie wprowadzimy się do pokoju. Ale nie mogę tak prowadzić ani stać. Nie mogę się ruszyć, oddychać ani żyć, dopóki…

Chcesz, żebyśmy wynajęli pokój na godzinę? Proszę, Ashton, trzymajmy się romantycznej konwencji. Ale trudno było jej szydzić i jednocześnie jęczeć, bo jego palce, dłonie i usta na obnażonych piersiach były bardzo natarczywe.

Z, to najbardziej romantyczna rzecz, jaką mogę ci dać, powiedział Ashton. Pragnę cię tak rozpaczliwie, że nie mogę czekać. Ani minuty dłużej. Próbował przesunąć ciało nad dźwignią zmiany biegów i wcisnąć się na fotel pasażera, by być bliżej niej.

Nie zmieścisz się tu ze mną!, wykrzyknęła.

To patrz.

To czysta fizyka, Ashtonie. Dwie osoby nie mogą zajmować tego samego miejsca w tym samym czasie.

To patrz.

Wydaje mi się, że nasze wyobrażenia romansu bardzo się różnią, powiedziała Zakiyyah, mocniej przyciskając jego usta do sutków. Ssij je, szepnęła, ssij. Zaczekaj, powtarzała, zaczekaj! To się nie uda.

Nawet motel, w którym wynajmowano pokoje na godziny, nie wchodził w grę.

Wiedziałaś, co robisz, powiedział, gdy wkładałaś tę niesamowitą sukienkę. Wiedziałaś, jak na nią zareaguję.

Dzianinową za dwadzieścia dolarów z Amazona?

Tak. Siedziałaś tam, uwodząc mnie, rzucając na mnie urok. Następnym razem dobrze się zastanów.

Już teraz dobrze się zastanawiam, ale co sukienka ma z tym wspólnego?

Jego dłoń znalazła się między jej kolanami.

Ashtonie!

Teraz wiesz. Bo sukienka jest tylko zwiewnym materiałem, jedynie kawałkiem bawełny pomiędzy mną a twoim nagim…

Ashton…!

Teraz rzeczywiście było za późno.

Zakiyyah jakoś udało się podnieść, a on wsunął się pod nią ze swojego fotela, jakoś rozpiął koszulę i pasek u spodni. Kiedy z głośników rozbrzmiewał *The Lion Roars* Marleya, Ashton usiadł na fotelu pasażera, odsunął go jak mógł najdalej, a ona usiadła na nim okrakiem, bez bielizny i w podciągniętej sukience. On próbował utrzymać usta na jej sutkach, gdy sadowiła się na nim i zaczęła poruszać w górę i w dół, lecz zbyt szybko osłabła i nie była w stanie utrzymać się prosto, szepcząc: „O Ashtonie" na zmianę z: „Nie mogę, nie mogę, nie mogę". Musiał ją podtrzymywać i sam się poruszać, szepcząc na zmianę jej imię i „mogę", trzymając w dłoniach jej biodra. Oboje rozpaczliwie starali się powstrzymywać wszelkie odgłosy, które skłoniłyby ludzi tankujących benzynę piętnaście metrów od nich do wezwania policji. Kabriolet falował, wydając przy tym dźwięki. Dźwięki wydawał też Stephen Marley. I jej gitara z tyłu. Struny basowe wibrowały swoim rytmem co pół uderzenia, potem co ćwiartkę, potem co szesnastkę. Aż w końcu dźwięk wydała Zakiyyah.

– No cóż, z pewnością miałeś rację co do jednej rzeczy – powiedziała, gdy skończyli. Wciąż siedziała na nim okrakiem i ściskała go za wilgotną szyję.

– Jakiej? – mruknął Ashton, odchylając głowę. – A, tak. Jeśli widzisz, że coś trzeba zrobić i można to zrobić w niecałe dwie minuty, zrób to natychmiast.

Oboje parsknęli śmiechem.

Otworzył oczy.

– Widziałem coś, co koniecznie trzeba było zrobić. – Trzymał w dłoniach jej ciało.

– I zrobiłeś to natychmiast.

– Kobieto, chyba cię kocham – powiedział.

Spojrzała na niego.

– Ależ jesteś zmienny. Minutę temu nie mogłeś mnie znieść. – Pocierała piersiami o jego nagi spocony tors.

– Rób to jeszcze przez dwie minuty.

– Ashtonie!

Pieścił ją, całował.

– Wiesz, kiedy się zorientowałam, że cię kocham? – powiedziała Zakiyyah. – Kiedy weszłam do twojego sklepu, miałeś na sobie tę głupią koszulkę Free Licks, nawrzeszczałam za nią na ciebie, bo w pełni na to zasłużyłeś, a ty rozłożyłeś ręce, jakbyś nie był w stanie zrobić niczego złego. Choć byłam wściekła, uświadomiłam sobie, że bardzo chcę się znaleźć w twoich ramionach.

– Dlatego je rozłożyłem.

W końcu ruszyli dalej. Z opuchniętymi wargami, szyją i piersiami Zakiyyah, podrapanymi jego zarostem, ubrali się i ogarnęli, jak najlepiej mogli, i wyjechali na autostradę. Wcześniej jednak Ashton nachylił się i wtulił twarz w jej niesamowite piersi, opuścił jej sukienkę, pocałował w sutki, usta. „Jesteś boginią", szepnął. Prowadził jedną ręką, drugą trzymał na podołku Zakiyyah.

– Mam nadzieję, że Mia i Julian nie zabiją nas za to, co robimy – powiedziała.

– Za to, co właśnie zrobiliśmy – zapytał Ashton – czy za wesele niespodziankę na sto osób, a nie na dwadzieścia?

– Tak. Zaczekaj, załatwiłeś odpowiednie kwiaty? Mia powiedziała, że on jest…

– Mnie nie musisz tego mówić. Czubkiem. Śmiesznym. Niedorzecznym. Prawie wyczyściłem sobie konto, ale załatwiłem. Biały złotogłów. Jules stale mi powtarza, że to wieczny kwiat.

– Nawet on wie, że to dziwne.

– On wie mnóstwo gównianych rzeczy, wybacz język.

– Kiedy rozmawiałeś z nim wczoraj, powiedział ci, że przywalił jakiemuś facetowi? – zapytała Zakiyyah.

– Gdyby opowiadał mi o każdym facecie, któremu przywalił, nie mielibyśmy czasu na inne rozmowy. Co ten facet zrobił?

– Super. Jasne. Broń Juliana.

– Mam bronić tamtego faceta?

– Nieważne. Mia powiedziała, że byli w kasynie i jakiś pijak coś do niej powiedział. Ledwo wypowiedział te słowa, gdy oberwał. Julian uderzył go tak mocno, że powalił go na podłogę. MGM musiało facetowi zaproponować darmowe pobyty na dwa lata, żeby nie wniósł oskarżeń.

– Co powiedział?

– Mia mówiła, że coś jakby: „Twój widok raduje serce".

– Daj spokój, musiało być coś więcej.

– O to właśnie chodzi. Nie było. Julian nie potrafił tego wytłumaczyć. Powiedział Mii, że to zdanie po prostu go wkurzyło.

– Pijus powinien trzymać gębę na kłódkę.

– Tak? A jeśli Mia powie coś, co go wkurzy?

– Wszyscy musimy zachować spokój. Wiesz, że według niego ona jest niezdolna do żadnego zła. – Ashton odchrząknął i przejechał jakieś półtora kilometra w milczeniu. – Ale ostatnio śnią mu się prawdziwe koszmary.

– Wiem. Opowiadała mi.

– Ona chyba nie do końca uświadamia sobie, jak bardzo jest źle – odparł Ashton. – Ale niedługo się przekona. Kilka razy w tygodniu znajduję go śpiącego na podłodze u mnie w pokoju. Musiałem położyć w kącie dmuchany materac.

– Bo to nie jest dziwne – stwierdziła Zakiyyah.

– Wiesz, co jest dziwne? Że te koszmary zaczęły się po tym, jak poznał twoją przyjaciółkę.

– Wiesz, co to zbieg okoliczności?

– Julian twierdzi, że nie ma czegoś takiego. Za pierwszym razem to zbieg okoliczności, za drugim przypadek, a za trzecim wrogie działanie.

– No to mamy zbieg okoliczności według jego definicji – odparła Zakiyyah. – Bo można kogoś poznać tylko raz.

– Julian twierdzi coś innego.

– Czy pamięta, co mu się śni?

– Na moje nieszczęście pamięta.

Czekała. Jechał dalej.

– Będziesz tak siedział, czy mi powiesz?

– Te koszmary są tak okropne, że prawie nie chcę ci o nich opowiadać.

– No to nie opowiadaj.

– To koszmary – ciągnął Ashton – w których umieram ja, Julian i Mia.

– No i powiedział.

– I to nie raz. Ale raz za razem. W najbardziej niewyobrażalny sposób. Ale nie chce mi powiedzieć, co mnie spotyka. To takie okropne, że mi nie powie. Sam będę musiał się domyślić. Ale bez względu na całą resztę, Mia zawsze umiera. Nie mów jej, że ci to powiedziałem.

– Nie martw się.

– Mówię poważnie, Z. Nigdy – przestrzegł ją Ashton. – Albo naprawdę będę martwy, bo Julian mnie zabije. To zniszczy naszą przyjaźń.

– A ja umieram? – zapytała Zakiyyah.

– Chyba nie. Tylko znikasz.

– Dzięki Bogu.

– Nie potraktujesz tego poważnie?

– Chcesz, żebym traktowała poważnie pokręcone sny jakiegoś faceta, którego prawie nie znam?

– Jakiegoś faceta, który ożeni się z twoją najlepszą przyjaciółką.

– To jej problem.

– Miło.

– Co chcesz, żebym mówiła? Co mam zrobić? Czemu mi to powiedziałeś?

– Bo martwię się o niego – powiedział Ashton. – Nie mogłem już tego dusić w sobie. Sam nie mogłem tego znieść.

– No to teraz nie będziemy tego mogli znieść we dwoje. Zadowolony?

– Trochę tak. Bo wiem, że przeze mnie jesteś trochę nieszczęśliwa.

– Trochę? – odparła Zakiyyah, unosząc jego dłoń do ust.

Ona nie jest tą jedyną.

Ashton mówił to o każdej dziewczynie, z którą się umawiał. I to nie miało znaczenia. Każda ubrana przez najlepszych projektantów i obsypana biżuterią piękność od Pasadeny po Nowy Orlean sprawiała, że drżał z radości, ale kręcił też głową i mówił: Jezebel, Delilah, Grace Kelly lub Marilyn, kocham was dziewczyny, kocham was, ale nie jesteście tą jedyną. Jesteś śliczna, zmysłowa, ładnie pachniesz, śpiewasz, robisz gwiazdy, śmiejesz się z moich dowcipów, lubisz poranny seks i kochasz pływać nago w moim basenie. Ale nie jesteś tą jedyną. Razem z Julianem przez dekadę spędzoną na zabawie udawali, że jej szukają.

A potem w piątkowy ranek zadźwięczał dzwonek i ona weszła do Skrzyni Skarbów z tym swoim bujnym ciałem i idealną twarzą, osądzając go, gdy sama ulegała jego czarowi. Zanim powiedziała choć słowo, Ashton już wiedział. Wiedział to w głębi serca.

Kiedy coś takiego dzieje się w życiu człowieka, rzeczony człowiek musi wyznać wszystkim całą prawdę i spełnić obietnicę, że będzie dążył do doskonałości, postara się być dobry i musi mieć nadzieję, że jego mizerne wysiłki wystarczą.

Ashton w końcu pojął, o czym mówił Julian.

Resztę podróży do Vegas odbyli w milczeniu, słuchając w kółko *Fruit of Life* Marleya, *Babylon*, *Paradise* i *The Lion Roars*. Jakiś kilometr przed hotelem Wynn Ashton zatrzymał się na parkingu sklepu 7-Eleven.

– Posłuchaj, Z – zaczął, ujmując jej dłonie w swoje. – Mój Julian i twoja Mirabelle pobiorą się w Kaplicy Kwiatów. To niesamowicie doniosły dzień. Na tę okazję zjawi się nawet mój tato, którego nie widziałem od czasu ukończenia college'u.

Zakiyyah skinęła głową.

– A mama Mii, Ava, która od szesnastu lat jest wdową, przyjedzie z osobą towarzyszącą! To jakiś Wietnamczyk. Poznała go podczas ostatniej podróży do Londynu. Jadła lunch w jego knajpce i coś między nimi zaiskrzyło. Mia nawet jeszcze o tym nie wie.

– Twoje dziewczyny z Brooklynu przylecą, żeby poznać moich chłopaków z UCLA i chłopaków Julesa z sali bokserskiej – dodał Ashton z szerokim uśmiechem. – To będzie niezła impreza. Chodzi mi o to, że nie chcę, by cokolwiek, nawet najdrobniejsza rzecz, zniszczyła ten dzień Julesa i Mii. Okej?

– Oczywiście. Ale dlaczego mówisz o tym mnie? Jak planujesz go zniszczyć?

Ashton zmienił strategię.

– Próbuję powiedzieć, że mogę porozmawiać z Riley dopiero po weselu. Obiecuję ci, że nie będę z tym zwlekał. Będę w porządku w stosunku do ciebie. Ale muszę być w porządku także w stosunku do niej. Byliśmy razem bardzo długo i jestem jej to winien.

– Okej – powiedziała Zakiyyah, patrząc na niego z jeszcze większym przejęciem.

– Nie chcę, żebyś się denerwowała, że muszę być z nią, siedzieć obok niej i z nią tańczyć. Że przez następne parę dni, będę musiał być z nią.

Zakiyyah nachyliła się, żeby go pocałować.

– Dziękuję, że jesteś ze mną szczery. Poza tym druhna zawsze tańczy z drużbą. Więc też z tobą zatańczę.

– Tak. Ponieważ jesteś moją druhną.

– A ty moim drużbą.

Patrzył jej prosto w twarz.

– Jesteś taka znajoma – powiedział. – Nie wiem, dlaczego. Jesteś jak moja ulubiona piosenka.

– A ty jak moja. Nie martw się o mnie. Rób, co musisz. Nie będę się niecierpliwić. Poczekam z boku.

– I jeśli w którymkolwiek momencie podczas ślubu, wesela i tańców usłyszysz, jak mówię: „Hej, baby", wiedz, że myślę o tobie. – Uśmiechnął się. – Myślę o chwili, gdy znów będę mógł z tobą romansować.

– Ashton!

– Tak, Z?

– Hej, baby – szepnęła.

– Hej, baby – odszepnął.

47

Różowy Pałac

– Jules, dziewczyna, którą zaangażowali, złamała nogę w jakimś głupim wypadku i dostałam tę rolę!

Mirabelle odebrała wiadomość, gdy rankiem uczyli się surfować w łagodnych falach plaży Waikiki. Poszła z telefonem do hotelowego lobby, bo tam był lepszy zasięg, a potem popędziła do ich kabiny na plaży, żeby mu o wszystkim powiedzieć. Spędzali miesiąc miodowy w Royal Hawaiian, Różowym Pałacu.

– Co to za rola? – zapytał Julian. Popijał poranny koktajl i spojrzał na nią, gdy zasłaniała mu słońce, podskakując w skąpym bikini z Marmont. Opaliła się w tropikach na brąz dzięki jednej z jego podpowiedzi: jednego dnia bardzo wysoki filtr przeciwsłoneczny, następnego dnia niski.

– Nie mów, Medea, mściwa matka, w Londynie? – Sądząc po jej ekscytacji, nie mogło to być nic innego.

– Niestety nie. Choć to byłoby rzeczywiście wspaniałe.

Julian wzruszył ramionami.

– Nie tak znowu wspaniałe. Nowożeńcy musieliby się rozdzielić, a żonę uwodziłby inny mężczyzna w obcym mieście.

– No dobra, to nie byłoby wspaniałe – odparła – choć chciałabym, by mnie uwodzono, ale Londyn! I czemu mielibyśmy się rozdzielać? Pojechałbyś oczywiście ze mną. Żeby mnie pilnować. Wiesz, jak lubisz to robić. – Uśmiechnęła się. – Podczas prób zwiedzałbyś zabytki.

– Londyn wcale nie jest tak rewelacyjny, jak mówią – mruknął Julian, zadowolony, że nie muszą podejmować takiej decyzji. – No to jaką rolę dostałaś?

– Dziewczyny o imieniu Josephine, w horrorze! – powiedziała podnieconym głosem. – Byłam na castingu miesiąc temu i wzywali mnie potem jeszcze dwa razy. – Przysiadła na brzegu jego łóżka plażowego i gładziła go po nodze. – Pewnie nie pamiętasz, to było na tym etapie naszych zalotów, kiedy rozważałeś przeprowadzkę na inny kontynent, żeby się tylko ze mną nie kochać. – Połaskotała go w kolano.

Julian zachował powagę.

– Jaki tytuł ma ten film?

– *Kazamaty przeklętego władcy.*

– Rewelacja.

– Prawda? – Wypiła łyk jego drinka według ich własnego przepisu, a przynajmniej tak im się wydawało, na cześć Różowego Pałacu: gin i tonik z angosturą, która zabarwia gin na różowo, stąd jego nazwa: Pink Gin. – I wiesz co? Film będą kręcić na wzgórzach w Warnerze! W studiu i w plenerach. To jedna przecznica od Skrzyni Skarbów. Możesz mnie odwiedzać w czasie przerwy na lunch. Jeśli będziesz dobry, zostaniesz moim flufferem*.

Julian odrzucił głowę do tyłu i zaniósł się śmiechem.

– To chyba nie znaczy to, co ci się wydaje – powiedział, pociągając ją na siebie. – Ale może pójdziemy na górę i ty zostaniesz moim flufferem.

– Co, znowu?

– Tak, wydaje mi się, że na tym właśnie polega podróż poślubna. Przysłali ci mejlem scenariusz? Możemy upiec dwie pieczenie na jednym ogniu. Poproś w recepcji, żeby wydrukowali dwie kopie.

– Nie wykorzystuj mojego scenariusza, żeby mnie zwabić do swoich kazamatów, przeklęty władco – powiedziała Mia.

Po miłości i lunchu późnym popołudniem wrócili do kabiny nad oceanem, by popijać Pink Gin i czytać scenariusz. Mia siedziała na

---

* Fluffer – osoba odpowiedzialna za doprowadzenie do erekcji mężczyzny występującego w produkcji pornograficznej i za ogólne przygotowanie ciał aktorów do nakręcenia sceny.

piasku oparta o wielkie poduszki, a on leżał na wznak z głową na jej kolanach.

– No dobra, Oscara raczej nie zdobędzie – oświadczyła Mia, gdy skończyli – ale to moja pierwsza główna rola.

– I jest niesamowita – odparł Julian. – Możesz dużo zrobić z tą Josephine.

– Josephine, biedna skazana na zgubę dziewczyna! Jestem zachwycona, że ten zabójca ma na jej punkcie koszmarną obsesję, cały czas ją śledzi i nieważne, gdzie ona się ukryje, zawsze ją znajduje i zamyka w swoich kazamatach. – Przesunęła palcami przez jego włosy i nachyliła się, by go pocałować. – W mojej pierwszej scenie wpadam pod autobus! Cudownie, prawda? Można pomyśleć, że to wypadek, ale kto w przebraniu siedzi za kierownicą?

– Przeklęty władca!

– Tak! Mam do nich oddzwonić i powiedzieć, że przyjmuję rolę?

– Też mi pytanie.

Mii udało się złapać zasięg na plaży. Julian nie podniósł się z jej kolan, gdy rozmawiała z Martym Springerem, swoim agentem. Kiedy skończyła, była jeszcze bardziej podniecona. Wysunęła się spod niego i zerwała na równe nogi.

– Próby zaczynają się w przyszłym tygodniu, a zdjęcia za dwa, uwierzysz? Sprawy wyglądają coraz lepiej.

Podała mu rękę i zaciągnęła go do wody.

Julian najbardziej lubił siedzieć na plaży wczesnym wieczorem. Nie było już tak tłoczno, przypływ zwiększał wysokość i częstość fal, a całe półokrągłe wybrzeże od Diamond Head po Kahanamoku lśniło i migotało jak trójwymiarowa pocztówka. Nurkowali, odpoczywali, odgarniali włosy i podskakiwali na falach.

– Jest jeszcze jedna superwiadomość – rzekła Mia. – Marty powiedział, że potrzebują statysty, który będzie siedział i patrzył, jak autobus potrąca mnie w pierwszej scenie, i Marty zaproponował ciebie.

– Co? Nie, nie ma mowy. Nie nadaję się.

Mia potarła jego ramiona miękkimi dłońmi.

– Nadajesz się jak najbardziej. – Pocałowała go w pierś. – O co ten krzyk? Będziesz siedział przy stoliku jak zwykły przechodzień, ja przejdę obok ciebie, a potem BUM! Znikąd pojawia się autobus i…

– Nie. Będę robił to, co do mnie należy.

– Daj spokój. Przedstawię cię Florence, kierowniczce obsady. Będziesz gotowy w mgnieniu oka. Wybierzesz sobie kostium w garderobie. Wiesz, jak lubisz przebieranki. – Klepnęła go z szerokim uśmiechem.

Klepnął ją w odpowiedzi.

– Kostium do siedzenia przy stoliku? Nie nazywa się to przypadkiem ubranie?

– Bardzo śmieszne. I zapłacą ci. Całe sto pięćdziesiąt dolarów.

– No to mnie podsumowali.

Skoczyła na niego w wodzie, próbując go przewrócić. To była jej ulubiona zabawa, zaraz po tej, gdy to on się z nią mocował i ją przewracał. Oplotła go nogami w pasie, objęła rękami za szyję, potarła policzkiem o jego zarost, pocałowała mokrymi wargami. Na Hawajach Julian golił się tuż przed kolacją.

– No już, zgódź się. – Kołysała się, próbując go przewrócić. – Zgódź się, żeby mogli powiedzieć: Tylko na nich spójrzcie, wszystko robią razem.

– Zastanówmy się lepiej, co możemy robić, mieszkając razem – odparł – a resztą zajmiemy się później. – Ich romans nabrał tak zaskakującego tempa, że jej rzeczy wciąż czekały w mieszkaniu przy Lyman. Od chwili, gdy się poznali, spędzili tydzień osobno, tydzień w hotelu Marmont, tydzień jeżdżąc od jednego mieszkania do drugiego, tydzień w Vegas, teraz tydzień tutaj. Minęło pięć tygodni, a żadne z nich nie miało nawet własnej szuflady w jego mieszkaniu bądź jej.

– Możesz uwierzyć, że jesteśmy małżeństwem, Jules? – zapytała. – Czasami to do mnie nie dociera.

– Do mnie też. Ale przeniosłem cię przez próg apartamentu w Vegas, więc wiem, że to prawda.

– No to do boju.

– Do boju – odparł Julian.

48

Big Ben

Kiedy wrócili do L.A., Ashton uznał, że udział Juliana w horrorze to najlepsza rzecz, jaką słyszał w życiu. Ale koniecznie chciał się dowiedzieć, czemu Julian nie zgłosił się na przesłuchania do roli przeklętego władcy.

– Bo mam już pracę.

– Pracę sracę – odparł Ashton. – Z jednej strony Ten-Który-Wie-Wszystko, z drugiej przeklęty władca. Jak mogłeś się wahać, szczęściarzu.

Kiedy Julian i Mia byli na Hawajach, Ashton rozstał się z Riley. Julian umówił się z nią na pocieszający lunch w kafejce Whole Foods w Beverly Hills, gdy Mia zaczęła próby. Rozmawiali o ślubie, podróży poślubnej, *Przeklętym władcy.* Pod koniec Riley poruszyła wreszcie temat Ashtona.

– Wiedziałeś o tym? – zapytała. Była opanowana, choć wyraźnie to nią wstrząsnęło. – Miałeś z tym coś wspólnego?

– Czemu miałbym mieć?

– Bo wszędzie widać twój wpływ. Najpierw rozstajecie się z Gwen, niecałe pięć minut później żenisz się z dziewczyną, którą ledwo znasz, a pięć minut po tym Ashton mówi *sayonara*. On tak nie działa. Takie decyzje nie są w jego stylu, on jest facetem, który płynie z prądem. To jedna z rzeczy, które w nim pokochałam.

– Riles, kogo oszukujesz? – zapytał Julian. – Właśnie tego nie mogłaś w nim znieść.

– Wiem. Ale czemu jego natura wędrowca wydaje mi się teraz tak porywająca?

Julian ujął ją za rękę.

– Zasługujesz na coś lepszego. I znajdziesz.

– A jest coś lepszego od Ashtona? – Na pięknej, subtelnej twarzy Riley pojawił się smutek, jakby wcale tak nie uważała.

– Tak. Na przykład ja. – Julian uśmiechnął się.

– Jesteś zajęty. I niczego jej nie ujmując, czemu Mirabelle cię dostała? Kim, u diabła, ona jest? My poświęciliśmy ci tyle czasu. Całe lata. A ona zatrzepotała rzęsami w kawiarni i nagle zostaje Panią-Która-Wie-Wszystko? Gdzie sprawiedliwość?

– Chcę tylko powiedzieć, że wybór jest ogromny. Zauważyłaś na przykład, jak piorunujące wrażenie wywarłaś w Vegas na towarzyszu matki Mii, Devim Jakimśtam? Masz u niego wielkie szanse.

– Mam już dość twoich żartów – odparła Riley, lecz się uśmiechnęła. – Ale wiesz, który gość z wesela stale przysyła mi esemesy? Liam.

– Liam Shaw? Ten od Freddiego? – Liam był porządnym facetem, wysokim bokserem wagi półśredniej.

– Tak. W Wynn był mocno zalany. Stale prosił mnie do tańca. I nie mógł zapanować nad dłońmi. A teraz nie przestaje pisać.

– Riley, nie możesz się z nim związać – powiedział Julian. – Oboje macie na nazwisko Shaw!

– Wiem! Powiedział mi, że jest na wskroś nowoczesnym facetem i jeśli za niego wyjdę, mogę zachować moje nazwisko.

– I ma jeszcze poczucie humoru?

– Wszystkim mężczyznom wydaje się, że są cholernymi komikami. – Riley spojrzała na zegarek. Musiała wracać do pracy. Odprowadziła Juliana do rozsuwanych drzwi, a zanim wyszedł, zapytała łamiącym się głosem: – Zostaniemy przyjaciółmi, Jules? Gdybyś był dziewczyną, byłbyś jedną z moich najlepszych przyjaciółek. To chyba kolejny z powodów, dla których jestem wściekła.

– Chodź tu, Riles. Przytul się terapeutycznie. – Objął ją. – My nie zrywamy. Pozostaniemy przyjaciółmi na zawsze. Bo kto będzie mi opowiadał o zaletach płukania okrężnicy?

– Nie wspominając już o zaletach oleju kokosowego – dodała Riley, całując go. – A może już je odkryłeś? – Odpowiedziała uśmiechem na jego uśmiech i wróciła do Whole Foods na wysokich szpilkach i w ołówkowej spódnicy, a jedwabiste jasne włosy kołysały się w rytm jej kroków.

*

Koszmary Juliana nie były już tak okrutne, ale nie przestały być ponure i wyraźne. Ona rzadziej topiła się w ogniu i rzadziej obrzucano ją pustymi butelkami, on rzadziej bywał bezradny, ale nadal było ciężko. Oglądał ją na scenie. Stała wysoko w czerwonych światłach albo nisko na jakichś drzwiach. Czasami drzwi rozsuwały się jak zapadnia i ona znikała. Nosiła chustki na głowie i kapelusze budki. Czasem była chłopcem z króciutko obciętymi włosami. Raz grała w *Traviacie* i umierała na śmiertelną chorobę. Innym razem wyglądała jak rosyjska babuszka w czarnym ubraniu i chustce zawiązanej pod brodą, gdy stojąc na zamarzającej scenie, recytowała słowa, których nie słyszał.

Ostatnimi czasy sny koncentrowały się nie na samej Mii, lecz na czymś innym, niepokojącym i nieokreślonym. Julian słyszał w tle głuche bicie dzwonów. Szedł, próbując się do niego zbliżyć. Bicie nie ustawało, rozlegało się co kilka sekund. Poczuł na sobie czyjąś okaleczoną rękę. To był Devi, Azjata, z którym matka Mii przyjechała na ślub. W prawdziwym życiu, gdy mężczyzna uścisnął mu dłoń podczas składania życzeń po ślubie, Juliana ogarnęło bardzo dziwne poczucie, jakby piekąca słona woda zalała całe jego ciało, od stóp do głów. A sposób, w jaki Devi na niego patrzył… Julian nie wiedział, o co tu chodzi. We śnie dał mu coś do picia. Coś słodkiego. Gdy to wypił, dzwony zaczęły bić głośniej.

Podniósł wzrok. To był Big Ben. Znów Londyn. Dzwon nie przestawał bić.

49

Wszystko na zawsze

Julian wiedział, dlaczego nigdy nie chciał zostać aktorem. Przez całe to czekanie miał ochotę rzucić się z mostu. Nie dało się tak żyć.

Przygotowania do trwającej jedną minutę sceny, w której Mia idzie ulicą i wpada pod autobus, zajęły kilka dni. Wciąż budowali dekoracje. Powtarzali Julianowi, by wrócił, potem nie byli gotowi. Może następnego dnia. Albo jeszcze następnego. W końcu obiecali mu, że jutro na pewno będą kręcić.

W nocy przed zdjęciami Julianowi znów śnił się Big Ben. Wpatrywał się w wielki zegar, próbując odczytać godzinę. Odwrócił głowę, by sprawdzić, czy jest na ulicy sam. Ale nie, wokół niego zgromadził się tłum ludzi, znanych i obcych. Mężczyzna bez ręki, drugi bez palców, wysocy i karłowaci, prostytutki, złodzieje, mężczyźni z Biblią i manuskryptami, w garniturach i bandażach, albinosi i olbrzymy, wszyscy stali i jak on wpatrywali się w wieżę. Dzwon nie przestawał bić. Usłyszał, jak ktoś mówi, zacznij na nowo, Szwedzie. Nie był Szwedem. Czemu sądził, że słowa były skierowane do niego? Dzwon umilkł. Stali w ciszy. Nikt się nie odzywał. Potem znów zaczął bić. Tym razem Julian liczył.

Czterdzieści dziewięć uderzeń.

Kiedy obudził się około czwartej nad ranem, nie mógł już zasnąć. Zaczął dzień od poczucia lęku tak potężnego, że z trudem wstał z łóżka. Próbował przypisać to wszystko zmęczeniu i żałował, że nie może wziąć czterech tabletek nasennych i przespać całego dnia.

Ale to nie było zmęczenie. Kiedy Mia się obudziła, była blada. Nie przypominała radosnej, ożywionej dziewczyny. Guzdrała się i ociągała. Dodała śmietankę i cukier do kawy Juliana, choć zwykle pijał czarną. Zawołała do niego z sypialni.

– Jules, ile mam czasu?

Stanął w drzwiach.

– Co powiedziałaś? – Głos mu się trząsł. Czemu pamiętał, że już to do niego mówiła?

– Ile mam czasu? O której najpóźniej możemy wyjść, żebym się nie spóźniła?

Dlaczego tyle rzeczy z nią związanych – rzeczy, które mówili, czuli, robili, na które patrzyli – napełniało go tak uporczywym poczuciem déjà vu?

Niepokój go nie opuszczał. Po drodze do Warnera, Julian zatrzymywał się na każdym żółtym świetle. Kiedy inny kierowca zajechał mu drogę, wyskoczył z samochodu i zaczął na niego wrzeszczeć.

– Hej, stary, z czym masz problem? Patrz, gdzie jedziesz! O mało co się w nas nie wpakowałeś!

Siedząca w samochodzie Mia nie spuszczała z niego wzroku.

– Czyżby wyszło szydło z worka? – powiedziała. – To twoje prawdziwe ja, które skrzętnie ukrywałeś? A może dzieje się jeszcze coś innego?

Julian nie odpowiedział. Obie opcje go pogrążały. Albo był palantem, albo działo się coś innego.

Cieszył się, że będzie z nią dziś na planie, bo naprawdę potrzebowała, żeby ktoś jej pilnował. Kiedy wysiadała z samochodu, szalik zaplątał się w drzwi. „Zupełnie jak Isadora Duncan", zażartowała, ale to wcale nie było śmieszne. Wchodząc po schodkach do swojej przyczepy, potknęła się i skaleczyła się w goleń o metalowy stopień. Kiedy szła przez plan, nie zauważyła grubego zwoju kabla na ziemi. Upadłaby, gdyby Julian jej nie złapał. Wypiła łyk kawy, sparzyła się w język i upuściła kubek, oblewając kawą nadgarstek i dłoń. Został mały ślad po oparzeniu. Rozdarła pończochę o róg biurka, a na nodze pojawił się siniak. Julian przyglądał się temu wszystkiemu z rosnącym niepokojem.

Kiedy nie mogło już być gorzej, asystent reżysera odesłał Juliana do domu. Pomimo obietnic nie byli w stanie dziś kręcić. Pogoda była okropna. Nad głowami kłębiły się szare chmurzyska. Spadło nawet kilka kropli deszczu. W Los Angeles. Nikt nie wiedział, co robić. Jeśli można było na coś tu liczyć, to na pewno na czyste niebo. To dlatego przemysł filmowy przeniósł się na zachód, a nie na przykład na deszczową Florydę. A jednak dzisiaj, gdy potrzebowali pełnego słońca, dostali coś takiego.

Przy pożegnaniu Julian błagał Mię, żeby była ostrożna.

– Oczywiście, ale dziwne, że to mówisz. Czemu nie miałabym uważać?

– Dziwne? Naprawdę? Przez cały ranek coś rozlewasz, potykasz się, upadasz, oblewasz się gorącą kawą. – Odgarnął włosy z jej oczu.

– Jules, dzisiaj nie przydarzy mi się nic złego. – Mirabelle uścisnęła go jak żona i pocałowała jak kochanka. – Nie wiesz, że dziś jest mój szczęśliwy dzień?

– Czemuż to?

– Bo dziś mija dokładnie czterdzieści dziewięć dni od naszego poznania! Pamiętasz, jak ci mówiłam, że czterdzieści dziewięć to moja szczęśliwa liczba?

– Nie. I nie wiedziałem, że liczysz.

Rzuciła mu uśmiech pełen miłości, lecz Julian nie sądził, że można się czuć jeszcze gorzej. Big Ben bijący czterdzieści dziewięć razy w jego śnie był tak wyraźny, jak Mia w jego ramionach. Aby się pozbyć pulsującego niepokoju, pojechał do sali Freddiego Roacha i walił w gruszkę tak długo, aż zamglił mu się wzrok i prawie nie mógł unieść rąk. Potem całym ciałem atakował worek, aż wybił sobie z głowy każdą cholerną myśl o Big Benie. Pojechał z Ashtonem na spotkanie z kanałem Comedy Central, na którym był obecny ciałem, lecz duchem oddalił się o miliony kilometrów. Resztę dnia spędził w Skrzyni Skarbów, po czym o siódmej pojechał po Mirabelle.

Była cała, lecz cicha jak ranny ptak. Oświadczyła, że wszystko w porządku, jest tylko zmęczona. Nie była głodna. Nie chciało jej się pić. Nie chciała iść na drinka, nie chciała nawet jeść kolacji. Chciała tylko wrócić do domu. Zapytał ją, czy ma ochotę pooglądać meble. Miesiąc temu, gdy opuścili swój elizejski przybytek w Marmont i wrócili do świata, Mia zażądała nowej pościeli, zanim zostanie u niego na noc. Wyjaśniła, że nie chce spać w pościeli, nawet wypranej, na której wcześniej zabawiał inne kobiety. Julian posunął się jeszcze dalej. Zabrał ją do sklepu Cantoni przy La Brea i wybrali nowe łóżko, ogromne skórzane łoże z regulowaną ramą i wykładanym aksamitem zagłówkiem, o który można się było albo oprzeć, albo się go chwycić, jeśli zaszłaby taka potrzeba.

Teraz jednak trzeba było przeprowadzić pełny poślubny remont. Planowali przemalować dom, wymienić podłogi, zamontować nowe szafki w kuchni i lodówkę do wina. Mia chciała mieć 75-calowy telewizor z płaskim ekranem. Zaproponował, że pojadą go kupić.

Odmówiła.

– Może jutro, kochanie – powiedziała, biorąc go za rękę, gdy jechali do domu. – Dziś nie mam na to ochoty, mimo że to mój szczęśliwy dzień i tak dalej. Bardzo przepraszam. – Próbowała się uśmiechnąć.

W domu Zakiyyah zrobiła kurczaka w sosie śmietanowym i letnią sałatkę, ale Mia nie miała apetytu. Ashton zaprosił ich na wspólne pływanie. Mia odmówiła. Zakiyyah chciała iść potańczyć, Mia nie. Wyciągnęli Taboo, ulubioną grę Mii, ale nie chciała grać. Poprosiła o herbatę, a gdy Julian ją przyniósł, spała już na wielkim łóżku. Nie mógł oglądać telewizji ani pracować nad swoją stroną internetową.

Siedział w fotelu przy otwartym balkonie i nasłuchiwał jakiejkolwiek zmiany w jej oddechu, śmiechu, gry na gitarze, sporów i śpiewów dobiegających z domu Ashtona.

W końcu odgłosy zabawy ucichły i Julian położył się obok Mirabelle. Spała głęboko, oddychała rytmicznie i żyła.

Przez całą noc walczył ze snem, szukając na jej ciele oznak zniszczenia. Jak mógł jej bronić przed zagrożeniami, wyobrażonymi i rzeczywistymi, skoro nie wiedział, co oznaczają jego sny? Czy odzwierciedlały to, co już się wydarzyło, czy coś, co dopiero ma się stać? To wspomnienia czy przeczucia? A może tylko irracjonalne lęki? Składały się jednak na sporą ilość bardzo specyficznych obaw. Nigdy nie był na pokładzie statku ani w pożarze, nigdy nie widział spadających bomb ani nie patrzył, jak kogoś kamienują albo duszą. Nigdy nie zabił człowieka. Nigdy nie był w Londynie, a jednak Londyn w jego snach był tak wyraźny, jakby w wyobraźni narysował mapę miasta, mocno zaznaczając każdą ulicę.

Czemu Londyn?

I czemu Big Ben?

Co oznacza liczba czterdzieści dziewięć?

Nic nie miało sensu, nic.

Julian czuwał, bojąc się rzeczy, których nie potrafił wyrazić. Przykrył Mirabelle czarnym kaszmirowym pledem z Marmont i do świtu trzymał na niej dłoń. W końcu zasnął na krótko i śnił. Ujrzał Mirabelle jak wtedy, gdy zobaczył ją pierwszy raz. Ale to nie było w Coffee Plus Food. Ujrzał ją zalaną czerwonym światłem, w ogrodzie, nagą w domu, na zatłoczonym placu, obok działa polowego w pokoju bez sufitu, w tawernie i stojącą na leżących poziomo drzwiach. Różne sceny, różne życia, ale to zawsze była twarz Mii, jej oczy i olśniewający uśmiech.

50

Kazamaty przeklętego władcy

Następnego ranka obudziła się wcześnie, spędziła dużo czasu w łazience i poinformowała go, że nie musi jej podwozić do pracy, bo biegnie na szybkie spotkanie z Zakiyyah, która potem podrzuci ją do Warnera.

– Ale lepiej zjaw się o ósmej – dodała. – Pogoda jest piękna. Na pewno będziemy dziś kręcić.

– Uwierzę, jak zobaczę. Jakie spotkanie?

– Nie wiem, Jules – odparła. – Nie zadaję pytań. Z potrzebuje, żebym z nią poszła, to idę.

– Na przykład do lekarza?

– Wiesz co? Będziemy szanować prywatność innych, a nie stawiać ich w niezręcznej sytuacji.

– Zadając pytanie tobie, stawiam w niezręcznej sytuacji Zakiyyah?

– Prywatność, Jules. Granice. – Napisała esemes do przyjaciółki. – Ups, muszę lecieć, do zobaczenia. – Cmoknęła go w policzek, wybiegła, wsiadła do chevy cruza Zakiyyah i odjechały.

O dziewiątej była na planie, lecz zanim Julian zdążył zamienić z nią choć słowo, porwali ją do charakteryzacji. Spóźniła się, więc musieli się uwijać, żeby była gotowa do zdjęć przed dwunastą. Julian chodził tam i z powrotem przed jej przyczepą. Zrobiło się zamieszanie, w ruch poszły walkie-talkie, projektantka kostiumów wpadała i wypadała. Szukali czegoś dla Mirabelle, co przykuje uwagę w tej scenie, ale nie mogli znaleźć właściwej rzeczy. Buty, parasolka, pasek.

– Może beret? – zaproponował Julian zestresowanemu i wypranemu z pomysłów asystentowi reżysera, ostro krytykującemu dziewczynę od kostiumów.

Asystent ożywił się.

– W jakim kolorze?

– Czerwonym. Z czerwonej skóry. Gucci. Vintage.

– Mógłby być. Muszę go zobaczyć. Masz go?

Julian zadzwonił do Ashtona. Po dziesięciu minutach Ashton zjawił się na planie z beretem.

– Nie jest na sprzedaż ani na zawsze – powiedział. – Wypożyczam go za darmo. Możecie go wykorzystać, ale po zdjęciach musicie oddać.

Asystent reżysera i dziewczyna od kostiumów wynieśli beret na tacy jak głowę Jana Chrzciciela. Ashton i Julian czekali przed przyczepą Mii. Mia była zachwycona, reżyser też. To był ten ostatni detal, którego szukali.

Ashton był w rewelacyjnym nastroju nawet jak na siebie.

– To tylko beret, stary – powiedział Julian, przewracając oczami. – Uspokój się. Żadna z niego relikwia.

– To jest relikwia, ty niepoprawny mizantropie – odparł Ashton. – Ma w sobie fizyczne pozostałości świętego miejsca i świętej osoby. Dostał go człowiek, który podczas wojny uratował mojego ojca z płonącego domu, od kogoś, dla kogo ten beret był świętością A potem ja dałem go tobie i uratował twoje głupie, uparte, cyniczne dupsko. Gadasz, jakbyś nic nie wiedział. W relikwiach kryją się duchowe więzi pomiędzy życiem i śmiercią, między ciałem i duszą. Relikwia to sakrament. W każdym kościele na ołtarzu musi być jakaś relikwia. Masz przed sobą długą drogę, Jules, żeby nauczyć się szanować skarby wierzących.

Julian potrząsnął głową i skrzyżował ręce na piersi. Nie chciał powiedzieć Ashtonowi, jak porażająco często śnił o tym jednorękim człowieku i jego grupie włóczęgów na rozdartych wojną ulicach Londynu.

Stali obok siebie i patrzyli, jak sześć osób wsuwa włosy Mirabelle pod beret i układa pasma wokół jego brzegów.

– Muszę przyznać, że podziwiam to przywiązanie do szczegółów – powiedział Ashton. – Każda cholerna rzecz musi być na swoim miejscu. – Szturchnął Juliana. – Muszę lecieć. Za piętnaście minut zjawi się ktoś po automat z Donkey Kongiem. A dziś rano sprzedałem kolejną butelkę Jeannie. Schodzą jak złoto. Wrócę później na twoje dziesięciosekundowe zbliżenie, może nawet z Z. – Uśmiechnął się od ucha do ucha. – Jak myślisz, kiedy to będzie? Za pięć, sześć godzin?

– Zabij mnie teraz. Jak oni to wytrzymują?

– Jak? To przecież świetna zabawa. Tylko się rozejrzyj.

Rzeczywiście, było zabawnie.

„Najgorszy dzień na planie filmowym jest wciąż lepszy od najlepszego dnia gdzie indziej"*. Julian powinien to pamiętać, gdy niecierpliwił się przed zatłoczoną przyczepą Mirabelle.

– No dobra, moje panie – zawołał asystent reżysera – pospieszmy się z tym makijażem, musimy zacząć zdjęcia jeszcze w tym stuleciu. Julianie, chodź ze mną.

Zaprowadził go na gotowy już plan. Reżyser chciał, żeby siedział na swoim miejscu, dopóki Mirabelle nie będzie gotowa. Jeden powód do zmartwień mniej.

Plan zbudowano na podstawie czyjegoś wyobrażenia o współczesnej ulicy w Londynie, niepozbawionej jednak odwołań do przeszłości. Ten ktoś nigdy nie był w Londynie, nie widział go na filmie, a może nawet na zdjęciu. Okna we wszystkich sklepach były wysokie jak w Century City, z wyjątkiem uroczej kafejki w wiejskim stylu, która miała być niezaprzeczalnie brytyjska, a mimo to wyposażono ją w wysokie okna typowe dla drapaczy chmur w L.A. Za to produkcja dodała do nich złote markizy. Czy to było brytyjskie? Ulica była szeroka, by można było po niej ciągnąć na wózku atrapę czerwonego piętrowego autobusu – sam szkielet bez silnika. Na końcu ulicy można było dostrzec zarys parku, fasadę sklepu odzieżowego i kwiaciarnię. Shae, asystentka produkcji, z czułością układała kwiaty, by robiły jeszcze większe wrażenie. Autobus i przysadzista czarna taksówka stały w rogu, czekając na swoje zbliżenie.

W ulicy było coś niepokojąco znajomego. Julian nigdy nie miał większego poczucia déjà vu. Nie wiedział dlaczego. Był pewny, że

* Słowa wypowiedziane przez Carolyn (w tej roli Jacki Weaver) w filmie *The Disaster Artis* z 2017 roku.

wcześniej nie był na takiej ulicy. W drodze do stolika zastanowił się. O co chodzi? Czy jakiś element pojawiał się w jego snach? Pamiętałby. Londyn z jego koszmarów – brudny, głośny, ogromny, tętniący życiem – nigdy nie był taki czysty, słoneczny, taki pusty.

Reżyser i operator przyglądali się zaaranżowanej scenie przez swoje obiektywy i wciąż byli niezadowoleni. Stwierdzili, że nie wygląda prawdziwie. Mieli obsesję na punkcie czerwonego autobusu. Coś z nim było nie tak. Po dwudziestu minutach rozpaczliwego deliberowania, Julian musiał wkroczyć do akcji.

– To nie jest opowieść o autobusie – rzekł. – Tylko o dziewczynie, która wpada pod autobus.

– Co chcesz przez to powiedzieć?

– Akcent. Priorytety.

Reżyser i jego asystent zgodzili się z nim w teorii, ale wciąż nie odpuszczali. Coś było nie tak i nie wiedzieli co. Mieli autobus, taksówkę, zieloną torbę z Harrodsa, czego jeszcze brakowało?

Czego brakowało? Białych kamienic, rzeki, dwudziestu mostów, kopuły Świętego Pawła, rzymskiego muru, sklepów z frytkami, kiosków, rond, księgarni. I dziesięciu milionów ludzi.

– Deszcz – powiedział Julian, pocierając grzbiet nosa, by zachować cierpliwość. – Czy chodniki w Londynie są kiedykolwiek suche? Nie kręcicie filmu fantasy tylko horror. A horror musi być mocno osadzony w rzeczywistości. Musi być deszcz.

Wychwalali go pod niebiosa za tę sugestię. Jak za dotknięciem czarodziejskiej różdżki pojawił się wąż z wodą. Poprosili Juliana, by się odsunął i zlali wodą metalowy stolik, chodnik, ulicę, pojazdy. Markizy i kwiaty. Wyglądało o wiele lepiej, a poczucie déjà vu Juliana jeszcze zyskało na sile. Wrócił do stolika i usiadł na wytartym krześle. Metalowe nogi zazgrzytały na masie udającej beton.

– Dobra robota – stwierdził reżyser, który podszedł, by poprawić mu kołnierz kurtki. – Dzięki za konsultację.

– Ciekawi mnie, czemu osadziliście film w Londynie, skoro nigdy tam nie byliście?

Reżyser, młody debiutant John Pagaro, uśmiechnął się.

– Bo to podobno wspaniałe miasto. Przeczytałem kiedyś cytat Samuela Johnsona i nigdy go nie zapomniałem. „Kiedy człowiek ma dość Londynu, ma dość życia, bo w Londynie jest wszystko, co życie może zaoferować".

Julian wzruszył ramionami. Żałował, że jego koszmary są tak mocno osadzone w Londynie.

– Jak się czuje Mirabelle? – zapytał Pagaro.

Julian natychmiast się zdenerwował.

– Czemu pytasz? Jak powinna się czuć?

– Wczoraj zemdlała. Nie wiedziałeś?

Julian wstał. I niepewnie znów usiadł.

– Przepraszam – powiedział Pagaro. – Niepotrzebnie się z tym wyrwałem.

– Zemdlała, czy zemdlała i upadła? – zapytał Julian.

Pagaro przyznał, że zemdlała i upadła.

– Siedziała, więc nie wyglądało to groźnie, ale trochę uderzyła się w głowę. Trochę – dodał szybko na widok wyrazu twarzy Juliana. – Nie było krwi ani nic takiego.

Julianowi trzęsły się ręce. Wbił wzrok w filiżankę pełną kawy.

– Jak się czuła dziś rano? – zapytał reżyser.

– Chyba dobrze. – Julian nie podnosił głowy.

– Wróciła do pracy, wygląda świetnie, więc wszystko musi być w porządku. Nie martw się. To na pewno nic takiego. Będzie w tym filmie rewelacyjna.

– Tak – zgodził się Julian. – Jest rewelacyjna we wszystkim.

– Jesteśmy bardzo podekscytowani, że mamy ją na pokładzie. A ty, nawiasem mówiąc, też super sobie radzisz, siedząc tutaj.

– Do takiej pracy się urodziłem.

– Podoba mi się twój kostium.

Julian miał na sobie dżinsy, białą koszulę, czarne buty. I kurtkę, by pokazać, że jest chłodny deszczowy dzień, a nie słoneczny z temperaturą wynoszącą trzydzieści dwa stopnie.

– Dzięki. – Wybrał ten strój rano ze swojej szafy.

Pagaro wstał.

– Trzymaj się. Niebawem powinniśmy zacząć. – Skrzyżował palce, przeżegnał się i odszedł szybkim krokiem.

Julian wysłał esemes do Mirabelle. „Hej". Nie napisał: „Wiedziałem, że coś ukrywasz. Czułem to na twoich ustach".

Nie odpowiedziała. Zbliżało się południe. Julian patrzył na Pagaro, który stał z boku z całą ekipą i wyrywał sobie włosy z głowy. To była pierwsza scena w jego filmie, a już byli spóźnieni cztery dni. Nie wróżyło to dobrze na przyszłość. Ale z drugiej strony, co wróżyło dobrze.

Na drugim końcu ulicy pojawiła się Mirabelle. Poprowadzono ją na miejsce.

Odszukała spojrzeniem Juliana i uśmiechnęła się.

I w końcu – AKCJA!

Siedzi na krześle przy metalowym stoliku w kafejce przy szerokiej, zalanej słońcem ulicy. W południe słońce mocno praży. Siedzi i czeka.

Na stoliku stoi pełna filiżanka kawy. Jest zimna. Nie dotknął jej nawet. Nigdy nie dotyka. Pojawia się ona. Idzie w jego stronę tanecznym krokiem. Jej sukienka migocze. W rozkołysanych rękach trzyma różową parasolkę. Na głowie ma włożony na bakier czerwony beret.

Gdy go dostrzega, macha do niego dłonią z rozstawionymi palcami. Płynie do przodu, radosna i uśmiechnięta, jakby miała jakąś wiadomość i nie mogła się doczekać, by mu ją przekazać.

On odpowiada jej uśmiechem. Słyszy stukot jej obcasów na chodniku…

– CIĘCIE! – wrzasnął Pagaro. – Dobrze, ale spróbujmy jeszcze raz. Mirabelle, tym razem nie machaj dłonią. Sam uśmiech wystarczy. Wszyscy na miejsca. Od początku. Ujęcie drugie. AKCJA!

Plan zdjęciowy był tak realistyczny, że wydawał się prawdziwszy niż życie. Wszystko w nim było takie, jak powinno, każdy hydrant lśnił, każdy rekwizyt był na swoim miejscu, kwiaty pokrywała mgiełka, wysokie okna były mokre i odbijały czerwony piętrowy autobus i czarną taksówkę.

Po pięciu dublach skończyli kręcić z tego kąta kamery i rozpromieniona Mirabelle podeszła do Juliana i usiadła przy stoliku.

– Jak wypadłam? – Była zarumieniona, w mocnej charakteryzacji. Fachowo ułożone włosy utrzymywało na miejscu chyba pół litra lakieru.

– Świetnie chodzisz – odparł Julian. – Ale czemu mi nie powiedziałaś, że wczoraj zemdlałaś i upadłaś? – Intensywnie patrzył jej prosto w oczy.

Zmieszała się i już miała odpowiedzieć, gdy wtrącił się reżyser.

– Okej, dziewczęta i chłopcy! – krzyknął Pagaro – zmieniamy układ, a potem kręcimy z innego kąta. Mirabelle, Julian, zostańcie na miejscach, będziemy gotowi za momencik. Shae! – warknął do stojącej obok asystentki produkcji – nie stój tak, przynieś im wodę.

– W języku filmowym momencik oznacza pięć godzin – wyjaśniła Mirabelle z pojednawczym uśmiechem.

– Optymistka z ciebie – odparł Julian bez uśmiechu.

Przygryzając wargę, przyglądała mu się przez chwilę, a potem wstała i podeszła do niego. Stanęła za nim, zebrała jego kręcone włosy w kucyk i spięła go gumką, pozostawiając kilka pasm na karku. Pocałowała go w tył głowy, szepnęła jakieś czułe słówko, ale jej dłonie na jego ramionach drżały. Usiadła mu na kolanach i objęła go za szyję.

– Przepraszam, że nic nie powiedziałam. Wczoraj byłeś taki nerwowy. Nie wiedziałam, co się dzieje. Nie chciałam cię martwić.

– Upadłaś i uderzyłaś się w głowę. To chyba powód do zmartwienia?

– To był wypadek. Uderzyłam się w kostkę, na sekundę spuściłam głowę i zaraz potem, bam.

– Bam. – Gdyby mu powiedziała, że musi się poddać operacji mózgu, nie zdziwiłby się. Gdyby w następnej scenie potrącił ją piętrowy autobus, też by się nie zdziwił. Poklepał ją po biodrze. Przytuliła twarz do jego głowy.

– Mirabelle, proszę! – krzyknął asystent reżysera. – Przestań! Nie całuj go! Nie mamy czasu, żeby poprawiać ci pomadkę ani zmywać ją z niego. I beret ci się przekrzywił! Uff! Usiądź, proszę. Za sekundę przyślę Gladys, żeby wszystko poprawiła.

Wróciła na swoje krzesło, ale była zdenerwowana. Zarumieniła się, mrugała gwałtownie powiekami, trzęsły się jej ręce.

– Jak się czujesz teraz?

– Świetnie! – rzuciła zbyt głośno. – Niesamowicie.

– Niesamowicie – powtórzył Julian. Czy chciała coś ukryć?

– Ale posłuchaj… Naprawdę chcę ci coś powiedzieć.

Wsunął zaciśnięte dłonie pod stół i pokazał jej pokerową twarz. Powróciło całe smętne milczenie z przeszłości. Zupełnie jakby przez całe życie przygotowywał się do tej chwili.

– Jules, proszę, nie patrz tak na mnie.

– Jak? – zapytał ołowianym głosem.

– Jakby cegła spadła mi na głowę. Nic mi nie jest.

– Okej, nic ci nie jest.

– Błagam cię, uspokój się.

– Jestem spokojny.

– Przyznaję, Pagaro trochę się zdenerwował – zaczęła Mia. – Jego gwiazda, to znaczy ja, uderzyła się w głowę i tak dalej. Poprosił mnie, żebym dziś rano poszła do ich lekarza i zbadała się, tak na wszelki wypadek. Poszłam do niego z Z.

Twarz Juliana stężała, jakby wyrzeźbiono ją w kamieniu.

– Poprosiłabym cię, żebyś mnie zawiózł, ale nie chciałam, żebyś wpadł w panikę. Poszłam tam tylko po to, żeby ich uspokoić ze względu na ubezpieczenie, wiesz, jak to jest. Nie złość się na mnie.

– Nie złoszczę się. Co powiedział lekarz?

– Pooglądał mnie i pomacał. Pobrał krew, poświecił mi latarką w oczy, zapytał, czy jadłam śniadanie, no wiesz, zadawał najbardziej doniosłe pytania.

– Co stwierdził? – powtórzył powoli Julian.

– Nic. – Mia odetchnęła głęboko. – Ale zgadnij, co mi powiedział.

– Wydawało mi się, że mówiłaś, że nic.

– Nic na temat mojego omdlenia.

– Nie każ mi zgadywać. Po prostu mi powiedz. – Julian starał się nie odrywać wzroku od jej twarzy i ścisnął dłonie.

– Powiedział: Gratulacje, panno McKenzie, będzie pani miała dziecko!

Nagle Julian poczuł pustkę w głowie.

– Jules, słyszysz mnie?

Słyszę.

– Wiem. Możesz w to uwierzyć? – Wciągnęła powietrze, a potem wydała z siebie piskliwy śmiech. – Ja też nie. Mama dostanie zawału. Julianie, zbladłeś jak ściana, jesteś wstrząśnięty? Ale wstrząśnięty pozytywnie?

Skinął głową? A może tylko siedział? Zachwiał się.

– Czuję tyle rzeczy naraz, że nie wiem, co mam czuć najpierw. Mam nadzieję, że uda nam się skończyć zdjęcia, zanim urośnie mi brzuch, choć sądząc po tym, jak się do tego zabierają, przeklęty władca będzie ciągnął do kazamatów matronę w ciąży, bo trudno mnie będzie uznać za pannę… Mama chyba umrze. Podczas przerwy na lunch zaraz do niej zadzwonię. Chcesz zadzwonić ze mną?

Skinął głową? A może tylko siedział?

– Wiem, że twoja mama ma chyba siedemdziesięcioro wnucząt, ale moja ma tylko mnie i całe życie czekała, żeby jej dziecko miało dziecko. Jesteśmy małżeństwem od pięciu minut i nawet nie musieliśmy się starać! – Wydała z siebie okrzyk upojenia, a potem zniżyła głos. – To dlatego, że tonę w twojej miłości, Jules. – Zarumieniła się. – Boże święty, jak się czujesz? Nic nie mówisz.

Julian otworzył usta, by coś powiedzieć. Nie pozwoliła mu wydusić ani słowa.

– Wiem, że musisz to wszystko przetrawić. Siedem tygodni temu byłeś beztroskim kawalerem, a dzisiaj! Nic dziwnego, że wczoraj stale się przewracałam, potykałam i ślizgałam. W moim ciele przesuwała się grawitacja, a ja nic o tym nie wiedziałam. – Zachichotała. – Mówiłam ci, że czterdzieści dziewięć to moja ulubiona liczba, a ty nie wierzyłeś.

Julian ponownie chciał się odezwać.

– Ciało mówiło mi, że moje życie się zmieni. O mój Boże, będę matką – powiedziała i wybuchnęła płaczem. Otarła twarz. Na dłoniach został ślad po podkładzie. Policzki miała w smugach.

– Okropnie się wściekną. Malowali mnie dziś trzy godziny. A co tam, nieważne, nic na to nie poradzę, jestem dziś zupełnie rozbita. – Roześmiała się. – W jednej chwili płaczę, w następnej się śmieję. Teraz wiem, czemu nie mogliśmy się zebrać do zakupu mebli. Jakby wszechświat wiedział, że będą nam potrzebne zupełnie inne. Przerobimy jeden z twoich gabinetów na pokój dziecięcy? Nie musisz mieć dwóch gabinetów i sali do ćwiczeń, prawda? Jeden z nich możemy przeznaczyć dla dziecka? Albo na początku będzie spało z nami w sypialni. Mama tak ze mną robiła. Ostrzegam cię, będzie się chciała do nas wprowadzić. Będzie jej potrzebny osobny pokój. Może wyjdzie za Deviego i wprowadzą się razem. – Znów się roześmiała. – Żona, dziecko, teściowa i przyszywany dziadek. Jesteś wstrząśnięty, prawda?

Spróbował skinąć głową.

– Wiem, ja byłam wstrząśnięta jak diabli. Powiedziałam lekarzowi, że to niemożliwe, że nie mogło dojść do poczęcia, bo stosuję chyba z tuzin środków antykoncepcyjnych, jestem odpowiedzialna, nad wszystkim panuję. Jestem jak Ford Knox antykoncepcji. Wiesz, co odpowiedział? Przed cudem nie można się ochronić. Jeśli tylko jest to możliwe, powiedział ten dobry doktor, życie zawsze znajdzie sposób. Ze względu na nasze dziecko mam nadzieję, że ma dyplom także z medycyny, nie tylko z filozofii. Och, nie, Jules, dopiero teraz do mnie dotarło, że nigdy nie rozmawialiśmy o tym, czy chcesz mieć dzieci. Nie mieliśmy czasu! Teraz chyba za późno na taką rozmowę, ale powinnam cię zapytać: Chcesz mieć dzieci, prawda?

Teraz wiedział, co zrobić. Skinął głową.

– Dowiemy się, czy to chłopiec, czy dziewczynka? Ja chyba nie chcę. Nie mogę się już doczekać, chcę je mieć zaraz, natychmiast, nie, nie to miałam na myśli, chcę być w ciąży i będziemy mieć całe dziewięć miesięcy, żeby nauczyć się panować nad językiem, biedne dziecko nie może mieć rodziców, którzy klną jak szewcy. Och, jeśli to będzie chłopiec, damy mu imię po tobie. Jules Junior. Albo to, które zawsze ci się podobało, Sam? Powiedziałeś, że oznacza szczęściarza. Jeśli nasze nie będzie miało szczęścia, to nie wiem, które może mieć. Sam Cruz. Przepięknie. A jeśli będzie dziewczynka, nazwiemy ją Juliet. O, tak! Juliet Cruz, to gotowy pseudonim sceniczny dla małej gwiazdy. „Najsłodszy kwiatek z całej łąki"*. Albo nazwiemy ją, jak tylko zechcesz. Dałeś mi bufet z deserami na weselu i zabrałeś mnie na Hawaje. W zamian możesz wybrać imiona dla wszystkich naszych dzieci. Ale naprawdę chcę zadzwonić do mamy. Myślisz, że zdążę? I tak muszą mi poprawić makijaż. Wiem, że powinnam powiedzieć ci to wieczorem, ale nie mogłam czekać. Wiesz, co mówią: dobrymi wieściami trzeba się dzielić od razu. A ty wyglądałeś, jakby dobre wieści bardzo ci się przydały. Później pogadam z mamą na FaceTimie. Muszę zobaczyć wyraz jej twarzy, gdy się dowie. Mam nadzieję, że będzie tak bezcenny jak twój. Na pewno będzie chciała tu przylecieć najbliższym samolotem, och, kochanie, nie mogę w to uwierzyć. Będziemy mieli dziecko. Wszystko się zmieni.

---

* William Shakespeare, *Romeo i Julia*, przeł. Stanisław Barańczak.

Za nią przesuwali na miejsce czerwony autobus i czarną taksówkę, przecierali szyby w oknach, by nie było widać smug, polewali wodą chodniki i kwiaty… bo w Londynie zawsze pada deszcz. Julian miał nadzieję, że nie wygląda tak, jak się czuje, jakby zaraz miał się załamać. Chciał wyglądać jak człowiek, którego po prostu przytłoczyły dobre wiadomości. Napięcie znikło z jego ciała. Kiedy on robił swoje, panikował, przejmował się, obawiał się najgorszego, wszechświat robił swoje, rzucał kości, rozdawał karty, rozłupywał kryształ. Zalało go poczucie ulgi i radości. Wiedział, że wszystko będzie dobrze, przynajmniej przez jakiś czas. Czuł to głęboko w sercu.

Mirabelle spoglądała na niego wyczekująco. Musiał coś powiedzieć. Jak brzmi moja kwestia? Proszę, podrzućcie mi.

Improwizuj, Julianie.

Zamknął oczy i wypowiedział jedyne słowa, które pozostają, gdy nie ma już nic do powiedzenia.

– Mój Boże, dziękuję.

Rozległ się znajomy odgłos i Ashton i Zakiyyah przeszli przez ulicę na niby, oboje szeroko uśmiechnięci, jakby już wiedzieli. Chwycili dwa krzesła i usiedli przy metalowym stoliku, Ashton obok Juliana.

– Umieraliśmy! – wykrzyknęła Zakiyyah. – Przez cały czas staliśmy z Ashem w rogu i patrzyliśmy, jak ci o tym mówi!

– Z miała rację, żaden horror nie może się z tym równać – odparł Ashton. – Teraz już wiemy, jakie krętactwa naprawdę odchodzą w tak zwanych kazamatach.

Zakiyyah pomachała telefonem.

– Wszystko nakręciłam – powiedziała. – Filmik podbije internet. Za pięć minut będzie na moim Instagramie.

– Spójrz na mojego nieszczęsnego kumpla. – Ashton objął Juliana ramieniem. – Zupełnie jakby wybuchła bomba. Wydusił z siebie choć słowo, Mia? Co jest, Jules? Jak się czujesz? Szczęśliwy czy wystraszony jak cholera? – Parsknął śmiechem. – Trudno powiedzieć, co? Mniej więcej wychodzi na to samo.

– Ashton! – skarciła go Zakiyyah. – Widać gołym okiem. Jest tak zachwycony, że odebrało mu mowę.

– Och, Z, ty też musisz szybko zajść w ciążę, żebyśmy razem urodziły dzieci – powiedziała Mia.

– No, jeśli ktoś tu musi się pospieszyć... – odparła Zakiyyah, puszczając oko do Ashtona.

– Wielkie dzięki, Jules – rzucił Ashton.

– Wszyscy na miejsca! – krzyknął asystent reżysera. – Zaraz zaczynamy. Wszystkie zbędne osoby schodzą z planu! Chwileczkę – powiedział do reżysera, wskazując ich czwórkę. – Może ci dwoje usiądą przy drugim stoliku? Oprócz tego samotnego faceta. Chcemy, żeby to wyglądało prawdziwie. Spójrz, jak super są ubrani. Jakby już przebrali się w kostiumy.

– Dobra – zgodził się Pagaro. – Zadzwoń do Florence. Niech zaraz przyniesie papiery. – Zwrócił się do Ashtona i Zakiyyah. – Chcecie być statystami w filmie przyjaciółki?

– Nie wiem – odparła Zakiyyah. – Kto ma tyle czasu?

– Zróbmy to, Z – odparł Ashton. – Zawsze możemy pojechać do Disneylandu jutro. – Uśmiechnął się do Mii. – Chcecie jechać z nami?

– Do Disneylandu? Oszalałeś? – zaprotestowała Mia.

– Nic ci nie będzie, wsadzimy cię na It's a Small World z Z – wyjaśnił Ashton. – Przecież nie każę ci iść na Tower of Terror.

Po drugiej stronie stolika Julian i Mia patrzyli na siebie ze łzami w oczach.

– Florence! Jeszcze w tym stuleciu, proszę! Musi dbać tylko o obsadę. Czemu się nią nie zajmuje? Czy ona w ogóle rozumie pojęcie czasu? Florence!

W tobie jest każda kobieta, którą kiedykolwiek kochałem.

Julian sięgnął po dłoń Mii, a w jego oczach malowały się wszystkie emocje, jakie kiedykolwiek przepełniały udawane ulice i malowane plany tego najbardziej sztucznego i najbardziej prawdziwego miasta. Nadszedł ich czas łaski, której nie można się oprzeć. I oboje byli gotowi ją przyjąć. Okazało się, że jednak istnieje coś silniejszego niż śmierć. Ich krótką ekstazę zamieniono na chwałę, która będzie trwać. Miłość jest jedynym ideałem, Mirabelle, chciał powiedzieć Julian, ale był zbyt poruszony, ma na sobie lśniące szaty i całuny nieśmiertelności.

Ich historia trwała dalej. Jeszcze się nie skończyła. Julian wiedział to doskonale: z tyłu został jedynie ten, który ją opowiadał. Kurtyna opadła, ale sama historia nigdy się nie kończy. Historia, która opowiada, co to znaczy żyć i kochać drugą osobę.

To tyle, panie i panowie! Dziękujemy bardzo, że byliście z nami!

Sprawcie, by to było prawdziwe.

Sprawcie, by trwało.

Sprawcie, by było piękne.

Podziękowania

Spędziłam tyle lat sama w pokoju, powołując do życia trylogię *Kres wieczności*, że zapomniałam, ile osób poza tym pokojem doradzało mi, inspirowało mnie, podnosiło na duchu, wierzyło. Chciałabym bardzo podziękować im za pomoc i wsparcie.

Najszczersze podziękowania niech przyjmą:

Carl, mój pierwszy mąż, który pokazał mi Londyn i dał mi moje pierwsze dziecko, Natashę, kiedy oboje byliśmy bardzo młodzi.

Natasha, która dała mi tyle radości, wyrosła na niezwykłą młodą kobietę i – oprócz wielu innych rzeczy – zapisywała setki propozycji tytułu sagi, a na bardzo wczesnym etapie, kiedy przeczytała *Łowcę tygrysów*, powiedziała: „Kocham Juliana". Wiedziałam wtedy, że wszystko będzie dobrze, bo Natasha jest surowym krytykiem.

Tania, moje najmłodsze dziecko, która łaskawie pozwoliła się zawozić do szkoły o 7.30, dzięki czemu mama wcześniej zjawiała się w swojej pracowni; w innym przypadku praca nad książkami zajęłaby jej jeszcze pięć lat.

Moi synowie, Misha i Kevin, za to, że trzymają się razem i że dzięki nim domowa machina działa sprawnie, a w powietrzu fruwają dowcipy.

Lee Sobel, za przyjaźń i rady w dobrych i złych czasach, i Declan Redfern za bezcenne porady.

Jennifer Richards z agencji PR Over the River oraz Fiona Marsh i Kate Appleton z agencji Midas, moje amerykańskie i brytyjskie ekipy promocyjne za niestrudzoną pracę przy trylogii *Kres wieczności.*

Lorissa Shepstone, moja guru od strony internetowej, grafiki i projektowania, która stworzyła kilka prawdziwych artefaktów z moich wyobrażonych miejsc.

Nicole i Sissi, oddane czytelniczki i przyjaciółki, które prowadzą mój fanklub i grupy wsparcia w mediach społecznościowych. Są moimi cheerleaderkami w sieci i w prawdziwym życiu.

Zakiyyah Job, piękna młoda kobieta, która w 2015 roku pojawiła się na moim podjeździe jak za dotknięciem czarodziejskiej różdżki, ponieważ kochała *Jeźdźca miedzianego* i pożyczyła mi swoje imię do *Kresu wieczności*, wzbogacając mój fikcyjny świat swoją prawdziwą obecnością.

Kasia Malita, moja nadzwyczajna polska tłumaczka i przyjaciółka, która przysłała mi czekoladki, żeby mi się lepiej pisało, płakała, czytając *Królestwo nędzników*, i nazwała mnie „czarodziejką".

Shona Martyn, moja wydawczyni od piętnastu lat, która w 2016 roku powiedziała do mnie: „Pisz, jak chcesz, i obojętne, co z tego wyjdzie, znajdziemy sposób, by to wydać".

Michael Moynahan, który w 2011 roku poświęcił sporo zawodowych i prywatnych środków, by wyprawić mnie w tę niezwykłą podróż.

Brian Murray, dzięki któremu to wszystko stało się możliwe.

Kevin, który przez ostatnie pięć lat, przez ostatnie dwadzieścia pięć lat małżeństwa i trzydzieści osiem lat „najlepszej przyjaźni" codziennie towarzyszył mi w prawdziwym i twórczym życiu, co bardzo często wychodzi na jedno. To Kevin powiedział, że książki są wszystkim. Trzeba tylko wierzyć.

Czasami żartuję z czytelnikami, że dla Rosjanki jedynym szczęśliwym zakończeniem jest takie, gdy na końcu podróży poznaje się przyczynę swojego cierpienia.

Te trzy powieści składające się na *Kres wieczności* są przyczyną i końcem historii ostatnich pięciu lat mojego życia.

Mam nadzieję, że przyniosą Wam trochę radości.

Paullina
2019